國文
中

修訂二版

上古漢語

語法綱要

梅廣——著

三民書局

國家圖書館出版品預行編目資料

上古漢語語法綱要／梅廣著.－－修訂二版一刷.－－
臺北市: 三民, 2019
　　面；　公分－－(中國語文系列)

ISBN 978–957–14–6426–8　（平裝）
　1.漢語語法

802.6　　　　　　　　　　　　　　　　107007638

© 　上古漢語語法綱要

著 作 人	梅　廣
發 行 人	劉振強
發 行 所	三民書局股份有限公司
	地址　臺北市復興北路386號
	電話　(02)25006600
	郵撥帳號　0009998–5
門 市 部	(復北店) 臺北市復興北路386號
	(重南店) 臺北市重慶南路一段61號
出版日期	初版一刷　2015年4月
	修訂二版一刷　2019年8月
編　　號	S 821140

行政院新聞局登記證局版臺業字第〇二〇〇號

有著作權・不准侵害

ISBN　978–957–14–6426–8　（平裝）

http://www.sanmin.com.tw　三民網路書店
※本書如有缺頁、破損或裝訂錯誤，請寄回本公司更換。

再版說明

《上古漢語語法綱要》出版後，不久我就陸續發現書中有不少錯誤，還有一些意思表達不夠周全的地方，亟需一一修正。今趁再版之便，我對此書從頭到尾做了一番仔細的清理工作，把書中的雜質盡量除去，並重新編定索引，增加人名索引，使得讀者檢索更方便。

二版的內容還是原樣，更動最多的是第六章的架構。我把第六章的章節做了大幅度調整，加詳了部分小節的劃分。第六章是語法學較新的課題，與修辭學關係最深。我在寫本書之前，並未做過這方面的系統研究，因此在這一章的寫作過程中刪補改動次數最多。第六章一個附註中提到現代散文有一種描寫景物的接龍式句段，學者如屈承熹、李文丹都認為是一類主題鏈。我在一版書中對此持保留看法，在新版中則逕稱這種句段為「全景描寫句段」；這種句段結構與以一個主題貫串各個獨立句子的主題結構全不相涉，不能視為一種主題鏈。

本書曾用作課本在臺灣大學中文系研究生班上試教過，同學反應甚佳。作為一學期的古漢語語法教本，其長度亦正合適。本書理論難度並不高，只要有一個學期的生成語法理論基礎，就能完全讀懂。

我要感謝臺大研究生班上的同學，特別是林偉盛、林岡儒、曾文興、游上儀、陳廷嘉。他們的提問讓我感受到教與學互動的樂趣；他們幫我找出書中一些細節上的錯誤，對這次再版修訂也很有貢獻。

我要特別感謝三民書局編輯。做此書修訂版的整理和校對工作是件辛苦的事。本書的責任編輯不但稱職，而且用心投入。本修訂版的索引編定得到我的韓國朋友曹銀晶博士的協助。銀晶向來是我的好幫手，這裡也要

謝謝她。

　　本書再版出書之際，大陸的簡體字本也已發行，韓文譯本也在準備中。
我感到十分欣慰。

梅　廣

2019 年 7 月　台北

上古漢語語法綱要

目次 ——————————————

導　言

　　《上古漢語語法綱要》是我多年來思考和研究古代漢語語法的一個總結。我從事語言學研究，最初做現代漢語語法，開始認真探討古漢語語法是很晚的事。1986 年以前，我在大學教的科目主要是語法理論和現代漢語語法。但我的興趣廣泛，對各種語言都很好奇，因此漢語以外，就近取材也接觸了臺灣南島語。清華大學語言學研究所成立以後，因為教學關係，我對臺灣南島語語法也做了比較有系統的研究。我開過幾年田野調查的課，帶著學生到中南部山區去認識一個個臺灣原住民語言。 上世紀 90 年代開始，臺灣開放民眾去中國大陸探親旅遊，我又有了新的研究方向。藏緬語一直吸引著我，如今我終於可以到藏緬語地區做實地調查，以我的年紀而言，這也是最後機會了。於是我便一頭栽進雲南西北部山區的獨龍語、阿儂怒語和怒蘇語等藏緬語考查。這工作做了差不多十年。2003 年，我從清華大學退休。退休以後便不再做語言調查，興趣慢慢轉到古代文獻學，特別是先秦思想典籍的研究。從此便比較集中思考古漢語的問題。

　　我因為長期在中文系教書，必須擔任一些跟漢語語文學有關的課程，古漢語語法導論就是其中一門。這門課我在臺灣大學教了十多年。每教一次，講義都做了一些修改和補充。這部講義便成為本書語法學體系的基礎。

　　目前大學中文系古漢語語文課程，文字學、聲韻學都有合適的課本可供選擇，唯獨語法學沒有。坊間古漢語語法的專著不下數十種，但是寫得好的少之又少。呂叔湘的《中國文法要略》已經是七十年前的書，且並非專論文言文，劉景農的《漢語文言語法》也有五十多年了。二書都是好書，然以語言學學科日新月異之進步標準來看，自然昔非今比，二書不能滿足今日之需要，是顯而易見的。本書作者希望以本書填補這個空缺。

　　本書的語法理論基礎是生成語法 (generative grammar)。一般讀者對生成語法理論一定會感到陌生，即使想去了解它，也會覺得困難重重。也許有人會懷疑，為什麼要把這樣高深的理論介紹給古漢語學習者？本書作者的想法是，講語法就不能不講理論，就如同談民生經濟就不能不談經濟學理論一樣。語言是一個建構性的體系，不是詞類、句型的集合。語言事實需要解釋，解釋必須根據一套理論假設。理論有大有小，小理論解釋局部事實，大理論尋求最高通則。生成語法理論是個大理論，它把人類的語言能力視為人類心智發展的一面，可以放在心理和生理的共同基礎上加以研究，而建立普遍語法。語言表現人類執簡御繁的心智能力，人類使用的語句都是由簡單的步驟建構出來的。在各章中，我都一再強調漢語句法的簡單靈活。在生成語法極簡方案 (the minimalist program) 的架構之下，漢語之簡，對照西方語言句法之繁，更能夠顯出它的特色。

　　全書十一章，可分為三個單元。一、二兩章是緒論，成一單元。第一章說明句法學對古漢語研究的理論價值以及對古漢語學習的實用價值。第二章介紹生成語法理論，在進入本書語法體系之前，提供與各章題目相關的句法知識。第三章以後，進入上古漢語語法體系。本書的講法是從大單位的語句組織講起。第三章條件句、第四章主題句分別討論上古漢語語句的偏正關係。第五章「而」字結構討論上古漢語的並列（聯合）關係，提出了上古漢語是以並列為主體結構的主張。第六章談句段結構。句段是單句、複句和主題句三種基本句式的延伸和混合，構成更大單位的信息結構。依其形式和結構，句段應屬於語法的研究範圍。句段以上的研究，則屬於篇章分析，不在本書討論之列。這四章構成本書第二個單元。

　　本書第三個單元討論上古漢語的基本句法結構原則，也就是句法學 (syntax) 的核心部分。這一單元共有五章。第七章主動、受動、被動，描述上古漢語主動句的樣式並分析主動與受動的關係。上古漢語並沒有相當於現代漢語的被動句，只有受動句。受動句是單一論元的句子；被動是雙論元結構。被字句是漢以後產生的，本章敘述其發展經過。第八章討論「於」介詞組，指出「於」介詞組的衰落對上古漢語由對等的並列形式發

展成為不對等的偏正或主從形式這個變遷過程有促進作用。第九、十兩章討論上古漢語的論元結構，第十一章討論漢語句子論元結構以上的功能結構，並從上古漢語的分析入手，對生成理論句法學有關時制、動貌等問題的研究提出一些個人的想法。

本綱要是筆者對漢語語法體系最完整的陳述。它既有實用一面，又有理論一面。其句法理論是生成語法。在第三單元中，我嘗試在極簡方案的架構之下建構一個非常簡單的漢語句法體系。我先從論元結構講起。論元，argument，是指語句中跟動詞結合的名詞性成分。句子的主語和賓語都是論元。本書第九章提出「最小論元結構」的主張，以解釋上古漢語的單論元受動句，由此而說明受動與被動之差異。最小論元結構的基本假設是句子的論元可分為內部論元 (internal argument) 和外部論元 (external argument)。內部論元在動詞組 VP 之內，句子的賓語是標準的內部論元。內部論元是句子的主要動詞所支配的，故可稱為核心論元 (core argument)。外部論元則指在動詞組 VP 之外的論元，不受主要動詞的支配。在當今句法理論中，主動句的主語如施事者、致事者都是外部論元，無論施事論元或致事論元都必須用結構的增添方式引進來，亦即通過一個輕動詞 (light verb) 外接到動詞組 VP 上。因此嚴格的說，施事和致事不是主要動詞的論元，因為它們都在 VP 之外，不受主要動詞 V 的支配。支配它們的是作為中心語的輕動詞，不是句中的主要動詞。「最小論元結構」是說一個句子即使只有內部論元亦可滿足句子的論元結構所需。這種只有內部論元的句子就是上古漢語的受動句。內部論元才是主要動詞真正的論元，外部論元不是。這是語言的共同句法性質，世界上各種語言恐怕都是如此，但並非都像漢語——特別是上古漢語——表現得那樣清楚。

輕動詞的增價裝置 (applicative construction) 在漢語句法中的作用，已引起現代漢語研究者的重視，本書第十章以增價裝置理論解釋上古漢語的為動、供動、與動、對動、意動等動詞活用，是進一步把這個理論深化，特別是用增價結構解釋雙賓語結構，更是一個重要的理論延伸。第十一章探討漢語的時制、動貌和情態的問題，提出弱時語言這個觀念，為漢語句

法的功能範疇勾勒出一個簡明的輪廓。

　　本綱要不以生成理論為限，也試圖討論一些生成句法學不太注意的語法問題。本書從句子的大單位談起，第七章開始，才描述小單位——單句。第三章到第六章主旨為句子的延伸。複句——偏正、並列——是單句的延伸：單句是 IP 句，複句是 CP 句，第二章均有說明。主題句在某種意義上也是句子的延伸：主題句是 CP 句，第二章也有說明。主題句和複句在漢語中的地位非常重要，但生成句法學都很少討論到它，本書對這些語句結構也有比較詳細的講述。這些句式還可以延伸混合，構成句段。這也不是生成語法的課題，但應歸入語法學研究範圍。句段的結構在第六章討論。

　　本綱要也注意到上古漢語的歷時發展。上古漢語可分前期、中期、晚期三個階段。本綱要以中期——春秋至戰國中期——的語言為主要描述對象，但也略及前、晚期與中期句法的差異。中期語言最大特色是主題句（第四章）、並列連詞「而」（第五章）和時制指示成分「矣」（第十一章）的出現。上古前期漢語以繫詞句表判斷，以帶繫詞的分裂句表達信息結構，繫詞「惟」標注信息焦點，地位非常重要，但構成主題句的要件「者」、「也」兩個虛詞尚未出現。東周以後繫詞「惟」逐漸廢棄不用，主題句式興起，取代了部分上古繫詞句表達信息的功能，並發展出主題鏈等句段特色。上古前期時制標誌不明，至中期以後始用句尾詞「矣」表達時間定點。上古前期並沒有顯性的並列連詞，中期以後連詞「而」得到充分的發展，使得上古漢語成為一個具有鮮明並列結構特色的語言。從對等連動到不對等連動，從並列到主從或偏正，是漢語從上古到中古的發展趨勢。這個趨勢含有兩個演變因素，一是連詞「而」的式微（第五章），一是「於」介詞組的衰落（第八章）。於介詞組的衰落導致引介起點的「從」、引介對象的「為」、「對」等結構的興起，又因為並列連詞「而」的功能衰退，這些前置的結構不能取得與句子中心成分對等的連動關係，乃成為不對等（偏正）的從屬成分，中古以後一部分這樣的結構逐漸演變為動詞前的介詞組。漢語的結構類型於是發生了一個大轉變。同時，表判斷的繫詞「是」也在上古晚期產生了，於是上古漢語的繫詞經歷了一個從有到無，又從無到有的

循環過程。

在語言類型學的劃分上，漢語屬分析性語言。本書指出，上古漢語致動、為動的動詞併合非常發達，因此上古漢語具有頗多綜合性質。上古漢語致事結構有用「使」或不用「使」兩種，前者是分析手段，後者是綜合手段，本書第九章都作了詳細討論。上古前期致動、為動僅有綜合（動詞併合）形式，中期則綜合、分析兩種手段並用，以後分析手段佔上風，綜合手段的動詞併合方式漸廢，這個發展趨勢使漢語的分析型性格變得更為顯豁。

有關上古漢語語法題目尚多，這本小書自然不可能一次處理所有的問題。大抵書中所談的都是作者多年研究所得而且認為有貢獻價值的。有一兩個題目，如「以」字結構、有無句，雖然是重要的句法題目，但作者尚無把握能做出結論，只好暫付闕如，希望日後能補上。

本書為了適合一般讀者的需要，因此行文盡量求其明白易讀，不作艱深、抽象的理論探討，不作繁複的論證和徵引。然而語言學跟其他學科一樣，自有它的學術深度，無論句法、語音或語意，都有一些技術性的概念和術語需要掌握。不過，要了解本書所談到的理論和道理應不是什麼難事，因為讀者將會發覺它其實都很貼近我們對語言本身的直覺認知。只是生成語法學有些用詞很特別，中文還沒有統一的譯法，有時只好自鑄新詞，這會造成閱讀上的困難，但我都用括號加註了原文，以便於對照。讀者如果具備語言學基本知識來讀本書，效果自然會更好，不然的話，把本書當作自修教材用，仔細反覆一兩遍，也必能對其理論部分有所領悟。好的理論能幫助我們發掘事實，讓我們看到事實跟事實之間的系統關連，提高我們的語言自覺，加深我們對語言結構的認識。理論學習是有很多好處的。

當代西方語法理論已經備受中國語言學界的注意，但恐怕對古漢語學者，它還是一門生疏的學問。現階段古漢語語法研究，無論從量（論文篇數）或面（研究題目）來衡量，都可確定已開始進入一個密集研究時期。研究所需的人力和物力之盛也是前所未有的。我們對古漢語的知識確實是越來越豐富了。這個研究領域需要加強的是研究人員的語言學專業。現今

從事古漢語語法研究的學者大多是古漢語專業，而不是語言學專業。由於沒有語法學的專業訓練，學者勤搜博採，往往只能做到資料的研究，而無法深入語言結構裡面發掘新課題。資料研究即使做得再好，也只是提供語言事實給別人利用。當今古漢語語法研究的隊伍雖然日益壯大，出版的專書和論文數量雖然可觀，但研究水平沒有相對提升，研究能量處於一個瓶頸狀態，沒有突破性的發展，我認為這是主要原因。

呂叔湘先生說過：「要明白一種語文的文法，只有應用比較的方法。」（《中國文法要略》例言）在今天，古漢語語法研究在語料的掌握上既有高效力工具可用，在體系的建構上又有現代漢語、中國境內各民族語言以及世界上各種不同類型的語言可資參照。更重要的是，這些具有各種不同句法特色的語言大致上都能放在一個共同的理論參照體系中加以比較。從事古漢語語法研究也必須用比較的方法。這就需要大量吸收各方面語言知識，開拓視野，把古漢語研究放在一個有高深學理依據的比較基礎上，方能推陳出新。唯有與當代語言學接軌，古漢語研究才有發展，才有可能開創新局面。

語法學家必須根據語言事實說話；研究古漢語必須對古代典籍下功夫。古書必須細讀，一字一義都不能放過。對我來說，語言事實，也就是說語言現象本身，是最具有吸引力的。我做古漢語研究，喜歡從小地方入手。一字一句的解釋，若是能引出比較深遠的語法意義，就是我認為最珍貴的研究成果。讀者不難發現本書積聚了一些這方面的成果。經驗科學的理論必須基於事實。事實與理論不可偏廢，這是我治學的一貫態度。一方面，語法體系必須根據語言事實建立；另一方面，也只有放在一個語法體系中，語言事實才充分顯出其意義。二者相得益彰。因此，我認為從事古漢語研究的學者，必須嘗試把古漢語專業跟現代語言學結合起來。本書是這樣的一個初步嘗試，至於其成效如何，還希望讀者大眾不吝批評指教。

第一章

古漢語語法研究的理論與實際

1. 語法與古漢語研究

　　上古漢語是中國古代的語言。在今日，這個語言已經不是我們日常使用的語言了，但是過去讀書人使用的書寫語言還是非常接近古漢語的。這就是所謂文言文。文言文是模仿古漢語的活語言，也可以說是活的古漢語。它有創新成分，也有時代成分，但是它的句法基礎還是古漢語，它的詞彙基本上還是古漢語詞彙。以前的讀書人都要熟讀古代典籍，把古漢語的句法體系內在化，使古漢語成為自己的第二語言。文言文延續了古漢語的生命。就如同學習母語不需要依靠語法書一樣，以前的讀書人學習古漢語也不依靠語法書。

　　不過，現在社會早已不使用文言文了，學習古漢語的目的也不是為求文字的表達。但是學習古漢語還是有實際的需要。它是了解中國的文化傳統、進入中國古代世界必須做的準備工作。大學中文系都有文字學、聲韻學和訓詁學三種必修課程，都是針對古漢語學習提供語文知識。這些學科在過去是專家學者的研究領域，一般讀書人是不去講求的，而現在則成為古漢語學習的基礎課程。我們現代人不可能像古人一樣把大部分甚至全部時間放在古漢語學習上，必須以精簡有效的方式攝取知識，也就是必須通過有系統的整理與介紹，由過去的感性學習改為知性學習。

　　文字、聲韻、訓詁都原屬傳統學問；語法學不是。中國古代沒有語法學 (grammar)。中國最早的語法學專著是馬建忠的《文通》。《馬氏文通》全書刊於 1898 年，也就是說，20 世紀以後中國才知道有語法這一門學問。在這以前，只有文法；文法指的是文章作法，不是相當於語法的現代意義的文法。《文通》建立在西方語法學的基礎上，這是中國語文學受外來影響而發展的一個成功例子，堪與南北朝聲韻研究媲美。然而正因為語法學不

是傳統國學的一支，它必須證明它的必要性。文字、聲韻、訓詁是基礎工具學問，古漢語語法學也應當同樣是一門基礎工具學科嗎？過去有不少中文學界的人認為中文沒有文法，因此也不認為有研究中文文法的必要。現在持中文沒有文法論調的人恐怕是極少數了，但是對語法學在古籍訓解中的重要性持懷疑態度的還大有人在。古漢語語法學談詞類，但是名詞、動詞、形容詞、副詞等詞類區分不是一般常識嗎？語法學家提出使動、意動等詞類活用，固是新意，不過文字學、訓詁學不是也談「名動相因」嗎？語法學家做詞彙研究，這類工作難道訓詁學家就不能勝任嗎？作為一種專業，古漢語語法學能解決什麼文字、聲韻、訓詁等學問所不能解決的問題（這不是說文字學家或聲韻學家不能對語法研究有所貢獻）？從專業立場，一本古漢語語法書必須首先對這個質疑有所回應。

2. 虛詞與語法學❶

　　首先考慮傳統所謂虛字或虛詞的問題。這個問題過去已經談得很多了，但還有發揮的餘地。

　　虛詞是一個非常複雜的現象，很難加以精確界定。現在一般的認定是需要在語法部門裡處理的就叫做虛詞。中國古代沒有語法這一學門，因此把虛詞一律放在訓詁學裡處理，用訓釋字義的方法尋求虛詞的用法。例如「之」可以用來連接主謂，構成一個非獨立小句。❷這種非獨立小句可以出現在複句中，作為假設偏句使用。《左傳・襄公九年》「我之不德，民將棄我，豈唯鄭？」，「我之不德」的句意是「我若不德」，是假設語氣。詳第三章「偏正結構」。但是「之」其實並沒有「若」的意思。古人用訓詁方式

---

❶　本節主要根據梅廣〈詩三百篇「言」字新議〉，《漢語史研究：紀念李方桂先生百年誕辰論文集》，2005 年。相關細節詳該論文。

❷　非獨立小句這觀念來自馬漢麟《古漢語語法提要》。非獨立小句包括「主之謂」和「主而謂」二句式，對漢語頗適用。參看第三章。「主而謂」結構並參看第五章。

解釋句法，把「之」與「若」等同起來互訓，說「之」有一個「若」的訓解。如此一來，《論語·顏淵》的「苟子之不欲，雖賞之不竊」中的假設偏句豈非就有「苟」和「之」兩個假設詞加在不同位置上！清儒以字義註解句法結構，因此許多虛詞便被加上多種意義。裴學海《古書虛字集釋》列舉「之」有 29 義，「而」有 28 義。其實這裡有通假，還有由語句結構或語句解釋所決定的意義，都不是「之」、「而」本身的意義。參考第五章「並列結構」有關「而」的討論。

訓詁學家為虛詞找詞義，也會有時而窮。遇到無法找到相當的詞義互訓時，他們只能解釋為「詞也」，意思是「這是詞」。訓詁學上所謂「詞」或「語詞」，就是訓詁學家無法解釋的虛詞。這種「詞」，《詩經》、《尚書》最多，直到現在，尚有不少「詞」還是找不到確切的解釋。這是因為我們目前對上古漢語前期的語法現象還在摸索中，亟須加強研究。要找出這些「詞」的確切解釋，必須結合古文字學家、訓詁學家和語法學家幾方面的力量，通力合作。虛詞跟語法體系關係密切，它常用來表現語法體系的一些特質。如果我們對語法體系本身無所了解，也就無從解釋這些虛詞的用法。下面我們舉一個《詩經》「言」字的實例，說明此點。

2.1 虛詞「言」

《詩經》語言中受到最多注意的語詞就是「言」。胡適之先生早年的〈詩三百篇言字解〉(1913) 跟它的姊妹作〈爾汝篇〉、〈吾我篇〉一樣，是一篇觀念很新的嘗試之作。他認為這類的虛詞及代詞在上古都有功能上的區分，應該當作語法成分加以研究。不過對「言」字的解釋，他用的還是歸納和互訓的辦法，和訓詁學家沒有不同。他認為「言」字在《詩經》有三個用法：當「連字」用，相當於「而」；作「乃」字解；作代詞賓語「之」字解。他沒有解釋何以一個語法成分有這樣三種不同的用法，因此他還是在做訓詁，不是在做語法分析。

「言」的傳統訓釋是當作自稱的「我」看待的。〈葛覃〉「言告師氏，言告言歸」，《毛傳》：「言，我也。」鄭箋從之，在他處亦以「我」訓

「言」。《經典釋文》也採用《毛傳》的說法。因此這個訓解雖不尋常，卻一直被學者採信。（當然也有學者跟胡適一樣不相信這個故訓。）加上這個訓解，《詩經》的「言」就有四種不同用法。這是怎麼來的？這個問題肯定很複雜。

虛詞的「言」與實詞的「言」不可能有意義關連，二者的關係應是讀音相通，也就是所謂通假關係。就胡適所舉的三個用法來看，「言」跟「而」、「乃」聲母或能相通，跟「之」則完全沒有語音關係的可能。但是上古漢語還有一個虛詞「焉」，可以作「於是（乃）」解，也出現在及物動詞後面，有時有相當於賓語「之」的用法，例如《論語·衛靈公》：「眾好之，必察焉；眾惡之，必察焉。」過去已經有學者注意到「言」跟「焉」有語音關係。這是一條重要線索。

「焉」這個字不是代表一個詞，而是一個合音字，是兩個詞的合音。「焉」是介詞「於」結合一個相當於「之」的指示成分 -an 的合音形式。-an 因非獨立形式，而是附著成分，故不見於文字。這是 20 世紀 50 年代一位中文名叫金守拙的美國漢學家 George Kennedy 提出的看法。❸正如他所說的，上古漢語沒有「*於之」這樣的介詞組，❹而「焉」正好填補這個缺口。他認為 -an 這個詞素不但見於「焉」，也見於「然」。「然」是相當於「如」加 -an 的合音，意思是「如是」或「像這樣」。上古漢語也只有「如此」、「如是」而沒有「*如之」這樣的說法。「然」正好也填補這個缺口。「焉」和「然」關係密切，這種密切關係可以認為是由於二者具有相同的指示成分 -an 的緣故。狀語語尾用「然」，有時也可用「焉」，則「焉」也有「然」的功用。

「焉」是一個介詞組，因為帶有指示成分，而有複指作用。「焉」又有

❸ Kennedy, G. (1940), "A study of the particle *yen*", *Journal of the American Oriental Society* 60.1:1–22; 60.2:193–207. Kennedy 認為這個詞素 -an 是個第三人稱代名詞，從「焉」的各種指稱關係——它可以複指人，可以複指處所，可以複指事，還可以承上文表時間先後（於是）——看來，這應當是一個指示詞而非人稱代名詞。

❹ 在本書中，星號 * 表示結構不合法。

異體「爰」，「焉」、「爰」是介詞「於」、「于」開合口讀音的分別。但是在《詩經》中出現謂語前端的皆用「爰」而不用「焉」，只有當作疑問詞（哪裡）用時才用過「焉」，如「焉得諼草？言樹之背。」〈衛風・伯兮〉。❺

《詩經》的「爰」主要有承上文和不承上文兩種用法。不承上文都是處所介詞組用法，是在那裡（或哪裡）的意思。

(1) 不承上文例

a. **爰**居**爰**處、**爰**喪其馬。〈邶風・擊鼓〉

b. **爰**采唐矣、沬之鄉矣。……

爰采麥矣、沬之北矣。……

爰采葑矣、沬之東矣。……〈鄘風・桑中〉

c. 瞻烏**爰**止、于誰之屋？〈小雅・正月〉

承上文的「爰」可複指處所，或作純連接用，相當於「於是」，義近於「乃」。

(2) 複指處所例

a. 樂土樂土，**爰**得我所。

樂國樂國，**爰**得我直。〈魏風・碩鼠〉

b. 女執懿筐，遵彼微行，**爰**求柔桑。〈豳風・七月〉

c. 樂彼之園，**爰**有樹檀，其下維蘀。〈小雅・鶴鳴〉

d. 似續妣祖，築室百堵，西南其戶。**爰**居**爰**處、**爰**笑**爰**語。〈小雅・斯干〉

(3) 作連詞用例

a. 王赫斯怒，**爰**整其旅。〈大雅・皇矣〉

❺ 「于」、「於」古今字。「于」是早期形式，「於」是後來產生的。見本書第八章。《詩經》用作疑問詞的，「焉」、「爰」都有。〈小雅・四月〉：「亂離瘼矣、爰其適歸？」的「爰」是疑問用法。又例 (1b) 可視為問答體，則「爰」亦作疑問詞用。後世則只用「焉」表疑問。上古晚期還有「安」字，是「焉」的異讀。

b. 弓矢斯張，干戈戚揚，*爰*方啟行。〈大雅·公劉〉

c. *爰*及姜女、聿來胥宇。〈大雅·緜〉

「爰及」猶「乃及」，謂古公亶父與其妻姜女。〈大雅·大明〉：「乃及王季，維德之行。」意謂太任（王季之妻）以及王季。

《詩經》以後，則以用「焉」為常。下面《墨子》的例子，「焉」有連詞作用，表先後關係：

(4) 必知亂之所自起，焉能治之。《墨子·兼愛》

現在回頭看「言」。「言」和「焉（爰）」也只是聲母不同，可以假定「言」也是個結合兩個詞素的合音詞，含有跟「焉」相同的指示成分 *-an*。首先檢查一下《詩經》中「言」字用法。我們發現「言」可以跟「焉」、「爰」對照的地方很多。

2.1.1 句首的「言」

「言」在複句中有複指上文的作用。這種複指功能來自它所含的指示成分。如果前句有可承接的論元，它就必須以這個論元為複指對象。❻這是它的句法特性。句首「言」有複指上句的處所、表現複句分句間的因果，或時間先後等三種用法。

(5) 承上文複指處所例

a. 陟彼南山，言采其蕨／薇。〈召南·草蟲〉

我登上南山，在那裡 (*there*) 摘取山上的蕨菜。

b. 陟彼阿丘，言采其蝱。〈鄘風·載馳〉

c. 彼汾沮洳，言采其莫。

彼汾一方，言采其桑。

---

❻　論元指主語、賓語等名詞性語句成分，參看第二章以及第九、十兩章。

彼汾一曲，言采其藚。〈魏風・汾沮洳〉

d. 我行其野，言采其蓫／葍。〈小雅・我行其野〉

e. 君子至止，言觀其旂。〈小雅・庭燎〉

《詩經》「言」與「爰」一樣可以用來複指處所，正表示「言」也帶有指示成分 -an。下面「言」的用法都跟這個有關。

⑹ 承上文指示因果例（用法相當於現代漢語「因此」、「於是」）

　　a. 昏姻之故，言就爾居／宿。

　　　爾不我畜，言歸斯復。〈小雅・我行其野〉

　　　因為你不養我，那我就回去了。

　　b. 此邦之人，不我肯穀，言旋言歸，復我邦族。

　　　因為這個國家沒有肯養我的人，那我就回去吧，回到我自己的邦族。

　　　此邦之人，不可與明，言旋言歸，復我諸兄。

　　　此邦之人，不可與處，言旋言歸，復我諸父。〈小雅・黃鳥〉

⑺ 承上文指示時間先後例（用法相當於現代漢語「於是」）

　　a. 言告師氏，言告言歸。〈周南・葛覃〉

　　　於是告訴保姆，於是告訴她我要回娘家去。〈葛覃〉篇這幾個「言」，《毛傳》和鄭箋都釋作「我」。尋文義，作為具有連詞性質的「於是」解是比較貼切的。第三個「言」則是「告」的賓語，「告之」，用法和「焉」類似，詳下文。

　　b. 驅馬悠悠，言至于漕。〈鄘風・載馳〉

　　c. 言私其豵，獻豜于公。〈豳風・七月〉

　　　於是自己留下一隻小的，把三歲大的豬獻給了國君。

　　d. 我不見兮，言從之邁。〈小雅・都人士〉

　　e. 言授之縶，以縶其馬。〈周頌・有客〉

　　　於是給他馬絆，（請他）把馬繫住。（當是古代客人告別時主

人留客的一種禮貌表示。）

以上是句首「言」承上文複指的用法。《詩經》「爰」有不承上文的處所義，「言」也有不承上文的用法，但它的所指不是一個說話者心中的地點（那裡），而是一種特別的文外定指。如果前無所承，「言」的那個指示成分就會指向說話者的地點——我這裡，因此「言」會產生「我」的意思。「言」的自稱用法就是這樣來的。這個語法現象過去大家沒有認識到，下文還有更詳細說明。

2.1.2 句中的「言」

分析《詩經》的句子結構，出現在句中的「言」其實有好幾種用法，情況比句首的「言」複雜。下面先做一分類，每類之下列舉所有用例，於每例下再做說明。

2.1.2.1「言」作為連詞

「言」處於連動結構中，文義最弱，與「而」用法相當，無複指作用。但《詩經》在這些地方都用「言」而不用「而」。「而」是後起用法，「而」興而「言」廢。

(8)

    a. 載脂載舝，還車言邁。〈邶風・泉水〉

    b. 駕言出遊，以寫我憂。〈邶風・泉水〉；〈衛風・竹竿〉

    c. 弋言加之，與子宜之。

       宜言飲酒，與子偕老。〈鄭風・女曰雞鳴〉

    d. 彤弓弨兮，受言藏／載／櫜之。〈小雅・彤弓〉

    e. 念彼共人，興言出宿。〈小雅・小明〉

    f. 君子有酒，酌言嘗／獻／酢／醻／之。〈小雅・瓠葉〉

    g. 鼓咽咽，醉言舞／歸。〈魯頌・有駜〉

2.1.2.2「言」作為動詞賓語

這一類的「言」字出現在及物動詞之後，作為賓語如「之」、「焉」，有複指作用。

(9)

　　a.（言告師氏，）言₁告言₂歸。〈周南・葛覃〉

　　　按：「言告言歸」此句中的「言₁」如例 (7a) 所指為「承上文指示時間先後」，「言₂」複指師氏，是動詞「告」的間接賓語：於是告訴她（我）要回娘家了。這個句式有別於〈小雅・黃鳥〉的「言旋言歸」，後者是語意重疊的並列結構。「言告言歸」這個句子看似平行，其實兩個「言」字句法地位不同，正如「神之聽之」〈小雅・小明〉看似平行，其實兩個「之」字用法不一樣。

　　b. 四牡龐龐，駕言徂東。

　　　東有甫草，駕言行狩。〈小雅・車攻〉

　　　按：此詩頭兩章以田車四牡為主題，則「駕」的意思不是駕車而已，應有特指賓語——駕著那四牡。後文「駕彼四牡」、「四黃既駕」可證。此處「駕言」猶云「駕之」（與 (8b)「駕言出遊」不同）。

2.1.2.3「言」作為狀語詞尾

這一類「言」字充任狀態動詞的後綴成分（詞尾），構成副詞或狀語，用法與「然」相當。「言」、「焉」均有此用法。

(10)

　　a. 靜言思之，寤辟有摽。〈邶風・柏舟〉

　　b. 靜言思之，躬自悼矣。〈衛風・氓〉

　　c. 寤言不寐，願言則嚏／懷。〈邶風・終風〉

按：〈終風〉兩句的「言」都是用來建構狀語的詞尾。寤即不寐，「寤言不寐」，醒著不能入睡，此句的修辭手法和「愛而不見」〈邶風・靜女〉相同。二詩同屬〈邶風〉。「愛（優）而」也是狀語結構。總之，「言」也好，「而」也好，出現在狀態動詞之後，它們都是狀語詞尾而不是連詞。「願言」表希冀之意，「言」也是詞尾。

d. 睠言顧之，潸焉出涕。〈小雅・大東〉

按：「睠」「顧」皆有回視之意，以同義詞或近似同義詞作為狀語，就如同「寤言不寐」、「願言思伯」、「愛而不見」、「頎而長兮」的情形，古代漢語正有不少這樣的用例。第二句「潸」和「出涕」也是同義。這裡「焉」、「言」用法是相同的。

e. 永言配命，自求多福。〈大雅・文王〉

f. 永言配命，成王之孚。

永言孝思，孝思維則。〈大雅・下武〉

g. 永言保之，思皇多祜。〈周頌・載見〉

按：「永言」就是「永」，是永遠不斷或一直不斷，一直到底之意。「永言保之」就是「永保之」。金文和《尚書》單用「永」，《詩經》也用單音節的「永」，如「永懷」〈小雅・正月〉、「永嘆」〈小雅・小弁〉；〈大雅・公劉〉、「永錫」〈小雅・楚茨〉；〈大雅・既醉〉、「永觀」〈周頌・有瞽〉。詞形雖有單雙音節的不同，詞義和用法則無別。

2.2 「言」與「而」

前文 (2.1.2.1) 指出，「言」可出現在兩個動詞之間，這個位置的「言」沒有複指作用，而有連詞「而」的用法。有趣的是，連詞「而」的普遍使用是春秋時期以後的事。

《詩經》用「而」的地方都帶有前後對照或比較的語義，「而」字用法相當於副詞「卻」，有時相當於副詞「也」，不是真正的連詞。詳第五章「並

列結構」。《詩經》時代出現在連動結構中的並列連詞是「言」，不是「而」。

為什麼「言」有並列連詞的作用？「言」是一個合音字，是由兩個詞素結合起來的，其中一個是指示成分 *-an*。另一個詞素是什麼？我們沒說。現在該討論一下了。

「言」不可能跟「焉」一樣是一個介詞組，因為第一，上古漢語介詞只有一個，就是「於（于）」，疑母聲母的「言」不可能跟這個介詞有關係。第二，前面指出，《詩經》中不承上文的「爰」都是處所介詞組用法，是「在那裡」或「在這裡」的意思。「言」沒有這種介詞組的用法。它雖可以複指處所，但它本身不是介詞組結構，而是像英語 *thereat*、*therein*、*there-from* 的 *there* 一樣，是一個指示成分。

然而合音詞「言」裡的這個日母音節究竟代表什麼？合音字「言」不應當只有英語 *there* 的意義，而應該像英語 *and there*、*and then* 一樣，具有連接的功能。換句話說，這個合音字有兩個成分，第一個成分是一個連詞成分，第二個成分是一個指示成分。這兩個成分都不是獨立成分，因此只能形成合音字。上古前期，包括卜辭、金文和《尚書》的語言，都沒有一個相當於「而」這樣的連詞。《詩經》雖然有「而」字，但那是轉折副詞，不是連詞；只表逆承，不表順接。因此跟後來的「而」用法不同。《詩經》表順接的連詞成分就只有這個「言」字。

「言」跟「焉（爰）」、「然」一樣是一個合音字，它結合一個具連詞作用的詞素和一個指示成分 *-an*，因此兼有連接和複指兩種功能。出現在句首，這兩種功能都發揮出來，這是「言」的標準用法。但是正如「焉（爰）」的情形一樣，它也發展出其他用法。當它居於兩個動詞之間，這個弱位置使它變成一個弱形式。那就是說，發生了某種程度的虛化。形式方面，它成為一個附搭在前面動詞上的寄生成分 clitic；意義方面，虛化造成部分功能的削減甚至消失。這就產生兩種情況。要麼它失去了複指功能而成為一個單純的連詞——這就是它在「弋言加之」句中的「而」的用法；要麼它只保留了複指功能，而由於它形式上是附搭在前面動詞身上，因而充當了這個動詞的賓語。這就產生了「之」的訓解。

至於「言」作為副詞或狀語的詞尾（後綴，suffix），這也是它虛化後附著在前面的詞上而發展出來的用法。這樣的詞尾，《詩經》還有「焉」、「然」、「如」、「若」、「而」等，功能相同但形式不一樣。這個詞尾的基本形式應該是「然」，其他形式——包括「言」——都是「然」的變體。然而在《詩經》所有狀語詞尾中，「言」字的使用次數反而最多，超過「然」、「焉」等字。可以說「言」字句是《詩經》語言的一個特色。

連詞「而」很可能脫胎自這個虛化的「言」。李方桂後來 (1976) 的上古音和龔煌城都把日母擬為舌根鼻音 *ngl(j)*。這就把疑母和日母音值拉得很近了。以「而」取代「言」，一方面是擴張了「而」字的使用地盤，另一方面也使上古漢語產生了一個連接謂語的通用連詞。「言」弱化為「而」，正如狀語詞尾「然」有「而」的變體，音理是相同的。

2.3 「言」的「我」義

從合音這點性質看來，「言」自然是一個獨立的語句成分，不會是一個詞綴。不過在句法結構上，「言」的兩個成分應分屬不同的語句層次，它的複指成分可能有不止一個結構位置，一個位置很高，屬於句子結構的功能部門 (functional component)，其複指作用是通過功能範疇表現出來的，可以做文外指稱 exophoric reference，關連一個文外的定點——說話者的位置。關於句子功能結構，詳第十一章。這裡我們只對文外指稱這個問題做簡單說明。

漢藏語系的語言都有鮮明的說話者取向的性格。例如漢語動詞「來」、「去」的移動方向是以說話者的位置為基準。朝說話者方向的移動是「來」，背離說話者方向是「去」。西方語言就很不一樣。英語的 *come* 和 *go* 的使用並不一定根據說話者的位置，可以視情況而異，有相對的用法。漢藏語這個說話者取向的特色也表現在句法上，例如所謂「親見／非親見」的示證範疇就是把描述的事件關連到說話者（是不是目擊者？）身上。這是一個目前語法界很受注意的語法現象，在語言中比較常見。藏緬語大都有示證範疇，在我們比較熟知的藏緬語中，似乎只有景頗語是一個例外。

從現有有關研究文獻看來，景頗語未發現有示證標誌。藏緬語的羌語支語言則有發達的示證用法，示證範疇跟其他功能範疇互動，構成一個表達時制、動貌的複雜體系。❼示證其實是一種很特別的語法成分，它必須有一個人物做它的指稱對象 (referent)，這樣的指稱可稱為文外指稱，因為示證是以說話者為指稱對象，而說話者是在言談之外（文外）。可是示證又不光是一個 exophor 或屬於廣義的照應詞類 anaphora （包括 anaphors、logophors 和 exophors），因為它是有認知內容的；它指向說話者，表達說話者對所述事件的認知關係。有趣的是，在有些語言當中，示證標誌還可以有其他用法。它不一定註記說話者與事件的證人關係，還可以用來表達別的情況。羌語就有這樣的情形。北部羌語（如曲谷話）有一個動詞後綴成分 -k，是一個表示非親見的示證成分。這個詞素出現在表時間定點的 jy （jy 相當於漢語句尾「了」，表達時間定點）之後，如：*qupu kəjy-k-wa*「他走了啊（未親見）」。顯然，在 jy 之後，這個位置的 k 指向說話者，因此產生示證（未親見）的用法。但是這個 k 還有別種用法，它可以指一種不自覺或是不由自主的行為，或是一件不自覺而發生的事。而表達這個意思時 -k 在動詞結構中的位置是不同的。表達後一個意思時，指示成分 -k 就不能出現在 jy 之後，只能出現在這個時間定點之前：*qupu tə-war-k-jy*「他長大了；他糊里糊塗的長大了」。這個句子可以在媽媽看見小兒子穿的衣服不合身的時候說的：*qupu tə-war-k-jy çi, doqu te: ti-de mo-gu-jy*「他長大了，這褲子穿不上了。」句中的 k 表達孩子不識不知的迷糊憨樣。由此可以看出，羌語的所謂「示證」成分 k 有兩個結構位置，在時間定點（即 tense 的位置）之前或之後。時間定點後的位置高（藏緬語是中心詞居後的語言），居於句子結構主語之上，因此 k 不能用來複指主語。但是這個成分是有指稱作用的，它必須有一個指稱對象，以表達它的認知內容。它在句中找不到複指對象，只能向文外找，以其認知內容與說話者關聯起來，產生了示證這樣的語用 (pragmatic) 功能。當它出現在時間定點 jy 之前，這是一個句

❼　Mei, Kuang（梅廣）1999 [2004], "The expression of time in Tibeto-Burman."

中（即 IP 中）的位置。處於這個位置時，它就不能指向說話者，只能指向句中的主語，以主語作為它的指稱對象，表達主語的認知狀態（不自覺）。因此這個位置上的 *k* 就只有相當於狀語的用法。比較：「小華高高興興的上學去了」的「高高興興」。

句子結構的最上層（或最外層）稱為 CP。❽它表達許多與說話者相關的語意性質，例如所謂「語氣」。這個上層結構是目前句法學家密集進行的一個研究重點，我們對它的認識亦必越來越深入。我在 2002 [2004] 論文中設想句法的功能部門有一個叫做 Ego Phrase (EP) 的投射結構，出現在這個結構中的語法成分都具有說話者取向 [+ego] 的語意性質，這個語意性質代表指向說話者的指示關係。藏緬語的示證和座落（表示事物跟說話者的空間距離） 兩個功能範疇是隸屬於這個 EP 的兩個結構。上述的論文並且推想 EP 恐怕是個類型性的東西，它顯出具有 EP 結構的語言說話者取向的特色；別種類型的語言就不會產生這個語法裝置。這只是個初步的構想。理論的細節不論，這個構想對解釋藏緬語和古漢語的指稱現象還是有幫助的。

根據這個 EP 的假設，我們可以做以下的推斷：一個謂語中的複指成分如果出現在 EP 這個結構裡，那它一定用來指向說話者，但是如果它也能出現在謂語結構別的地方，那麼它會產生隨指的用法，它的指稱對象就不是說話者，而必須從文內尋求。上述北部羌語的 *k* 就是這種情形。

漢語是一個說話者取向的語言，如果說漢語在某個歷史階段中發展出一個 EP 結構，應該不會令人感到意外。假定事實是如此，我們就能解釋《詩經》「言」字為什麼可以當作「我」解。從「言」出現在句首的情況看 ，它的指示成分所處的位置應該是一個副詞性的加接結構 adverbial adjunct。這個位置應當跟英語的 *then, therefore, thereupon, therein* 等在句中的位置相當，也都在連詞（如 *and*）之後，因此連詞和這個指示成分很自然就結為一體。在這個位置上「焉」字也可以出現（但不見於《詩經》，見於有些先秦文獻，參看 2.1 節）。因此在這個位置上，指示成分 *-an* 既能以

---

❽ 關於 IP、CP 的說明，見第二章及第十一章。

介詞組的形式出現，又能單個出現，與前面的連詞成分合成「言」。「言」這個合音字就相當於英語的 *and there*，用來承接上文。但是不同於英語，古漢語這個指示成分 *-an* 還能出現在句首另一個較高（CP 層級）的位置，那就是比 adverbial adjunct 更高的 EP 的位置。出現在這個位置時，「言」這個合音字就取得 [+ego] 的語意性質，指向說話者所在，因此當作我解（意思是「而我」）。

　　從以上對《詩經》「言」字的探討可以看出，虛詞跟語法體系關係密切，它表現這個語法體系的一些特質。如果我們對語法體系本身無所了解，也就無從解釋這些語詞的用法。「言」字的自指用法就是一例。清人用考據方法從事語文研究，訓詁也是一種考據學。今人研究古代語言，基本上走的也是考據這條路。即使語法學引進中國已有百年歷史，古漢語研究亦已形成一批大專業隊伍，然而能利用語法學知識以發古漢語之祕的成功案例實不多見。這是一個需要加倍努力的研究方向。

3. 語句分析與古書閱讀

　　把語法知識應用到古書的研讀，是有許多實際好處的。今人讀古書自然沒有古人那樣廣博精熟，從前的讀書人以文言文為第二語言，今日即使是文史學者也很難做到。然而現代中國人還是有必要認識自己的文化傳統，因此還是有必要讀古書，學習古代漢語。中國文化傳統跟希臘、羅馬文化傳統在世界的地位還是有很大差異。希臘、羅馬文化已經是西方國家的共同遺產，是西方文明的源頭。對西方人而言，希臘、羅馬文化是西方人的，不是屬於現代希臘人或現代義大利人的。對現代希臘人和現代義大利人而言，這兩個古代文化都是普世價值，他們並沒有擔當傳承的責任。但是在今日世界，中國傳統文化還是屬於中國的，不是世界性的，需要中國人自己來發揚，因此就必須學習傳統文化。其實現代中國人要學好古代漢語也不是一件很困難的事，因為古漢語研究已經累積了很多進步知識，供我們參考。這裡我們要特別強調語法學對古漢語學習的重要性。語法知識能提

升我們對語句結構的自覺，使得閱讀時更能注意到句子各個部分的關係。學習語法也一樣能豐富我們的語感。

古代學者研究古漢語，也是做很多分析工作的。對於文句，他們雖然沒有文法的系統概念，但這不表示他們就沒有文法意識。楊樹達《高等國文法》總論指出：「清朝儒者精研小學訓詁，雖不能創造文法學，然能心知其意者，則高郵王氏念孫引之父子二人是也。」他又說：「清以來解釋古書者多矣，而不能盡當人意如王氏者。坐不通文法耳。」其實清代大學者如顧炎武等人都是非常注意文句組織的，他們口中的「文勢」、「文例」，都與文法觀念相通。晚清的俞樾更是注重研求古書字句解釋的通例，所著《古書疑義舉例》，於文法亦有所發明。不過俞氏此書，範圍包括訓詁、修辭、文法、校勘、糾謬，體例頗素雜。而且曲園學問博通有餘而精審不足，其書頗多謬誤。如於《孟子・盡心上》（俞書誤為〈告子〉篇）：「君子所性，仁義禮智根於心；其生色也，睟然見於面，盎於背，施於四體，四體不言而喻。」則謂「四體不言而喻」義不可通；「四體」不應疊而疊，當刪。❾俞樾謂「四體不言而喻」義不可通，他不知道這是一個表讓步（容認義）的複句，「不言」是「雖不言」的意思。他的識見比起高郵王氏父子，相去甚遠。

讀古書或因不明詞義，不知通假之理，不悟音義之變，或於文理不審，或於古代文化知識有所不足，都會造成誤讀 (dú)。這些問題不涉及語法，這裡可以不談。而誤讀與語法有關的，則是句讀 (dòu)、結構多義和虛詞三種。以下分別舉例說明。

3.1 斷句

讀書固然識字重要，識句也是同樣重要。古書有許多難解的句子，不少句子連斷句都成問題。兩千年來，上至大學者，下至一般讀書人甚至學童，都把很多精力花在上面。古書不用標點符號，但是讀古書必須把句讀

❾ 《古書疑義舉例》卷六，〈字以兩句相連而誤疊例〉。

認出來。句讀是過去古漢語學習的一個基本工作。《禮記・學記》裡說：「比年入學，中年考校。一年視離經辨志，三年視敬業樂群，五年視博習親師，七年視論學取友，謂之小成。」「離經辨志」是第一、二年學習的重點。鄭玄注：「離經，斷句絕也。」孔穎達疏：「學者初入學二年，鄉遂大夫于年終之時考視其業。離經謂離析經理，使章句斷絕也。」斷句能加強對語句結構的認識和自覺，基本上是一種語法練習，因此古人讀書雖然不學語法，實際上他們的學業包含了語法學習功課。

　　楊樹達在《古書句讀釋例》的敘論中說：「句讀之事，視之若甚淺，而實則頗難。」該書收輯了一百六十八個句讀失誤的例子，有的是當讀而失讀者，有的是不當讀而誤讀者，有的是句讀上下誤置的，還有的是因誤讀而改動了原文的。句讀錯誤的原因很多。其實古書有些句子讀起來不通順，往往只是句讀出了問題，並無難字隱義，一旦把句子正確標點出來，就渙然冰釋，怡然理順。試舉楊書數例（例23、80、81）說明。《左傳・昭公十六年》記子產的話：「僑聞為國非不能事大字小之難無禮以定其位之患」，孔疏引服虔以「非不能事大」為句，致文義室礙難通。王引之《經義述聞》加以改正，《述聞》說：「難亦患也。之，是也。言為國非不能事大字小是患，無禮以定其位是患也。」這樣以「不能事大字小」與「無禮以定其位」形成對照，文句就順暢了。又如《荀子・榮辱》篇：「以治情則利，以為名則榮，以群則和，以獨則足樂，意者其是邪？」楊倞注的本子原以「以獨則足」為句，「樂」屬後。然而「樂意者其是邪」文句沒有「意者其是邪」通順。「意者」是忖度之詞，「邪」是反詰語氣詞，所以「意者」正與「其是邪」句式相合。「意者」一詞頗流行於上古晚期（第六章4.2節），此詞還見於《荀子》書其他地方。王念孫改讀為以「以獨則足樂」成句是對的。再如《荀子・非十二子》篇「無置錐之地，而王公不能與之爭名，在一大夫之位，則一君不能獨畜，一國不能獨容成名，況乎諸侯？莫不願以為臣（〈儒效〉篇作「得以為臣」）。是聖人之不得埶者也。仲尼子弓是也。」一段話，「一國」以下三句引起過甚多討論，參看王先謙《荀子集解》。這個句讀問題其實也不難解決。俞樾認為「成名」猶「盛名」，其說可取。但他

以「成名（盛名）況乎諸侯」作一句解，訓「況」為「賜」，言以盛名為諸侯賜，則誤。在語法學上，名之為物，有不可分離 (inalienable) 屬性，因此「盛名」是不能賜予他人的。「況乎」就是「況於」、「何況」，是常見的表遞進的連詞。此數句當謂若在大夫之位，則其盛名固非一國所能容，何況諸侯之屬？然而侯王莫不皆願得以為臣。或者有人會說諸侯亦一君一國，不應重複。不知諸侯在這裡是集體概念，正與一君一國之「一」語義相對。此為修辭法所容許，並非重複。

3.1.1《大學》的「闕文誤字」 ❿

　　《四書》之一的《大學》原是《小戴禮記》的一篇，北宋以後經理學家表彰，成為儒學基本典籍之一，千年來為每一個進學的童子所諷誦。然而《禮記・大學》這篇不滿兩千字的短文卻有一些文字上的訛誤，又因沒有其他版本可以參校，以致後世學者各憑己意加以改動，爭議不斷。南宋的朱熹是四書學的創始者，也是四書學的最高權威。他的《四書集注》是世代塾師用的標準教科書。然而在大學者當中，他對《大學》經文的意見也最多。他認為《禮記・大學》的注疏本有錯簡、誤字和闕文三種缺失。這三項缺失中，自然以闕文一項最嚴重。誤字可以改正，錯簡可以調整，但是闕文是會影響經文的完整性的。朱子認為《大學》對格物一詞語沒有解說，應是闕文之故。因此他自作「格物補傳」以補其缺。但經籍文義如有大段殘缺，後人如何能補？而且補過的古董花瓶，就算修補得再好，終非完美品。

　　朱子還指出《大學》文末另有一處恐怕也有闕文：

　　⑾ 長國家而務財用者，必自小人矣。**彼為善之小人之使為國家菑害並至，雖有善者，亦無如之何矣。**

這一段話中「彼為善」以下，朱子斷為「彼為善之，小人之使為國家，菑

---

❿　本節所論皆根據梅廣《〈大學〉古本新訂》，收入國立臺灣大學中國文學系編印《孔德成先生學術與薪傳研討會論文集》，頁 117–154，2009 年。

害並至」，並於註下說：「『彼為善之』此句上下疑有闕文誤字。」朱子以後，研究《大學》的人雖多，但是讀到這裡，都停住了，提不出新的解釋。實則這幾句話意思很清楚，並沒有什麼闕文誤字。朱子讀不通它，因為他的句讀有誤。這幾句話的正確標點應是：「彼為善之小人之使，為國家菑害並至，雖有善者，亦無如之何矣。」意思是：那些為善的人之所以（不得不）任用小人，是因為國家災難並至，雖有善人當政，也是無可奈何的。「彼為善之小人之使」是一個以「之」字連接的非獨立小句，結構非常清楚明確。這是一個原文不誤後人誤讀的例子。

《大學》是先秦儒學重要的思想典籍，如果流傳的本子有缺漏，那是非常遺憾的事。所幸後世認為缺漏的，未必是真的缺漏。宋儒解讀先秦儒學，經常把經典思想套在其理學框架中。《大學》也是一例。所以這裡也有詮釋學上的問題，但這不是本書要解說的題目。總之，朱子所謂舊本《大學》沒有完整的體現「格物、致知」的意義結構，必有闕文一說，完全不能成立。《大學》一文基本上是完整的，沒有任何文字缺漏。誤字容或有一二。他如錯簡和誤讀，通過細心的閱讀和整理，都能迎刃而解。

《大學》這段被誤讀的話，其實文句並不艱深，也不需要具備很多句法專業知識，只要對古漢語有良好的語感，就能解決這個疑難。不過，語法研究確實能培養出良好的語感，功夫愈深，語感愈強，這也是應當承認的。

3.1.2 數讀中的真讀

語法能幫助我們深入理解文句結構。古書的句讀有時不易確定，於是就留下一些所謂數讀皆通的句子。楊樹達說：「按數讀皆可通，非著書之人故以此為謎苦後人也，乃今人苦不得其真讀耳。」有時沒有積極的句法佐證，文勢語脈的語感也可以幫我們於兩讀或多讀中做出較佳的選擇。例如《左傳‧僖公二十三年》「僖負羈之妻曰：吾觀晉公子之從者皆足以相國。若以相，夫子必反其國。」杜預於「相」字絕句，而陸德明則以「若以相夫子」為句。顧炎武《杜解補正》說：玩文勢仍當從杜以「相」句絕。確

是如此。又《論語·子罕》篇：「唐棣之華，偏其反而。豈不爾思？室是遠而。子曰：未之思也，夫何遠之有？」過去有「未之思也」和「未之思也夫」兩種斷法。審文勢，似以前者較佳。「也夫」是文章做結論的一種終結語氣，似不應有「何遠之有」的補充，而「夫何」則是一個常見的反詰句式，《論語》一書還見於「內省不疚，夫何憂何懼？」〈顏淵〉、「夫何為哉？恭己正南面而已矣。」（〈衛靈公〉二處）。又如《論語·為政》「吾與回言終日，不違如愚。」一語也有「終日」屬上屬下兩種斷法。從句法上看，兩讀皆可通。然就事理觀之，此處恐怕是孔子拿了一個特殊事例（跟顏回說了一整天的話）來說明顏回的不愚，並非意味著他與顏回說話，經常一說就是一整天。因此以「終日」作為「言」的補語是比較好的。

隨著語法研究的深入，我們就可以用比較嚴格的句法標準來做檢驗，對於所謂「數讀皆通」的句子，往往能於數讀中找到最精當的一讀。試舉二例。

3.1.2.1《論語》「子在齊聞〈韶〉」

《論語·述而》「子在齊聞〈韶〉三月不知肉味」一句，有三種不同的標點方式：

(12)

     a. 子在齊，聞〈韶〉三月，不知肉味。

     b. 子在齊聞〈韶〉，三月不知肉味。

     c. 子在齊，聞〈韶〉，三月不知肉味。

(12a) 和 (12b) 的差別主要是表期間的「三月」屬上或屬下的問題。這個問題其實很容易解決；毫無疑問「三月」應屬下讀。「聽」與「聞」、「視」與「見」 都有相同的語義分別， 分屬不同的事件類型。 一是所謂活動 (activity) 動詞，另一是所謂瞬成 (achievement) 動詞 （第七章）。「聞」是「聽見」的意思，「見」是「看見」的意思，都含有結果義，因此不能帶表達時段的期間補語。而且〈韶〉是舜時之樂（見《說文》），聽〈韶〉三月，

亦必無其事。因此「三月」必指聞〈韶〉以後的三個月。孔子聞〈韶〉以後三個月（三個月言其長）都不知肉味，所以他感嘆說：不圖為樂之至於斯也！

　　真正需要解決的是「在齊聞〈韶〉」的斷句，也就是 (12b) 與 (12c) 之間的選擇。(12b) 以「在齊聞〈韶〉，」作一分句斷；(12c) 以「在齊，聞〈韶〉，」作二分句斷。二者句法結構不同。作一分句斷的是一個不對等連動，「在」是次動詞，「聞」是主動詞。作二分句斷的則是兩個對等並列分句，「在」和「聞」都是主要動詞。本書第八章 (5.2.3) 指出，「在 L+V」（L 表處所）這個句式商代卜辭就有，是一種 VP(,)VP 的對等並列式。一直到上古中期（春秋戰國）這段長時期裡，「在」始終是當主要動詞用。它加入了後來的偏正結構，引介行為所在，是中世紀以後的事。因此，(12c) 的斷句合乎古漢語語法的歷史事實，(12b) 的斷句則不免以今律古。此外，《孟子・萬章下》「舜在床琴」亦應斷為兩個並列分句：舜在床，琴。

3.1.2.2 《孟子》「晉人有馮婦者」

　　「重為馮婦」這個成語是大家都知道的。這個典故出自《孟子・盡心下》：

> (13) 晉人有馮婦者，善搏虎，卒為善，士則之。野有眾逐虎。虎負嵎，莫之敢攖。望見馮婦，趨而迎之。馮婦攘臂下車，眾皆悅之。其為士者笑之。

這段故事有一處引起過句讀爭議。南宋周密記「一本以善字、之字點句」，這是這裡採用的讀法：「卒為善，士則（仿效）之」。另一作「卒為善士，則之（動詞）野，有眾逐虎。」「野」字屬上，並讀「則」為虛，讀「之」為實。朱子集註採用此讀，後世多從。楊樹達認為二種讀法皆可通，但偏向後一讀，楊伯峻《孟子譯注》同。孟子有「善士」一詞，故可認為這裡「善士」連讀有根據。不過後一讀有一個句法問題不能忽略。「則」是一個複句的連接成分，它必須連接兩個分句（第三章「偏正結構」）。然而若將

「卒為善士，則之野」視為一複句結構，則有困難。「則」又有對比作用，作副詞用（第四章「主題句」），如《論語・憲問》「賜也賢乎哉？夫我則不暇。」此以「我」與「賜也」兩個句中的焦點對比，一正一反。然而「則」的這個對比用法在這裡不適用，因這兩句並無平行焦點可以作正反對比。因此從句法結構上考慮，前一讀為佳，後一讀必須放棄。

不過後一讀的支持者頗多。閻若璩《四書釋地又續》（據楊樹達引）說：「古人文字敘事未有無根者，惟馮婦之野，然後眾得望見馮婦。若如周密斷『士則之』為句，『野』遂屬下，『野』但有眾耳，何由有馮婦來？此為無根。」今按此說殊不成理。野但有眾，是說開始的時候。開始的時候馮婦不在場，馮婦是後來才趕到場的，故眾人望見他來，「趨而迎之」。馮婦驅車聞風趕至，這在「攘臂下車」一句中已交代得明明白白，何來無根？

3.2 結構多義

結構多義的情況與斷句類似，不過斷句是如何劃分分句的問題，而結構多義是如何劃分句子成分的問題。句子的歧義常常不容易察覺，因為我們通常是按照說話的環境去理解句意的。「小妹的毛襪老是打不好」是一本小說裡面的句子。這是小說裡的主人翁──媽媽身分──說的話，所以意思就是說小妹的毛襪我老是打不好，「小妹的毛襪」是一個名詞組結構。這句話還有另外一層意思，須要放在另一個說話環境去解釋，那就是小妹學打毛襪老是學不好。小妹是句子的主語，毛襪是打的賓語。「小妹的毛襪」並不是一個語句成分（詞組），中間的「的」可以省掉。「小妹的毛襪老是打不好」是一個結構多義的句子。

「餃子蒸的好」一句聽起來有兩個意思，一個是我比較喜歡吃蒸餃（餃子用蒸的比較好吃），另外一個意思是這盤蒸餃很好吃。雖然書面上可以用「的」、「得」二字，說話也可以用停頓，來分別兩個意思，這也算是一個結構多義的句子。

古書當然也有結構多義的句子。對古代語言結構培養出高度自覺，就能察覺句子的歧義，而選擇出最切合語境的解釋。

3.2.1《中庸》「忠恕違道不遠」

古代典籍有一些關鍵性的文句，可以有一個以上的解釋。如果我們不深透其結構，而做出片面的解釋，則不能通貫文義，甚至牽強附會。《中庸》「道不遠人」一章有一句重要的話：

⑴⒱　**忠恕違道不遠**：施諸己而不願，亦勿施諸人。

朱子把「忠恕違道不遠」一句當作一個單句來理解：忠恕離道不遠；也就是說，近道而未至。這樣的解釋問題很大。曾子說過：「夫子之道，忠恕而已矣。」(《論語・衛靈公》)，忠恕是孔子之道，怎能說它跟道還有個距離呢？這個句子應該當作一個條件複句看待：忠恕則違道不遠。忠恕是對人對己一貫的對等原則，所以孔子說「吾道一以貫之」，而曾子將「一以貫」的道解釋為忠恕。如果我們秉此對人對己一貫的原則作日常的行為反省，即使言行偶有偏差，亦必迅速歸正，故曰違道不遠。曾子日三省其身，是孔門弟子中最能貫徹忠恕之道者。曾子以忠恕教人，子思得曾子之傳，所以「道不遠人」這一章是《中庸》有曾子思想影子的一例。

3.2.2《中庸》「所以行之者一也」

關於「所」字的用法，語法學者的討論已經很多，但如果做更仔細的分辨，下面《中庸》的句子就有歧義：

⑴⒳　知仁勇三者，天下之達德也，**所以行之者一也**。

宋代理學家解釋《中庸》，都把「所以」連讀，表示原因或根據，又認為知仁勇三達德都根源於誠，於是把「一」附會為「誠」。這是把句子的結構看錯了。正確的分析應當是「以行之」連讀。以行之就是以知仁勇行之的意思。「之」指前面說的達道，就是五倫，「所」在這裡表狀況，因此這句話的意思就是：無論用知用仁或用勇，都能實行達道，情況是一樣的。此即殊途同歸之意。這一段話跟本篇後面講到的「誠」是完全扯不上關係

的。理學家把誠看作德行的根源，其文獻根據就是《中庸》這句話。宋儒犯了一個嚴重的義理錯誤，正因為沒有弄清楚此句的句法結構。 ❶

「所以行之者一也」這句話之所以引起誤解，原因在於它是個多義結構。一般學者慣常把「所」、「以」連起來讀，因為「所以」可以表原因，理由，或根據。但是語法學家遇到「所以行之」這個結構，就會考慮是不是分析成「所」「以行之」更好，因為「以行之」連讀更貼近文義。「以行之」就是「以（知仁勇）行之」。「所」在這裡指的是事件本身，代表命題中的事件論元 (event argument)。 ❷

「所」有指事件本身的用法，過去是被忽略了。不過例證其實還不少，❸例如《禮記・學記》：「是故君之所不臣於其臣者二：當其為尸則弗臣也；當其為師則弗臣也。」這話的前半是說：有兩種情形是君王不能把臣子視為臣子的。這裡的「所」指「不臣於其臣」的情況。又《尚書・牧誓》「爾所弗勖，其于爾躬有戮」（你們如果不努力，就會自己受到嚴懲）也是用「所」關連事件，而表假定之義，猶如英語 *in the event that...*。「所」的這個用法可能來源甚早，而後世則甚少用，多見於誓詞之中。詳第三章 2.8 節。

3.2.3 《莊子・齊物論》「奚必知代而心自取者有之」 ❹

《莊子》是一本難讀的書；〈齊物論〉一篇尤為難解。何以此篇特別難

---

❶ 參看梅廣〈釋「修辭立其誠」：原始儒家的天道觀與語言觀──兼論宋儒的章句學〉，《臺大文史哲學報》55，頁 213–238，2001 年；〈語言科學與經典詮釋〉，葉國良編《文獻及語言知識與經典詮釋的關係》，臺北：喜馬拉雅基金會，2003 年。

❷ 最早提出句子命題含有事件論元一說是哲學家、邏輯學家 Donald Davidson，見所著論文 "The logical form of action sentences"，收於 N. Rescher (ed.), *The Logic of Decision and Action*, University of Pittsburgh Press, 1967。他的理論經過 Terrence Parsons, James Higginbotham 等學者的發展已普遍得到語法學家的接受。

❸ 「所」的這個用法被後世學者忽略的一個原因可能是這個用法只見於先秦文獻中。這個用法西漢以後就找不到了。

❹ 本節所論，細節請參考梅廣〈從楚文化的特色試論老莊的自然哲學〉，《臺大文史哲學報》67，頁 1–38，2007 年。

解？主要原因是本篇的意旨難明。這又與其寫法有關。〈齊物論〉的寫法是
論辯式的，它有一個內在的論辯對象，就是自己跟自己論辯，同時還有一
個外在的論辯對象，那就是針對當時一些像惠施那樣的辯者。如果不考慮
這個背景，對於篇中提出的命題，我們就往往搞不清楚究竟是代表此方的
意見還是彼方的意見，是莊子所贊同的，還是他最後要否定的，就會把「天
地與我並生，而萬物與我為一」的辯士詭辭誤以為表達莊子自己的思想。
讀《莊子》，也必須分辨何者為文章（修辭）？何者為思想？例如「指」、
「馬」是當時辯者喜歡引用的事物，莊子只是借用一下，「一指」、「一馬」
意謂道理相同，是修辭用法，而解者錯認「天地一指也，萬物一馬也」是
一個「齊物」的命題，則是大謬。莊子文章光怪陸離，恣縱不羈，修辭手
法詭異，章法更不拘一格。〈養生主〉「為善無近名，為惡無近刑」，解者皆
不得其旨。實則此兩處「無」都是以整個句子作為它的否定範圍：無為善
（以）近名，無為惡（以）近刑。若知有此修辭手法，則爭論可以平息。

　　《莊子》書難解的句子甚多，這裡再舉一個例子，是與結構多義有
關的：

(16) 夫隨其成心而師之，誰獨且無師乎？**奚必知代而心自取**者有之？
　　 愚者與有焉。

莊子極言心知之害，這是大家都知道的。這裡的「成心」也是負面意義。
成心之成猶如成見之成。人如果以自己的成心為師，那麼不分愚智，人人
都有個老師教他什麼是是非對錯。「奚必知代而心自取者有之？愚者與有
焉。」這裡的「代」是「化」字之訛，應無問題。化指萬化。「化而心自
取」是一句話（比較《老子》「化而欲作」），意謂在萬化中而己心有所取
決。這句是「知」的賓語句。「知」謂意識到。有此意識者即是有自覺的
人，而愚者則無自覺。儘管無自覺，愚者一樣也有個老師在教導他。這就
是這一段話的意思。過去學者皆以「知代」或「知化」連讀。「知代」不成
義，「知化」雖可通（「窮神知化」）但與這裡的文意背離。以「化」屬下則
文義明白曉暢。

3.3 虛詞與文義解釋——以「焉」為例

　　讀古書，必須注意到句子中的每一個字。古書已經精簡如此，怎麼可能有多餘的閒字？只有把一個句子每個字都解釋清楚，才算把句子讀通。我們再拿「焉」字做例子。出現在句尾的「焉」，往往被人忽略，以為是一個語氣詞，跟句子其他部分無關，其實大謬不然。在大多數的情況下，「焉」都是有指示的實義的，不是單純的語氣詞。忽略了「焉」，往往會使句義不完整，甚至產生誤讀。

　　前文已經解釋過，「焉」是介詞「於」結合一個指示成分 *-an* 的合音字，因此它的基本語法性質是指示。出現在謂語前端，「焉」有連詞作用，表先後關係（「於是」）。另一用法是作為疑問詞，一如現代漢語「那」跟「哪」的關係：「在那裡」，「在哪裡？」。這些都是「焉」實義用法。

　　作為一個介詞組，「焉」的基本位置是後置。後置的「焉」都有指示作用，或承上文用來複指一句中的顯要論元，特別是主題，或者複指一個處所詞組。這是句中的複指。還有不承上文的文義複指，需要在語意環境中找尋指稱對象。無論哪一種複指，都是從「焉」的指示性質衍生的。「焉」是一個介詞組（於 + *-an*）的合音，其介詞「於」實含「存在」義。從語句的邏輯形式看，這種存在義的「焉」在一句中的作用即是所謂命題的「實存關閉 (existential closure)」，也就是對命題的論元變項 (argument variable) 給予實存的解釋，給它一個定值 (value)。因此表達實然情態是「焉」的一個基本功能。「焉」常常出現在「有無句」中，作為存在動詞「有」、「無」、「在」等的補語。當它不承上文，沒有確定的句內指稱對象時，「焉」的指示性質就會被人忽略，而被認為是一個表達語氣的句尾詞，但它其實還是具有指示的實存意義（在那裡）。⓯「焉」的用法雖多，但絕大多數是可以從這個基本義得到解釋的。下面我們就分別說明句尾「焉」的各種使用狀況。

⓯　相對於「言」，「焉」（「爰」）沒有說話者自指的含義，這是因為它在句中的結構位置不在 Ego Phrase (EP) 中。

3.3.1 有先行詞的複指

3.3.1.1 介詞結構

這是「焉」的最基本用法。可指事物或處所：

⑴⑺

　　a. 制，巖邑也，虢叔死焉，他邑唯命。《左傳‧隱公元年》
　　　　虢叔死於是，複指制邑。

　　b. 八月，辛酉，司徒醜以王師敗績于前城，百工叛。己巳，伐
　　　　單氏之宮，敗焉。《左傳‧昭公二十二年》
　　　　敗焉，敗於單氏之宮。

　　c. 夫乾，其靜也專，其動也直，是以大生焉。夫坤，其靜也翕，
　　　　其動也闢，是以廣生焉。《易‧繫辭》
　　　　大生於乾，廣生於坤。

　　d. 致中和，天地位焉，萬物育焉。《中庸》
　　　　「焉」，於是、於此，指主題中和，即天地位（形成）於中，
　　　　萬物育於和的意思。致是推廣的意思。此謂中和之道，見於
　　　　人情（指喜怒哀樂的未發已發），亦見於宇宙造化。

　　e. 今天下車同軌，書同文，行同倫。雖有其位，苟無其德，不
　　　　敢作禮樂焉；雖有其德，苟無其位，亦不敢作禮樂焉。《中庸》
　　　　「焉」複指「今天下」：於當今之世。

　　f. 君子疾沒世而名不稱焉。《論語‧衛靈公》
　　　　名不稱於世。荀悅《漢紀》引司馬遷〈報任安書〉：「僕所以
　　　　隱忍苟活，身陷糞土之中而不辭者，私心有所不盡，疾沒世
　　　　而名不稱於後世也。」可證。

　　g. 寡人之于國也，盡心焉耳矣。《孟子‧梁惠王上》
　　　　「焉」複指國，盡心於國事。

　　h. 昔者吾舅（我的公公）死於虎，吾夫又死焉，今吾子又死焉。

《禮記・檀弓下》

「焉」，於是。「是」指虎患。

i. 王若隱其無罪而就死地，則牛羊何擇焉？《孟子・梁惠王上》

「焉」複指句中主題牛羊：何擇於是二者？

j. 子曰：「回也，其心三月不違仁，其餘則日月至焉而已矣。」
《論語・雍也》

至焉，至於仁。

k. 晉國，天下莫強焉。《孟子・梁惠王上》

天下莫強於晉國。上古漢語用「於」介詞組表達比較（差比、
平比），因此「焉」出現在質詞之後，也有比較用法。下面兩
句「甚焉」、「遠焉」表差比：甚於是者，遠於是者。

l. 尤而效之，罪又甚焉。《左傳・僖公二十四年》

m. 臣問其詩而不知也，若問遠焉，其焉能知之？《左傳・昭公十
二年》

n. 王天下有三重焉，其寡過矣乎！上焉者雖善無徵，無徵不信，
不信民弗從；下焉者雖善不尊，不尊不信，不信民弗從。《中庸》

《中庸》這一段話諸家解釋皆不確。「三重」的意思是三個重
要方針，應指下文所說的「本諸身，徵諸庶民，考諸三王」，
是上、中、下兼顧的「君子之道」，表現《中庸》一書所強調
的「中」或「中道」。「上焉者」指「考諸三王」，「下焉者」
指「徵諸庶民」，皆有所偏。「焉」在這裡複指「三重」，也表
差比。「有三重焉」的「焉」是虛義，見下文有無句說明。

「焉」也可以複指人：

(18)

a. 祁奚請老，晉侯問嗣焉。稱解狐，其讎也。將立之而卒，又
問焉。對曰：午也可。《左傳・襄公三年》

「問嗣焉」就是問嗣（繼任人）於祁奚。「焉」複指祁奚。

「問於」是敬語請教的意思。介詞「於」不能帶第三身稱代詞「之」（*於之），因此這裡只能用「焉」複指人。「問焉」是十分常見的結構，「焉」絕對不能視為語氣詞。

b. 楚子伐陸渾之戎，遂至于雒，觀兵于周疆。定王使王孫滿勞楚子，楚子問鼎之大小輕重**焉**，對曰：在德不在鼎《左傳・宣公三年》

問鼎之大小輕重於王孫滿。

c. 過衛，衛文公不禮**焉**。《左傳・僖公二十三年》

不禮焉，不禮於公子重耳。比較：宋公子鮑禮於國人。《左傳・文公十年》「禮」做動詞用，帶「於」介詞組補語。

d. 趙簡子問於史墨曰：季氏出其君，而民服**焉**，諸侯與之。君死於外，而莫之或罪也。《左傳・昭公三十二年》

服焉，服於季氏。

e. 愛之能勿勞乎？忠**焉**能勿誨乎？《論語・憲問》

忠焉，忠於他，複指上句賓語「之」。

f. 見賢，思齊**焉**《論語・里仁》

「焉」複指「賢」。「焉」是「於 + an」的合音字。「於」介詞組表平比：跟他看齊。

g. 苟不至德，至道不凝**焉**。《中庸》

朱注：至德，謂其人。苟非至德之人，至道不聚於其身。

3.3.1.2 「焉」作「之」用

「焉」也有當於「之」的解釋，複指主題或前句賓語，那就不是做介詞組用了。我們假定當「焉」的介詞弱化時，它就是個可以忽略的成分。這個用法句例很少。注意下面前二例，「之」和「焉」一為陰聲，一為陽聲，有音韻交替的變化。❶⑥

〰〰〰〰〰〰〰〰〰〰〰〰〰〰〰〰〰〰〰〰〰〰〰〰〰〰

❶⑥　陰陽音韻交替可能也是下面《左傳》句子出現「焉」的原因：

(19)

　　a. 子女玉帛，則君有之；羽毛齒革，則君地生**焉**。《左傳・僖公
　　　二十三年》

　　　生焉猶生之。比較：高山峻原，不生草木。《國語・晉語九》

　　b. 眾好之，必察**焉**；眾惡之，必察**焉**。《論語・衛靈公》

　　　不能反過來說成「*眾好焉，必察之」，因為這樣一來「焉」
　　　的先行詞就落在後面了。

　　c.（於）所未有而取**焉**，是利之中取大也；於所既有而棄**焉**，
　　　是害之中取小也。《墨子・大取》

　　d. 以君子將有為也，將有行也，問**焉**而以言，其受命也如響，
　　　无有遠近幽深，遂知來物。《易・繫辭上》

　　　問焉，問之。問的主語是「君子」。

3.3.2 文義的複指

　　以上的複指情況，「焉」都有一個確定的先行詞與之關連。不過「焉」
是一個指示 (demonstrative) 性質的語句成分，跟「這」、「那」一樣，它可
以沒有先行詞，它的複指對象可以從文義或文理中指認。隨著複指對象的

　　　我二十五年矣，又如是而嫁，則就木**焉**。《左傳・僖公二十三年》

「則就木焉」猶言「則就木矣」。前後二「矣」嫌重複，故後一「矣」改用陽聲的
「焉」。這裡用焉，就不是句法理由，而是修辭（音韻）理由。由於所見用例太
少，難下定論。不過，《經傳釋詞》指出「焉」有「也」的用法，也應當是同樣的
修辭手法。《釋詞》所舉《左傳》例子不確，「民之服焉」應是「民之服於季氏」
之意。但是像下面《公羊傳》和《禮記・檀弓》的例子則是可能的。不過，這已
經是上古漢語晚期的現象了。西漢以後，許多虛詞的用法都跟先秦不同。

　　a. **於其出焉**，使公子彭生送之；**於其乘焉**，搚幹而殺之。《公羊・莊公
　　　元年》

　　b. **於其歸焉**，用事乎河。《公羊・定公四年》

　　c. 子夏既除喪而見，予之琴，和之不和，彈之而不成聲。作而曰：「哀未
　　　忘也。先王制禮，而弗敢過也。」子張既除喪而見，予之琴，和之而
　　　和，彈之而成聲，作而曰：「先王制禮，**不敢不至焉**。」《禮記・檀弓上》

不同，句中的「焉」可以翻譯為「在那裡」、「在他那裡」、「從他那裡」、「在其中」、「在這上頭」等等，都是有所指的，也都是從「焉」表處所的基本義衍生出來的。這樣的用法非常多，略做分類，各舉數例：

3.3.2.1「焉」表達處所

表達處所是「焉」的基本義，以此基本義「焉」可以成為許多動詞的補語。例如：

(20) 地氣上齊，天氣下降，陰陽相摩，天地相蕩，鼓之以雷霆，奮之以風雨，動之以四時，暖之以日月，而百化興**焉**。《禮記·樂記》

「百化興焉」就是百化興於其間的意思。雖然沒有一個先行詞可以做句法的關連，但是「焉」的所指是很確定的：那就是文中描寫的天地陰陽之氣。

活動必與場所關連，因此表活動義的動詞帶補語「焉」是十分常見的。

(21) 子曰：「天何言哉？四時行**焉**，百物生**焉**，天何言哉？」《論語·陽貨》

楊伯峻譯：孔子道：「天說了什麼呢？四季照樣運行，百物照樣在那裡生長，天說了什麼呢？」

楊伯峻並沒有把「焉」翻譯出來。「焉」應當翻譯出來，但如果說四時在那裡運行，或在這裡運行，也都不好。這裡的「焉」僅能虛指，不應落實方位。但是有了「焉」，動詞「行」和「生」的動作就變得更有活動性，也就更具體生動。有「焉」和沒有「焉」是有語氣差別的。上古漢語沒有進行體，但是「焉」常能帶來正在進行的意味。因此翻譯「四時行焉，百物生焉」這兩句話，最好的說法似乎是：四時在運行，百物在滋長；或者：四時運行著呢，百物滋長著呢。古漢語的「焉」與現代漢語的「在」在句法上有異曲同工之妙。上一個例子的「興焉」也有持續進行的意味。

在非活動動詞的語句環境中，補語「焉」仍可以有「在那裡」的處所解釋，須深入理解文義，始得其指涉意義。此等「焉」字補語比活動動詞

的「焉」字補語的結構位置高，是一種加接在動詞組或謂語上的加接結構（第二章）。茲選擇幾個類例略加討論。

首先看《孟子》這一段文字：

(22) 左右皆曰賢，未可也；諸大夫皆曰賢，未可也；國人皆曰賢，然後察之；見賢**焉**，然後用之。左右皆曰不可，勿聽；諸大夫皆曰不可，勿聽；國人皆曰不可，然後察之；見不可**焉**，然後去之。左右皆曰可殺，勿聽；諸大夫皆曰可殺，勿聽；國人皆曰可殺，然後察之；見可殺**焉**，然後殺之。〈梁惠王下〉

「見」是一個感知動詞，為什麼「焉」出現在這個非活動動詞的語句環境裡？「焉」不能以「之」作為其先行詞，這種複指關係不能建立。「焉」與「之」沒有句法關係，但有意義關係。這裡「焉」還是「在那裡」的處所用法，代名詞「之」和指示詞的關係是二者有共同的指稱對象。(22) 是一個由三個句段併聯而成的大句段。每一個句段都有一個主題，貫串著四個複句，構成一個主題鏈的句段。古代漢語句子的主題可以是意念的，可以不明說。這三個句段的主題都是這種語義結構層次上的主題。如果要明說，也可以用小句如「有人焉」把主題引進。在句段中，這個主題就由一些代詞（包括空代詞 pro，第二章 8.3 節）和指示詞串連起來，句中的代詞和指示詞跟主題同指稱，故稱為主題鏈。參看第六章「句段結構」。以第一個句段為例，(23b) 顯示主題鏈的線索（其他二句段情形相同）：

(23)

    a. 左右皆曰賢，未可也；諸大夫皆曰賢，未可也；國人皆曰賢，然後察之；見賢焉，然後用之。

    b. (Top$_i$) 左右皆曰 pro$_i$ 賢，未可也；諸大夫皆曰 pro$_i$ 賢，未可也；國人皆曰 pro$_i$ 賢，然後察之$_i$；見賢焉$_i$，然後用之$_i$。

此處補語「焉」跟主題關連，所以是「在他那裡」的意思：(一直到) 在他身上看見有能力，這才任用他。

再看下例：

(24) 聖人既竭目力焉，繼之以規矩準繩，以為方員平直，不可勝用
　　 也；既竭耳力焉，繼之以六律，正五音，不可勝用也；既竭心思
　　 焉，繼之以不忍人之政，而仁覆天下矣。《孟子・離婁上》

這一段話也是有一個確定的主題的，那就是「先王之法」的「舊章」。三個
「焉」都是指此而言。俞樾《古書疑義舉例》卷四〈句首用焉字例〉以此
三「焉」字屬下讀，不可從。

　　下面《荀子・非相》篇的「焉」，則暗指「從對方身上（得到）」：

(25) 曲得所謂焉，然而不折傷。

　　「焉」的處所義可以表達一個固定參考點。例如《易經》的〈十翼〉
是說解《易》卦爻辭的著作，《易》的經文就是〈十翼〉各篇的固定參考
點。所以像下面〈文言〉和〈序卦〉的三個「焉」字都是指經文而言。我
們不能因為找不到先行詞就認為「焉」在這裡只有語氣的表達功能：它是
一個實實在在的指示性處所詞組。

(26)

　　 a. 陰疑於陽必「戰」。為其嫌於无陽也，故稱「龍」焉；猶未離
　　　 其類也，故稱「血」焉。〈文言〉
　　　 故於卦爻辭稱「龍」；於卦爻辭稱「血」。
　　 b. 物不可窮也，故受之以「未濟」終焉。〈序卦〉
　　　 於卦，以未濟終。

3.3.2.2 表前述的事：在這上頭

(27) 子如不言，則小子何述焉？《論語・陽貨》

這個「焉」還是個介詞結構，在……上頭，指前文所述的事：老師如果不
說話，那麼在這上頭，學生又記述些什麼呢？下面例句是反詰語氣，但

「焉」的用法應是一樣。

(28)

    a. 齊侯歸，遇杞梁之妻於郊，使弔之。辭曰：殖之有罪，何辱命焉？……《左傳‧襄公二十三年》

        焉指弔喪之事。

    b. 莊公病，將死，謂季子曰：寡人即不起此病，吾將焉致乎魯國？季子曰：般也存，君何憂焉？《公羊‧莊公三十二年》

        「君何憂焉？」：在這件事上頭您擔心些什麼呢？補語「焉」指上文繼承人的事。比較：君有二臣如此，何憂於戰？《左傳‧成公十六年》

出現在疑問句中的補語「焉」，皆不能視為疑問語氣詞。雖然這個用法較多出現在疑問句中，但其他句式亦見。

(29) 或謂大子：子辭，君必辯焉。《左傳‧僖公四年》

    「君必辯焉」，國君一定會在這件事上查問明白。

3.3.3 承上文，如同謂語前「焉」、「爰」的時間連詞用法：於是

句尾的補語「焉」也可以用來表達事件的先後承接，如同謂語前「焉」的用法。這樣的用法在《左傳》敘述文字用得頗多，後世文言文仿之，成為一種語氣的表達方式，則不限於敘述，說理文字亦多用之。這種順承句子常用連接成分「而」或「而後」。

(30)

    a. 初，公築臺臨黨氏，見孟任，從之。閟，而以夫人言，許之。割臂盟公，生子般焉。《左傳‧莊公三十二年》

    b. 四王之王也，樹德，而濟同欲焉。《左傳‧成公二年》

        而，而後。先樹德然後濟同欲。

    c. 初，子駟為田洫，司氏、堵氏、侯氏、子師氏皆喪田焉。故

五族聚群不逞之人，因公子之徒以作亂。《左傳‧襄公十年》

d. 今君聞晉之亂，而後作**焉**，寧（等安定以後），將事之，非鼠如何？《左傳‧襄公二十三年》

e. 子曰：「回也其庶乎，屢空。賜不受命，而貨殖**焉**，億則屢中。」《論語‧先進》

f. 陳其薦俎，序其禮樂，備其百官，如此，而後君子知仁**焉**。《禮記‧仲尼燕居》

表達事件時間先後的「焉」還有一個用法，就是用作時間詞的語尾。例如「少」有稍後之義，是一個時間詞，可以帶一個拉長語音的語尾「焉」作為停頓。

(31)

a. 仲尼曰：「丘也嘗使於楚矣。適見独子食於其死母者，少**焉**眴若，皆棄之而走。……」《莊子‧德充符》

b. 少**焉**，東郭郵至，桓公令儐者延而上，與之分級而上。《管子‧小問》

「少焉」的「焉」當然是虛義的，也沒有内部結構，是可以視為語尾詞了。不過它接在時間詞的後面，它的演化還是有跡可循的。「焉」的這個用法在先秦時期還是很少見。

虛義的「焉」還見於「於是焉」結構中。「於是焉」是「這時候」的意思，也是表時間的用語。「於是焉」就是「於是乎」，此處「焉」僅表語氣。但「於是焉」少見，一般都用「於是乎」。《左傳》「於是乎」約八十例，「於是焉」僅有一例：

(32) 魏獻子……使伯音對曰：天子有命，敢不奉承，以奔告於諸侯，遲速衰序，**於是焉**在。《左傳‧昭公三十二年》

比較：先軫曰，報施救患，取威定霸，於是乎在矣。（《左傳‧僖公二十七年》）

《莊子》書有數個「於是焉」例子，如：

(33) 秋水時至，百川灌河，涇流之大，兩涘渚崖之間，不辯牛馬。**於****是焉**河伯欣然自喜，以天下之美為盡在己。順流而東行，至於北海，東面而視，不見水端。**於是焉**河伯始旋其面目，望洋向若而歎。〈秋水〉

他書則絕少見。「焉」在先秦通常是不作語氣詞用的，《莊子》書的情形比較特別。後世多學莊子文體。

3.3.4 有無句中的「焉」

漢語以「有」表存在 (existence)，「有」是一個空間概念，因此「有」字句（包括其否定「無」字句）經常帶處所補語「焉」。出現在有字句的「焉」用法很特別，可以沒有實指。我們先看兩個有實指的例子：

(34)

　　a. 子曰：「十室之邑，必有忠信如丘者**焉**，不如丘之好學也。」《論語‧公冶長》

　　　　「焉」複指「十室之邑」，意謂必有忠信如丘者居於其中。

　　b. 《易》之為書也，廣大悉備，有天道**焉**，有地道**焉**，有人道**焉**。《易傳‧繫辭下》

　　　　這裡三個「焉」都是表處所的介詞結構，「於是」或「於此」，複指主題「易」。

複指主題是「焉」的常見用法。然而很多有無句中的「焉」是找不到所指的；換句話說，這種「焉」的用法連文義的複指也沒有。「焉」的出現完全是因為「有」具有「存在」的語義性質。**❶**

─────────────────────

❶ 動詞「在」的情形也一樣。下面句子的「焉」也是無所指的：

　　　心不在焉，視而不見，聽而不聞，食而不知其味。《大學》

⑶ 肯定句中

 a. 舉**有**力**焉**，能投蓋于稷門。《左傳‧莊公三十二年》

 b. 唯我鄭國之**有**請謁**焉**，如舊昏媾，其能降以相從也。《左傳‧隱公十一年》

 c. 寡君以為苟**有**盟**焉**，弗可改也已；若猶可改，日盟何益？《左傳‧哀公十二年》

 d. 其興者，必**有**夏、呂之功**焉**；其廢者，必**有**共、鯀之敗**焉**。《國語‧周語下》

 e. 莫不**有**文、武之道**焉**。《論語‧子張》

 f. 必**有**事**焉**而勿正（朱註：正，預期也）；心勿忘，勿助長也。《孟子‧公孫丑上》

 g. 王天下**有**三重**焉**，其寡過矣乎！《中庸》

⑶ 否定句中

 a. 右**無**良**焉**，必敗。《左傳‧桓公八年》

 b. 若其無成，君**無**辱**焉**。《左傳‧昭公二十六年》

 c. 四十、五十而**無**聞**焉**，斯亦不足畏也已。《論語‧子罕》

 d. 幼而不孫弟，長而**無**述**焉**，老而不死。是為賊！《論語‧憲問》

 e. 君子病**無**能**焉**，不病人之不己知也。《論語‧衛靈公》

  孟子見梁惠王，王曰：「叟不遠千里而來，亦將有利於吾國乎？」「有利於吾國」的意思是對吾國有利。但是《左傳‧僖公三十年》鄭文公對燭之武說的話：「然鄭亡，子亦有不利焉。」這裡的「有不利焉」卻不能解釋為「對你有不利」，因為「焉」沒有表行為對象的用法。這裡的「焉」仍然是有字句的一個虛的成分。

  這種沒有複指作用的「焉」，最容易被認為是語氣詞。不過語氣詞如「哉」、「也」（「也」有語氣作用）、「乎」等都不能出現在賓語子句中，除非是直接引用 (direct quotation)。但在「君子疾沒世而名不稱焉（名不稱於世）」一句中，「沒世而名不稱焉」是意動詞「疾」（以為疾）的賓語，「焉」

是賓語子句的成分，不是包孕句「君子疾……」的句尾詞。同樣的，「君子病無能焉」的「無能焉」是「病」的賓語句。「焉」跟包孕句「君子病……」沒有直接關係：它不是包孕結構的語氣詞。

3.3.5 狀語詞尾，猶「然」

「焉」有作為「然」的用法，加在狀態動詞或一個狀語成分之後：（像）這樣子。

 ⑶7 加在狀態動詞之後

  a. 睠言顧之，**潸焉**出涕。《詩經・小雅・大東》

  b. 其心**休休焉**，其如有容。《尚書・秦誓》

  c. 瞻之在前，**忽焉**在後。《論語・子罕》

  d. 自反而不縮，雖褐寬博，吾**不惴焉**？《孟子・公孫丑下》

   「吾不惴焉」的意思是：我不（會）感到惴惴然不安嗎？這是一個反詰問句，省略語尾詞「乎」。《左傳・宣公四年》「若敖之鬼，不其餒而」也是省略「乎」的反詰問句。「餒而」即「餒然」。

《左傳・襄公二十一年》「賞而去之，其或難焉」，「難焉」恐怕也屬此類。古書雖未見「難然」一語，但有「易然」的說法，見《孟子》。亦有「易焉」一詞：《國語・魯語上》「譬之如疾，余恐易焉。」此處以「難焉」之「焉」作為詞尾用法，應是可接受的解釋。

 ⑶8 加在表狀詞組「如……」之後

  a. 子產曰，人心之不同，**如其面焉**。《左傳・襄公三十一年》

  b. 眾怒**如水火焉**，不可為謀。《左傳・昭公十三年》

  c. 譬**如火焉**，火中，寒暑乃退。《左傳・昭公三年》

  d. 國人望君**如望歲焉**《左傳・哀公十六年》

  e. 君子之過也，**如日月之食焉**。《論語・子張》

   《孟子・公孫丑下》「如日月之食」，無「焉」字。

句子的結構基礎——句法學略說

　　句法學是一門專門的學問。讀者一般都知道句子、名詞、動詞這些名稱，對這些句法學術語多多少少有點概念。他們的句法知識多半是來自外國語的學習。這些句法知識對閱讀本書都是有幫助的，只是恐怕還不夠。本書談上古漢語的語法問題，所根據的是當代語法理論，特別是——但並非完全是——生成語法理論。當代語法學的論述跟一般語法常識還是有很大差距的。因此在進入本書語法體系之前，有必要向讀者介紹一下它的背景，談一點跟各章題目相關的語法知識。對一般讀者來說，生成語法理論是很抽象的學問，而且幾十年來它都在不斷的發展，前後的論述差異很大，會令人有無所適從之感。本章特別對生成語法做一個簡單的介紹，從讀者的立場著想，能不用專門術語就不用，盡量求其易懂。生成語法是個龐大體系，如何把它簡單化是一個很大的挑戰。我們的做法是順著漢語的特性去講。漢語所沒有表現出來的結構性質，就撇開不談。比起西方語言來，漢語的句法的確是簡單很多。西方語言的「呼應 (agreement)」現象，表現在並列結構中，可以非常複雜（如德語），而漢語幾乎沒有；有些北歐語言格位系統非常複雜，而漢語則相對簡單。這些複雜的句法問題在漢語句法學中都不必處理。句子成分同指稱的連結，構成所謂 A-chain 和 Ā-chain，在上世紀 80 年代生成語法的「管轄與綁定 (government and binding)」時期成為討論焦點的現象，它所衍生的複雜句法問題，在漢語中幾乎看不到。這不是因為生成語法是為西方語言建構的，而是語言容許採用不同的策略來處理句法問題。對於複雜的移位，漢語句法採用的策略是盡量不做移位運作。在生成語法三個綁定原則 (binding principles) 中，先行詞與複指代詞的綁定關係，即所謂綁定條件 B (binding condition B)，是跟移位不發生關係的。漢語可以在複雜的結構情況下用這個綁定關係取代移位，因而避開了移位所引起的結構關卡 (barriers)、適當管轄 (proper government) 等問題。

同時漢語也把語句的邏輯結構規定的移位運作放在語意部門處理，以減低
句法的複雜性。句法體系是共同的，但不同語言有不同的取捨，不同的偏
重。漢語語法研究必須放在一個普遍語法的理論基礎上，它的特質才彰顯
出來。這個比較語法的觀點是本書所要闡述和發揮的。本書對於句法學各
個問題的討論有詳有略，主要是根據這個觀點作篩選。自然這還涉及作者
本身的限制，這就不必說了。❶

1. 句法和語法

　　句法和語法是語言學上兩個不同的術語。中文句法一詞是 syntax 的翻
譯，語法則是 grammar 的翻譯。語法過去也稱為文法。一方面是因為「文
法」這個詞在漢語詞彙裡原來就有，另一方面也因為過去學者寫語法書都
根據書面資料，如呂叔湘《中國文法要略》不論文言或白話的例句皆取材
自文章，因此用「文法」一詞也是合適的。趙元任先生管他的書 *A
Grammar of Spoken Chinese* 叫做「中國話的文法」。不過現在大家都用「語
法」而不大用「文法」這個舊名了，因此趙先生這個中文書名就顯得很
特別。

　　語法學研究語句的形、音、義。語句的形就是它的句法形式 (syntactic
form)。語句的音就是它的語音形式 (phonetic form)。至於義，就是語句的
語意形式 (semantic form)。漢語同音字多，遇到同音而義近，常常會造成
困擾。語意和語義就是一例。語言學上的 semantics 現在大家都稱為語意
學，因此 semantic form 也應叫做語意形式。生成語法學的語意部門以語句
（命題）為解釋對象，semantic form 稱為「語意形式」並無不當。不過傳
統西方的 semantics 其實稱為語義學更恰當。在中國語言學詞彙中，語義、

❶　讀者如對生成語法理論有研究興趣，想知道目前漢語生成語法學界討論哪些問
題，自不能以此為限，可參看 C.-T. James Huang（黃正德）、Y.-H. Audrey Li（李
豔惠）和 Yafei Li（李亞非）合著的 *The Syntax of Chinese.* Cambridge University
Press. 2009。中譯本《漢語句法學》（張和友譯），世界圖書出版公司，2013 年。

語意二詞的使用常常是混亂的。語義是傳統的說法，語意是比較新的用法。大致說來，「義」是指字詞具有的意義 (meaning)，訓解字、詞，我們說是解釋字義、詞義。字書上對字、詞的解釋都是「義」。句子也有 meaning，這是句義。我們現在也用「句意」，但傳統語文學都是說句義、文義。不過「義」又有「義理」的意思，「文義艱深」常用來指閱讀理解上的困難，不是指字詞訓解上的困難。至於「意」，就是意思。意思是指說話者的解釋或詮釋。用在對字句的解釋上，「意思」有兩個意思。一是 meaning，這就跟「意義」相當。例如：絳是大紅色的意思。這是字義解釋。因此「句意」、「句義」皆可通，都指對句子意義的解釋。另一是 intended meaning，這跟說話者的意圖有關，可以指說話者言外之意。例如：你這話是什麼意思？這個意思的「意思」就跟「意義」的語義相距很遠，不能混用了。在本書中，語義、語意、句義、句意這幾個詞我們都用，大致根據上面「義」、「意」之分的標準。不過，因為又牽涉到新舊的用字習慣，有時混用，以致分別不清，也在所不免。

　　語法和句法二詞也是經常混用的，本書有時也不能避免。語法包括語音和語意，不過漢語語法書通常是不談語音的，也不討論語意結構，內容只限於詞類和句型。西方傳統的語法書也是只有詞和句。西方傳統語法學主要是構詞學，句法根本不占地位。句法受到重視是從上世紀美國描述語言學派開始，而它成為語法研究的中心問題則是在生成語法興起之後。生成語法對語音和語意都給予適當的位置，然而實質上語法研究跟句法研究幾乎已成為同義詞了。句法學當然也討論句子語意結構、語言的認知基礎、信息的有效表達等的問題。句法學跟語意學，特別是形式語意學，有密切的交流。但是句法學研究跟音韻學 (phonology) 研究就幾乎沒有交集。根據生成語法理論，語句是個立體的結構，而在衍繹的過程中有分段的進程 (phase)。但是說出來的話在時間軸上是成線型的，這樣會產生一個問題，說話時好像把一個立體結構及其衍繹過程給打扁了。這樣產生的語音結構與句法的骨架之間的對應關係一定很複雜。這類問題語法學上稱為 output conditions。Output conditions 到現在還是語法學研究領域一個較少涉及的

地帶。

　　句法學以句子為研究單位。在本書中，我們還探討一些比句子大的結構單位，稱為句段。句段是主題句和複句的延伸，是介於句子和段落、篇章之間的語句組織。漢語語法學上討論的主題鏈，就是一種句段結構。

2. 生成語法學

　　生成語法 (generative grammar) 是當今語言學研究的主流。這個理論自上世紀 50 年代中期開始發展，到現在它在語言學及認知科學領域的影響力已是無遠弗屆。生成語法理論從根本改變了我們對語言的認識。過去認為語言是交際用的，學習語言是後天的模仿。Noam Chomsky 卻認為人類的語言能力是天生的本能，語言的習得是一種固有能力的發展，而不是靠後天模仿的。過去認為語言面貌各不相同，難以窮盡。Chomsky 卻認為人類語言都有共同性質，這些共同性質的數量是非常有限的。這是語言的共同基礎，稱為「普遍語法 (Universal Grammar, UG)」。普遍語法存在於人類基因結構中，是人類進化過程中的一個副產品。過去語法學家把語句看成是線型的：語詞串連而成句。生成語法學則認為語句都是分層級的結構 (hierarchical structure)，因此是立體的。語句的立體結構是句法學研究的對象。句法學家研究有什麼最簡單的原則可以把語句的立體結構建立起來。Chomsky 最初用的術語是 generation，因此這套句法理論就叫做 generative grammar（生成語法學）或 generative theory（生成理論）。Chomsky 後來又把語句的生成視為一個計算系統 (computational system)。語言運用最基本的計算方式建構語句，語句的層級結構有心理的實在性，正因為這是人類最基本的認知能力的運用。

　　過去六十年當中，生成語法不斷在發展。不同的時期有不同的名稱，代表它的理論發展階段。1957 年，Chomsky 第一本生成理論的書 *Syntactic Structures* 出版，那時候這個理論叫做變換語法 (Transformational Grammar)。❷它提出兩套描寫語句結構的規則，一套稱為詞組結構規則

(phrase structure rules)，一套稱為變換規則 (transformational rules)。詞組結構規則是衍生基本句型的法則，變換規則則是針對不同句子構體 (construction)——如主動與被動——而說明它們之間的關係。詞組結構規則不能產生被動句，被動句這種構體是從主動句經變換而得。

　　1957 至 1965 年是生成語法理論第一個發展階段。*Aspects of the Theory of Syntax* 出版於 1965 年，書中 Chomsky 稱其理論為「基準理論 (Standard Theory)」(「基準」意為以此為討論基準)，因此這個階段的生成理論就叫做基準理論。*Aspects* 把語言結構分為深層結構 (Deep Structure) 和表層結構 (Surface Structure)。深層結構由基礎規則 (base rules) 所規定，表層結構經變換運作而形成。基礎規則把詞組結構規則加以細分，割掉語詞衍生部分，另立詞彙檔 (Lexicon)。由是句法就有三個部門 (components)：基礎部門（也稱範疇部門，categorial component）、變換部門和詞彙檔。句子根據深層結構和詞彙做語意解釋 (semantic interpretation)；根據表層結構做語音解釋 (phonological interpretation)。❸

　　槓次結構 X-bar Structure 的提出是生成語法的一個重大發展。這是第二個階段。Chomsky 1970 年的論文 "Remarks on nominalization" 是這個發展的始點。❹在第一階段，生成語法利用變換來解釋語句表面形式的不同，但是對於變換這種運作卻沒有提出任何原則性的規範。Remarks 把變換運作加以分解，認為變換不是一個整的動作，而是可以分開的動作的組合，而且基本的變換運作就是移位 (movement)。自此以後，生成語法就只講移位，不再講變換。

　　Chomsky 的論文討論名物化 (nominalization) 的問題。他取消了句法範

❷　Chomsky, Noam (1957), *Syntactic Structures*, Mouton.

❸　參看 Chomsky, Noam (1965), *Aspects of the Theory of Syntax*, Massachusetts Institute of Technology. Research Laboratory of Electronics. Special technical report, no. 11, Cambridge, MA: MIT Press.

❹　Chomsky, Noam (1970), "Remarks on nominalization," in Roderick Jacobs and Peter Rosenbaum (eds.), *Readings in English transformational grammar*, 184–221, Waltham, MA: Blaisdell.

疇 (syntactic categories) 和句法徵性 (syntactic features) 之別，認為名物化不是變換。動、名之分是句法徵性 (syntactic features) 的改變。動詞具有 [+V] 的徵性，名詞具有 [+N] 的徵性。所謂名詞、動詞等範疇只是其徵性的代表名稱而已。同樣是詞組，如果這個詞組具有 [+V] 的徵性，那它就是一個以動詞 V 作為中心語的動詞組；如果這個詞組具有 [+N] 的徵性，那它就是一個以 N 作為中心語的名詞組。因此名詞組 *the enemy's destruction of the city* 跟句子 *the enemy destroyed the city* 都是從基礎規則衍生的結構，具有相同的詞組結構，只是句法徵性不同，一是 [+N]，一是 [+V]。相對於他所不贊成的變換論假設 (the transformationalist hypothesis)，Chomsky 把他這個理論稱為語詞論假設 (the lexicalist hypothesis)。

此後十年間，語詞論假設的理論涵義得到充分的發展。一項最大成就是槓次結構理論的建立。槓次結構理論嚴格規定了詞組結構的形式，並把這樣的結構形式往上推到語句層級。槓次結構規定中心語 X 決定詞組 XP 所屬。中心語是 V，詞組就是 VP；中心語是 N，詞組就是 NP。句子 (sentence) 是更高層級的 XP，它的中心語是 I，投射出來的結構是 IP。I 是 Inflection（屈折形態）的縮寫。西方語言獨立句子都要表達時 (Tense)，時是屈折形態的代表，因此句子也是以 T 為中心語的投射結構，寫為 TP。IP (=TP) 是 VP 之上的投射結構。句法的衍繹 (derivation) 到 IP 才成為完全句。

IP 還不是最大的句子結構。IP 之上還有 CP。CP 的中心語 C 是 complementizer（補語引詞）的縮寫。生成語法學家發現 CP 的最早證據是內嵌結構的 *that*。英語用 *that* 引進一個內嵌句 (embedded sentence) IP，因此稱之為補語引詞。但補語引詞 *that* 卻不在 IP 之內，因此必須假定內嵌句在 IP 結構的外緣還有可以安置 *that* 的地方，就把這個外緣結構稱為 CP。這樣語句結構就有 CP、IP 和 VP 三層：

(1)

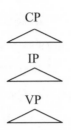

CP 結構具有豐富內容。英語疑問句是 CP 結構。疑問詞出現在句子前端的位置就是 CP 的定語位置。複句，無論偏正或並列，也是 CP 結構，其中心語則是連詞。主題句的主題語也是居於 CP 的定語位置。此外，CP 結構的性質還多，句法學有 split CP 理論，意指 CP 是個可拆開的多層結構。所謂情態詞多屬於 CP 的中心語。第一章談到的指向說話者位置和認知角度等的功能成分也是從 CP 結構中產生的。第十一章還會談到一些其他的。

　　語詞論假設另一個發展是到上世紀 90 年代由 Morris Halle 和 Alec Marantz，特別是 Marantz，提出的「分布構詞學 (Distributed Morphology)」理論。傳統語法把構詞分為衍繹或派生 (derivational morphology) 和屈折 (inflectional morphology) 兩部分。衍繹是詞彙檔內部的運作；屈折則是屬於句法結構上面的。Marantz 的分布性構詞學則提出取消詞彙檔衍繹和句法衍繹的區分，主張所有衍繹都是句法衍繹。構詞是以一個小 x 跟一個 Y 結合。小 x 有決定詞性的作用，因此也可以稱為「定品詞素」。以動詞來說，這個小 x 就是輕動詞小 v。以名詞來說，這個小 x 就是輕名詞小 n。當一個詞根如 √destroy 與輕動詞 v 共構，[v+√destroy]，這就產生動詞 *destroy*；當這個詞根與輕名詞 n 共構，[n+√destroy]，這就產生名詞 *destruction*。小 x 可以跟更大單位的詞素結合，如小 v 跟動詞 V 共構，則產生致動、為動等併合結構（第九、十兩章）。❺

　　Chomsky 的 *Lectures on Government and Binding*（《管轄與綁定講集》）

❺　Halle, Morris and Marantz, Alec (1993), "Distributed Morphology and the Pieces of Inflection," in Kenneth Hale and Samuel J. Keyser (eds.), *The View From Building 20*, pp. 111–176, Cambridge, MA: MIT Press.

一書在 1981 年出版，從這書開始，生成語法進入長達十年的第三個發展時期，這個時期的生成理論稱為管轄與綁定理論，即所謂 GB 理論。這時期的討論主題是空範疇 (empty categories)，特別是經移位而產生的空範疇。GB 的管轄理論處理這個問題，所提出的空範疇原則 (the empty category principle) 就是這個理論的結晶。❻綁定理論則是探討複指 (co-reference) 的性質問題，下文還會談到。

　　Chomsky 書中對句法體系提出一個模組的 (modular) 概念。句法是多個部門的互動。這個時期提出的句法部門除了管轄、綁定之外，還有語義角色理論 (Theta Theory)、格位理論 (Case Theory)、控制理論 (Control Theory)。自然還加上槓次 X-bar 理論。分屬於不同部門的原則 (principles) 共同決定語句的合法形式。語句的合法性問題是局部性 (local) 的，是屬於哪個部門或哪幾個互動部門的問題，原則上都可以指認出來。

　　與模組概念相配合但性質並非相同的一個重要理論概念就是所謂原則／參數 (principles and parameters) 的主張。生成語法探討人類語言共同的結構基礎，它必須能解釋人類語言之同，並能解釋人類語言之異。生成語法研究之初，僅以英語為研究對象。但隨著它的發展，特別是 70 年代中期以後，研究者紛紛從不同的語言角度探究語言的共同性質，原則／參數理論提出後，句法學家更以此模式從事語言的比較研究。語言可以給予參數不同的定值，這就造成語言的分歧。Chomsky 認為任何一個參數可以設定的值是極其有限的，可能是正 [+] 與負 [−] 之間的選擇。「原則」是語言的普遍性質，即所謂普遍語法 UG，「參數」則是語言比較的項目。有了參數的概念，語言研究者就有可能在各個不同的語言中找到最基本的分歧點。由此觀之，句法研究的究竟就是比較句法 (comparative syntax)。

　　1990 年開始是生成語法發展的第四個階段，也是目前的階段。Chomsky 把他的理論稱為極簡方案 (the Minimalist Program)。❼極簡方案

---

❻　參看 Chomsky, Noam (1981), *Lectures on Government and Binding: The Pisa Lectures.* (Studies in generative grammar 9.), Foris Publication-Dordrecht.

❼　Chomsky, Noam (1993), "The minimalist program for linguistic theory," in Kenneth

對 GB 理論做了大幅度的修正。極簡方案放棄了管轄理論，也把綁定理論解散了，不再強調語言的模組性格。取消了 D- 結構和 S- 結構的觀念，在句法衍繹加入進程 (phase) 的階段觀念，進程具有 xP 形式。極簡方案對句法衍繹所需要的概念工具做了最大的精簡化。句法衍繹的基本動作只有兩個：併入 (merge) 和比對（checking，或翻譯為查核）。X-bar 結構重新制定為 bare phrase structure，移位也經重新分析。這都是高度理論性的問題，本書讀者無須特別關注。然而放在這樣一個理論背景中，漢語句法的簡，相對於西方語言句法之繁，我們能夠從其對比中得到什麼樣的理論啟示，這應是一個值得大家共同思考的課題。

3. 句子成分分析

3.1 直接成分分析

　　無論你怎樣去看句子，句子都是由一些成分組合起來的。這些組合成分叫做句子成分。句子的成分當然能分開，怎麼分，其實有個標準。那就是憑語感。我們試憑語感把下面句子的成分加以分解：

　　⑵ 他能夠舉起那塊石頭。

對這個句子，最好的分法是一分為二，首先把「他」跟「能夠舉起那塊石頭」分成兩段。然後再一分為二，把「能夠舉起那塊石頭」分為「能夠」和「舉起那塊石頭」兩半。再下來還是一分為二，在「舉起」和「那塊石頭」中間切開。分到這裡，句子的詞都分開了。詞就是句子成分。當然，像「那塊石頭」這個名詞，還可以切開。用一分為二的方式切開，首先得

Hale and Samuel J. Keyser (eds.), *The View From Building 20.*
Chomsky, Noam (1995), *The Minimalist Program.* (Current studies in linguistics 28.), Cambridge, MA: MIT Press.
Chomsky, Noam (2001), "Derivation by phase," in M. Kenstowicz (ed.), *Ken Hale: A Life in Language*, 1–52, Cambridge, MA: MIT Press.

到「那塊」和「石頭」兩段，最後，「那塊」也可以分開，成為「那」和「塊」。這個句子就這樣分解完成了。

這種配合我們的語感對句子作一分為二的分析叫做句子的直接成分分析 (immediate constituent analysis)。直接成分分析在上個世紀 40 到 50 年代開始受到美國描述語言學派的重視。❽這也成為生成語法最基本的結構原則。生成語法主張所有結構都是由二分原則決定的。

直接成分分析是利用語感作語句分析的最佳例子。語感代表我們對自己使用的語言的知識，每個人對自己的母語都有語感，但自覺的程度不同。一般人對其母語是知其然而不知其所以然，這是潛在的知識，只表現在我們使用母語的能力 (competence) 上。從事句法學研究，隨時都需要利用語感來做判斷，即使做語言田野調查，也需要利用發音人的語感判斷。不過語言是很複雜的東西，形式和內容，或者說句法和語意，都有複雜的對應關係。這不是語感能告訴我們的。如果光憑語感和資料就能做出分析，那麼人人都可以成為語法學家。生成語法學把二分形式視為基本結構原則，這已經是一個語法理論的問題，不是語感層次的問題了。舉個例來說，如果根據語感，並列結構如「貓和狗」的兩個名詞是地位平等的。但根據結構的二分原則，則這個名詞組必須首先分為「貓」跟「和狗」兩個直接成分，然後再把「和」跟「狗」切開。這樣「貓」跟「狗」顯然就不在一個水平上。生成語法對並列結構的分析就是這樣的。換句話說，所有語言結構都只有二分，沒有三分、四分。因此並列結構是句法學上一個很複雜的問題。又如雙賓語結構也是一個討論不休的句法題目。雙賓語「還他的債」表面看起來似乎應當首先把「還」跟「他的債」切開，但其實「他的債」不是一個名詞組，這裡的「他的」不是表領屬，「還他的債」是在述賓「還債」上加上還債的對象「他」的雙賓語結構。句法學把這個雙賓語結構的「他」定位為 goal，下文稱為止事。這當然不是直接成分分析所能解決的問題。語法理論必須有語感的基礎，但是理論的建構和拓展過程是非常曲折複雜的。

❽　Wells, Rulon S. (1947), "Immediate constituents," *Language* 23: 81–117.

　　語言是很複雜的東西。語言事實都需要分析和解釋。語言事實的表面常常是互相衝突的。即使是我們語感最確定的地方，也可能找到反例，或疑似的反例。例如無論我們對它如何分析，「他的債」這個結構毫無疑問是由「他的」和「債」兩個成分組成的，我們絕對不會把它切開成「他」和「的債」兩個成分。沒有「*的 XP」（XP 表示一個詞組）這樣的結構。但是以前趙元任先生討論過一個陸志韋《漢語的構詞法》書中引自魯迅作品的句子：❾

　　　(3) 因為從那裡面，看見了被壓迫者的善良的靈魂，的心（辛？）
　　　　　酸，的爭執……

這裡的「的心酸」、「的爭執」正是「的 XP」結構。怎麼可能有這種結構？這其實是省略造成的。完整的結構應當是：被壓迫者的善良的靈魂，被壓迫者的心酸，被壓迫者的爭執。經過省略以後，後面兩個相同的「被壓迫者」被刪掉，才產生「的 XP」形式。魯迅的句子是五四運動時代的新語體文，很特別的文法，是一個具有作者風格的「僻例」或「癖例」，hapax legomenon。我們現在恐怕都不會寫出這樣的句子。我們現在會說：被壓迫者的善良的靈魂，他們的辛酸，他們的爭執。這才是合乎「的」字輕音規律的正常結構。

3.2 樹型結構

　　我們說出來的話，寫出來的句子，裡面一個個的詞都是按照先後順序排列的，都是線型的組合。但是若加以二分分析，得到的結果卻是一個立體結構，句子成分分別處在不同的層級上，而不是一字排開。

---

❾　Chao, Yuen-ren（趙元任）(1968), *A Grammar of Spoken Chinese*, p. 292.

(4)

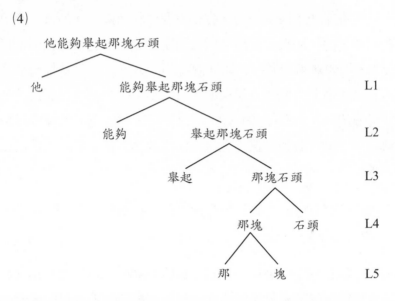

這個圖形標示出 (4) 句的樹型結構 (tree structure)。從圖中看到，「他」跟「能夠」不是同在一個層級上。「他」所在的層級是結構中最高的 (L1)，「能夠」在下一個層級 (L2)。「能夠」跟「舉起」也不在同一層級，「舉起」的位置又比「能夠」低一個層級。但是「舉起」跟「那塊石頭」則在同一層級上 (L3)。因此句子的成分雖是線型排列，卻不是只有先後順序的關係。

我們說句子是一個立體結構，意思是說它是分層級的，是一種層級結構 (hierarchical structure)。有趣的是，這種層級結構每一個層級都只有兩個成分，都是二分的形式。生成語法把這個二分形式視為普遍語法 UG 的結構原則。上面說過，(4) 的樹型結構是我們根據語感對 (4) 句做出的分析。二分形式的分析是有語感基礎的。倘若把這個句子一分為三，成為「他 |能夠 | 舉起那塊石頭」三段，那就跟我們對這個句子的認識不合。在 L1 層級上，這個二分形式其實就是句子的主、謂形式：「他」是主語，「能夠舉起那塊石頭」是謂語。其他層級也分別代表句子內部各個不同的結構關係。

句子結構的層級除了用樹狀圖示之外，另一種表示方式是括弧表示法 (bracketing)。括弧表示法是用括號 [ ] 把每一個層級括起來。「他能夠舉起那塊石頭」這句話的結構就可以這樣表示：

⑸ [L1 他 [L2 能夠 [L3 舉起 [L4 [L5 那 [塊] L5] [石頭] L4] L3] L2] L1]

用括弧跟用樹狀標示，結果是一樣的，但用樹狀表現句子結構時，層級會分得更清楚，效果會比較好。不過，樹狀圖很占空間，為了節省紙張，有時我們也用括號來標示。特別是如果前面已經有樹狀圖可供參考，接下來的分析用括號標示，也就可以了。

4. 句子的建構

4.1 基本運作

有關句子的建構，當今生成語法理論有一個基本動作叫做 「併入」 merge。 併入是指把兩個元件——A 和 B——合成一個新的元件 K={A, B} 的句法動作。Merge 是一種不對稱的動作，因此翻譯成「併入」比「合併」 更恰當。語言的詞彙檔裡面的東西，包括有形的詞及詞素和無形的句法徵性 (syntactic features)，都是併入的元件。併入動作從詞彙檔裡拿出兩個元件，形成一個新元件。新元件又可以跟一個元件做併入動作，產生一個新元件。併入是最簡單的動作，可以反覆使用。前面看到，句子是可以依照這樣的一個簡單動作建構起來的。

⑹

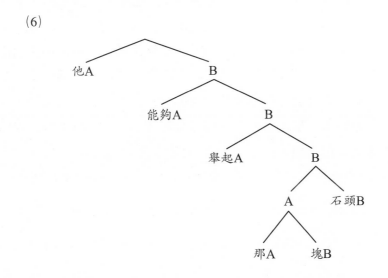

上圖顯示「併入」是兩個元件 A、B 之間的關係。句子是經由併入動作的反覆使用而建構出來的。

　　當然，如果只有併入的盲目動作是不能構成句子的。說話者必須能分辨哪些併入是合法的結構，哪些是不合法的結構。例如我們知道「那塊石頭」和「舉起那塊石頭」都是漢語的合法結構。這都屬於說話者的語法知識。併入是句法衍繹 (syntactic derivation) 最單純的動作。在併入的衍繹過程中，句法要不斷進行「徵性比對或查核 (feature-checking)」動作。「比對（查核）」是求元件之間關係的一致 (agree)。例如我們只能說「吃飯」，不能說「*喝飯」。這是語義徵性的比對。句法層面的徵性也是要做比對的。比對是決定結構合法性的手續。同時我們也知道「*塊那」、「*石頭那塊」、「*那塊石頭舉起」都不是合法的新元件。也就是說，有所謂語序的問題。這都是併入這個動作以外的其他句法性質。

4.2 命名 (labeling)

　　元件在結構中叫做節點 (nodes)。結構最下面的節點稱為末端節點 (terminal nodes)，其他則為非末端節點 (non-terminal nodes)。每個節點都有名稱。例如我們從詞彙檔裡拿出來的元件，有名詞 N，有動詞 V 等。N、V 是這些元件的詞性名稱。這些詞性名稱要登記在樹型結構上。「石頭」是 N，第三身稱代詞「他」也是 N。「舉起」是 V。「那」屬於 Determiner D；「塊」則是一個 Classifier Cℓ（單位量詞）。不過這個屬於名詞組結構的細節這裡就不談了。這樣把樹型結構中的所有節點都登記了名稱以後，我們就可以根據名稱的詞性意義決定建構出來的元件是不是合法的結構了。下面是句子「他能夠舉起那塊石頭」的概略標示，省略了一些層級和步驟，名詞組的內部結構也從略。

(7)

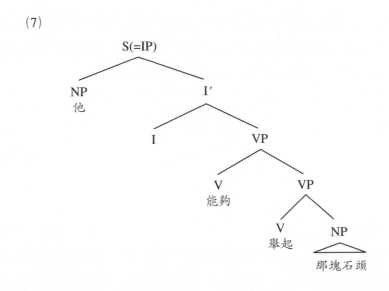

　　需要解釋的是 X 和 XP 的分別。「舉起」是 V，但「舉起那塊石頭」就是 VP。「能夠」是 V，「能夠舉起那塊石頭」是 VP。顯然 XP 是比 X 更複雜的結構。簡單的說，X 是詞，XP 叫做詞組 (phrase)。詞組是比詞更高層級的結構。按照生成語法，句子也是一種詞組，叫做 IP，中心語是 I。亦即 S=IP。這樣，句子就是由詞組構成的了，所以句子的樹型結構又叫做詞組標記板 (phrase marker)。詞組是句法學上最重要的概念。下一節便談談這個句法概念。

4.3 詞組

4.3.1 基本結構

　　所謂詞組，就是由一個中心語 (head) 投射出來的最大結構，稱為 maximal projection。「投射」是個形象生動的說法，意思是把一個中心語的句法性質展開出來。投射和中心語是相互關連的：只有中心語才能投射，能投射的都是中心語。投射所包含的動作仍然是併入和命名兩種。生成語法的槓次理論 (X-bar Theory) 把結構層級以槓次加以區別。中心語是零次

槓，中心語的直接投射是一次槓結構，中心語的再次投射是二次槓結構，等等，直到成為最大投射結構為止。這就是所謂槓次結構 (X-bar structure)。一個動詞中心語的二次槓投射可以產生如下的槓次結構：

(8)

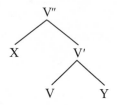

最大投射結構有多少槓次？它的槓次結構為何？在槓次理論提出之時，這個問題還沒有一致的結論。但是在極簡方案的架構下，最好的理論主張就是 Chomsky 在 *Barriers* (1986) 一書所提出的。❿它假設槓次只有兩個層級。中心語投射出來的結構稱為詞組，詞組最多只有兩個層級。槓次結構 (8) 的 V″ 就是中心語 V 的最大投射結構，是動詞組 VP 的結構。其他詞組的結構如名詞組 NP、質詞組 AP、介詞組 PP 等也相同，最多只有兩個層級。中心語的投射產生兩個位置。與零次槓 V 同層級的稱為補語 Complement（圖中的 Y），與一次槓 V′ 同層級的稱為定語 Specifier（圖中的 X）。這兩個位置上的句法成分（如名詞組）就是中心語動詞的附屬成分。一個動詞組的附屬成分數目是由中心語動詞的句法性質決定的。例如雙賓語動詞有兩個附屬成分，分別居於定語和補語位置，及物動詞有一個附屬成分，居於補語位置，一般稱為賓語。中心語也可以不投射出位置來，如不及物動詞。在 (7) 圖中，我們看到動詞的補語可以是一個名詞組（「那塊石頭」），也可以是一個動詞組（「舉起那塊石頭」）。有些動詞還可以帶一個子句作補語，這種動詞就是所謂帶內嵌結構 (embedded structure) 的動詞，例如「聽說」。總之，動詞有很多類別。其他詞性的中心語也有不同的類別，但沒有動詞複雜。至於定語和補語的順序，我們這裡舉的是漢語的

❿ Chomsky, Noam (1986), *Barriers*, Cambridge, MA: MIT Press.

例子。漢語是中心語居前的，所以補語在中心語之後。也有中心語居後的
語言，如日語、韓語。不過詞組結構的不同語序也許是可以統一的。這是
語法理論的一個問題，跟本書關係不大，這裡只順便提及。中心語根據其
句法性質投射出它的詞組結構，稱為投射原則 (the Projection Principle)。

4.3.2 結構關係

　　樹型結構中節點跟節點的關係，稱為結構關係。結構關係中最基本的
是表示層級上下的含屬關係 (domination)。含屬關係一看就明白，它就是節
點跟節點間拉出的直線關係。凡是在較低層級的節點都含屬於結構中最高
節點。含屬分直接含屬和非直接含屬。以 (8) 槓次結構圖為例，X、V′、
V、Y 皆含屬於 V″，而 X、V′ 直接含屬於 V″，V、Y 直接含屬於 V′。V、
Y 也含屬於 V″，但非直接含屬。直接含屬的兩個節點可稱為母子關係。沒
有含屬關係的節點分屬於不同的分枝 (branches)，例如 X 屬於 V″-X 分枝，
V、Y 分別屬於 V′-V 和 V′-Y 分枝，X、V、Y 彼此沒有含屬關係。分枝的
兩個節點如 V、Y 稱為姊妹節點。

　　句法中的 c-command 是最重要的結構關係，我們稱為支配關係。c-
command 的 c 指句子成分 constituent。支配關係是指分枝節點之間的結構
關係。它的定義如下：

　　⑼　支配關係

　　　　節點 A 支配節點 B（或稱對 B 有支配關係），若 1）A、B 彼此
　　　　無含屬關係；2）每一個含屬 A 的節點都含屬 B。

再以圖 (8) 為例。按照以上定義，最高節點 V″ 對任何一個它所含屬的節點
都沒有支配關係。支配關係是分枝節點之間的關係。節點 X 對 V′、V、Y
都有支配關係，但是 V、Y 對 X 沒有支配關係。V′ 則可以支配 X，因此 X
和 V′ 互相支配。V 和 Y 也互相支配。凡是姊妹節點都互相支配。互相支
配的結構關係稱為對稱，單方面的支配關係　（如 X 與 V 或 Y）　稱為不
對稱。

又有一種支配關係稱為 m-command，M 支配。M 支配選擇最大投射結構，即詞組 XP，作為分枝節點，XP 以內的分枝都不計算。以此關係來看，(8) 圖中 VP (V″) 是 M 支配的分枝節點，VP 以下的節點只要沒有含屬關係（滿足定義的第一條件）都可以互相支配。

M 支配主要用來表達中心語的管轄 (government) 範圍。按照一般支配關係，中心語只能支配它所投射的詞組的補語，不能支配它的定語。然而定語－中心語 (spec-head) 關係在句法中是非常重要的，中心語對詞組的定語位置一定有某種特殊的支配能力。若根據 M 支配定義，則中心語不但支配它的補語，也支配它的定語。管轄這個結構關係在 80 年代生成語法理論占著非常重要的地位，當時的生成語法就叫做管轄與綁定理論 (government and binding theory)。但在極簡方案中，管轄和綁定則是可以減省而消除的理論概念。Chomsky 在 1995 年提出的極簡方案中，定語與中心語的關係仍被認定為一種特殊的比對或查核關係 (checking relation)，但在 2000 年的 *Minimalist Inquiries* 中，這個特殊比對關係也取消了。❶這裡面牽涉到生成理論的發展問題，是本書研究範圍所不能包括的。本書只講到支配關係。對本書讀者來說，只需知道支配關係的定義，那就足夠了。

4.3.3 結構的延伸

NP、VP、PP 都是詞組，詞組具有相同的槓次投射結構，因此可以統括寫為 XP。XP 是詞組的一般形式。X 有 N、V、P 等值。若 XP 中心語為 N (X=N)，則其投射結構為 NP；若為 V，則其投射結構為 VP。以此類推，則 AP、PP 都是槓次投射的延伸。

槓次投射結構還延伸到句子。句法層級最基本的結構是詞組。生成語法認為句子也是詞組，稱為 IP。句子是以 I 作為中心語的槓次投射結構：

---

❶ Chomsky, Noam (2000), "Minimalist inquiries: the framework," in Roger Martin, David Michaels and Juan Uriagereka (eds.), *Step by Step: Essays on Minimalist Syntax in Honor of Howard Lasnik*, 89–155, Cambridge, Mass: MIT Press.

⑽

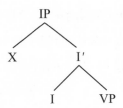

在 IP 中，中心語 I 以一個動詞組作為它的補語，而其定語位置 （圖中的 X） 即是句子主語所處的位置。

　　IP 的中心語 I 指屈折形態 Inflection。根據生成語法，「時」Tense 是句子屈折形態的代表。因此 IP 也作 TP。I 的屈折性質表現在 VP 的中心語動詞 V 身上。動詞組 VP 必須與 I 連結方能成為句子的謂語。

　　IP 中心語 I 的性質是需要句法學者繼續探討的。西方語言時態表達的強制性恐怕不屬於語言的普遍性質。第十一章提出強時語言和弱時語言這個類型分別，並以上古漢語為弱時語言的代表探討其 IP 結構，就語言在時的表達這個問題上提出一些初步的看法。

　　IP 還不是最大的句子，IP 之上還可以有一個槓次投射結構，叫做 CP。CP 是句子最大的擴展。

⑾

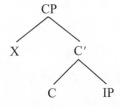

　　CP 的中心語 C 原指補語引詞 complementizer。英語內嵌結構在補語句之前要加一個 *that*，如 *I knew that it would be hot today*，這個 *that* 就叫做補語引詞。*It would be hot today* 是一個句子，一個 IP。*that* 是補語句的一部分，卻不屬於 IP，因此必須有一個結構安插它。然而這會是個二層級的槓

次結構嗎？

　　生成句法把補語引詞 *that* 視為中心語，這個中心語 C 的投射，就是一個二層級槓次結構 CP。內嵌補語句的句子形式是 CP，不過這不是唯一需要用到 CP 的地方。疑問句也是 CP，不是 IP。英語的疑問句必須有移位運作。比較：

(12)

　　a. 你見到了誰？

　　b. *Who did you see?*

現代漢語疑問句不改變語序，英語的疑問詞則必須移位到句子前端。注意英語句子主語之前有兩個成分，一是疑問詞組 *who*，另一是助動詞 *did*。這兩個成分正好占著 IP 句子主語前的兩個位置，那就是 CP 的定語和中心語位置。疑問句 CP 的中心語都註記著疑問徵性 [+Q]，英語的 [+Q] 是強徵性 (strong feature)，但沒有形式，是隱性的。強徵性必須有句法的表現，語序改變是一種表現方式。英語疑問句的語序改變包含了兩個機制：一是中心語移位，IP 的助動詞上移到 C 的位置上；另一是疑問詞組從原本的論元位置上移到 CP 的定語位置，與中心語做徵性比對 (feature checking)。徵性比對表現定語與中心語之間的特殊結構關係。

　　漢語沒有句子成分移入 CP 的問題，但並非表示漢語疑問句不是 CP 結構。漢語疑問句有句尾詞「嗎」、「呢」等，都應是 CP 裡的成分。CP 其實是多層級的結構，許多句子中的情態詞，如「可能」、「也許」等，也應當是 CP 裡的成分。本書第四章討論上古漢語的主題句。主題句也是一個 CP 結構。主題句有主題語和述題語兩個部分。述題語是一個 IP 結構，主題語則占著 CP 的定語位置。

　　複句也是 CP 結構。偏正複句在第三章討論，並列結構在第五章討論。並列結構是一個槓次結構，前面已經說過。在句子層次上的並列，它的樹型結構就是這樣：

(13)

　　a.（是以）民服事其上，而下無覬覦。《左傳・桓公二年》

　　b.

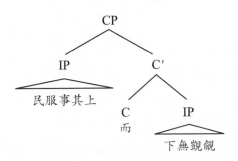

在語句形式上，並列句跟偏正複句完全相同，都是二層級的槓次結構。只有中心語連詞不同：「而」表並列，「則」表偏正。偏正複句的假設偏句應是一個 CP。表假設的「如」、「若」是 CP 的中心詞。下面是一個假設複句的例子：

(14)

　　a. 王若隱其無罪而就死地，則牛羊何擇焉？《孟子・梁惠王下》

　　b.

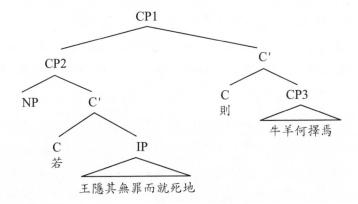

假設偏句的原來形式是「若王隱其無罪而就死地」，主語「王」可上移至 CP2 的定語位置 NP，成為「王若隱其無罪而就死地」。定語位置可不投

射，若不出現位置則無移位發生。

　　CP 的內容是很豐富的，它是語句的語用信息匯聚之處。若加以分解，這是一個多重的詞組結構，因此句法學上稱為 Split CP。CP 是這個多重詞組結構的統稱。

5. 論元結構 (argument structure)

　　語句的最上層或最外層是 CP，中層是 IP，下層或內層是 VP 或 vP（輕動詞結構，見下文）。CP、IP 屬於語句的功能部件 (functional component)，VP 是語詞部件 (lexical component)，稱為（語句的）論元結構。論元結構和輕動詞結構是第九、十兩章的討論題目，本節對它只做簡單介紹。

　　「論元 (argument)」這個名稱是從數理邏輯借用過來的。數理邏輯分析語言的命題，找出命題結構的最基本關係，叫做謂詞－論元 predicate-argument 關係，如 P(x)、P(x, y) 等。P(x) 的謂詞稱為一元謂詞 (one-place predicate)，P(x, y) 的謂詞稱為二元謂詞 (two-place predicate)。一元謂詞如「開心」，二元謂詞如「喜歡」。在句法中，凡是根據動詞中心語的語法性質所決定的附屬成分都叫做該中心語的論元。論元占著定語和補語的位置。論元的定語和補語位置稱為論元位置 (argument position)。

　　論元是動詞中心語的語法性質決定的，論元從中心語那裡得到語義角色 (theta role, θ-role)。根據語義角色的區分，一個句子的論元可分為施事 (agent) 論元、受事 (recipient) 論元、歷事 (experiencer) 論元、當事 (theme) 論元等。有些論元不是主要動詞直接分派的，而是主要動詞連結一個輕動詞或介詞聯合分派的。例如在本書中，施事論元和致事 (causer) 論元都不是主要動詞直接分派的。這些問題在本書第七、八、九、十各章都要談到。

　　句法學有所謂配價理論 (valency theory)。配價理論是根據論元的數目（價，valence）對動詞作分類。不及物動詞是一價，及物動詞是二價，雙賓語動詞是三價。本書不用配價這個觀念，不過有時為了討論方便，也把及物動詞寫成 V2，雙賓語動詞寫成 V3（見第八章）。作為一個句法理論，

配價理論是過時的，沒有什麼參考價值。

5.1 論元結構上的加接 (adjunction)

加接 (adjunction) 是擴充句子結構的一種方式，但它不會產生一個新的槓次結構。那就是說，它不作投射，因此也不會增加論元。當我們把 A 與 B 做併入 (merge) 的時候，如果這是加接，那麼得到的結果還是 A 或 B。但經加接以後，句子便多了一個句子成分，或多了一個安放句子成分的位置。在加接位置上的句子成分叫做「加接語 (adjunct)」。加接位置不是論元位置，句法學稱為 $\overline{\text{A}}$ (A-bar) position （論元位置為 A position）。因此非論元的句子成分如狀語、時間副詞等的併入皆為加接：

⒂

　　a. 是他昨天／偷偷告訴我這件事的。

　　b. 昨天／偷偷告訴我這件事 = VP

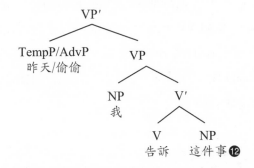

從上面樹狀圖看到，加接語加接到 VP 上，所得的結構仍然是 VP，只是成為一個夾層 (two-segment) 的範疇。我們把這夾層的 VP 用 VP′、VP 加以分別。「′」只是用來區別上下兩層，表示這是一個漢堡形狀的東西。這個「′」不是槓次記號。加接可以重複，例如在 VP 上加接了「偷偷」，還可以加接「昨天」：昨天偷偷的告訴我這件事。得到的結構是一個三層大麥克漢堡 Big Mac：$[_{vp''}$ 昨天 $[_{vp'}$ 偷偷 $[_{vp}$……]]]。不過它仍然是一個 VP。

---

❶❷　雙賓語見第十一章討論。此處結構簡化。

　　加接在句子結構中有一定的「地點」，叫做加接地點 (adjunction site)。詞組是一個加接地點；一次槓結構（如 V′, N′）恐怕就不是。零次槓中心語也是加接地點，第九章的動詞併合 (verb incorporation) 可視為一種加接。加接語 (adjunct) 本身不能再加接。⓭加接也有形式的限制：有的可以加接在句子 IP 內部，如副詞性的加接語，「昨天」、「偷偷」都是；有的只能加接在句子 IP 的外沿，如介詞組「在臺灣」。句子前的加接多構成所謂「框架語」，見第四章「主題句」。句末「以」字式「目的補語」也是一種加接，即句法學上所謂 purpose adjunct，如「孟莊子斬其橁以為公琴」《左傳・襄公十八年》。上古漢語的「以」基本上是動詞，但這裡的「以」是弱化用法。弱化「以」仍有投射能力，它還是一個中心語，只是不能成為一個 VP 結構的中心語。因此它的投射結構只能加接在句子的主幹上。當弱化的「以」帶一個 VP 補語，那它就是一個 C，它的投射結構就是一個 CP。過去學者把這個表目的的「以」看成一個連詞。這也不能說錯。連詞也是一種 CP 的中心語 C。不過連詞結構是有定語和補語的完全投射，而弱化的「以」只能投射出補語 VP。而且句末的「以」字式都是加接結構，這個弱化的「以」只出現在加接結構中。說它是介詞或連詞都有幾分對，卻不全對。⓮上古漢語句末加接只限於「以」字式，他種加接皆有限制，只能加接在詞組的前端位置。

⓭　語法學上所謂「目的補語」，是加接結構。有時可以找到多於一個目的補語的句子，必須分辨不同層次的加接地點：

　　初，公有嬖妾，使師曹誨之琴，師曹鞭之。公怒，鞭師曹三百。故師曹欲歌之以**怒孫子以報公**。《左傳・襄公二十四年》

加接結構本身不能成為加接地點，因此「以報公」這個加接結構不是加接在目的補語「以怒孫子」上，而是處於更高的位置，即作為整個動詞組（包括其目的補語）的加接結構。我們可以在第二個加接結構「以報公」之前加逗號隔開，以表示兩個加接結構不直接相關。

⓮　「以」還有一種連詞用法，表動作行為進行方式，如「挾泰山以超北海」《孟子・梁惠王上》、「鱄設諸寘劍於魚中以進」《左傳・昭公二十七年》，但仍應是同一目的補語結構。

加接能起標示信息焦點的作用。論元可以移到一個加接位置，以增強對比效果。例如「政以治民，刑以正邪」（《左傳・僖公十一年》）。上古漢語用加接方式表達信息焦點的用法及用例甚多，參看第四章主題句及第五章並列結構。

5.2 輕動詞結構 (light verb structure)

輕動詞結構理論是最近二十餘年生成語法發展出來的一套分析論元結構的理論。它假定句子功能結構和動詞組 VP 之間還有一個投射結構 vP 提供論元位置。這個 vP 結構在句子中是必須有的，因為句子的施事論元、致事論元等「外部論元」都是從這裡產生。另外還有些結構也都必須用到輕動詞這一句法概念。我們討論漢語的句法，也必須接受輕動詞結構這個假設。

學者發現，槓次的二分二層級規定一旦成為生成語法的詞組結構原則，槓次結構的動詞組只有定語和補語兩個論元位置，無法滿足句子的需要。句子需要更多論元位置。以三價 V3 為例，「她又放了兩枚戒指在盒子裡」一句，謂語「（又）放（了）兩枚戒指在盒子裡」已構成一個動詞組，卻並未包括主語「她」：

(16)

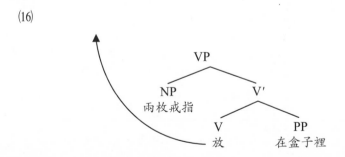

在這個結構中，我們看見動詞的受事賓語居於定語位置，表止事的處所介詞組居於補語位置。這兩個結構位置都被占住了，就沒有多餘的位置安放施事主語。有關主語的位置，曾經有過很多討論。Richard Larson 在探討雙賓語結構的論文 (Larson 1988) 中提出動詞組外殼 (VP-shell) 的想法，認為

動詞組 VP 之上應還有一層結構，此結構即句子主語的原始位置。❶⑤準此，
動詞組加上它的外殼就有三個論元位置。 過去句法有外部論元 (external
argument) 和內部論元 (internal argument) 之分，主語為外部論元，賓語屬
內部論元。現在放在 Larson 的理論架構下，外部、內部論元的定義就非常
確定：凡是 VP 裡面的論元（不管它是作句子的主語或賓語用）都屬於內
部論元，VP 外殼的論元則屬外部論元 (Chomsky 1995, p. 180)。

　　Larson 的動詞組外殼理論經過學者的發展，就成為今日的輕動詞結構
理論。Larson 理論的外殼中心語，現在都寫為小 v。輕動詞小 v 投射出來
的結構稱為輕動詞組 vP。輕動詞是一種介乎實詞與虛詞之間的句法範疇。
它的語義是虛的，但有指派語義角色的能力，因此它投射出論元位置。它
可以沒有語音形式，或只有部分語音形式，因此必須與另外一個中心語做
併合 (incorporation)。 併合是中心語與中心語的併入 (merge)，它包含移位
(movement) 的觀念，動作比併入複雜。 輕動詞跟一個中心語併合以後 (v-
V)，就成為一個語詞。 ❶⑥

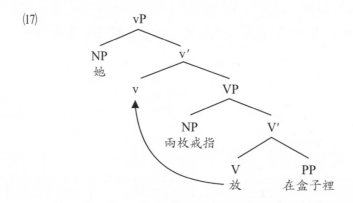

(17)

　　輕動詞是增加句子論元的手段。在我們書中，施事和致事的論元都是
由輕動詞分派的。 第十章談到所謂「增價結構 (applicative structure)」，如

❶⑤　Larson, Richard (1988), "On the double object construction," *Linguistic Inquiry* 19:
　　335–391.

❶⑥　第九章對「併合」一詞有更嚴格的界定，詳該章 6.1 節的說明。

「為動」、「供動」、「與動」、「對動」等，也是輕動詞結構。輕動詞還有一種特殊功能，就是代替主要動詞做名詞組的賓格格位比對。有了這道手續，動詞的賓語才能移動到一個論元位置，產生「反賓為主」這樣的受動句式。上古漢語的受動句也須假設一個輕動詞結構。參考第七、九兩章。

5.2.1 輕動詞

　　丹麥語言學家耶斯柏森 (Otto Jespersen) 是大家公認最早使用輕動詞 (light verb) 一詞的人。英語有些述賓式如 *have a rest*、*take a walk*、*give a sigh* 等動詞本身只有微薄動作意義，這些片語的核心意義是在賓語。*have a rest* 與動詞 *rest* 意義相當，*take a walk* 與動詞 *walk* 相當，*give a sigh* 與動詞 *sigh* 相當。耶斯柏森把這一類動詞稱為輕動詞。這樣的輕動詞在語言中是常見的。現代漢語的「打」就是一個輕動詞。「打球」、「打工」、「打坐」的「打」都只表示一種動作或活動。日語的する也是一個輕動詞，其用途則更廣泛。

　　在生成語法採用這個術語之前，輕動詞都是用來指片語的動詞成分。這種片語該如何分析不是我們目前關心的問題。需要特別指出的是，在當今生成語法理論，輕動詞的出現並不限於詞彙片語，而是在語句結構中呈分布性的 (distributional) 存在。輕動詞具有構詞 (morphology) 的性質，因為它不是完全的詞。它是一種詞素 (morpheme)，必須跟其他詞素結合以構成詞。但是在 Chomsky 極簡方案的語法體系中，構詞和造句是同一種句法機制，不是兩個不同的部門 (Chomsky 1995, p. 214, note 18)。構詞是在語句的衍繹過程中發生的，因此輕動詞會分布在語句結構不同的位置上。下面簡單談談輕動詞在漢語句法中的作用，第九、十兩章會作比較深入的分析。

5.2.2 施事、致事和增價結構

　　本書討論上古漢語的論元結構，採取生成語法輕動詞句法 (light-verb syntax) 的理論分析，特別是參考 Alec Marantz、Angelika Kratzer、Liina Pylkkänen 等人的主張（參看第九章）。上面說過，詞素——就是構詞成分

——也是一種句子成分，它在語句結構中呈分布性的存在，因此構詞不是一個獨立部門，而是造句的一部分。這個主張發展為具體規模的理論就是 Marantz 和 Morris Halle 的「分布構詞學 Distributed Morphology」。例如輕動詞小 v 既可以跟 VP 配合構成詞組，也可以跟詞根配合構成詞的單位 (零次樞中心語)。這都在句子的衍繹過程中產生，第九章有具體例子說明。這裡我們繼續談輕動詞跟論元結構這部分。

　　例句 (17) 的主語「她」是一個施事主語，它的位置和它的語義角色是由輕動詞 v 產生的 (當然小 v 與主要動詞必須相配而連結)。這就是說，光是主要動詞「放」不能產生外部論元主語，主語的語義角色必須通過輕動詞指派。以後我們就把表施事的小 v 寫成 v_{agt} (agt: agent)。這樣看動詞組結構，動詞組結構 VP 是沒有外部論元的，主語必須外加。加了主語位置就成為一個小 v_{agt} 的動詞組 (輕動詞組)。依照這個分別，廣義的動詞組就有兩種：一種是不帶外部論元 (沒有主語位置) 的 VP，一種是帶外部論元 (可以有主語位置) 的輕動詞組 vP。這樣的做法有很重要的理論涵義，本章在此先就句子主要動詞帶 VP 補語的情況提出一點主張，第九、十兩章還要就其他的問題做詳細的討論。

　　先看現代漢語的連動結構如「我用筷子吃飯」。動詞的補語有多種，名詞組可以當動詞的補語 (賓語)，句子結構可以當動詞的補語，而動詞組也可以當動詞的補語。現代漢語「用」這種連動式是一個帶 VP 補語的結構：

(18)

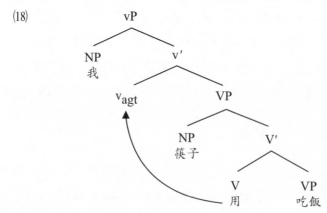

這個 VP 補語 (「吃飯」) 是沒有主語的。連動表達方式、動作先後等語意，因此兩個動詞施事者相同，是一般的情況。不過有時補語所表達的行為未必是同一個施事者，例如「我去修車」，動作「去」和「修」就可以屬於不同的人。因此最好的辦法是假定連動式的第二動詞是沒有句法上的主語的。是否同一施事者，由語意 (動詞組的語意性質) 來決定。

　　連動式具有 V (NP)-VP 的形式，主要動詞的補語是一個沒有主語位置的 VP。漢語沒有英語的不定時小句 (infinitives)。不定時句是有主語的。例如 *to go* 的結構是 *PRO to go*，有一個隱性空代詞主語 PRO。❶相當於英語不定時的用法，漢語就常常使用動詞組 VP 當補語。這是沒有主語位置的結構。不過漢語語法學還有所謂「兼語式」，或稱為「遞繫式」，例如「我讓他進來」。兼語式也應是一種帶動詞組為補語的謂語結構，但它跟連動式帶的補語不同。兼語式的補語是一個句子形式；那就是說，它是一個帶主語的輕動詞組 vP。主要動詞「讓」的補語「他進來」是一個 vP 結構。生成語法學上所謂小型句 (small clause) 其實就是指這種 vP 結構。

　　還有傳統語法「助動詞」的問題，也需用到 VP 和 vP 這個分別。傳統語法書有「助動詞」這個名稱，本書是不用的。所謂「助動詞」在本書中主要分為兩類：一類是「能願動詞」，另一類可稱為「情態動詞」。前者如「能 (夠)」、「想」、「肯」、「敢」等；後者包括「應當」、「必須」、「得 dei」等。在句子中這兩類動詞都是充當主要動詞的：「助動詞」這個名稱不正確。這兩類動詞在過去之所以稱為助動詞，是因為這些動詞成分後面還可以帶一個動詞，如「能吃能睡」、「可去可不去」等。如果把後面的動詞看成句子的主要動詞，那麼前面的動詞就是次要的，故稱為助動。其實這一類結構也應該是帶動詞組補語的，把前面的動詞視為句子的主要動詞才對。英語的 auxiliary verbs 都有時的形式變化，這正是主要動詞的特徵。學者指出漢語的「助動詞」沒有動貌 (體) 的區分，但這不構成它們不是句中主要動詞的理由。倘若以此為標準，那麼「助動詞」後的動詞也不是主要動

---

❶　關於隱性代詞 PRO 和 pro，見 8.3 節。

詞，因為它也不能加動貌標記：「*他今年應當寫了三篇論文」。漢語的「助動詞」不能加動貌標記，原因是這些動詞不是表行為、活動或狀態的。這就跟「我姓張，我是福建人」的情況一樣：主要動詞「是」、「姓」也是不能加動貌標記的。我們認為能願動詞和情態動詞跟連動、兼語一樣，都是帶動詞組補語的，只是語意性質不一樣。

　　根據我們的分析，能願、情態之分跟連動、兼語之分是平行的：能願動詞帶 VP 補語；情態動詞帶 vP 補語。試比較下面兩句：

(19)

　　　　a. 他能夠舉起那塊石頭。(=(2))

　　　　b. 他應當搬走那塊石頭。

兩句表面結構相同，但能願動詞「能夠」帶的是一個 VP 結構補語「舉起那塊石頭」，而情態動詞「應當」帶的是一個 vP 結構補語「他搬走那塊石頭」。(b) 句的主語「他」是從補語 vP 移上來的，不是原來就在句子的主語位置上。關於能願和情態的句法性質，6.1 節談語義關係、6.2 節談格位時還會舉證討論。這裡只是用來說明動詞組必須分為 VP 和 vP 兩類；這個分別在很多語句結構中都要用到。

　　致事論元也是小 v 分派的，我們把這小 v 寫成 v_{caus} 或 v_c。現代漢語可以跟 v_c 連結的動詞只有「使」、「使得」和「讓」等固定幾個，因此不能顯示 v_c 的作用。上古漢語的 v_c 是一個詞素，與 V 併合構成新詞。v_c 的作用顯著。如 v_c 與「至」併合為「致」，就產生「使至」的意思。詳 5.3 節及第九章。

　　「增價」是英語 applied 或 applicative 的中譯。增價裝置也是輕動詞結構，用來添加句子主語以外的論元，如表受益關係的受益論元。非洲的班圖 (Bantu) 族群語言是利用增價裝置的典範語言。漢語也用增價裝置，如「我給你撐傘」的「給你」便可以視為一個增價結構。上古漢語增價裝置的輕動詞跟致事小 v_c 一樣都有構詞功能，可以與主要動詞併合，成為一個語詞，如《左傳・成公二年》「邴夏御齊侯」是邴夏為齊侯駕馭的意思。

「御」其實是增價輕動詞 v_{wei} 和不及物動詞「御」的結合。這就是漢語語法學上所謂「為動」的動詞活用。詳第十章。

5.3 語言的綜合性與分析性

　　歐洲 19 世紀歷史比較語言學學者對世界語言做類型的劃分，提出綜合性語言 (synthetic languages) 與分析性語言 (analytic languages) 的對立。詞 (word) 是句子的獨立成分。有的語言詞的構造複雜，所含的詞素多，動詞、名詞都有屈折形態變化 (inflection)，這就屬於綜合性語言。綜合性語言特別指詞素的語音形式複雜的語言，又稱為混合性語言 (fusional languages)。如印歐語的一個語音成分常代表數個詞素。現代英語已經不算是標準的綜合性語言了，但它還有綜合性質的殘留，如不規則動詞或人稱、數和時態的混合（動詞後綴 -s 表第三人稱、單數、現在式）。反之，有的語言缺少屈折等形態變化，這就屬於分析性語言。大抵分析性語言的詞素多為能獨立的自由形式 (free form)，詞素與詞大小相等，功能成分多以助詞 (auxiliaries) 或小詞 (particles) 出現在句中，因此又有孤立語 (isolating languages) 之稱。又有一類型語言的詞（特別是主要動詞）是詞素串連起來的，詞雖含有多個詞素，但詞素排列是規則的，則稱為黏著語言 (agglutinating languages)。美洲的愛斯基摩語則屬於所謂多重綜合性語言 (polysynthetic languages) 類型。美洲印第安語言以及非洲的班圖語當中，也有顯著的多重綜合性格。這些語言詞的凝聚能力非常強大，動詞可以把語句所需要的構成成分以附著形式黏合成一個詞。一個單詞即有一個語句的表達能力。

　　漢語通常被認為是分析性語言類型的代表。跟印歐語系的語言比起來，漢語固然屬於分析性類型。不過綜合與分析是相對的概念。現代漢語分析性格顯著，古代漢語則帶有頗多綜合性質。併合就是一種綜合性質的句法運作。上古漢語的併合主要是輕動詞和動詞的合成，如致動詞「走」是致事輕動詞 v_c 和不及物動詞（內動）「走」的併合。致動和自動讀音有別，一讀去聲，一讀上聲，這表示致事輕動詞是有語音性質的。現代漢語只有

「趕走」、「打跑」這樣的 VV 結構，沒有「*走了蒙驚」這種致動形式，只能說「打跑了蒙驚」。「為動」也是這樣。上古有綜合型「為動」，也有分析型「為動」。現代漢語只有分析型「為動」。上古漢語還有所謂「意動」用法，如「奇其人」的「奇」是「以為奇」三個成分的合成。這樣的動詞現代漢語也是沒有的。上古漢語還有一些綜合性的構詞手段，到中古漢語就消失殆盡，而漢語的分析性格愈加顯豁。這個演進軌跡在漢語發展史中是非常清楚的。

6. 句子結構中的關係

6.1 語法和語義關係

句法學把句子成分分為主語、謂語、述語、賓語等。主語跟謂語相對而言，述語跟賓語相對而言。這種主謂、述賓關係在句法學上稱為語法關係 (grammatical relations)。上文把槓次投射的兩個位置稱為定語和補語。定語 (specifier) 相對於中心語而言。定語和中心語之間是一種特殊的槓次結構關係，不屬於語法關係。但是補語 (complement) 一詞則常常用來表示語法關係──述補（或動補，verb-complement）關係。因此「補語」這個名稱是含混的：它可以用來指一種結構位置，又可以用來指一種語法關係。而作為一個句子成分的名稱，用來指語法關係時，補語 (complement) 的用法又很寬廣。它可以包括賓語。所以我們有時也用述補一詞稱述賓。但是動詞後的介詞組 PP 則只能稱為補語。至於介詞組的內部關係則稱為介賓而不是介補。

主語、賓語等語法關係概念必須跟論元的語義角色 (theta roles, θ-roles) 分開。語義角色是句子語義結構的一部分；語法關係則與語義無關。論元都有語義角色，語義角色界定「論元」這個概念。語義角色有施事 (agent)、致事 (causer)、歷事 (experiencer)、受事 (patient)、當事 (theme) 等，這五個是跟句法關係最大的。這五個語義角色的分別，第七章將作詳

細說明，這裡不多談。不過中文「施事」的「施」是會引起誤解的。語義角色「施事」的「施」不能理解為「施行」。「施事」是指自主的行為，包括思想、欲望等心理行為，當然動作、行動也是施事。也許「主事」是比較好的翻譯，但仍不確切，所以本書還是用比較通行的「施事」。語義角色由一個中心語動詞或輕動詞分派給它的論元，一個中心語只分派一個語義角色，一個論元只能從一個中心語得到一個語義角色，因此中心語和論元形成一種固定的一對一關係。⓲介詞也可以分派語義角色給它的賓語，如表達處所 (location)、所從（起事，source）、所止（止事，goal）等。語義角色和語法關係不是一一相配的。語法關係其實是比較複雜的，因為它的認定還涉及格位這個因素，下面還會談到。施事論元和歷事論元在句中都占主語位置，但在所謂「兼語式」中，則有既是主語又是賓語的情形發生。受事和當事論元沒有固定的語法關係，這兩種論元在句子中可以當主語也可以當賓語。

　　有了語義角色這個觀念，中心語和它的論元之間的關係脈絡便可以更明確的加以分辨。前面比較過能願和情態兩類句子，重複如下：

⑳

　　　　a. 他能夠舉起那塊石頭。

　　　　b. 他應當搬走那塊石頭。

能願動詞「能」、「能夠」跟情態動詞「應當」不同之處是，能願動詞是含自主性的施事動詞，它可以藉一個輕動詞 v_{agt} 分派施事角色給定語位置上的論元。情態動詞本身沒有語義角色可分派，它只能投射出定語位置。但這不是論元位置，因為這個位置分派不到語義角色。「應當」的定語位置沒有語義角色可以分派。(b) 句的主語「他」其實是補語結構的動詞「搬走」的論元，是一個施事論元。它不是「應當」的論元。因此這兩句的基本結構不一樣。(b) 句的論元結構應是這樣的：

⓲　但是中心語可以跟它的補語聯合分派一個語義角色，這就是像外賓語（第九章）和雙賓語（第十章）那種情況。

(21)

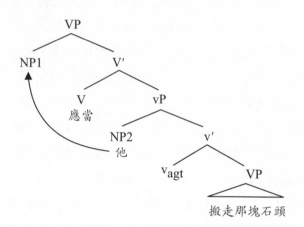

句子的主語「他」原是補語 vP 的主語，經過移位，從 NP2 的位置移到 NP1。(a) 句的主語則沒有經過這樣的移位。能願動詞跟情態動詞的句法差異可以用一個簡單的測試得知。在回答是非問句時，能願動詞帶不帶主語沒有差別，但若是情態動詞帶主語，句子就會變得不好：

(22)

    a. 他能不能夠舉起那塊石頭？

      能。

      他能。

    b. 他應不應當搬走那塊石頭？

      應當。

      *他應當。

    句法學把不能配合輕動詞分派語義角色的一類動詞稱為提升動詞 raising verb。提升動詞投射出定語位置，但是這個定語位置是空的，必須從他處引入一個主語。這就產生移位。情態動詞屬於提升動詞類。它跟它的主語沒有語義關係。因此「*他應當」這句話就顯得很彆扭。

6.2 格位

　　除了語法和語義角色關係之外，結構的元件之間必須維持形式關係。句法的形式關係有兩種：一是呼應 (agreement)，一是格位 (case)。西方語言在主語和主要動詞之間所表現的人稱、數和屬性 (gender) 的一致，就是呼應。漢語動詞沒有名詞性質的人、數、屬性區別，句法上不表達呼應這種形式的一致關係，這裡就不談它。只談格位。格位是另一種句法的形式規定。印歐語的格位表現在名詞的形式上，如英語 「他」 的主格 (nominative case) 是 *he*，賓格 (accusative case) 是 *him*。這叫做 「形態格位 (morphological case)」。形態格位是語言的類型性質，不是普遍性質。格位可以用其他方式表現，例如日語使用後置介詞 (postposition) 表格位，が表主格、を表賓格等。漢語沒有或很少形態格位，但也必須用到格位這觀念。❶❾這個格位觀念叫做 「抽象格位 (abstract case)」。格位理論主要是處理抽象格位的問題。有了格位理論，我們就可以解釋一些句子的不合法性，例如為什麼 (23a) 是好句子，(23b) 卻不是好句子？

⑵⑶
　　　　　a. 他應當搬走那塊石頭。(=(19b))
　　　　　b. *應當他搬走那塊石頭。

無論從結構或語意看，(b) 句「應當」的補語「他搬走那塊石頭」都沒有什麼不對的地方。不過前面已經指出，情態動詞「應當」選擇一個 vP 當它的補語。「他」位於小 v 的定語位置上。這個定語位置可以得到施事語義角色，但不能得到主格的格位。因此代詞「他」在這位置上沒有格位。沒有格位就不合法。格位查核原則 (case filter) 規定：在句子 IP 中，若有名詞組沒有格位，則句子不合法。因此 「他」 不能在這位置上立足，必須移位。(a) 句是移位的結果。凡移位必有目的，「他」 移動到句中主語的位置就是

❶❾　不過上古漢語代詞中有表賓格的 「之」，有表領格的 「其」，所以還有一點形態格位。

為了要獲得主格的格位。

下面例子顯示漢語的賓語也是必須有格位的：❷

⑵

　　a. 我替他把包裹寄了。

　　b. *我替他包裹寄了。

　　c. 包裹，我替他寄了。

為什麼 (b) 句不合法而 (a) 句合法？因為 (b) 句的賓語「包裹」沒有格位。賓語從動詞那裡得到格位，但依照漢語的語序規定，必須處在動詞之後。動詞之前的賓語不能從動詞那裡得到格位。(a) 句是把字句，賓語「包裹」從「把」那裡得到賓格，解決了格位問題。至於 (c)，「包裹」是一句的主題。主題也沒有格位問題。

7. 移位

移位是貫串著生成語法各個發展階段的一個核心句法題目。生成語法在不同時期對移位現象有不同的理論分析。我們這裡不進入理論層次的討論。簡單的說，移位就是離開了原來的位置，到一個新的位置去。這是對移位這個句法現象的直覺解釋。對本書讀者來說，這樣的理解也就足夠了。

名詞組有移位現象。前面舉的 (20b) 例，在 (21) 的樹型結構清楚的看到，主語「他」原來是在補語結構的定語位置上，經移位後才到句子的主語位置，成為一句的主語。凡是移位都有其動因。移位到主語的位置上都跟格位有關。

上古漢語的受動句也是移位的結果。《大學》的「身脩而后家齊」是一個並列受動句（第七章）。「脩身」、「齊家」是述賓結構。這句的「身」和「家」都從這個基礎述賓結構通過移位移到主語位置。這也是格位要求造

❷　參看梅廣〈格位理論與漢語語法〉，《毛子水先生九五壽慶論文集》，頁 640–641。

成的。受動句有一個受動輕動詞 v，有「受」的意思。它起所謂「格位吸收 (case absorption)」的作用，取消了賓格格位，使處在賓語位置的名詞組得不到格位，必須移到主語位置，以取得主格格位（第九章）。

名詞組也可以移位而成為主題 (topic)。如 (24c) 的「包裹」。主題是 CP 結構裡面的位置，不是一個論元位置，因此這種移位就叫做「非論元位置移入 Ā-movement」。相對於 Ā-movement，移到主語位置的移位就叫做「論元位置移入 A-movement」（主語位置是論元位置）。

必須注意的是，漢語主題句並非都是移位運作，也可以沒有移位。例如「隔壁的王媽媽，我最愛吃她做的牛肉麵。」上古漢語主題句大概都是不用移位運作的（第四章）。漢語的外位構成，可以根據兩種策略。一是移位（即併入且刪除 (delete)），一是僅有併入，而用一個代詞表達同指稱的複指關係。漢語有一個隱性空代詞小 pro。當它跟一個先行詞連結的時候，句子的形式和語意解釋就與移位無異。空代詞 pro 的功用很多，可以作跨越句子的同指稱連結，它的用法更接近顯性代詞，又有承指作用（「承指」見第四章主題句），已經不是句法學的控制理論 (control theory) 所能解釋。見下一節討論。

非論元位置移入見於上古漢語的，還有疑問詞的移位，如「牛何之？」（《孟子・梁惠王上》），疑問詞移進去的是一個焦點 (focus) 位置。[21]此外，在否定環境中，輕讀的賓語代詞要前移到否定詞之後，以增強否定的重音效果。具體情況見第十一章。

中心語也有移位現象。中心語的移位稱為中心語到中心語移位 (head-to-head movement)。中心語移位可以產生新詞。這種新詞主要是輕動詞結構中主要動詞與輕動詞併合 (incorporation) 的結果。這是上古漢語常見的構詞手段。現代漢語就幾乎不用了。較之現代漢語，上古漢語具有更多綜合 (synthetic) 性格。參看前文 5.2、5.3 二節。

[21]　Aldridge, Edith (2010), "Clause-internal *wh*-movement in Archaic Chinese," *Journal of East Asian Linguistics* 19: 1–36.

8. 指稱

　　「指稱」這個詞在本書有兩種用法。用指示詞來指事物稱為指稱，這是「指稱」的一般用法，相當於英語的 deixis。指稱者稱為指稱語 (deictics)，指稱語所指的事物稱為指稱對象。指稱也可以叫做「指示」，但因為「指示」在漢語語法中的用法限於「指示詞 (demonstratives)」這個術語，作廣義的指稱使用時頗不便，因此我們還是決定採用《中國文法要略》這個「指稱」名稱。

　　指稱的另一用法是指語句成分的同指稱 (co-indexed, co-referential) 關係。先行詞跟它的複指詞 (anaphor) 就是同指稱關係，例如「他喜歡誇耀自己」一句中，「他」和「自己」都指同一個體，是同指稱關係，可標示為「他$_i$喜歡誇耀自己$_i$」(i 表指稱相同)。這一種「指稱」用法只用於「同指稱」這個術語中，因此不會跟「指稱」的一般意義相混。

8.1 語言中的指稱成分

　　大家都知道，「這」、「那」是專做指稱用的。這一類的名詞成分句法學上稱為指示詞 (demonstrative, D)。指示詞指向外界。在一個名詞組中，指示詞位於名詞組的最外層，因此我們應當把名詞組「那塊石頭」稱為 DP 才對，就如同我們把句子稱為 CP 一樣。名詞組和句子結構是平行的。不過，在本書中，我們還是依照一般習慣，把名詞組寫成 NP，而不用 DP 這個複雜概念。

　　「這」、「那」有近遠之分。古代漢語還有不分近遠的「之」、「是」，相當於英語的有定冠詞 the。現代漢語方言中還有此用法。粵語用一個零形式指示成分表有定，如「本書」就是英語 the book 的意思。不過這個零形式指示成分不能加在數詞之前：「三本書」只有無定指義，沒有有定指義。

　　指示詞有一種用法，《中國文法要略》稱為「承指」。承指所指，是「上文已說，或說的人和聽的人了然於何所指」(頁 165)；換句話說，承指所

指就是 discourse 裡面的成分。本書特別把用於句段文義的承接稱為「承指」。例如「你叫我的名字，這很沒有禮貌。」的「這」，就是承指用法。在上古漢語，「是」、「此」、「斯」都可以用來做承指。主題句經常用空代詞 pro 承指主題（第四章）。

　　語言中的指稱成分其實很多，遠不止指示詞一類。時間副詞如「現在」、「明天」也是指稱語。表方位的「左」、「右」也屬於一類指稱語。第一章談到，上古漢語的「言」、「焉」含有一個指稱成分 -an。漢語時制的中心語 T 指向說話時間，是一個指稱成分。CP 裡面指向說話者位置、態度等成分也都有指稱性質。第一章、第十一章都有簡略說明。

8.2 句子成分之間的同指稱關係 (co-indexing relations)

　　傳統語法把同指稱叫做複指。一個代詞可以複指一個名詞，被複指的名詞稱為該代詞的先行詞。先行詞和複指成分的句法關係是生成語法綁定理論 (binding theory) 處理的問題。綁定的兩個要素是「同指稱」和「支配（c- 支配，c-command）」：

　　⑵₅ **綁定**
　　　　設若 A 綁定 B，則 A 與 B 同指稱而且 A 支配 B。

　　代詞分兩種：一般代詞和反身代詞。一般代詞其實只有第三人稱可以有先行詞。第一身稱和第二身稱代詞都是沒有先行詞的，指的是交談者的雙方，那是「指稱」，不是「同指稱」。第三身稱代詞用來指交談的他方時也沒有先行詞。所以可以說基本上一般代詞是不需要先行詞的，都可以做指稱用途。如果第三身稱代詞在句中找到先行詞時，就建立同指稱關係，也就是一種綁定關係。

　　綁定關係有三種。一種是一般代詞的複指。這種複指有一點限制，就是先行詞不能與複指代詞同在一個最小的句子結構中出現。例如「老王給他買了一輛新車」的「他」不能用來複指「老王」。這個限制在綁定理論中稱為綁定條件 B (binding condition B)。另一種綁定關係如反身代詞的複指。

反身代詞複指跟一般代詞複指恰好相反，它需要跟它的先行詞同在一個最小句子結構中，因此在「老王給自己（或他自己）買了一輛新車」一句中，「老王」跟「自己」必須同指稱。這是綁定理論另一個綁定條件，稱為綁定條件 A (binding condition A)。句法中的論元位置上的綁定，即 A-binding，屬於這一種。

此外，還有一種綁定關係稱為綁定條件 C (binding condition C)。句法中的非論元位置上的綁定，$\overline{\text{A}}$-binding，屬於這一種。$\overline{\text{A}}$-binding 主要表達邏輯關係的運算子（operator，運符）和它的變項 (variable) 的關係。現代漢語的被動句需要用到這種關係：❷

　　(26)

　　　　a. 蛋糕被我吃了。

　　　　b. 蛋糕$_i$被 [Op$_i$ [我吃 e$_i$]]

漢語被動句的主語沒有經過移位，它是通過運算子 Op 與其基礎位置連結，此基礎位置視為運算子的變項 e。「蛋糕」與運算子的連結是 A-binding；運算子與其變項之間的連結是 $\overline{\text{A}}$-binding。

在極簡方案中，綁定理論已經被解散了，但是綁定這種同指稱關係還是存在的。綁定這名稱也方便使用。

8.3 隱性代詞 pro

生成語法在同指稱關係的問題上最重要的貢獻是發現一些隱性句子成分，如空範疇 (empty categories)、空代詞 (null pronominal)PRO，以及運算子和變項等。上文 5.2.2 節指出，英語有所謂不定時小句 (infinitives)，例如 *to go*。不定時小句是個句子形式，但它通常不出現主語。生成語法認為這

---

❷　參看 Feng, Shengli （馮勝利） (1995), "The Passive Construction in Chinese," *Studies in Chinese Linguistics* 1: 1–28; Huang, C.-T. James （黃正德） (1999), "Chinese Passives in Comparative Perspective," *Tsing Hua Journal of Chinese Studies* 29: 423–509.

是以一個隱性空代詞當主語，寫為 PRO。PRO 只出現在不定時小句中，性質很特別。漢語沒有不定時小句這樣的結構，因此也沒有 PRO 這個東西。但是空代詞這個概念可以延伸。漢語經常出現的無主語句，也可以認為是以一個空代詞為主語的結構。為了把英語不定時小句的大 PRO 加以分開，漢語這個空代詞就寫為小 pro。漢語句子主語位置上見不到主語，過去都認為這是主語被省略掉。不過省略必須有條件，這種「無主語」的句子常常是找不到省略條件的。句法理論的空代詞假設正好為這種句子提供解釋。所謂無主語句，其實不是真正的無主語，它的主語是一個空代詞，因此看不見聽不見。上古漢語第三身稱代詞「之」具有賓格格位，不能出現在主語位置。主語位置上根本沒有一個顯性第三身稱代詞可用，主語省略說法更不能成立。上古漢語的隱性主語 pro 就相當於現代漢語的「他」，因此這種「無主語句」出現頻繁。這個隱性代詞 pro，現代漢語還在使用。

偏正結構：條件句

傳統語法書把語句組織分為偏正或主從 (subordination) 和並列 （或稱聯合，coordination） 兩種關係。本書介紹上古漢語句法結構，就從這兩種關係談起。本章和第四章談偏正，第五章談並列。上古漢語表達假設和條件都是複句形式，即由兩個分句組成。這就是一種偏正結構，它的第一分句稱偏句或從句，表條件；第二分句稱正句或主句，做出結論。這種偏正結構的複句還可以按照表條件偏句的性質分為幾類。下面分別論述。

1. 條件的非實然與實然

從形式邏輯的處理來看，所有假設命題都是條件命題，也就是正句的真確性或有效性必以偏句條件命題之滿足為前提。因此無論用偏句表假設或他種條件，西方語言學都稱為條件句 (conditional sentence)。但是條件命題有實然、非實然之別。試看下面的句子：

  ⑴ 如果下雨，我們就把計畫取消。既然不下雨了，那我們就按照計畫進行吧。

這是兩個條件句。「如果下雨」是假設語氣，表非實然；「既然不下雨了」沒有假設意味，陳述實際情況，在句法上稱為實然情態。實然／非實然 (realis/irrealis) 的分別是語言的一個基本句法範疇，語句經常會帶一個表達這個範疇的標誌（第十一章）。「既然」就是一個表達實然的標誌，「如果」則表非實然。英語的 since、as 跟 if 的分別也在這裡：前二者表實然，後者表非實然。

再看《論語》這個句子：

(2) 遠人不服，則脩文德以來之。既來之，則安之。〈季氏〉

這個句子也包含兩個條件句。第一個條件句的偏句「遠人不服」和第二個條件句的偏句「既來之」都表條件，但一個是非實然命題，一個是實然命題，至少句法上是如此。「遠人不服」是一個假設句，可以加上假設標記「若」。「既來之」（等到把他們招徠了以後）則不是一個假設句，雖然從上下文來看這個句子也應當有假設的意味。跟現代漢語「既然」一樣，古代漢語表完成的「既」是一個實然標記，它不能在假設句子中出現：上古漢語找不到「若既」、「如既」的用法，但有少量「若已」、「如已」的例子。❶同樣表事件的完成，「既」含有情態範疇的成分，在句法上只用來指實然情態，而「已」則沒有強烈情態涵義，因此還能出現在假設句中。❷

❶　「若已」和否定「若未」的例子：

  (1)

    a. 若已食則退，若未食則佐長者視具。《禮記・內則》

    b. 人若已卜不中，皆被之以卵，東向立，灼以荊若剛木，土卵指之者三，持龜以卵周環之，祝曰：「今日吉，謹以梁卵焯黃祓去玉靈之不祥。」《史記・龜策列傳》

    c. 臣謂君之入也，其知之矣，若猶未也，又將及難。《左傳・僖公二十四年》

    d. 譬如田獵，射御貫，則能獲禽，若未嘗登車射御，則敗績厭覆是懼，何暇思獲？《左傳・襄公三十一年》

    e. 有禦楚之術而有守國之備，則可也；若未有，不如往也。《國語・魯語》

  「如已」和否定「如未」的例子：

  (2)

    a. 曾子問曰：「如已葬而世子生，則如之何？」《禮記・曾子問》

    b. 有父之喪，如未沒喪而母死，其除父之喪也，服其除服。卒事，反喪服。《禮記・雜記下》

    c. 如未視濯，則使人告。《禮記・雜記下》

❷　下面幾個帶「既」的句子皆應視為實然命題：

  既使我與若辯矣，若勝我，我不若勝，若果是也？我果非也邪？我勝若，若不吾勝，我果是也？而果非也邪？其或是也，其或非也邪？其俱是也，其俱非也邪？我與若不能相知也，則人固受其黮闇。吾誰使正之？使同乎

再舉兩個實然命題的條件句：

(3)

　　a. 既已為一矣，且得有言乎？既已謂之一矣，且得無言乎？《莊子·齊物論》

　　b. 子不知利害，則至人固不知利害乎？《莊子·齊物論》

作為條件來看，非實然命題表達在現實世界中尚待滿足或無法滿足（後者稱為反事實命題）的條件，實然命題則表達已滿足的條件。呂叔湘《中國文法要略》把這裡的非實然和實然命題的複句分別稱為假設句和推論句。當今普通語言學把二者都稱為條件複句。因此條件複句的範圍其實比假設複句廣，假設只是條件的一種。

　　不過在上古漢語，要決定分句是實然或非實然，有時候也不是很容易，因為分句可以不帶任何形式標記：

(4) 將立州吁，乃定之矣；若猶未也，階之為禍。《左傳·隱公三年》❸

這是春秋時衛國大夫石碏對衛莊公說的話。莊公想立公子州吁為太子，是人人都知道的事。但這事遭遇到反對，因此莊公拿不定主意。石碏的話可以做兩種解釋：既然你想立州吁為太子，那就定下來吧（如果還不定下來，就是讓他走上臺階（登堂入室之意）製造禍亂）；如果你想立州吁為太子，那就定下來吧……。前者是實然命題的解釋，表示石碏知道莊公的心意；後者則是非實然命題的解釋，表示他不確定莊公的心意。兩種解釋都通，

　　　若者正之：**既與若同矣**，惡能正之！使同乎我者正之：**既同乎我矣**，惡能正之！使異乎我與若者正之：**既異乎我與若矣**，惡能正之！使同乎我與若者正之：**既同乎我與若矣**，惡能正之！然則我與若與人俱不能相知也，而待彼也邪？《莊子·齊物論》

❸　「階」是動詞，登階之義。《論語·子張》「夫子之不可及也，猶天之不可**階**而升也。」「階之」是致動用法，使登階（而入）。詳第九章 5.1 節。

而後者是比較婉轉的說法。

　　但是像下面假設句中的「欲與大叔」，因為對照關係，就可以確定是一個非實然假設命題：

　　　　⑸ **欲與大叔**，臣請事之；**若弗與**，則請除之。《左傳・隱公元年》

把實然情況當作假設，其實是一種修辭手法。

　　　　⑹ 若大盜禮焉以君之姑姊與其大邑，其次皐牧輿馬，其小者衣裳劍
　　　　　 帶，是賞盜也。《左傳・襄公二十一年》
　　　　　 如果我們對於大盜是用給與國君的姑母和他的大城邑來對待，其
　　　　　 次的用皐牧車馬，再小的用衣服佩劍帶子，這是賞賜盜賊。❹

條件分句的表實然或非實然，基本上是一個語意解釋的問題。但是條件句還有假設和讓步的區分，則是一個句法的問題。本章第 2 節討論假設句，第 3 節討論讓步句。

2. 假設複句

2.1 假設複句的形式標準

　　假設複句的認定，語意之外還必須根據形式標準：一、偏句有假設詞「若」（或「如」），或可以加上「若」；二、主句（正句）原則上都可以加「則」字。例 ⑸ 中兩個對比句子，後面一句偏句有「若」，正句有「則」，前面一句都沒有，但仍可以加上（若與大叔，則臣請事之）。如果不能加，就不屬假設複句。因此用「雖」、「縱」及後世的「縱然」、「即使」、「就算」等標記來表達讓步的複句，因為不能用「若」（「如果」）、「則」（「那麼」），就不是假設複句，雖然也可以有假設意味，歸類上算是另一類複句，留到

❹　本書對於《左傳》例句的語譯主要根據沈玉成《左傳譯文》而或有改動。

第 3 節討論。

假設命題是人類思考的一個重要方式。古代希臘邏輯思想的三段論法是一種類屬 (class-membership) 關係的推論。現代形式語意學的 implication 和 entailment 則是二段推論：A implies (or entails) B（例如 a & b implies (or entails) a ∨ b）。假設思考也是一種二段推論 (*if*…, *then*…)。❺ 要跳出現實世界所見所聞的思想限制，就要用到假設思考。有了假設思考，人類的思考的參照對象就不僅是現實世界，還有可能世界，人類不但能回顧，也能前瞻。作反省和自我修正，假設命題更是最主要的思考工具。假設句是二段形式，二段形式句子在語言中是很常見的，不限於假設（條件）句。第四章的主題句、第五章的並列句也是二段結構。

2.2 現代漢語幾個假設詞的用法

2.2.1 一般假設

現代漢語的假設連詞仍然沿襲古代漢語的「如」、「若」，但都湊成雙音節詞，有「如果」、「假如」、「假使」、「假若」、「倘若」等不同說法。現今以「如果」最通行。

「如果」：這個形式不帶主觀心理的含義，只是單純的表假設。「如果」相當於英語的 *if*。例如：

(7) 如果我是一隻鳥，我就可以自在飛翔。

「假如」：有時意思接近動詞「假定」，用法相當於英語的 *suppose*。能獨立成句。例如：

(8) 假如我是真的。

2.2.2 語意較深的假設

❺　形式語意學把 entailment 也當作 *if*/*then* 形式處理。

「**要是**」：跟「如果」比較起來，「要是」有主觀心理的含義，可以表示樂
　　　　見或不樂見的主觀意願。例如：

　　⑼ 要是薪水發不下來，我們就要喝西北風了。

說「要是」有時比說「如果」表示發生的可能性較低：

　　⑽
　　　　a. 如果有人找我，你就說我不在家。
　　　　b. 要是有人找我，你就說我不在家。

「**只要**」：表主觀心理最低限度的滿足，作為條件則表充分條件。例如：

　　⑾ 只要你聽我的話，我什麼都答應你。

2.2.3 假設的程度

　　假設的事有的可能發生，有的不可能發生。不同程度的假設，在漢語
是一個語意問題，不是句法問題。一般假設詞「如果」可以用來表不同程
度的假設。

　　印歐語有虛擬 subjunctive 形式，虛擬句和一般假設句構造不同。背離
事實 counterfactual 的命題都要用虛擬句表達。這種句法手段在世界語言中
其實很普遍，可是漢語沒有：古代漢語沒有，現代漢語也沒有。因此漢語
無所謂反事實條件句 counterfactual conditional sentence。

　　我們來看一個背離事實的句子：

　　⑿ 如果奧斯瓦爾德沒有刺殺甘迺迪，也會有別人刺殺他。

說這話的人認定奧斯瓦爾德 (Lee Harvey Oswald) 是刺殺美國甘迺迪總統
的兇手，所以分句是背離事實的假設。但是從句子的形式看不出來。「如
果」只是一個一般假設詞，並非專用來做背離事實的假設。再看：

　　⒀ 這種好機會，如果我不爭取，別人也會爭取的。

說話者並沒有說明白他是否爭取過這機會，因此這個句子有歧義，可以解釋
為事後的回顧（含反事實假設），也可以解釋為事先的估量（只是一般假設）。

2.3 上古漢語假設句標記

　　假設句都有特定的標記可用。此種標記其實是假設句的中心語，參閱
第二章 4.3.3 節引例 (14) 的說明。偏句用「若」、「如」等，正句（主句）
原則上都可以加「則」字。因此不能用「若」（「如果」）、「則」（「那麼」）
的複句，就不是假設複句。

　　不過很多假設句並不特別把標記加上去：

　　(14)

　　　　a. 殺女，我伐之。《左傳‧宣公十四年》

　　　　b. 厚將得眾，（不義不暱，）厚將崩。《左傳‧隱公元年》

　　　　c. 子路曰：「衛君待子而為政，子將奚先？」《論語‧子路》

沒有加標記的假設句會產生歧義：

　　(15)　忠恕違道不遠。《中庸》

(15) 其實是一個假設句，意思是如果能實行忠恕，那麼一個人的行為就不
易偏離道了。但過去解釋者都把它當作單句看待。如果加了標記「則」，句
子結構便清楚了：忠恕，則違道不遠。

　　下面是有標記「則」的一些例子：

　　(16)

　　　　a. 宗邑無主，則民不威；疆場無主，則啟戎心。《左傳‧莊公二
　　　　　 十八年》

　　　　b. 不知亂之所自起，則不能治。《墨子‧兼愛》

　　　　c. 且夫水之積也不厚，則其負大舟也無力。覆杯水於坳堂之上，
　　　　　 則芥為之舟，置杯焉則膠，水淺而舟大也。《莊子‧逍遙遊》

d. 有人於此，其德天殺。與之為無方，則危吾國；與之為有方，則危吾身。《莊子·人間世》

現在有一個人天性殘酷，如果放縱他，就會危害我們的國家；如果用法度來規諫他，就會危及自身。

e. 子產謂申徒嘉曰：「我先出，則子止；子先出，則我止。」《莊子·德充符》

如果假設偏句也戴上標記，形式就更齊全了。但也只在較長或較複雜的句子中才有此需要：

(17)

a. 君若伐鄭，以除君害——君為主，敝邑以賦，與陳蔡從——則衛國之願也。《左傳·隱公四年》

b. 杜伯曰：吾君殺我而不辜，若以死者為無知，則止矣；若死而有知，不出三年，必使吾君知之。《墨子·明鬼下》

c. 王若隱其無罪而就死地，則牛羊何擇焉？《孟子·梁惠王下》

有時正句可以用「乃」標示。

(18) 若使太子主曲沃，而二公子主蒲與屈，乃可以威民而懼戎，且旌君伐。《國語·晉語一》

不過「則」、「乃」二者用法有廣狹之分。順承可以用「乃」；無論順承或轉折都可以用「則」。「乃」基本上是個時間承接詞：於是（就）；「則」是一個表結論的通用假設句標記。

2.3.1 「若」、「如」：如果、假如

「若（如）」這個標記只表一般假設，語意中性，不帶任何主觀心理含義。這是最常見的上古漢語假設標記。「若」的假設義大概發展自比況義，春秋時期始大量出現。詳下文 2.3.2 節。「如」和「若」意思一樣，其發展

路線也相同，只是一晚一早，跟致事「令」、「使」的情況類似（2.6.1 節及第九章）。「如」當假設詞用出現比較晚。《左傳》、《國語》都沒有用「如」做假設詞的例子。《墨子》也不用「如」。《戰國策》也用「若」而極少用「如」。《論語》則只用「如」而不用「若」。《孟子》也是用「如」而絕少用「若」。由此可見「如」當假設詞用大概起於春秋末，以後雖「若」、「如」並通，但先秦作者取捨或不同，用「若」則不用「如」，用「如」則不用「若」。但也有隨意用的，如《禮記》各篇或用「如」或用「若」，並不一致，顯見其來源龐雜。

下面是《左傳》和《論語》一些假設句的例子。假設詞「若」出現的位置比較隨意，可以在主語之前或主語之後（即謂語之前），但以在主語之後者為多。如果偏句和正句主語相同，則「若」必出現在主語之後。❻主語若是結構簡單，「若」亦多出現在主語之後。「如」的情形也相同。

(19)　《左傳》之例

a. 若闕地及泉，隧而相見，其誰曰不然？〈隱公元年〉

b. 君若以德綏諸侯，誰敢不服？君若以力，楚國方城以為城，漢水以為池，雖眾，無所用之。〈僖公四年〉

君王如果用德性安撫諸侯，誰敢不服？君王如果用武力，楚國有方城山作為城牆，漢水作為護城河，（君王的軍隊）雖然眾多，也沒有用得上的地方。

c. 若大國討，我則死之。〈宣公十二年〉

d. 晉侯將伐鄭。范文子曰：「若逞吾願，諸侯皆叛，晉可以逞；若唯鄭叛，晉國之憂可立俟也。」〈成公十六年〉

晉侯打算討伐鄭國，范文子說：「如果按照我的願望，諸侯都背叛，晉國的危機可以得到緩解。如果只是一個鄭國背叛，

❻ 參考何莫邪 (Christoph Harbsmeier) ch 4，4.2 節。何莫邪認為如果偏正兩句主語不同，則「若」必出現在主語之前，他的規則較我們所定的為嚴，因為他排除了偏正兩句主語不同「若」也可以出現在主語之後的可能，如例 (19k、l)。

晉國的憂患，馬上就等得到了。」

e. 公孫舍之曰：「昭大神要言焉。若可改也，大國亦可叛也。」
〈襄公九年〉

兩國之間，（我們）已經把盟辭昭告於神明了。如果這樣還可
更改的話，大國也可以背叛了。

首句的「焉」指於兩國之間。

f. 子罕曰：「我以不貪為寶。爾以玉為寶，若以與我，皆喪寶
也。不若人有其寶。」〈襄公十五年〉

子罕說：「我把不貪婪作為寶物，你把美玉作為寶物。如果把
玉給了我，我們兩人都喪失了寶物，不如各人保有自己的
寶物。」

g. 九月，諸侯悉師以復伐鄭，鄭人使良霄，大宰石㚟，如楚，
告將服于晉，曰：「孤以社稷之故，不能懷君。君若能以玉帛
綏晉；不然，則武震以攝威之——孤之願也。」〈襄公十一
年〉

九月，諸侯全部出兵再次攻打鄭國，鄭國人派良霄、太宰石
㚟去到楚國，告訴楚說準備對晉國順服，說：「孤由於國家的
緣故，不能顧念君王了。君王如果能夠用玉帛安撫晉國（，
這是孤的願望）；不這樣，那就用武力對他們加以威懾，這也
是孤的願望。」

「孤之願也」意謂皆孤之願也。在句法上，第一複句是省
略句。

h. 若上之所為而民亦為之，乃其所也，又可禁乎？〈襄公二十一
年〉

如果上面的所作所為百姓也做了，這是勢所必然，又能夠禁
止嗎？

i. 聖人有明德者，若不當世，其後必有達人。〈昭公七年〉

這是說，如果不是在他活著的時候顯貴，他的後代必然有顯

貴的。

j. 若以水濟水,誰能食之?若琴瑟之專壹,誰能聽之?同之不可也如是。〈昭公二十年〉

這是春秋時代齊國晏子的話,強調世界多元,政治多元化,容許不同聲音不同意見的必要。如果只是水上加水,這樣的東西誰能吃呢?如果樂器都只能彈出同一個調子來,這是給誰聽的音樂呢?

k. 李孫練冠,麻衣,跣行,伏而對曰:「事君,臣之所不得也,敢逃刑命?君若以臣為有罪,請囚于費,以待君之察也,亦唯君。若以先臣之故,不絕季氏,而賜之死。若弗殺弗亡,君之惠也,死且不朽。若得從君而歸,則固臣之願也,敢有異心?」〈昭公三十一年〉

季孫頭戴練冠,身穿麻衣,光著腳走路,俯伏而回答說:「事奉國君,這是下臣求之不得的,豈敢逃避刑罰?君王如果認為下臣有罪,就請把下臣囚禁在費地,以等待君王的查問,也唯君王之命是聽。如果由於先君的緣故,不斷絕季氏的後代,而賜下臣一死。如果不殺,也不讓逃亡,這是君王的恩惠,死而不朽。如果能跟隨君王回去,那麼本來就是下臣的願望,豈敢有別的念頭?」

l. 今子少不颺,子若無言,吾幾失子矣。言不可以已也如是。〈昭公二十八年〉

現在您的外貌不大好看,如果您再不說話(這是反事實假設),我幾乎錯過您了。言辭不能沒有,像您的情形就是如此。

⒇ 《論語》之例❼

a. 季氏使閔子騫為費宰。閔子騫曰:「善為我辭焉。如有復我者,則吾必在汶上矣。」〈雍也〉

❼ (20d, g) 二處語體翻譯根據楊伯峻《論語譯注》。

b. 子貢曰：「**如**有博施於民而能濟眾，何如？可謂仁乎？」〈雍也〉

c. 子曰：「富而可求也，雖執鞭之士，吾亦為之。**如**不可求，從吾所好。」〈述而〉

「富而可求也」和後頭「如不可求」的情況兩相對立。「富而可求也」是假設，但沒有假設詞；「如不可求」則有「如」作假設標記。又「富而可求」是假設偏句，其後主句「雖執鞭之士，吾亦為之」是一個讓步句。讓步句見第 3 節。

d. 子曰：「先進於禮樂，野人也；後進於禮樂，君子也。**如**用之，則吾從先進。」〈先進〉

先學習禮樂而後做官的是未曾有爵祿的一般人，先有了官位而後學習禮樂的是卿大夫的子弟。如果要我選用人才，我主張選用先學習禮樂的人。

前兩句為主題句並述。並述句段結構見第六章說明。

e. 季康子問政於孔子曰：「**如**殺無道，以就有道，何如？」〈顏淵〉

假設問句，偏句為「如殺無道，以就有道」。

f. 子貢曰：「子**如**不言，則小子何述焉？」〈陽貨〉

g. 曾子曰：「上失其道，民散久矣。**如**得其情，則哀矜而勿喜。」〈子張〉

現今在上位的人不依規矩行事，百姓早就離心離德了。你假若能夠審出罪犯的真情，便應該同情他，切不要自鳴得意。

《莊子》內篇假設偏句既不用「如」也不用「若」，最是特別。用「若」的只見於外雜篇，也只有三五處。❽例如：

(21)

a. 若以為善矣，不足活身；以為不善矣，足以活人。〈至樂〉

❽ 《莊子》的「若」主要有兩種用法，一義為「像」，如「若然」（像這個樣子）。一作第二身稱代詞，大致與現代的「你」相當，但這是一種不禮貌的稱呼。

b. 若死生為徒，吾又何患！〈知北遊〉

只有雜篇〈盜跖〉篇用「若」比較集中。「如」則不見用。

「若」（「如」）另有表示「或」義的用法，如「其以丙子若壬午作乎？」（《左傳‧昭公十七年》），因此有一些出現在偏句的「若」（「如」），看似表假設，實表「或」義，便有分別的必要：

(22)

a. 如求得其情與不得，無益損乎其真。〈齊物論〉

「求得其情與不得」是一個選擇句，但假設句不會是選擇句。因此「如」不表假設，在這裡可解為「無論」，整句話表示無論你求得其情或不得其情，都無益損乎其真。

b. 若有能知，此之謂天府。〈齊物論〉

「或有能知」或者「如果有能知」都講得通。但《莊子》內篇「若」字多作「或」解，除此例之外，其他地方沒有「若」當假設的例子，故此處解為「或」較為妥當。

c. 凡事若小若大，寡不道以懽成。事若不成，則必有人道之患；事若成，則必有陰陽之患。若成若不成而後無患者，唯有德者能之。〈人間世〉

或大或小，或成或不成。

d. 河伯曰：「若物之外，若物之內，惡至而倪貴賤？」〈秋水〉

或者在物之外，或者在物之內。

2.3.2 從比況到假設：假設標記「若」、「如」的產生

春秋以前恐怕還沒有假設連詞。「若」、「如」成為假設詞，應發展自其比況義：「就像……那樣」、「正如」。此用法最早見於《尚書》：

(23) 王曰：「若昔，朕其逝。朕言艱日思。若（正如）考作室，既底法，厥子乃（而，卻）弗肯堂，矧肯構。厥父菑，厥子乃弗肯

播，矧肯獲。厥考翼其肯曰：『子有後弗棄基』？肆予曷敢不越卬敉寧王大命？若（正如）兄考，乃（而，卻）有友伐厥子，民養其勸（觀。于省吾：旁觀）弗救？」〈大誥〉

王說：「像過去一樣，我將要去（討伐武庚）了。我說點艱難日子的想法。好像父親要打造一所房子，既已訂下法則，可是他的兒子卻不肯把房子的地基打起來，更不用說肯架起屋頂呢。父親新開墾了田地，他的兒子卻不肯播種，更不用說肯收穫。這樣，父親豈肯說『我有後人了，他不會廢棄我的家業。』嗎？❾所以我怎敢不在我自己身上完成文王偉大的使命呢？又好比兄長死了，卻有人群起攻擊他的兒子，為民的長官難道能夠旁觀不救嗎？」

《左傳》有一處資料或可顯示此用法的發展線索。成公十二年載晉大夫郤至抵楚國尋盟，楚子享以諸侯之禮：

(24) 晉郤至如楚聘，且涖盟。楚子享之，子反相。為地室而縣焉。郤至將登，金奏作於下，驚而走出。子反曰：「日云莫矣，寡君須矣，吾子其入也！」賓曰：「君不忘先君之好，施及下臣，貺之以大禮，重之以備樂。**如天之福**（像天賜的福氣一樣），兩君相見，何以代此？下臣不敢。」子反曰：「**如天之福**，兩君相見，無亦唯是一矢以相加遺，焉用樂？寡君須矣，吾子其入也！」
晉國郤至到楚國聘問，同時參加盟約。楚王設享禮招待他，子反作為相禮者，在地下室懸掛樂器。郤至將要登堂，下面擊鐘奏樂，吃了一驚而退了出去。子反說：「時間不早了，寡君等著呢，

❾　「翼其肯曰」的「翼」是一個表非實然的情態詞，卜辭作「異」，裘錫圭先生認為蓋皆《詩》《書》中「勸令之詞」「式」字的同源詞。見裘錫圭 (1983) [1992]〈卜辭「異」字和詩、書裡的「式」字〉，《中國語言學報》第 1 期；又收入《古文字論集》，中華書局。裘文謂「式」可表勸令、意願、可能等意義。此處「翼」出現在反詰問句中，表豈有可能。

您還是進去吧！」客人說：「貴國君王不忘記先君的友好，加之
於下臣，賜給下臣以重大的禮儀，又加上全套音樂，**如同上天降
福一樣**，兩國國君相見時，還能用什麼禮節來代替這個呢？下臣
不敢當。」子反說：「**就如同上天降福，兩國國君相見**，也只能
是用一支箭彼此相贈，哪裡還用奏樂？寡君等著呢，您還是進
去吧！」

《左傳》假設詞都用「若」而不用「如」，這裡的「如」還只能解釋為比
況。不過「如天之福，兩君相見」意思應該是：如果像天賜的福氣一樣，
兩國國君得以相見。雖然《左傳》的「如」從來不用作假設詞，這裡的
「如」其實已包含了假設語氣，正顯示比況義是可以過渡到假設義的。❿

2.3.3 「若」帶否定詞

　　⒀　「若非」：

　　　a.　叔侯曰：「虞、虢、焦、滑、霍、揚、韓、魏，皆姬姓也，晉
　　　　　是以大。若非侵小，將何所取？」《左傳・襄公二十九年》

　　　b.　子曰：「若非〈武〉音，則何音也？」對曰：「有司失其傳也。
　　　　　若非有司失其傳，則武王之志荒矣。」子曰：「唯！丘之聞諸
　　　　　萇弘，亦若吾子之言是也。」《禮記・樂記》
　　　　　《史記・樂書》改為「**如非有司失其傳，則武王之志荒矣。**」

　　　c.　若非飲食之客，則布席。席間函丈，主人跪正席。《禮記・曲
　　　　　禮上》

　　　d.　若非所獻，則不敢以入宗子之門。不敢以貴富加以父兄宗族。
　　　　　《禮記・內則》

❿　不過，下面鄭國執政子產的話，「若君身」的「若」就不是比況義，而是「若夫」
　　之義：「至於……」：

　　　山川之神，則水旱癘疫之災，於是乎禜之；日月星辰之神，則雪霜風雨之
　　　不時，於是乎禜之。若君身，則亦出入飲食哀樂之事也，山川星辰之神，
　　　又何為焉？《左傳・昭公元年》

e. 且夫人主於聽學也，若是其言，宜布之官而用其身；**若非其**言，宜去其身而息其端。今以為是也而弗布於官，以為非也而不息其端，是而不用，非而不息，亂亡之道也。《韓非子・顯學》

(26) 「若不」：

a. 三甥曰：「亡鄧國者，必此人也。**若不早圖**，後君噬齊。其及圖之乎！圖之，此為時矣。」鄧侯曰：「人將不食吾餘。」對曰：「**若不從三臣**，抑社稷實不血食，而君焉取餘？」弗從。《左傳・莊公六年》

b. 對曰：「**若以君之靈**，得反晉國。晉、楚治兵，遇於中原，其辟君三舍。**若不獲命**，其左執鞭、弭，右屬櫜、鞬，以與君周旋。」《左傳・僖公二十三年》

c. 若趙孟死，為政者其韓子乎！吾子盍與季孫言之，可以樹善，君子也。晉君將失政矣，**若不樹焉**（焉，猶之，複指前句賓語「善」），使早備魯，既而政在大夫，韓子懦弱，大夫多貪，求欲無厭，齊、楚未足與也，魯其懼哉！《左傳・襄公三十一年》

2.3.4 「若」的雙音節化

《左傳》「若」的雙音節化，有「若將」、「若猶」、「若其」等，它們的使用基本上與音節的考量有關。多數用來構成句子複數音節，而以構成四音節句為最多。

(27) 「若將」：

司馬起豐析與狄戎，以臨上雒，左師軍于菟和，右師軍于倉野，使謂陰地之命大夫士蔑曰，晉楚有盟，好惡同之。**若將不廢**，寡君之願也；不然，將通於少習以聽命。《左傳・哀公四年》

(28)「若猶」：

a. 將立州吁，乃定之矣；若猶未也，階之為禍。《左傳・隱公三年》

b. 若去蔑與行父，是大棄魯國，而罪寡君也。若猶不棄，而惠徵周公之福，使寡君得事晉君，則夫二人者，魯國社稷之臣也。《左傳・成公十六年》

c. 慧曰：「必無人焉。若猶有人，豈其以千乘之相易淫樂之曠？必無人焉故也。」《左傳・襄公十五年》

d. 以與向戌。向戌辭曰：「君若猶辱鎮撫宋國，而以偪陽光啟寡君，群臣安矣。其何既如之！若專賜臣，是臣興諸侯以自封也，其何罪大焉！敢以死請。」 乃予宋公。《左傳・襄公十年》

(29)「若其」：

a. 若有其人，恥之可也；若其未有，君亦圖之。《左傳・昭公五年》

如果有能承擔責任的人，羞辱他們是可以的。如果沒有，君王還是考慮一下。

b. 君若待于曲棘，使群臣從魯君以卜焉，若可，師有濟也，君而繼之，茲無敵矣，若其無成，君無辱焉。《左傳・昭公二十六年》

君王如果待在曲棘，派臣下們跟從魯國國君向魯作戰以為試探。如果行，軍事上成功，君王就繼續前去，這就不會有抵抗的人了。如果沒有成功，就不必勞動君王了。

「若果」的意思是「如果真的」，非雙音節詞，不等於現代漢語「如果」。例如：

(30)

    a. **若果**行此，其鄭國實賴之，豈唯二三臣？《左傳‧襄公三十一年》

    b. **若果**立瑤也，智宗必滅。《國語‧晉語九》

雙音節「如果」一詞漢以前還沒有。

2.4 假設分句用「之」

主謂之間加「之」的作用在於把一個獨立的句子變成非獨立的子句形式。此即上古漢語的「動名結構 (gerundive construction)」。❶動名結構有多種用法，表假設或條件是其中的一種。❷表條件，呂叔湘稱為推理。

(31)

    a. **我之不德**，民將棄我，豈唯鄭？《左傳‧襄公九年》

    b. **臣之失職**，常刑不赦。《左傳‧昭公二十五年》

    c. 齊侯歸，遇杞梁之妻於郊，使弔之，辭曰：「**殖之有罪**，何辱命焉？若免於罪，猶有先人之敝廬在，下妾不得與郊弔。」《左傳‧襄公二十三年》

        齊侯回國，在郊外遇到杞梁的妻子，派人向她弔唁。她辭謝說：「杞梁有罪，豈敢勞動國君派人弔唁？如果能夠免罪，還有先人的破屋子在那裡，下妾不能接受在郊外的弔唁。」

    d. 秋，七月，鄭罕虎如晉，賀夫人，且告曰：「楚人日徵敝邑，以不朝立王之故。**敝邑之往**，則畏執事其謂寡君而固有外心；**其不往**，則宋之盟云。進退罪也。寡君使虎布之。」《左傳‧

---

❶　「之」有格位功能，標示領格（所有格）。參看註❸。

❷　「主之謂」還能表縱使，但很少見：

    兇之無有，備之何害？若其有兇，備之為瘳。《國語‧晉語一》
    就算凶兆沒有出現，防備一下有什麼害處呢？如果真的出現凶險，防備了也可以減輕。

昭公三年》

秋七月，鄭國的罕虎去到晉國，祝賀夫人，同時報告說：「楚
國人每天來問敝邑不去朝賀他們新立國君的原因。**如果敝邑
派人前去，就害怕執事會說寡君本來就心向外邊；如果不去，**
那麼在宋國的盟約又規定了是要去朝見的。進退都是罪過。
寡君派虎前來陳述。」

e. 孤斬焉在衰絰之中，**其以嘉服見**，則喪禮未畢；**其以喪服見，**
是重受弔也。大夫將若之何？《左傳・昭公十年》

必須注意：「其不往」與「其以嘉服見」、「其以喪服見」都是「主之謂」假
設偏句。這個「其」是一個人稱代詞（沒有獨立形式）加「之」的形式：
他的。❸

「主之謂」結構可加假設詞「若」：

(32) 且天之有彗也，以除穢也。君無穢德，又何禳焉？**若德之穢，禳**
之何損？《左傳・昭公二十六年》

而且上天之有掃帚，是用來清除污穢的。如果君王沒有污穢的德
性，又祭禱什麼？如果德性污穢，祭禱又能減輕什麼？「何損」
指「何損其穢」。

因此，「若其」的假設偏句也可能是這種「主之謂」結構：

---

❸　也就是說，「其」是一個合音字。它是一個第三身稱代詞和表領格的「之」的合
音。這個物主代詞並沒有獨立形式，只存在於合音之中，與指示成分 -an 在
「焉」中的情形一樣。參看第一章以及第九章 6.2.1 節。
　　上古前期還有物主代詞「厥」，也是合音形式，它比物主用法的「其」出現
更早。但這個合音字表領格的記號不是「之」。「之」是後來發展出來的領格標
誌，西周時期始發展成熟。等到「之」成為固定的表領格的小詞後，「其」這個
字也被借用為表第三身人稱領格的合音字。西周以前的語言資料中，「其」主要
是一個情態詞。商代晚期以後「其」始有代詞用法。有學者認為「厥」、「其」用
法有別：「厥」可用於第一、二人稱，而且沒有數的區別，而「其」只用於第三
人稱，而且只表單數。這個說法尚待進一步核實。

(33)

  a. 齊侯曰：「大夫之許，寡人之願也；**若其不許，亦將見也**。」
   齊高固入晉。《左傳・成公二年》

  b. 我退而楚還，我將何求？**若其不還**，君退、臣犯，曲在彼矣。
   《左傳・僖公二十八年》

  c. 克敵者，上大夫受縣，下大夫受郡，士田十萬，庶人工商遂，
   人臣隸圉免。志父無罪，君實圖之！**若其有罪**，絞縊以戮，
   桐棺三寸，不設屬辟，素車、樸馬，無入于兆，下卿之罰也。
   《左傳・哀公二年》

這種非獨立句式的動名假設偏句，西周文獻已有，但很少見：

(34) **牿之傷，汝則有常刑**！馬牛其風，臣妾逋逃，勿敢越逐，祗復
  之，我商賚汝。**乃越逐不復，汝則有常刑**！無敢寇攘，逾垣牆，
  竊馬牛，誘臣妾，汝則有常刑！《尚書・費誓》

「牿之傷」和「乃（你的）越逐不復」都是假設偏句。「乃」是「汝之」的
合音。同篇「備乃弓矢，鍛乃戈矛，礪乃鋒刃」的「乃」，都作物主代詞之
用。上古漢語沒有「*汝之」的說法，都得用合音「乃」。❹
 《尚書・周書》各篇「主之謂」假設偏句的例子還有：

(35)

  a. **爾之許我**，我其以璧與珪，歸俟爾命；**爾不許我**，我乃屏璧
   與珪。〈周書・金縢〉

  b. **我之弗辟**，我無以告我先王。〈周書・金縢〉

---

❹ 「其」是一個第三身稱代詞跟「之」的合音形式，「乃」則是「汝之」的合音形
 式。上古漢語沒有「*汝之嗣且（祖）」、「*汝之師」、「*汝之先聖考」的說法，只
 能說「乃嗣且」、「乃師」、「乃先聖考」。根據西周銅器〈大盂鼎〉等銘文，「汝」、
 「乃」的用法不能晚於成康時期。物主代詞「乃」的出現應與「其」同時，然
 「其」在西周銘文中似乎出現較晚。用「乃」的同時，銘文仍多沿用舊形式
 「厥」，或「厥」、「其」並用。

不過〈金縢〉篇這二例能不能代表周初語言，尚有疑問。

金文的例子也不多：

(36)

    a. 乃克至，余其舍汝臣十家。〈令鼎〉(02803) 西周早期

    b. 東宮迺曰：求乃人，乃弗得，汝匡罰大。〈曶鼎〉(02838) 西周中期

不過，根據下面周公廟龜甲卜辭，這種動名假設偏句，或當在先周時期已經存在：❶⑤

(37) 罘（厥）至，王白克逸（肆）于宵（廟）。

    如果他們到了，周王期待他們能列隊於廟以朝見。

2.5 假設分句用「而」

《詩經》「主而謂」形式可用於主要子句，例如：「相鼠有皮，人而無儀。」後來「而」變成一個連接成分，「主而謂」的結構成為一類非獨立子句，作假設分句使用。且看《論語》的例子：

(38)

    a. 人而不仁，如禮何？人而不仁，如樂何？〈八佾〉

---

❶⑤ 董珊〈試論周公廟龜甲卜辭及其相關問題〉，載北京大學中國考古學研究中心、北京大學震旦古代文明研究中心編《古代文明》第五卷，文物出版社，2006 年。例句中「白」字解者甚多，多認為有祈願意。今疑「囟」殆是致事動詞「使」的一個來源，與「使令」的「使」併而為一（致事「使」可表祈使，見 2.6.1 節；「使」表事勢或後效，見第九章 6.2 節）。戰國簡帛常見用「思」表致事，或即此字。此處譯文但求達意。有關「白」的研究，主要論文有夏含夷 (Edward L. Shaughnessy) (1989)〈試論周原卜辭囟字——兼論周代貞卜之性質〉，收入氏著《古史異觀》，頁 93–98，上海古籍出版社，2005 年；沈培〈周原甲骨文裡的「囟」和楚墓竹簡裡的「囟」或「思」〉，載中國文字學會、河北大學漢字研究中心編《漢字研究》第一輯，學苑出版社，2005 年；大西克也〈從語法的角度論楚簡中的「白」字〉，載中山大學古文字研究所編《康樂集：曾憲通教授七十壽慶論文集》，頁 310–318，中山大學出版社，2006 年。

b. **管氏而知禮**，孰不知禮？〈八佾〉

c. 子曰：「南人有言曰：『**人而無恆**，不可以作巫醫。』善夫！」〈子路〉

d. **士而懷居**，不足以為士矣。〈憲問〉

這是上古早期（詩經時代）「而」字用法的一個殘留形式，其出現環境大受限制，最常見於假設句中（第五章）。再看《左傳》之例：

(39)

a. 蛾析謂慶鄭曰：「盍行乎？」對曰：「陷君於敗，敗而不死，又使失刑，非人臣也。**臣而不臣**，行將焉入？」〈僖公十五年〉

b. 初，晉侯之豎頭須，守藏者也，其出也，竊藏以逃，盡用以求納之。及入，求見。公辭焉以沐。謂僕人曰：「沐則心覆，心覆則圖反，宜吾不得見也。居者為社稷之守，行者為羈絏之僕，其亦可也，何必罪居者？**國君而讎匹夫**，懼者甚眾矣。」〈僖公十五年〉

c. 且**先君而有知也**，母寧夫人，而焉用老臣。〈襄公二十九年〉

d. 我有子弟，子產誨之；我有田疇，子產殖之；**子產而死**，誰其嗣之？〈襄公三十年〉

e. **子而不圖**，將焉用之？〈昭公二十七年〉

　　「主而謂」偏句都是假設性的；「主之謂」既表假設，又可以是實然命題，表推論的條件。而且「主而謂」的偏句命題常含有一個表示說話者態度的前設 (presupposition)，例如「士而懷居」隱含「士不可懷居」之意，「子產而死」隱含「子產不可死」之意。參看第五章 2.3 節。「主而謂」、「主之謂」偏句用法有別。

　　春秋時期用「而」的分句是不能加標記「若」的，出現「則」的例子也非常少。有時「而」字可以省略：

⑽ **是君也死，疆其少安。**〈襄公二十五年〉

君指吳子諸樊。

「是君也而死」減縮為「是君也死」，是音節上的考慮。在「主而謂」的結構前加假設詞「若」、「使」等，是戰國中晚期以後的現象。

⑷

a. **使予也而有用，且得有此大也邪？**《莊子·人間世》

b. **使宋王而寤，子為齏粉夫！**《莊子·列禦寇》

c. **若我而不有之，彼惡得而知之？若我而不賣之，彼惡得而鬻之？**《莊子·徐无鬼》

d. **使造父而不能御，雖盡力勞身助之推車，馬猶不肯行也。**《韓非子·外儲說右下》

e. **假令晏子而在，余雖為之執鞭，所忻慕焉。**《史記·管晏列傳》

2.6 假設標記「使」

「使」本來是一個動詞，發展為假設標記，是語法化 (grammaticalization) 的結果。有關「使」的各種用法，我們在第九章談致事句時會詳細討論。這裡只談假設標記「使」的產生。

2.6.1 假設標記「使」產生的句法條件

「使（事）」的致事用法最早見於西周文獻及銘文，但例子甚少，以五年瑚生尊「勿使散亡」例證最確定。西周致事多用「俾」，如〈牆盤〉「武王則令周公舍寓，于周俾處。」《尚書》「俾」或作陽聲韻「伻」。❶⑯《詩經》「使」、「俾」都用，但「俾」用得更多，春秋以後「使」才成為通用致事動詞，「俾」則成為古老形式。戰國中期以後，使役動詞「令」也出現致

❶⑯ 先周甲骨資料又有「由」，疑是致事動詞「使」的一個來源。致事「使」的祈使用法（如例 (43)）恐即本於「由」。參看上註❶⑮。

事用法，其發展經過類同於「使」。詳第九章第 6 節。

　　表致事的「使」必須發展出「讓使」義，始有可能變為假設標記。有了讓使義，它的主語才能泛化，可以不必表達出來。英語的 *let* 和 *allow* 都能表達讓步或假設的命題。這是「使」成為假設偏句的一個步驟。

　　「使」的「讓使」義都表達非實然情況，分別有命令和祈使兩種用法。

⑿　「使」用於命令句：

　　虢公夢在廟，有神人面白毛虎爪，執鉞立于西阿，公懼而走。神曰：「無走！帝命曰：『**使晉襲于爾門**』（讓晉兵進入你的國門）。」《國語・晉語二》

⒀　「使」用於祈使句：

　　a. 義，利之本也；蘊利生孽。姑**使**無蘊乎！可以滋長。《左傳・昭公十年》

　　b. **使**女（汝）有馬千乘乎！《左傳・哀公八年》

　　c. 堯觀乎華。華封人曰：「嘻！聖人！請祝聖人：**使聖人壽！**」堯曰：「辭。」「**使聖人富！**」堯曰：「辭。」「**使聖人多男子！**」堯曰：「辭。」《莊子・天地》

「使」表假設，它的發展雛形見於《左傳》：

⒁　且吳社稷是卜，豈為一人？**使**（如果讓）臣獲釁軍鼓，而敝邑知備以禦不虞，其為吉孰大焉？《左傳・昭公五年》

比較：

⒂

　　a. **使**丈夫為之，廢丈夫耕稼樹藝之時；**使**婦人為之，廢婦人紡績織紝之事。《墨子・非樂上》

　　b. **使**伯父實重圖之，俾我一人無徵怨于百姓，而伯父有榮施，先王庸之。《左傳・昭公三十二年》

使，如果。從上下文看，這裡的「使」也有「讓」的意思。

2.6.2「使」的假設用法

「使」是戰國時期諸子辯論中常用的假設詞。

(46)

a. **使**不知辯（辨），德行之厚若禹、湯、文、武不加得也，王公大人骨肉之親，躄、瘖、聾，暴為桀、紂，不加失也。《墨子·尚賢下》

b. 姑嘗兩而進之。誰以為二士，**使**其一士者執別，**使**其一士者執兼。《墨子·兼愛下》

c. 姑嘗兩而進之。誰以為二君，**使**其一君者執兼，**使**其一君者執別。《墨子·兼愛下》

d. 吾本言曰，意亦**使**法其言，用其謀，計厚葬久喪，請可以富貧眾寡，定危治亂乎，則仁也，義也，孝子之事也，為人謀者，不可不勸也；意亦**使**法其言，用其謀，若人厚葬久喪，實不可以富貧眾寡，定危治亂乎，則非仁也，非義也，非孝子之事也，為人謀者，不可不沮也。《墨子·節葬下》
比較：「我意**若使**法其言，用其謀，厚葬久喪實可以富貧眾寡，定危治亂乎，此仁也，義也，孝子之事也，為人謀者不可不勸也。」《墨子·節葬下》

e. 弈秋，通國之善弈者也。**使**弈秋誨二人弈，其一人專心致志，惟弈秋之為聽。一人雖聽之，一心以為有鴻鵠將至，思援弓繳而射之，雖與之俱學，弗若之矣。《孟子·告子》

f. 既**使**我與若辯矣，若勝我，我不若勝，若果是也？我果非也邪？我勝若，若不吾勝，我果是也？而（第二身稱代詞）果非也邪？《莊子·齊物論》
「使」仍有動詞的性質，故可以加「既」。

g. **使**同乎若者正之，既與若同矣，惡能正之！**使**同乎我者正之，既同乎我矣，惡能正之！**使**異乎我與若者正之，既異乎我與若矣，惡能正之！**使**同乎我與若者正之，既同乎我與若矣，惡能正之！然則我與若與人俱不能相知也，而待彼也邪？《莊子‧齊物論》

h. **使**白馬乃馬也，是所求一也。《公孫龍子‧白馬論》
此為純粹假設，沒有「讓」義。以下同。

i. **使**馬無色，有馬如已（而已）耳，安取白馬？《公孫龍子‧白馬論》

j. **使**天下無物（指），誰徑謂非指？天下無物，誰徑謂指？《公孫龍子‧指物論》

k. 今**使**人生而未嘗睹芻豢稻粱也，惟菽藿糟糠之為睹，則以至足為在此也。俄而粲然有秉芻豢稻粱而至者，則瞂然視之曰：此何怪也？《荀子‧榮辱》

l. 向**使**四君卻客而不內，疏士而不用，是使國無富利之實而秦無彊大之名也。李斯〈諫逐客書〉
向，向者，那時候。

m. **使**失路者而肯聽習問知，即不成迷也。《韓非子‧解老》
「即」相當於「則」。上古晚期以後用法。

n. **使**善惡盡然有分，雖未能盡物之實，猶不患其差也。《尹文子》

到了漢代，假設詞「使」大量使用，其用法相當於現代漢語的「要是」：

(47) **使**其中有可欲者，雖錮南山猶有郤；**使**其中無可欲者，雖無石槨，又何戚焉？《史記‧張釋之馮唐列傳》

現代漢語「要是」可以表示樂見或不樂見的主觀意願。「使」表主觀意願最早在《國語》有一例可以確定：

⒅ 夫差將死，使人說于子胥曰：「使死者無知，則已矣；若其有知，
君何面目以見員也！」遂自殺。《國語‧吳語》

「使」的「要是」義常偏重不願見到，不願發生之意。

⒆

    a. 如有周公之才之美，**使**驕且吝，其餘不足觀也已。《論語‧
       泰伯》

    b. **使**予也而有用，且得有此大也邪？《莊子‧人間世》

    c. 夫千金之珠，必在九重之淵而驪龍頷下，子能得珠者，必遭
       其睡也。**使**驪龍而寤，子尚奚微之有哉！今宋國之深，非直
       九重之淵也；宋王之猛，非直驪龍也。子能得車者，必遭其
       睡也。**使**宋王而寤，子為齏粉夫！《莊子‧列禦寇》

    戰國晚期以後，「使」作為假設標記大量使用，發展出表主觀認知以為
可能性低（難以置信，難以想像）的特殊用法。這個用法很可能發展自辯
論語言。論者駁斥對方，用「使」的假設句來否定對方的命題。辯者提出
一個荒謬的假設，以得出一個更荒謬的結論，即傳統邏輯所謂歸謬法
(reductio ad absurdum) 之屬：

⒇ **使**道而可以告人，則人莫不告其兄弟；**使**道而可以與人，則人莫
不與其子孫。《莊子‧天運》

2.6.3「使」的雙音節化

    「使」有「若使」、「如使」兩個雙音節形式。雙音節「若使」在《墨
子》書中已開始使用了。

(51)「若使」：

    a. 今絜為酒醴粢盛，以敬慎祭祀，**若使**鬼神請有，是得其父母
       姒兄而飲食之也，豈非厚利哉？**若使**鬼神請亡，是乃費其所

為酒醴粢盛之財耳。《墨子・明鬼下》

b. 若使小忠主法，則必將赦罪以相愛，是與下安矣，然而妨害
於治民者也。《韓非子・飾邪》

(52)　「如使」：

a. 如使予欲富，辭十萬而受萬，是為欲富乎？《孟子・公孫丑
下》

b. 如使口之於味也，其性與人殊，若犬馬之與我不同類也，則
天下何耆皆從易牙之於味也？《孟子・告子上》

c. 如使人之所欲莫甚於生，則凡可以得生者，何不用也？使人
之所惡莫甚於死者，則凡可以辟患者，何不為也？《孟子・告
子上》

2.6.4「令」

與「使」發展相平行的另一個使役動詞是「令」。「令」的假設用法時
代很晚，出現於上古晚期：

(53) 吾馬賴柔和，令他馬，固不敗傷我乎？《史記・張釋之馮唐
列傳》❶

「令」有「假令、如令、設令」等複合結構：

(54)

a. 假令晏子而在，余雖為之執鞭，所忻慕焉。《史記・管晏
列傳》

b. 假令韓信學道謙讓，不伐己功，不矜其能，則庶幾哉！於漢
家勳可以比周、召、太公之徒，後世血食矣。《史記・淮陰侯
列傳》

❶　「賴」是「好在」的意思，轉自「依靠、憑藉」義。漢以後用語。

c. 惜乎，子不遇時！如令子當高帝時，萬戶侯豈足道哉！《史記·李將軍列傳》

d. 設令時命不成，死國埋名，猶可以不慚於先帝。《漢書·翟方進傳》

2.7 表條件的假設標記「苟」

2.7.1 「苟」：只要，表充分條件

(55)

a. 莒子庚輿虐而好劍。苟鑄劍，必試諸人。《左傳·昭公二十三年》

b. 季子至曰，苟先君無廢祀，民人無廢主，社稷有奉，國家無傾，乃吾君也。吾誰敢怨？《左傳·昭公二十七年》

c. 昭公之難，君將（欲也）以文之舒鼎，成之昭兆，定之鞶鑑，苟可以納之，擇用一焉；公子與二三臣之子，諸侯苟憂之，將以為之質。此群臣之所聞也。《左傳·定公六年》

d. 伯氏苟出而圖吾君，申生受賜以至于死，雖死何悔！《國語·晉語一》

e. 苟眾所利，鄰國所立，大夫其從之。重耳不敢違。《國語·晉語二》

f. 苟可以安君利國，美惡一心也。《國語·晉語八》

g. 昔衛武公年數九十有五矣，猶箴儆于國，曰：「自卿以下至于師長士，苟在朝者，無謂我老耄而舍我，必恭恪于朝，朝夕以交戒我；聞一二之言，必誦志而納之，以訓導我。」《國語·楚語上》

h. 苟子之不欲，雖賞之不竊。《論語·顏淵》

i. 故俗苟沴，必為治以矯之；物苟溢，必立制以檢之。《尹文子》

j. 今王又使慶令臣曰：「吾欲用所善。王苟欲用之，則臣請為王
　事之。王欲醳臣剸任所善，則臣請歸醳事。臣苟得見，則盈
　愿。」《戰國策・燕策二》

k. 武公伐翼，殺哀侯，止欒共子曰：「苟無死，吾以子見天子，
　令子為上卿，制晉國之政。」《國語・晉語一》
　苟無死，只要你不死。「苟」表「充分條件」。下《國策》蘇
　代上燕王書例同。

l. 王謂臣曰：「吾必不聽眾口與讒言，吾信汝也，猶剗刈者也。
　上可以得用於齊，次可以得信於下。苟無死，女無不為也，
　以女自信可也。」《戰國策・燕策二》

2.7.2 「苟非」，「苟不」，「苟無」：表必要條件

　　只要不是（或只要沒有）A 的話，A 表「必要條件」，如 (56a)「其人」
是必要條件，(56b)「至德」是必要條件。先秦文獻少見。

(56)

a. 好名之人，能讓千乘之國；苟非其人，簞食豆羹見於色。《孟
　子・盡心下》

b. 苟不至德，至道不凝焉。《中庸》

c. 苟不固聰明聖知達天德者，其孰能知之？《中庸》

d. 苟無禮義忠信誠愨之心以蒞之，雖固結之，民其不解乎？《禮
　記・檀弓下》

e. 苟無忠信之人，則禮不虛道。《禮記・禮器》

f. 故君子苟無禮，雖美不食焉。《禮記・坊記》
　非禮不食之意。禮是食的必要條件。

g. 雖有其位，苟無其德，不敢作禮樂焉；雖有其德，苟無其位，
　亦不敢作禮樂焉。《中庸》

《國語》「詎非」即「苟非」：

(57)

    a. 且唯聖人能無外患，又無內憂，**詎**非聖人，必偏而後可。《國語・晉語六》

    b. 且唯聖人能無外患又無內憂，**詎**非聖人，不有外患，必有內憂。《國語・晉語六》
　　二處敘述鄢之戰同一事。這是范文子對欒武子說的話。

後世仿用，或作「豈非」解，已失去原意：❸

(58) 然而君子侈不僭上，儉不偪下，豈尊臨千里而與牧圉等庸乎？**詎**非矯激，則未可以中和言也。《後漢書・班彪列傳》

2.8 誓詞「所」

　　上古漢語誓詞的假設分句一般都用「所」。「所」跟「若」的性質完全不同，它不是一個假設連詞。這個「所」就是大家所熟悉的古漢語中的關係代詞。但在誓詞的用法中，「所」所關連的不是實語，而是句子所表達的事件 (event)。當代句法理論把事件也看作論元結構中的一個論元，稱為事件論元 (event argument)。「所」所關連的正是這個事件論元。在誓詞中，「所」表達的是一件非實然的事，即一個可能的情況，而誓詞的正句則表達在此情況下會有什麼樣的後果發生。

(59)

    a. 公子曰：**所**不與舅氏同心者，有如白水。《左傳・僖公二十四年》

    b. 秦伯曰：若背其言，**所**不歸爾帑者，有如河。《左傳・文公十三年》

    c. 乃復撫之曰：主苟終，**所**不嗣事于齊者，有如河。《左傳・襄

---

❸　「詎」的確有豈義，如《莊子・大宗師》「庸詎知吾所謂天之非人乎！」然詎、苟音近，《國語》「詎非」之詎，當是「苟」的同音假借。

公十九年》

d. 蔡侯歸，及漢，執玉而沉曰：余*所*有濟漢而南者，有若大川。
《左傳・定公三年》

e. 予*所*否者，天厭之，天厭之。《論語・雍也》
我若不是為了政事（才去跟南子見面），上天厭棄我，上天厭
棄我。❶

《尚書・牧誓》「爾*所*弗勗，其于爾躬有戮」雖不是誓言，也是用「所」關
連事件，而表假定之義，猶如英語 *in the event that...*。又如：

(60) *所*有玉帛之使者則告；不然，則否。《左傳・宣公十年》

「所」的這個用法可能來源甚早，而後世則甚少用，多見於誓詞之中。❷

3. 讓步複句

3.1 容認和縱使的語義區別

　　過去語法書都把縱使和容認稱為讓步，但二者有區別。縱使是假設，
可以把事實當作假設看待（假定我承認這個事實好了），容認則是就事論
事，沒有假設意味。其次，縱使的讓步是預設了立場的讓步，其立場是結
論無可懷疑。因此縱使句語氣較強。容認的讓步沒有對結論預設立場，而
是陳述一個轉折（跟其讓步相背離）的結果。下面句子，「雖然」表容認，
「就算」表縱使。

ᚶᚶᚶᚶᚶᚶᚶᚶᚶᚶᚶᚶᚶᚶᚶᚶᚶᚶᚶᚶᚶᚶᚶᚶᚶᚶᚶᚶ

❶　此句根據徐德庵的解釋，詳其〈「所」字詞組〉，《古代漢語論文集》，頁185。

❷　《左傳》固定格式「無所」的「所」也常常指事件論元：「能進不能退，君無所
辱命。」（成公二年）大意是，我們晉方已經到了能進不能退的地步了（已經決
定一戰了），不需勞駕君王（指齊君）下達（作戰）命令了。「無所」意謂沒有任
何可能情況。有關《左傳》「所」字其他用法，參看何樂士《《左傳》的「所」》，
《左傳虛詞研究》。

(61)

　　a. 我雖然把地址說了給他，（可是）他還是沒找到。

　　b. 你就算把地址說給他，（*可是）他也不可能找到。

　　c. 雖然你很有錢，可是我不會嫁給你。

　　d. 就算你很有錢，（*可是）我也不會嫁給你。

　　e. *雖然你是地球上最後一個男人，可是我不會嫁給你。❷

　　f. 就算你是地球上最後一個男人，（*可是）我也不會嫁給你。

　　在上古漢語中，容認和縱使都可以用「雖」表示，有時容認和縱使只是語氣的問題：

(62) 當是時也，禹八年於外，三過其門而不入，雖欲耕，得乎？《孟子·滕文公上》

　　他雖然想耕種，但可能嗎？

　　他就算想耕種，難道可能嗎？

第一種解釋是說大禹有耕種的想法，第二種解釋是說假使他有此想法。

　　語意學稱「縱使句」為 semifactuals（半事實的假設），「反事實假設句」為 counterfactuals。所謂「半事實」，是指縱使句雖然可以有反事實假定的前提 (protasis, antecedent)，但其結論 (apodosis, consequent) 不離事實，看下面例句：

(63) 就算你是地球上最後一個男人，她也不會嫁給你。

這句話的意思不是說在地球上只有一個男人的可能世界 (possible world) 中，那個女的不會嫁給那個男的，而是說（在現實世界中）那個女的不會嫁給那個男的。句中的「也」暗示著還有一個不背離事實的命題──女的不嫁給男的──是確定如此。同樣的，當屈原說「雖九死其猶未悔」的時候，他的意思不是在死了九次的情況下他不後悔，而是（在現實世界中）他不後悔。在句法層次上縱使句和容認句一樣是一個偏正結構，但在語意

❷　只有科幻小說裡可以這樣說。

層次上它其實是兩個句子的聯合 (conjunction, &)，也就是說是一個 p ⇒q 和 q 聯合的並列結構：

$$p⇒q \& q（九死 ⇒ 我不悔 \& （在任何情況下）我不悔）$$

3.2 容認「雖」

現代漢語「雖然」能跟轉折連詞「可是（但是）」一起用，趙元任先生因此認為漢語的 「雖然」 結構是並列式 ，不是偏正式 (*A Grammar of Spoken Chinese* 2.12.9, p. 122)。他比較下面兩句話，認為意思相同：

⑷

　　a. 錢**固然**是少，**可是**事兒好做。

　　b. 錢**雖然**少，**可是**事兒好做。

先秦文獻「雖」與「然」不出現在同一結構，如同英語 *although* 不能和轉折連詞 *but* 一起使用一樣。這說明「雖」字結構在上古中期還是偏正結構，不是並列結構。

⑹

　　a. 公曰：「君謂許不共，故從君討之。許既伏其罪矣，**雖**君有命，寡人弗敢與聞。」《左傳・隱公十一年》

　　b. 公曰：「小大之獄，**雖**不能察，必以情。」《左傳・莊公十年》

　　c. 對曰：「宮之奇之為人也，懦而不能強諫。且少長於君，君暱之；**雖**諫，將不聽。」《左傳・僖公二年》

　　d. **雖**曰未學，吾必謂之學矣。《論語・學而》

　　e. 知及之，仁不能守之：**雖**得之，必失之。《論語・衛靈公》

　　f. **雖**有智慧，不如乘勢；**雖**有鎡基，不如待時。《孟子・公孫丑上》

　　g. 自反而不縮，**雖**褐寬博，吾不惴焉？自反而縮，**雖**千萬人，吾往矣。《孟子・公孫丑上》

惴焉猶惴然，詳第一章 3.3.5 節。「吾不惴焉？」：我難道心中不惴惴然嗎？

但是到了上古晚期，就開始出現「雖……，然……」的形式。下面是《史記》的例子。

⑹

  a. 太史公曰：「《詩》有之：『高山仰止，景行行止。』**雖**不能至，**然**心鄉往之。」《史記‧孔子世家》

  b. 荊軻**雖**遊於酒人乎，**然**其為人沈深好書。《史記‧刺客列傳》

可見到了上古晚期，「雖」字句已經從偏正結構變為並列結構了。

  《國語》一書有兩個「雖……，然……」的例子，是先秦典籍唯一例外，恐怕是改動過的，不能視為證據。

⑺

  a. 還見令尹子木，子木與之語，曰：「子**雖**兄弟于晉，**然**蔡吾甥也，二國孰賢？」《國語‧楚語上》

  b. 大夫種對曰：「臣聞之賈人，夏則資皮，冬則資絺，旱則資舟，水則資車，以待乏也。夫**雖**無四方之憂，**然**謀臣與爪牙之士，不可不養而擇也。」《國語‧越語》

  為什麼會發生這種結構的變化？這正表示語意跟句法結構並沒有固定關係。先秦的容認句和轉折句是不同的句法結構，但語意是接近的。呂叔湘先生說得好：「容認句和轉折句很相近，同是表示不調和或相違逆的兩件事：所不同者，轉折句是平說，上句不表示下句將有轉折，而容認句則上句已經作勢，預為下句轉折之地。例如說，『吾嘗將百萬軍』時，並未預示下面將有『然安知獄吏之貴乎？』一轉，若說『吾雖嘗將百萬軍』，則我們自然預期下面將有一個轉折。」（《中國文法要略》23.11），上古漢語轉折句用「而」，但「而」其實不是一個轉折連詞（第五章）。「而」字結構是並

列結構的標準型，但是我們也看到不是所有「而」字結構都表達並列的關係，有的「而」字結構表達容認，如「四體不言而喻」，語意上已經是偏正關係了。「然」繼「而」而盛行，「然」才是真正的轉折詞。先秦時期「而」字句多，「然」字轉折句相對為少。從較早的文獻看得出來，「然」字句在春秋至戰國早期還正處於開始使用階段（「抑」也表轉折，但屬於句段關聯詞，較「然」更少用。參看第六章 4.2 節）。以後「而」字慢慢退位，「然」就成為專用的轉折詞。正如先前的「而」字，漢以後「然」字勢力擴張，容認句也用「然」表示轉折，於是容認句也就從偏正結構轉變為並列結構了。先秦時期「雖」字偏正結構非常多，漢以後「雖」字已不是偏正結構的標記，但是它的容認義用法卻是無可取代，於是便產生了「雖……，然……」這樣的句式。

3.3 縱使句（呂叔湘：縱予）

上古漢語「容認」和「縱使」常常只是語氣的差別；表「半事實(semifactual)」的縱使也用「雖」表示，例如「雖九死其猶未悔」。這是一個縱使句。又如：

⑹ 一齊人傳之，眾楚人咻之，**雖**日撻而求其齊也，不可得矣；引而置之莊嶽之間數年，**雖**日撻而求其楚，亦不可得矣。《孟子·滕文公下》

這也是一個縱使句。假設詞「縱」的出現分擔了「雖」的縱使用法的部分功能。另一個假設標記「即」也發展出縱使的用法。不過這是戰國晚期以後的事。下面分別論之。

3.3.1 「縱」

「縱」，即使，就算，相當於英語的 *even though*。有假設意味，但先秦資料「縱」字似乎沒有反事實的用法，反事實的縱使仍用「雖」而不用「縱」。

(69)

　　a. 青青子衿、悠悠我心。**縱**我不往、子寧不嗣音？青青子佩、悠悠我思。**縱**我不往、子寧不來？《詩經・鄭風・子衿》

　　b. 吾一婦人，而事二夫，**縱**弗能死，其又奚言？《左傳・莊公十四年》

　　c. **縱**有共（供）其外，莫共其內，臣請往也。《左傳・襄公二十六年》

　　d. **縱**無大討，而又求賞，無厭之甚也。《左傳・襄公二十七年》即使不至於對他大加問罪，但他還要來討賞，貪得無厭之甚。這是宋國子罕批評向戌討賞的話。

　　e. 仲幾曰：**縱**子忘之，山川鬼神其忘諸乎？《左傳・定公元年》

　　f. **縱**子忍之，後必或恥之。《左傳・定公元年》

　　g. **縱**吾子為政而可，後之人若屬有疆埸之言，敝邑獲戾，而豐氏受其大討。吾子取州，是免敝邑於戾，而建置豐氏也。敢以為請。《左傳・昭公七年》

　　h. 且予**縱**不得大葬，予死於道路乎？《論語・子罕》

　　i. 是其人也，大用之，則天下為一，諸侯為臣；小用之，則威行鄰敵；**縱**不能用，使無去其疆域，則國終身無故。《荀子・富國》

　　j. 且籍與江東子弟八千人渡江而西，今無一人還，**縱**江東父兄憐而王我，我何面目見之？**縱**彼不言，籍獨不愧於心乎？《史記・項羽本紀》

「縱」的雙音節化，「縱令」、「縱使」，到中世以後才有，先秦未見。在這以前，只有雙音節「雖使」。「雖使」常常是 *even if* 的意思，假設性比較強：

(70) 從許子之道，則市賈不貳，國中無偽。**雖使**五尺之童適市，莫之或欺。《孟子・滕文公上》

3.3.2 「即」：萬一，一旦；即使，就算；只要

「即」本是一個動詞，義為趨近，如《論語・子張》「即之也溫」。在春秋時期，「即」已有表可能性——接近但尚未發生——的用法，《左傳》即有一例，是一旦、萬一之意，表急迫語氣，轉為副詞：

(71) 南蒯枚筮之，遇坤之比，曰黃裳元吉。以為大吉也。示子服惠伯曰，**即**欲有事，何如？《左傳・昭公十二年》

「即欲有事」，一旦要發生事故的話。有事指戰事。

這個假設用法到上古晚期使用漸多。

(72)

a. 寇**即**入，下輪而塞之。鼓橐而熏之。《墨子・備突》

b. 管仲老，不能用事，休居於家，桓公從而問之曰：「仲父家居有病，**即**不幸而不起此病，政安遷之？」《韓非子・十過》

c. 周宅酆鎬近戎人，與諸侯約，為高葆禱於王路，置鼓其上，遠近相聞。**即**戎寇至，傳鼓相告，諸侯之兵皆至救天子。《呂氏春秋・疑似》

d. 外宅粟米、畜產、財物諸可以佐城者，送入城中，事**即**急，則使積門內。《墨子・雜守》

e. 今五口之家，治田百畝，歲常不足以自供。若不幸**即**有疾病死喪之費，則至於甚困。《漢紀・孝宣皇帝紀》

f. 孝文且崩時，誡太子曰：「**即**有緩急，周亞夫真可任將兵。」《史記・絳侯周勃世家》

g. 括母因曰：「王終遣之，**即**有如不稱，妾得無隨坐乎？」《史記・廉頗藺相如列傳》

《列女傳》作「括母曰：『王終遣之，即有不稱，妾得無隨乎？』」

h. 其騎曰：「虜多且近，**即**有急，柰何？」《史記‧李將軍列傳》

i. 會痤病，魏惠王親往問病，曰：「公叔病有如不可諱，將柰社稷何？」……王且去，痤屏人言曰：「王**即**不聽用鞅，必殺之，無令出境。」《史記‧商君列傳》

同時，「即」除了當副詞使用表「一旦」、「萬一」的假設義之外，又發展出「即使」、「就算」的縱使義，成為一個假設連詞，可以出現在一句之首，主語之前。下面各例，「即」皆有「即使」之義，是縱使用法：

(73)

a. 魯連笑曰：「所貴於天下之士者，為人排患、釋難、解紛亂而無所取也。**即**有所取者，是商賈之人也，仲連不忍為也。」《戰國策‧趙策》

即使（就算）有的人會拿取報酬。

b. 桀紂**即**厚有天下之埶，索為匹夫而不可得也，是無它故焉，四者並亡也。《荀子‧王霸》

即：就算。

c. **即**治亂之刑如恐不勝，而姦尚不盡。《韓非子‧難二》

d. 今將軍初興，未如魏其，**即**上以將軍為丞相，必讓魏其。《史記‧魏其武安侯列傳》

就算皇上以將軍為丞相，將軍你也一定要把這個位置讓給魏其。

下面例句的「即有」則是表充分條件（只要有）：

(74)

a. **即**有秀才異等，輒以名聞。其不事學若下材及不能通一藝，輒罷之，而請諸不稱者罰。《史記‧儒林列傳》

即有：只要有。

b. 祝官有祕祝，**即**有災祥，輒祝祠移過於下。《漢書‧郊祀志》

c. 此人雖有百罪，弗法；**即**有避，因其事夷之，亦滅宗。《史記・酷吏列傳》

3.3.3 徧舉縱使「若（或）」

「若」可通「或」（例 (22)）。「或」有列舉用法：

(75) 或生而知之，或學而知之，或困而知之，及其知之，一也；或安而行之，或利而行之，或勉強而行之，及其成功，一也。《中庸》

以徧舉義的「若（或）……若（或）……」作為假設偏句，則產生縱使義：

(76) 若從踐土，若從宋，亦唯命。《左傳・定公元年》

主題句

本章討論與主題句相關的句法和語意（特別是信息結構）問題。主題或稱話題，是語法學上一個重要概念。漢語的主題句研究討論者眾，但學者對它的界定往往失之過寬，未能在這題目上做深入辨析。本章試圖從上古漢語主題句入手，確定什麼是主題句，從而釐清有關主題這個概念許多糾結混亂的問題。上古漢語表判斷用主題句，現代漢語則用繫詞句，本章最後也簡略討論有關古漢語繫詞的演變。繫詞與主題句有密切關係。三代以前沒有主題句，主題句是因應繫詞「惟」的衰落而興的。「惟」是上古漢語前期的繫詞，具有表判斷以及標示語句信息焦點各種用法。否定式「非」是「不」與「惟」的合音。先秦時代有一段長時期肯定句是沒有顯性繫詞的，這段期間正是主題句發達的時期。春秋戰國時代的「是」還是一個指示詞，至戰國晚期始發展成為一個通用繫詞。五千年來漢語的繫詞經過一個從有到無，又從無到有的發展歷程。

1. 主題與主語

主語和主題都是句子成分。一般讀者對句子的主語比較有認識；對主題這個概念則比較生疏。主題 (topic)，或稱話題，是相對於述題（comment，評述、說明）而言；主語則是相對於謂語而言。

　　⑴ 那個人最滑頭。

這是一個主（那個人）謂（最滑頭）結構。

　　⑵ 那個人啊，（他）最滑頭。

這就是一個主題句。這個主題句包含了一個主題（那個人啊）和對這主題

作的評論（（他）最滑頭）。顧名思義，主題指的是句子中要講的題目，述題則是指句中針對這題目所講的話。述題跟主題的語意關係可以很複雜，但總的來說，它的內容必定跟主題有關。所謂「有關性 (aboutness)」就是對主題／述題關係最寬鬆的語意界定。形式上，主題和主語不同的地方有二：一是主題通常是獨立的音段，它後面有停頓，跟述題部分分開。二是主題句中的述題部分其實是一個主謂結構的完整句 (IP)；它本身帶主語，或者是顯性主語，或者是隱性主語（我們加一個空代詞 pro 顯示）。主題部分（主題語）是加在這個完整句前面的結構。跟偏正複句一樣，主題句也是一個 CP。

[那個人啊]　　　　，　　　　[（他）最滑頭。]
　主題　　（停頓）　　述題：主語　謂語

在述題句當中，主語和謂語之間是不能有停頓的：

　*那個人啊，他，最滑頭。

根據這個初步認定，主題和主語是很容易分辨的。一個完整句都有主語，但不一定有主題（在這裡，主題必須跟話題分開）。主題是加在完整句上面的結構。這是形式上的區分。這樣區分後主語和主題就完全能分開了。但是為什麼還有理解上的困難呢？這是因為主題的概念在句法、語意及語用的層次都需要用到，不同的層次對於主題的理解並不相同，因此也就造成我們對主題了解的困難。

即使在形式區分這一點上，語法學家的意見也不一致。我們拿一個最有影響力的例子來說明。趙元任先生在他的《中國話的文法 (*A Grammar of Spoken Chinese*)》一書中說，中文的主語和謂語相當於主題和述題。他的意思是說中文句子的主語和謂語的語法功能是表達主題和述題的關係。然而他把這種功能關係視為語法關係，因此根據他的理論，中文的主語／謂語和主題／述題是疊合的。中文句子的主語可以解釋為主題，謂語可以解釋為述題。那就是說，(1) 句表達的意念跟 (2) 句完全相同。

　　趙元任這個理論提出一個語言類型的問題。他認為中文語句的主、謂 (S-P) 表達主題和述題的關係，西方語言語句的主、謂表達施事 (actor) 與動作 (action) 的關係。並不是中文的句子不表達施事和動作，而是在日常使用上，以表達主題／述題關係的句子占很高比例。「這件事早發表了。」一句中，主語是受事，不是施事。翻譯成英語就須用被動句：*This matter has long been published now*。但是這個中文句子沒有被動標記，不是被動句。西方語言則以使用施事／動作的句子為主，如果要表達別種關係，就須用特殊句式，比方說被動式。西方語言的主題句也是特殊句式，只在適當的說話情況中使用。❶

　　如果中文的主語不必和施事者掛鉤，那麼中文的主語如何辨識？趙元任先生提出一個形式的界定標準，很簡單但也引起很大爭議。它模糊了主語和主題的分別，使得主語在漢語語法中成為附屬於主題概念的東西。按照趙元任先生的界定，一個句子謂語前面的語句成分都可以視為主語。「他今兒來」一句話有兩個主語「他」和「今兒」：「他」是謂語「今兒來」的主語，「今兒」又是謂語「來」的主語。說「今兒」是「來」的主語，這話聽起來有點奇怪，這個主語的觀念跟我們常識性的了解不一樣。然而這就是這個理論特別之處。事實上，這個理論推到最後就把主語和主題完全等同起來了。主語就是主題，主題就是主語，二者完全重疊。既然完全重疊，主語在漢語語法中就是多餘的概念了，因此有人甚至主張廢掉這個名稱，認為中文句子根本沒有所謂主語。既然沒有主語，因此也沒有賓語，因為主、賓是相對待的句法概念。沒有主語，也沒有賓語，只有主題。也就是說，漢語語法不需談句法關係，談語意及語用關係就夠了。這是從這個「主題」觀點發展出來的一個極端主張。不過，正如前面所指出的，主題和主語顯然在句子中分別占著不同的位子，因此句子結構中不但有主語，還有主題。那就是說，主題也有形式的一面，不是光就功能而言而已。它是語句結構的一個成分，跟主語處在不同的結構位置上。

❶　這裡所謂特殊句式，就是下文的「有標」。參看 4.1 節特別是註❸的說明。

2. 主題句的結構

　　用樹型結構表示，主題是處於句子 IP 之上的一個上層結構 Topic Phrase (TopP) 之中，占著該結構 specifier（定語）的位置。這個 TopP 是屬於 CP 層級的結構（第二章、第十一章）。主題結構的中心語是 Top，它以停頓的方式（或有停頓詞或沒有停頓詞）把句中主題和述題二部分隔開。

(3)

```
              TopP (Topic Phrase)
             /                  \
      Specifier                Top'
       那個人               /        \
                        Top          IP(=S)
                        啊，        （他）最滑頭
```

具有這樣一個主題結構的句子，我們叫做主題句。在漢語以及稱為主題優勢 (topic prominent) 的語言中，主題句是表達主題／述題關係最常用的句式。

　　主題既是句法的概念也是語意和篇章的概念，為了區別方便，我們把句法概念的主題稱為主題語；也就是說，把主題句的主題稱為主題語。這樣，主題一詞就只有語意和篇章或句段的意義了，故又可稱為話題。句子主語可以表達主題（話題），但主語不是主題語；主題句的主題才叫主題語。主題語跟主語、賓語同屬句法用詞。

　　根據這個主題句的形式界定，主題句和一般表達主題／評述的句子是不同的。主題句的主題一定出現在主題結構 TopP 的定語 (specifier) 位置。如果用主語表達主題（話題），那就不叫主題句。句子表達主題（話題）的方式很多，主題句之外，主語也常是表達主題（話題）的句法成分。

　　一個主題句能不能有一個以上的主題語？像下面這樣的句子是可以認為有兩個主題語的：

(4)

　　a. 老王啊，上次向我借的錢，（他）還沒還我。

　　b. 他，酒呢，早不喝了，煙還抽。❷

這是常見的雙主題句子，句子的主語和賓語都在主題語位置。如果句 (4a、b) TopP 的主題位置只能有一個，就無法容納兩個主題，因此我們必須假定主題這個位置是可以循環生成的；一個主題句可以有一個以上主題語。能夠表達一個以上主題，這是主題句的一個特色，別種句子是做不到的。一般的句子雖然也用來表主題／述題關係，但是如需要表達一個以上主題，就必須使用主題句式。

　　主題是個很複雜的語法學問題，因為它既涉及句法，也涉及語意和語用的層面。我們在這裡不是要全面探討這個問題，而是把討論範圍限定在如何辨識主題句——那就是如何確定漢語哪些類型的句子可以認為屬於主題句，哪些性質的句子不是主題句——這個較狹小的判別問題上。

3. 主題句的判別

3.1 三個判別形式依據

　　在第 2 節中我們根據一些結構性質把主題和主語分別開來。這是分辨主題句的形式標準，可用樹形結構表示，但不是唯一標準。主題句的認定還有別的語法性質需要考慮。下面我們提出三個分辨主題句的參考條件。

A. 結構條件

　　主題句中的主題有明顯的結構性質。它居於句子的首位；它之後有停頓，造成一個二段句式；它可以帶語氣助詞（停頓詞和句尾詞）作為標記。

B. 重音條件

　　主題不能是信息焦點 (focus)，因此主題位置不是句子的主要重音（首

---

❷　例句引自袁毓林〈話題化及相關的語法過程〉，《中國語文》1996 年第 4 期。

重音）所在。但主題語可以有對比作用，因此可以帶對比重音。對比重音
是一種次重音。

C. 主題鏈

　　主題鏈指的是用一個主題（話題）連成的語句串。在一個主題鏈中，
如果首句是一個二段句式，則此首句可視為一主題句。故主題鏈可以幫助
我們決定主題句。例如「上海，依江傍海，河、海、陸交通便利。」中「上
海，依江傍海」是一個主題句。

　　以上三個辨識主題句的形式依據，第一個沒有理解上的困難，二、三
兩個對讀者來說還是新觀念，需要稍做補充。

3.2 主題與信息焦點的表達

　　所謂信息焦點是指一個句子所要傳達的信息所在。下面例子一問一答，
回答的話提供了新信息，此即信息焦點：

(5)
　　　　a. 你們的教室是哪一間？
　　　　b. 右邊的一間。

(5b) 不是一個完整句，它只把信息焦點說出來。命題中跟信息焦點相對的
稱為前設或預設（presupposition），它就是 (5b) 句的命題框架，是省略掉
沒說出來的部分：「我們的教室是⋯⋯」。因此從信息的表達來看，一個完
整句如「我們的教室是右邊的一間」可分為前設和焦點兩部分。前設是問
話者及答話者已知的內容，問者知道教室是裡面的一間，這是舊信息；焦
點則是這個句子所提供的新信息：「右邊的那一間」。這也是句子首重音
所在。

　　句子的主語也可以是信息焦點，因此可以這樣回答：「右邊的一間是我
們的教室。」不過，句子的主題就不能是信息焦點所在。這是因為主題／
述題和前設／焦點有密切的對應關係。但是主題還不能完全等同為前設，
例如用「至於」引進主題，有啟動信息的作用，引進的是一個新主題，因

此不屬於前設（舊信息）的一部分。不過就通常情形而言，主題句中，主題語偏向於表達舊信息，而述題語才是傳達新信息的地方。因此在主題句中，首重音一定出現在述題部分，不會出現在主題部分。

判斷一個句子是不是主題句基本上就是判斷居於這個句子首位的獨立成分是不是主題語。根據重音條件，如果有一個句子居於首位的獨立成分帶首重音，那麼這個句子就一定不是一個主題句。粵語有一個重讀語氣詞「囉」，是一個信息焦點標記，一個帶「囉」的名詞性成分可以居於句首，但它不能視為句中的主題，它其實是句中的信息焦點，表達新信息所在：

(6)

    a. 你食咗咩（乜野）啊？

    （你吃了什麼啊？）

    b. 杯雪糕囉，我食咗。

    （就是那杯冰淇淋嘛，被我吃了。）❸

單從結構性質看，(6b) 形式和主題句沒有什麼不同。加了重音條件，二者才分別開來。

3.3 主題與主題鏈

有關第三個形式條件——「主題鏈」，必須指出的是，主題鏈是一個篇章或話語 (discourse) 概念，強調主題在篇章中的連續性和同一性。主題鏈跨越句子的界限，若干句子，甚至整段話，都可以共用一個主題。這樣的句子集合我們稱為句段（第六章）。不過，並非所有的主題都具有這種縱向 (syntagmatic) 性質。例如所謂對比主題只具橫向 (paradigmatic) 性質。對比主題的設立是為了主題彼此之間的比較，因此不具有連續性：對比主題是沒有主題鏈的。

其次，並非同屬於一個主題鏈的句子都具有主題句形式。而且既然主

---

❸ 例句引自 Cheung, Yam-Leung (1998), *A Study of Right Dislocation in Cantonese*, Unpublished M. Phil Thesis, Hong Kong: The Chinese University of Hong Kong.

題的表達不限於主題句，主語也可以成為主題，因此主謂結構的主語句也有形成主題鏈的可能。出現主題鏈的語境通常是敘事性或描寫性的，這不是主題句的標準語境。主題句通常是作為說明用的。主題句在古漢語中是一個基本句式，與敘事句及描寫句鼎足而立，各有職司。除了主題鏈的情況外，古漢語通常不使用主題句式作敘述或描寫之用。

　　過去研究主題句的學者多圍於趙元任先生的觀點，對主題的認定失之過寬。因此在過去，主題句的概念是很模糊的。前面所舉粵語的例子已說明句首的詞組未必就是主題。下面我們繼續討論一些別的情況。這些不是個別方言的句法結構，而是一般漢語句法結構。過去學者認為這些是主題句結構，大有商榷餘地。

3.4 主題與時間／處所副語

　　漢語的處所詞和時間詞在句子中的自然順序是居於謂語的前端，主語之後：

(7)

　　　a. 她去年生了一個兒子，今年又生了一個兒子。

　　　b. 我在這所房子已經住了三十年了。

這個位置也是狀語在句子中所處的位置：

(8) 他悄悄的離開了。

跟狀語一樣，處所詞和時間詞也應當是一種加接結構 (adjunct)，因為它是以整個句子為修飾範圍的，傳統語法書上稱之為句子修飾語 (sentential adverbial)。一般說來，句子修飾語在句中的位置比較自由。例如英語的 *last year* 和 *in this house* 既居於述語之後　（此為基底位置），又可以置於句前：

(9)

a. She gave birth to a son last year.

Last year, she gave birth to a son.

b. I have lived in this house for thirty years now.

In this house, I have lived for thirty years now.

漢語的句子修飾語也都可以前置：

(10)

a. 去年，她生了一個兒子，今年又生了一個兒子。

b. 在這所房子，我已經住了三十年了。

c. 悄悄的，他走了。

英語的前置是加接，就是把副語加接到整個句子上。跟英語的情形一樣，漢語句子修飾語的前置也應當是加接，而不是在主題位置上。主題語不能完全從形式上決定。加接結構不能跟主題語混同。句子修飾語可以加接到句前，時間和處所副語（包括介詞組）也可以加接到句前。但加接結構都不是主題語。必須記得，主題是一個題目，因此只能是個名詞或者是個表達事物的短語。只有這兩種性質的語言成分可以構成題目，成為句子的主題。

句子修飾語的前置有強調的用意，但是跟信息的新舊無關。並非前置的副語就表達舊信息。測試信息的新舊，最好的辦法還是用問答方式：

(11)

a. 這個地區有水患嗎？

當然有。過去十年當中啊，這個地區，每到雨季都淹水。

b. 哪裡的水患最嚴重？

這個地區啊，過去十年當中，每到雨季都淹水。你說是不是最嚴重？

這裡句首的時間和處所副語都有停頓，也能帶語氣助詞，形式上跟主題無

別，但是它們在句子中屬於新信息的部分，因此不可能是主題。其實停頓不是主題語的專利，比較長的語段都可以有停頓，也可以帶一個無標（非標顯）的語氣助詞。主題的判別須綜合多個因素從多方面考慮，不能偏賴表面形式，雖然結構性質是句法分析的一個主要依據。

時間副語和處所副語都不是主題，因此它們不能形成主題鏈。不過時間副語具有縱向性質，它以時間貫串語句，維持篇章內部的連續性，是一種 frame-setting 的作用，稱為框架語，但不是主題語。❹

　　⑿　明天他們去香港，然後再轉機飛上海。

3.5 主題與條件

跟條件句一樣，主題句也是一個偏正結構。它也是在一個完整句（主句）的基礎上構成的，在語音形式上截然分成兩部分，故二者頗為相似。用詞方面，上古條件句表假設用「若」，而主題句表主題用「若夫」，也應有某種意義關連。假設偏句常用來提出一個新情況（新的可能情況），而「若夫」（至於）則用來標示新主題；主題句的主句（述題語）提供說明，假設句的正句也可以有說明的作用。我們認為二者的意義關連就在這裡。然而一般的情形是假設句的新情況其實包括了偏句和正句；那就是說，正句表達的後果也是新情況的一部分。試看下面的例句：

　　⒀

　　　　a. 要是**你老爹知道**這件事，他不打斷你的腿才怪。
　　　　b. 要是這件事被（讓）**你老爹知道**，他不打斷你的腿才怪。

❹　框架語 frame-setter，參看 Wallace G. Chafe (1972), "Givenness, contrastiveness, definiteness, subjects, topics, and point of view," in Charles N. Li (ed.), *Subject and Topic*, 27–55, New York: Academic Press. Chafe 視框架語為另一類主題，故稱為 frame-setting topics。我們則認為框架語跟主題語應完全分開：框架語無主題作用，也不是固定在句首位置。並參看 Joachim Jacobs (2001), "The dimensions of topic-comment," *Linguistics* 39: 641–681。

句中「你老爹知道」是新信息，但這只是這個新情況的一個成分，並不能視為新主題。主題是不能用被字引進的。假設偏句並沒有引進新主題，這兩個假設句的主題還是舊的，就是「這件事」。主題並沒有改變，因此整個假設句是以這個主題做的評論，(13) 可以用主題句方式來表達。(13) 和 (14) 的語意是完全相同的。

⑷

　　a. **這件事啊**，要是你老爹知道了，他不打斷你的腿才怪。

　　b. **這件事啊**，要是被（讓）你老爹知道了，他不打斷你的腿才怪。

　　由此看來，假設偏句可以包含主題，但它本身卻不是主題，而是可以包含一部分述題。再看一個比較複雜的句子：

⒂ 如果這幅畫是老張鑒定過的話，我就相信它是真的。

這句話最自然的主題是偏句的主語「這幅畫」：

⒃ **這幅畫嗎**，（如果）是老張鑒定過的話，我就相信它是真的。

不過，似乎把老張當作主題還是可以的。但是 (17a) 畢竟沒有 (17b) 好。這符合主語是自然話題的認知傾向：

⒄

　　a. **老張嗎**，如果這幅畫是他鑒定過的話，我就相信它是真的。

　　b. **老張嗎**，如果他鑒定過這幅畫的話，我就相信它是真的。

不管我們以假設分句的哪個名詞當作主題，偏句——「如果這幅畫是老張鑒定過的話」——本身都不是主題，因為一個主題的內部是不能再含有主題的；那就是說，不容許有 *[...A...]$_A$（A 是一個主題）的情形發生。

　　不包含句中主題的偏句本身也不能成為該偏正複句的主題：

⒅ 如果順利的話，下星期**貨**就送到了。

這個句子的主題無疑就是正句的主語「貨」。偏句「如果順利的話」是下星期寄到的保留條件，因此也可以放在句尾：

⒆

    a. 下星期貨就送到了——**如果順利的話**。❺

    b. 貨嗎，下星期就送到了——**如果順利的話**。

顯然這個偏句也是述題語的一部分。

    假設或條件偏句不能等同為主題語。然而這並不表示偏正分句之間就不可能有主題／述題關係。含主題／述題關係的假設或條件句，見下文4.3.4、5.1 節。

4. 上古漢語的主題句

    上古漢語常用句有主題句、描寫句和敘事句三大類，分別是說明、狀物、敘事的表述功能，與傳統語法書的說明句 (declarative sentence)、敘事句 (narrative sentence)、描寫句 (descriptive sentence) 三類相當。不過，傳統語法書的三類句子都指主謂形式的句子 (即主語句) 而言，但在上古漢語，對事物的說明和評論經常用主題句而不是用主語句表達。因此主題句可說是說明句的典型。

    下面是一個以「大人」為主題的主題鏈說明句：

⒇ 夫**大人**者，與天地合其德，與日月合其明，與四時合其序，與鬼神合其吉凶；先天而天弗違，後天而奉天時。《易·文言》

---

❺   英語用連接詞 provided (that) 表保留條件，這個小句經常處於句尾：

       I'll lend you the money, provided that you can repay me within the next 12 months.
       如果你能在一年之內還我錢的話，我就把錢借給你。

這個主題鏈是一個以六個主語相同的說明句結合而成的句段：大人與天地合其德；大人與日月合其明；大人與四時合其序；大人與鬼神合其吉凶；大人先天而天弗違；大人後天而奉天時。這些說明句本身都是主語句（下文稱為主謂說明句），因為主題相同，就形成主題鏈，具有主題句形式。

又如 (21a) 是一個主謂結構的說明句，(21b) 則是一個主題結構的說明句：

(21)

    a. **禹為人敏給克勤。**《史記‧夏本紀》

    b. **其為人也**，發憤忘食，樂以忘憂，不知老之將至。《論語‧述而》

上古漢語「NP（之）為人」是一個固定形式，是為了凸顯主題（話題）用的。「為人」不屬於謂語部分。參看下例：

(22) **始皇為人**，天性剛戾自用，起諸侯，并天下，意得欲從，以為自古莫及己。《史記‧秦始皇本紀》

一般而言，主題句的主題語和述題語之間並沒有句法制約的要求。像這種以主謂說明句為結構基礎的主題句並不改變主、謂之間的句法制約關係，只是主題句其中的一類。在這類主題句中，最有特色的就是主題判斷句。在下文第 4.2 節討論主題句類型時，就以判斷句作為這一類型主題句的代表。

主題句凸顯句中的主題。為了凸顯主題，例如要建立主題鏈，幾乎什麼句型的句子都可以變成主題句。主題鏈還可以把敘事和評論連起來，即傳統文章義法所謂夾敘夾議。因此在主題鏈中，敘事的句子也可以有主題句形式。詳第六章句段結構。

描寫句也可以因凸顯主題而採用主題句式：

(23) **高祖為人**，隆準而龍顏，美須髯，左股有七十二黑子。《史記‧

高祖本紀》

以上的概述可見主題句在上古漢語句段結構中應用至廣，舉凡說明、敘事或描寫皆可以用主題句表達。不過，主題句在上古漢語有特殊句法地位，它的典型功能不是敘事，也不是描寫，而是說明。主題句可視為上古說明句的代表，與敘事句、描寫句鼎足而立。本章旨在描述主題句這個特殊語法性質，故其討論範圍均以這種典型的主題句為主。

說明句和描寫句可合稱非事件句，敘事句則為事件句。非事件句以說明句為主。在形式上，用來說明的句子都能加句尾語氣詞「也」，而不能加時制的標記　「矣」。❻敘事句則有時加時制標記而不能用句尾語氣詞「也」。❼因此句尾的　「矣」和「也」有分別兩類句子的重要功能（第十一章）。

4.1 主題句是一個基本句式

上古漢語的主題句不是一種有標（標顯，marked）句式。❽主題句和

❻　有關時制標記「矣」，詳第十一章。但是「矣」也有非時制用法，表示達到一個程度，可出現在主題句中，例如：「商書曰：『無偏無黨，王道蕩蕩』，其祁奚之謂矣（這大概就是指祁奚了吧）。」《左傳・襄公三年》

❼　此處指無標的句尾詞「也」。無標的「也」沒有語氣的加強，表說明，主題句多用之。

❽　有標 (marked) / 無標 (unmarked) 之分是語言學的一個基本概念，當今漢語語言學界對之也不陌生。參看沈家煊《不對稱和標記論》第二章「標記論」，江西教育出版社，1999 年。簡單的說，標記論或標顯理論 (theory of markedness) 揭示語言符號系統的一個普遍性質　，即語言符號具有二分對立 (binary opposition) 和對立二端的非對等值 (asymmetry in values) 兩個特徵。二分對立不需要解釋：大小、高矮、長短都是二分對立概念。不但詞義如此，句法和語音也都以二分對立為基礎。非對等值（即沈文的「不對稱」）則指「無標」、「有標」之分。此說最早由布拉格學派 (the Prague School of Linguistics) 特別是該學派的創始人 Trubetzkoy 和 Jakobson 所提出。所謂非對等值，例如「大」、「高」、「長」的語意範圍可以涵蓋「小」、「矮」、「短」：有多大（多高、多長）？但「小」、「矮」、「短」不能含有「大」、「高」、「長」的語意。「大」、「高」、「長」屬語意無標，而「小」、「矮」、「短」則屬有標。本書借用這個不對等值概念，以基本句式為無標，因功能而改變其結構（包括音韻結構）的則屬有標。

主語句一樣都是基本句式。英語主題句的使用跟語用有關，是因表達的要求而做的結構改動，所以英語的主題句都是有標的（標顯式）。漢語的主題句不完全是這樣。上古漢語的判斷命題一般都用主題句表達。主題句是表達判斷命題的基本句式；上古漢語表判斷的主題句是非標顯式，是無標的。舉一個例子：

(24) 仲尼曰：「古也有志：『**克己復禮，仁也。**』」《左傳‧昭公十二年》

這是《左傳》引孔子的一句話。從這個引句我們知道《論語‧顏淵》篇「克己復禮為仁」這句話是有所本的。典籍記載孔子兩次引用過這句話，可見孔子對「克己復禮」這個思想的重視。「克己復禮，仁也。」是一個表判斷的主題句，意思是說克己復禮是仁愛的體現。在《論語》，孔子引當時古書的一句話回答顏淵的問題，但他為什麼不對顏淵說「克己復禮，仁也」而說「克己復禮為仁」呢？「克己復禮為仁」也是一句判斷句；傳統語法把「為」稱為準繫詞（5.4 節）。這兩個句子意思一樣，但信息結構不同。主題句「克己復禮，仁也」的主題語表達前設題目或話題，述題語表達信息焦點，這是固定的。但在孔子跟顏淵的對話中，顏淵問仁，仁是話題，不能放在述題語中。所以孔子的回答用了一個主謂結構的「為」字句，而這個「為」字句是以主語為信息焦點的，以克己復禮作為對仁這個問題的答覆。這樣，信息的表達方式就合適了。從信息結構來看，主題句跟主語句是不同的。主題句未必能還原為主語句，它在古代漢語是一個基本句式。

上古漢語主題句極常見，不過，就跟現代漢語一樣，也有很多疑似而非真正的主題句。關於辨認上古漢語主題語的問題，第 4.3 節還有更詳細的分析。這裡先說明一種情況。名詞組的前置未必是為了建立主題，語段太長也須切開分成數段，再分別依次掛搭（加接）起來。例如：

(25) **若寡君之二三臣，其即世者，**晉大夫而專制其位，是晉之縣鄙也。何國之為！《左傳‧昭公十九年》

如果寡君的臣子有去世的 ， 晉國大夫都要專斷的干涉他的繼位
人，那鄭國就是晉國的鄙邑了。還成什麼國家！

這個假設句見於鄭子產拒絕晉國干涉鄭國內政而曉以大義的一番話中。這
番話以晉國對鄭國的無理要求為主題（篇章的話題），因此這個假設句的晉
大夫和鄭大夫應當都不是主題，這個假設句內部自然也沒有主題句。「寡君
之二三臣，其即世者」與賓語「其位」的「其」照應，而「寡君之二三臣」
又與「其即世者」的「其」相照應。前置的目的只是為了解決語段過長的
問題。漢語語法學的「外位」一詞，多指這種名詞組的前置現象。

　　上古漢語主語和賓語的結構位置都不能容納較長的語段，外位是解決
這個問題的一種手段。如果主語或賓語恰好是句子的主題，那麼這種外位
就形成了主題句，亦即這種外位是在主題結構中進行，外位的主語或賓語
占了主題的位置，成為主題語。由於主語通常是句子的自然主題，因此主
語外位通常也形成主題句。然而，必須指出，句子主語未必就是主題；句
子主語也可以是信息焦點。如果外位的主語不是句中的主題，外位所形成
的句子就不是一個主題句。雖然表面形式相似甚至一模一樣，這樣的句子
卻不是由主題語和述題語構成的。

　　試看下面兩個《左傳》的句子：

(26)　公家之利，知無不為，忠也；送往事居，耦俱無猜，貞也。〈僖
　　　公九年〉
　　　國家的利益，知道了沒有不做的，這是忠；送走過去的、奉事活
　　　著的，兩邊都沒有猜疑，這是貞。

(27)　上思利民，忠也；祝史正辭，信也。〈桓公六年〉
　　　上邊的人想到對百姓有利，這是忠；祝史真實不欺地祝禱，這
　　　是信。

如果不參考上下文義，這兩個句子都可視為由主題判斷句所構成。然而這
樣的解釋是錯誤的，不合《左傳》原意。

這兩個例句的上下文是這樣的：

> 初，獻公使荀息傅奚齊。公疾，召之曰：「以是藐諸孤辱在大夫，其若之何？」稽首而對曰：「臣竭其股肱之力，加之以忠貞。其濟，君之靈也；不濟，則以死繼之。」公曰：「何謂忠貞？」對曰：「**公家之利，知無不為，忠也；送往事居，耦俱無猜，貞也。**」〈僖公九年〉

> 少師歸，請追楚師。隨侯將許之。季梁止之曰：天方授楚。楚之贏，其誘我也。君何急焉。臣聞小之能敵大也，小道大淫。所謂道，忠於民而信於神也。**上思利民，忠也；祝史正辭，信也。**今民餒而君逞欲，祝史矯舉以祭，臣不知其可也。〈桓公六年〉

(26) 句是荀息回答晉獻公的話。晉獻公問他何謂忠貞，因此此句的謂語忠和貞才是主題。外位的語段是答話的信息焦點，故不可能是主題語。同樣，(27) 是針對前面「忠於民而信於神」一句話所做的解釋，因此謂語的忠、信才是句子 (27) 的主題。上古漢語同形異構的句子非常多，必須仔細分辨。

主題句的出現是上古漢語中期以後的事。卜辭沒有主題句；西周文獻，包括《尚書》和金文，也都沒有主題句。過去學界似乎沒有特別注意到這樣一個重要的語言事實。卜辭和西周文獻找不到構成主題句的兩個形式要件「者」和「也」，這兩個語詞的使用最早見於《詩經》，應當是西周晚期以後的發展。

4.2 上古漢語主題句的類型和用法

主題句分無標和有標。主題語帶次重音的，無論用來加強或對比，都屬有標；外位或用其他方式改變句子語序或組織的，亦屬有標。無標主題句不改變語序，只帶自然重音，自然重音落在句中述題部分。前面說主題句在上古漢語是基本句式，這是指無標主題句而言。無標主題句又分三種：

判斷句、釋義句、釋因句。有標主題句亦分三類：外位主題、分裂主題、對比主題。

4.2.1 無標主題句

主題句是一個二段句式，前段主題語，後段述題語：

(28)

  a. 留侯張良者，其先韓人也。《史記‧留侯世家》

  b. 王之不王，是折枝之類也。《孟子‧梁惠王》

主題語代表一個題目，因此主題語通常是由一個名詞組或一個非獨立的子句所構成。至於述題語，例句顯示這是一個主謂結構的完整句：「其先」和「是」都是句中的主語，名詞組「韓人」和「折枝之類」是句中的謂語。因此，這兩個句子的述題語本身就是一個主謂結構的判斷句。

  (28b) 句的主語「是」有所承指。在一個主題句裡，如果主題語是一個（非獨立）句子形式（如「王之不王」），包括 VP，而不是個實體詞，就可以用「是」承指。❾但是「是」的承指作用是可以跨越句子界限的。那就是說，「是」可以用來承指前面一段話或一段敘述。如果「是」的所指不是主題語而是一個獨立的句段（第六章稱為主題片），那麼「是」字所屬的句子就是一個獨立的主謂判斷句，而不是主題句的述題語。跨越句子界限

---

❾ 先秦時期這個主語位置上的「是」或「此」是不能用來承指一個實體詞的主題語的，然而有謂語屬性的質詞，可視為命題的，則可以用「是」承指：

  a. 富與貴，是人之所欲也。《論語‧里仁》

「富與貴」，猶「隘與不恭」（孟子曰：「伯夷隘，柳下惠不恭。隘與不恭，君子不由也。」〈公孫丑上〉），是謂語性質的質詞組。

漢代始有以「是」承指實體詞的用例。下面二句引自唐鈺明 (1993)〈上古判斷句辨析〉，《著名中年語言學家自選集：唐鈺明卷》，頁 235：

  b. 龜者，是天下之寶也。《史記‧龜策列傳》

  c. 巫嫗弟子，是女子也，不能白事。《史記‧滑稽列傳》

按此兩句皆出自褚少孫補傳。這兩個「是」也可以認為是新興的繫詞用法。

的承指也表達主題和述題的關係，但這是一個句段，不是一個單個句子。句段是句子的延伸。漢語句子界限不易劃分清楚，這也造成對主題句認定的困難。

再看下例：

⑵ 老子者，楚苦縣厲鄉曲仁里人也。《史記·老子韓非列傳》

此句的述題語雖然很長，卻僅僅是一個名詞組。這樣的述題語也應視為主謂結構的判斷句。它的主語是一個隱性空代詞 pro，用來照應名詞組主題語。❿ 它的謂語則與 (28a、b) 兩句的情形相同，都是一個零形式的繫詞 (copula, V_{cop}) 帶一個名詞組補語。

NP_i 者，pro_i [$_{PRDP}$ V_{cop} NP] 也。

上古漢語主題句中有一種是以「NP（或 VP）是也」形式作為述題語的，也可以證明主題判斷句的述題語是一個主謂判斷句。

⑶

　　a.（臣聞）七十里為政於天下者，**湯是也**。《孟子·梁惠王下》
　　b. 仁之實，**事親是也**；義之實，**從兄是也**。《孟子·離婁上》

「湯是也」這樣的結構毫無疑問是一個判斷句（主語是「湯」，謂語是「是」）。比較特別的是，用來承指主題語（「七十里為政於天下者」）的「是」出現在謂語的位置而不是主語的位置。因此這種「是也」判斷句是以主語位置作為句子的信息焦點所在。這就跟「克己復禮為仁」的情形一樣。

雖然主題判斷句未必帶「者」、「也」，但「者」、「也」卻是判斷句的一

---

❿ 「是」是一個指示詞，空代詞 pro 不是指示詞，沒有指示作用。上古漢語沒有一個真正的第三身稱代詞「他」，在主語位置上只能用空代詞表示。指示詞和代詞性質不同，作為承指詞，指示詞「是」或「此」只能承指命題類的結構，例如這句的空代詞不能用「是」代替：*老子者，是楚苦縣厲鄉曲仁里人也。參看上註。名詞組的主題只能用空代詞承指，不能用指示詞「是」或「此」承指。

個主要特徵。帶「者」和「也」的句子一定是主題判斷句。現代漢語描寫句若是加了「是」就變成判斷句。「這裡的街道都很直。」是一句描寫句。「這裡的街道都是直的。」就是一句判斷句:「這裡的街道」是主題,「都是直的」是述題。同樣的,敘述句加了繫詞「是」也成為判斷句。比較「我希望當老師。」和「我的希望是當老師。」在上古漢語,「也」的使用也產生相同的效果,加了「也」就是說明。**⓫**

(31) 且夫以法行刑而君為之流涕,**此以效仁,非以為治也**。《韓非子・五蠹》

「以效仁」和「以為治」都是動詞組結構,可以用來敘事,但在判斷句的句式中則是用來說明,不是用來敘述。現代漢語表判斷通常不用主題句的形式。現代漢語用主題句形式表判斷是有標,而上古漢語都是用主題句表判斷,這樣的主題句是無標的。

4.2.1.1 主題判斷句

上古漢語主題判斷句用法如同現代漢語表判斷的「是字句」。上古漢語沒有繫詞「是」,但是根據上文的分析,上古漢語表判斷的主題句它的述題語其實是一句沒有顯性繫詞的繫詞句,因此主題句的功能如同繫詞句,只是形式上這個繫詞句的主語是在主題句的主題位置上。凡是不需要添加字,可直接用現代漢語繫詞「是」或「就是」(或「這是」、「這就是」)來翻譯的主題句均屬此種無標主題判斷句。

A. 表達同一、類屬等關係

「太史公就是司馬遷」表同一關係;「司馬遷是西漢時人」表類屬關係。上古漢語用主題句表達這兩種關係。

(32)

⌇⌇⌇⌇⌇⌇⌇⌇⌇⌇⌇⌇⌇⌇⌇⌇⌇⌇⌇⌇⌇⌇⌇⌇⌇⌇⌇⌇⌇⌇⌇⌇⌇⌇⌇⌇⌇⌇

⓫ 「者」和「也」都有許多句法問題可以討論,這裡不擬涉及。關於「也」,第十一章還有解說。

a. 蕭同姪子者，**齊君之母也**。《公羊傳・成公二年》

b. 金馬門者，宦〔者〕**署門也**。門傍有銅馬，故謂之曰「金馬門」。《史記・滑稽列傳》

c. 聖人，**百世之師也**，伯夷柳下惠是也。《孟子・盡心下》

d. 且夫食者，**聖人之所寶也**。《墨子・七患》

e. 是故吉凶者，**失得之象也**。悔吝者，**憂虞之象也**。變化者，**進退之象也**。剛柔者，**晝夜之象也**。六爻之動，三極之道也。是故君子所居而安者，**易之序也**。所樂而玩者，**爻之辭也**。《易・繫辭上》

f. 子所雅言：**詩、書、執禮**。《論語・述而》

g. 夫子之道：**忠恕而已矣**。《論語・里仁》

「而已」表程度、數量、範圍的限制，故可以加「矣」。

h. 富與貴，**是人之所欲也**，不以其道得之，不處也；貧與賤，**是人之所惡也**，不以其道得之，不去也。《論語・里仁》

i. 王之不王，**是折枝之類也**。《孟子・梁惠王上》

j. 且夫牧民而導之善者，**吏也**。其既不能導，又以不正之法罪之，**是反害於民為暴者也**。《史記・孝文本紀》

k. 且夫賤妨貴，少陵長，遠間親，新間舊，小加大，淫破義，**所謂六逆也**；君義，臣行，父慈，子孝，兄愛，弟敬，**所謂六順也**。《左傳・隱公三年》

B. 對人或事加以說明或評論

判斷句都有說明和評論性質，如「子誠齊人也。」《孟子・公孫丑上》。最常用的評論句式是主題句，如下面 (33) 各例。不過，像「子誠齊人也。」這句話就不能轉成主題句。這句判斷句的主重音落在副詞「誠」上。「誠」是句子的信息焦點；「齊人」不是。「子（為）齊人」是句子的前設，而主題句的述題語不能含有前設。比較「挾泰山以超北海，語人曰『我不能』，是誠不能也。」《孟子・梁惠王上》，「不能」是前設。同樣的，「懷與

安，實敗名。」《左傳‧僖公十二年》也不是一句主題句，因為句中「懷與安敗名」是前設，副詞「實」才是信息焦點。❷

(33)

 a. 文子曰：「楚囚，君子也。（言稱先職，不背本也；樂操土風，不忘舊也；稱大子，抑無私也；名其二卿，尊君也。）不背本，**仁也**；不忘舊，**信也**；無私，**忠也**；尊君，**敏也**。」《左傳‧成公九年》

  楚囚，這是個君子。……不背本，這是仁；不忘舊，這是信；……（言稱先職部分是主題釋義句，詳後。）

 b. 趙孟聞之曰：「臨患不忘國，**忠也**；思難不越官，**信也**；圖國忘死，**貞也**；謀主三者，**義也**。有是四者，又可戮乎？」《左傳‧昭公元年》

  趙孟聽到了，說：「面臨禍患而不忘記國家，這是忠心；想到危難而不放棄職守，這是誠信；為國家打算而不惜一死，這是堅定；計謀以上述三點作為主體，這是道義。有了這四點，難道可以誅戮嗎？」

 c. 死不遷情，**強也**；守情說父，**孝也**；殺身以成志，**仁也**；死不忘君，**敬也**。孺子勉之！《國語‧晉語二》

 d. 莫之禦而不仁，**是不智也**。《孟子‧公孫丑上》

 e. 虎兕出於柙，龜玉毀於櫝中：**是誰之過與**？《論語‧季氏》

  述題語為問句形式：是誰之過也乎？「與」是「也乎」的合音。

 f. 且夫天子之有天下也，**辟之無以異乎國君諸侯之有四境之內也**。《墨子‧天志中》

---

❷ 這類的句子有時可以用分裂主題句表達（4.2.2.2 節）。但是這裡的「誠」和「實」都不能當述語使用。「誠」有述語的用法，但只限於指言語之實，如「誠哉是言也！」《論語‧子路》

g. 且夫治千而亂一與治一而亂千也，**是猶乘驥駬而分馳也**，相去亦遠矣。《韓非子・難勢》

4.2.1.2 主題釋義句

　　主題判斷句的主題語其實就是一個占著主題位置的主語，它跟句子的述題語有主（語）述（語）的句法制約關係，需要用指示詞「是」（「此」）或空代詞 pro 加以指認。主題釋義句的主題語跟述題語之間沒有這種句法關係，因此不能出現指示詞「是」作承指主題語之用：

(34)

　　a. 君子之仕也，**行其義也**。《論語・微子》
　　　君子的出仕，只是做他該做的事罷了。

　　b. *君子之仕也，是行其義也。

述題語「行其義也」其實也是一個句子，它的主語是一個空代詞 pro，但這個空代詞不是承指主題語，而是照應主題語中的「君子」。「行其義」就是君子行其義的意思。這是對君子出仕的一個解釋。

　　前面引的 (33a)「言稱先職」部分也是同樣情形。這一段話是個主題鏈結構，「楚囚」是共同主題。後面四個主題句的主題語和述題語都是以此作為主語。

(35) 楚囚，君子也。**言稱先職，不背本也；樂操土風，不忘舊也；稱大子，抑無私也；名其二卿，尊君也。**《左傳・成公九年》
　　楚囚，這是個君子啊。他的答話舉出先人職官，他是不背本啊；奏家鄉的樂調，他是不忘舊啊；舉出楚君為太子的事，他是公正無私啊；道出二卿的名字，他是尊崇他的國君啊。

　　主題釋義句的主題語和述題語之間無須有任何句法關係，其語義關係亦非常寬鬆。結構最簡單者如 (36a)、(36b)，主題語和述題語都是一個名詞組，述題語只突出信息焦點，句法極為省略，甚至無法還原。這種句子

仍然是一個繫詞句框架，只是主題語與述題語之間沒有主題判斷句中的那種語義關係。

A. 提出一個論題或一種情況，加以解釋或發揮

(36)

a. 布幕，**衛也**；緣幕，**魯也**。《禮記・檀弓上》

（覆棺）用布幕是衛國的（方式）；用緣（細絹）幕是魯國的（方式）。

b. 夫戰，**勇氣也**。《左傳・莊公十年》

作戰靠的是勇氣。

c. 所謂馨香，**無讒慝也**。《左傳・桓公六年》

所謂的祭品芳香，就是沒有（配不上這種芳香祭品的）邪意。

d. 所謂道，**忠於民而信於神也**。《左傳・桓公六年》

所謂的道，就是忠於百姓而取信於神靈。

e. 寡人之言，**親愛也**；吾子之討，**軍禮也**。《左傳・襄公三年》

寡人的話，是出於對兄弟的親愛；大夫的誅戮，是出於執行軍法。

f. 諸侯之喪，**士弔，大夫送葬**。《左傳・昭公三十年》

諸侯的喪事，士弔唁，大夫送葬。

g. 小人之事君子也，**惡之不敢遠，好之不敢近，敬以待命，敢有貳心乎**？《左傳・襄公二十六年》

小人事奉君子，被討厭不敢遠離，被喜歡不敢親近，恭敬地等待命令，豈敢有三心二意呢？

h. 禮，**與其奢也寧儉**；喪，**與其易也寧戚**。《論語・八佾》

就一般禮儀說，與其鋪張浪費，寧可樸素簡約；就喪禮說，與其儀文周到，寧可過度悲哀。

i. 人之無道，**乃盜先帝廟器**！《史記・張釋之馮唐列傳》

這種人無法無天，居然（到了）偷盜先帝宗廟器物（的

地步）。❸

j. 子輿之為我謀，**忠矣**。《國語・晉語一》

子輿為我出主意，他做到忠心了。

比較判斷句例 (33b)「臨患不忘國，忠也」，「忠」是指事（臨
患難不忘國）而言，而此句的「忠」則是指人（子輿）而言。

k. 且夫人主於聽學也，若是其言，**宜布之官而用其身**，若非其
言，宜去其身而息其端。《韓非子・顯學》

而且國君對於聽取學士的意見，如果肯定他們的言論，應該
在官府宣布，而任用他們；如果反對他們的言論，應該摒退
他們，禁止他們的學說。

B. 解釋詞義和文義

(37)

a. 「洚水」者，**洪水也**。《孟子・滕文公下》

b. 「芸」，**除草也**。《漢書・食貨志》

c. 「如切如磋」者，**道學也**；「如琢如磨」者，**自修也**；「瑟兮
僩兮」者，**恂慄也**；「赫兮喧兮」者，**威儀也**；「有斐君子，
終不可諠兮」者，**道盛德至善，民之不能忘也**。《大學》

d. 所謂「修身在正其心」者：**身有所忿懥，則不得其正；有所
恐懼，則不得其正；有所好樂，則不得其正；有所憂患，則
不得其正**。《大學》

e. 所謂「齊其家在修其身」者：**人之其所親愛而辟焉，之其所**

---

❸ 先秦時期「乃」有轉折副詞用法，是「而」的異體，詳第五章。漢代以後，這個
副詞「乃」添加了驚嘆語氣，用法相當於「居然」，表事情的發生出乎意料。

a. 信嘗過樊將軍噲。噲跪拜送迎，言稱臣。曰：「大王乃肯臨臣！」信出
門，笑曰：「生乃與噲等為伍（這輩子居然會跟樊噲這等人物作伴）！」
《史記・淮陰侯列傳》

b. 乃不知有漢，無論魏晉。陶潛〈桃花源記〉

　　賤惡而辟焉，之其所畏敬而辟焉，之其所哀矜而辟焉，之其
　　所敖惰而辟焉。《大學》

4.2.1.3 主題釋因句

　　主題句提出事實，說明其原因或動機，稱為釋因句。釋因句是一種說
明句。下面是一些主題釋因句例子。

(38)

　　a. 楚之羸，**其誘我也**。《左傳‧宣公六年》

　　b. 臣聞小之能敵大也，**小道大淫**。《左傳‧桓公六年》
　　　　下臣聽說小國之所以能抵抗大國，是小國有道而大國無度。

　　c. 古者言之不出，**恥躬之不逮也**。《論語‧里仁》

　　d. 良庖歲更刀，**割也**。《莊子‧養生主》

　　e. 井蛙不可以語於海者，**拘於虛也**。《莊子‧秋水》

　　f. 竟不易太子者，**良本招此四人之力也**。《史記‧留侯世家》

　　g. 今者，項莊拔劍舞，**其意常在沛公也**。《史記‧項羽本紀》

　　h. 所以不報謝者，**以為小禮無所用**。《史記‧魏公子列傳》

　　i. 去吳（朝吳，人名），**所以翦其翼也**。《左傳‧昭公十五年》

　　j. 且天之有彗也，**以除穢也**。《左傳‧昭公二十六年》
　　　　《新序》作「且夫天之有彗」。

述題加「故」，意思更明白：

(39) 齊師在清，必魯**故**也。《左傳‧哀公十一年》

又可以用「以」、「為」帶領：

(40)

　　a. 君子所以異於人者，以其存心也。《孟子‧離婁下》

　　b. 天地所以能長且久者，以其不自生，故能長生。《老子》

    c. 民之飢，以其上食稅之多，是以飢。民之難治，以其上之有
      為，是以難治。民之輕死，以其求生之厚，是以輕死。
      《老子》

    d. 所惡執一者，為其賊道也，舉一而廢百也。《孟子・盡心上》

下例「魯故之以」就是「以魯故」。「魯故」是名詞組，可以前移：

(41) 我之不共，魯故之以。《左傳・昭公十三年》

然下面各例，主題（話題）是完整句，整個語段應視為句段結構，不是主
題句的單句形式。

(42)

    a. 冬，宋人圍滕：因其喪也。《左傳・宣公九年》

    b. 秋，**齊公子鉏納去疾，展輿奔吳，叔弓帥師疆鄆田**：因莒亂
      也。《左傳・昭公元年》

    c. 秦王飲食不甘，遊觀不樂，意專在圖趙，使臣斯來言：「願得
      身見。」因急與陛下有計也。《韓非子・存韓》

    現代漢語「因為……所以……」的句式發展自上古「以……，
故……」、「以……故，（故）……」，或「為……故，……」等句式。

(43)

    a. 八月乙亥，晉襄公卒。靈公少，晉人**以難故**，欲立長君。《左
      傳・文公六年》

    b. 冬，介葛盧來。**以未見公故**，復來朝。《左傳・僖公二十
      九年》

    c. 范鞅以其亡也，怨欒氏，故與欒盈為公族大夫而不相能。《左
      傳・襄公二十一年》
      范鞅由於一度被迫逃亡，怨恨欒氏，所以和欒盈一起做公族
      大夫而不能很好相處。

d. 齊侯為楚伐鄭之故，請會于諸侯。《左傳‧莊公三十二年》

《左傳》這種表動機或原因的「以」、「為」字句皆用於敘事，且甚少用。而解釋事理時，《左傳》皆使用主題釋因句，如 (38) 所示。《老子》書則用「以……，故……」句式表事物的因果關係（如「以其不爭，故天下莫能與之爭。」）。這樣的表達方式為後世所通用，看似平常，但在先秦典籍中殊為罕見。❶❹

4.2.2 有標主題句

主題句的主題語帶次重音的，無論用來加強或對比，均屬有標；外位或用其他方式改變句子語序或組織的，亦屬有標。

4.2.2.1 外位主題句

外位主題句的基礎是一個主語句，外位主題句的主題語是從該主語句的謂語中「移出」。所謂「移出」，只是便於了解。漢語許多所謂「移位」現象恐怕都不是真正的詞組移位 (movement)，而是指有照應關係 （同指稱）。例如 (44a)「父母，唯其疾之憂」一句中，「父母」跟「其」有照應關係：「其」指父母，並非「父母」一詞組從「其」的位置移到主題位置上。

---

❶❹ 漢以後此格式始固定，即因在前果在後：

    a. 以不用足下，故信得待耳。《史記‧淮陰侯列傳》
    b. 河以逶蛇故能遠；山以陵遲故能高；陰陽無為故能和；道以優遊故能化。《淮南子‧泰族》

又有「為……，故……」、「因……，故……」、「由……，故……」等句式。「因……，故……」句式到上古晚期才出現：

    c. 鮑叔因疾驅先入，故公子小白得以為君。《呂氏春秋‧貴卒》
    d. 因不忍見也，故於是復請至于陳，而葬原仲也。《公羊‧莊公二十七年》

「由……，故……」最早見於《史記》：

    e. 由所殺蛇白帝子，殺者赤帝子，故上（尚）赤。〈高祖本紀〉

(44)

   a. **父母，唯其疾之憂。**《論語·為政》

      唯父母之疾是憂。

   b. **文辭，以行禮也。**《左傳·昭公二十六年》

      以文辭行禮。

   c. **失其身而能事其親者，**吾未之聞也。《孟子·離婁上》

      喪失了自身善性而能侍奉好父母的，我從來沒聽說過。

   d. **指不若人，**則知惡之；**心不若人，**則不知惡。《孟子·告子上》

      無名指不如別人，就曉得厭惡；心不如別人，卻不曉得厭惡。

   e. 仲尼曰：「**胡簋之事，**則嘗學之矣；**甲兵之事，**（則）未之聞也。」《左傳·哀公十一年》

      孔子說：「祭祀的事情，那是我曾經學過的；戰爭的事情，我沒有聽說過。」

   f. **夫聖，**孔子不居。《孟子·公孫丑上》

      孔子不居聖。

4.2.2.2 分裂主題句

分裂句 (cleft sentence) 是突出信息焦點的一種句法手段。下例 (45b) 和 (45c) 都是現代漢語的分裂句。繫詞「是」在這裡的作用是把信息焦點標出來：「是」後面的「去年」和「老王」分別是句中要傳遞的信息。

(45)

   a. 老王去年發生了車禍。

   b. 老王是去年（不是前年）發生的車禍。

   c. 是老王（不是小張）去年發生的車禍。

下面判斷句形式的「是」字句也屬於分裂句。❶❺「是」字後面是信息焦點，「我」和「這」都帶主重音：

⑷

  a. 我買了這本書。

  b. 這本書是**我**買的。

  c. 我買的是**這本書**。

  上古漢語沒有繫詞「是」，它是用主題句的形式把一個句子的信息重新安排，使主題語表達舊信息（前設），述題語表達新信息（信息焦點）。

⑷

  a. 三代之得天下也，以仁；其失天下也，以不仁。《孟子・離婁上》

   三代以仁得天下；以不仁失天下。

  b. 君子之愛人也，以德；細人之愛人也，以姑息。《禮記・檀弓》

  c. 鄭子孔之為政也專。《左傳・襄公十九年》

   鄭子孔為政專。

  d. 《易》之興也，其于中古乎？《易・繫辭》

   《易經》的產生，也許在中古時期吧？

  e. 寡人之於國也，盡心焉耳矣。《孟子・梁惠王上》

   寡人盡心於國。

  f.　（好惡在所見，）臣下之飾奸物以愚其君，必也。《韓非子・難三》

   臣下必飾奸物以愚其君。

還有一種「……也，……矣」句式表程度：

⑷ 中庸之為德也，其至矣乎！（民鮮久矣。）《論語・雍也》

  中庸這種道德，該是最高的了！（在人們當中已欠缺很久了。）

---

❶ 因為這一種分裂句是一個判斷句形式，語法學稱之為假分裂句 (pseudo-cleft sentence)。

這種句子有倒裝式，用加接結構把信息焦點放在句首：

⒆ **甚矣吾衰也！久矣吾不復夢見周公。**《論語・述而》

4.2.2.3 對比主題句

現代漢語常用主題句做對事物的比較，古代漢語也是一樣。對比主題句多出現在句段中。對比主題句的主題語帶對比重音：

⒇

a. 仲尼曰：「**胡簋之事**，則嘗學之矣；**甲兵之事**，未之聞也。」《左傳・哀公十一年》

b. **夫子之文章**，可得而聞也；**夫子之言性與天道**，不可得而聞也。《論語・公冶長》

c. **金聲也者**，始條理也；**玉振之也者**，終條理也。**始條理者**，智之事也；**終條理者**，聖之事也。**智**，譬則巧也；**聖**，譬則力也。《孟子・萬章下》

d. **故明君者**，必將先治其國，然後百樂得其中；**闇君者**，必將急逐樂而緩治國，故憂患不可勝校也。《荀子・王霸》

e. **名也者**，所以期累實也；**辭也者**，兼異實之名，以論一意也。《荀子・正名》

f. **鳥之將死**，其鳴也哀；**人之將死**，其言也善。《論語・泰伯》

g. **且夫貞臣也**，難至而節見；**忠臣也**，累至而行明。《史記・趙世家》

對比主題句的述題通常可以加「則」（例 (50a、c)）。這個「則」是副詞，不是出現在偏正結構中的連詞「則」，所以只能見於謂語之前、主語之後：

⒈ 齊侯曰：「魯人恐乎？」對曰：「小人恐矣，君子則否。」《左傳・僖公二十六年》

使用關係語「若」、「若夫」也有對比作用，其意相當於「至於」；述題部分
可加「則」：

⑸2

a. 待文王而後興者，凡民也；**若夫**豪傑之士，雖無文王猶興。
《孟子·盡心上》

b. **若夫**君子，所患**則**亡矣。《孟子·離婁下》

c. **乃**所願，**則**學孔子也。《孟子·公孫丑上》
「乃」是「若」的弱讀字，至於所願。

d. **乃若**其情，**則**可以為善矣。**乃**所謂善也。**若夫**為不善，非才
之罪也。《孟子·告子上》
此處「乃」、「若」連用，「乃若」即「若」或「若夫」。「可
以」、「可」常帶「矣」表程度。「乃所謂善也」則是一個帶準
繫詞「乃」的判斷句。

4.3 上古漢語主題語的認定

從上節對主題句的概述可以看到上古漢語主題句的應用至廣，其語法
及表達功能亦呈多樣化。主題句的認定並非易事。上古漢語形式標記不足，
又多減省，前文指出有兩種句法因素造成認定的困難。一、句子的前加成
分可以是一個加接結構，並不是在主題位置上，不能視為主題語。二、語
意的主題（話題）可以是一個完整句，因此跟一個獨立句形式無別。一個
主謂判斷句可以用指示詞「是」承指前面一個獨立語段，但這種指稱是跨
越句子界限的篇章連結關係，不構成一個句法上主題句單位。主題句是單
句，而這種跨越句子界限的篇章連結則是句段單位（第六章）。上一節把主
題句分為六類討論，分法較前人精密一些，對主題句各種形式亦以實例做
了具體的區分。下面把我們對主題句認定的主要意思再做一點加強和補充。

4.3.1 主題語必須有停頓

　　主題句是一個二段式的偏正結構，主題語和述題語之間必須有停頓。「此人力士」《史記・魏公子列傳》是一個主謂判斷句，「楚囚，君子也。」才是主題句。我們對古書上個別句子是否有停頓或是什麼語調可以有不同看法，但這是一個原則，是認定主題句的一個形式標準。主題語可以加停頓詞「者」，能不能加「者」取決於一些語意因素。限於篇幅，這個問題姑且不討論。

　　根據這個停頓的標準來看，《左傳》「政以治民」這樣的結構就不能算是一個主題句：

> (53) 君子謂鄭莊公失政刑矣。**政以治民，刑以正邪。**既無德政，又無威刑，是以及邪。邪而詛之，將何益矣。《左傳・隱公十一年》

這段話是針對鄭莊公說的，鄭莊公是篇章主題（第六章）。但是兩個小句的「政」和「刑」是扣住前句的「失政刑」的話分別說的，因此可以視為兩句的個別主題。這裡的「政以治民」與賓語不前置的「以政治民」差別何在？「以政治民」是敘事句式，「政以治民」則是說明句式，帶對比重音。但是從形式來看，「政以治民，刑以正邪」兩個句子都不是主題句，「以」和它的前置賓語之間沒有停頓。這兩個前置賓語不是主題語，而是掛搭在「以」上的加接結構。

　　如果要表現信息焦點，「以」的賓語雖無對比也可以前置而重讀：

> (54) 武（趙文子自謂）將信以為本，循而行之。《左傳・昭公六年》

　　如果「以」字賓語是一段話的話題，那它就可以成為一個主題句中的外位主題，前面 (44b)「文辭，以行禮也」即是一例。這是一個主題句。下面是這句話的上下文。閔馬父有關「文辭」的議論是針對子朝的辭令而發，是這一段話的主題（話題）。

⑸ 閔馬父聞子朝之辭，曰：「**文辭**，以行禮也。子朝干景之命，遠晉之大，以專其志，無禮甚矣，文辭何為？」《左傳·昭公二十六年》

閔馬父聽到王子朝的辭令，說：「文辭是用來實行禮的。子朝違背了景王的命令，疏遠晉國這個大國，一心一意想做天子，無禮到極點了，哪裡還用得著文辭？」

「政以治民」不是一個主題句；「文辭，以行禮也。」是一個主題句。「文辭」是主題語，而非加接結構。

4.3.2 主題語有特定引介詞

現代漢語的主題句常用介詞「至於」引介主題語。古代漢語的主題語也有這種引介詞。古代漢語主題的引介詞是「若」、「若夫」，或「且夫」：

⑸

　　a. 君子創業垂統，為可繼也；**若夫**成功，則天也。《孟子·梁惠王下》

　　b. **若夫**為不善，非才之罪也。《孟子·告子上》

主題引介詞不包括「於」和「在」。因此，句首出現「於」介詞組或「在」介詞組都是加接結構框架語；這樣的句子都不是主題句。

⑸ **於文**，皿蟲為蠱。《左傳·昭公元年》 ⓰

4.3.3 主題語非獨立句或句段

〰〰〰〰〰〰〰〰〰〰〰〰〰〰〰〰〰〰〰〰〰〰〰〰

⓰ 「若夫」是主題引介詞，但單個的「夫」不是。「夫」可以並且也經常出現在一個主題句之前（如 (44f) 及下文 (63c)），但它的功能是引發議論，如「夫如是，則能補過者鮮矣。」《左傳·宣公二年》，「夫吹萬不同，而使其自已也，咸其自取，怒者其誰邪！」《莊子·齊物論》。「夫文，止戈為武。」《左傳·宣公十二年》猶言「於文，止戈為武」。這不是一個主題句。

篇章中獨立成文的句段可以視為主題（話題），如下例。但這不是一個
主題句的主題語；主題句都是二段式的單句。

(58)

　　　　a. 吾不能早用子，今急而求子：是寡人之過也。《左傳・成公
　　　　　二年》

　　　　b. 射不主皮，為力不同科：古之道也。《論語・八佾》

　　上古漢語有甚多對事件和人物評論和說明的主謂判斷句，它跟主題句
的述題語形式無別。這一類句子最常見的形式是：「是（或此）……也」，
如「是寡人之過也。」主語「是」是一個承指用的指示詞，它所指的是前
頭說的話。「是」或「此」所承指的固然可以是句子的主題語（這樣就構成
主題句），也可以是一個獨立的句段，第六章稱為主題片。如果是獨立句段
的主題片，它跟後面的評述句只有主題／述題的語意關係，而沒有句法關
係。二者不屬於同一個句子。參看第六章句段結構。

4.3.4 主題語非條件分句

　　主題句是一個單句，這就是說，由兩個分句構成的偏正複句就絕對不
是主題句。偏正結構的正句也可以是一個主謂判斷句，用「是」作為承指，
但它的承指對象是那個假設或條件分句。

(59) **使而失命，召而不來，是再奸也。** 逃無所入。《左傳・昭公二
十年》

被派遣出使而沒有完成使命，召我回去我又不回，這是再次違背
命令，要逃走也沒有地方可去。

這個句子用指示詞「是」來做承指，形式上與主題句近似，語意亦可解釋
為主題／述題關係，但是這個句子其實是一個條件複句，不是單句。「（使
而失命，）召而不來」是一個假設情況。條件複句不是主題句。條件句的
正句可以是一個主謂判斷句（例如此句的「是再奸也」），雖有評述作用，

但句法上不應視為主題句的述題語。

同樣的，下列假設複句和推論複句（第三章）也不是真正的主題句：

⒃

    a. **楚鄭方惡，而使余往，是殺余也**。《左傳·襄公二十九年》

    b. 子言晉楚匹也。**若晉常先，是楚弱也**。《左傳·襄公二十七年》

    c. **無處而饋之，是貨之也**。《孟子·公孫丑下》

主題／述題關係可表現在主謂結構中和主題句中，也可表現在一個句段中。偏正複句的偏句和正句之間也可以有主題／述題關係。這裡再強調一次，主題句是表達主題／述題語意關係的標準句式，但主題句並非唯一能表達這種關係的句式；小至主謂句，中至複句，大至句段，都可以含有主題／述題的語意關係。

4.3.5 隱性主題

另一種情況是，「是」所指的其實是一個隱性主題；主謂判斷句的「是」還可以用來指一個隱性主題。

    ⒄ 原壤夷俟。**⓱** 子曰：「幼而不孫弟，長而無述焉，老而不死。是為賊！」《論語·憲問》

《論語》此節記錄孔子責罵原壤的話。孔子歷數原壤三大罪狀，最後下結論說：這是一個（德之）賊。孔子這番話以原壤為主題，「是」的指稱對象是這個隱性主題（不見於句中）。前面三句話不是這段話的主題。

〰〰〰〰〰〰〰〰〰〰〰〰〰〰〰〰〰〰〰〰

⓱　「夷」是倨傲無禮的樣子，是一個質詞狀語。《荀子·修身》「不由禮則夷固僻違、庸眾而野。」王引之解曰：「夷固猶夷倨也。夷固辟違，猶言倨傲僻違。」詳王念孫《讀書雜志》卷八。按《荀子》同篇又有「倨固」一詞，亦指無禮不遜之態，義同「夷固」。《偽古文尚書·泰誓上》「夷居」（《墨子·天志中》引同）實即「夷倨」（第五章）。《論語》此處通行的解釋以「夷」指原壤坐姿（箕踞），恐不確。

4.3.6 主題語非時間副語

主題句用來說明，敘述句用來敘事，功能有別。敘述句中表時間的短語是框架語，與主題語有別。

(62)

    a. **楚郤宛之難**，國言未已，進胙者莫不謗令尹。《左傳‧昭公二十七年》

    b. **初，麗姬之亂**，詛無畜群公子。自是晉無公族。《左傳‧宣公二年》

這兩句都是敘述句，以一個事件的發生為時間定點：郤宛之難以後；麗姬之亂以後。(62b) 句「麗姬之亂」前面加「初」，表追溯過去。

下面三例都含「諸侯之會」一詞，但用法不同。(63a) 句的「諸侯之會」是指一次事件，所以這是一句敘述句。(63b、c) 二句的「諸侯之會」指的不是一件發生的事，而是一個事件類型，二句皆以這個事件類型為題目而加以論述，因此是主題句：

(63)

    a. 叔孫穆子相，趨進，曰：「**諸侯之會**，寡君未嘗後衛君。今吾子不後寡君，寡君未知所過。吾子其少安！」《左傳‧襄公七年》

    b. 叔孫曰：「**諸侯之會**，衛社稷也。我以貨免，魯必受師，是禍之也，何衛之為？」《左傳‧昭公元年》

    c. 子服景伯謂子貢曰：「**夫諸侯之會**，事既畢矣，侯伯致禮地主歸餼，以相辭也。今吳不行禮於衛，而藩其君舍以難之。子盍見大宰？」《左傳‧哀公十二年》

再比較下面句子的差異：

(64)

    a. **四王之王也**，樹德，而濟同欲焉；**五伯之霸也**，勤而撫之，
       以役王命。《左傳・成公二年》

    b. **子產之從政也**，擇能而使之。《左傳・襄公三十一年》

(65)

    a. **小人之事君子也**，惡之不敢遠，好之不敢近，敬以待命，敢
       有貳心乎？《左傳・襄公二十六年》

    b. **君子之仕也**，行其義也。《論語・微子》

(64a)「四王之王也」和「五伯之霸也」都表時間：當四王王天下的時候；
當五伯稱霸的時候。(64b) 記述子產執鄭國之政用人唯才，「子產之從政也」
是一個表時間的非獨立子句。但 (65a) 的「小人之事君子」和 (b) 句的「君
子之仕（君子從政）」不是特定事件，而是事件類型，則可視為主題。接下
來的話是針對這事件類型而做的說明，是述題。(64a、b) 是敘事句，(65a、
b) 是主題釋義句。

5. 上古漢語的繫詞問題

    上古漢語表達判斷用主題句形式，現代漢語則用主謂判斷句。上古漢
語用主題句表判斷，原因在於上古漢語（中期）沒有相當於現代漢語「是」
的通用繫詞。繫詞是用來連接主語和謂語的動詞。繫詞句是一種靜態的句
子，有說明、指認等功能，通稱為判斷。上古漢語沒有相當於「是」的繫
詞，主語和謂語之間只能用停頓隔開，因此產生了主題句。

    上古漢語繫詞問題曾經是漢語語法史上一個大題目。王力先生最早
(1937) 提出先秦時期漢語沒有繫詞的意見，他認為繫詞「是」是西漢以後
才發展出來的。**⓲**繼王力之後，學者為了追溯繫詞「是」出現時間的上限，

⓲ 王力 (1937)〈中國文法中的繫詞〉，收入《龍蟲並雕齋文集》，北京：中華書局，
    1980 年。

做了大量的語言事實挖掘工作，因此資料方面自然是後來居上。學者根據出土資料，指出馬王堆漢墓帛書、天水放馬灘秦簡、睡虎地秦墓竹簡都有「是」作繫詞的語句，可以完全確定戰國晚期已有繫詞「是」的用法。事實上，先秦文獻《韓非子》和《戰國策》都有繫詞「是」的蹤影：

(66)

    a. 問人曰：「此是何種也？」《韓非子・外儲說左上》

    b. 韓是魏之縣也。《戰國策・趙策三》

《史記》所記錄的語言也可確定有繫詞「是」：

(67)

    a. 此是家人言耳。〈儒林列傳〉

    b. 此必是豫讓也。〈刺客列傳〉

因此繫詞「是」的成形不能晚於戰國晚期，是可以成定論的。

另外一個問題是：這個繫詞「是」是怎樣發展出來的？王力指出，繫詞「是」的前身就是那個指示詞「是」。這是明顯的，是無可懷疑的。然而指示詞「是」又是如何演變成為繫詞「是」的呢？對這問題學者專家的意見還不一致。我們認為這個問題其實並不難解。上古漢語中期雖然沒有一個顯性的通用繫詞，但不能說沒有繫詞。4.2.1.1 節已經講到，上古漢語必須假定有一個隱性的繫詞 V_{cop}，所有判斷句都帶這個隱性繫詞作中心語。而「非」就是這個繫詞的否定形式：「非」的意思就是「不是」。戰國時代諸子百家開始用「是」、「非」二詞表相對概念。「是」、「非」連用始於墨子。孟、莊是非之說，亦皆影響廣泛，深入人心。「是」、「非」用為述語，表對錯，戰國時期已流行，甚至產生了意動的用法：「上之所是，必皆是之，所非必皆非之」《墨子・尚同上》，「是之則受，非之則辭」《荀子・解蔽》。由於「非」是一個繫詞的否定式，指示詞「是」也因類比 (by analogy) 關係而漸漸取得繫詞地位，於是古漢語繫詞由隱而顯，於周秦之際得以確立。

5.1 主謂判斷句

　　先秦主謂判斷句帶零形式繫詞，主、謂語中間沒有語音停頓。表判斷的肯定句最常見於主題判斷句中，當述題語用；也見於表達主題／述題的句段結構中。它的主語是一個用來承指前段的指示詞「是」或「此」，或者是一個空代詞 pro。已見前 4.2.1.1 節。其他地方很少用到這種主謂判斷句。

　　主謂判斷否定句則帶否定繫詞「非」。主謂之間也是沒有語音停頓的。

(68)

　　　a. 蕭同叔子非他，寡君之母也。《左傳・成公二年》

　　　b. 大子壬弱，其母非適也，王子建實聘之。《左傳・昭公二十六年》

　　　c. 夫（彼）非而（爾）讎乎？《左傳・哀公五年》

　　　d. 我非生而知之者，好古敏以求之者也。《論語・述而》

　　　e. 回也非助我者也，於吾言無所不說。《論語・先進》 ❶⁹

　　　f. 是非君子之道。《孟子・滕文公下》

　　　g. 此非君子之言，齊東野人之語也。《孟子・萬章下》

否定式主謂判斷句也多以空代詞 pro 為主語，如下例：

(69)　齊大，非吾耦也。《左傳・桓公六年》

　　　非吾耦：pro 非吾耦。pro 指齊。

上古漢語春秋時期以空代詞為主語之句例極多，戰國中期以後呈遞減之勢。

　　無論肯定式或否定式，主謂判斷句也常以指示詞「是」或「此」作主語。指示詞主語做承指用，「是」較「此」更常見。作為指示詞，「此」為近指，與「彼」相對，有遠近對立義。「是」則是一個沒有對立的指示詞，因此更容易接受詞性轉變。從語言心理來看，「是」由主語位置移入中心語

❶⁹ 春秋時代名字之後加「也」，可他稱亦可自稱，見《左傳》及《論語》，例子甚多。「回也」、「丘也」、「張也」的「也」並非句中助詞。

繫詞的空位，過程是隱微而不能察覺的。這中間必有一段長時期模糊性。對說話者來說，「是 V_{cop}……」與「pro [$_{Vcop}$ 是]……」是同一形式，表達功能也是相同的。

　　上古漢語還有「則是」的用法。這個「是」還是個主語，不是繫詞。「則是」最早見於《左傳》，上古晚期以後使用漸多。「則是」是「那麼這就表示（或說明）」的意思，用於條件複句中，「是」承指偏句的假設或條件。

(70)

　　a. 秦師克還無害，**則是**我有大造于西也。《左傳・成公十三年》
　　　 秦軍得以回去而沒有受到損害，這就是我國有大功於西方之處。

　　b. 東道之不通，**則是**康公絕我好也。《左傳・成公十三年》
　　　 東邊道路不通，這就表示康公同我們斷絕了友好關係。

　　c. 君加惠于臣，使不凍餒，**則是**君之賜也。《國語・齊語》

　　d. 今也滕有倉廩府庫，**則是**厲民而以自養也，惡得賢？《孟子・滕文公上》

　　e. 必秦國之所生然後可，**則是**夜光之璧不飾朝廷，犀象之器不為玩好，鄭、衛之女不充後宮，而駿良駃騠不實外廄，江南金錫不為用，西蜀丹青不為采。《史記・李斯〈諫逐客書〉》

　　f. 非獨仲、叔氏也，魯國皆恐。魯國皆恐，**則是**與一國為敵也。《呂氏春秋・察微》

　　g. 且服奇者志淫，**則是**鄒、魯無奇行也；俗辟者民易，**則是**吳、越無秀士也。《史記・齊太公世家》

5.2 上古漢語繫詞的演變

　　上古判斷句表肯定沒有顯性繫詞，表否定則用「非」。「非」是否定詞「不」與一個繫詞的結合。這個繫詞不會是「是」字，這是確定的。但它

會是個什麼樣的東西？無論從語音或句法來看，這個與「不」結合的繫詞無疑就是「惟（唯）」。「惟」卜辭、金文作「隹」。「隹」的否定是「不隹」或「非」。卜辭「隹」、「不隹」對貞，如：

(71)

    a. 貞：王聽，**不隹**囚（禍）？

       貞：王聽，**隹**囚（禍）？《集》5298 正

    b. 王固曰：戋（災），**隹**庚；**不隹**庚。重丙。《集》5775 反

    c. 貞：**隹**父乙壱？

       貞：**不隹**父乙壱？《懷》53

「隹」與「非」對貞如：

(72)

    a. 丙寅夕卜，子有言，在宗，**隹**侃？一

       丙寅夕卜，**非**侃？一《花東》234

    b. 癸酉貞：日月又（有）食，**隹**若？

       癸酉貞：日月又（有）食，**非**若？《集》33694

    c. 庚辰貞：日又戠，**非**囚（禍）？**隹**囚（禍）？《集》33698

卜辭「隹」是上古漢語前期的通用繫詞，它的否定式是「不隹」或「非」，後者是前者的合音形式。[20]西周時期否定式一般用合音「非」，但亦用「不惟（隹）」，用法有差別，不能互換。

    「惟（隹）」在金文和《尚書》使用率非常高，這是因為這個繫詞擔負著信息表達重任。現代漢語用繫詞「是」把句子信息焦點標示出來 (4.2.2.2)，西周時代漢語的「惟」也有此用法，而且恐怕使用得更廣泛。上古「惟」字句並非都是判斷句，眾多用「惟」字的句子都應視為分裂句，

[20] 朱歧祥《殷墟卜辭句法論稿——對貞卜辭句型變異研究》，臺北：學生書局，1990 年，頁 145：「非」字主要出現於第四期卜辭中，其後多修飾動詞。例不多見。

以「惟」強調句義重心所在。下面《尚書》兩段文字，出現「惟」的地方如以現代漢語「是」來翻譯，都能切合文義：**㉑**

(73)

    a. 已！予**惟**小子，不敢替（僭）上帝命。天休于寧王，興我小邦周。寧王**惟**卜用，克綏受茲命。今天其相民，矧亦**惟**卜用。〈大誥〉

       唉，我**是**個年輕人，不敢不尊信上帝的命令。上天嘉惠文王，振興我們這個小國周。當年文王用的**就是龜**卜，始能承受這個天命（意謂龜卜傳達天意）。現在上天正要幫助人民，不用說我們用的**也是龜**卜。

    b. 王若曰：「孟侯，朕其弟，小子封。**惟**乃丕顯考文王，克明德慎罰，不敢侮鰥寡，庸庸、祗祗、威威、顯民，用肇造我區夏，越我一、二邦，以修我西土。**惟**時怙（時，是；怙，故。因為這個緣故），冒聞于上帝，帝休。天乃大命文王殪戎殷，誕受厥命。越厥邦厥民，**惟**時敘。乃寡兄勖，肆汝小子封，在茲東土。」〈康誥〉

       王這樣說：「孟侯，我的弟弟，封啊你這年輕人！那**是**你偉大英明的先父文王，他能夠崇尚德教，慎用刑罰，不敢欺侮無依無靠的人，任用可以任用的人，尊重值得尊重的人，畏懼該畏懼的事，光寵人民，因而在中夏開創了我們的區域，並與幾個友邦共同治理我們西方。**正是**因為這個緣故，讓上帝知道了，上帝非常高興，就降大命給文王，使他滅掉大國殷，接受天的大命。於是殷國殷民，**就是**因為這樣而得到安定。

       （然後）你的兄長為了要勉勵你，要安置你這年輕人，就在這片東土上。」

㉑ 關於兩段文字個別詞語的解釋，請參考各種《尚書》註解，特別是屈萬里《尚書釋義》。

(73a)「予惟小子」是一個主謂判斷句；「惟卜用」是述賓「用卜」的賓語提前結構：惟卜之用。加強語氣的提賓結構，其語意是排除其他可能，使賓語成為唯一選擇。此為後世所用。(73b) 三處出現「惟」，都是分裂句式的用法。上古漢語與「惟」字相關的問題尚多，這裡僅揭示問題當中最簡單的一面，那就是上古漢語前期可確定是有一個顯性通用繫詞的，這個繫詞就是「惟」。㉒

　　上古漢語三千多年當中，繫詞經過了從有到無，又從無到有的演變。繫詞本來是個連接主、謂的動詞成分，語意上可有可無。說「今天星期五」跟說「今天是星期五」其實沒有什麼差別。漢語不需要在動詞上表現時態和一致關係，因此質詞可以單獨成為述語，而無需像英語一樣強制性的使用繫詞。一般而言，在語言當中，只要沒有附加成分必須掛搭到那裡，繫詞是可以省略的（如俄語現在式）。因此，像漢語這種分析性語言的繫詞在發展史上出現這樣的不穩定現象恐怕也不是一個特殊語言個案。漢語雖然在上古有很長一段時期沒有顯性繫詞，但這只在肯定句中。否定式繫詞「非」自始至終還被保留著，這是因為否定詞「不」必須有所附搭。繫詞「惟」在上古漢語並沒有完全消失過。

　　春秋戰國時期繫詞「惟」只有殘留的用法，它主要表達加強語氣「只有」、「只是」的限制意思，例如用於提賓結構中。《左傳》、《論語》「惟」皆寫作「唯」，「惟」專用於思惟義，只有引用《詩》、《書》時才寫作「惟」（《詩經》則用「維」）。「唯」的另一用法是作為肯定的對答詞用，表唯唯

㉒　已故加拿大漢學家蒲立本 (Edwin G. Pulleyblank) 很早 (1959) 就指出「非」可能是「不唯」的合音，並正確認出「唯（惟）」就是前古時期漢語的繫詞。見所著論文 *"Fei 非, Wei 唯 and certain related words,"* *Studia Serica Bernhard Karlgren Dedicata* (ed. by S. Egerod and E. Glahn), Copenhagen: Munksgaard, pp. 178–189。但是他推測「惟」和句尾詞「也」可能有語源關係（因為二者都表達判斷），則是完全沒有根據的。他又認為上古前期的繫詞「惟」有引領主題之用，也是錯誤的。參看氏著〈古漢語體態的各方面〉（何樂士譯），《古漢語研究》，第 2 期，1995 年；《古漢語語法綱要》（孫景濤譯），語文出版社，2006 年。又參看徐德庵〈上古漢語中的繫詞問題〉，《西南師範大學學報（人文社會科學版）》1981 年。該文認為先秦文獻已可以證明「惟」、「唯」作為繫詞的存在。

諾諾的意思，猶今日的「是的」。這也是繫詞的殘留用法。

　　早期上古漢語利用繫詞「惟」建構出一個非常發達的信息表達架構。這個架構隨著「惟」的衰落而解體。之後漢語必須用其他句法手段建立新的信息架構以取代之。這是上古漢語的一次大調整。主題句便是這樣應運而生的一個新的語句形式。三代語言並沒有主題句；主題句是中期上古漢語句法的一個指標特色。從此漢語便成為一個主題優勢類型語言。

並列結構及其發展：「而」字式

本章概述上古漢語「而」字的使用情況、歷史演變以及它的盛衰對漢語語句結構所產生的類型 (typological) 意義。作為一個連詞，「而」字結構稱為並列或聯合結構 (coordinate construction)。當連詞「而」連接兩個分句，就成為複句。複句結構有兩種，不是偏正 (hypotaxis) 就是並列 (parataxis)。偏正複句兩個分句有主從之分；並列複句兩個分句是同等的，沒有主從之分。

並列結構在生成語法理論中引起複雜的問題，這裡只做簡單說明。生成語法理論的句子結構基本上是反對稱的 (asymmetric)。用樹型結構表示，句子的基本結構具有這樣的形式：

(1)

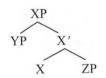

這是由一個中心語 (head) X 投射出來的二分詞組結構 XP。中心語 X 投射出兩個位置，分別為 YP 和 ZP 所占。YP 占的是這個投射結構的定語 (specifier) 位置，ZP 占的是補語 (complement) 位置。YP 和 ZP 不是對稱的（語序不是考慮因素），YP 的位置高，與 X′ 成姊妹節點；ZP 位置低，與 X 成姊妹節點。YP 對 ZP 有 c-支配 (c-command) 關係；ZP 對 YP 沒有 c-支配關係。亦即 YP 與 ZP 之間不存在相互 c-支配關係。所有投射結構都是這個形式，也都是反對稱結構（第二章）。

用這個形式來顯示偏正複句的結構是最合適的。偏正複句正是不對稱結構：

(2)

　　a. 曲則全《老子》

　　b.

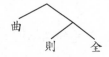

這是一個以中心詞「則」投射出來的詞組結構。在這個最簡單的條件句中，偏句（從句）「曲」處在定語位置，正句（主句）「全」處在補語位置，偏正的不對稱關係完全反映在句法結構中。

　　並列關係則應與此相異。根據漢語使用者的語感，並列式「魚餒而肉敗」似應以如下結構表示：

(3)

　　a. 魚餒而肉敗，不食。《論語·鄉黨》

　　b.

這雖合乎我們對多數並列式的語感，但它破壞了詞組結構最基本的二分原則，即不容許一分為多。二分是當代語言學理論對語言結構最基本的假設。如果詞組結構沒有二分的限制，比如說容許有一分為三，那它自然也可以一分為四，一分為五，如此則無法對結構的基型加以限定。因此一分為二是詞組結構最基本的結構原則。若根據二分原則，則並列式應有如下結構，那就是兩個並列成分並非屬同一結構層次，而有高下之分：

(4)

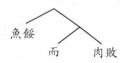

　　「而」字的並列結構在漢語語法理論中也是一個非常複雜的問題。本章對「而」字句只能作一個描述性的介紹。對於它的形式結構所引起的理論問題，也只能點到為止。

1.「而」的歷史

　　「而」是上古漢語中使用頻率非常高的一個功能詞。據統計，在約 18 萬字的《左傳》中，「而」出現 3000 餘次，平均每萬字出現 172 次；在約 2.1 萬字的《論語》中，「而」使用了近 340 次，平均每萬字出現 162 次；在約 51.6 萬字的《史記》中，「而」出現約 6200 次，平均每萬字出現 120 次。❶出現頻率高，表示分布範圍廣，用途泛化。清代以來虛詞著作以訓詁方式對「而」作了多種訓解，但無法揭示出「而」的句法性質。《馬氏文通》力圖對「而」的功能作出統一的解釋，有許多精闢的見解。繼《文通》之後，呂叔湘《中國文法要略》對「而」的句法功能也蒐集了各種用例加以分梳，然因散在各章，尚未能加以融會貫通。實則上古漢語「而」的使用經歷了時代階段的發展，必須通過歷時的角度加以研究，始得呈現其全貌。簡單的說，春秋以前（《詩經》時代）的「而」還不是一個跟英語 *and* 相當的通用連詞，而是一個表轉折語氣的標記，是一個副詞而不是連詞。「而」的連詞用法產生於東周以後。

　　甲骨文沒有虛詞「而」，也沒有與先秦時期連詞「而」相近的功能詞。據此可以說殷商時代「而」還沒有產生。❷

❶　以上統計資料根據楊榮祥〈「而」在上古漢語語法系統中的重要地位〉，《漢語史學報》第 10 輯，頁 110–119，2010 年。

❷　原始漢語未見並列連詞，此一現象並非特殊。根據 Marianne Mithun 的跨語言研究，並列連詞的使用較晚，世界語言普遍都是如此。謂語並列連詞幾乎都是從副詞演變出來的，是語法化的結果。她認為連詞的產生跟書寫的流行有關，因為文字不能表現語調等語音性質，必須用一個語詞記號來標明分句的連接。參看 Mithun, M. (1988), "The grammaticalization of coordination," in J. Haiman and S. Thompson (eds.), *Clause Combining in Grammar and Discourse,* 331–359, Amsterdam: John Benjamins。上古漢語前期不但見不到並列連詞，也普遍缺少偏

早期金文也沒有「而」。就目前見到的出土資料看，「而」字在西周銘文中還沒有出現，一直到春秋晚期銅器銘文裡才找到真正能確定是連詞用法的「而」。❸

(5)

    a. 余義楚之良臣，而逐之字（慈）父。〈逐兒鐘〉

    b. 丕顯穆公之孫，其配襄公之妊，而成公之女。〈叔夷鎛〉

比較：

(6)

    a. 是子也，熊虎之狀，而豺狼之聲。《左傳‧宣公四年》

    b. 尚賢者，天鬼百姓之利，而政事之本也。《墨子‧尚賢》

    c. 魏公子無忌者，魏昭王少子，而魏安釐王異母弟也。《史記‧魏公子列傳》

據崔永東《兩周金文虛詞集釋》，連詞「而」到春秋後才頻繁出現，如戰國時期中山諸器銘文中，「而」字共見 11 例。❹

傳世文獻中，《尚書》、《周易》和《詩經》都有「而」字。《今文尚書》「而」字共有 27 例，然仍難認為是西周時代已有連詞「而」的證據。❺比較能確定是周初誥辭的各篇中都沒有「而」字句，只有〈顧命〉「眇眇予小

正複句連詞。偏正複句連詞（包括「則」）多是後來發展出來的用法，其他語言也能證明此點。參看 Haiman and Thompson 書中另一篇論文 (pp. 71–99)：Martin B. Harris "Concessive clauses in English and Romance"。 文字記錄無法把語調 (intonation) 表現出來，其實語調和停頓就能完全發揮連詞的功能。

❸ (5)(6) 的例子採自周法高《中國古代語法：造句編（上）》，頁 324。

❹ 崔永東《兩周金文虛詞集釋》，北京：中華書局，1994 年。

❺ 〈金縢〉篇「二公命邦人凡大木所偃，盡起而築之。」用「而」作為連動。〈金縢〉有出土竹簡本，可確定是先秦文獻，但是否即周公當時史官的文字記錄，極為可疑，前人亦多有疑之者。周初尚無合音詞「焉」，因當時介詞用「于」，不用「於」，而〈金縢〉有「周公立焉」一句，則非西周語言明甚。上古漢語前期表將然都用「其」，「將」為後出（第十一章），而〈金縢〉有「公將不利于孺子」一句，亦非西周語言。《尚書》此篇語言時代問題尚多，茲不具論。

子，其能而亂四方，以敬忌天威？」出現了「而」字，但〈顧命〉這個「而」字卻出現在不該出現的地方。它不是連接兩個謂語而是處於一個能願動詞和它的補語之間，故王引之認為這個「而」是「以」的變體，「其能而亂四方」猶言「其能以治四方？」（《經傳釋詞》第七）。「以」、「而」互代，在先秦典籍中並非少見。

　　《周易》卦爻辭有不少「而」字，都是連詞用法，如〈賁卦〉初九「舍車而徒」、〈離卦〉九三「不鼓缶而歌，則大耋之嗟」、〈同人卦〉九五「同人先號咷而後笑」等皆是。這種「而」字式上博簡《周易》出現尤多。❻關於《易經》的卦爻辭，即經文部分，學者多相信它在西周時期已存在。不過，如果它是純粹的西周文獻，這種「而」字結構應不會出現。今日能見到的《周易》各種本子卦序有不同，但卦爻辭內容幾乎全同。但從歷史語法的觀點推測，如果卦爻辭（經文）的成立時間是周初，那麼它的最後編定時間恐怕比它的成立時間要晚很多，其上限恐怕要落到春秋時期。那就是說，《周易》經文在流傳的過程中是變動過的，有部分文句不是原樣，而是帶有上古中期的語言特徵。試看〈離卦〉第三十。上古漢語中期有一個常見的結構，就是在一個質詞組或動詞組之後加語尾「然」，以表示某一種狀況或狀態。姑且稱之為「X-然」結構。「然」是「像這樣」的意思。〈離卦〉初九：「履錯然，敬之，无咎。」王弼注：「錯然者，警慎之貌也」。姑不論這個解釋對不對，「錯然」是個「X-然」結構，是不成問題的。「X-然」結構有幾個變式。第一章 3.3.5 節討論過的「X-焉」也屬此。《周易》卦爻辭中出現最多的是「X-如」形式，如〈離卦〉九四「突如其來如，焚如，死如，棄如」（帛書作：「出如來如、紛如、死如、棄如」）；〈屯卦〉上六「乘馬班如，泣血漣如」等等都是。《周易》經文用「X-如」特別多，《論語》也用「X-如」，例見〈鄉黨〉篇。《周易》還使用「X-若」形式，如〈離卦〉六五「出涕沱若，戚嗟若」。古書還有用「而」作詞尾的，《左傳・宣公四年》的「餒而」即「餒然」。無論「焉」、「如」、「若」

❻　如今本「不家食」、「不耕穫」，《上博》皆插入「而」字。

或「而」，都是合音字「然」的變體。這些都是「X-然」結構。「X-然」結構不見於《尚書》西周誥文，也不見於早期金文。這時期合音字「然」、「焉」尚未出現，「如」、「若」也不作詞尾用。「X-然」結構是後起的，應無疑問。準此，《周易》經文並非如一般假定純粹屬西周時代語言，而實有後世資料的摻入，可以斷言。❼《周易》「而」字例亦不可據以為周初出現連詞「而」之證。

　　仔細分析《周易》經文的語言，還可以找到更多上古中期用法的蛛絲馬跡，如〈損卦〉初九：「巳（已）事遄往，无咎，酌損之。」「酌」的意思是「斟酌」。這個用法恐怕不會很早，《國語‧周語上》記周厲王時邵公「防民之口甚於防川」一段有名的話，中有「而後王斟酌焉」，是先秦較早文獻中所僅見。又如以「斯」或「此」作承指用，如〈解卦〉九四：「朋至斯孚」（帛書本「斯」作「此」。「承指」用法見第四章和第六章），也是春秋以後才有的。

1.1 「而」的早期用法及相關問題

　　根據以上說明，現有古漢語資料裡「而」作為虛字使用，最早見於《詩經》。

　　《詩經》有58個「而」字，它作為一個句子連接標記是完全可以確定的。不過它的用法跟春秋以後語義無標的連詞用法還是不一樣。總體而言，具有連接功能的「而」在《詩經》中都帶有前後對照或比較的語義。《詩經》「而」字用法相當於副詞「卻」，有時相當於副詞「也」，而不是真正的連詞。這是「而」的早期用法。❽副詞「卻」、「也」只能出現在謂語的前

❼　語言與思想息息相關。如果《周易》經文有經過後世改動之跡，則其內容是否能完全反映周初思想，亦屬可疑。今日所見《易經》所蘊含的義理應是歷經周秦千年間的長期發展。以占卜、哲理對易學經、傳性質做二分概括，固然失之過簡；反之，以《周易》自始即為象數義理、表達周王朝以天象人事立教的學者，恐亦須重新檢討其立論根據。

❽　參考梅廣〈詩三百篇「言」字新議〉，《漢語史研究：紀念李方桂先生百年誕辰論文集》，頁235–266。

面，《詩經》的「而」字也是一樣，句子帶主語時，「而」一定居於主語之後：「相鼠有皮，人而（卻）無儀。」〈鄘風·相鼠〉，「彼童而（卻）角，實虹小子。」〈大雅·抑〉，「彼月而（也）微，此日而（也）微。」〈小雅·十月之交〉。《詩經》「而」字還有一種用法，就是作正（肯定）反（否定）的對照，如：「爾還而入，我心易也；還而不入，否難知也。」〈小雅·何人斯〉，「既醉而出，並受其福；醉而不出，是謂伐德。」〈小雅·賓之初筵〉這些都是副詞的有標用法，逆承而非順接，沒有後來「而」的廣泛而沒有語義限制的連接功能。

　　以上有關《詩經》「而」字用例不包括〈魯頌〉和〈商頌〉，這兩部分的歌詩都有「而」字作一般性連詞的用例。不過這些都是《詩經》中較晚的資料。〈魯頌〉是魯僖公時代的作品，已經進入春秋時代了。〈商頌·玄鳥〉有「（天命玄鳥，）降而生商」句，是標準的「而」字連動句。這是其他部分詩篇所沒有的用法。❾但是〈商頌〉的製作也不會早於春秋時期。「天」是周人的觀念，卜辭只有上帝或帝，商人不用「天」這個字。「天命玄鳥」不是商代的語言。前人推測〈商頌〉是宋襄公時所作，參看屈萬里《詩經釋義》。從語言的角度看，這個推測也是合理的。

　　除此以外，《詩經》「而」字就只跟狀態動詞相配，如〈召南·野有死麕〉「舒而脫脫兮」、〈齊風·甫田〉「突而弁兮」、〈齊風·猗嗟〉「頎而長兮」、〈邶風·北風〉「惠而好我」、〈邶風·靜女〉「愛（僾、薆）而不見」、〈小雅·巷伯〉「敬而聽之」等等，而真正的連動如「弋言加之」、「受言藏之」之類就只能用「言」，絕無用「而」之例。可見「言」才是《詩經》語言的連詞，「而」基本上是一個表轉折的副詞或者跟「如」、「然」一樣是狀語詞尾。關於「言」的連動用法及其他問題，參看第一章 2.2 節及本章 1.3 節。

---

❾　我曾指出，〈氓〉篇「桑之落矣，其黃而隕」的「而」是「以」的變體，「其黃而隕」是「其以黃隕？」的倒裝。因此它不是一個帶「而」字的連動結構。參看梅廣〈詩三百篇「言」字新議〉，頁 244。並參看註❺。

1.1.1 「而」和「乃」

表逆承或對比的副詞「而」並未在其他早期的典籍或銅器銘文中發現，這是什麼原因？難道這個轉折副詞的使用是《詩經》語言的專利嗎？轉折副詞如「卻」表達一種與預期相違的語氣，在語言中是很普遍的，很難想像這種轉折語氣副詞只出現在詩歌中而不用在日常的語言中。因此，如果細心去找，古代語料中一定能找到它的蹤跡的。

首先看《詩經》的一個特殊用例。

(7) 山有扶蘇，隰有荷華。不見子都，乃見狂且。

山有橋松，隰有遊龍。不見子充，乃見狡童。〈鄭風‧山有扶蘇〉

「乃見」的「乃」表轉折：卻見到。《詩經》的轉折詞是「而」不是「乃」，表轉折用「乃」僅此一例。然而這個用例卻是一條重要線索：它表示「而」和「乃」有時而通。其實兩者讀音相近，都屬上古音之部，同是鼻音聲母，僅有舌位（或介音的有無，即古音學上的「等」）的差異。

古書都是經整理過的，因此從其中可以看到一些屬於整理者的用字習慣。第三章舉過「若」、「如」的例子。「如」和「若」意思一樣，「如」當假設詞用出現較晚，大概春秋以後始見。不過《左傳》、《國語》都沒有用「如」做假設詞的例子，即使與孔子同時的《左傳》昭、定、哀最後三公部分也只用「若」而不用「如」。《墨子》書也不用「如」。《戰國策》也用「若」而極少用「如」。而《論語》則只用「如」不用「若」；《孟子》亦然。

「而」、「乃」也有類似的情形發生。《詩經》「而」、「乃」二字分別得很清楚：「而」是轉折副詞，「乃」是表承接的時間副詞，基本上不相混用。❿又《詩經》用「乃」而不用「迺」；「迺」只見於〈大雅〉〈緜〉、〈公

---

❿　〈山有扶蘇〉一例之外，〈小雅‧正月〉「其車既載，乃棄爾輔」亦以「乃」當「而」用。除此以外，《詩經》也許還有一處是可以認為「而」「乃」混用的。〈大雅‧公劉〉篇四章「既登乃依，乃造其曹」兩處用「乃」，而二章「既順迺

劉〉二篇。⓫《尚書》只有「乃」而沒有「而」。《尚書》也不用「廼」字，只用「乃」，類於《詩經》而大異於銅器銘文。這應當是整理者的用字習慣。⓬

　　上古漢語前期的「乃」、「廼」，特別是「乃」，是一個複雜問題，這裡不打算討論。「乃」之所以複雜是因為這個字同時涵蓋了幾個不同用法的虛詞，包括代詞，本書前面已略述及。我們在這裡要特別指出來的是：上古前期漢語並非沒有轉折副詞「而」；這個轉折副詞是存在的，不過它藏身在「乃」字裡面，隱沒了身分，以致大家都看不見它。

　　「廼」當作承接詞用，殷墟卜辭已見。銅器銘文表承接的「廼」、「乃」有明顯的時期之分，「廼」的出現早於「乃」，後者集中在西周晚期和春秋時期。典籍中，《尚書》只用「乃」而不用「廼」；《周易》亦然。「廼」、「乃」作時間承接或事理承接使用時，都是順接用法，大略相當於「於是」。但是在語料中卻能找到「廼」、「乃」有逆承的用法，這在《尚書》表現得最清楚，顯示它並非同一個承接詞。王引之《經傳釋詞》已注意及此，稱之為「異之之詞」。我們先看《尚書》。《尚書》文句疑義尚多，不能字字讀通，這裡的引例不嘗試做語體翻譯。讀者可以參考屈萬里《尚書今註今譯》、江灝、錢宗武《今古文尚書全譯》等書。下面例句「乃」的逆承義有別於順接義，是很明顯的，是副詞，可譯為「卻」、「反而」等。這個逆承用法相當於《詩經》的轉折副詞「而」。

宣，而無永歎」則用「而」不用「乃」，疑二章的「而」是「乃」的變體。「乃」有「這才」的意思，表時間先後。《史記‧魏公子列傳》：「侯生視公子色終不變，乃（這才）謝客就車。」〈公劉〉這兩句詩可譯為：「人心既順，人情得以宣洩，這才聽不到沒完沒了的唉聲嘆氣。」（箋：而無常歎思其舊時也。）

⓫　〈公劉〉這篇文字「廼」、「乃」並用，如「廼陟南岡，乃覯于京」，是他篇所沒有的用字混亂現象。

⓬　《論語》：《詩》、《書》、執禮。皆雅言也。孔子以《書》教弟子，對於《尚書》文獻，他一定也整理過。《詩》、《書》的整理皆出於孔子之手，只是後世流傳的《尚書》不是他編定的。

(8)

a. 若考作室，既厎法，厥子乃（卻）弗肯堂，矧（更不用說）肯構；厥父菑，厥子乃（卻）弗肯播，矧肯穫，厥考翼其肯曰「予有後弗棄基」？肆予曷敢不越卬敉寧王大命！若兄考，乃（卻）有友伐厥子，民養其勸弗救？❸〈大誥〉

b. 人有小罪，非眚，乃惟（而是）終，自作不典；式爾，有厥罪小，乃（卻）不可不殺。乃有大罪，非終，乃惟（而是）眚災：適爾，既道極（盡論）厥辜，時（是）乃（卻）不可殺。〈康誥〉

「非眚，乃惟終，自作不典」，意謂不是偶然的過失，而是始終自為不法。「乃有大罪」，有猶或。「有厥罪小，乃不可不殺」，其罪或小，卻不可不殺。

c. 子弗祗服厥父事，大傷厥考心；于父不能字厥子，乃（反而）疾厥子；于弟弗念天顯，乃（反而）弗克恭厥兄；兄亦不念鞠子哀，大不友于弟。〈康誥〉

「于父乃疾其子，于弟乃弗恭其兄」，「乃」都是轉折用法。

d. 又惟殷之迪諸臣惟工乃（卻，而）湎於酒，勿庸殺之，姑惟教之。有斯明享，乃（卻，還）不用我教辭，惟我一人弗恤弗蠲，乃事（治）時（是）同於殺。〈酒誥〉

享，勸勉。于省吾說。詳《尚書駢枝》。

e. 相小人，厥父母勤勞稼穡，厥子乃（卻）不知稼穡之艱難，乃逸乃諺。〈無逸〉

f. 今爾尚宅爾宅，畋爾田，爾曷不惠王熙天之命？爾乃（卻）迪屢不靜，爾心未愛；爾乃（卻）不大宅天命；爾乃（卻）屑播天命；爾乃（卻）自作不典，圖忱於正。〈多方〉

忱，孫星衍謂當讀如《說文》「告言不正曰伈」之「伈」。正，

---

❸ 語譯見第三章例句 (23)。民養，人民的長官。勸，宜從于省吾《尚書駢枝》讀為「觀」，旁觀。

長也，長上。這兩句的意思大概是：而你們卻自為不法，圖
謀以浮言攻訐長上。

g. 乃罪多，參在上，**乃（卻，還）**能責命於天？〈西伯戡黎〉

h. 太康尸位，以逸豫滅厥德，黎民咸貳，**乃（卻）**盤遊無度，
畋於有洛之表，十旬弗反。〈五子之歌〉

i. 惟受（紂王受辛）罔有悛心，**乃（卻）**夷居❶弗事上帝神祇，
遺厥先宗廟弗祀。犧牲粢盛，既（盡）於凶盜，**乃（卻）**曰：
「吾有民有命！」罔懲其侮。〈泰誓〉

《尚書》這種「乃」的用例不少，且文義確定。「乃」的這個表轉折的早期
用法在春秋以前銅器銘文也找得到，不過用例非常有限，這是由於銘文的
性質關係。無論記事或敘事，銘文都是平鋪直敘，沒有波磔，就用不到這
個轉折詞。因此金文不出現這種用法的「乃」字應是正常現象。就所見研
究資料顯示，最值得注意的是見於西周中晚期宣王時期銅器毛盨下面的
句子：❶

(9) 厽（厥）非正命，迺敢疾訊人，則唯輔天降喪，不□唯死。

如果他們非有正當命令，卻敢疾厲刑訊民人，則是助天降下災禍
⋯⋯

「非⋯⋯乃（迺）⋯⋯」的格式，前面《尚書》的例子已見過。這裡「迺」
應作轉折詞看，是完全可以確定的。整個句子是一個條件句，「其」字分句
（「厥（其）非正命迺（乃，卻）敢疾訊人」）表假設，見第三章「偏正
結構」。

---

❶　居即倨傲的倨。夷、倨義近。複音詞「夷居（倨）」猶言傲慢無禮。《墨子・天志
中》引〈泰誓〉亦作「夷居」，〈非命中〉則引作「夷處」，恐不成義。《論語》
「原壤夷俟」的「夷」也是倨慢無禮之義，參看第四章註❶。

❶　參考馬承源主編《商周青銅器銘文選（三）》，頁 313，註 [四]，北京：文物出
版社，1988 年。

1.1.2《詩經》「言」字的連詞用法

　　《詩經》「言」的連詞用法，第一章已經介紹過。《詩經》有連詞作用的虛字是「言」。「言」是一個合音字，它結合一個具連詞作用的詞素和一個指示成分 *-an*，因此兼有連接和複指兩種功能。出現在句首，這兩種功能都發揮出來，這是「言」的標準用法。但是正如「焉」的情形一樣，它也發展出其他用法。當它居於兩個動詞之間，這個弱位置使它變成一個弱形式。那就是說，發生了某種程度的虛化。形式方面，它成為一個附搭在前面動詞上的寄生成分 clitic；意義方面，虛化造成部分功能的削減甚至消失。這就產生兩種情況：要麼它失去了複指功能而成為一個單純的連詞——這就是它在「弋言加之」句中的「而」的用法；要麼它只保留了複指功能，而由於它形式上是附搭在前面動詞身上，因而充當了這個動詞的賓語（前面看到「焉」也有這種情形發生）——這就產生了「之」的訓解。

　　我們推測《詩經》的「言」的鼻音聲母是一個連詞性質的非獨立詞素，並沒有任何佐證。這想法只能說是一個根據「言」的語音結構和用法得出來的合理的推測。不過《詩經》的「言」有連接詞的用法，這卻是大家都承認的事實。《詩經》以外，「言」的這種用法極少見。《周易·革卦》九三：「革言三就，有孚。」季旭昇注意到這裡的「言」恐非言語的「言」。他說：「疑此處當用為連詞，如《詩經》『靜言思之』、『駕言出游』等，語譯作『而』，則『革言三就』似可語譯為『改革而有三爻來依附』。」❶⑯此解釋最合文理，可從。卦爻辭多古歌，與《詩經》歌謠文辭相類，學者言之者已多。

1.1.3 零形式並列連詞

　　前面指出，《詩經》的轉折詞「而」《尚書》寫作「乃」，金文寫作「廼」、「乃」。《詩經》的「而」有明顯的副詞性質，只能出現在謂語前，

---

⑯　季旭昇主編《上海博物館藏戰國楚竹書（三）讀本》，頁 570，臺北：萬卷樓，2005 年。

不能出現在主語前。也就是說，《詩經》的轉折詞只有「卻」這一類的副詞，沒有現代漢語「但是」、「可是」、「不過」這一類的連詞。《尚書》、金文的情形也一樣，轉折義的「乃」是副詞而不是連詞。如果轉折句出現了顯性主語，「乃」一定要放在主語之後，不能放在主語之前。參看 (8) 的 a、b、d、e、f 各例。

　　副詞跟連詞不同的地方是副詞沒有連接分句的句法功能。英語的轉折連詞是 *but*。*but* 是連詞，它所連接的前後兩句用逗號分開，一般不能用句號分開。❶❼英語還有轉折副詞如 *however*、*nevertheless* 等，就不能連接分句，因此前後兩句話必須用句號（或分號）分開。表時間的 *yet* 和 *still* 也有轉折義，原都是副詞，不過 *yet* 已有連詞的用法：連接兩個分句時，中間用逗號分開。副詞 *still* 還沒有連詞用法，因此前面的句子必須用句號分開，表示有更大的停頓。也就是說，英語這種副詞是一種句段關聯詞（第六章 4 節）；分號標示句段內部結構。西方語言對句子 (sentence) 單位有明確的認定標準，連詞和副詞的分別都能反映在標點符號的使用上。反觀漢語，單句跟複句的界線就顯得非常模糊，斷句常因不同讀法而異。為什麼漢語能容忍這種形式上的模糊性？可能的解釋是，因為就表達來說，句子有形的銜接與無形的銜接差別是不大的，重要的是語義和語氣。西方傳統語法說，表達一個完整思想 (a complete thought) 的語言單位稱為句子，但是何謂完整思想？這實在是一個難以回答的問題，任誰都說不清楚。漢語句子尺寸大小的模糊性正是對此複雜問題做了具體的反映。

　　現在解釋一下什麼是句子的有形銜接和無形銜接。英語的複句，無論是偏正或並列，都要加連詞標示，這是句子的有形銜接。英語並列連詞有 *and*、*but*、*for*、*so*、*or*（否定 *nor*）、*yet* 等幾個，分句之間必須用一個連詞標明。如果是多個並列分句，則前面的分句可不出現連詞，最後一個分

---

❼　英語的連詞如 *and*、*but*、*yet* 等是可以用來另起一句的，不過這應屬於更大單位句段的用法，是另一種情況，我們稱為句段關聯詞。有關句段，參考第六章「句段結構」；句段關聯詞，參看該章 3.4 節。現代漢語「不過」是句段關聯詞的用法。

句必須用連詞標明。因此英語的複句是很容易認出來的。如果幾個句子相連，而沒有連詞出現，那麼這些句子都是各自獨立的句子，必須用句號或分號分開。英語的連詞都是語詞性質的，沒有零形式或隱性的連詞。應出現連詞而沒有連詞，應當都算省略。❸

但是語言中連詞也可以是零形式的。上古漢語前期沒有「而」這樣的一個通用連詞連接兩個並列分句，然而並列分句肯定是存在的。這從文義可以得知。古書不用標點符號，現代學者整理古書就都加上標點符號。標點符號系統是外來的，是西方的，但現在中國人都用，早已成為書寫的標準規定。我們現代人根據語感給古書加標點：小停頓用逗號，大停頓用句號。用逗號隔離的就是分句。有些分句帶連詞；有些分句不帶連詞，但可以認為是省略了連詞，可以補加一個連詞。還有一些分句沒有連詞，也不能補上一個，因為沒有適當的連詞可用。這時就要假定分句之間是有連詞的，只不過這是個零形式的隱性連詞。這種分句的連用就叫做句子的無形銜接。漢語很多分句是用零形式連詞連接的，特別是在敘事文中，古代漢語和現代漢語都是如此。下面是《尚書‧洛誥》結尾一段，無論是原文或是語譯，分句之間都是無形銜接，沒有出現一個顯性的連詞：

⑽ 戊辰，王在新邑，烝，祭歲。❹文王騂牛一，武王騂牛一。王命作冊逸祝冊，惟告周公其後。王賓，殺、禋，咸格。王入太室，祼。王命周公後，作冊逸誥，在十有二月；惟周公誕保文武受命，惟七年。

在戊辰這天，王在新城，舉行冬祭，向先王報告歲事。（分別）用了一頭紅色的牛祭文王，一頭紅色的牛祭武王。王命作冊逸宣讀冊文（，向文王、武王報告）：周公將繼續留在洛邑。王賓祭，

---

❸ 有關英語的各種用法這裡指的是標準英語，也就是我們日常讀到的書面上的英語。這跟口語記錄常常有很大的差別，特別是一般稱為「篇章記號 (discourse markers)」的一些副詞和連詞的用法上。口語英語可以用語調來表示各種語句關聯，所以應當是有隱性連詞的。

❹ 「烝祭歲」有不同的讀法和解釋，這裡參考了屈萬里以及江灝、錢宗武的訓解。

殺牲、燎牲，（神靈）都降臨了。王就進入太室，舉行灌祭。王
命周公繼續治理洛邑，由作冊逸告喻天下，時間是在十二月；周
公留居洛邑秉承文王、武王所受的使命，時間是（成王的）
七年。

依照我們的分析，這段話打逗點的地方都應有一個隱性連詞。試舉開頭一
句。這個並列複句就含有四個分句，都應有隱性的連詞相連。在上古漢語
前期，出現在句子前頭表時間或處所的句子成分都是句子形式，不是副詞
或介詞組。「戊辰」應是「辰在戊辰」或「在戊辰」之省，意思是「（日子）
是在戊辰這天」。「（辰）在……（甲子）」的結構見於金文。❷「王在新邑」
也是一個句子形式。「王在新邑（，）祭」跟現代漢語的「王在新城舉行冬
祭」的語句結構是完全不同的。前者是並列的連謂結構，帶隱性連詞；後
者則是所謂「連動式」。上古漢語缺乏介詞，現代漢語的介詞都是由動詞演
變出來的。先秦時代的「在」主要是動詞，漢以後才開始虛化。詳第八章。

　　隱性連詞當然是語義無標的，只有句法的連接作用，沒有語義作用。
因此如果要表承接、轉折、遞進或其他複句的語義關係時，就須用到副詞。
表承接的「乃（迺）」和「遂」、表轉折的「乃（迺）」、表遞進的「竝」等
等，都是副詞。在分句中，這些副詞的前面也都應有一個零形式的連詞，
滿足句法的要求。

　　隱性連詞因為沒有語詞形式，它必須靠語調和停頓來顯示它的存在。
可以說語音的語調和停頓就是隱性連詞的形式表徵。我們前面說的「無形
的銜接」只是一個相對的說法，其實隱性連詞還不是真正的無形，只是在
文獻中顯不出來。當隱性連詞連接兩個分句的時候，分句之間自然是有停
頓的；當隱性連詞連接兩個動詞（其實是動詞組，見下文）的時候，這就
構成連動句，早期的連動恐怕也是有停頓的。在連詞「而」普遍使用以前，

❷　如〈師訇鼎〉「唯王八祀正月，辰在丁卯」。表年月的「唯」字結構也是一個句
　　子，「唯」是主要動詞：（這）是王（共王）八年正月。「唯」表年月，也表日子。
　　表年月不用「在」而用「唯」；「在」用於表日子，是「辰在」之省。「唯」可表
　　日子，但「唯」、「在」不連用（沒有「*唯在」的說法）。

像「弋言加之」、「受言藏之」這樣的連接兩個動詞的連動結構就極為稀少。
這是因為連動結構 VV 沒有語音停頓，而沒有停頓就顯示不出連詞的存在。
早期語料中趨向動詞「來」、「往」等可以帶動詞組補語，構成「來相
（宅）」、「往營（成周）」等 VV 形式，但這都不是用連詞連接的並列結構。
相同類屬的動詞如「劓」「刵」可以連用，近義動詞如「保」「抱」「攜」
「持」也可以連用（《尚書・召誥》），但中間皆應有停頓。這是用重複來加
強語義的修辭手法，因此這種單音詞的組合中間均應隔開。❷ 卜辭祭祀詞
的連用亦然。卜辭祭祀詞常數個連用，但必須假定中間有停頓（如「酒、
勺、歲于丁」）。金文有用「竝」隔開兩個並列謂語，如〈逨盤〉「膺受天魯
命，匍有四方，竝宅厥龑疆土，用配上帝」。「竝」是「並且」，表添加之意
（呂叔湘稱為「遞進」），是副詞而不是連詞。「竝」之前自然也必須有
停頓。

1.1.4 連詞「而」的產生與演變

上古漢語中期最顯著的語言特色就是「而」字的廣泛使用。副詞「而」
發展成連詞用法以後，漢語的並列結構便從隱性轉為顯性。連詞「而」使
用高峰期是春秋到西漢七百年之間，這個時期漢語以並列為主體的結構特
徵就非常明顯了。之後「而」的使用由盛入衰。「而」是一個輕讀音節，語
意又虛泛，早在戰國晚期，這個虛字便兼有墊字功能，因此用它連接的常
常不是兩個並列詞組：

(11) 用志如此其精也，何事而不達？何為而不成？《呂氏春秋》

「何事而不達？」就是「何事不達？」，「何為而不成？」就是「何為不
成？」。這是兩個獨立的問句。「而」在這裡只有墊字功能。

有學者做過統計：「（東漢開始，）『而』的使用就成衰退之勢，如在約
23 萬字的《論衡》中，『而』作連詞單獨使用約 2100 次，平均每萬字出現

---

❷ 關於這一類修辭性的單詞的組合，參考劉承慧〈試論漢語複合化的起源及早期發
展〉一文的討論。

91 次；在約 28.3 萬字的東漢佛典譯經中，『而』只出現 579 次，平均每萬字出現 20.46 次。在約 7 萬字的《世說新語》中，『而』出現約 370 次，平均每萬字出現 52.8 次，2.2 萬字的《百喻經》130 次，平均每萬字出現 59.1 次。《論衡》中的『而』出現頻率還比較高，因為該書畢竟出自文人之手，並沒有完全擺脫書面語色彩。同時，我們發現不少『而』都是出現在四字句中，具有添足音節的性質。《世說新語》和《百喻經》中『而』的出現頻率比東漢譯經還高，這是因為《世說新語》中有不少文人的語言，《百喻經》中有一些固定的語句（如『從何而生』、『而作是言』之類）用『而』。我們推測，東漢以後的實際口語中，連詞『而』已經很不活躍了。」❷❷

1.2 連詞「而」在漢語句法上的類型學意義

歷史上，漢語句法整個發展趨勢就是從並列到主從。上古漢語是一種以並列為結構主體的語言；中古以降，漢語變成一種以主從為結構主體的語言。上古漢語發展出一個語義無標 (semantically unmarked) 的並列連詞「而」，很可以用來說明以並列為結構主體的語言的特質。現代漢語有「而且、但、但是、可是、才、就」等連詞，意義各有所偏，但是表平行關係的「而」則找不到相應的白話連詞。這個在上古漢語極為常見的連詞，現在漢語居然沒有一個跟它相當的字眼。現代漢語這些連詞和副詞所表達的各種語意在上古漢語都可以交由上下文決定，「而」只負責連接兩個並列的子句或謂語。更值得注意的是「而」字出現環境的廣泛。它不但用來連接兩個並列結構，還能介於偏正兩個成分之間，如：「古者十一而稅」，「則天下之民皆引領而望之矣」，「盡心力而為之」，「遵海而南」，「且且而伐之」等，都是《孟子》書中的例子。它還有一些特殊功能，如出現在偏正複句中表假設：「管仲而知禮，孰不知禮！」，「施諸己而不願，亦勿施諸人」，以及作為輕聲墊字，出現在「其子而食之，且誰不食！」（《韓非子·說林》）❷❸、「諸侯之門而仁義存焉」（《莊子·胠篋》）等結構中。

❷❷　楊榮祥 (2010)，頁 110–111。
❷❸　此《韓非子》例句《戰國策·魏策》作「其子之肉尚食之，其誰不食！」參考裴

並列連詞「而」出現在偏正兩個成分之間，說明上古漢語這種以並列為主體結構的語言會把一些不是並列關係的結構也當作並列結構來處理。這正是這種類型的語言的一個特色。英語也是偏愛使用並列連詞的語言。❷④英語 *and* 使用之氾濫跟古漢語的「而」不分上下。英語有一種條件句更是以並列結構表達偏正關係。例如 *One more can of beer and I'm leaving.* 意思是 *If you drink one more can of beer, I'm leaving.*（要是你再喝一罐啤酒，我就走人了。）英語這個有趣現象，很多年前就經 Peter Culicover 指出過。後來他和 Ray Jackendoff 更以此為例，從認知結構和語言結構之差異出發，探討與語法機制的認知（或概念，conceptual）基礎相關的一些問題。❷⑤

「而」字的使用率降低以及功能的改變而終至在口語中消失是漢語語法史上一個重要現象，它在上古漢語到中古漢語轉型過程中具有標竿作用。「而」字消失的句法意義是取消了謂語原有的並列結構關係，讓謂語只能表現主從或偏正的非並列關係。其結果是所有並列關係的 VV 都不再是詞組結構，而必須視為複合詞。上古漢語（中期）的 VV，除非有個別特徵要當複合詞或述補結構看待外，一般都應視為並列結構，也就是連動「[$_{VP}$V] 而 [$_{VP}$V]」的減縮。等到「而」的句法功能退化以後，就使得 VV 並列結構失去了得以成立的句法基礎，於是並列關係的 VV 就只能被視為複合詞，成為詞彙檔裡的產物。這形勢自然使得謂語的發展沒有其他途徑可供選擇，只有往不對等（偏正）連動和動補結構兩個方向推進。這就促成中

學海《古書虛詞集釋》卷七「而能」條。

❷④ 較之英語，荷蘭語更喜歡用並列連詞。參看 Christelle Cosme "A corpus-based perspective on clause linking patterns in English, French and Dutch", Cathrine Fabricius-Hansen and Wiebke Ramm (eds.) *'Subordination' versus 'Coordination' in Sentence and Text — A Cross-linguistic Perspective.* John Benjamins, 2008. pp.89–114. 凡是語言都有並列和偏正（或主從）兩種結構，但是有些語言喜歡用偏正結構表達，另外一些語言卻喜歡用並列結構表達，這表現出不同的語言特性，也就是這裡所提出的語言類型差異。學者多從言談分析和信息表達的角度討論這種語言偏好的問題。本書只著眼語句結構分析，並以漢語為例凸顯其類型意義，不擬涉及其他問題。

❷⑤ 本節及下一節所論係根據梅廣 (2003) 論文〈迎接一個考證學和語言學結合的漢語語法史研究新局面〉，請讀者參考該文。

古以後使成及連動句式的加速發展。

　　並列和偏正（或主從）是句子串連的兩種基本樣式，但是有些語言喜歡用偏正結構表達，另外一些語言卻喜歡用並列結構表達，因此會造成句法和語意的不對應 (mismatch)，甚至導致對並列和偏正辨識上的困難。從跨語言的比較角度看，無論並列或偏正都有其結構的複雜性，學者或視之為連續體的兩極，但漢語卻是表現這二分類型的一個非常突出的例子。上古漢語是一個以並列為主體結構的標準語言，中古以後的漢語則是一種以偏正為主體結構的標準語言。在漢語史上，這個類型的演變表現得非常清楚，因此具有極高參考價值。並詳下一節及第八章。

1.3 「而」字式的結構性質及其轉變

　　呂叔湘先生曾經說過：「可用『而』字的地方實在太多了，我們幾乎可以說，問題不是何處可用『而』字，而是何處不可用『而』字。」❷現在我們就談一談這個何處不可用「而」的問題。

　　根據語句結構不同層次的單位，我們可以找到「而」字使用的消極限制。我以前提出過一個說法，嘗試解決「而」字可以出現的地方，最小不能小於什麼結構單位的問題，讀者可以參考。下面換一種方式加以說明。

　　這個結構限制其實很簡單，就是「而」字必須關連兩個詞組 (phrase)。不過連詞「而」是不能進入名詞組內關連兩個名詞組的：漢語自古以來就用不同的方式關連名詞和動詞。「而」可以用來關連兩個動詞組 (verb phrase, VP)，包括質詞組 (adjectival phrase, AP)；它也關連兩個分句，因為句子在句法學上也是詞組。它可以處於一個狀語或時間詞組與述語之間，或一個介詞組與述語之間，還可以出現在主謂小句「名而動」的結構中。狀語可以是一個詞組或是單個的詞。狀語詞組與述語詞組之間可以用「而」隔開，如「率爾而對」、「攸然而逝」。《左傳·僖公三十年》「今急而求子」的「急」是「事急」的意思，是一個詞組。如果狀語是由一個中心語質詞

❷　呂叔湘《文言虛字》，頁 82。

A 所構成的，就不能用「而」隔開：如「急迫」、「大敗」都不能加「而」：*急而迫，＊大而敗。又如時間副詞「久」在「久而安」和「久安」中作用是不同的。「久而安」的「久」是經過一段長時間的意思；「久」是副詞組 (adverbial phrase)，語意結構含有一個事件論元 (event argument)。「久安」則是長久的安定或長久的安逸的意思；這個「久」是一個單純的副詞 (adverb) 修飾語，屬於詞 (word) 而非詞組層級的成分。

根據這個結構限制，我們就可以預測動詞組 VP 的中心語 V 後面一定是不能加「而」字的。事實正是這樣。動賓結構不能有「而」字（「孟子見（＊而）梁惠王」），這固然還有格位的問題，但是動補結構也是一樣不能有「而」字（「王立（＊而）於沼上」），這就跟格位無關。能願動詞帶動詞組補語也一樣不能加「而」（「耕者皆欲（＊而）耕於王之野」，「孰能（＊而）禦之」）。情態詞後面也不能加「而」（「齊人將（＊而）築薛」）。中心語跟它所直接管轄的詞組之間不能用「而」隔開，例子不勝枚舉。

等到這個結構限制被破壞，那就是「而」字的性質開始轉變的時候了。這個嚴格的限制至遲到了東漢開始發生了明顯變化，如下面的例子：

(12)

  a. 夫土虎不能而致風，土龍安能而致雨！《論衡・亂龍》

  b. 雷樽不聞能致雷，土龍安能而動雨！《論衡・亂龍》❷⑦

  c. 土則害水，莫能而禦。《白虎通義・五行》

這幾個例子透露的信息是，到了東漢，「而」已逐漸從一個具有句法類型標竿作用的並列連詞變成一個只具有語音功能的輕聲墊字。早期（東漢）佛經文獻也證實了這一點。

其實早在西漢或更早，「而」字的使用已開始有不規則的情況發生了。《史記・伯夷列傳》就出現了「扶而去之」這樣奇怪的一句話。「扶去」是一個帶趨向補語的動詞組，按照這個結構限制，這裡是不允許插入「而」字的。顯然這個限制在這時候已開始鬆動了。

❷⑦ 第二句中的「動」可能是「致」的誤字。

2. 上古中期「而」字的非連詞用法

作為連詞使用，連結兩個表述成分，固然是「而」字的主要功能，不過我們也不能把「而」字看成一個單純的連詞。「而」字用法之所以複雜，部分是由於歷史因素。「而」本來是一個表轉折義的副詞，在《詩經》時代就這樣使用，東周以後它才演變成為一個連詞。副詞跟連詞最大的不同是，副詞本身是有語義的，它的使用對句義有所增添但對語句結構沒有影響；連詞就不是這樣。連詞是有句法作用的，它可以只管連接，本身不表達任何意義。英語的 *and* 就是這樣的一個語義無標 (semantically unmarked) 的連詞。作為一個連詞，「而」也是語義無標，因此它可以出現在各種不同的語境中。清代學者袁仁林在其《虛字說》中說得很好：「『而』字何以善變？總緣上下截變態不一，致使過遞處各異，其實只『過遞』二字盡之。」❷❽後來馬建忠在《文通》中申發其意，也說：「『而』字之位，不變者也，而上下截之辭意，則又善變者也。惟其善變，遂使不變者亦若有變焉。」❷❾他們的觀察都很透闢。作為一個通用連詞，「而」可以表順接也可以表逆承。順接、逆承的意思由文義決定，不是由「而」決定。不過，我們發現「而」有時也表達強烈的轉折語氣。這就不是無標 (unmarked) 的用法。那就是說，它還具有副詞性質，有時表達對照或轉折語氣。這是它的歷史遺留：《詩經》的「而」即作此用。春秋戰國時代的「而」其實包含連詞和副詞雙重性質，這是我們討論「而」字的用法時必須首先確認的。

漢語連詞和副詞在句子的位置也有分別：只有連詞可以出現在一個分句之首；副詞只能加在謂語的前面，不能加在主語的前面。弄清楚了這個位置的分別，我們就明白「主而謂」結構的「而」其實是「而」字的副詞用法的殘留，而「主而謂」結構用來表假設，則是春秋時代發展出來的新用法。

❷❽ 袁仁林《虛字說》（解惠全校注本），頁 10，北京：中華書局，1989 年。
❷❾ 《馬氏文通校注》卷八，頁 21。

2.1「而」字的副詞用法

過去大家都把「而」當作連詞，認為「而」只有連詞的用法。這個錯誤的看法帶來許多對「而」字句分析的爭議。其實上古中期的「而」雖已演變為一個通用連詞，它仍保留了較早時期的副詞用法，有些地方還是須要當作副詞看待。

首先看《論語》這個「奚而不喪」的例子：

(13) 子言衛靈公之無道也，康子曰：「夫如是，奚而不喪？」孔子曰：「仲叔圉治賓客，祝鮀治宗廟，王孫賈治軍旅。夫如是，奚其喪？」〈憲問〉

「奚」猶「奚為」，是「為什麼」的意思。「夫如是，奚而不喪」意思是說：「既然是這樣（既然衛君這樣無道），為什麼卻不亡國？」這裡的「而」表達有乖常理的語義，是批評口氣，正是轉折副詞的一種表強烈語氣的用法。接下來孔子正面的回答「夫如是，奚其喪？」語氣就完全不同，因此「奚其喪？」就一定不能說成「奚而喪？」再比較下面的「奚」字句：

(14)

    a. 或謂孔子曰：「子奚不為政？」《論語・為政》

    b. 子曰：「女奚不曰：其為人也，發憤忘食，樂以忘憂，不知老之將至云爾。」《論語・述而》

    c. 樂正子入見，曰：「君奚為不見孟軻也？」《孟子・梁惠王下》

    d. 曰：「奚不去也？」《孟子・萬章》

這些「奚」字句或問理由，或作建議，都沒有不以為然的反對或批評的表示，因此也都不能加副詞「而」。

下面句子用「而」的地方都帶有主觀反應，表達強烈的不以為然的意味，「而」字是不能省的。這都是「而」的副詞用法。

(15)

　　a. 今晉，甸侯也，而建國，本既弱矣，其能久乎？《左傳・桓公
　　　　二年》

　　b. 對曰：子，晉太子，而辱于秦。《左傳・僖公二十二年》

　　c. 子產曰：兄弟而及此，吾從天所與。《左傳・襄公三十年》

　　d. 伯牛有疾，子問之，自牖執其手，曰：亡之，命矣夫！斯人
　　　　也，而有斯疾也！斯人也，而有斯疾也！《論語・雍也》

　　同時，我們還可以從結構位置上區分副詞和連詞的用法。漢語的副詞
只能加在謂語之前。連詞用來連接分句，因此出現在句子之前。如果一個
句子有顯性主語，那麼連詞就出現在主語之前，而副詞只能出現在主、謂
之間的位置。承接副詞「乃」、「遂」都不能出現在主語之前，轉折副詞
「而」也是一樣。這個結構位置的區分是固定的。根據這個標準，凡是出
現在主謂之間的「而」，如 (15 c、d)，都應當視為副詞。這是語義之外的
形式根據。形式根據獨立於語義根據。

　　再看兩個《論語》「而」字用例：

(16)

　　a. 君子恥其言而過其行。〈憲問〉

　　b. 夫召我者而豈徒哉！〈陽貨〉

(16a)「其言而過其行」是意動詞「恥（以為恥）」的賓語，是一個主謂結
構的句子。因此「而」可以解釋為副詞，但不能解釋為連詞。過去訓詁學
家把「而」解為「之」。「恥其言之過其行」當然也通，不過用「而」字就
多了轉折意味，還是不一樣。

　　(16b) 也是一個主謂結構的句子，意思是那個召我去的人卻難道只是召
我去嗎？「而」有因事理乖背而表不置信的口氣，不過這個強烈轉折口氣已
由「豈（難道）」表達出來，因此副詞「而」其實是不需要的。先秦文獻
「而豈」連用只有這裡一處，漢以後的幾個用例都是模仿《論語》的。但

是這裡出現「而」也不能說不規範：副詞「而」本來就該出現在這位置上。試比較下面《孟子》句中的「而」。《孟子》句中的「而」居於主語之前，是連詞而不是副詞，這是根據形式標準而非語意標準決定的。

(17) 王之諸臣皆足以供之，而王豈為是哉！〈梁惠王上〉

「而」字在春秋以後發展成為一個通用連詞，也可以出現在轉折的文義中，如 (17) 及下面的 (18)。雖是轉折，可以看出「而」本身並不帶有主觀反應的強烈語氣：

(18) 文王以民力為臺為沼，而民歡樂之。《孟子・梁惠王上》
　　　文王用百姓的力量興建高臺池沼，可是百姓卻非常高興。

春秋時代有一種非獨立子句具有「主而謂」形式，(16a)「其言而過其行」即是一例。這是「而」字結構用法的一個新發展。這種非獨立子句多見於假設句中，已見第三章，但未細論。下面再加以補充。

2.2 非獨立子句「主而謂」及其他「名而動」形式

「名而動」形式可以構成非獨立子句「主而謂」。這裡的「而」字是副詞的遺留。下面是《論語》的例子：

(19)

　　a. 君而知禮，孰不知禮？〈述而〉

　　b. 人而不仁，如禮何？人而不仁，如樂何？〈八佾〉

　　c. 人而不仁，疾之已甚，亂也。〈泰伯〉

　　d. 人而無恆，不可以作巫醫。〈子路〉

　　e. 人而不為〈周南〉、〈召南〉，其猶正牆面而立與！〈陽貨〉

　　f. 士而懷居，不足以為士矣。〈憲問〉

　　g. 富而可求也，雖執鞭之士，吾猶為之。〈述而〉

這些「主而謂」形式都是第三章談到的假設偏句。過去訓詁學家每以「若」

對譯「而」，「君而知禮」猶「君若知禮」、「人而不仁」猶「人若不仁」、「人而無恆」猶「人若無恆」、「人而不為〈周南〉、〈召南〉」猶「人若不為〈周南〉、〈召南〉」、「士而懷居」猶「士若懷居」、「富而可求」猶「富若可求」，不帶轉折詞，但都能把各句句義忠實譯出。不過，正如呂叔湘所指出，這種「主而謂」假設偏句常含有一個與偏句命題相反的前設（或稱預設，presupposition），表示說話者的態度，例如「富而可求也」隱有「富不可求」的意味，「士而懷居」隱有「士不可懷居」的意味。若說「轉折」是與假設命題的前設相反的「轉折」，則「而」在「主而謂」偏句中還是有語義作用的。不過，呂叔湘也提到，「主而謂」用久了也有不帶前設含義的。(19c) 就是一例。❸

　　有的語法學者昧於「而」的發展歷史，把這些「主而謂」結構一律視為以連詞「而」連結的並列或聯合謂語式，即把主語名詞組重新分析為一個名詞性謂語 (nominal predicate)。這樣把「主而謂」都看成「謂而謂」的做法不可取，理由如下。在信息結構中，主語和謂語的功能是不同的。一般的情況是，主語表達主題，是舊信息；謂語表達述題，是新信息（第四章「主題句」）。《論語・述而》敘述陳司敗與孔子見面，討論魯昭公知不知禮這個問題。這一段對話的話題人物是魯昭公。孔子回答「知禮」。這是孔子對這個題目表示的意見。陳司敗在見面後表示：

　　⑳ *君而知禮，孰不知禮？*(= (19a))

這是反駁孔子的話，仍然以魯昭公為話題人物。因此句中的「君」代表主題，指魯君，是舊信息。句中的其他部分則是陳司敗對這個題目提出的看法，是新信息。

　　《論語・八佾》「管仲而知禮，孰不知禮！」的情形也相同。這一節是以管仲為討論題目，故此句主語「管仲」應是主題角色，「管仲」這個詞是指稱論述對象而非有關對象的論述。倘若我們將這個假設分句加以重新分

❸　《中國文法要略》第二十二章，22.36 節。

析，認為這是一個雙表述的連謂結構，把舊信息安放在新信息的語句位置上，就違背了信息結構的表達原則。

其實像「人而不仁」這樣的話也不能認為帶有「卻」（「是人卻不仁」）的轉折義的。這裡的「人」不是就人的本質而言，而是一個「主而謂」假設偏句中不能沒有的主語，因此其讀法應是輕輕帶過，不能重讀。「人而不仁，如禮何？」兩句話重點是說徒有禮樂而無仁心是不足的。這應當是說給統治者聽的話，不是對一般人說的話。其對比目的是仁與禮樂之間孰重孰輕問題：沒有仁心，徒有禮樂，如禮樂何！就其表達的意思而言，主語「人」是可以不加的。其他「人而」的句子也是一樣。「人」只是一個不能沒有的主語，語義輕微，不宜過度解釋。

有關「主而謂」形式，下面還會繼續討論。這裡先就「重新分析」這個問題作一點說明。由於「而」字在上古中期的充量使用，它所連結的並列結構就成為那個時代的語句特徵。我們認為這個時期的漢語是以並列結構為主體結構的語言，並列是它的造句策略，因此凡是可以用並列解釋的結構，都應當視為並列結構。有一些主謂結構也可以重新分析成並列謂語。下面《孟子》句中三個「而」字用法一律，視為連詞並沒有任何困難。

⑵1 人役而恥為役，由（猶）弓人而恥為弓，矢人而恥為矢也。〈公孫丑上〉

古漢語作類名用的名詞可以當表述語，作通性 (generic) 的解釋。「人役」與「恥為役」、「弓人」與「恥為弓」、「矢人」與「恥為矢」，是三個結構相同的雙表述謂語（做人家的僕役卻以做僕役為恥，正如身為一個弓人卻以做弓為恥，身為一個矢人卻以做箭為恥）。普通名詞可當表述語，專名或有特指作用的名詞一般是不能當表述語的（除非用來表同一性，如在判斷句的述題語中）。

前面說過，「主而謂」非獨立小句的主語不應重讀。「主而謂」如重新分析成為雙表述謂語結構，則「主」的位置上必須重讀。重讀才能顯出連詞「而」前後兩個表述成分的對比。在實際語言中，應有一些句子是用這

種重讀方式來分別其兩種不同結構的。例如《左傳‧僖公十五年》「臣而不臣，行將焉入？」的話，應當容許兩種分析。「臣」若不重讀，則是「主而謂」結構，意思是不臣的人臣，能去哪裡呢？「臣」若重讀，則是雙表述結構，意思是身為人臣卻不臣，能去哪裡呢？意思是差不多的，但結構大不相同，這正是「而」字用法演變帶來的一個有趣的結果。同樣的，《論語‧憲問》「士而懷居，不足以為士矣。」的「士而懷居」作為「主而謂」或雙表述謂語看待，都是可以的。

　　《左傳》有幾個「主而謂」形式當分句用，似乎是反例，很值得注意。首先看這個例子：

　　⑵　吾先君新邑於此，王室而既卑矣，周之子孫日失其序。夫許，大嶽之胤也，天而既厭周德矣，吾其能與許爭乎？《左傳‧隱公十一年》

「王室而既卑矣」顯然不是一個假設偏句；「天而既厭周德矣」我們也認為沒有假設意味，是實然命題，不合「而」字假設偏句的用法。這兩個句子都應視為並列分句，是「而王室既卑矣」、「而天既厭周德矣」的另一種說法。❸連詞「而」是一個弱音節，可以形成重讀的環境。把主語加接在「而」之前，是增強主語重讀音效的做法。這就跟《左傳‧襄公十年》「乃焚書於倉門之外，眾而後定。」的情況完全一樣。「眾而後定」即「而後眾定」。「眾」不是在主題位置上，不是主題語；這是一個加接結構，須重讀（第四章「主題句」）。下二例的「君而繼之」也是「而君繼之」的主語移位加接。

　　⑶

　　　　a. 諸侯方睦於晉，臣請嘗之。若可，君而繼之；不可，收師而

❸　下面《國語》的例子也相同：

　　平、桓、莊、惠皆受鄭勞，王而棄之，是不庸勳也。〈周語中〉

「王而棄之」即「而王棄之」。這是實然命題，不是假設偏句。

退：可以無害，君亦無辱。《左傳‧襄公十八年》

b. 君若待于曲棘，使群臣從魯君以卜焉。若可，師有濟也，**君而繼之，茲無敵矣**；若其無成，君無辱焉。《左傳‧昭公二十六年》

再如下面的句子，專家意見一般都認為假設部分是由兩個假設偏句構成，即「後世若少惰」與「陳氏而不亡」是兩個分開的假設偏句。

⑵⑷ 後世若少惰，**陳氏而不亡**，則國其國也已。《左傳‧昭公二十六年》

我們的分析則不同。我們認為這個複句只有一個假設偏句。這個假設偏句由一個「而」字並列複句——「後世若少惰」、「陳氏而不亡」——所構成。「陳氏而不亡」即「而陳氏不亡」。假設連詞「若」一貫直下，與「則」共同組成一個偏正複句。「後世」與「陳氏」二詞都應重讀，形成對比。下例亦同：「鬼神而助之」即「而鬼神助之」。

⑵⑸ 若屬（屬，適也。剛好）有讒人交鬥其間，**鬼神而助之**，以興其凶怒，悔之何及！《左傳‧昭公十六年》

3. 「而」字的連詞用法

漢語連接句子跟連接名詞所用的連詞是不同的。在這方面，漢語和英語屬於不同類型。古代漢語的「而」是一個標準的句子連詞 (clausal conjunction)，它不能出現在論元的環境裡，做名詞組的連結（名詞的連結用「與」、「及」等字）。

傳統漢語語法把複句分為偏正與聯合。聯合又有承接、並列、選擇、遞進之分。除了選擇複句外，無論承接、並列或遞進三種複句關係，皆有「而」字句式。「而」字句還能表達偏正關係，如「四體不言而喻」就是一個表讓步的「而」字句（第一章）。「而」字句能表達的關係實在太多了，

這裡不及詳論。讀者可參考《文通》、《詞詮》，以及《中國文法要略》等重要著作的相關說明。

連詞「而」連接分句，也連接句子以下各個層級的謂語成分。以下第3、4兩節集中討論連詞「而」，把它的用法分成兩大類：一類表達動作或事件的時間關連，可稱為敘事「而」字結構；另一類不強調時間的縱向因素，著重表達「而」字所連接的事理或性質關係，可稱為非敘事「而」字結構。兩類之下再分別連動和連謂。

連詞「而」的連結可以緊密，也可以鬆散。但無論緊密或鬆散，「而」字所連都有一種特殊關係。例如「博學、篤志、切問、近思」是以隱性連詞連結的四個平敘成分 A、B、C、D，但當子夏說「博學而篤志，切問而近思」《論語・子張》的時候，顯性的「而」就把這四個成分歸併成兩組，A 和 B 構成一種關係，C 和 D 又構成一種關係。用「而」或不用「而」相連，可以造成不同的語意解釋。用「而」做緊密的語意連結，下文稱為「意念的聚合」。

本節所討論的「而」字連動和連謂，跟漢語語法學上的「連動式」不是一回事。漢語語法學「連動式」這個名稱相當於英語的 serial verb construction (SVC)。趙元任先生在他早年的 *Mandarin Primer* 書中討論現代漢語句的動詞連用，把這一類 V (NP) V (NP) 結構稱為 verbal expressions in series。後來李榮先生把趙書翻譯成中文，即《北京口語語法》，就用了「連動式」這個中文譯名。形式上，連動式 SVC 是指一個單句中有兩個動詞或兩個動詞組相連使用，中間沒有停頓或任何連接記號。以這個標準來看，那麼帶連詞「而」的連動就不能算「連動式」。因此本節有時說「連動」，有時說「連動句」，有時說「連動結構」，但不用「連動式」這名稱來指帶連詞「而」的句子。

「連動」與「連謂」相對而言。上古漢語兩個動詞相連以帶連詞「而」字為主，其他則甚少見。本節討論這種帶「而」字的連動和連謂用法。現代漢語兩個動詞相連的結構式樣繁多，其中有一部分顯然是從上古「而」字連動發展出來的。漢以後並列連詞「而」字衰落使得其前後兩個成分不

是成為偏正就是成為主從。「而」字並列結構是漢以後動結式的一個來源。參看 3.6 節。

前面說過，連詞「而」連結兩個詞組結構。「而」可以連結句子以下各個層級的詞組。因此在一個敘事句中，「而」字所連可以是兩個動詞組，也可以是兩個謂語成分（「而」當然還可以連結兩個獨立句子）。前者應當稱為連動，後者則是連謂。連動和連謂這個分別肯定是存在的：連動是單句，連謂則是（並列）複句。不過由於漢語缺乏屈折形態，實際上要在語料中分別連動和連謂兩種結構就非常困難。最簡單的原則是，凡是中間有停頓的就不是連動，只能算連謂。這是分別二者的底線，然而連謂也可以中間沒有停頓。光憑這個形式差別還不足以把連動從連謂區分開來；還須從其他方面研判。

從語意層次看，動詞相連而合成一個意念才算是連動。這種語意相連，我們稱為「意念的聚合」。在敘事句中，連動表達「意念聚合」的單一事件，而連謂則表達兩件時間相關連的事，不是表達一個單一事件。然而事件的合一或分開，存在著很大的解釋空間，緊密或鬆散，也是相對而言，以此分別連動、連謂句子，難免有見仁見智的不同看法。不過，就漢語的性格而言，恐怕也只能做到如此地步。下面是一個嘗試性的探討。

3.1 「而」字連動結構

在並列連詞「而」活躍的上古中期，敘事連動的標準式就是一個表述縱向關係的單一主語的「而」字句。

我們說過，《詩經》的「弋言加之」、「受言藏之」等句式是最早的以顯性連詞構成的連動結構。春秋以後開始使用連詞「而」，如「執而殺之」（《左傳·昭公八年》）、「執玉而沉」（《左傳·定公三年》）、「推而下之」（《左傳·襄公二十五年》）、「抽弓而射」（《左傳·襄公二十四年》）、「從君而歸」（《左傳·昭公三十一年》）以及「縊而死」（《左傳·宣公十四年》）、「見棠姜而美之」（《左傳·襄公二十五年》）等都是標準的「而」字連動。標準的敘事連動結構的兩個成分是一種縱向關係的連結，或表達兩個動作

或行動相連的順序，或表達一個事件的發展（如行為到結果），或表達經驗
的連續，等等，都跟時間相關。

　　形式上，先秦時代連動句是一個並列式單句，由連詞「而」連接兩個
動詞性成分（姑且以 X 代表；X 並非指單個動詞 V，應是 VP 詞組或其他
詞組，詳下文）構成一個複雜謂語 X_1 而 X_2。X_1 與「而 X_2」之間是沒有
停頓的。如果中間有停頓，就不是連動，只能算連謂。因此下面的例子只
算是並列敘事句，可以認為是連謂，但不是連動：

(26)

　　a. 遂弒之，而立無知。《左傳・莊公八年》

　　b. 鄭伯有（鄭國執政者）者（嗜）酒，為窟室（地下室），而夜
　　　　飲酒擊鐘焉（焉，在那裡，複指窟室）。《左傳・襄公三十年》

此二例楊伯峻根據語意在連詞「而」之前作停頓，這是正確的讀法。這裡
的「而」表先後承接，所連接的是兩件性質不同的事。這兩件事不能連成
一個事件 (event)，或併合為一個行動 (action) 或活動 (activity)。連詞「而」
有極豐富的組織能力。當敘事者有意把兩個意念併做一個意念表達時，他
可以用「而」來達到這個目的。這樣構成的「而」字敘事句就是連動句；
連動句中間是沒有停頓的。

　　下面的並列句也是連謂而不是連動：

(27)　（吳公子札來聘，）見叔孫穆子（魯國執政叔孫豹），說（悅）
　　　　之，謂穆子曰：「子其不得死（不得好死）乎！好善而不能擇
　　　　人。」《左傳・襄公二十九年》

但是假如我們比照「見棠姜而美之」那樣的句法，把「見叔孫穆子」和「說
之」兩句話用「而」字連起來，就可以造成連動句式。

(28)　見叔孫穆子而說之，謂穆子曰

這兩種說法會有什麼不同？下面從語意角度試加說明。

3.2 意念的聚合：連動的語意作用

作為一個通用連詞，「而」的用法跟英語的 *and* 很相像。從語用方面說，說話者可以用「而」字結合兩個意念 (idea) 使成為一個更大的意念。用連詞「而」連結的最小句法單位是 VP，因此 VP 也就相當於一個最小的意念單位 (idea unit)。「而」字連動可以把兩個最小敘事意念單位構成的一個較大的敘事意念。當說話者表達了一個意念的時候，如果後面補上一個「而」字，那就表示說話者還要繼續，他還有意念要表達：這句話還沒說完。說話者把兩個意念用「而」字相連，就能構成一個更大更複雜的意念。例 (27)「見叔孫穆子 (A(a))，說之 (B(b))，謂穆子曰 (C(c))」含有三個意念 (abc) 和三個意念單位 (ABC)，但是例 (28)「見叔孫穆子而說之 (A(ab))，謂穆子曰 (B(c))」雖同樣含有三個意念 (abc)，卻只有兩個意念單位 (AB)。「見公孫穆子」、「說之」、「謂穆子曰」是三件連續發生的事，但是「見公孫穆子而說之」與「謂穆子曰」則只能認為是兩件連續發生的事：「見公孫穆子而說之」是一件事情，一個經驗事件。

「而」字能把兩件事併為一件事，因此有時候是必須用到的。例如：

(29) 昭王南征而不復，寡人是問。《左傳‧僖公四年》

「昭王南征」跟「不復」若分開來說（中間有停頓）是兩件先後發生的事，但這裡「南征不復」是齊桓公責問楚國的一件事（用「是」來承指），因此在上古漢語便用「而」連起來。「南征而不復」是一個連動結構。

有時敘事的細節很多，必須分層次、分類屬，也可以用「而」字把意念單位加以組織：

(30) （遂舍。）枕轡而寢，食馬而食，駕而行，出犇中。《左傳‧襄公二十五年》

「枕轡而寢」、「食馬而食」、「駕而行」是並列的三個連動句，敘述一次逃亡路上一天的活動：就寢、吃飯（朝食）、出發。「而」字式把六個動作分

為三個事件類屬，構成三個連動結構 X_1 而 X_2，每一個連動結構表達兩個動作意念的聚合：A(a,b)。

3.3 聚合與承接

前面說連動表達縱向關係意念的聚合。這個「聚合」概念跟連謂的「承接」有分別。連謂的「承接」按照先後關係連接兩個事件；「聚合」則是把兩件事或兩個動作視為部件加以組裝，因此表達的是一個複合的事件或動作。凡是兩個成分能「聚合」，都表示有一種緊密關係，而「承接」只是先後連接，沒有聚合那種整體含義。根據這個關係的相對鬆緊，表緊關係的聚合屬於連動，鬆關係的承接屬於連謂。

「聚合」與「承接」都可用並列連詞「而」表達，因此二者常常不能從形式上加以分辨，又由於「緊密」是一個相對概念，意念聚合的從屬與核心（見下文 3.4 節）亦是語意解釋的問題，從文義上分辨二者有時亦很困難。意念與意念之間可以結合的關係實在太多太複雜了，許多「而」字式例子難以歸類，這是原因。這裡只能略舉數例以求其大概。

一個「而」字式是分說二事，還是合說一事，是連謂還是連動，有時可以通過比較加以辨認。以「食馬而食」為例。這個連動句可翻譯為「餵了馬才吃飯」。在這裡，「餵馬」是「吃飯」的先動作，表條件。如果把這句話說成「食馬而後食」，或「食馬而（後）食焉」，則是把「餵馬」與「吃飯」作為先後兩件事來敘述，就是承接而不是聚合，是連謂不是連動。

再比較下例：

(31) 聲伯四日不食以待之，食使者而後食。《左傳‧成公十六年》

晉楚鄢陵之戰後，晉國又與盟國會於宋境沙隨，商量攻打鄭國。魯國軍隊在鄭國邊境駐紮，不敢犯鄭，拜託魯大夫叔孫豹（時居齊，當在齊軍中）請求晉師前來接應魯軍。當時魯國的司令上卿子叔聲伯為前來的晉軍準備了飯食，四天沒吃（不敢動用為晉軍準備的飯食）等待他們到來，直到招待晉國的使者吃了飯以後自己才吃。這一大段敘事描寫國力薄弱的魯國禮

事當時的霸主晉國的情況，「食使者」與「食」之間只有先後順序關係，沒有從屬和核心意念之分，因此這是單純的承接（連謂）而不是聚合（連動）。連接詞「而後」大多表承接，「而」則可表聚合亦可表承接。但若此處改為「食使者而食」，句子就不好。

3.4 連動結構的分類

值得注意的是，例句 (30) 幾個連動結構所包含的兩個動作意念不但有先後之分，還有主從之分。亦即後出者（後項 X_2）為主意念，先出者（前項 X_1）為從意念。(30) 句中的「寢」、「食」、「行」是這個敘事句段中關鍵性的三個動詞，表達連動的核心 (nuclear) 意念。另外三個動詞「枕（轡）」、「食（馬）」、「駕」則表達連動的從屬 (satellite) 意念。這樣的兩個連動成分雖是用並列連詞「而」連接，看似平等，意念上實有主從之分。連動句可以用來聚合兩個敘事意念而加以組織，使成為一個有主從關係的較複雜的敘事意念。這種比較「緊」的「X_1 而 X_2」結構是連動，不是連謂。㉜

連動所含的兩個意念可以有主從之分，但其次序安排只有從屬在前、核心在後一種可能嗎？上面所舉的例子都是這種情形。不過我們認為另一種可能也是存在的，那就是核心意念在前，從屬意念在後。像「登丘而望之」（《左傳・襄公二十三年》）、「陳魚而觀之」（《左傳・隱公五年》）。㉝這種表「行動─目的」關係的連動結構恐怕就是屬於後者一類。這類連動與所謂「以字連動」表達能力很接近，因此「而」、「以」常常互用。比較「固壘而待之」（《左傳・成公十六年》）、「軍於瑕以待之」（《左傳・桓公六年》）。「以字連動」是一種述補結構，不是真正的連動。表目的的以字補語是一個加接結構，句法學上稱為「目的加接 (purpose adjunct)」，「以」則稱

─────────────────

㉜ 所謂「緊」，只是關係的緊密，未必是時間的緊密。例如「時子因陳子而以告孟子」《孟子・公孫丑下》，傳話過程可能並不短，不過這個句子從其語意來看仍應算是連動。「因陳子」表方式：通過陳子的傳話。

㉝ 陳同陣，動詞，是成陣之義。這裡作致動詞用：使（捕魚者）列陣出海。

為補語引詞 (complementizer)，作為引領目的子句之用。參看第二章5.1節。

　　此外，還有一類連動只表兩個意念的先後關係，很難分出從屬與核心，我們稱之為「平行聚合」。「平行聚合」也是連動，不是連謂，雖然二者的界線很模糊。

　　為了區分方便，我們把從屬在前、核心在後的一類稱為 A 類連動；只表先後連接，不能分別從屬、核心的「平行聚合」稱為 B 類連動；表行動、目的關係的一類稱為 C 類連動。

3.5 從屬與平行

　　A 類連動結構的從屬與核心代表兩個緊密意念併為一個複雜事件意念。有時意念雖緊密但平行，前後連成一體，概念上很難以從屬、核心加以劃分。這是平行聚合，屬於 B 類連動，它可以用來構成連謂句中的一個意念單位。《左傳・哀公十六年》敘述衛國大夫孔悝出奔宋，先把他母親接上車，後來又派副車折回拿取孔氏的廟主（牌位）：

　　⑶ 載伯姬於平陽而行，及西門，使貳車反祏於西圃。

例 (32) 是一個連謂複句，有四個動作意念：載、行、及、使反。四個意念很自然的分為三組：載而行、及、使反。「載而行」是一個連動結構，含有兩個有關車的意念：承載和運行。這兩個意念都是交通工具的主要功能，沒有從屬與核心之分。這是平行聚合。因此「載而行」與「駕而行」應屬不同類別：前者為 B 類，後者為 A 類。

　　有些連動結構很難分類，如「耰而不輟」《論語・微子》，翻譯成語體，就是「耕個不停」。這是意念的聚合，沒有問題。但它顯然不屬 A 類連動，也不是表目的的 C 類連動。我們姑且把它視作 B 類平行聚合。「牽牛而過堂下」（《孟子・梁惠王上》）語意似亦無從屬／核心之分，這裡亦歸入 B 類連動。

　　A 類連動句表從屬意念動詞在前 (X_1)、表核心意念動詞在後 (X_2)。從

屬與核心的語義關係最複雜。這裡舉幾種情況作為例子。表從屬的先動作或為方式，如「枕轡（而寢）」、「從君（而歸）」、「遵海（而南）」；或作為核心動作的實現基礎，如「駕（而行）」、「執玉（而沉）」、「抽弓（而射）」、「執（而殺之）」、「推（而下之）」等；或表條件，如「食馬（而食）」。

A 類連動式還可以表達過程，如「南征而不復」、「見棠姜而美之」。前者是行為事件，後者則屬經驗事件，都表一件連貫的事。「縊而死」、「飢而死」（《孟子・梁惠王上》）也是敘述過程，這個過程含有因果關係 (causal relationship)，但仍應算是一件事。「縊而死」、「飢而死」與「（比干）諫而死」不一樣。「諫而死」是因諫而死的意思。「諫」是比干死的原因，「諫」與「死」分別為兩件事，一為原因，一為結局。這不是敘事，而是說明，因此不屬於「而」字式第一大類的連動或連謂，而應屬於第二大類的非敘事「而」字結構。我們放在 4.2 節裡討論。

A 類連動的 X_1 還可以表情狀，如「哭而過市」、「坐而假寐」、「引領而望之」（《孟子・梁惠王上》）。X_1、X_2 時段重疊或部分重疊，看不到時間的接縫。他如「人立而啼」、「決起而飛」也是表情狀的連動。X_1 的用法如同狀語。

B 類連動沒有主、次意念之分，因此語意上跟連謂也較難區別。下面《左傳》一段敘事繼續 (26b) 伯有這個鄭國執政者沉湎於酒的故事，可以看到鄭國在子產當國以前的國政亂象。這個亂局要等到伯有的繼任人子產執政後才得到收拾。

(33)（鄭伯有耆酒，為窟室，而夜飲酒擊鐘焉。）朝至（大夫先朝伯有，後朝鄭君），未已（伯有飲酒未已）。朝者曰：公焉在？其人曰：吾公在壑谷（指其窟室）。皆自朝布路而罷（分頭散掉）。既而朝（朝鄭君），則又（伯有再一次（表示），「則」表主語更換）將（將是欲的意思，參看第十一章）使子晳如楚（要讓他的強力對手子晳離開鄭國）。歸而飲酒。庚子，子晳以駟氏之甲伐而焚之（「之」指伯有的家邑）。伯有奔雍梁，醒而後知之。遂奔許。

《左傳・襄公三十年》

這段敘事用了四個連動結構：「布路而罷」、「歸而飲酒」、「伐而焚之」和「醒而後知之」（固定格式「既而（朝）」表事件的時間承接，不在這裡討論）。除了「布路而罷」是一個可以有從屬、核心之分的 A 類連動外，其他三個都屬於 B 類連動。前面說連詞「而」的組織能力非常強大，在 A 類連動是如此，在 B 類連動也是如此。若把這三個 B 類連動式翻譯成現代漢語，「而」在這裡都表承接，但承接關係都不相同，必須用不同的連詞來翻譯。「歸而飲酒」是「回家之後就（再）喝酒」；「伐而焚之」是「攻打並且燒毀了他的家」；「醒而後知之」是「（酒）醒過後才知道這件事」。現代漢語「就」表事情的發生早於預期，「才」表晚於預期，「並且」則有遞進的意思。這些不同語義的承接古代漢語都可以用「而」表示。B 類連動例子甚多，表達的語義關係亦不只這些，而且往往又與連謂界限難分。❸❹限於篇幅，僅作概略說明，做不到通盤的檢驗。

3.6「共賓結構」和「動結式」

　　「而」字句有所謂「共賓結構」。「共賓結構」是連動的一個特色。連動才能產生「共賓」；連謂不能產生「共賓」。這也是連動和連謂必須分別的一個形式根據。共賓結構以 A 類連動最多，如「執而殺之」、「斫而小之」（《孟子》）、「取而代之」（《史記》）等皆是。「之」是 V_2「殺」、「小」、「代」的賓語，與 V_1「執」、「斫」、「取」的賓語同指稱。❸❺表過程的「止

❸❹　如「而後」多用於連謂，見 3.8 節。不過此處「醒而後知之」，X_1 表 X_2 的時間條件，視為連動似較佳。

❸❺　共賓結構基本上是「V_1O_1 而 V_2O_2（之）」句式，O_1 與 O_2 同指稱，O_1 是一個空代詞 pro。參看梅廣 (2003)〈迎接一個考證學和語言學結合的漢語語法史研究新局面〉。「執而殺之」是標準共賓結構，但是一般被認為是共賓結構的連動式中也有可能包括一些不是嚴格意義的「共賓」情況，例如「毒而獻之」（《左傳・僖公四年》）恐怕就不是「V_1O_1 而 V_2O_2（之）」而是「V_1 而 V_2O_2」。「毒」是下毒的意思，應是不及物，因為食物不能當動詞「毒」的賓語。但是語意上「獻之」的「之」就是指被下了毒的食物（胙）。又如「惡而殺之」這句話通常可解為憎惡其作為而殺之，則 O_1 與 O_2 亦非真正的同指稱。

而見之」（《左傳・莊公十年》）（「止（留住）」是致動用法）恐怕也是 A 類
而不是 B 類；固定格式「得而 V（之）」也是 A 類。「共賓結構」也有 B 類
連動，如遞進義的「伐而焚之」（上例 (33)）、「學而時習之」（《論語・學
而》）、「搏而躍之」「激而行之」（《孟子・告子上》），都屬 B 類。前面說 A
類連動從屬與核心的語義關係最為複雜。除上述幾種情形之外，A 類共賓
結構還顯示一些其他語義關係，如「惡而殺之」（《左傳・哀公五年》）的從
屬 X_1 或可視為表達行為動機。「射而中之」（《左傳・成公十六年》）、「射
而殺之」（《左傳・成公十七年》）則是後世所謂「動結式（射中、射殺）」
的原始基礎。

　　「動結式」的興起是在連詞「而」字開始退化之時，是戰國晚期以後
的現象。「而」 字的功能退化標示著漢語句法並列結構的優勢特徵逐漸褪
色。「動結式」起初是一種 A 類連動的減縮形式，「刺殺之」（《戰國策・燕
策三》）就是「刺而殺之」（《戰國策・齊策六》）的減縮；「化為」（「臭腐復
化為神奇」《莊子・知北遊》）是「化而為」（「化而為鳥」《莊子・逍遙遊》）
的減縮。

　　西漢動結式不但有「擊敗、攻殺、射殺」之類的併合，還有「射中、
擊斷」之類的併合。這種動結式不是從共賓結構的連動式發展出來的。「射
中楚共王目」（《史記・楚世家》）就是「射 pro（pro 指楚共王），中楚共王
目」的併合形式。《左傳・成公十六年》作「射共王，中目」，是連謂結構；
「擊斷子路之纓」（《史記・仲尼弟子列傳》）就是「擊 pro（指子路），斷
子路之纓」的併合形式。《左傳・哀公十五年》作「以戈擊之，斷纓」也是
連謂結構。這種併合是兩個謂語動詞組的併合，不是兩個動詞的併合，因
此賓語可以不同。只要第一個賓語是一個空代詞 pro，在形式上也就能滿
足兩個並列動詞組的併合條件。動結式是繼「而」字連動句之後把兩件事
合為一件事的新興句法手段，它的表達範圍超出了連動的共賓結構。它採
用複合形式，產生很多新興結構，如「V 走」（擊走、襲走、破走）、「V
去」（及物用法：除去、削去、棄去）㊱、「X 殺」（燒殺、椎殺）等等，都
是「而」字連動所沒有的。經過併合而成的 V_1V_2 動結式，V_1 和 V_2 的語

意關係也須重新解釋：V_1 表達方式或工具，V_2 表達行為的結果。中古以後，動結式數量暴增，都屬於新組合或經過重新分析的複合詞，而不是句法層次的結構。

3.7 連動的延伸結構

在 A 類連動中，連詞「而」連接一個從屬意念 A 和一個核心意念 B，表達複雜的語義關係。這樣的「X_1 而 X_2」連動在句法上雖是並列結構，但語義上卻非平行，而是偏正。本節繼續觀察幾種語義偏正的「而」字式，此等語義偏正的「而」字式或可視為 A 類連動的延伸結構。

首先值得注意的是，連動結構表達從屬意念的 X_1 有一些特別的句法行為。如下例所示，這個動詞性成分可以有減縮形式。

(34)

      a. 又注，則乘槐本而覆。《左傳・襄公二十三年》

         （欒樂）又把箭搭上弓弦，他的車子卻碰到槐樹根翻覆了。

      b. 衛侯來獻其乘馬，曰啟服，塹而死。《左傳・昭公二十九年》

「槐本而覆」、「塹而死」都是連動結構，意思是觸槐本而覆、遇塹而死，但這裡的動詞位置卻是空的。下面《左傳》的句子也是這樣的一個連動結構，處所「帷堂」之前也應有動詞，如「及」之類：

(35)　聲子不視，帷堂而哭。《左傳・文公十五年》

    比較：「（公子士）朝于楚，楚人酖之，及葉而死。」（《左傳・宣公三年》）

這種減縮形式後世也頗多見，如：

(36)　諸侯之兵四面而至，蜀漢之粟方船而下。《史記・酈生陸賈列傳》

㊱　「除去」一語雖《墨子》書已有，但「V 去」及物用法的拓展卻是西漢以後才開始的。

又如下面《孟子》二例：

(37)

　　　a. 我欲中國而授孟子室〈公孫丑下〉

　　　b. 中道而立，能者從之。〈盡心下〉

(37a) 的「中國」就是「國中」。「國中」前面應有一個動詞位置，因為是空的，後置成分「中」（這是趙元任先生稱為 localizer 的表位置的句法成分）就移進去，成為「中國」。(37b) 句的「中道」也是一樣：「中道」就是「道中」。㊲

　　像這樣的例子雖然很特別，但它顯示語義的偏正可以造成形式的不對稱。就其句法形式而言，無論是「帷堂」還是「中國」「中道」都不能獨立做述語用，這種形式只能出現在連動的「而」字結構中表達從屬意念。

　　此外，「一怒」（「文王一怒而安天下之民」《孟子‧梁惠王下》）、「一舉」（「一舉而滅之」《左傳‧襄公二十五年》，「一舉事而樹怨於楚」《史記‧春申君列傳》）的「一 VP」，也只作 X_1 用，不能單獨成為述語。

　　「狀而動」也有類似的情形。「狀而動」是「AP 而 VP」結構，因此不是真正的連動。不過「狀而動」也是一種形式偏正的「而」字結構。《左傳‧文公十七年》「鋌而走險」的「鋌」，杜注：疾走貌。如果杜預的訓解是正確的話，這大概是最早出現的「狀而動」例子。這裡的狀語「鋌」是不能單獨做述語用的。其他如「率爾而答」、「莞爾而笑」（俱出《論語》）的「率爾」、「莞爾」也都只能當狀語用，而不能當述語用。又如《孟子‧萬章上》「欲常常而見之，故源源而來」的「常常」、「源源」都不能當述語用，但二者是詞組，含有事件論元。固然，「狀而動」的「狀」也有具獨立表述功能的，但這並不能改變我們的結論。㊳狀動結構並非都加「而」字，

㊲　有關類似的漢語處所詞組中心語移動現象，參看 C.-T. James Huang （黃正德）(2009), "Lexical decomposition, silent categories, and the localizer phrase," 《語言學論叢》v. 39, 頁 86–122。

㊳　臺灣原住民南島語所有狀語都能成為獨立句子，有它自己的主語論元，因此狀動

用不用「而」字是彈性的，並沒有語義差別，都是表達意念的聚合。比較「攸然而逝」（《孟子·萬章上》）與下 (38)：❸

　　(38) 天油然作雲，沛然下雨，則苗浡然興之矣。《孟子·梁惠王上》

　　用「而」字式表狀動關係顯示「而」字組織能力的強大：它可以用來連結謂語裡面任何兩個成分，只要這兩個成分都是詞組結構。

　　再舉一例，連動的延伸結構「X₁ 而 X₂」中，X₁ 充當時間詞用時，往往只含數字或一個由數字構成的名詞組：

(39)

　　　a. 吾十有五而志於學，三十而立，四十而不惑，五十而知天命，
　　　　六十而耳順，七十而從心所欲，不踰矩。《論語·為政》

　　　b. 晏弱圍棠，十一月丙辰而滅之。《左傳·襄公六年》

　　　c. 夫列子御風而行，泠然善也。旬有五日而後反。《莊子·逍遙遊》

例 (39)a 句 X₁ 表年紀，b 句 X₁ 表日期，c 句 X₁ 表期間（時段，duration）。

3.8 連謂結構

　　在過去，同主語 X₁（而）X₂ 結構學者或稱連動，或稱連謂，爭辯的焦點是這兩個名稱哪一個更合乎語言事實。我們認為同主語的「而」字句應有此兩類，二者分別指不同的語句結構，一是單句，一是複句。連動和連謂這兩個名稱都需要。

　　上古漢語「而」字可以連接兩個述語，構成連動；也可以連接兩個謂語 (predicate phrase)，構成連謂。例如《左傳·昭公四年》「使賈饋于令而

之間是子句的連接。古代漢語不是如此：很多狀語是專職狀語，不能當述語用。對照起來，臺灣南島語比上古漢語具有更顯著的 「戴維遜語言 (Davidsonian language)」性格。有關臺灣南島語的狀語結構，參看 Henry Y. Chang（張永利）(2006), "The guest playing host: Adverbial modifiers as matrix verbs in Kavalan."

❸ 古書有「而」與無「而」互文，參看周法高《中國古代語法：造句編》第三章第三節「副語」：用聯詞「而」作記號。

退」的「而」字結構是連動，因為這個「而」字結構（「實饋于个而退」）是使役動詞「使」的補語，而成公十一年「子不能庇其伉儷而亡之，又不能字人之孤而殺之」的兩個「而」字結構則是連謂。然而如果沒有上位動詞的支配區域作為劃分標準，連動和連謂往往難以識別。前文指出，形式上，「而」前能作停頓則是連謂；連動二述語用「而」相連，中間不能有停頓。但無停頓並不表示就是連動；連謂也可以中間不作停頓。試看下例：

(40) 齊侯曰：「余姑翦滅此而朝食。」 不介馬而馳之。《左傳・成公二年》

(40) 有兩個「而」字句。依我們的看法，「不介馬而馳之」也許可當作一個表從屬／核心的 A 類連動看：X_1（不介馬）表方式，是個修飾成分。「余姑翦滅此而朝食」則可確定是一個連謂句亦即兩個分句的連結。這句話的說話者特別強調兩件事的進行先後：先翦滅敵人，然後才飽餐，而不是先飽餐，再作戰。這兩個「而」字句中間都不能有停頓，但一是連謂，一是連動。兩句的「而」一表承接，一表聚合。

強調時間承接的「既……而……」屬於連謂用法；「而後」也多用作連謂，表先後二事件的關連：

(41) 夫郊祀后稷，以祈農事也。是故啟蟄而郊，郊而後耕。今既耕而卜郊，宜其不從也。《左傳・襄公七年》

「郊而後耕」和「既耕而卜郊」都是連謂結構。至於「啟蟄而郊」，則可以有兩種解釋。如果把 X_1「啟蟄」看作一個時間條件，則它就是 X_2「郊」的從屬成分，因此這是一個連動結構，如同「生而知之」。但是如果把「啟蟄」當作一個事件來看，則「啟蟄而郊」這句話相當於「啟蟄而後郊」。那就是一個連謂結構，不是連動結構。

連動、連謂，一是單句，一是複句，二者必須分開，然而分析起來則難度甚大。本節嘗試探討這個問題，從敘事的角度考察，以二事連為一事的聚合為連動，二事前後相承的承接為連謂❹。連動和連謂都是就「而」

字的敘事使用而論，因此都強調事件的時間關係。敘事的連動和連謂屬於「而」字結構一個大類，「而」字所連結的兩個事件無論緊密或鬆散，都是一種縱向連結。下一節要談的是「而」字結構的另一大類，是不以時間關係為表達重點的，我們稱為非敘事「而」字結構。

4. 非敘事「而」字結構

句子可大分為敘事句和非敘事句。「而」字結構既用於敘事，亦用於非敘事。敘事有連動、連謂之分，意念聚合是其區分指標之一。非敘事「而」字結構固然也應有連動（單句）、連謂（複句）之分，然而據我們觀察所得，非敘事「而」字結構單、複句之分是不能從意念的聚合或非聚合的語意基礎上判別的。「X_1 而 X_2」的 X_1、X_2 如果不能成句（包括分句、子句），則此結構就是連動，是雙述語（單句）而不是雙謂語（複句）結構。非敘事句包括描寫與說明，也包含了陳述。我們先從描寫句的「而」字結

⿻⿻⿻⿻⿻⿻⿻⿻⿻⿻⿻⿻⿻⿻⿻⿻⿻⿻⿻⿻⿻⿻⿻⿻

④ 這個結構的區分在其他語言中應也用得到。英語有所謂「並列結構限制 (Coordination Structure Constraint)」的規定：簡單的說，這是規定並列複句的論元不能關係化 (relativized)。例如 *Mary sings the madrigals* 一句中賓語 *the madrigals* 可以用來建立關係結構 *the madrigals that Mary sings*，但在並列複句 *John plays the flute and Mary sings the madrigals* 中，這個賓語就不能關係化，所以不能說 **the madrigals that John plays the flute and Mary sings*。但是 Bernard Comrie 在一篇討論並列和偏正結構的文章中指出，這個句法限制也有例外。他舉的例子是 *I went to the store and bought a book* 這樣的句子。這個句子的賓語 a book 是可以關係化的：*the book that I went to the store and bought*。參看 Comrie, B. "Subordination, coordination: form, semantics, pragmatics", Edward J. Vajda ed. *Subordination and Coordination Strategies in North Asian Languages*. John Benjamins, 2008. pp.1–16。Comrie 對此現象有他自己的解釋，我們不打算討論。依照我們的看法，這就是承接和聚合之分，也就是連謂與連動之分。*went to the store and bought a book* 是一個連動結構。連動結構表達一個事件，相當於一個述語結構，因此可以容忍關係化；連謂結構則不可以，因為它是兩個謂語結合而成，表達相承或相關的兩件事。如果把 *went to the store* 和 *bought the book* 視為相承接的兩件事，如 *I went to (into) the store and immediately bought the book*，這個句子的賓語也是不可以關係化的：**the book that I went to (into) the store and immediately bought*。

構談起，嘗試對此種結構的句法和語意特色作一初步探討。

4.1 描寫性的「而」字結構

古漢語常用「而」來連結兩個平行但有互補作用的意念，如「美而豔」（《左傳・桓公元年》）。「美」和「豔」屬同一義類。「美」指容貌和儀表的美，「豔」則指色彩的美。「美而豔」是一個意念的聚合。又如《中庸》「中立而不倚」，「不倚」也是居中的意思。「不倚」對「中立」有語意加強作用。

有時兩個對立的意念也可以加在一起形成一個意念。這也是「意念聚合」。下例對孔子的描寫總共用了六個意念：溫、厲、威、不猛、恭、安。倘若把這六個意念不分層次平鋪並述，給人的印象是混亂的，不統一的。但這裡句子用「而」字把「溫」和「厲」連結起來，把「威」和「不猛」連結起來，把「恭」和「安」連結起來，形成三個較大較複雜的意念，則成功的顯示孔子人格和行為的平衡特質。(42) 是由三個分句構成的一個主題句段。

⑷⒉ 子溫而厲，威而不猛，恭而安。《論語・述而》
　　 夫子和藹但嚴厲，有威儀但無威猛之狀，莊敬而安詳。

德行都有一種經過對立統一而達到平衡的性質，因此「而」字結構是最理想的表達方式。《尚書》的「九德」也是用這種方式表達的：

⑷⒊ 寬而栗，柔而立，愿而恭（恭，《史記》作共，屈萬里《尚書釋義》引楊筠如《尚書覈詁》：「共與供通，言能供職有才能。」），亂（訓治，有治才）而敬，擾（孔傳：「擾，順也」；和順）而毅，直而溫，簡而廉，剛而塞（外剛而內充實），彊（勇武）而義。《尚書・皋陶謨》

例 (44) 是春秋時代吳公子季札訪問魯國，請觀於周樂，對於頌樂的讚美。14 個「而」字式都是「A 而不 B」形式。有關字義解釋請參考楊伯峻

《春秋左傳注》。

(44) 至矣哉！直而不倨，曲而不屈，邇而不偪，遠而不攜，遷而不
淫，復而不厭，哀而不愁，樂而不荒，用而不匱，廣而不宣，施
而不費，取而不貪，處而不底，行而不流。五聲和，八風平；節
有度，守有序──盛德之所同也。《左傳·襄公二十九年》

　　用「而」字聚合兩個意念是「而」字式的一個顯著而重要的特色。表
意念聚合的「而」字式自然都不能視為連謂結構。然而這並非表示沒有聚
合作用的而字結構就必須視為連謂結構。我們不能根據這點語意性質來決
定非敘事句的連動和連謂的分別。《中庸》「賤貨而貴德」、「嘉善而矜不
能」、「厚往而薄來」都分述兩個觀念，這不是「意念聚合」，但是從漢語句
法結構來看，這樣的結構也只能視為動詞組或質詞組聯合而成的片語，即
「XP₁ 而 XP₂」（X=V 或 A），而不是連謂形式。**❹**換句話說，這些詞組結
構都是不能加上主語的，不是句子形式。

　　漢語有隱性主語 pro。第二章說過，漢語只有小 pro 沒有大 PRO。隱
性主語小 pro 的用法相當於顯性代詞「他」，它只出現在有格位的位置。
「賤貨而貴德」不能看作有句子形式的結構：*pro 賤貨而 pro 貴德，因為
VP（或 AP）無法提供一個格位位置給 pro。其餘各例皆如此。

　　然而 (45) 的情形就大不相同。我們認為 (45) 的「而」字結構都是連
謂，不是連動：

(45) 夫寵而不驕，驕而能降，降而不憾，憾而能眕者，鮮矣。《左傳·
隱公三年》
受寵卻不驕傲，驕傲還能安於地位的降低，地位降低卻不怨恨，
怨恨還能克制的人，是很少的。

這段話是說，以一般人性而言，受寵而不驕的人，是很少見的。同樣，驕

---

❹　意念是否「聚合」是個語意問題，是相對的而非絕對的，因此像《中庸》的「博
學而篤志，切問而近思」是否代表兩個意念聚合，可以有很大的解釋空間。

而能降，降而不怨恨，怨恨還能克制自己的人，都是很少見的。這裡每一個「而」字式都是一個關係子句，名詞組中心語「者」與其關係子句的主語構成運算子 Op 和變項 e 之間的綁定關係（綁定條件 C，第二章 8.2 節）。作為關係子句，「而」字結構的前後兩項皆可視為謂語，因此這種「而」字式是連謂結構。

描寫性的「而」字式往往看似結構相同，實有連動、連謂之別，必須深入其文義，考察其語句環境，始能辨其同異。

4.2 說明性的「而」字結構

敘事的連動和連謂屬於「而」字結構一個大類，「而」字所連結的兩個事件無論緊密或鬆散，都是一種縱向連結。非敘事「而」字結構則不以時間關係為表達重點。然而非敘事「而」字結構並非全無時間因素，因此我們不用橫向連結這個相對字眼來稱呼它。例如下面「言」與「行」是先後關係，「朝」和「莫（暮）」也是先後關係。

(46)

    a. 始吾於人也，聽其言而信其行；今吾於人也，聽其言而觀其行。《論語·公冶長》

    b. 狙公賦芧，曰：「朝三而莫（暮）四。」眾狙皆怒。曰：「然則朝四而莫三。」眾狙皆悅。《莊子·齊物論》

「聽其言而信其行」是連謂結構；「朝三而莫四」也是連謂結構。「朝三而莫四」是 gapping 減縮句，即「朝賦三而暮賦四（早上給（你）三個晚上給（你）四個）」之省（第六章）。

又如表達原因／結果的因果關係句也是以時間相聯繫的。前面提到過的「比干諫而死」就是這樣的結構。我們說這是個因果說明句，不是個敘事的連動句。「諫而死」是非敘事連謂，與「縊而死」不屬一類。再看：

(47) 子產為豐施歸州田於韓宣子，曰：日（昔日）君以夫公孫段為能

任其事而賜之州田，今無祿早世，不獲久享君德。其子弗敢有。
不敢以聞於君，私致諸子。《左傳・昭公七年》

此例粗體部分是一個「而」字結構，中間不停頓，但其實是一個表「因為
……所以……」的因果複句。此句「以夫（指示詞：那個）公孫段為能任
其事」表行事的理由，「賜之州田」表行事的結果。這不是一個敘事句，而
是「比干諫而死」一類的說明句，重點在表達兩種情況的因果關係。❷

　　呂叔湘討論以時間關係詞連繫的因果句，也說：「這種句子（指因果
句），表面上以時間相連繫，但先後兩事之間實亦因果相關。這些句子裡，
如果改用『故』『以此』及『以』『為』等詞，因果關係就明確地表示出來
了。」（《中國文法要略》第二十一章「釋因、記效」，下冊頁 106）有關上
古漢語各種表因果關係的複句和句段，參看本書第三章及第六章。

　　因果關係一般是用偏正結構來表達的（主題釋因句也是偏正結構，見
第四章 4.2.1.3 節）。因果關係可以用「而」字結構表達，這表示「而」字
結構也可以用來表達複句的偏正關係。除了因果關係之外，「而」字結構可
以表讓步，如「四體不言而喻」，或條件關係，如「本立而道生」《論語・
學而》。

　　「而」字結構也常用來表達另一類偏正命題，具有偏指義。它的形式
是「Neg（否定）X 而 Y」，如「非秦而楚，非楚而秦」《戰國策・楚策
一》。又有「(NP) 不待 X 而 Y」，或「NP_1 不 X 而 NP_2 Y」形式，表轉折
義，與讓步相似，它用來否定某種依賴關係的存在。

(48) 如是，則雖在小民，不待合符節、別契券而信，不待探籌投鈎而
　　公，不待衡石稱縣而平，不待斗斛敦概而嘖。故賞不用而民勸，

❷　表原因的「以」字結構也可以充當「而」字式的前項，如：
　　a. 伯有之亂，以大國之事而未爾討也。《左傳・昭公二年》
　　b. 且夫人之行也，不以所惡廢鄉。今子以小惡而欲覆宗國，不亦難乎？
　　　《左傳・哀公八年》
這是虛化的「以」，也許可視為介詞。

罰不用而民服，有司不勞而事治，政令不煩而俗美。《荀子·君道》

　　以上是「而」字式表偏正關係。「而」字式是一種並列結構，自然經常用來表達平行關係。上古漢語語句中有轉折義的「而」可以用「可是」、「但是」來翻譯，表偏正關係時「而」常常可以用「就」、「才」來翻譯，表遞進關係時也有「而且」、「並且」等連詞相應，但是表平行關係的「而」則找不到相應的白話連詞。此類表平行關係的「而」字式出現的句子環境甚複雜，限於篇幅，僅略舉數例，無法一一討論：

(49)

　　a. 魚餒而肉敗，不食。《論語·鄉黨》

　　　　魚如果爛掉了，肉如果爛掉了，就不吃。

　　b. 士不可以不弘毅，任重而道遠。《論語·泰伯》

　　　　「任重而道遠」：他擔負的責任是重的，他要走的路程是遠的。

　　c. 是以民服事其上，而下無覬覦。《左傳·桓公二年》

　　d. 夫音，樂之輿也，而鐘，音之器也。《左傳·昭公二十一年》

　　e. 知罃之父，成公之嬖也，而中行伯之季弟也。《左傳·成公二年》

　　f. 蟹八跪而二螯，非蛇蟺之穴，無可寄託者，用心躁也。《荀子·勸學》

　　　　「蟹八跪而二螯」，言蟹有八跪二螯，以此對比前文「蚓無爪牙之利」。

　　我們把陳述也看作說明的一種。陳述和敘事不同，陳述未必有時間承接關係。陳述重事實，說明重理，然二者亦往往難分。上古漢語陳述句中用「而」字式的很多，出現的句子環境亦甚複雜，略見以下數例。

(50)

a. 始吾於人也，聽其言而信其行；今吾於人也，聽其言而觀其行。《論語・公冶長》

b. 季氏富於周公，而求也為之聚斂而附益之。《論語・先進》
前一「而」字連接陳述的兩分句，後一「而」字所處為連動結構。

c. 匠慶謂季文子曰：子為正卿，而小君之喪不成：不終君也。《左傳・襄公四年》

d. 請分良以擊其左右，而三軍萃于王卒，必大敗之。《左傳・成公十六年》

e. 齧缺問於王倪，四問而四不知。《莊子・應帝王》

f. 當是之時，東胡彊而月氏盛。《史記・匈奴列傳》

g. 諸左方王將居東方，直（「直」是「面當」的意思）上谷以往者，東接穢貉、朝鮮；右方王將居西方，直上郡以西，接月氏、氐、羌；而單于之庭直代、雲中。《史記・匈奴列傳》

h. 各有分地，逐水草移徙，而左右賢王、左右谷蠡王最為大（國），左右骨都侯輔政。《史記・匈奴列傳》

i. 羽虫三百有六十，而鳳為之長。《孔子家語》

　　上古漢語連詞「而」的組織力強大，可出現「而」字的結構環境難以精確統計，有關的研究論文為數亦多。本章不企圖對「而」字式作全面的分析；我們的目的只是就前賢未見及的地方做一些補充，因此詳略不一。❹
大抵知道得多的就多談，知道得少的就少談，不知道的就不談，無可補充的則從略。又因篇幅所限，本書前面提到過的（例如第四章對比主題句中的「而」）就不在這裡重複了。

---

❹　前人用訓詁方式解釋「而」的用法，多有未到之處。這裡不及細評。請參考郭錫良〈古漢語虛詞研究評議〉，《古今通塞：漢語的歷史與發展》（中央研究院第三屆漢學會議論文集（語言組）），頁 49–74，2003 年。

句子的延伸——句段結構

前面三章介紹三種類型的句子時，我們特別提出「句」和「句段」的分別。句是句法學的單位，無論單句或複句，都是句法學上的句子(sentence)。句段則是多個句子的組合，是篇章的最小單位。句段不等於文章的段落。段落可以由多個句段組合而成。句段構成段落，段落構成文章（篇章），所以說句段是篇章的最小單位。篇章的單位不是句子，而是句段。本章討論句段的結構。

1. 句與句段

1.1 句段的語言實在性

句段是依循著語言中既定的合成式樣所組成的比句子單位更大的表義單位。現代書面作品中由句號標注的長句子，若是依循既定式樣合成，即為句段。漢語屈折形態不發達，句子的界限不易劃分，用句號標出的語言單位往往是句段而不是句子。甚至可以說中文標點符號中句號的主要作用就是標示句段。由此可見句段一概念有語言心理上的實在性。古代書面語雖沒有規範化的標點符號，仍可根據連接標記及形式特徵作為判別複句和句段的依據。

中國語法學從馬建忠《文通》起就有如上述的句段觀念，但《文通》沒有給它一個專名。至王力始於 1943 年出版的《中國現代語法》提出「多合句」這個名稱，用來指「由三個以上句子形式聯合而成的」複合結構。❶周法高繼之，在他的《中國古代語法：造句編（上)》第四章「複句」的最

❶ 王力《中國現代語法（上)》，頁 122–124。

後一節（第七節）中，討論古代漢語多合句各種複合類別。二家仍以「多合」為複句的複雜類型，本書則把「多合」視為句段，是一個比句子（包括複句）更大的語法單位。

本書所用「句段」一名稱據范繼淹 (1985)〈漢語句段結構〉一文所述是呂叔湘先生在上世紀 60 年代初期提出的。❷呂叔湘曾嘗試以「句段」概念作為分析漢語語法結構的一個框架，在此框架下，「漢語的句子由句段構成，句段由短語構成，短語由語素構成。由一個句段構成的句子稱為單段句，由兩個以上句段構成的句子稱為多段句。多段句的各個句段之間，有各種不同的聯繫關係。」（引自范文頁 52）本書採用呂叔湘「句段」這一名稱，特別用來指複句以上的多段句（複句以下則是句子而不叫句段），用法稍有不同，但應不違背其立論本意。范繼淹論文之後，又有沈開木《句段分析（超句體的探索）》(1987) 一書，對現代漢語篇章組織的分析也有參考價值。楊伯峻、何樂士《古漢語語法及其發展》（1992，修訂本 2001）於書後另闢「語段」一章（第十四章），討論此句段問題，雖頗簡略，於語法書中實屬首創。

至於國外著作，則有屈承熹 (Chu 1998) *A Discourse Grammar of Mandarin Chinese* 一書，於漢語「句」的討論，有甚多關於句段的見解。下文所引，皆根據該書中譯本《漢語篇章語法》。❸

1.2 複句與句段

複句、主題句和句段都是呂叔湘所謂的「多段句」，因此容易混淆，必須首先分別清楚。複句和主題句屬於句子單位。句子可根據不同的角度歸為若干類別，如從語氣的立場分為表述句、疑問句、命令句、感嘆句等；從表述的立場又可分為敘事、說明、描寫等。但不管用什麼尺度來分，每一個句子只屬一類，不是 A 類，就是 B 類，或是 C 類，而不能跨類，即

❷　〈漢語句段結構〉，《中國語文》1985 年第 1 期。
❸　屈承熹《漢語篇章語法》（潘文國等譯），北京語言大學出版社，2006 年。此書英文版於 1998 年出版。

不能既屬 A 又屬 B。即使是複句，也只表達單一關係，如聯合關係、時間承接關係、條件關係等。相對於句段而言，無論根據哪一個標準來分，各個式樣的句子都是基本句式。而句段則是基本句式的延伸和混合，構成更大單位的信息結構。因此句段語法是句法學的延伸。

形式上，句段和複句有時頗難劃分，有兩點需要先在這裡說明。第一，以連詞作為複句的標記，並非表示有連詞才算複句，沒有出現連詞就不算是複句。上古漢語連詞的使用並不嚴格，基本上是修辭的問題。句子的關係可以由語意決定。省略連詞使句子的接合緊湊，所以格言式的複句都是不加連詞的，如「滿招損，謙受益」、「豹死留皮，人死留名」之類。反之，不能用連詞連結的就只能算是多個句子的聚結，是句段而不是複句。因此排句如「背施無親，幸災不仁，貪愛不祥，怒鄰不義。」（《左傳・僖公十四年》）是四個獨立句子；「大上有立德，其次有立功，其次有立言。」（《左傳・襄公二十四年》），「未有上好仁而下不好義者也，未有好義其事不終者也，未有府庫財非其財者也。」（《大學》）是三個獨立句子。這都是句段結構，不是複句。這些句段裡的句子都不能用「而」連接。排句可以視為修辭學意義的並列架式，但不能視為並列複句：它屬於句段，下文稱為「排比句段」。

其次，我們把並列複句規定為能用並列連詞連接的最小語句單位，但句段內也可以有關聯成分。例如「與犬，犬斃；與小臣，小臣亦斃。」（《左傳・僖公四年》）一語中，「與犬，犬斃」（與犬而犬斃）是一個複句；「與小臣，小臣亦斃。」也是一個複句。因此這裡關聯成分「亦」所連接的就不是一個複句，而是兩個並排的複句。「亦」可以做複句內的連接，也可以做句段內的連接。句段的連接成分叫做句段關聯詞。本章最後第 4 節討論上古漢語幾個比較特別的句段關聯詞。

此外，有兩種連接關係是句子裡有也是篇章（句段）裡常見的，在此先提出來加以說明。一是主題，一是承指。

主題是一個句子和句段都要用到的概念。句子的主題句特徵鮮明，第四章已詳述。西方語言學把句子層次的主題稱為 sentence topic，篇章層次

的主題稱為 discourse topic。我們認為無論分析句子、句段或篇章都要談到「主題」，因此句段也有主題，稱為句段主題。然而以語法性質而言，雖然都稱為主題，句子的主題恐怕與篇章或句段的主題分別很大。句法層次的主題稱為主題語，它占著句子 CP 裡的一個位置。但在篇章或句段中，主題可以是意念性的，主題並不占結構位置，主題述題之間並無句法上的關連。Tanya Reinhart 說，主題是一個語用概念。❹ 就句段以上的主題而言，此說法是正確的，但在句子層次上，恐怕並不完全對。至於篇章主題和句段主題之分，前者是總體的 (global)，後者是局部的 (local)。然而總體與局部也是相對觀念，中間還可以劃分出段落──小段、大段──等單位，都可以有主題的概念。我們這裡不做篇章分析，只分別句段主題和篇章主題。跨句段的主題，都叫做篇章主題。

　　句段的主題結構有兩種：一為主題鏈；一為主題片。二者都通過承指的方式把主題與述題關連起來。

　　語句中用一個指示詞（「是」或「此」）或空代詞去指稱前面的一句話或一段話，稱為承指。例如在「王之不王，是折枝之類也。」（《孟子・梁惠王上》）中，指示詞「是」承指前面「王之不王」這句話。這是一個主題句：「王之不王」是主題語，「是折枝之類也」是述題語。承指跟主題結構密切相關，主題句常用這種承指方式關連主題和述題兩個部分。不過這種承指用法並不限於主題句；複句的偏句、正句之間也可以用「是」來承指，如「穀與魚鱉不可勝食，材木不可勝用，是使民養生喪死無憾也。」（《孟子・梁惠王上》）參看第二、四兩章的討論。

　　承指也經常用在篇章之中。《孟子・梁惠王上》：「（梁惠王）曰：不可。直不百步耳。是亦走也。」梁惠王這話是針對上文「或五十步而後止」那句話的回答。「直不百步耳」是一個句子，它的主語是一個空代詞 pro。這個空代詞和下句主語「是」都是指「五十步而後止」的情況。這是承指用法。承指是一種語意的連結，不是句法的連結；它有別於句法上的照應或

❹　Reinhart, T., "Pragmatics and linguistics: an analysis of sentence topics," *Philosophica* 27, 1981 (1): 53–94.

複指 (anaphoric) 關係，因此需要另立名稱。有的語法書稱為「回指」。在第二章，我們襲用呂叔湘的稱法，叫做承指。

句段的承指有一個重要的功能，就是對語義的補充。徐德庵先生把語句之間的語義補充關係稱為「綴補」。他把上古漢語語句間的綴補關係仔細分為十四類，舉了很多例子來解說。他的分析角度與本書的架構略有不同，但很有參考價值。❺

句段語法至今還是一個新的研究領域，我們對它的了解有限。它的課題甚多，分析角度亦宜多樣，本章無法一一顧及。限於篇幅，下面各節的討論也不可能做到詳盡。本章以上古漢語為討論重點。古今漢語句段類型各有特色。其中古今相同的，我們則以現代漢語作一比較；有些特徵早期顯著，而後世則有所改變，這些今古不同的古漢語特色也將就我們所能見到的舉例說明，疏漏在所難免。

2. 句段類型

劉承慧根據過去學者對漢語句子構成的主張，解析當代散文中由句號標注的長句子，提出五種常見式樣：主題鏈、題旨板塊、主題鏈和題旨板塊的並用、多種事理的縮合、主題鏈和事理關係的綜合運用。這五種式樣又可以歸併為「與主題／評述相關」及「與多種事理縮合相關」兩大類型。❻本章分類大致以此為據。然而此兩大類型之外，還必須討論一個對漢語來說十分重要的類型，就是「排比」。句段內規則的並列，我們稱為「排比」。排比類句段又可細分為「平行排比」、「對比排比」和「遞進排

❺ 徐德庵〈漢語文言文中的綴補複句〉，收入氏著《古代漢語論文集》，頁 194–203，巴蜀書社，1991 年。文中所引例，多屬本書所討論的主題／述題關係的句子和句段。

❻ 劉承慧〈先秦書面語的小句合成體──與現代書面語的比較研究〉（《清華中文學報》2010 年第四期）。本章的寫成參考劉文之處頗多，也用了該文一些實例，但或有不同的分析。讀者可以參閱該文，恕不一一註明。劉文的「小句合成體」相當於本書的「句段」。

比」三種式樣。這三種式樣的句段都是句的延伸。

　　以上三大類型並沒有窮盡句段組織的各種形態。我們這裡只是挑出比較有結構特徵的類型來討論。

2.1 主題／述題類型

　　漢語自春秋時期以後，就是一個主題優勢類型語言（第四章），主題／述題的表達方式是古今漢語所共同的。語言學主題這個概念，既是句子層次的，也是篇章層次的。句段或篇章都要談到主題，因此句段也有主題，稱為句段主題。主題與述題相對，主題設定一個題目，而述題則是針對主題做出的評論、說明或介紹。這是主題句的基本功能，雖然具有這樣功能的結構並不限於主題句。這在第四章已解釋過。

　　第四章已指出，主題和述題的語意關係可以建立在跨句子的結構中。在句段層次，主題結構包括「主題鏈」和「主題片」兩種式樣。申小龍(1988) 提到古今漢語都有「輻射型」、「網收型」兩種主謂結構。❼前者由單一主題帶出多個評述句子，形成主題鏈，本書稱為基本主題鏈；後者由多個句子共同合成主題，總結於一個單一的收句評述語（本章稱為收結語）。「網收型」結構的主題部分劉承慧稱為「題旨板塊」（「板塊」是英語 *chunk* 的翻譯），下文改稱「主題片」。屈承熹 (2006)（即 Chu 1998 中譯本）指出，現代語篇還包含兩種複雜的主題鏈，即「內嵌」與「套接」。而套接鏈又分為「套接式主題鏈」和「分裂兼環」兩小類。❽屈書所謂複雜，是說這些主題鏈中不是只有單一主題，而是以主題帶出主題，藉由指稱成分的嵌套做句段的擴展。我們認為其實所謂套接，在句段層次上，亦只能含有一個主題（可以是聯合主題，見下文說明）。換句話說，在套接這一類的主題鏈中，由一個句子導入的主題才是該句段的真正主題。至於屈書的分裂兼環，本書改用分裂主題鏈這名稱。分裂主題鏈指將一個主題分成兩個，或將一個聯合主題拆開，加以分述。本書取消了複雜主題鏈這個次類，把

❼　申小龍《中國句型文化》，頁 39–40，長春：東北師範大學出版社，1988 年。
❽　屈承熹《漢語篇章語法》，頁 254–258。

主題鏈直接分為基本、套接、分裂、內嵌四種。本節 (2.1) 首先討論這四種主題鏈，2.3 節繼續討論主題片。

「主題片」較易辨認，「主題鏈」則很難從形式上加以確定，因此引起學界的爭論也多。2.2 節談一談主題鏈的認定問題。

2.1.1 基本主題鏈

主題鏈都是句段結構。由一個主題鏈構成一個句段，就稱為基本主題鏈。主題鏈可以很長。我們先舉兩個現代漢語基本主題鏈例子：

(1)
　　a. 乾菜也是切碎，也是加一點糖和油，燥濕恰到好處，細細地咬嚼，可以嚼出一點橄欖般的回味來。(朱自清〈說揚州〉)
　　b. 公園周圍滿是鐵欄干，車門九個，遊人出入的門無數，占地二千二百多畝，繞園九里，是倫敦公園中最大的，來的人也最多。(朱自清〈公園〉)

二例分別以「乾菜」、「公園」作為主題，帶出後面多個平行排比成分，全都是圍繞說明這個主題，合為一個主題鏈。這是主題鏈的基本型態。

用主題鏈做鋪陳的描述，如 (1) 的例子，上古漢語晚期就出現很多，而文字更整齊。下面是《戰國策》和漢初賈誼〈過秦論上〉的例子：

(2)
　　a. 大王之國，西有巴、蜀、漢中之利，北有胡貉、代馬之用，南有巫山、黔中之限，東有殽、函之固；田肥美，民殷富，戰車萬乘，奮擊百萬；沃野千里，蓄積饒多，地勢形便。(此所謂天府，天下之雄國也。)《戰國策・秦策「蘇秦使將連橫」》
　　b. 秦孝公據殽函之固，擁雍州之地，君臣固守，以窺周室；有席卷天下，包舉宇內，囊括四海之意，并吞八荒之心。〈過秦

論上〉

由單一主題搭配多個散行的評述成分，普遍見於先秦典籍，不過其用法還是以說明為主，如下各例句所示：

(3)

    a. 詩，可以興，可以觀，可以羣，可以怨。《論語・陽貨》

    b. 故用國者，義立而王，信立而霸，權謀立而亡。《荀子・王霸》

    c. 禮者，所以貌情也，羣義之文章也，君臣父子之交也，貴賤賢不肖之所以別也。《韓非子・解老》

    d. 北宮黝之養勇也，不膚撓，不目逃；思以一豪挫於人，若撻之於市朝；不受於褐寬博，亦不受於萬乘之君；視刺萬乘之君，若刺褐夫；無嚴諸侯：惡聲至，必反之。《孟子・公孫丑上》

例 (3a) 至 (3c) 中評述成分都呈現整齊的排比。也有像例 (3d) 這樣交雜著不同結構的評述成分而成組合，儘管組合成分結構不同，卻都各自平行聯繫著主題「北宮黝之養勇也」。

    排比的述題結構可以很複雜，下面 (4) 是第一章舉過的例子。(4a) 是主題鏈，(4b) 是它的句法結構。

(4)

    a. 左右皆曰賢，未可也；諸大夫皆曰賢，未可也；國人皆曰賢，然後察之；見賢焉，然後用之。

    b. (Top_i) 左右皆曰 pro_i 賢，未可也；諸大夫皆曰 pro_i 賢，未可也；國人皆曰 pro_i 賢，然後察之$_i$；見賢焉$_i$，然後用之$_i$。

第一章指出，例句 (4) 的主題沒有明說，是意念的。如果要明說，也可以用小句如「有人焉」把主題引進。但若是這樣做，這個主題鏈就成為下一小節要談到的套接式樣了。

    (5) 也是第一章舉過的例子：

(5)聖人既竭目力焉，繼之以規矩準繩，以為方員平直，不可勝用也；
　　既竭耳力焉，繼之以六律，正五音，不可勝用也；既竭心思焉，
　　繼之以不忍人之政，而仁覆天下矣。《孟子·離婁上》

這一個排比句段也是有一個確定的主題的，那就是「先王之法」的「舊
章」。三個「焉」都是指此而言，以「焉」作為承指詞而構成一個主題鏈。

2.1.2 套接主題鏈

　　「套接」的句段是由起首一句把主題引出，發展為一個主題鏈。

(6) 我不會釀蘋果酒，只會做蘋果派：把蘋果切碎後加入肉桂、豆蔻
　　和糖，用小火熬煮成醬，包入揉有奶油和雞蛋的麵皮裡，烤熟後
　　黃澄澄香噴噴，是最家常不過的甜點。(蔡珠兒〈蘋果嚎叫〉)

例 (6)「蘋果派」是這個句段的主題，後面的話都是對這個主題做的介紹。
這個主題不是出現在句段之首，而是由一個表對比的複句引進來的，故稱
為套接。

　　套接主題鏈起首的句子可稱為（主題）導入語。過去大家都認為導入
語的主語也是句段的一個主題，導入語本身形成一個主題鏈，與它引出的
新主題所形成的主題鏈套合在一起。本書不贊成這個分析。本書認為一個
套接主題鏈應當只有一個主題，一個主題鏈。句段前面導入語的作用是引
進主題，使它發展成為一個主題鏈，因此導入語本身不構成主題鏈。「我」
是一個篇章主題，不是句段主題。詳下文的說明。

　　套接形式可以是多重的。試比較下面三個句段：

(7)

　　a. 東北角海岸一個漁村外海，來了一艘從對岸開航的走私漁船。

　　b. 東北角海岸一個漁村外海，來了一艘從對岸開航的走私漁船，
　　　　船上藏有軍火一批。

　　c. 東北角海岸一個漁村外海，來了一艘從對岸開航的走私漁船，

　　船上藏有軍火一批：手槍、輕機槍、突擊步槍、手榴彈都有。

(a)、(b)、(c) 三個句段均可視為主題鏈。(7a) 談的是關於東北角海岸漁村的事；(7b) 是關於走私漁船的事；(7c) 則是有關一批走私軍火的事。但是我們似乎不能說因為「漁村」是句段 (a) 的主題，所以也是句段 (b)、(c) 的主題；不能說「走私漁船」是句段 (b) 的主題，它也是句段 (c) 的主題。在句段 (c) 中，「漁村外海」和「走私漁船」都是對「走私軍火」這個主題提供的情節背景，屬於背景信息 (background information)。背景 (background) 與前臺 (foreground) 相對而言，背景信息不應起主題作用。❾參看 2.2 節。

　　同樣的，依照我們的看法，例 (6) 的「我」也不是這個句段的一個主題。難道「我」沒有成為主題的足夠分量？當然不是。自稱的「我」經常是句子的主題，「我」的「主題性 (topicality)」強，這是不用說的。例 (6) 的主語「我」也有主題的意味。不過這應是一個篇章主題，是個跨句段的主題，不是這個句段的主題。主題這個語言概念，在句子層次、句段層次，以及篇章層次都要用到。凡是自述體，皆以「我」為篇章主題。把句段主題和篇章主題分別開來，就能避免一些對主題的爭論。這題目下文還會繼續談到。

　　用於敘事，上古漢語套接主題鏈也跟現代漢語一樣，具有引入新主題的作用：

❾　也有學者認為這種接龍式的句段是一種多主題的主題鏈，如屈承熹和李文丹 (Wendan Li)，本書作者對此持保留看法。李文丹認為所有接龍式句段都是主題鏈，稱為「蒙太奇主題 (montage topics)」。參看 Wendan Li (2005), *Topic Chains in Chinese: A Discourse Analysis and Applications in Language Teaching.* LINCOM (2007, second printing), 5.3.8, pp. 99–104。這種式樣的句段在現代漢語散文中用得很多，極具特色，如：

　　　　門內是小院子，幾枝丁香，幾架薔薇，薔薇架後是廊子，廊子後面是一間屋子，……(p. 103)

我們把主題鏈界定為以一個主題貫串各個獨立句子的句段。準此，上例只是一連串描寫句的組合作景物的描述。這種隨視線轉移的全景描寫 (panoramic description) 沒有背景、前臺之分，因此不能算是真正的（套接）主題鏈。現代漢語這樣的句段也許稱為「全景描寫句段」比較合適。

(8)

　　a. 北冥有魚，其名為鯤。《莊子・逍遙遊》

　　b. 有賤丈夫焉，必求龍斷而登之，以左右望而罔市利。《孟子・
　　　公孫丑下》

上古漢語表事物存現的句式只有「有」字句一種，尚未出現現代漢語的存
在句式，❿因此上古漢語沒有如 (7) 那種多重套合的句段。

　　古代社會的女性必須依賴婚姻家族關係才有出頭機會。史傳中常以套
接方式引進敘事的女主角。

(9)

　　a. 衛莊公娶于齊東宮得臣之妹，曰莊姜，美而無子，衛人所為
　　　賦〈碩人〉也。《左傳・隱公三年》

　　b. 及高祖為漢王，得定陶戚姬，愛幸，生趙隱王如意。《史記・
　　　呂太后本紀》

　　分裂式句段也常用套接方式引進主題，例見下一節 (12)、(13)。

2.1.3 分裂主題鏈

　　一個表達主題的語句成分可以包含一個以上的主題。這種多個主題的
聯合我們稱為聯合主題。分裂主題鏈指的是聯合主題的分述，從而構成聯
合的主題鏈。下面是一個現代散文的例子。相對於上古漢語，這樣的主題
鏈在現代漢語中並不少見。

⑽ 一九三一年，這鋪子裏舉行過兩回展覽會，一回是劍橋書籍展
　覽，一回是近代插圖書籍展覽，都在那會議廳裏。（朱自清〈三

❿　參看大西克也〈從「領有」到「存在」——上古漢語「有」字句的發展過程〉，
　　《歷史語言學研究》第四輯，頁 112–128，商務印書館，2011 年 12 月。上古漢
　　語非賓格動詞結構有「河出圖」、「洛出書」這樣的句子，只是為數極少。「非賓
　　格動詞」見第九章 2.2 節。

家書店〉〉

「兩回展覽會」是這個句段的主題，可以分拆開來，用兩個「一回」來接續。

用分裂方式展開表述內容，上古漢語其實很常見。《中庸》有這樣一個句段，是分裂式主題鏈：

⑾ 天地之道，博也，厚也；高也，明也。❶

翻譯成語體，就是：天地之道，一個（指地）是博厚；一個（指天）是高明。又如：

⑿ 人所以立，信、知、勇也：信不叛君，知不害民，勇不作亂。
（失茲三者，其誰與我？）《左傳・成公十七年》

此以「人所以立」為導入語，引出主題「信、知、勇」，整個句段亦應屬分裂主題鏈。

再如下例，亦以導入語引出主題「三不祥」，整個結構屬分裂主題鏈。

⒀ 人有三不祥：幼而不肯事長，賤而不肯事貴，不肖而不肯事賢。
（是人之三不祥也。）《荀子・非相》

2.1.4 內嵌主題鏈

內嵌是指一個複雜主題鏈的主題分首、次兩個，先出者為首，次出者為次。次主題形成另一個主題鏈，嵌入首主題的主題鏈中。例 (14) 這個現代散文例子，就是這樣一個內嵌主題鏈句段。

⒁ 張愛玲酷嗜色彩與氣味，對線條形體的敏感也異乎常人，所以從
不放過小節——舉凡長相、衣飾、妝扮、食物、家俬擺設等等，
她無不娓娓道來，細加鋪陳勾勒——有時近乎耽溺。（蔡珠兒〈驚

❶ 此句段下文還有「悠也，久也」二句，則是合天地而言，指宇宙的悠久無疆。

紅駭綠慘白——張愛玲筆下的花木〉〉

這一句段的首主題是「張愛玲」，以「酷嗜色彩與氣味，對線條形體的敏感也異乎常人，所以從不放過小節，有時近乎耽溺」作為述題內容，形成一個主題鏈。又由「從不放過小節」岔出附帶說明，形成次要主題鏈，嵌入文內。次主題「舉凡長相、衣飾、妝扮、食物、家俱擺設等等」扣住「小節」，次主題鏈的述題部分「她無不娓娓道來，細加鋪陳勾勒」呼應「從不放過小節」。內嵌的次主題鏈與首主題鏈構成緊密的連結，共同形成一個複雜的主題鏈。內嵌的標點符號是破折號「——……——」。

　　由單一主題構成的主題鏈在先秦十分常見，然而上古漢語由於不用標點符號，主題鏈的內嵌關係不易表達，故用例甚少。勉強去找，《大學》有這樣一個例子，接近內嵌主題鏈：

　　⒂ 所謂誠其意者，毋自欺也——如惡惡臭，如好好色——此之謂自謙（慊）。

「如惡惡臭，如好好色」只是插入的話，用來說明「毋自欺」的意思：「自謙」是直接連到前面「誠其意」那兩句話上頭的，是對前面的論旨做的結論。❷

　　上古漢語的內嵌一般只出現在較大的句段結構中，而不以主題鏈形式呈現。下例中內嵌部分以粗體表示。

　　⒃ （孟施舍之所養勇也，曰：）視不勝猶勝也；**量敵而後進，慮勝而後會，是畏三軍者也**。舍豈能為必勝哉？能無懼而已矣。《孟子·公孫丑上》

「量敵」三句內嵌於「視不勝猶勝也」與「舍豈能為必勝哉」之間，用以說明「視不勝猶勝」的無懼。現在我們使用標點符號，標點符號有破折號，就可以把內嵌關係表達得很清楚。

---

❷　參看梅廣 (2010)〈大學古本新訂〉。

　　敘事文中偶爾亦能找到內嵌例子，用破折號標示，就更清楚。《史記‧范雎列傳》記載范雎偷渡入秦境，有這樣一段生動的敘述：

(17) 王稽辭魏去，過載范雎入秦。至湖，望見車騎從西來。范雎曰：「彼來者為誰？」王稽曰：「秦相穰侯東行縣邑。」范雎曰：「吾聞穰侯專秦權，惡內（納）諸侯客，此恐辱我，我寧且匿車中。」有頃，穰侯果至，勞王稽，因立車而語曰：「關東有何變？」曰：「無有。」又謂王稽曰：「謁君得無與諸侯客子俱來乎？無益，徒亂人國耳。」王稽曰：「不敢。」即別去。范雎曰：「吾聞穰侯智士也，**其見事遲──鄉者疑車中有人，忘索之──**」於是范雎下車走，曰：「**此必悔之。**」行十餘里，果使騎還索車中，無客，乃已。王稽遂與范雎入咸陽。

此段最後范雎的話有兩處嵌入。他那番話的骨幹是：「吾聞穰侯智士也，其見事遲，此必悔之」。「鄉者疑車中有人，忘索之」是「見事遲」的事實，作為補綴，插入句中。又「此必悔之」一句本是連著前面的話一起說的，因為要描寫范雎說話同時的動作，所以被隔開，中間插入「於是范雎下車走」一句。

　　上古漢語還有一種情形，就是在敘事的段落（不是句段，而是比句段大的段落）中嵌入一個主題句以為說明，如下面《史記》的例子：

(18) 單父人呂公善沛令，避仇從之客，因家沛焉。沛中豪桀吏聞令有重客，皆往賀。蕭何為主吏，主進，令諸大夫曰：「進不滿千錢，坐之堂下。」高祖為亭長，素易諸吏，乃紿為謁（《漢書‧高帝紀》顏師古注：謁，謂以札書姓名，若今之通刺）曰：「賀錢萬」，實不持一錢。謁入，呂公大驚，起，迎之門──**呂公者，好相人，見高祖狀貌，因重敬之**──引入坐。〈高祖本紀〉

這一段落是一個跨句段的篇章結構，以呂公和漢高祖劉邦為敘事主角，這兩個人物都是這裡的篇章主題，而呂公同時也是第一個句段──主題鏈形

式——的句段主題。最後「迎之門」、「引入坐」二句本是相連的，中間插入一個主題句延伸出來的主題鏈，用來說明呂公敬重劉邦是因為他會看相，見高祖相貴不可言之故。

2.2 主題的認定問題

主題（或話題）這個語言概念，有形式的一面，有功能的一面，還有意念的一面。過去學者討論主題，把主題劃分為句子主題和篇章主題兩種。現在我們在句子和篇章之間加了一個「句段」的結構層次，就多了一個「句段主題」的觀念。句段主題成立的根據有二，一是主題鏈的存在，一是主題片的存在。無論談主題鏈或主題片，我們都必須假定「句段主題」這個觀念。主題片這個結構留待下一節討論。本小節繼續討論主題鏈的問題。

對於主題鏈，學界還有許多不同的意見，參看註❾。這大概都可以歸結到對「主題」認識的差異。我們認為把篇章主題和句段主題分別開來，就比較能釐清主題鏈的問題。句段主題是一個句段內的主題，一個句段應當只有一個句段主題。篇章主題則是跨句段的主題。篇章主題可以有多個，特別在敘事篇章中，擺在前臺的人物都具有主題地位。

有的主題鏈是很容易確定的。例如在一個句段中，如果首句是一個二段句式的單句，這個首句就是一個主題句，而這個句段就構成一個主題鏈。如例 (18) 中「呂公者，……」這個插入的句段就是一個主題鏈。從這點看來，主題鏈似可視為主題句的延伸。然而如果以主題句的標準界定主題鏈，則必定有很多同主語的句子串連 (clause-chaining) 句段因其首句不能改成主題句形式，而不能歸入主題鏈，如例 (18) 中的「高祖為亭長，素易諸吏，乃紿為謁曰：『賀錢萬』，實不持一錢。」因此我們把主題鏈界定為以一個被指涉的成分（可以是意念的）貫串各個獨立句子的句段。主題鏈的主題（句段主題）有它的特殊性：它必須貫串一個以上獨立句子。因此我們贊同屈承熹的意見：沒有所謂單一句子的主題鏈 (single-clause topic-chain)。我們認為把單句排除在主題鏈之外，也比較符合我們對主題鏈的直覺認識。

　　第四章說主題／述題關係最寬鬆的語意界定是「有關性 (aboutness)」，主題鏈也應當表達這種語意關係。前面幾小節討論了現代漢語和上古漢語主題鏈的幾種類型，都含著這個「有關」的語意性質。然而「有關」是非常寬鬆的語意概念，從語言的表述方式來說，至少可以分出兩種「有關」。一是跟人、事或物有關；一是跟一個題目或中心思想有關。後者可以用論說文作為例子。論說文必須有一個題目。假如這個題目是「立志」，則這篇論說文必須扣緊「立志」這個題目寫。扣緊題目寫就是「對題」，不扣緊題目寫則是「不對題」。文不對題就是寫一些跟題目「無關」的東西。這裡的「有關性」是指論說文的內容是否與題目相關。這是篇章層次上的「有關」。論說文的題目具有語法學上的主題概念，是篇章主題。

　　篇章主題是就篇章的內容而言。篇章的內容必須與其主題有關，否則就是文不對題，但是並非篇章中每一句話都必須扣緊篇章主題來說。寫文章不能這樣刻板。主題鏈則不然。主題鏈是一個句段結構，能成為主題鏈，這個句段的每一個句子都必須扣緊同一個主題。主題鏈的主題是句段主題。篇章主題則是跨句段主題，二者是不同層次的主題概念。

　　主題鏈是在同一主題下語句的串連。主題鏈的主題（句段主題）是一個被指涉的成分。被指涉的成分通常是句子裡的舊信息，即所謂「先前提到過 (previously mentioned)」的人、事或物，但並非必須如此。主題鏈的主題不一定是舊信息，也可以是新信息。2.1.2 節的套接主題鏈是用來引進一個新主題的，這個新主題就是文中未提過的尚待介紹的人物或事物。出現在敘事結構中的主題鏈都是這種套接主題鏈，例如《左傳》第一個故事的開頭：「初，鄭武公娶于申，曰武姜，生莊公及共叔段。」（《左傳·隱公元年》）這裡用「鄭武公娶于申」引介出主題——武姜這個女子。「娶于申」意思是「娶申（公）之女」。春秋時代貴族的婚媾是氏族之間的事，所以都是用「娶于 X（X 為國或氏族名）」的公式。「娶于 X」這句話就能引介一個主題人物。「曰武姜，生莊公及共叔段」是這個主題鏈的述題部分。在句法層次上，主題都是有形式的：主題語占著句子的一個位置。但是句段的主題還可以是意念的，不一定有語言形式。

　　2.1.2 節提出「主題性」這個觀念，需要在這裡解釋一下。所謂「主題性」是指在一個特定的語言環境 (context) 中能成為評述對象的相對分量。「主題性」是個相對概念。句子的定指成分都有成為主題的可能，第四章說過一句的主題傾向以主語表達。這是「主題性」的兩個語法性質。這是說，一般而言，句子的定指主語有比較強的主題性，較容易成為主題。然而在句段中，即使是定指主語，亦未必能成為句段主題。套接主題鏈即是如此。在「鄭伯克段于鄢」的故事中，故事的主要人物是武姜、鄭莊公和他的弟弟共叔段。「鄭武公娶于申」一句雖以鄭武公為主語，但整個句段說的是武姜，並由武姜生子，點出其他兩個主要人物。因此句段中的「鄭武公」雖具有「主題性」的兩個語法性質——定指、主語，卻不能視為這個句段的主題，而且從整個故事來看，鄭武公也不是一個篇章主題。

　　下面再就句段主題和篇章主題的關係這個問題做一點補充。前面指出，一個句段主題同時也可以是一個篇章主題（如例 (18) 的呂公和高祖），但一個篇章主題卻不一定都能被選用為句段主題（如例 (6) 的「我」和例 (9b) 的「高祖」）。句段主題以一個句段作為它的語言環境；篇章主題則以該篇章作為它的語言環境。二者的語言環境有大小之分，因此我們還可以說，一個句段主題未必能成為篇章主題。一個句段主題能否同時成為篇章主題，取決於它在篇章語言環境中作為主題的相對分量，也就是它在篇章中「主題性」的強弱。

　　句段中的定指成分也可以作前臺、背景之分。套接主題鏈就是這樣的一個例子。在「初，鄭武公娶于申，曰武姜，生莊公及共叔段。」句段中，武姜是前臺人物，鄭武公是背景人物。前臺人物是句段主題，背景人物不是。其他套接主題鏈結構皆可如此分析。

　　前臺和背景之分在敘事篇章中作用更大。**⓭**以 (18) 為例。(18) 包括下

⓭　在敘事文中，表主語更換 (switch reference) 的「則」字結構有突出主題人物的作用。

　　　　a. 公$_i$使陽處父$_j$追之$_k$，pro$_j$ 及諸（之$_k$於）河，pro$_k$ 則在舟中矣。《左傳・僖公二十三年》

面五個句段。按照前面的定義，這五個句段都是主題鏈。我們把各個句段的主題以粗體標出。

(19)

　　a. **單父人呂公**善沛令，避仇從之客，因家沛焉。

　　b. **沛中豪桀吏**聞令有重客，皆往賀。

　　c. **蕭何**為主吏，主進，令諸大夫曰：「進不滿千錢，坐之堂下。」

　　d. **高祖**為亭長，素易諸吏，乃紿為謁曰：「賀錢萬」，實不持一錢。

　　e. 謁入，**呂公**大驚，起，迎之門……引入坐。

在這五個句段主題中，毫無疑問高祖、呂公同時也是屬於篇章主題。其他人物，蕭何和沛中豪桀吏，則不是篇章主題。b 與 c 的重點在建立一個「賀」的場面，作為呂公和高祖見面的地點。這是故事的背景設施。呂公和高祖才是前臺人物，其餘的人則是敘事篇章的背景人物。

2.3 主題片

　　劉承慧將網收型主述句段結構中的主題稱作「題旨板塊」，「題旨」指明它的表義功能，「板塊 (chunk)」則指明它被視為單一功能成分。這裡改用「主題片」一詞。一個論述的主題如以獨立句子組成，這個主題句段稱為主題片。

b. （五人$_i$）登丘而望之$_j$，pro$_j$ 則馳；pro$_i$ 騁而從之$_j$，pro$_j$ 則決睢澨，閉門登陴矣。《左傳・成公十五年》

a 的句段主題是三個被晉國釋放的秦將 NP$_k$；b 的句段主題是被迫趕的華元。若以前臺背景分之，「則」後面一句是前臺敘述，其他部分是背景敘述。
前臺／背景的對立是分析敘事篇章常用的概念，但何謂前臺？何謂背景？學者從不同的專業背景出發，解釋亦頗紛紜。語法中如何凸顯前臺、背景之分，學界中亦提出過許多看法。本書作者對此未做過系統研究，僅在這裡提出一二觀察所得，以供參考。

　　最簡單的主題片是由一個單句構成。下面是三個帶主題片的並排句段：

(20)　學而時習之，不亦說乎！

　　　　有朋自遠方來，不亦樂乎！

　　　　人不知而不慍，不亦君子乎！《論語‧學而》

　　「主題片」可以是一個由多個平行句子結合而成的排比結構，現代漢語的例子如：

(21)　有人希望長生而不死，有人主張生存而禁欲，有人專為飲食而工作，有人又為工作而飲食：這都有點像想齊肚臍鋸斷，釘上一塊底板，單把上半身保留起來。(周作人〈上下身〉)

例 (21) 將多個平行句子排比而成主題片，用來搭配評述成分「這都有點像想齊肚臍鋸斷，釘上一塊底板，單把上半身保留起來」，並以「這」承指主題。收結語中以指示詞承指主題很常見，但並非必要。

　　例 (22) 是兩個帶主題片的上古漢語句段結構，主題片以「此」、「是」承指：

(22)

　　　a.　指不若人，則知惡之；心不若人，則不知惡：此之謂不知類也。《孟子‧告子上》

　　　b.　上不忠乎君，下善取譽乎民，不恤公道通義，朋黨比周，以環主圖私為務：是篡臣者也。《荀子‧臣道》

(22a) 由主題片搭配單一收結語合成，這是相當於第四章主題釋義句的句段結構，其主題片由兩個偏正複句組成。(22b) 主題片以五個不規則的排比成分共同勾勒出「篡臣」的樣貌，收結語以「是」承指主題，句末「也」表達說話者的確認。這是一個相當於主題判斷句的句段結構。

　　史傳對史事的評論，經常是這種句段結構。下面例子承指詞是空代詞pro。

⑵ 蔡侯，鄭伯，會于鄧：始懼楚也。

九月，入杞：討不敬也。

公及戎盟于唐：脩舊好也。

冬，公至自唐：告于廟也。凡公行，告于宗廟，反行飲至，舍爵
策勳焉：禮也。特相會，往來稱地：讓事也。自參以上，則往稱
地，來稱會：成事也。《左傳·桓公二年》

主題片句段的收結語，不但有評論作用，也可以表達原因，亦即主題
釋因句（第四章 4.2.1.3 節）的延伸：

⑵ 君子所性，雖大行，不加焉，雖窮居，不損焉：分定故也。《孟
子·盡心上》

收結語如用「是以」，則表因果關係「所以」：

⑵ 君子之於禽獸也，見其生，不忍見其死；聞其聲，不忍食其肉。
是以君子遠庖廚也。《孟子·梁惠王上》

上引 (21)、(22) 例子中的主題片是屬於列舉型的。列舉型的主題片古
代漢語常見：

⑵

a. 君子之所以教者五：有如時雨化之者，有成德者，有達財者，
有答問者，有私淑艾者。此五者，君子之所以教也。《孟子·
盡心上》

b. 人有三不祥：幼而不肯事長，賤而不肯事貴，不肖而不肯事
賢。是人之三不祥也。《荀子·非相》(=(13))

這種列舉型主題片都有一個引介主題的導入語，例 (26a) 是「君子之所以
教」，例 (26b) 則是「人有三不祥」。句段的述題部分重複引介語，使得引
介語成為句段的一個信息焦點（在述題中，「君子」、「三不祥」均應重讀，

是信息焦點）。

　　不過，必須指出，主題片和主題語有時只是形式上的區分。下面 (27) 的兩個實例也都是以列舉型句段構成主題。不同的是這些句段都以「者」作註記，而「……者，……也」正是一個主題句的形式（第四章）。因此這些表達主題的句段不是真正的獨立於句子之外，而是出現在主題句的框架 CP 中，是主題句的複雜主題語。

(27)

　　a. 行之而不著焉，習矣而不察焉，終身由之而不知其道**者**，眾**也**。《孟子·盡心上》

　　b. 羣臣為學，門子好辯，商賈外積，小民右仗**者**，可亡**也**。《韓非子·亡徵》

再看更複雜的主題語例子：

(28)

　　a. 木直中繩，輮以為輪，其曲中規，雖有槁暴，不復挺**者**，輮使之然**也**。《荀子·勸學》

　　b. 賞罰無度，國雖大兵弱**者**，地非其地，民非其民**也**。《韓非子·飾邪》

例 (28) 以主題標記「者」與句尾判斷語氣「也」組合成「A 者 B 也」的主題句式樣，以多種事理的絀合構成一個複雜主題語 A，以收結語 B 說明複雜事理成立的理由。這是以主題語包裹複雜的事理，再以述題語做出說明。

　　下例「口之於味也」等四個列舉成分不是句子形式，因此所構成的不是主題片而是一個列舉型的主題語，整個結構也只算是一個主題句而不是一個句段：

(29)　口之於味也，目之於色也，耳之於聲也，鼻之於臭也，四肢之於安佚也，性也。《孟子·盡心下》

2.4 綜合討論

　　與主題／評述相關的句段古今都有很多式樣，大抵先秦已有的到現代仍沿用，只是有所消長。如先秦主題片的主題引介語常以述題（收結語）形式重複 ((26b))，因為它具有標示句段起訖位置的功能，不過這在現代被句號所取代，所以重要性已經有所不及。又釋因的主題句段以複雜事理整體作為主題，以表示原因的成分搭配為收結語，這種式樣現代保留在「A，這是因為 B（的緣故）」，成為直接採取事理綰合的方式，以「因為」注明前後的因果關係。

　　另外值得注意的是，古今複雜主題鏈內部成分結合緊密度的差異與現代漢語相比，先秦無論是搭配單一主題的複雜評述如 (3d) 或是搭配單一收結語的複雜主題如 (22a)，內部成分的變異較自由，而結合關係較為寬鬆。

　　再看下面的例子：

(30)

　　　a. 伯夷，非其君不事，非其友不友；不立於惡人之朝，不與惡人言，立於惡人之朝，與惡人言，如以朝衣朝冠坐於塗炭，推惡惡之心，思與鄉人立，其冠不正，望望然去之，若將浼焉。《孟子·公孫丑上》

　　　b. 孟施舍之所養勇也，曰：「視不勝猶勝也；量敵而後進，慮勝而後會，是畏三軍者也。舍豈能為必勝哉？能無懼而已矣。」《孟子·公孫丑上》

例 (30a)「立於惡人之朝，與惡人言，如以朝衣朝冠坐於塗炭」是對於前行成分「不立於惡人之朝，不與惡人言」的反面補充，又呼應了句末的「若將浼焉」。然而這個反面補充並沒有形式標記，只是就著觀念上的正反對照而插入。例 (30b) 孟施舍自述他養勇的方法是「視不勝猶勝也，舍豈能為必勝哉？能無懼而已矣」，中間插入的「量敵而後進，慮勝而後會，是畏三軍者也」是補充說明他所認定的「畏懼」，藉以彰顯什麼是「無懼而已矣」。

這種結構與現代漢語內嵌次要主題鏈如例 (14) 很接近，只是結合緊密度不同。現代漢語憑藉指稱成分的扣合，建立內部銜接與呼應，從而形成緊密的有機體。先秦則通常僅憑語意結合，缺乏指稱成分環環相扣的緊密組織。

前文提及先秦的套接鏈，並舉例 (9) 作為代表。例 (9a) 從起首主題鏈中的賓語「齊東宮得臣之妹」帶出後接主題鏈，這是最基本的套接鏈，複雜度遠不及例 (6) 以後接主題鏈展開大段關於烹飪過程的描摹，這樣的用例在先秦尚未出現。

現代漢語主題鏈式樣有分裂兼環 （分裂主題鏈），先秦時已發展出以「分裂」展開文脈的做法，但具體式樣仍有別於現代的分裂兼環。先秦的分裂式樣是從評述切割出論斷的前提，再以條件關係發展文脈，如：

(31)

  a. 君者，民之原也，原清則流清，原濁則流濁。《荀子・君道》

  b. 夫州吁，阻兵而安忍。阻兵，無眾；安忍，無親。眾叛親離，
   難以濟矣。《左傳・隱公四年》

例 (31a) 先提出君主是人民的根源，從根源這個成分進行分裂展開，分裂的面向是針對它的存在狀態——清澈或混濁，同時分裂的途徑是以存在狀態為條件來進行推論，而非僅就存在狀態進行描摹。例 (31b) 由州吁的人格特質「阻兵而安忍」平行分裂出「無眾」與「無親」的推論，總結為「眾叛親離」，並做出「難以濟矣」的斷言。這種分系展開推論的式樣，還保留在現代的議論文篇裡面。

先秦主題鏈是由評述成分的分裂、並置，展開平行的語意線索，適合從多方面進行事理推斷和鋪陳，但於交錯關係的表達，頗受限制。現代書面語則藉指稱成分的複指、分裂與呼應展開主題鏈，彌補了上述方面的不足。

先秦主題釋義句和主題判斷句都可以延伸為帶主題片的句段結構。這類的構造是由主題展開多個平行排比，最後再以收結語結束，如下例：

(32)

    a. 陳良，楚產也：悅周公、仲尼之道，北學於中國，北方之學
者未能或之先也。彼所謂豪傑之士也。《孟子‧滕文公上》

    b. 君子之所以教者五：有如時雨化之者，有成德者，有達財者，
有答問者，有私淑艾者。此五者，君子之所以教也。《孟子‧
盡心上》

    c. 人有三不祥：幼而不肯事長，賤而不肯事貴，不肖而不肯事
賢。是人之三不祥也。《荀子‧非相》

由上面幾個例子可以看出，這種式樣在先秦典籍中常用於界說，如 (32a) 的
「所謂豪傑之士」，(32b) 的「君子之所以教」，(32c) 的「人有三不祥」。古
書沒有書寫者給定的標點符號，以主題與收結語前後並用，具有註記句段
起訖位置的功能。

    包裹在主題與收結語間的成分，並非皆是散行，也可以是含有事理轉
折的複雜結構，如下例：

(33) 人之情，食欲有芻豢，衣欲有文繡，行欲有輿馬，又欲夫餘財蓄
積之富也，然而窮年累世不知足：是人之情也。《荀子‧榮辱》

這種以主題和收結語包裹住多種事理複雜成分的方式，同樣也是為了標示
句段起訖位置。

2.5 事理縮合類型

2.5.1 現代漢語類型

    句段除了表達對主題的評述而構成主題鏈外，還常常著重在事理邏輯
的分析。現代漢語由多種事理縮合的句段，合成式樣的穩定性都很高，這
是因為使用了明確而齊一的事理標記來縮合各個成分，如「雖然」、「卻」、
「因為」等。其結構大致可分下面幾個類型。

2.5.1.1 先轉折後說明

　　「先轉折後說明」的事理縮合方式，是現代書面作品中常見的句段合成式樣。舉例說：

　　⑶４　不過謊話雖然多，全然出自捏造的卻也少，因為不容易使人信。
　　　　（朱自清〈論老實話〉）

例 (34) 縮合了三個成分，前兩個成分「謊話雖然多，全然出自捏造的卻也少」先提出一個讓步轉折，後續「因為不容易使人信」說明讓步句成立的理由。(34) 句段開頭的「不過」則是一個句段關聯詞，標示更大句段單位的轉折。

　　同樣類型的例子又如：

　　⑶５

　　　　a. 野史和雜說自然也免不了有訛傳，挾恩怨，但看往事卻可以較分明，因為它究竟不像正史那樣地裝腔作勢。（魯迅〈這個與那個〉）

　　　　b. 雖然燈火並不燦爛，香奇范卻被喚作「東非明珠」，因為它曾經是非洲對外貿易的門戶，西方進入非洲的跳板，是舳艫千里的古老商港、熠耀繁華的歷史都城，也是各路文明的匯聚點，民族血統的雜燴大鍋。（蔡珠兒〈海角芬芳地——香奇范小史〉）

2.5.1.2 先轉折後結論

　　另一種式樣是提出轉折的事理後，接著以此事理作出結論。如：

　　⑶６

　　　　a. 道學家與古文家的規律，能夠造出一種普遍的思想與文章，但是在普遍之內更沒有別的變化，所以便沒有藝術的價值了。（周作人〈藝文與地方〉）

b. 社會中對於俳句的愛好不可謂不深，但那些都是因襲的俗俳，正是芭蕉蕪村子規諸大師所排斥的東西，所以民眾可以有詩趣，卻不能評鑑詩的真價。(周作人〈日本的小詩〉)

c. 很久以前聽過來自大陸北地的人談起口蘑，以及關於口蘑的鮮美，但是在台灣無緣享用，所以印象僅止於耳際罷了。(林文月〈口蘑湯〉)

例 (36a) 先提到「道學家與古文家的規律，能夠造出一種普遍的思想與文章」，接著轉折指出「但是在普遍之內更沒有別的變化」，然後據此做出結論「所以便沒有藝術的價值了」。例 (36b)、(36c) 的結構與例 (36a) 相同，也都以「所以」註明收束成分為廣義因果關係中的「結果」，(36a)、(36b) 的收句成分為推論結果，(36c) 的收句成分則為實然結果。

2.5.1.3 連續轉折

上述兩種合成式樣都是以轉折和因果建構出兩個層次的事理——先以轉折綰合兩個成分，再結合表示原因或結果的成分。此外還有一種是連續轉折，較為少見，如：

(37)

a. 這一道湯，事前頗有些準備的功夫，但必要臨食之際方可調製，否則煮好再熱，便失去眾菇新鮮爽口的效果了。(林文月〈口蘑湯〉)

b. 我只覺得，諧趣之於文章，宜似風行水上，自然成文，卻不宜處心積慮，刻意追求，否則予人紋多於水之感。(余光中〈小梁挑大梁——序梁錫華的《揮袖話愛情》〉)

例 (37a)、(37b) 先提出事理成分「這一道湯，事前頗有些準備的功夫」及「諧趣之於文章，宜似風行水上，自然成文」後，以轉折標記「但」、「卻」轉出事理焦點「必要臨食之際方可調製」、「不宜處心積慮，刻意追求」，再

以「否則」進行反向說明。

　　上述三種合成式樣都有相對固定的標記，如第一種的例 (34)、(35b) 用「雖然……卻……因為……」，例 (35a) 用「自然……但……因為……」，都以「因為」註記說明緣由的成分；第二種的例 (36a) 至 (36c) 用「……但（是）……所以……」，都以「所以」註記結果成分；第三種的例 (37a) 用「……但……否則……」，例 (37b) 用「……卻……否則……」，都用「否則」註記轉出成分。

2.5.1.4 評述與事理綜合運用

　　評述與事理這兩大類的合成式樣大抵如上述，不過它們並非互不關連，在散文作品中也有綜合運用的例子，如：

> ⑶⑻ 斯瓦希利語是東非三國（坦尚尼亞、肯亞、烏干達）的共同語言，它的主體雖是班圖語，但千年來深受阿拉伯語的濡染，近代又大量吸收英語的外來詞彙，所以就像香奇葩人一樣，是混血雜燴的結晶。（蔡珠兒〈海角芬芳地——香奇葩小史〉）

以「斯瓦希利語」作為主題，展開一連串的表述，構成一個主題鏈。表述部分是多種事理的縮合，屬於先轉折再提出結論的類型。

2.5.2 上古漢語類型

　　先秦和現代書面語的主題／評述類型，其合成方式有共同之處，已見前述。至於多種事理縮合也有重疊，但是規約化程度不同。

　　複雜事理的表達主要見於議論，而先秦的議論大多傾向以排比搭配因果的方式進行類推（排比見 2.6 節）。據申小龍 (1988: 307–310) 統計，《左傳》由事理縮合而有標記的句子以非實然因果句（包括推斷、假設、充分或必要條件句）占 68% 最多，轉折句只占 6%，這項統計主要針對有標記的事理關係句，而由散行成分鋪排的排比用例大都不用標記，因此也沒有採計。儘管如此，統計的結果已足以顯示先秦幾種事理類型在使用上的傾

斜，即以因果、排比的順接形式為主，其使用率遠高於轉接形式。

2.5.2.1 釋因句的句段延伸

在多種事理綰合方面先轉折再說明緣由的用例，先秦書面語多見。下面的類型是主題釋因句（第四章）的句段延伸。

(39)

    a. 雖有國士之力，不能自舉其身。非無力也，勢不可也。《荀子·子道》

    b. 今境內之民皆言治，藏商、管之法者家有之，而國愈貧，言耕者眾，執耒者寡也；境內皆言兵，藏孫、吳之書者家有之，而兵愈弱，言戰者多，被甲者少也。《韓非子·五蠹》

例 (39a)「雖有國士之力，不能自舉其身」是事理上的轉折，而「非無力也，勢不可也」是對轉折之所以成立的說明。例 (39b) 中分號所區隔出的兩個平行合成體，也都是先提出轉折，即民皆言治、言兵，家藏商、管之法與孫、吳之書，而「國愈貧」、「兵愈弱」，然後說明原因是「言耕眾執耒寡」、「言戰多被甲少」。轉折處有時使用讓步標記「雖」，如例 (39a)；有時也不用，如例 (39b)。在現代漢語中對應的標記是「雖然」或「固然」之類，同樣也有不用讓步標記的。

現代漢語慣用「因為」註記緣由，與此對應，先秦則多用主題結構格式，以表事理轉折的句段為主題，而以說明緣由的句子為述題。句尾語氣詞「也」是述題語的記號。

上古漢語也用「是以」句來解釋緣由的。「是以」相當於「因此」、「所以」。

(40)

    a. 子夏曰：「雖小道，必有可觀者焉；致遠恐泥。是以君子不為也。」《論語·子張》

b. 君子之於禽獸也，見其生，不忍見其死；聞其聲，不忍食其肉。是以君子遠庖廚也。《孟子‧梁惠王上》

c. 嬖人有臧倉者沮君，君是以不果來也。《孟子‧梁惠王下》

d. 雖然，方生方死，方死方生；方可方不可，方不可方可；因是因非，因非因是。是以聖人不由，而照之于天，亦因是也。《莊子‧齊物論》

e. 為者敗之，執者失之。是以聖人無為故無敗；無執故無失。《老子‧六十四章》

「是以」只能用來連接句段，而「故」既可以連接句段，也可以連接分句，用如連詞。但連結分句的「故」很少用（第四章）。

　　「是故」和「是以」意思一樣，但用法微有別。「是以」可以出現在句子的主語之後 (40c)；「是故」只能出現在一句之前。

(41) **是故**古之聖王發憲出令，設以為賞罰以勸賢，**是以**入則孝慈於親戚，出則弟長於鄉里，坐處有度，出入有節，男女有辨。**是故**使治官府，則不盜竊，守城則不崩叛，君有難則死，出亡則送。此上之所賞，而百姓之所譽也。《墨子‧非命下》

2.5.2.2 條件複句的句段延伸

　　先提出轉折再以此作結論的合成式樣，是條件複句的句段延伸。例如：

(42) 故雖有堯之智，而無眾人之助，大功不立；有烏獲之勁，而不得人助，不能自舉；有賁、育之強，而無法術，不得長生。《韓非子‧觀行》

例 (42) 包含了三個平行的句段，都是先提出轉折「(雖) 有……而無……」，再由表示推論結果的成分作結，即 「大功不立」、「不能自舉」、「不得長生」。現代漢語用「否則」註記連續轉折的轉出成分，先秦與之相當的標記是「不然」。不過，先秦還沒有出現事理上連續轉折的例子 ((37))。「不然」

的例子如：

⒀ 少師謂隨侯曰：「必速戰；不然，將失楚師。」《左傳‧桓公十八年》

由此例得知，先秦的「不然」用於正反對舉而不用於連續轉折，如「將失楚師」是對「必速戰」的反面推論。

2.5.2.3 無標記轉折

先秦的轉折標記相當貧乏，常有隱含轉折意味、形式上卻沒有出現任何轉折標記的例子，如：

⒁ 口之於味也，目之於色也，耳之於聲也，鼻之於臭也，四肢之於安佚也，性也；有命焉，君子不謂性也。仁之於父子也，義之於君臣也，禮之於賓主也，智之於賢者也，聖 [人] 之於天道也，❶❹命也；有性焉，君子不謂命也。《孟子‧盡心下》

這是一個複雜的平行排比句段，含有兩個主題結構。前一個主題結構以「性也」總收前面的主題片，不過還有下文「有命焉，君子不謂性也」這樣的轉折。「有命焉」是從「性也」歧出的成分。若按照現代書面語的慣例，必須使用「但是」或「然而」之類的轉折標記注明，此處卻沒有。後一處從「命也」歧出的「有性焉」同樣是轉折卻也沒有轉折標記。

先秦表轉折有「而」字，但「而」是個通用連詞，並非專表轉折（第五章）。而且「而」所連接的是兩個分句，是複句內的連接標記，一般不在句段中做轉折使用。句段關聯詞「然」、「抑」則註記句段和句段間的大轉折，也不能用於一個結構緊密的句段中。因此在上古漢語中期以前的散文中，像 (44) 這種有轉折意味但不用轉折詞的情形是很常見的。

轉折在現代書面語中，其顯著性與並列（排比）、因果兩者是相當的，

---

❶❹ 「人」字衍。

但在先秦則低於兩者。現代書面語傾向以「但（是）」、「只（是）」、「不過」之類的轉折標記注明正反或通則特例的對照，這些在先秦表限定的副詞都是漢以後經重新分析而成為轉折標記的。❶縱觀上古漢語以後的演變，「轉折」隨著時代由隱而顯。轉折事理在現代書面語高度規約化，大大提高了使用轉折標記的強制性。

2.6 排比類型

排比句段是並列句的延伸。句子層次稱為「並列」；句段層次姑且稱為「排比」。排比就是用鋪陳方式把多個結構相同或相似的句子集合而成的句段類型。漢語書面語向來重視對稱，文言文尤其如此，白話文則有所減弱。在駢體文發達的時代，一篇文章幾乎完全由排比句段構成。前文有多個例子顯示，現代文章有以排比手法用於主題片中。這在古代漢語更為常見。因此排比常以「從屬句段」的身分出現在更大的句段結構中。但是先秦也不乏以主題句為從屬句段構成的排比句段，或以轉折為從屬、排比為主幹的句段結構。即使帶轉折意義的句子亦往往以排比方式加以鋪陳，而且這樣的排比結構在上古漢語遠比在現代漢語更為常見。

排比句段的句子不用連詞連接，也不能用連詞。如果帶連詞「而」，則應視為並列複句而不是句段。下例的偏句是一個「而」字並列複句，不是句段。

⑷⑸ 民無內憂，而又無外懼，國焉用城？《左傳・昭公二十三年》

排比句段可大分為「平行排比」、「遞進排比」、「對比排比」三種。現代漢語較不常用排比，我們以上古漢語的例子加以說明。

2.6.1 平行排比

簡單的平行排比的例子如：

❶ 參看張麗麗〈從限定到轉折〉，《臺大中文學報》36 (2012)。

⑷ 好學近乎知，力行近乎仁，知恥近乎勇。《中庸》

這是三個結構相同的單句結合起來作平行排比。三個單句是獨立句子，中間不能用連詞「而」連接。

　　兩個或多個「未有」否定句並排，也是常見的排比句段：

⑷ 未有仁而遺其親者也，未有義而後其君者也。《孟子·梁惠王上》

下面《左傳》的例子以多種平排句式構成一個主題片：

⑷ （至矣哉！）直而不倨，曲而不屈，邇而不偪，遠而不攜，遷而
　　不淫，復而不厭，哀而不愁，樂而不荒，用而不匱，廣而不宣，
　　施而不費，取而不貪，處而不底，行而不流；五聲和，八風平；
　　節有度，守有序：盛德之所同也。《左傳·襄公二十九年》

西漢賦體興行，散文亦多用排比，不但排比句段長度增加，而且常以多種長句縮合。下面是賈誼〈過秦論中〉的例子，可與《左傳》上例相比較。這是一個假設句的延伸句段結構。假設部分縮合「使」字式、「以」字補語句等，又皆以平行排比為主體。最後以一短句「天下息矣」作結論。

⑷ 向使二世有庸主之行而任忠賢，臣主一心而憂海內之患，縞素而
　　正先帝之過；裂地分民以封功臣之後，建國立君以禮天下；虛囹
　　圄而免刑戮，去收孥污穢之罪，使各反其鄉里；發倉廩，散財
　　幣，以振孤獨窮困之士；輕賦少事，以佐百姓之急；約法省刑，
　　以持其後，使天下之人皆得自新，更節修行，各慎其身；塞萬民
　　之望，而以盛德與天下：天下息矣。

2.6.2 遞進排比

　　排比的句子本身也可以是複句，特別是偏正複句，如上引例 (46)《中庸》的話接下來的一個句段就是由三個條件複句構成的：

(50) 知斯三者，則知所以修身；知所以修身，則知所以治人；知所以
治人，則知所以治天下國家矣。

這個較複雜的排比句段同時也是一個遞進排比的例子。它是用常見的頂真
（頂針）接龍方式把三個條件複句所表達的事理前後貫串起來。修身為先，
知修身然後知治人，知治人然後知治天下國家，這一歷程是時間關係，也
是邏輯優先 (logical priority) 關係。用條件複句遞進的目的主要是強調邏輯
優先關係。

上古詩歌有「興」體。「興」是借彼生此：

(51) 關關雎鳩，在河之洲；窈窕淑女，君子好逑。《詩經·關雎》

興體也用於古代說理散文中，是一種遞進排比的修辭手法。有以以淺喻深
為興的，如下《孟子》之例：

(52) 然則一羽之不舉，為不用力焉；輿薪之不見，為不用明焉；百姓
之不見保，為不用恩焉。《孟子·梁惠王上》

下面《大學》之例，也是興體的散文應用：

(53) 是故言悖而出者，亦悖而入；貨悖而入者，亦悖而出。《大學》
朱子《章句》：此以言之出入明貨之出入也。

無論 (52) 或 (53)，興體的表述重點都是放在最後一句話。

標記遞進關係文言用「且」，白話用「而且」、「並且」。「且」、「而且」
可連接兩個分句，作為複句的連接記號（連詞）；「且」也可以連接兩個句
段，作為句段的關聯詞。參看《中國文法要略》第十八章，18.32 節。

2.6.3 對比排比

對比排比是以兩個相對意義的句子並排以作對比，如：

(54) 王何必曰利？亦有仁義而已矣。《孟子·梁惠王上》

此句段以「利」與「仁義」相對，語氣一反一正，形成對比。

　　表達比較或對比時，白話用「也」加以貫串，上古漢語則用「亦」。「也」、「亦」只能加在謂語之前，因此是副詞性質，不是連詞。「也」、「亦」用法基本相同，但不是完全可以對譯，像上面《孟子》的例子翻譯成語體就很難加上「也」字。關於「也」、「亦」的各種用法，呂叔湘《中國文法要略》已有詳細精當的說解，這裡就不必多說。讀者可以參閱該書第十八章。

　　對比排比亦常以一個肯定句對立一個否定句，如：

⑸　（故）王之不王，非挾太山以超北海之類也；王之不王，是折枝之類也。《孟子・梁惠王上》

　　無論平行或對比，排比成分都可以是複雜結構，下面《中庸》一段話分兩個複雜句段，第一個 (56a) 是對比，第二個 (56b) 是平行：

⑹

　　a. 寬柔以教，不報無道，南方之強也，君子居之。衽金革，死而不厭，北方之強也，而強者居之。

　　b. 故君子和而不流，強哉矯！中立而不倚，強哉矯！國有道，不變塞焉，強哉矯！國無道，至死不變，強哉矯！

句段 (56a) 的排比成分是個並列結構，分別由一個主題句（「寬柔以教，不報無道，南方之強也」、「衽金革，死而不厭，北方之強也」）和一個單句（「君子居之」、「（而）強者居之」）構成，中間用連詞「而」連接（可省略）。句段 (56b) 是四個平行的驚嘆句，其句式為「主題／述題」，皆以「強哉矯」為評述。

　　對比排比亦有以讓步複句構成，以義理的轉折達到正反的對比效果：

⑺

　　a. 德之休明，雖小，重也；其姦回昏亂，雖大，輕也。《左傳・

　　　　宣公三年》

　　b. 故隆禮，雖未明，法士也；不隆禮，雖察辯，散儒也。《荀
　　　　子·勸學》

　　c. 夫堯、舜生而在上位，雖有十桀、紂不能亂者，則勢治也；
　　　　桀、紂亦生而在上位，雖有十堯、舜而亦不能治者，則勢亂
　　　　也。《韓非子·難勢》

　　排比是並列的延伸。上古漢語是一種以並列為結構主體的語言，並列
結構非常發達，因而也繁衍出大量排比句段結構。漢以後漢語的結構類型
開始改變，由並列逐漸發展為主從或偏正，但在這個漫長的發展過程中，
漢語並列結構的對稱美始終沒有離開過中國人的藝術心靈，而在中世追求
形式美的六朝時代得到極致的發揮。即使唐宋古文大家也不是不講究對稱，
他們只是厭棄刻板形式的對仗，而在對稱美感的高度自覺下追求流動自然
的語言表達。隨著白話的興起，對稱意識有所減弱，現代書面語則更重視
事理關聯的明確化，因此大量使用連詞，這也是排比結構在現代漢語議論
文中失去了地位的原因。

3. 上古漢語排比句段的結構特色

　　上古漢語的排比句段已於上節 (2.6) 介紹過。排比句段在上古漢語分布
非常廣，舉凡主題片、評述語、或事理的縮合都有排比成分的參與，例見
前文各節中。本節就上古漢語平行表述的形式特色作一點補充。

3.1 平行申述

　　前文把排比句段分為三種類型：平行、遞進和對比。平行二事的申述
屬於一種遞進排比：

　　(58)

　　　　a. 子服景伯曰：小所以事大，信也；大所以保小，仁也。背大

國不信；伐小國不仁。《左傳‧哀公十六年》

b. 晉女叔寬曰：周萇弘，齊高張，皆將不免。萇叔違天，高子違人。天之所壞，不可支也；眾之所為，不可奸也。《左傳‧定公元年》

(58a)「小所以事大」以下是兩個平行的主題句，接下來的兩句分別申述其義。整個句段是 ABAB 形式。(58b)「天之所壞」申述「違天」之義，「眾之所為」申述「違人」之義，也是 ABAB 形式。

　　上古漢語還有 ABBA 形式的平行申述，這種修辭手法也很常見：

(59)

a. 且史佚有言曰：無始禍，無怙亂 (A)，無重怒 (B)。重怒難任 (B)，陵人不祥 (A)。《左傳‧僖公十五年》
陵人指始禍、怙亂。

b. 晉原軫曰，秦違蹇叔而以貪勤民，天奉我也。奉不可失 (A)，敵不可縱 (B)；縱敵患生 (B)，違天不祥 (A)。必伐秦師。《左傳‧僖公三十三年》

c. 三十三年，春，晉秦師過周北門，左右免胄而下，超乘者三百乘。王孫滿尚幼，觀之，言於王曰：「秦師輕而無禮，必敗。輕則寡謀 (A)，無禮則脫 (B)；入險而脫 (B)，又不能謀 (A)，能無敗乎？」《左傳‧僖公三十三年》

d. 晉所以霸，師武 (A)、臣力 (B) 也。今失諸侯，不可謂力 (B)；有敵而不從，不可謂武 (A)。《左傳‧宣公十二年》

e. 齊侯將享公。孔丘謂梁丘據曰：「齊魯之故，吾子何不聞焉？事既成矣，而又享之，是勤執事也。且犧象不出門，嘉樂不野合。饗而既具，是棄禮也 (A)；若其不具，用秕稗也 (B)。用秕稗，君辱 (B)；棄禮，名惡 (A)。子盍圖之。夫享所以昭德也，不昭不如其已也。」乃不果享。《左傳‧定公十年》

f. 吾聞之：不厚其棟 (A)，不能任重 (B)。重莫如國 (B)，棟莫

如德 (A)。《國語・魯語上》

g. 鳥，吾知其能飛 (A)；魚，吾知其能游 (B)；獸，吾知其能走 (C)。走者可以為罔 (C)，游者可以為綸 (B)，飛者可以為矰 (A)。《史記・老子韓非列傳》

下面兩段也都包含一個 ABBA 形式的排比句段，只是成分的結構較為複雜：

(60)

a. 子產曰：眾怒難犯 (A)，專欲難成 (B)。合二難以安國，危之道也。不如焚書以安眾。子得所欲，眾亦得安，不亦可乎。專欲無成 (B)，犯眾興禍 (A)。子必從之。《左傳・襄公十年》

b. 子曰：法語之言，能無從乎？改之為貴 (A)。巽與之言，能無說乎？繹之為貴 (B)。說而不繹 (B)，從而不改 (A)，吾末如之何也已矣。《論語・子罕》

3.2 平行省略

上古漢語的句子經常不出現主語。傳統語法認為這種句子省略了主語。當代語法學則認為這不是省略：不出現主語並非沒有主語，所謂無主語句其實有一個隱性代名詞（空代詞）pro 當主語。上古漢語沒有一個真正的第三人稱代名詞「他」，相當於「他」的「之」只能當賓語用，不能當主語用。在主語位置的「他」就是這個空代詞 pro（第二章）。

(61)

a. 射其左，越于車下；射其右，斃于車中。《左傳・成公二年》

b. pro_i 射其左$_j$，pro_j 越于車下；pro_i 射其右$_k$，pro_k 斃于車中。

凡是省略，皆可以復原。這種無主語句是不能復原的，因此不是省略。但是省略是語法中常見的機制，無論何種語言都有。省略最常見於平行結構中，或承前而省，或涉後而省。下面《詩經・豳風・七月》是一個名詞組省略的例子：

⑥2 七月 [蟋蟀] 在野，八月 [蟋蟀] 在宇，九月 [蟋蟀] 在戶，十月**蟋蟀，在我床下。**

這裡四個句子都是以「蟋蟀」這個名稱當主語，因重複而省，只剩最後一句保留了主語。

　　省略是一種修辭手法，卻跟句法關係密切。句法學上有一種省略叫做 gapping，意思是造成缺口。Gapping 指的是一種中心詞的平行省略。英語 *John plays rackets and his wife Jane, tennis.* 一句中，第二分句的動詞因為跟第一分句的動詞相同而省略，就是 gapping。❶❻這個 gapping 現象是以並列為結構主體的語言的一個特色。現代漢語不允許 gapping，因此不能說「*我打乒乓球，我哥哥網球。」但是這樣的句子在上古漢語是容許的，因為上古漢語正是以並列結構為主體的語言（第五章）。例如《漢書·儒林傳》「霸為博士，堪 [為] 譯官令。」甚至第一分句的動詞也可省略。順逆兩方向進行都是可能的。如《論語》「躬自厚 [責] 而薄責於人」，這是逆向的 gapping。不過上古漢語的 gapping 還是以順向為多，下面是一些「而」字句例子：❶❼

⑥3
　　a. 今令尹不尋諸仇讎，而 [尋] 於未亡人之側，不亦異乎！《左傳·莊公二十八年》

　　b. 上天降災，使我兩君匪以玉帛相見，而以興戎 [相見]。《左傳·僖公十五年》

　　c. 夏四月，李孫從知伯如乾侯。子家子曰，君與之歸。**一憨之不忍，而 [忍] 終身憨乎？**公曰，諾。《左傳·昭公三十一年》

　　上古漢語的 gapping 現象還不限於兩個分句之間，若有多個分句相連，

❶❻　這種平行省略，它的語法機制其實很複雜。學者雖然注意到世界語言中有的可以有 gapping，有的不能，但是對於 gapping 出現在句中的結構條件，還沒有獲得一個能夠令人滿意的結論。

❶❼　參看楊樹達《漢文文言修辭學》第十八章「省略」。

造成句段，都可以做平行省略。下面是主題鏈的例子：

(64)

    a. 凡諸侯之喪，異姓臨於外，同宗 [臨] 於祖廟，同族 [臨] 於禰廟。《左傳‧襄公十二年》

    b. 克敵者，上大夫受縣，下大夫受郡，士 [受] 田十萬。《左傳‧哀公二年》

句段層次的平行省略，愈到後來，出現愈多。略舉數例：

(65)

    a. 三人行必有我師焉。擇其善者而從之；[擇] 其不善者而改之。《論語‧述而》

    b. 故彊（強）南足以破楚；[彊] 西足以詘秦；[彊] 北足以敗燕；[彊] 中足以舉宋。《荀子‧王霸》

    c. 善不善，本於義，不 [本] 於愛。《呂氏春秋‧聽言》

    d. 人傷堯以不慈之名，[傷] 舜以卑父之號，[傷] 禹以貪位之意，[傷] 湯武以放弒之謀，[傷] 五伯以侵奪之事。《呂氏春秋‧舉難》

    e. 孔子對定公以徠遠，[對] 哀公以論臣，[對] 景公以節用。《漢書‧武帝紀》

    f. 具以春秋對，毋以蘇秦縱橫 [對]！《漢書‧嚴助傳》

這樣的句式現代漢語都不允許，古代漢語和現代漢語的句法結構其實有很大的差異。**⓳**

⓳ 謝質彬〈古代漢語中的共用成分〉（《中國語文》1985 年第 5 期，頁 354–358）舉出現代漢語也有動詞共用之例：

    a. 他（吳晗）曾以北京市史學會的名義，請著名歷史學家郭沫若同志講了關於鄭成功的問題，[請] 翦伯贊同志講了關於歷史教學中的若干問題，都受到熱烈歡迎。

4. 上古漢語句段關聯詞

　　句段的連詞我們稱為句段關聯詞。排比句段並無專屬的句段關聯詞。常見的關聯虛字，如表「加合」的「又」，表對比的「亦」，表遞進的「且」，既可在複句中起聯繫作用，又可在句段中起聯繫作用。詳《中國文法要略》第十八章。上古漢語的「而」基本上是一個句子連詞 (clausal conjunction)，用來連接並列分句以下的結構，戰國中期以前它甚少出現在大停頓之後。不是沒有，而是很少。用現代標點符號來說明，「而」字之前一般只能用逗號，不用句號或分號隔開。上古漢語「而」字一般用於複句中，至唐宋古文家如三蘇、歐陽修講究文氣，始喜以「而」作為另起一句的虛字。《孟子·公孫丑下》「當今之世，舍我其誰也？吾何為不豫哉！」，蘇軾〈賈誼論〉引作「方今天下舍我其誰哉！而吾何為不豫？」這個「而」是句段用法。這種用「而」作藕斷絲連的關聯恐怕是學《史記》的。

　　承接與排比相對，排比無專屬句段關聯詞，而上古漢語表承接的標記則多用於句段。順承的標記有「遂」和「乃」等；逆承的有「然」、「抑」等。

4.1 「乃」與「遂」

　　楊樹達《詞詮》已指出，「遂」和「乃」都是副詞。《詞詮》對這兩個承接副詞的基本用法的解釋很明確。「乃」是時間副詞，用於敘事，相當於「於是」，「然後」，猶今語「這才」。「遂」則表一事隨一事而生。《詞詮》

---

　　b. 向六中全會提議，選舉胡耀邦同志為中央委員會主席，[選舉] 鄧小平同志為軍委主席。（頁 354）

但現代漢語這種平行省略的例子，只限於動詞省略後仍能成句的情況，如經省略後，「翦伯贊同志講了關於歷史教學中的若干問題」還是一個主謂結構的句子，「鄧小平同志為軍委主席」也還是一個主謂結構的句子。因此這是特例而非一般 gapping 的情況。

引《儀禮‧聘禮》鄭注「遂猶因也」;《穀梁傳》「遂,繼事之詞也」;《左傳‧僖公四年》注「遂,兩事之辭」。《詞詮》又謂「遂」有「終竟」之義,即是標注敘事情節的終結。參閱《詞詮》及周法高《中國古代語法:造句編》所引例。

4.2 「然」、「抑」

「然」在春秋時期還不是一個連詞。或者說,它是句段層次的連詞,而不是語句層次的連詞。它不連接分句,只連接獨立的句子,因此它前面的句子都要用句號隔開。這個連接成分可稱為表轉折的句段關聯詞。

後世常用的轉折詞「然」和「然而」,最早見於《左傳》:

(66)

a. 我不能早用子,今急而求子,是寡人之過也。**然鄭亡,子亦有不利焉。**《左傳‧僖公三十年》

b. 楚子使唐狡,與蔡鳩居,告唐惠侯,曰,不穀不德而貪,以遇大敵,不穀之罪也。**然楚不克,君之羞也。**敢藉君靈,以濟楚師。《左傳‧宣公十二年》

c. 今吾子之言,亂之道也,不可以為法。**然吾子,主也,至(郤至自言)敢不從?**《左傳‧成公十二年》

d. 請觀於周樂,使工為之歌〈周南〉〈召南〉,曰:美哉,始基之矣。猶未也。**然勤而不怨矣。**《左傳‧襄公二十七年》

e. 我聞忠善以損怨,不聞作威以防怨。豈不遽止?**然猶防川。**大決所犯,傷人必多,吾不克救也。不如小決,使道不如,吾聞而藥之也。《左傳‧襄公三十一年》

f. 文子曰:武受賜矣。**然宋之盟,子木有禍人之心,武有仁人之心。**是楚所以駕於晉也。《左傳‧昭公元年》

g. 其及趙氏,趙孟與焉。**然不得已。**若德,可以免。《左傳‧昭公二十九年》

h. 陳寅曰：昔吾主范氏，今子主趙氏，又有納焉。以楊楯賈禍，
弗可為也已。**然子死，晉國子孫，必得志於宋。**《左傳・定公
六年》

上面例句中「然」所承接的前面的句子或帶語尾詞「也」、「矣」、「焉」等，
或是疑問句，語氣上都是獨立句子。

「然而」亦見於《左傳》，但僅出現一次，是在較晚的昭公時期：

(67) 無極對曰：臣豈不欲吳？**然而**前知其為人之異也。……《左傳・
昭公十五年》

《論語》有「然而」但沒有「然」。「然而」亦僅出現一次。「然而」在春秋
時代還很少見。

(68) 子游曰：「吾友張也為難能也。**然而**未仁。」〈子張〉

「然」可作述語用，如用於回答，「然」是「是的」、「是這樣」的意思。轉
為連接關係用法（句段關聯詞），似乎可視為「然而」之省略式。「然而」
是「如是卻」的意思。比較「然則：如是就」；「然後：這樣以後就」。不過
這個「然」是「然而」之省的假設卻不能在文獻上得到證實，因此恐不能
成立。「然而」在《左傳》和《論語》均只使用過一次。若是根據《左傳》，
「然而」的出現反而較「然」為晚。

到戰國晚期，「然」，特別是「然而」，就大量使用，其用法也擴張到連
接分句，如同白話「但是」。以《荀子》為例：

(69)

a. 故虎豹為猛矣，**然**君子剝而用之。《荀子・王制》

b. 心未嘗不臧也，**然而**有所謂虛；心未嘗不兩也，**然而**有所謂
壹；心未嘗不動也，**然而**有所謂靜。人生而有知，知而有志。
志也者，臧也，**然而**有所謂虛：不以所已臧害所將受謂之虛。
心生而有知，知而有異。異也者，同時兼知之。同時兼知之，

兩也，**然而**有所謂一：不以夫一害此一謂之壹。心臥則夢，偷則自行，使之則謀。故心未嘗不動也，**然而**有所謂靜：不以夢劇亂知謂之靜。《荀子·解蔽》

「然」表轉折，這是確定的。然而古書中偶爾能發現「然」有表順接之意，如下例。這恐怕是「然則」之省。

⑺ 緩曰：自始合，苟有險，余必下推車。子豈識之？**然**子病矣。《左傳·成公二年》

「抑」，可是，只是，也是一個表轉折的句段關聯詞，表示除此之外還有一種說法。這個用法最早見於《左傳》：

⑺

a. 莊叔以公降拜，曰：「小國受命於大國，敢不慎儀？君貺之以大禮，何樂如之！**抑**小國之樂，大國之惠也。……」《左傳·文公三年》

b. 公曰：「子之教，敢不承命？**抑**微子，寡人無以待戎，不能濟河。……」《左傳·襄公十一年》

c. 齊侯將為臧紇田。臧孫聞之，見齊侯。與之言伐晉，對曰：「多則多矣。**抑**（只是）君似鼠。夫鼠晝伏夜動，不穴於寢廟，畏人故也。今君聞晉之亂而後作焉，寧（等晉國安定以後），將事之，非鼠如何？」乃弗與田。仲尼曰：「知之難也——有臧武仲之知，而不容於魯國！**抑**有由也（可是這是有原因的）：作不順而施不恕也。〈夏書〉曰：『念茲在茲。』順事、恕施也。」《左傳·襄公二十三年》

d. 趙孟曰：「善哉！民之主也。**抑**武也不足以當之。」《左傳·襄公二十七年》

「抑」跟「然」意思微有不同。「然」表事理的轉折；「抑」是思考的

轉折，或提供一個不同的說法，或提出另一可能情況，故產生轉折之意。
下面的用法表可能情況。

(72)

　　a. 子產曰：「人心之不同，如其面焉。吾豈敢謂子面如吾面乎？
　　　抑（只是恐怕還有）心所謂危，亦以告也。」《左傳・襄公三
　　　十一年》

　　b. 晉侯使叔向告劉獻公曰：「**抑**齊人不盟，若之何？」《左傳・
　　　昭公十三年》
　　　可是齊人不要盟，那又怎麼辦？

(72a) 用「抑」表不確定的非實然語氣，是這位擅長辭令的鄭國大政治家的
修辭手法。

　　「抑」有「或者」之意，也是從「可能」這個意思產生的：

(73)　子曰：「若聖與仁，則吾豈敢？**抑**為之不厭，誨人不倦，則可謂
　　　云爾已矣。」《論語・述而》
　　　孔子說：「講到聖與仁，我怎麼敢當？或者還可以說是為之不厭，
　　　誨人不倦罷了。」

　　「抑」用作選擇問句的關聯詞，也是取「或者」之義。

(74)

　　a. 子禽問於子貢曰：「夫子至於是邦也，必聞其政。求之與？**抑**
　　　與之與？」《論語・學而》
　　　「之」複指「聞其政」。求聞其政？還是與 (ù) 聞其政？❶❾

　　b. 仲子所居之室，伯夷之所築與？**抑**亦盜跖之所築與？所食之

❶❾　《論語・子路》：冉子退朝。子曰：「何晏也？」對曰：「有政。」子曰：「其事
也。如有政，雖不吾以，吾其與聞之。」孔子自言從大夫之後，又曾為魯司寇，
故得與（參與）聞政事。

　　　　粟，伯夷之所樹與？**抑**亦盜跖之所樹與？是未可知也。《孟
　　　　子‧滕文公下》

　　c. 子路問強。子曰：「南方之強與？北方之強與？**抑**而（汝）強
　　　　與？」《中庸》

　　《經傳釋詞》卷三：「抑，詞之轉也。昭八年《左傳》注曰：『抑，疑
辭。』常語也。字或作『意』。」句段關聯的「抑」字主要在春秋時期使用，
《左傳》、《國語》和《論語》都有不少用例。戰國時期除了《孟子》書外，
他書則甚少見。值得注意的是《墨子》、《莊子》、《荀子》、《韓非子》這幾
部大書的作者都不用「抑」而用「意」（主要用於選擇問句）。《史記》也只
在記述孔子的話中用過「抑」。戰國晚期又有「意者」的用法，也是疑辭。

　　語法研究應到句段為止。句段是有形式標記的。關聯詞、承指詞、主
題鏈都是句段的形式標記。平行省略也只到句段為止。句段以上為段落、
篇章，則屬於文篇分析 (textual analysis) 或篇章分析 (discourse analysis) 的
範圍，就不宜歸入語法體系的本部 grammar proper 了。

主動句、受動句、被動句

這一章談幾種單句。單句相對於並列複句和偏正複句而言。無論並列或偏正，複句的基礎結構都是兩個子句（稱為分句）的相連 (conjoining)。分句有獨立和非獨立兩種形式；單句則是一個獨立句子。下面是《春秋經》開頭的一個句子，是個單句：

⑴ 夏五月，鄭伯克段于鄢。

本章談單句的組織，描述語句的基本組成成分，並從句子成分的語法和語意關係討論幾個語句類型。主動和被動是語法學上一個重要課題，本章說明這種對立在上古漢語是如何建立的。

1. 句子成分的語法關係和語義角色

就跟東西都需要有個名字才能稱述一樣，語句的描述也必須用到專門術語。有了主語、賓語、名詞、動詞這些名稱後，我們才能開始探討這些名稱所代表的句法內容，才能進入句法描述。從本章開始，往後的四章都是對上古漢語語句做的句法描述。

語句成分之間的結構關係稱為語法關係 (grammatical relations)。漢語語法學有一套整齊的分法，叫做「詞」和「語」。「詞」是就句子成分的詞性而言，有名詞 (N)、動詞 (V)、質詞（形容詞）(A)、副詞 (Adv)、介詞 (P)、連詞 (Conj) 等。以「詞」為中心，可以構成名詞組 (NP)、動詞組 (VP)、質詞組 (AP)、介詞組 (PP) 等更複雜的結構。結構雖然變得複雜，詞組的形成並不改變中心成分的詞性，例如名詞組的中心語仍是名詞，動詞組的中心語仍是動詞。當代語言學理論把句子也視同詞組。第二章句法導論介紹過，句子有兩種：IP、CP。IP 以 I（屈折成分）為中心語；CP 以 C

（補語引詞）為中心語。句子的形成在第九、十、十一章討論。

至於「語」，這是指句子成分之間的語法關係。一個句子可以大分為主語和謂語二部分。例句 (1) 中「鄭伯」是主語，「克段于鄢」是謂語。這是語法關係的一個層次。謂語之下還有一個以述語為中心的層次。跟述語發生直接關係的句子成分有賓語和補語。述語跟賓語構成述賓結構；述語跟補語構成述補結構。在上面例句中，「克段」是一個述賓結構 (V + NP)，「克（段）于鄢」是一個述補結構 (V + (NP) + PP)。按照這一套術語，主語跟述語是不同層次的句子成分，只有間接的語法關係。這不是沒有道理：謂語跟述語之間其實還有多層結構。但是這樣的分法卻忽略一個重要的事實，就是主語和述語之間有著密切的配合關係，什麼樣的動詞用什麼樣的名詞當主語是有嚴格限制的。因此語法關係中應當也有主述關係才對。當代語法理論提出過一個假設，認為主語在句首的位置是「主語提升 (subject raising)」的結果；主語的原始位置是在謂語之下，與賓語、補語同屬主要動詞的論元。「主語內在假設 (VP-internal subject hypothesis)」解決了這個兩難問題。另外一個可能的假設是「中心語提升 (head raising)」。此主張認為主語的結構位置還是外在於動詞組 VP 的，但動詞組的中心語（述語）可以提升，因此仍然能決定主語的語意性質。如此說來，主語內在假設就不是必要的。中心語提升這個觀念在很多地方都要用到。我們以後還要談到它。在本書中，我們將以主語外在於最小動詞組 VP 的假設為出發點，試圖解釋古漢語一些句法現象。這個假設最明顯的好處是能解釋一些主語與述語並沒有直接語意關連的句子。例如「王冕七歲上死了父親」一句中，「王冕」是主語，但是這個主語跟述語「死」沒有直接關連。上古漢語也有類似的例子，如《莊子‧山木》：「吾再逐於魯，伐樹於宋，削跡於衛，窮於商、周，圍於陳、蔡之間。」中的「吾（孔子自稱）」跟「伐樹」的「伐」之間也是沒有直接的語法關係。這種特別的結構我們將在第九章中加以分析。

出現在句首位置上的，除了主語，還有主題語和框架語，後二者已在第四章中介紹過。例句 (1) 是一句敘事句，因此含有一個時間成分作為敘

事的框架。句首的表日期的時間短語「夏五月」就是這個敘事句的框架語。框架語總是設置在句首。但框架語不是一句的主題，它是一個加接結構，不占主題語的位子。主題語和框架語都居於比主語更高的位置上。

　　凡是表示一種語法關係的句子成分都可以稱為「語」，因此在主題句中，我們把表達主題和表達評述的兩個部分分別稱為「主題語」和「述題語」。句首的框架結構，我們也稱為「框架語」。這樣對句子各個部分都給予一個名稱，描述起來就很方便了。

　　此外，跟述語發生關係的，主、賓、補之外，還有狀語。但在傳統漢語語法學中，狀語所指的範圍甚廣，凡是出現在述語動詞前面的短語都稱為狀語，這其實包括不同層次不同性質的句子成分，關係非常複雜。因此對狀語一詞我們不作這樣寬泛的認定。我們的狀語只用來表示單一的語意關係，就是一個質詞性成分對動詞的修飾，例如「大敗」的「大」，「急迫」的「急」，「天油然作雲，沛然下雨，則苗浡然興之矣」的「油然」、「沛然」和「浡然」都是狀語。但是表時間的「今」、「三月（三個月）」，或表工具的「以」字詞組、表偕從的「與」字詞組就不是狀語。狀語又與定語相對：修飾動詞的是狀語；修飾名詞的是定語。例如「善」就詞性而言是質詞，「善人」的「善」則是定語，「善待之」的「善」就是狀語。英語從形式上區分形容詞和副詞，漢語沒有這樣一般性的形態規定，形容詞和副詞在詞的範疇裡很難劃分。因此我們用「質詞」一名稱來涵蓋二者。但是我們還是可以說質詞的定語用法是形容性的 (adjectival)，質詞的狀語用法是副詞性的 (adverbial)，這樣就跟普通語言學的用詞接軌。副詞和副語這兩個名稱有時也用得到。至於形容詞，這個名稱對漢語來說並不合適，就不在本書使用了。

　　再往下的語句結構就不能用「語」這套詞彙了，而必須用到「詞組」這個術語。但是為了使用方便起見，有時兩套混雜起來也無妨。例如介詞組 (P + NP) 我們就稱為介賓結構，述賓也可以稱為動賓，述補也可以稱為動補。談到語序，我們還是跟隨著一般使用習慣，用「主─動─賓」、「主─賓─動」等名稱。漢語語序，更早時代無語言記錄可考；從卜辭商代語言

開始，漢語的基本語序就是「主－動－賓」（第八章）。

　　以上把漢語語法學上「詞」（「詞組」）跟「語」兩套描述詞彙做了簡單的介紹，並對一些傳統用語重新加以界定。有了這個初步說明，我們就可以進入更細緻的語句分析。所以這是進入語句分析的一個開始。接下來我們要談談句法中名詞組的語意屬性。

　　前面提到，句子的主語是外在於動詞組 VP 的，可以跟動詞組的中心成分（述語）沒有直接關連，並舉了「王冕七歲上死了父親」等兩個例子。對於一個想要了解這樣的句子的讀者而言，「主語」這個名稱並不能帶給他多少啟發。他知道動詞組內的「父親」跟述語「死」有關，但這個名詞組不合我們的主語的定義。他一定更想知道這個句子的主語是幹什麼用的？名詞組「王冕」在這個句子中表達了什麼關係？因此除了語法關係之外，句法學還需要有一套說明這種關係的理論。

　　這種關係稱為「語義角色關係 (thematic relations)」。對於《儒林外史》這個句子，我們可以這樣解釋：「王冕」和「父親死了」的關係是一種「蒙受」關係：王冕是父親死了這件事的蒙受者。外主語從謂語——確切的說，是一個輕動詞 (light verb) 小 v，參看第九章第 1 節——那裡得到一個「蒙受者」的語義角色 (theta role, θ-role)，於是跟謂語建立了蒙受關係。同樣，《莊子》那個主題鏈句子中，主語「吾」跟「伐樹」、「削跡」之間也有蒙受語意關係。

　　角色關係有多種。我們將在第八章介紹上古漢語「於」介詞組跟動詞之間的角色關係。在動詞組的結構裡，「於」介詞組補語可以表所在、所止、所從等空間關係，還可以表所由（原因）、所及（對象），以及所關（方面）等抽象關係。這些都是介詞組的語義角色。本節只介紹主語和賓語的語義角色。主語、賓語的語意性質跟句法的關係最大。

　　例句 (1) 敘述一次戰役。這次戰役關係到兩個春秋時代歷史人物，鄭伯（鄭莊公）和他的弟弟公叔段。鄭伯是攻擊方，段是被攻擊方。動詞「克」的意思是「攻擊方打敗了被攻擊方」。用角色關係的語言說，攻擊方是「施事」，被攻擊方是「受事」。(1) 是一個主動句：主語是攻擊方，賓語

是被攻擊方。因此主語「鄭伯」得到施事者語義角色，而賓語「段」則得到受事者語義角色。

　　施事是主語的語意屬性，受事是賓語的語意屬性。但是主語可接受的語義角色不止施事一種，賓語可接受的語義角色也不止受事一種。根據語法理論，主語可因語義角色的不同分為施事者 (agent)、致事者 (causer)、歷事者 (experiencer) 和當事者 (theme) 四大類。施事主語是行為動詞的主語；致事主語是使役動詞（致動詞）的主語；歷事主語是感知或經驗動詞（知道、看見等）的主語。當事主語跟這些都不同。當事主語的主體性最弱，它表達狀態或活動中的存在或變化（包括位置移動），也有人稱為客體主語。狀態動詞的主語都是當事主語。在「石頭滾下來了」這個句子中，「滾」是一個狀態動詞，「石頭」是句中的主語，但它只是「滾下來」這個活動中的一個移動實體，不是施事者，也不是致事者。當事主語不像前面三類主語那樣對一個事件或經驗可以具有引發的含義。詳下文 2.1.3 節。

　　主語的語義角色也包含受事。受事主語見於上古漢語「受動句」(2.3)。現代漢語被動句的主語則是從輕動詞「被」那裡得到語義角色，跟蒙受句的情況相似。早期白話被動句皆表負面意義，也跟上古漢語蒙受句相同。現代漢語被動句的語義則是中立的，可以是得也可以是失。蒙受句問題留待第九章討論。

　　賓語從動詞得到的語義角色有受事和當事兩種。受事指當事者受到事件的影響（如被破壞的東西），當事則指當事者沒有受到事件的影響（如一個被懷念的人，被懷念這件事對當事人並不發生影響）。但是從古到今都有許多「賓語」（即出現在動詞後的名詞組）不是直接從動詞那裡得到語義角色或格位的，像「寫毛筆」一類。這些是假賓語，過去或稱為「關係賓語」。第十章「論元增價結構」討論各種關係賓語的問題。

2. 主動與受動

　　句子可以根據不同的標準分類。我們在前幾章把句子大分為事件句（敘

事句）和非事件句（描寫句和說明句）。這是一種分法，它的根據是句子結構中有沒有一個表達時間向度的成分（事件論元）（第十一章）。本章上一節介紹了主語、賓語等語法關係，又介紹了施事、受事等角色關係，現在我們就根據語言表達這些關係的不同方式討論上古漢語幾類單句。

　　語句分主動 (active) 和被動 (passive) 是大家熟悉的。簡單的說，主動句的主語是施事者，被動句的主語是受事者。主動句是無標的，不加任何記號；被動句是有標的，句子有被動的標記：

　　(2)
　　　　a. 齊人殺彭生。《左傳・桓公十八年》
　　　　b. 如姬父為人所殺。《史記・魏公子列傳》

但是漢語還有一種以受事者為主語的句子，卻是無標的。這種受事主語的句子在上古漢語十分常見：

　　(3) 昔者龍逢斬，比干剖，萇弘胣，子胥靡。故四子之賢而身不免乎戮。《莊子・胠篋》

翻譯成現代漢語，這樣的受事主語句大都可以換成被動句式（龍逢被斬首等等），但其結構跟被動句大不相同，因此它是一種獨立句式。我們稱之為「受動句」。「受動」一語是馬建忠所創。《馬氏文通》把有標記的受事主語句和無標記的受事主語句都稱為「受動句」。現在有標記的都有了特定名稱，如見字句、為字句、被字句（被動句）等，因此「受動」一詞就可以用來專指無標記的這一類了。

　　受動句是漢藏語系語言的一個重要特徵。藏緬語幾乎不用被動句，只有受動句。❶上古漢語也是如此，被動是後來的發展。春秋以前只有受動

❶　《中國少數民族語言簡志》中對藏緬語各個語言的調查幾乎沒有提到被動句。有學者提出過彝語有被動句的主張，但其實都不是句法意義的被動。我所調查過的藏緬語中也普遍沒有被動形式，只在獨龍語中發現一個標記，似乎是被動的萌芽。

句，沒有真正的被動句。因此本章談上古漢語的被動句，其實是談漢語被動句是如何演變而成的，也就是談漢語被動句的前期發展。

2.1 主動句

主動句是最常用的單句形式，它的使用頻率比其他單句形式如受動句、見字句、為字句（通稱「非主動句」）等高出甚多，在敘事文中更占極大比例。下面《左傳・昭公四年》魯國的執政（亞卿）叔孫豹（穆子）之死的複雜情節就是用主動單句連貫而成。這篇文字敘事詳贍而用字極省，很能代表《左傳》簡練的語言特色。文中句子多屬所謂「無主語句」，亦即無顯性主語，對現代讀者造成閱讀的困難。不過只要把主語表明，文意便很清楚了。

⑷ 初，穆子去叔孫氏（離開他的封邑），及庚宗（地名），遇婦人，使私為食而宿焉。（婦人）問其行，（穆子）告之故，（婦人）哭而送之。（穆子）適齊，娶於國氏，生孟丙、仲壬。夢天壓己，弗勝，顧而見人，（其人）黑而上僂，深目而豭喙，（穆子）號之曰：「牛！助余。」乃勝之。旦而皆召其徒，無之（沒有這樣的人）。且曰：「志之（把這事記下來）。」

及宣伯（穆子兄叔孫僑如）奔齊，（穆子）饋之。宣伯曰：「魯以先子之故，將存吾宗，必召女（汝）。召女何如？」對曰：「願之久矣。」魯人召之，（穆子）不告（不告宣伯）而歸。

（穆子）既立（被任命，受動句），所宿庚宗之婦人獻以雉，（穆子）問其姓（問她的小孩），❷對曰：「余子長矣，能奉雉而從我矣。」（穆子）召而見之，（其人）則所夢也。（穆子）未問其名，號之曰牛。（牛）曰「唯。」（穆子）皆召其徒使視之。遂使為豎，有寵。長（牛長大以後），（穆子）使為政（做叔孫的

❷　《廣雅・釋親》「姓，子也」。王念孫《疏證》：「姓者，生也，子孫之通稱也。」姓、生古同聲而通用。

家宰)。

公孫明知叔孫(與叔孫穆子相交)於齊。(穆子)歸,未逆國姜,子明取之,故(穆子)怒。其子(穆子子孟丙、仲王)長而後使逆之(接他們回魯國)。

(穆子)田於丘蕕,遂遇疾焉。豎牛欲亂其室而有之,強與孟(孟丙)盟,(孟丙)不可(不答應)。叔孫為孟鐘(論元增價結構(第十章):為孟丙鑄了一個鐘),曰:「爾未際(還沒有跟大夫酬應過),饗大夫以落之(舉行鐘的落成享禮)。」既具(享禮的陳設都準備好了。此為受動句),(孟丙)使豎牛請日(使家宰豎牛向穆子請示日子)。(豎牛)入弗謁,出,命(假穆子之命)之日。及賓至,(穆子)聞鐘聲。牛曰:「孟有北婦人之客(誣指孟丙接待公孫明,以激怒穆子)。」(穆子)怒,將往,牛止之。賓出(客人離開),(穆子)使拘(派人逮捕孟丙)而殺諸外。牛又強與仲盟,(仲王)不可。仲與公御萊書觀於公(魯昭公),公與之環。(仲王)使牛入示之(讓豎牛拿玉環進去給穆子看),(牛)入,不示,出,命(假穆子之命)佩之。牛謂叔孫:「見仲而何?(讓仲王正式晉見昭公好不好?)」叔孫曰:「何為?」(牛)曰:「(穆子)不見,(仲)既自見矣。公與之環而(仲)佩之矣。」(穆子)遂逐之。(仲王)奔齊。

(穆子)疾急,命召仲,牛許而不召。杜洩見,(穆子)告之飢渴,授之戈。(杜洩)對曰:「求之(牛)而(牛)至,又何去焉?」豎牛曰:「夫子疾病(病是病重的意思),不欲見人。」使實饋(飯食)于个(廂房)而退。牛弗進(進其飯食器),則置(飯食器)虛(空了,意指食物被倒掉),命徹。十二月癸丑,叔孫不食(謂不得食);乙卯,卒。牛立昭子而相之。《左傳·昭公四年》

根據主語的語義角色,我們可以把主動句大分為下列四類:

(a) 以施事角色 (agent 或 actor) 為主語的，稱為「施事句」；

(b) 以致事角色 (causer) 為主語的，稱為「致事句」；

(c) 以歷事角色（感知，經驗，experiencer）為主語的，稱為「歷事句」；

(d) 以當事角色 (theme) 為主語的，稱為「當事句」。

2.1.1 施事句與致事句

「施事句」的主語是施事角色。施事角色是行為和支配（意志控制）的主體，因此必須是有生名詞，通常是屬人名詞。「致事句」的主語是致事角色。致事角色表一個事件的促發者。致事角色主語通常也是屬人，但也可以指無生事物。

施事、致事基本上是動詞的性質，動詞性質的改變可以把主語從施事變為致事或從致事變為施事。致事句的「使」原來是一個表言語支配（使令）的動詞，它的主語應是施事角色。動詞「使」後來發展出致事 (causative) 義，它的語意徵性從帶有意志作用 [+volition] 改變為不必帶有意志作用 [+/-volition]，主語的語義角色也隨之而改變。

致事句有兩種表面形式。一種是使字句，也就是所謂兼語結構。另一種是由致動詞構成的單句。後者如故事中的「豎牛欲亂其室而有之」的「亂其室」和「牛止之」的「止之」。❸「亂」是「使生亂」的意思，「止」是「阻止」的意思。致動詞是經由動詞併合 (verb incorporation) 的句法運作而產生的。併合運作產生詞，不經併合運作產生詞組。併合運作產生致動詞，不經併合則產生「使」字式。致動詞的語義結構正是反映它的句法結構。第九章將詳細說明。下面《荀子・天論》一節，「貧」、「病」、「禍」都是經併合的致動詞，「使之飢」、「使之疾」、「使之凶」、「使之富」、「使之全」、「使之吉」就是不經併合的詞組結構。

(5) 彊本而節用，則天不能貧；養備而動時，則天不能病；脩道而不

---

❸　但是「牛立昭子而相之」的「立」則是外動，不是致動用法。參看 2.2 節。

貳，則天不能禍。故水旱不能**使之飢**，寒暑不能**使之疾**，祅怪不能**使之凶**。本荒而用侈，則天不能**使之富**；養略而動罕，則天不能**使之全**；倍道而妄行，則天不能**使之吉**。《荀子・天論》

使字式和致動詞表達功能完全一樣，例如「使之富」就是「富之」，二者可以自由替換。不過，並不是所有表致事的使字式都可以找到相對應的致動詞，這是因為詞彙的產生通常都有習慣性或其他語義或結構因素限制，造成規律的例外。❹使字式結構可以很複雜，如下面《老子》的例子，其中「虛」、「實」、「弱」、「強」都是致動詞，但其他幾個複雜的兼語結構就無法加以詞彙化：

(6) 不尚賢，**使民不爭**；不貴難得之貨，**使民不為盜**；不見可欲，**使心不亂**。是以聖人之治，**虛**其心，**實**其腹，**弱**其志，**強**其骨。常**使民無知無欲。使夫知者不敢為也**。為無為，則無不治。

前面說過，表致事的「使」本義是使令和派遣，是施事用法。表致事的使字句則可以帶無生主語，如上例的「水旱」、「寒暑」等。但是上古漢語的「使」始終還保留其指令和派遣的用法，如前面叔孫豹故事中的使字句都是如此。中古以後「使」才成為表致事的專用動詞。指令義和派遣義的「使」是一個行為動詞，它所構成的句子是施事句，不是致事句。它的主語必須是屬人，不能是無生。

不同的語言對動詞表施事或致事的認定不完全一致。英語有不少及物動詞可以帶多種主語，如 *kill*、*break* 等，它的主語既可以是有生也可以是無生。如果以英語為典型，則致動和外動、致事和施事的界線就變得模糊起來。有的學者主張凡是含結果義的及物行為動詞（如 *kill* 為殺死，*break* 為打破）都一律視為帶致事主語的致動詞。漢語的情形不是如此。漢語的「殺死」是個標準及物行為動詞，它的主語只能是屬人的施事者。

---

❹ 結構因素例如漢語非作格動詞 (unergative verb)，亦即不及物行為動詞，沒有相應的致動用法。見下文及第九章討論。

上古漢語單詞「殺」含結果義，意為「殺死」，也是以施事者為主語的行為動詞，如前面故事裡的「（使拘而）殺諸（「之於」的合音）外」。不過上古漢語的行為動詞「殺」還有致動用法，見於下面例句：

(7) 巫臣曰：是不祥人也。是夭子蠻，殺御叔，弒靈侯，戮夏南，出孔儀，喪陳國。何不祥如是！《左傳・成公二年》

「夭子蠻」以下幾句是平行的，都是致動用法：這個人（指夏姬）使得子蠻早死，使得御叔被殺，使得靈侯被弒，使得夏南受戮，使得孔寧、儀行父出逃，使得陳國因此喪亡。「殺」、「弒」、「戮」都是標準的及物行為動詞，但是它們都有致動用法。❺因此施事句和致事句必須假定有不同的句法結構。

並非致動不能成為及物行為動詞（即施動詞）的來源；事實上，很多行為類動詞都可以解釋為來自致事。一個明顯的例子就是「示」。「示」、「視」同源，前者是後者的致事形式，意思是「給看」。在上古前期，致動詞可以帶雙賓語，後來則有限制，只能帶一個賓語，就是所謂致事賓語。但是「示」還保留了它的雙賓語結構，如：

(8) 袒而示之背。《左傳・定公五年》

不過，東周以後，「示」的用法已呈多樣化。例如表對指的「相示」（例見《國語・齊語》，《莊子・齊物論》），就不是一個致動詞所能產生的。同時「示」也衍生了「表示」的意思（例 9a）；還有複合形式「宣示」（例 9b），「見示」（表現（自己）（例 9c））等：

(9)

　　a. 鄭人圍許，示晉不急君也。《左傳・成公九年》
　　　　鄭成公為晉拘留，鄭人圍許，向晉國表示不以其君被執為

---

❺　必須指出，這種致動用法就不是動詞併合的產物，而是由詞根產生的，見第九章的討論。

　　急務。

b. 自文以來，世有衰德，而暴滅（蔑）宗周，以宣示其侈。諸
　　侯之貳，不亦宜乎。《左傳·昭公九年》

c. 莊王不為小害善，故有大名；不蚤見示，故有大功。《韓非
　　子·喻老》

這都表示「示」已成為一個行為動詞，不再是一個經併合而產生的致事
形式。

　　又如「塞」。它本來是一個狀態動詞，是充實，充滿的意思 (10a)。狀
態動詞可以轉成致動，「塞」的及物用法 (10b) 應當就是一個致事式（使
塞，使無縫隙）。當這個致動用法被用來專指「填塞」這個行為動作時，它
就轉成一個行為動詞。作為一個行為動詞，「填塞」義的「塞」不能有表狀
態的不及物用法，因此 (10c) 句的「門戶塞」不是一個主動句，而是一個
受動句（門戶被填塞）。

⑽

a. 其為氣也，至大至剛，以直養而無害，則塞于天地之閒。《孟
　　子·公孫丑上》

b. 塞井夷灶《左傳·成公十六年》

c. 中不上達，蒙揜耳目塞門戶。門戶塞，大迷惑，悖亂昏莫不
　　終極。《荀子·成相》

　　動詞「釋」的本義是釋放（如釋囚），典籍中多訓為「解」，有解開、
解除、解下不用等及物用法，屬於行為動詞。但是作為不及物動詞，「釋
（融化）」就是一個狀態動詞：

⑾ 渙然若冰之將釋。《老子》

「釋」與「解」義近，其語義發展亦相類似。上古漢語的「解」最早可能
是行為動詞（施動詞），後來才發展出內動的狀態義。❻

《說文解字》卷十三：「閉，闔門也。从門。才，所以歫門也。」從字形看來，「閉」應當跟「解」一樣，原先都是施動詞，後來才發展出內動用法，如《易・文言》：「天地閉，賢人隱。」「閉」有「見」字式，也表示「閉」是外動（施動）而不是致動。

⑿ 見由（楊倞注：由，用也。）則恭而止，見閉則敬而齊《荀子・不苟》

由此看來，施動和致動之間的關係肯定是十分複雜的。有些施動詞（如「塞」、「壞」）可能源自致動詞，而有些施動詞（如「解」、「釋」、「閉」）也可能發展出內動狀態義，而同時具有施動、致動兩種用法。意義的分化往往從致動開始。例如「釋」的「解釋」義應是後起的，是從致事用法發展出來的，但它沒有任何致動的具體意涵，完全是一個施動詞。

不過，一般說來，施事和致動是可以根據以下五個句法標準來區別的。❼

> (a) 能出現在「V + 於」（即 3.2 節的受動式）中的動詞是施動而不是致動。
>
> (b) 能出現在「見 V」(3.3) 格式中的動詞是施動而不是致動。
>
> (c) 能出現在「所 V」或「為……所 V」(3.4) 中的動詞是施動而不是致動。
>
> (d) 如果一個動詞的述賓結構雖有施事和致事兩種可能解釋，但沒有不及物用法，則這個動詞基本上還是施動詞。
>
> (e) 如果能出現在複合形式中，則是施動而不是致動。

(a)、(b) 及 (c) 的「為……所 V」都是本章所說的受動式和被動式的句法環境，這種句法環境不能出現內動詞，也不會出現致動詞。(d) 所指的就是前

---

❻　「解」的語義演變非常複雜，參看楊秀芳 (2001)〈從漢語史觀點看「解」的音義和語法性質〉，《語言暨語言學》2.2: 261–297。

❼　並參看蔣紹愚〈內動、外動和使動〉，《漢語詞滙語法史論文集》，頁 188–200，商務印書館，2001 年。

面「殺御叔」的情況:「殺御叔」有「殺死御叔」和「使御叔被殺」兩個解釋。這也是施動詞才會產生的多義結構。❽(e) 是指「宣示」這種情況。當一個致動詞出現在一個複合形式中,我們就知道它的詞性已從致動轉為施動了。

2.1.2 歷事句

歷事句的動詞是一個感知(或稱經驗)動詞,如「懼」、「怒」、「見」、「知」等。「懼」和「怒」屬感覺類,有及物、不及物兩種用法;「見」屬知覺類,「知」屬認識類,都只有及物用法。無論及物或不及物,感知動詞的主語都是歷事角色,而及物感知動詞的賓語則是當事角色。歷事角色具有有生、通常是屬人的語意徵性,基本上不含意志作用 [-volition],即歷事主體對其感知經驗的發生並無操控能力。❾

感知動詞有致動用法。下面例句中,「驚」、「憚」、「懼」、「說(悅)」、「喜」、「樂」、「怒」、「哀」、「苦」都表感覺,而作致動詞使用:❿

(13)

 a. 莊公寤生,**驚**姜氏,遂惡之。《左傳‧隱公元年》

 b. 若**憚**之以威,**懼**之以怒,民疾而叛,為之聚也。《左傳‧昭公十三年》

 c. 子曰:「君子易事而難**說**也:**說**之不以道,不說也;及其使人也,器之。小人難事而易**說**也:**說**之雖不以道,說也;及其使人也,求備焉。」《論語‧子路》

 d. **喜**之以驗其守,**樂**之以驗其僻,**怒**之以驗其節,**懼**之以驗其特,**哀**之以驗其人,**苦**之以驗其志。《呂氏春秋‧論人》

不及物感知動詞表達致事時多以致動詞形式出現,很少用使字式,下面是一個使字式例子,「恐懼」是個複合詞:

---

❽　參看第九章 5.3 節「受動基礎的致動句」。
❾　「視」、「聽」、「嗅」表感知效能,則含意志作用。
❿　「苦」表感知,是覺得苦的意思。

⒁ 甚者舉兵以聚邊境而制欽於內，薄者數內大使以震其君，使之**恐懼**。《韓非子‧八姦》

另一方面，及物感知動詞通常就只用使字式表致事，沒有相對應的致動詞：

⒂

 a. 民可使由之，不可**使知**之。《論語‧泰伯》❶

 b. 教之禮，**使知**上下之則；……教之《故志》，**使知**廢興者而戒懼焉；教之《訓典》，**使知**族類，行比義焉。《國語‧楚語上》

 c. 蘧蒢不可**使俯**，戚施不可**使仰**，僬僥不可**使舉**，侏儒不可**使援**，矇瞍不可**使視**（感知動詞），囂瘖不可**使言**，聾聵不可**使聽**（感知動詞），童昏不可**使謀**。《國語‧晉語四》

「朝見」義動詞是例外。「見」有「讓……拜見」的致動用法，如前叔孫豹故事「見仲而何？」及下例「子尾見彊」。❷

⒃ 宣子遂如齊納幣。(宣子) 見子雅，子雅召子旗，使見宣子 (讓兒子子旗拜見宣子)。宣子曰：非保家之主也，不臣。(宣子) 見子尾，**子尾見彊** (子尾讓兒子彊拜見 (宣子))，宣子謂之如子旗。大夫多笑之，唯晏子信之。《左傳‧昭公二年》

但是即使「見」語義及物，作為致動詞，它仍受到結構因素的限制，不能出現雙賓語。「*子尾見宣子彊」一句不合法，只能說「子尾見彊於宣子」。這個結構因素留待第九章討論。

知覺類感知動詞中，有兩對動詞有語義對立：「視」與「見」成對立；

❶ 這兩句話的意思是說：治理國家的人，讓人民跟隨他，以他作為民眾的行為表率，這是辦得到的；但是讓人民知道他，明白他的決策和做法，以民眾的知識水平來說，這是辦不到的。這本是很平實的話，強調「為政以德」，想不到在教育普及、社會民主的今日卻引起「愚民」的非議。

❷ 又覩、見同源，覩也有致事用法。參看第九章 5.2 節。

「聽」與「聞」成對立。以事件類型分類,「視」和「聽」是屬於活動 (activity) 類動詞,「見」與「聞」則是屬於瞬成 (achievement) 類動詞。**⓭** 瞬成類動詞的語意結構包含了活動到達的結果,也就是它的完成狀態。 「見」的意思不是看,而是看見;「聞」的意思不是聽,而是聽到或聽見。 而動詞「視」和「聽」就只表視覺和聽覺活動,相當於現代漢語的「看」 和「聽」,這是活動類動詞;「見」和「聞」是瞬成類動詞。

　　瞬成類知覺動詞含有結果義,因此和致事的語意結構相類似。致事結構「使之飢」、「使之富」及「貧(之)」、「病(之)」都包含兩個事件,一個是致事者和動詞「使」(可以是零形式)構成的肇因,另一個是肇因導致的飢餓、富有、貧窮、疾病的結果。瞬成類知覺動詞也包含兩個事件,一個代表行為或活動,另一個代表行為或活動成就的結果。然而跟致事句不同的是,由瞬成類動詞構成的句子在句法層次上並不能表現這種雙事件結構,它不是兼語式。瞬成類動詞都是結構單純的動詞。前面說過,「殺」是一個單純的及物施動詞,雖然它的語意包含「殺」的動作和「死」的結果,是雙事件結構。同樣的,「見」、「聞」跟「視」、「聽」一樣,都是結構單純的知覺動詞,雖然前者是雙事件結構後者是單事件結構。沒有任何證據顯示瞬成類知覺動詞「見」、「聞」有兼語式的來源。

2.1.3 當事句

　　當事句一般都是不及物句,只有極少數及物句。當事句的述語是狀態動詞,包括靜態和動態。狀態是行為、感知、關係之外的一個動詞大類。質詞 (一般稱為形容詞) 述語也包括在內。當事主語的有生或無生 [+/-animate] 原則上由動詞的性質決定,但當事主語一定是非自主的,不帶意志作用 [-volition]。狀態動詞「死」固然帶非自主義,即使「出」、「走」一

⓭ 除了活動和瞬成外,還有達成 (accomplishment)(如「入」、「沉」、「聚」等動詞)和狀態 (state)。達成和瞬成都含結果義,但達成可以包括導致結果的過程,而瞬成則指沒有過程的事件,跌倒即是一例。狀態類動詞見 2.1.3 節當事句。關於動詞這種事件類型 (event types) 的劃分,詳第十一章。

類表移動 (movement) 的動態狀態動詞也不表達可操控的語意。

一個動詞可以有不同用法，分屬不同動詞類別。以及物動詞「焚」為例。「焚」在 (17a) 是行為動詞，在 (17b) 是狀態動詞：

(17)

　　a. 呂郤畏偪，將焚公宮，而弑晉侯。《左傳・僖公二十四年》

　　b. 火焚其旗《左傳・僖公十五年》

(17a)「焚」的主語呂郤是放火燒的施事者，但 (17b) 的主語「火」並不具行為者身分，也不是用來焚燒的工具，而是焚燒這個現象的客體，就跟下雨、吹風一樣，雨、風是下雨、吹風等氣候現象的客體。氣象名詞都具有當事角色。及物狀態動詞的賓語是受事角色。❹

又如上古漢語內動詞「困」字義域甚寬，表窘困、窘迫時是感知動詞 ((18))，表困苦、困窮、困阨、困阻等義時是狀態動詞 ((19))。

(18)

　　a. 憂而不困《左傳・襄公二十九年》

　　b. 困而學之《論語・學而》

(19)

　　a. 漢與楚相距滎陽數歲，漢常困。《史記・高祖本紀》

　　b. 亡國之音哀以思，其民困。《樂書》

　　c. 困於陳蔡之閒《史記・孔子世家》

　　d. 困於衣食《史記・滑稽列傳》

不及物狀態動詞（絕大多數狀態動詞都是不及物）當中，有一類沒有對應的及物用法，也不能有致事用法，是單純的不及物或內動。這類動詞有表生理變化的，如「卒」、「沒（歿）」、「病（病重）」、「慟（極度哀痛）」

❹　上古漢語「吹」是一個表動態的及物狀態動詞：

　　　冬，大風吹長安城東門，屋瓦且盡。《漢書・王莽傳上》

等；有表事物自然變化或事物特性的，如「(五穀) 熟」、「(川淵) 枯」、「(日月) 逝」、「(雞) 鳴」、「(狗) 吠」等。有致事用法的狀態動詞屬於下文所謂作格動詞 (2.2)；這一類動詞就不是作格動詞。

　　大多數狀態動詞都能發展出致事義。比較不同時期的資料有時還能看到這種致事義發展的經過。上面提到的「困」這個動詞，它的用法很值得注意。在先秦古籍中，它主要是一個狀態動詞。能夠確認有致事用法的只見於少數例子，而且都屬於時代較晚的資料：❺

(20)

　　a. 合同異，離堅白，然不然，可不可，困百家之知，窮眾口之辯《莊子・秋水》

　　b. 商君說秦孝公以變法易俗而明公道，賞告姦，困末作而利本事。《韓非子・姦劫弒臣》

　　c. 韓得楚救，必輕秦。輕秦，其應秦必不敬。是我困秦、韓之兵，而免楚國之患也。《戰國策・韓策一》

　　狀態動詞「動」一直到《左傳》時代還是一個標準的不及物動詞，沒有一般的致事用法。❻到了戰國時代才有致事用法：

(21)

　　a. 志壹則動氣，氣壹則動志也。今夫蹶者趨者，是氣也，而反動其心。《孟子・公孫丑上》

　　b. 言行，君子之所以動天地也，可不慎乎。《易・繫辭上》

有對應及物用法的狀態動詞屬於「作格動詞」一類。

─────────────────────────────

❺　《論語・子罕》「不為酒困」是不因酒而困的意思，不是被動式。詳 3.2 節。

❻　狀態動詞「動」有一種表自發的述賓形式，或表肢體活動，如「五月斯螽動股」《詩・豳風》；或表生理活動，如「今天動威以彰周公之德」《尚書・金縢》，都是所謂「非賓格結構」。孟子自言「四十不動心」，「動心」也是非賓格結構，與 (21a) 的致事用法不同。非賓格結構詳第九章 2.2 節。

2.2 作格動詞 (Ergative Verb)

作格動詞是句法學上一個很受注意的詞類概念，這個名稱因「作格語言 (ergative language)」而生。有格位標記的語言表達格位方式有兩種。印歐語言把及物句的主語跟不及物句的主語視為格位相同，都用主格 (nominative case) 標示，及物句的賓語則用賓格 (accusative case) 標示。這是我們習見的一種格位標示方式。用這種方式標示格位的語言通稱為主格語言 (nominative language)。另一類型的語言就是作格語言。作格語言及物句的主語跟不及物句的主語格位是不同的，及物句主語得到的格位是「作格 (ergative case)」，不及物句主語得到的格位是「通格 (absolutive case)」。及物句的賓語的格位也是通格，因此不及物句的主語跟及物句賓語的格位是相同的，同是通格。

作格語言顯示不及物句的主語跟及物句的賓語有某種語法關連。這種關連普遍在語言中多能找到，因此是語言的一種性質，並不限於作格類型語言。比方說「關門」和「門關」二語表達的是同一種情況，就是門的關閉。英語的 *open* 和 *close* 用法也是一樣：*The door opened/closed; (John) opened/closed the door*。對這些動詞而言，及物跟不及物的不同只是及物多了一個使開門或關門這件事發生的致事者。在作格語言中，這個致事者就用一個特別的格位形式—作格—標示出來。作格語言用通格這個格位來顯示主述和述賓之間的語法關連，在主格語言中則用動詞的同一形式來顯示，因此語法學家把內動、致動同形式的動詞稱為「作格動詞」。除了 *open* 和 *close* 之外，英語的 *break*、*melt*、*move*、*turn*、*boil* 等動詞都能兼作內動和致動用，是標準的作格動詞。

漢語語言學中跟「作格動詞」相關的有內動、外動和致動幾個對立概念。❶漢語語言學過去又有自動和他動的說法。「自動」、「他動」是日語借詞。下文討論漢語語法，不用自動他動，一律使用內動外動。

---

❶　參看蔣紹愚前引文。蔣文的「使動」，這裡稱為「致動」。

　　依照本書的理論架構，所謂作格動詞，就是指兼內動和致動用法一類的動詞。按照這個定義，一般表感覺的感知動詞如前述的「驚」、「憚」、「懼」、「說（悅）」、「怒」、「哀」等都有致動用法，因此都具有作格特徵。這是最容易分辨的作格動詞。不過，動詞的致動有常態和非常態之分。所謂常態，是指意思比較平常，是常常用到的，如嚇，使驚嚇（驚之）、威嚇（懼之）、激怒（怒之）、灌醉（醉之）等。非常態是指那些意思比較特別，不是經常這樣使用的，如使悲痛（哀之）、使覺得苦（苦之）等。常態、非常態的差別自然是相對性的，中間並沒有一條界線。非常態就是語法書上通常稱為臨時使動的用法。

　　狀態動詞類中，「亂」、「止」、「斷」、「絕」、「興」、「亡（滅亡義）」、「生（生育義）」等都是標準作格動詞。表移動的「至（致）」、「出」也是常見的標準作格動詞。「致」是使至的意思。「致知」是「知至」的致事形式。「至」、「致」是同一個動詞的內動和致動的不同寫法。❸不過，「致」還發展出「致送」的施事義，在古書中比原始的致事用法更常見。

　　「定」表安定、穩定義，在先秦時期還是一個作格動詞，有內動和致動用法。到了《史記》、《漢書》，才有「天下已定」、「天下既定」這樣的說法，才可以有被動的解釋，表示天下已經被平定了。這就不是主動句，而是一個反實為主的受動句，動詞「定」不是內動而是外動（施動）。至於「定」有「決定」（如《左傳・襄公二十五年》「弈者舉棋不定，不勝其耦」）、「訂定」等引申義，就是單純施動用法，這些引申義的「定」沒有狀態動詞的內動用法。

　　至於「貧」、「富」、「飢」、「病（生病，上古晚期用法）」等雖有致動用法，恐非常態，屬臨時使動，就不能算是標準作格動詞。

　　語詞的性質是變動的，每一個語詞發展都不一樣，因此詞類的組成分

─────────────────────────────

❸　「至」「致」聲母有照三母和知母的不同。承林英津先生告知，與「至：致」平行的例子尚有「出：黜」，都是 tj- 和 rtj- 的差別。r- 應是漢藏語表致事的詞頭。龔煌城《漢藏語研究論文集（舊版）》頁 169–170：「在藏文中使動式通常由詞根加詞頭 *s- 構成，而詞頭 *s- 偶爾也有方言變體 *r-。」

子並非固定的，也沒有多少系統性。作格動詞反映這一語言事實。

2.3 受動句

受動句通常稱受事主語句。這是一種把賓語（基底賓語）轉成主語的句式。因為這種句子的主語有受事 (patient) 或當事（theme，如「言聽計用」的「言」、「計」）兩種語義角色，稱之為受動句比受事主語句較為合適。

一個基本的及物施事句帶兩個論元，但受動句沒有施事論元，它是單論元結構。現代漢語也有這種單論元的受動句，如「功課做完了」。這種句子都表達一件事的完成。不過現代漢語這種受動句有很嚴格的限制：一般而言，它的主語只能是無生的。上古漢語的受動句則不然。它是被動句產生之前唯一與主動句相對的語句形式。上古漢語的受動句含蓋了後來被動句的使用情況，多數情形下可以用被動句來對譯。因此學者又有意念（無標記）被動句的稱法。但是從漢語發展史的觀點看，這名稱也不理想，因為這牽涉到見字式（見殺）、為字式（為戮）算不算被動（有標記被動）的問題。帶施事論元的被動句是後起的，其演變過程相當複雜，因此在漢語史中「被動」這個名稱才是需要界定的。我們不應把帶施事論元的被動視為語言的普遍基本性質。事實上，在語言類型學上稱為「作格語言」類型的語言都是沒有這種被動句式的。藏緬語普遍也只有受動，沒有被動。南島語如臺灣原住民的語言是另一類型的語言，也根本沒有類似西方語言的被動句式。

本節所談的受動句是不加標記的受動句，加標記的受動句是見字式，見 3.3 節。受動句的標準型是以行為動詞為述語的句子。下面是一些《左傳》和《國語》的典型行為動詞及物句（即及物施事句）例子，其中「滅、囚、圍、遷、廢」的受動可用被字翻譯（被消滅、被囚禁等），「寵、辱」受動則相當於「受寵、受辱」。「變」的受動用法比主動用法更常見。這種標準型的主動／受動的對立我們稱為施（動）／受（動）對立：

(22) 楚人**滅**江，秦伯為之降服，出次，不舉：過數（超過禮數）。大
夫諫。公曰：同盟**滅**，雖不能救，敢不矜乎？吾自懼也。《左傳・
文公四年》

(23)

a. 二月，壬子，戰于大棘，宋師敗績。**囚**華元，獲樂呂及甲車
四百六十乘，俘二百五十人，馘百人。《左傳・宣公二年》

b. 初，鬥克**囚**于秦。秦有殽之敗，而使歸求成。《左傳・文公十
四年》

(24)

a. 冬，楚子及諸侯**圍**宋。《左傳・僖公二十七年》

b. 出穀戍（趕走穀地的駐軍），釋宋**圍**，一戰而霸，文（晉文
公）之教也。《左傳・僖公二十七年》

(25)

a. 武王克商，**遷**九鼎于雒邑。《左傳・桓公二年》

b. 桀有昏德，鼎**遷**于商，載祀六百；商紂暴虐，鼎**遷**于周。《左
傳・宣公十二年》

(26)

a. 晉胥克有蠱疾。郤缺為政。秋，**廢**胥克，使趙朔佐下軍。《左
傳・宣公八年》

b. 胥童以胥克之**廢**也，怨郤氏，而嬖於厲公。《左傳・成公十
七年》

(27)

a. 趙孟曰：七子從君，以**寵**武也。請皆賦以卒君貺，武亦以觀
七子之志。《左傳・襄公二十七年》

b. 夫**寵**而不驕，驕而能降，降而不憾，憾而能眕者，鮮矣。《左

傳・隱公三年》

(28)

  a. 公孌向魋。《左傳・定公十年》

  b. 驪姬孌，欲立其子《左傳・莊公二十八年》

(29)

  a. 勸之以高位重畜，備刑戮以**辱**其不勵者，令各輕其死。《國語・吳語》

  b. 臣聞之，為人臣者，君憂臣勞，君**辱**臣死。《國語・越語》

不加標記的受動句也有以感知動詞如「疑」為述語的，但數量很少，時代也是很晚：

(30)

  a. 逐於魯，**疑**於齊，走而之趙《韓非子・外儲說左下》

  b. 夫孝子**疑**於屢至，市虎成於三夫，若不詳察真偽，忠臣將復有杜郵之戮矣。《後漢書・虞傅蓋臧列傳》

感知動詞的受動多以見字式出現，如「見疑」、「見愛」、「見惡」等。

致動和受動的關係比較複雜。我們知道，一般而言，致動是在內動的基礎上建構的，因此沒有相應的受動。作格動詞就是這種情況。作格動詞兼及物、不及物兩種用法。及物是致動，不及物是內動。

動詞「立」的基本義是站立，引申為樹立，則有致動用法，如本立（內動）、立本（致動）等。內動「立」用於指王位繼承（即位），它的及物義是扶之使立的意思，也是致動的用法。

(31)

  a. 初，鄭伯將以高渠彌為卿，昭公惡之，固諫，不聽。昭公立（即位，內動），懼其殺己也，辛卯，弒昭公而**立**（使即位為國君，致動）公子亹。《左傳・桓公十七年》

b. 莒犁比公生去疾及展輿。既立（使為繼承人）展輿，又廢之。
犁比公虐，國人患之。十一月，展輿因國人以攻莒子，弒之，
乃立（即位為君）。《左傳・襄公三十一年》

因此動詞「立」用在這兩個意思上，是作格動詞，不產生相應的受動義。
不過，當「立」表達強烈的意志行為時，如「仲為無道，殺嫡立庶」《左
傳・文公十九年》，「立」究竟是致動還是施動（外動），就很難決定。「立」
的施動用法見下文。

　　內動和受動是互相排斥的。一個動詞如果有內動用法，它就不會有受
動用法。因此，就一般理解而言，應該只有行為和感知的及物動詞才有受
動句式，致動詞不應有受動句式。然而這個結論似乎並不正確：致動詞有
時也可以有相應的受動句式。這有幾種情況。

　　第一種情況是：到目前為止，我們談致動，都還是以作格動詞為例，
因此有內動、致動的對應問題。但是並非所有致動詞都是從內動產生的。
致動詞產生的方式不只一端。第九章 (5.1) 指出致動用法可以從詞根產生。
例如名詞「臣」可作動詞用，有「使為臣」的致動用法。這種「名動相因」
的致動用法就是從詞根產生的。這樣產生的致動詞就沒有相應的內動，當
然也就可以有受動句式，如下例「見臣於人」：

(32) 且夫臣人與**見臣於人**，制人與見制於人，豈可同日道哉！《史記・
李斯列傳》

　　受動義可以用「見」字式表達（但有限制，其主語必須屬人），因此
「見」可視為一個受動標記。「見」字式詳 3.3 節。

　　第二種情況是經語義分化後，一個作格動詞可以產生另一種致動用法。
例如「傷」。「傷」作傷害解，原始意義專指身體受傷以及對身體造成傷害，
前者表狀態，後者表致事（使受傷）。❶作為不及物狀態動詞，「傷」並且

----

❶　漢語工具主語非常少見，像下面的情形，應算例外用法，但正好拿來證明「傷」
是致事動詞而非施事動詞（施事動詞必須以屬人名詞為主語）。

可用於蒙受結構（蒙受結構見本章第 1 節；第九章 1.4 節）：❷

⑶ 闔廬**傷**將指《左傳・定公十四年》

　　「將指」是足大趾。

這個意義的「傷」是沒有受動用法的。

　　但是在下例中，「傷」就有受動用法。「傷農事」之與「農事傷」，「害女紅」之與「女紅害」，應當是致動和受動的關係。

⑶ 雕文刻鏤，**傷農事**者也；錦繡纂組，**害女紅**者也。**農事傷**則飢之本也，**女紅害**則寒之原也。《漢書・景帝紀》

這裡的「傷」是「使受到損害」的意思，對象不指身體，這是「傷」的引申用法。因此，在致動用法的基礎上也是可以產生受動句的。換句話說，受動句的主語也可以是基底結構的致事賓語而不是受事賓語。第九章 5.4 節「致動基礎的受動句」將討論這個句法機制。

　　不過，像這樣明確的致動例子很難找。多數的例子是詞義經分化或擴充後就造出新的施動用法而不是致動用法。這是第三種情況。再以動詞「立」為例。動詞「立」有很多意思，可以指任命、建立、設置、制訂等。這些都應當是施事義而不是致事義，因此有受動用法，如：

⑶ 師服曰：吾聞國家之**立**（受動）也，本大而末小，是以能固。故天子建國，諸侯**立**（成立，施動）家，卿置側室，大夫有貳宗，士有隸子弟，庶人工商，各有分親，皆有等衰。……《左傳・桓公二年》

盜賊之矢若**傷**君，是絕民望也。《左傳・哀公十六年》

❷　見於《左傳》，還有「傷股」、「傷足」等說法，都是蒙受結構，但「魏犨傷於胸」《左傳・僖公二十八年》則不是；這個結構帶「於」介詞組補語。「傷股」、「傷足」不能認為省略了介詞「於」。介詞「於」的省略是它開始衰落的表徵；這是上古晚期的現象，春秋時代還非常少見。參看第八章。

複合形式「建立」的出現，也說明「立」是個施動詞。這個複合形式最早見於《國語》，凡三見；秦相李斯上始皇的奏議，也有「人善其所私學，以非上之所建立」的話。這個複合形式先秦已有，可以確定。此外，「設立」一詞亦見於《史記》。

　　動詞「敗」有打敗和戰敗二義：

　　(36) 凡師，敵未陳曰敗（打敗）某師；皆陳曰戰；大崩曰敗績；得雋曰克；覆而敗之曰取某師；京師敗（戰敗），曰王師敗績于某。
　　　　《左傳・莊公十一年》

其中「敗績」一語，隱含著「敗」有內動義。而且「敗」還指食物的腐敗，也是內動（狀態）用法。這樣看來，「敗」似乎就是一個身兼內動、致動二職的作格動詞了。而且「敗」是不能出現在見字式中的（沒有「*見敗」的說法），這也表示它可能是一個作格動詞，沒有受動用法。但是它有為字式（《漢書・五行志》：「昭公遂伐季氏，為所敗，出奔齊。」），則又表示它也可能是一個施動詞。遇到這種情況，比較好的解釋是把作格性質視為原始，行為（施動）性質視為後起。換句話說，「敗」的施動用法是從致動用法發展出來的。這樣發展的結果產生了多義現象：同一個主謂形式就可以有內動和受動兩種可能的解釋。至於哪一種解釋比較好，就必須從上下文義推敲了。

　　以上是就觀察所及而加以分別的幾種類型。就大多數例子而言，受動和內動缺少明顯區分標記，因此必須從多個角度去辨認。原則上，受動和內動是互相排斥的；有內動用法，就不會出現受動用法。與此一對立相應是施動和致動。大致說來，施動與受動相應；致動與內動相應。一個動詞若兼具施動、致動，或兼具受動、內動，皆起因於詞義的發展和分化。「懈」之於「解」，「見（現）」之於「見」，則有語音和字形的分別（《中庸》「莫見乎隱，莫顯乎微」，恐怕是最早的「見」字分化例證。）詞義是會變動的，必須弄清楚個別動詞的詞義發展和分化，才能準確掌握它的用法。

再看《大學》有關三綱八目這段文字：❹

(37) 古之欲明明德於天下者，先治其國；欲治其國者，先齊其家；欲
　　齊其家者，先修其身；欲修其身者，先正其心；欲正其心者，先
　　誠其意；欲誠其意者，先致其知；致知在格物。物格而後知至，
　　知至而後意誠，意誠而後心正，心正而後身修，身修而後家齊，
　　家齊而後國治，國治而後天下平。

　　首先是這裡面的動詞，共有格、致（至）、誠、正、修、齊、治、平、
明等九個。其中「格」的訓解有爭議。鄭玄和朱子都釋「格」為「來」，格
物就是使物來的意思。這是致動用法。然而古書上「格」是降臨或臨的意
思，多指神的降臨，亦可指國君的到臨，未見有致動用法。《文選‧運命
論》注引《蒼頡篇》：格，量度之也。若採取這個故訓，格物就是量度事物
的意思。動詞「格」就是一個施事（行為）動詞，因此「物格」是受動形
式。這個訓解有語文學文獻根據，宜從。

　　「治」的問題比較複雜。作統治或管理解，不包含結果義，「治」應視
為行為動詞（施動詞）。但是「治」可表狀態，如「天下大治」（比較：「天
下又大亂」）。這樣含結果義的「治」應該也是兼有內動、使動用法，所以
屬於作格動詞。「國治」就是內動形式，不是受動形式。

　　其他七個動詞應分兩類。「致」是內動詞「至」的致動形式（使至）；
「誠」是使誠；「正」是使正（使不偏仄）。跟知至、國治一樣，意誠、心
正也都是內動句式，不應視為受動。這三個動詞當中，「致（至）」和「治」
一樣，是作格動詞，其致事用法和內動用法一樣常見。其他兩個——「誠、
正（用於這個特殊義）」——則應歸入臨時致事類。

　　其餘的四個不是致事，而是施事。其中「修」沒有內動義。他如「齊」
是劃一的意思，「平」是平治的意思，「明」是彰顯的意思，都可視為分化
出來的施動用法（即上面第三種情況），跟它們的內動義有相當距離。因此

❹　參看梅廣《大學》古本新訂〉，收入國立臺灣大學中國文學系編印《孔德成先生
　　學術與薪傳研討會論文集》，頁 117–154，2009 年。

身修、家齊、天下平、德明均可作受動解。

3. 上古漢語被動的發展

3.1 何謂被動句？

　　先秦漢語的被動句，經過近年來不少學者的熱烈討論，大致認為主要有「於」字式、「見」字式以及「為」字式這三種形式。其中於字式和見字式能否算是被動句法，學者仍有爭議。我們的看法是，在漢語歷史中，被動句是很晚才出現的，先秦期間還是被動形式發展的試驗階段，於字式和見字式這兩類句子在句法上還不具備被動句的要件，而為字式則可視為漢語被動句法的濫觴。至於被字句，則是中古以後才發展出來的，這是漢語真正的被動句，但這階段已不屬本書討論範圍之內了。

　　要討論被動句的問題，首先要確定什麼是被動句。根據黃正德先生的研究，被動有兩種基本型態。❷一種型態涉及主要動詞的形式改變，由主動形式轉為被動形式。而由於主要動詞形式的改變，它的論元結構同時也改變了，變得跟主動完全不同。主動句的賓語經移位 (movement) 而成為被動句的主語。英語的 *be* passive 就是這一類型（A 型）。

(38)

    a. I ate the cake.

    b. The cake was eaten by me.

(38b) 是相對於 (38a) 的被動句，它的主要動詞是被動形式 *eaten* (*eat* + *en*)，而句子的語序和結構也改變了，不是施事－述－受事，而是受事－述－施事（施事用介詞組 by phrase 表達）。

　　另一種型態不牽涉到動詞形式的改變，也不用移位造成論元結構的改

---

❷ Huang, C.-T. James （黃正德）(1999), "Chinese Passives in Comparative Perspective," *Tsing Hua Journal of Chinese Studies* 29: 423–509.

變，而是把一個主動句套在一個輕動詞結構裡面，作為這個輕動詞結構的表述成分。漢語的被字句就是這種類型（B 型）：

(39) 蛋糕被我吃了。

請注意：這個句子「被」的後面是一個主動句「我吃了（蛋糕）」，因此這種 B 型的被動句是以一個主動句為基礎架設起來的；它並沒有改變這個基礎主動句的論元和論元位置。

　　根據黃正德的分析，還有一種被動句是 A＋B 的混合型，英語的 *get passive* 屬之。（*My wallet got stolen.* 我的皮夾子被（人）偷了。）英語沒有單純 B 型被動句，基本上它要通過動詞的形態變化作主動／被動轉換。

　　A 型被動句依賴形態變化，B 型被動句不依賴形態變化，漢語選擇用 B 型而不用 A 型，完全符合它的句法特性要求，因為漢語屬於形態變化非常簡單的分析性語言。A、B 二型被動句的分布應與語言類型關係直接。

　　比較受動句和被動句，則可發現兩點差異。第一，被動句是有標的。無論是 A 型（有形態標記）或 B 型（有輕動詞如被），都有表被動的標記。受動句則通常是無標句，但後來也發展出有標的見字句。第二，相對於主動句，被動句仍保有施事、受事兼有的雙論元結構，並沒有減少論元數目，只是對論元的相對地位作了調整（受事論元升，施事論元降）。受動句則不然，它是缺少施事論元的一種句式。

　　有了這個簡單的背景介紹，現在就來檢查一下上古幾類疑似被動句。

3.2 關於「於」字式的被動問題

　　過去一般的看法是，漢語被動句出現甚早，以「于」字作為標記施事的句式，甲骨文、西周金文已有，《尚書》、《詩經》、《周易》中也有不少這樣的例子。❷❸ 這種句子的基本形式為「主（受事）─動─于賓（施事）」，

❷❸　唐鈺明、周錫馥在〈論上古漢語被動式的起源〉一文中提出卜辭已有表施事的「于」字式之說，但所舉的例子只限於「若（唐釋為降福，賜福）」和「左（佐，輔佐）」兩個動詞，與「于」介詞組出現次數之多不成比例。作為受動句，「若于

動詞之後介詞「于」的作用是引介施加動作的施事者。下面是經常被引用的一些早期例句。

(40)

 a. 冔**錫貝**于王。〈冔尊〉

 b. 作冊麥**錫金**于辟侯。〈麥尊〉

 c. 予小子新**命**于三王，惟永終是圖。《尚書・金縢》

 d. 惟時怙，冒**聞**于上帝，帝休。天乃大命文王，殪戎殷，誕受厥命。《尚書・康誥》

 e. 憂心悄悄，**慍于群小**。《詩經・邶風・柏舟》

 f. **困于酒食**，朱紱方來，利用享祀，征凶，無咎。《周易・困卦・九二》

仔細考察這些例句，就可以發現「于／於」的施事者說法都成問題。(40a、b) 兩句的「于王」、「于辟侯」都是指所賜的來源，而不是指施事者。「錫（賜）」有受賜的意思。(40c)「命于三王」是從三王那裡得到任命，而不是指施事者，因為三王是指已故的三王，周的祖先。所以「于」介詞組也是指來源。「命」是受命的意思。例 (40d)「聞于上帝」的「于」是達到、至於的意思，「上帝」不是施事者，而是所止處（止事角色）。(40e)「慍于群小」的「慍」是生氣的意思，特別指心裡生悶氣。「慍」是狀態動詞，也沒有致動的用法。「慍于群小」不可能是致動的被動化。但是「于／於」介詞組可以用來表原因的。因此，「群小」在這句話裡應是生悶氣的對象或來源（原因）。例 (40f)「困于酒食」也不是被動句式，《論語・子罕》「不為酒困」，劉寶楠《正義》：「困，亂也。……未嘗為（因為）酒亂其性也。」《論語》另外也說：「唯酒無量不及亂。」酒是致亂的原因。這裡「困于酒食」也是這個意思，「于酒食」也表原因。上古漢語「困」是一個狀態動詞，因此這句話不能解釋為被酒食所困。這樣的解釋就是以後世的句法

下上（下上神祇）」、「左于下上」的「于」仍可視為表來源，如同英語介詞 *from*。

分析古代的句法。❷❹

　　再看時代晚一點的例子，所謂「於」的施事義也都可以作他種解釋。

(41)

　　a. 趙孟曰：「晉國未寧，安能**惡於楚**？必速與之！」《左傳・哀公四年》

　　b. 主以不賄**聞於諸侯**，若受梗陽人，賄莫甚焉。《左傳・昭公二十八年》

　　c. 子曰：「焉用佞？禦人以口給，屢**憎於人**。不知其人，焉用佞？」《論語・公冶長》

　　d. 北宮黝之養勇也，不膚撓，不目逃，思以一豪**挫於人**，若撻之於市朝。《孟子・公孫丑上》

　　e. 人主之患在於信人。信人，則**制於人**。《韓非子・備內》

(41a)「惡於楚」不是被楚國厭惡 (wù)，是與楚國交惡 (è) 的意思，《左傳譯文》譯成「和楚國搞壞關係」是正確的。(41b)「聞於諸侯」與 (40d)「聞于上帝」用法相同，「於」指達到的所止處，「以不賄聞於諸侯」就是以不賄遍聞諸侯的意思。前面說於字句的述語 V 多有「受 V」的意思，如受賜、受命，於介詞組表受的來源。(41c) 的「屢憎於人」也應當這樣解釋。「憎於人」即受憎於人，「於人」表示來源，而不是像現代漢語被人討厭的被動句法。(41d、e) 的「挫」、「制」都有這樣的語意作用：受挫，受制。先秦受動句其實是從「受」這個意義產生的。它含有一個「接受」義的輕動詞。見第九章討論。

　　但是「制於人」不就是「制人」的顛倒嗎？古書倒是有「制人」的說法，所以「制於人」、「制人」看起來像是一個是被動、一個是主動。其實

❷❹　有學者認為《尚書・堯典》「輯五瑞，既月乃日，覲四岳群牧，班瑞於群后」中的「覲四岳群牧」也有被動意念，意思是說被四岳群牧覲見。這恐怕有問題。這裡的「覲」應該是一個致動詞，就是使四岳群牧來覲見的意思。所以這句話跟被動完全無關。

這也是施受關係而不是主動被動關係。施受是對待關係。因此這種「V＋於 NP」的結構通常只出現在有主動形式「V＋NP」對立的語句結構中。動後介詞「於」長久以來被誤認為被動標記，並不因為它固定引介施事者，而是因為它註記人際之間的對待方向。❷ 我們來看看下面的例子；這些例句都是以「V＋於 NP」對比「V＋NP」的：

(42)

  a. 通者常**制人**，窮者常**制於人**。《荀子・榮辱》

  b. 或勞心，或勞力；勞心者**治人**，勞力者**治於人**；**治於人者食人**，**治人者食於人**：天下之通義也。《孟子・滕文公上》

  c. 夫**破人**之與**破於人**也，**臣人**之與**臣於人**也，豈可同日而言之哉。《戰國策・趙策二》

  d. **物物**而不**物於物**《莊子・山木》

  e. 虞卿請趙王曰：「人之情，寧**朝人**乎？寧**朝於人**也？」趙王曰：「人亦寧**朝人**耳，何故寧**朝於人**？」《戰國策・趙策四》

從表面看來，上面各例句中的於字句形式相同，也都像是被動句。「制人」與「制於人」相對，前者為主動，後者為被動；「治人」是主動，「治於人」是被動，「被人所治」。(42c)、(42d) 也是如此。但是 (42e)「朝人」意指「使他人來朝見」，「朝於人」則意指「去朝見他人」，對待的方向相反，卻不能說其一為主動、另一為被動：兩者都是主動形式。這就很清楚地凸顯「於」字的作用主要是區別對待方向，而非標記被動的施事者。

  然而上古漢語於介詞組真的完全不用來表施事論元嗎？也不能這樣說。對待關係的表達，也使得我們對一些「於」介詞組必須以「降位主語 (demoted subject)」視之。不過這些都是戰國中期以後的用法。3.4.3 節談到戰國晚期有一種「為動於賓」結構，如「為制於秦」、「為戮於秦」等。「為制於秦」就是為秦所制；「為戮於秦」就是為秦所戮。這種結構的「於」介

❷ 劉承慧〈先秦漢語的受事主語句和被動句〉。

詞組就必須解釋為表施事，是降位主語。❷

　　西漢以後，「於」介詞組的使用開始衰退（第八章），但仍然出現像例 (43) 這樣的句子。這裡的介詞「於」也標示降位主語無疑。

　　⑷ 臣聞伯奇孝而棄**於**親，子胥忠而誅**於**君，隱公慈而殺**於**弟，叔武弟而殺**於**兄。《漢書・諸葛豐傳》

　　不過，這些例子數量很少。正因為結構的理由使受動無法發展成為被動，動後介詞「於」雖被挪用，仍不能發展成為一個施事論元標記。「見」字式的出現，使得受動多了標記。不過「見」字始終還是一個受動標記，而「為」字句則嘗試為漢語的被動形式找出一個發展方向。

3.3 「見」字式

　　「見」字式也是一種受動句。「見」是受動輕動詞。「見」字式受動是有標受動，可以名為 「經驗受動」。用法上，經驗受動只能帶屬人名詞主語。

　　「見」字式的流行不會晚於春秋，較早期的文獻如《左傳》、《墨子》都已經有了。

　　⑷

　　　　a. 隨以漢東諸侯叛楚。冬，楚鬥穀於菟帥師伐隨，取成而還。君子曰：「隨之**見**伐，不量力也。」《左傳・僖公二十年》
　　　　b. 愛人者必**見**愛也，而惡人者必**見**惡也。《墨子・兼愛下》

文獻上「見」字式的出現時期與「為」字式約略相當，其形態也頗相似：

　　⑷ 厚者**為**戮，薄者**見**疑，則非知之難也，處之則難也。《韓非子・說難》

---

❷ 感知動詞的受動致事用法，如「疑周於秦」即使周為秦所疑之意，也是戰國晚期使用「降位主語」的一種句式。參看第九章 5.3 節「受動基礎的致動句」。

「厚者」、「薄者」相對，故「為戮」、「見疑」的作用是相同的。不同的是：
一、「見」字式跟「於」字式一樣可表對待關係，而「為」字式沒有這種施
受涵義。二、「見」字式沒有發展出「*見實＋動」這樣的句型，而「為」
字式則有「為實＋動」的句型。「見」是受動句輕動詞的實詞化，而「為」
不是。為字句是新興句式；見字句則是有標記的受動句。

「見」字式有「見動」和「見動於實」兩種形式。

3.3.1 「見動」

「見動」是「見」字式的主流，「見」表受動，不是表被動，具見於下
面例句。(46a)「佞」「見佞」、「詐」「見詐」，(46b)「糾人」「見糾」，(46c)
「不信」「不見信」，(46d)「敬人」「見敬」、「愛人」「見愛」相對成文，都
表達這種施受易位的意念。

(46)

 a. 惠公入而背外內之賂。輿人誦之曰：「**佞之見佞**，果喪其田。
  詐之見詐，果喪其賂。」《國語・晉語三》

 b. 君子者，勉於**糾人**者也，非**見糾**者也。《管子・侈靡》

 c. 故君子恥**不修**，不恥**見污**；恥**不信**，不恥**不見信**。《荀子・非
  十二子》

  恥不信，不恥不見信：以自己的不立信（讓人信任）為恥，
  不以沒有得到別人的信任為恥。

 d. 君子之自行也，**敬人**而不必**見敬**，**愛人**而不必**見愛**。敬愛人
  者，己也；**見敬愛**者，人也。君子必在己者，不必在人者也。
  必在己，無不遇矣。《呂氏春秋・必己》

下面是「見動於實」(3.3.2) 的兩個例子，也表對待關係的轉換：

(47)

 a. 故**有人**者累，**見有於人**者憂。《莊子・山木》

b. 且夫臣人與見臣於人，**制**人與見**制**於人，豈可同日道哉？《史記・李斯列傳》

「見」是屬於認識類的感知動詞。它由感官義擴大為遭遇罹受義，與「遇」、「遭」、「罹」等同屬一類，都帶事件賓語（帶事件賓語的「受」、「得」亦屬此）。遭遇動詞的事件賓語可以是名詞性的也可以是動詞性的，並且有時二者頗難分別。作為一個遭遇動詞，「見」也可以帶名詞性的事件賓語：

(48)

a. 故國**離寇敵**則傷，民**見凶飢**則亡。《墨子・七患》

b. 《春秋》記臣弒君者以百數，皆大臣**見譽**者也。故大臣**得譽**，非國家之美也。《戰國策・東周策》❷

c. 昔者越國**見禍**，**得罪**於天王。天王親趨玉趾，以心孤句踐，而又宥赦之。《國語・吳語》

d. 今臣之所以事足下者，忠信也。恐以忠信之故，**見罪**於左右。《戰國策・燕策一》

e. 汝速已則可，不則汝之**見罪**必矣。《孔子家語・致思》

f. （汝）速已則可矣，否則爾之**受罪**不久矣。《說苑・臣術》

這些帶事件賓語的動詞在文獻中常常互文，如 (48a)「離寇敵」與「見凶飢」、(48b)「見譽」與「得譽」，還有 (48c) 至 (48f) 的「見罪」、「得罪」、「受罪」。所以「見」在這裡只能解釋為一個遭遇動詞，不是受動標記。

「見」既是一個認識動詞，又引申為一個遭遇動詞，二者是有語義差別的。《戰國策》有「見亡」的說法。從下例文義看來，「見亡」不是遭遇到亡國的意思，而是看到了亡國（的跡象）的意思：

(49) 秦攻梁者，是示天下要斷山東之脊也，是山東首尾皆救中身之時

❷ 此處「見譽」與「得譽」連用，「譽」或可視為名詞。但「譽」亦作動詞用，故「見譽」也可能是受動結構。

也。山東見亡必恐，恐必大合。《戰國策・魏策四》

又下面《莊子・至樂》的話，文中的「見」仍是「看見」而非「遭遇」的意思：

(50) 烈士為天下見善矣，未足以活身。《莊子・至樂》

烈士雖然被天下看到他所為善，仍不足以活身。

下面《韓非子》的「見」字例句，動詞「侵」和「害」是主動用法，因此這裡的「見」也是「看見」的意思：

(51) 明主之守禁也，賁、育見侵於其所不能勝，盜跖見害於其所不能取，故能禁賁、育之所不能犯，守盜跖之所不能取，則暴者守愿，邪者反正。《韓非子・守道》

「見」的遭遇義來自本義「看見」的感知性質，因此都以屬人的名詞組為主語。由於「見動」搭配屬人主語，因此「見」始終沒能脫離經驗動詞的限制，發展成為單純的功能標記。

另一個與「見」有關的問題是：到底「見」的用法有沒有負面受害（逆受）的含義？下面是劉承慧列舉的「見動」例子，雖然負面的例子較多，但正面的例子也不少。看起來遭遇義的「見」並不帶有逆受或蒙受含義，只是一般遭遇的意思。

先秦表示負面遭遇的「見 V」組合

見殺	見弒	見刳	見劫	見侵	見陵	見伐	見攻	見逐	見臣	見破
見棄	見害	見危	見罝	見訾	見笑	見侮	見辱	見毀	見汙	
見疾	見惡	見憎	見疑	見疏	見閒	見負				

先秦表示正面際遇的「見 V」組合

見保	見事	見使	見任	見用	見知	見譽	見貴	見敬	見受（接受）
見由（聽從）		見信	見聽	見愛	見說（悅）				

3.3.2 「見動於賓」

「見」字式也有帶「於」介詞組的結構，表對待關係的例子已見上節。表原因或來源的例子如：

⑸
- a. 吾長**見笑於大方之家**。《莊子·秋水》
- b. 文王所以**見惡於紂**者，以其不得人心耶？《韓非子·難二》
- c. 桓公之兵橫行天下，為五伯長，卒**見弒於其臣**。《韓非子·十過》
- d. 吾嘗三仕，三**見逐於君**。《史記·管晏列傳》

介詞組表達來源或原因，不但見於遭遇義動詞「見」，也偶爾見於其他遭遇動詞：

⑸
- a. 故晁錯念國，**遘禍於袁盎**。《後漢書·鄭孔荀列傳》
- b. 昔者越國見禍，**得罪於天王**。天王親趨玉趾，以心孤句踐，而又宥赦之。《國語·吳語》(=(48c))

「遘禍」猶「見禍」，「遘禍於袁盎」也可以說成「見禍於袁盎（因袁盎而遭禍）」。但這不是「見動於賓」的結構，而是「見（遘）名於賓」的結構。這裡的「於」介詞組絕對不能解釋為施事論元。同樣，「得罪於天王」一句中，「於天王」只能表示得罪的來源。漢以後介詞「於」常常省略，「得罪於天王」可以縮減成「得罪天王」。後來成為定式，「得罪」變成一個及物動詞，帶對象賓語。至今現代漢語還在使用。

上古漢語「見」只發展出遭遇的用法，用來標記受動。跟所有遭遇動詞一樣，它的事件賓語只能是一個動詞或名詞，具有〔＋N〕性質，而不能由一個主－動－（賓）子句構成，因此它發展不出被動形式。至於「見動於賓」，則與「動於賓」一樣，因受制於漢語缺少形態變化的本質，也無

發展成被動式的可能。

3.4 「為」字式

上古漢語「為」字式的句型，有「為動」、「為名動」、「為（名）所動」、「為名之動」等形式。前二者產生並盛行於春秋戰國時代，後二者萌芽於戰國晚期，流行於兩漢之後。

3.4.1 「為動」與「為名動」

被動義「為動」的「為」成為一個被動標記有一個發展過程。早期「為動」的例子，「為」還是一個準繫詞（「成為」或「作為」），「為」後面的動詞其實是當作一個名詞來使用。古代漢語行為動詞常有表達動作所形成的結果或狀態的，故可用如名詞。❷這樣表結果或狀態的行為動詞也能表達及物的對象，即受事者，但是這種用法頗受限制，只見於若干動詞。因此，早期的「為動」的例子也只有少數幾個，如「為戮」、「為笑」、「為擒」等。「為戮」即成為被戮的對象，「為笑」就是成為笑話，「為擒」就是成為俘虜。當施事者出現在「為」與「動」之間，構成「為名動」時，「為」的虛化又前進一步，漢語被動式的胎形於是產生。「為名動」句子越到後期越多。

⑸　「為動」例

　　a. 公子達曰：「高伯其為戮乎！復惡已甚矣！」《左傳・桓公十七年》

　　b. 君子曰：「失禮違命，宜其為禽也。」《左傳・宣公二年》

　　c. 成師以出，而敗楚之二縣，何榮之有焉？若不能敗，為辱（成為羞辱）已甚，不如還也。乃遂還。《左傳・成公六年》

　　d. 晉荀偃、士匄請伐偪陽而封宋向戌焉，荀罃曰：「城小而固，

❷　例如下句的「殺」：

　　　夫君人者，其威大矣。失威而至于殺，其過多矣。《國語・魯語上》

勝之不武，**弗勝為笑**（成為笑話）。」固請。《左傳・襄公十
年》

e. 初，司馬臣闔廬，故恥**為禽**焉。《左傳・定公四年》

「為戮」又有「為大戮」的說法，更可確定「戮」是名詞性的：

(55) 欒懷子之出，執政使欒氏之臣勿從，從欒氏者**為大戮**施（為大戮
而陳其屍。韋昭注：施，陳也，陳其尸）。欒氏之臣辛俞行，吏
執之，獻諸公。公曰：「國有大令，何故犯之？」對曰：「臣順之
也，豈敢犯之？執政曰『無從欒氏而從君』，是明令必從君也。
臣聞之曰：『三世事家，君之，再世以下，主之。』事君以死，
事主以勤，君之明令也。自臣之祖，以無大援于晉國，世隸于欒
氏，于今三世矣。臣故不敢不君。今執政曰『不從君者**為大戮**』。
臣敢忘其死而叛其君？以煩司寇。」《國語・晉語八》

(56) 「為名動」例

a. 今伐其師，楚必救之，戰而不克，**為諸侯笑**。《左傳・襄公
十年》

b. 彊曰：「久將墊隘，隘乃禽也，不如速戰。請以其私卒誘之，
簡師陳以待我。我克則進，奔則亦視之，乃可以免。不然，
必**為吳禽**。」《左傳・襄公二十五年》

c. 富子諫曰：「夫大國之人，不可不慎也。幾（豈有）**為之笑**，
而不陵我？我皆有禮，夫猶鄙我。國而無禮。何以求榮？孔
張失位，吾子之恥也。」《左傳・昭公十六年》

d. 雞其憚**為人用**乎？人異於是。《左傳・昭公二十二年》

e. 仲幾曰：「三代各異物，薛焉得有舊，**為宋役**，亦其職也。」
《左傳・定公元年》

f. 人皆臣人，而有背人之心。況齊人雖**為子役**，其有不貳乎？
《左傳・哀公十五年》

g. 此四王者，所染不當，故國殘身死，**為天下僇**。《墨子‧所染》

h. 古有亓術者，內不親民，外不約治，以少閒眾，以弱輕強，身死國亡，**為天下笑**。《墨子‧備梯》

　　然而不是所有的動詞都會出現在「為」的後面成為被動句。學者指出，從先秦到西漢，大抵不出「戮（僇）」、「弒」、「殺」、「擒（禽）」、「虜」、「笑」、「辱」、「役」、「使」、「用」這幾種，故魏培泉 (1994) 認為就算確實表示被動，也只是少數動詞的習慣用法。❷⑨實則這個時期「為動」的「為」並沒有完全脫離準繫詞的用法。例如「為戮」就有「以（名）為戮」的主動形式：

(57)

a. 啟寵納侮，其此之謂矣，必**以仲幾為戮**。乃執仲幾以歸。《左傳‧定公元年》

b. 李武子伐莒取鄆，莒人告于會，楚人將**以叔孫穆子為戮**。《國語‧魯語下》

c. 虢之會，魯人食言，楚令尹圍將**以魯叔孫穆子為戮**，樂王鮒求貨焉不予。趙文子謂叔孫曰：「夫楚令尹有欲于楚，少懦于諸侯。諸侯之故，求治之，不求致也。其為人也，剛而尚寵，若及，必不避也。子盍逃之？不幸，必及于子。」對曰：「豹也受命于君，以從諸侯之盟，為社稷也。若魯有罪，而受盟者逃，魯必不免，是吾出而危之也。若**為諸侯戮**者，魯誅盡矣，必不加師。**請為戮也**。」《國語‧晉語八》

(57b)、(57c)「以（魯）叔孫穆子為戮」即《左傳‧昭公元年》楚告晉「尋盟未退，而魯伐莒，瀆齊盟，請戮其使。」即是把魯國使者叔孫穆子（叔孫豹）殺掉之意。(57c) 最後「請為戮也」恐怕也是主動句「請以為戮也」

❷⑨　魏培泉〈古漢語被動式的發展與演變機制〉。

之省。「為戮」的「為」還是「作為」的意思，表主動。

　　再看下面《墨子》書的例子：

(58)

　　　　a. 諸侯報其讎，百姓苦其勞，而弗為用，是以**國為虛戾**，**身為刑戮**也。《墨子・魯問》

　　　　b. 繁為無用，暴逆百姓，使下不親其上，是故**國為虛厲**，**身在刑僇之中**。《墨子・非命中》

「國為虛戾」的「為」是準繫詞「成為」之義；「身為刑戮」仍不是標準的「為名動」被動式，因「刑」不是施事者。「身為刑戮」可以代換成「身在刑僇之中」，因此「刑戮」可視為一名詞結構。「為戮」的「為」仍可作「成為某種狀態或結果」解。

3.4.2 「為（名）所動」

　　「為（名）動」的「動」還無法很清楚地確定它的詞性，戰國晚期「為（名）所動」的形式興起，以「所動」來代替「動」，才確定了「動」的動詞性。而「所」的詞義亦漸虛化，失去了原先關係代詞的作用。

(59)

　　　　a. 方術不用，**為人所疑**。《荀子・堯問》

　　　　b. 申徒狄諫而不聽，負石自投於河，**為魚鱉所食**。《莊子・盜跖》

　　　　c. 楚遂削弱，**為秦所輕**。《戰國策・秦策四》

　　　　d. 夫直議者，不**為人所容**。《韓非子・外儲說左下》

　　　　e. 不者，若屬皆且**為所虜**。《史記・項羽本紀》

　　　　f. 今足下雖自以為與漢王為厚交，為之盡力用兵，終**為之所禽**矣。《史記・淮陰侯列傳》

西漢以後，「為（名）所動」在「為字式」中一枝獨秀，其使用率在漢魏六

朝書中具體統計數字，詳唐鈺明 (1987)。❸⓪

　　戰國晚期又有「為名之動」的用法。「名之動」本身也是一個名詞組的結構。❸①

　　(60)

　　　　a. 刳比干，囚箕子，身死國亡，**為天下之大僇**。《荀子‧正論》

　　　　b. （紂）遇周武王，遂**為周氏之擒**。《管子‧七臣七主》

3.4.3「為動於賓」

　　先秦的「為」字式也跟「於」字式結合，衍生「為動於賓」的嶄新形式。《墨子》書中有「為僇于天下」的話：

　　(61) 暴王桀紂幽厲，兼惡天下之百姓，率以詬天侮鬼，其賊人多，故天禍之，使遂失其國家，身死**為僇于天下**。《墨子‧法儀》

但是這句話的「於」介詞組恐怕仍應解釋為處所論元：成為世上恥笑的對象。這還不是新形式的「為動於賓」。新形式「為動於賓」應該是到了戰國晚期才有，這個結構中的「於」介詞組是施事論元：

　　(62) 秦少出兵，則晉、楚不信；多出兵，則晉楚**為制於秦**。《戰國策‧秦策二》

---

❸⓪　唐鈺明〈漢魏六朝被動式略論〉，《中國語文》1987 年第三期。

❸①　此結構在春秋時似尚未形成，只有《國語》一例。但《國語》一書，其語言時代性並非十分可靠。

　　　員不忍稱疾辟易，以見王之親為越之擒也。員請先死。《國語‧吳語》

　　《左傳》有「君為婦人之笑辱也」之語，但這個「為」其實是「為了」的意思。郤克對齊侯說：君王此行，是為了婦人笑辱晉國的使臣（指郤克自己）而來道歉的，寡君擔當不起。

　　　齊侯朝于晉，將授玉。郤克趨進曰：「此行也，君為婦人之笑辱也，寡君未之敢任。」《左傳‧成公三年》

「為制於秦」就是為秦所制。在先秦典籍中「為動於賓」實不多見，應是一種實驗性的產物。「為動於賓」沒有「見動於賓」通行，這是因為它是背離漢語常規的畸變，而「為」字句此時已經朝著被動句的正確方向發展了（「為名所動」）。「為」可以引介施事者而「見」字不行，因此「見」字在被動句發展的過程中也終於被淘汰出局。

3.5 「被」字式

「被」字作為虛詞的被動標記，據研究並不早於兩漢，但是它的起源可以推溯到戰國時期。「被」略同於「披」，有「披覆蒙受」之義。試看：

(63)

  a. 處非道之位，**被眾口之譖**《韓非子・姦劫弑臣》

  b. 身尊家富，父子**被其澤**。（同上）

  c. 今兄弟**被侵**，必攻者，廉也；知友**被辱**，隨仇者，貞也。《韓非子・五蠹》

  d. 萬乘之國，**被圍**於趙。《戰國策・齊策》

前兩例「被」後接名詞，展現蒙受義的原本結構。後兩例則後接動詞，其形式與意涵亦與「見」字相近。不過「被」字式後來走上純粹被動標記之路，而「見」字則沒有發展出被動來，它始終是一個受動的標記，不是被動標記。

「於」介詞組的演變及謂語結構的發展

上古漢語只有一個純粹的介詞，就是「於／于」。「於」、「于」是同一介詞，有開、合口讀法之差異。段玉裁《說文解字注》五篇上：「蓋于、於二字在周時為古今字。」本書在不需分別的時候，就把這個介詞寫成「於」，以「於」統括「于」、「於」。

漢語史上的介詞都是從動詞發展出來的，其演變歷程都是長期間的，而且虛化程度深淺不一，雖是介詞，或多或少保留了動詞性質。歷史上虛化最徹底的介詞是「於」。商代卜辭的「于」是這個介詞的前身，它還處在一個從動詞轉變為介詞的過程中。西周以後「于／於」則已完全確立其介詞地位。現代漢語的「在」、「從」、「到」在上古也都是動詞，漢以後才慢慢產生介詞的用法。動詞「在」的出現最早，「從」次之，「到」最晚，秦漢以後「到」才進入書面，以後逐漸取代「至」的地位。❶

本章討論上古「於」介詞組的用法以及這個介詞組在西漢以後被表處所的「在」、表起點的「從」、表終點的「著」、「到」等取代、引起謂語結構大變動的經過，並說明這個漢語史上謂語結構大變動的本質。

1. 上古漢語的介詞「於」

「於」介詞組可表達多種語義關係，這些不同的語義關係在現代漢語中就分別用不同的介詞組來表達。現代漢語的「在」、「從」都有介詞性質，可以分別組成介詞組，出現在謂語的前端，而上古「於」介詞組則是在補

---

❶ 在漢代，「到」是「至」的口語說法，如：

　　唐雎到，入見秦王。《史記‧魏世家》

語位置，通常都是出現在謂語的末端。

1.1「于」和「於」

先秦漢語介詞「于」、「於」兩個字體，前者是較早形式，後者是後起形式。《尚書》、金文、《詩經》基本上是用「于」，極少用「於」。《春秋經》只用「于」。《左傳》二者都用，且次數相差不多，很清楚地顯示「于」、「於」用法的遞嬗經過。

「於」介詞組出現在動詞之後，也就是說它是述語（主要動詞）的一個補語成分。上古漢語原先只有這個介詞組位置，並且位置相當固定。出現在動詞前的更高位置，《尚書》西周誥辭只有一個確定的例子：

(1) 人無**於**水監，當**於**民監。《尚書・酒誥》

詞組位置移動有表達信息焦點（如對比）的作用，這是介詞組出現在動詞前的一個重要功能，可見西周時候已有這種表達方式。❷值得注意的是，《尚書》各篇中比較可以確定的西周文獻都只用「于」字而不用「於」字當介詞，唯獨這個前置的介詞寫成「於」，符合後世（如《左傳》）的用法。

《左傳》對「于」、「於」的使用有一個嚴格的區分：「于」只見於補語位置，動詞前的更高位置則用「於」而不用「于」。《左傳》處於「于」、「於」的交替時期，對這兩個舊新形式有高度語言自覺。「于」只保留在舊的用法中，新的用法則用「於」替代。同時在這個時期，這個介詞組的功能也大為擴充。《國語》一書基本上也反映這點語言特色，但有時混雜「於」、「于」，恐怕出於後世的改動。作為語言記錄，《左傳》的可靠性比《國語》高出甚多。

根據郭錫良先生對春秋晚期至戰國時代「于／於」使用的考察：「《論語》中『于』用作介詞的有 8 次，『於』卻有 162 次；《孟子》中『于』28 次（其中 18 次引自《詩》、《書》），『於』有 436 次。兩者的使用比例同《尚

❷　殷商卜辭也有介詞組補語前移，但其位置是句首，而不是謂語的前端，與此不同。參看 1.2 節。

書》、《詩經》中的比例正好顛倒過來了。……我們考察了出土的戰國中晚期的文獻《包山楚簡》，全文用介詞『於』119 次，一次寫作『于』的都沒有。『于』字出現了一次，但不是用作介詞。長沙馬王堆漢墓出土的帛書《戰國縱橫家書》用介詞『於』162 次，文物出版社 1976 年本全作『於』，據裘錫圭同志對照圖版考證，實有三處作『于』。根據這些資料，我們可以肯定，戰國中晚期以後『於』已基本上取代了『于』……。」❸

　　上古漢語動詞跟介詞組有非常複雜的語義關係，而上古漢語的介詞事實上只有一個，可見這個介詞本身根本不起語義作用，語義關係主要取決於動詞。那麼上古介詞「於」究竟有什麼作用呢？在討論這個問題之前，我們先談談「于」在上古前期的發展。

1.2 卜辭的「于」❹

　　關於卜辭「于」的詞性，學者一向有不同看法。有學者說是介詞，有學者說是動詞。其實兩者都對。從漢語發展史看，所謂介詞都是從動詞發展出來的。卜辭的「于」字引領處所詞和時間詞，可確定是後世「于／於」的前身。但它的用法顯示它不是一個單純的介詞，有別於後世的「於」，而且本義也不是「在」的意思，而是「（往）到」的意思。現代漢語的「到」具有動詞和介詞雙重身分，它本來是動詞，但部分用法已成介詞，也就是說已沒有移動的語義，只表示止點或終點 (goal)。卜辭的「于」也是一樣具有雙重詞性。卜辭時代的「于」還沒有發展成為一個完全的介詞，還有動詞的用法，可單獨當述語用，這個用法常見。❺卜辭「于 NP + V」這樣的結構還應算是連動結構，這個「于」也還應算是動詞。但是在「V+ 于NP」結構中如下例句「至于」、「奠于」的「于」則可以確定是介詞：

　　(2)

❸　〈介詞「于」的起源和發展〉，《漢語史論集》，頁 217–232，2005 年。
❹　本節卜辭語料多由張宇衛提供。參閱張宇衛〈由卜辭「于」的時間指向探討其相關問題〉，《學行堂語言文字論叢第二輯》，頁 52–73，四川大學出版社，2012 年。
❺　參看張玉金〈再論甲骨文中的動詞「于」〉，《殷都學刊》3: 79–84，2012 年。

　　　a.（正）自今癸巳，至于丁酉，雨。

　　　　（反）占曰：王其雨，隹日。《合》12317

　　b. 己巳貞：叙刍，其奠于京？《屯》1111

　　　　奠，動詞，安置的意思。

又如在「V＋NP＋于NP」的結構中，「于」也是介詞：❻

　　⑶ 其乍僅于丘峕？《合》27796

　　「于」是漢語史上最早發展出來的介詞。從「V于」的結構看，作為介詞，「于」居於動詞之後。這也是後世「於」介詞組所處的動詞補語位置。因此「於」介詞組的補語位置應當是最原始的。換句話說，自始至終上古漢語的介詞組就是居於補語位置。上古漢語「於NP＋V」的謂語形式是後起的。

　　不過卜辭除「V (NP)＋于NP」外，還有「于NP＋V (NP)」的形式，「于」字結構出現在主要動詞 V 之前。這在甲骨文是很常見的謂語結構，跟後來的「於NP＋V」形式相同。例如有關興建行宮（乍僅）的卜問，相對於 (3)，還有 (4) 的句型：

　　⑷ 于莆乍僅，亡戈（災）？大吉。《屯》2152

翻譯成現代漢語，這句話就是：到莆地蓋行宮，不會有災害嗎？就跟現代漢語的「到」一樣，這裡的「于」也應當是一個動詞，而不是介詞。❼

---

❻　但在「使」字之後，「于」可能仍是動詞：

　　　a. 庚申卜，古貞：王使人于陵，若？王占曰：吉。若。《合》376 正
　　　b. 乙酉卜，賓貞：使人于河，沉三羊晋三牛？三月《合》5522 正

　　卜辭「使」都是「派遣」的意思，「使NP＋于NP」構成兼語式：派遣 NP 去……。

❼　卜辭不見後世「而」的連詞用法，但應假定它有一個隱性（零形式）的連詞成分，已詳第五章。「于莆乍僅」恐怕是個並列結構，跟現代漢語「到某地（去）蓋房子」句法結構不一樣。

「于」的這個位置也是「在」出現的位置：

(5) 于遠偁？

　　在遏偁？《合》30273＋《合》30687 裘錫圭綴

上古漢語的「在」始終是一個動詞，有介詞的用法是漢以後的事。參看第5節討論。即使在現代漢語，「在」也還沒有完全成為介詞；它還有動詞的用法，如「他不在家」。(5) 的「偁」就是「乍（作）偁」，是以名為動的活用。兩句對貞卜辭句法結構是相同的。

　　作為動詞，「于」表達離心方向的移動，意為去到或往到，而無向心方向來到的用法。因此「于」用來表達時間，皆指未來，不能指當今：

(6)

　　a. 今五月冥？一小告

　　　　辛丑卜，賓貞：其于六月冥？一《合》116

　　b. 貞：今七月，王入于商？

　　　　貞：王于八月入于商？《合》7787

　　c. 貞：今十二月我步？一二

　　　　貞：于生一月步？一二《合》6949 正

　　d. 貞：生七月，王入？《合》5164

　　e. 癸酉卜，亘貞：生十三月，帚好來？《合》2653

　　f. 貞：帝其及今十三月令雷？[一二] 三四五六七八九十

　　　　貞：帝其于生一月令雷？[一二] 三四五六七八《合》14127 正

《合》116 問生育之事，問是在五月還是到六月才生產？「今五月」指「及今五月」，卜問時間是五月，問產期是否在當月內。《合》7787、《合》6949、《合》5164 則是有關商王行動的卜問。「生某月」意為將到來的某月，因此用「于」字是合適的。《合》5164、《合》2653「生某月」前不加「于」，解釋見後。卜辭還有「來干支」型，亦僅能接「于」作「于來干支」，表將到來的日子，如《合》346 正：「貞：于來乙巳求？」《合》

14127 卜問天候。卜辭動詞「及」義為「追及」，常見，多用於征伐之辭。這裡的「及」或「大（達）」是達到的意思，沒有方向的分別；用於表時間，或有趕得到、趕得及的含義。「及今十三月」不能說成「*于今十三月」，因為「于」只能指未來的日子。「及今」與「于生」對貞，一問當今，一問來日。

(6) 裡幾個對貞例子所問的時間都有遠近之分，都是先問近的日子再問遠的日子。問遠的日子都用「于」，因此這裡我們用「到⋯⋯才」對譯「于」字，義甚恰當。這同時也說明「于」的用法相當於動詞「到」。

對貞卜辭「在」、「于」對舉問地點，也是遠近之分，已見例 (5)。正如學者指出，「一般是所卜地點較近的名詞前面加在，較遠的名詞前面加于。」❽

表時間的語句成分可以出現在句之首，主語之前。這是個加接的外位位置，其後應有停頓，與主句分開。這個位置上的時間詞只能是名詞形式，不能有短語形式。因此只有「生某月」（如例 6d、e）而沒有「于生某月」；只有「今某月」（如例 6b）而沒有「及今某月」。「于生某月」、「于某月」的句法結構為「主語＋于（生）某月＋動詞（＋于某）」，而「生某月」則是「生某月＋主語＋動詞（＋于某）」，二者在句中分居不同位置：一在謂語前端，主語之後；一在句首，主語之前。截然可分。❾ 這說明「于」，還有「及」、「自」等，跟「在」一樣，都是動詞性的。❿ 動賓短語結構不能加接在句首，但名詞組和介詞組則可以。「于」介詞組有甚多前移至句首的

---

❽ 黃天樹《殷墟花園莊東地甲骨》中所見虛詞的搭配和對舉〉，《清華大學學報（哲學社會科學版）》第 2 期，頁 89–95，2006 年。

❾ 關於「于」字這個特點，沈培有論述：「如果句中有主語，表時間的『于』字結構大多是放在主語與主要動詞之間。」見沈培《殷墟甲骨卜辭語序研究》（臺北：文津出版社，1992 年），頁 152。但如果句中沒有主語，或謂語的更前端沒有「其」字加以辨別，則這兩個不同層級的結構位置便難以分別。

❿ 「自」可作主要動詞使用，如：

  庚戌卜，貞：多羌自川？
  庚戌卜，貞：羌于美？《合》22044

例子，如下例。動詞「于」和介詞「于」句法性質有別。

(7) 己巳貞：叙夃，其奠于京？《屯》1111

　　于京，其奠叙夃？《合》32010+《京人》2516

分別了「于」的動詞用法和介詞用法，也解決了卜辭的語序問題。商代語言表現「主─動─賓─補」的語序是非常明確的。句子的謂語皆為動賓順序，介詞組都是補語，跟在主要動詞之後（但可以移動）。原始漢語的語序應當就是「主─動─賓」。

卜辭有動詞省略的用法，須比對相關文例，然後可見。

(8) 于遠，擒？

　　于蓴，擒？《屯》2061

因貞辭以「擒」為問，可知預設的語境是田獵。卜辭又有「田于……，擒」的句型：

(9)

　　a. 戊王其田于畫，擒大狐？《合》28319

　　b. 癸丑卜，王其田于襄，叀乙擒？《合》29354

兩相比較，則「于遠，擒？」應是「田于遠，擒？」的省略；「田于……，擒」的句型才是明確表達語境的完整形式。故「于遠」、「于蓴」應是省略的動詞「田」的補語，是介詞組，不是動賓結構。

卜辭言殷王回商都，一般都說「入于商」，已見前文《合》7787（例6b）。或省「于」，如下例：

(10)

　　a. 辛卯卜，殼貞：王入于商？《合》10344 反

　　b. 辛卯卜，王入商？《合》33125

郭錫良認為「于」用在「入」、「來」、「至」等「來」義動詞之後，離心方

向義素已消失，正是「于」虛化為介詞的明證。⓫但是卜辭還有「王于商」
的說法：

　　⑾　壬寅卜，王于商？《合》33124

「王于商」應是「王入于商」之省，「于商」是介詞組補語，不是動賓結
構。殷人心目中的商都位居中心，故應用來義動詞「入」，而不應用去義動
詞「于」。動詞省略的假設可解釋很多動、介混淆的現象。

　　一般說來，出現在謂語前端的「于」字結構不是介詞組，這個「于」
字還是動詞性的，具有動詞「于」的全部意義（去到，往到）。出現在補語
位置上的「于」字結構才能視為介詞組。「至于」的結合正表示「于」已沒
有移動語義：它只表達終點，移動義或行動義由前面的動詞「至」表達。
動詞「于」虛化為介詞，就可以表達各種關係。根據郭錫良的觀察，卜辭
「于」的介詞用法已多樣化。它可以用來表終點（地點或時間）、處所（活
動地點或範圍）和祭祀對象。其中表對象的抽象關係用法應是表終點的延
伸，故不論其在句中的位置為何，卜辭表祭祀對象的「于」都是介詞用法。
發展到後來，「于」的動詞性完全消失，成為一個純粹的介詞，沒有語義只
有語法功能。然而介詞的語法功能又是什麼？我們現在便回到這個題目上。

2. 介詞的語法功能

2.1 格位分派

　　介詞的作用究竟是什麼呢？在第二章句法學略說中，我們說介詞的句
法功能基本上是格位 (case) 的分派。這裡再把格位理論複習一下。根據格
位理論，能夠分派格位的詞類有動詞和介詞。介詞也可以分派格位。這兩
種中心成分（中心語，head）都可以分派格位，但一個中心成分只能分派

━━━━━━━━━━━━━━━━━━━━━━━━━━
⓫　郭錫良前引文，頁 227。

一個格位。也就是說，一個中心成分只管一個附屬成分。作為附屬成分，名詞組都需要從中心語那裡經過比對獲得格位，這就是所謂格位的要求。動詞可以直接分派格位給它的賓語，但是如果動詞後的附屬成分有兩個，動詞不能同時分派格位給兩個附屬成分，就必須借助介詞來分派格位。傳統語法的直接賓語和間接賓語就是這樣區分的，直接賓語直接從動詞那裡獲得格位，間接賓語則需要通過介詞來獲取格位。

名詞或質詞（形容詞）都不能分派格位，所謂不及物動詞也不分派格位，但是這些詞類的詞也可以有對象需要表達。舉一個例子。《左傳》「貳於楚」的「貳」是個不及物動詞。「貳」是離貳或有二心的意思，表達一種關係，所以有兩個論元要表達，一個是外部論元，一個是內部論元（有關論元結構，詳下章）。春秋時代弱勢的國家如衛國、鄭國常要被迫依附一個強勢的國家如晉國，而與之結盟，如果弱勢的一方同時又向另外一個強勢的國家如楚國投靠，這就叫做「貳於」。「貳於楚」即是對晉國背叛而歸向楚國的意思。《左傳》的「貳」用法都是如此，例外的例子有兩個，一為《左傳・成公九年》「為歸汶陽之田故，諸侯貳於晉。」一為《左傳・襄公十五年》「夏，齊侯圍成，貳於晉故也。」這裡的「貳於晉」是表示背叛晉的意思，而不是投靠晉的意思。❷但不管是哪種關係，「貳」都要帶兩個論元，賓語的論元無法直接從質詞「貳」那裡得到格位，因此就得使用一個介詞組。傳統語法把動詞分為及物和不及物，例如「之」、「往」都有「去」的意思，「之」及物，「往」不及物。事實上及物和不及物就是在格位的基礎上區分的。及物動詞能分派格位，不及物動詞不能，因此要借助介詞分派格位。

同樣，質詞是可以當述語用的。跟動詞的性質一樣，它可以成為一個謂語結構的中心成分。但是質詞不能分派格位，當它有一個對象需要表達時，它後面可以帶一個賓語，但是這個賓語不能從它那裡得到格位，因此必須借助介詞來獲取格位。

❷　參考何樂士《左傳》的「貳於（于）X」句式，《左傳虛詞研究》，頁 123–129。

2.2 語義角色

　　除了分派格位之外，動詞還分派語義角色 (theta roles) 如施事，致事，受事，歷事等（第七章）。根據我們的想法，一個中心成分也只能直接分派一個語義角色，因此如果附屬成分有兩個，動詞只能分派語義角色給它的直接賓語，間接賓語則需通過介詞分派。介詞本身可以沒有語義，所分派的語義角色是從動詞那裡來的。因此上古漢語只需有一個介詞便足以擔負起分派格位和語義角色的工作。

　　格位和語義角色的關係非常密切。語法理論分格位為兩種。一是結構格位 (structural case)。結構格位的分派與語義無關，是單純形式上的要求，如主格和賓格。另一是固有格位 (inherent case)。固有格位的分派同時也是語義角色的分派。我們在句法學略說章中指出，漢語的名詞組完全沒有格位標記，但是結構格位這個比較抽象的概念還是需要的，例如現代漢語介詞「把」就是用來分派賓格的。不過，到底結構格位包含哪些語法要素，我們還不是很了解。對於漢語主語的格位（主格）分派問題，學術界至今還沒有得出一個能成為共識基礎的結論。這裡就不討論這個問題。

　　介詞「於」的格位分派與結構格位無關，我們可以把結構格位的理論問題放在一邊不談。介詞「於」只分派固有格位，因此跟語義緊密相連。最直接的關係當然就是動詞的語義，這是決定「於」介詞組的語義角色的主要因素。接下來的一節就來談一下上古漢語介詞組的語義角色是如何認定的。

2.3 決定語義角色的一些因素

2.3.1 動詞的義類與介詞組的語義角色

　　這一節我們拿介詞組表達起事和止事兩個語義角色看動詞和它的介詞組補語的語義關係。「於」詞組表達起點或終點，取決於主要動詞。如動詞為「出」、「起」、「發」等時，「於」詞組所引介的是起點（起事），如為

「入」、「至」、「歸」等時則是終點（止事），如：❸

    ⑿ 今子蓬蓬然**起於北海**，蓬蓬然**入於南海**，而似無有。《莊子·
    秋水》

「起於北海」是從北海出發的意思，因此介詞組「於北海」具有起點的意
思。「入於南海」是入到南海的意思，因此介詞組「於南海」表達移動的終
點。同樣是「於」介詞組，因為跟不同義類的動詞結合，而有起事和止事
兩個不同的語義角色。跟現代漢語不一樣，上古漢語起事和止事的語義角
色無須用不同的介詞（如「從」、「到」）分開。

    當動詞含有兩個賓語論元時，就可以利用介詞「於」來表示事物在移
轉時的起、終點。為了方便討論，將這類動詞稱為 V3（3 指主語及兩個賓
語論元）。

    以「於」詞組表起點、出發點的 V3 有「取」、「求」、「得」、「乞」、
「受」、「獲」、「收」、「奪」、「徵」、「祈」、「請」、「徵」、「學」、「召」等等，
「問」也歸於此類，但較為複雜，下文 (3.4.3、5.2.1、5.2.2) 將有說明。例
子如：

    (13)

        a. 受祿**於**天《詩經·大雅·假樂》

        b. 奚**取於**三家之堂《論語·八佾》

        c. 無**求**備**於**一人《論語·微子》

        d. 逢蒙**學**射**於**羿《孟子·離婁下》

        e. 往歲鄭伯**請**成**於**陳《左傳·隱公六年》

        f. 孟孫**問**孝**於**我《論語·為政》

動詞後的「於」詞組通常是直接放在賓語之後，下面的句子可能是唯一的
例外：

❸ 此節及下 4、5 二節多取材自魏培泉〈古漢語介詞「於」的演變略史〉，《中央研
    究院歷史語言研究所集刊》第 62 本第 4 分，頁 717–786，1993 年。

⑭ 正獲之問於監市履狶也，每下愈況。《莊子・知北遊》

正常的語序應為「正獲之問履狶於監市也」。

　　以「於」詞組表終點（止事）的 V3 約略可分為三類，第一類是表示傳達的動詞，其終點是接受訊息的有生名詞，如「告」、「報」、「訴」、「愬」、「言」、「譖」等。其例子如：

⑮

　　　　a. 告成于王《詩經・大雅・江漢》

　　　　b. 許靈公愬鄭伯于楚《左傳・成公五年》

　　　　c. 吾言女於君《左傳・昭公二十一年》

　　　　d. 或譖王孫啟於成王《國語・楚語上》

這類動詞另有替換式，可以利用「以」字將直接賓語放在動詞前，如「陳子以時子之言告孟子」《孟子・公孫丑下》，「子服景伯以告子貢」《論語・子張》；或是放在終點詞組後，如「吾告之以至人之德」《莊子・達生》。❹

　　第二類是表示把某物移至某處的動詞，如「移」、「徙」、「實」、「置」、「藏」、「著」、「投」、「錯（措）」、「陳」、「灌」、「委」等。另外，上古漢語利用句法的手段將某些動詞轉為致動詞 (causative verb) 而增加一個論元（第九章）。這些原非 V3 的動詞也可歸入此類，如「歸」、「加」、「入」、「降」、「反」、「布」、「沉」、「懸」等。其例子如：

⑯

---

❹　「於」、「以」詞性不同。「於」是介詞，「以」基本上是動詞。「以＋正賓＋與＋副賓」構成連動式 VP1-VP2。「以」可以帶空代詞賓語 pro，如《論語・子張》之例，但介詞「於」不能。然而「以＋正賓」可以出現在句子之後，形同介詞組。目前對這個問題還沒有解決方案。先秦「以＋正賓」不會出現在一個「於」介詞組之後。此為常例。但《穀梁傳・桓公十五年》中有個例子很特殊，同時出現「於」、「以」：「古者，諸侯時獻于天子以其國之所有。」然其時代能否歸諸先秦仍有疑問。「以」字句是一個大題目，但不在本書原來規劃之內。詳細論述，尚待來日。

a. 河內凶則**移**其民**於**河東，**移**其粟**於**河內。《孟子・梁惠王上》

b. **寘于**予懷《詩經・邶風・谷風》

c. 使百姓莫不有**藏惡於**其中《國語・晉語二》

d. 晉人執衛成公，**歸**之**于**周。《國語・周語中》

帶這類動詞的句子沒有「以」字的替換式，只能後接「於」介詞組。

第三類是表示給與或示現的動詞，即所謂雙賓語動詞（第十章）。雙賓語動詞帶直接賓語和間接賓語。為求簡便，下文將直接賓語稱為正賓，間接賓語稱為副賓。雙賓語動詞是最典型的 V3，收受者是其終點。這類動詞中又有可以用「於」詞組來表達其終點的（但使用率都相當低），如「施」、「饋」、「遺」、「授」、「納」、「獻」、「薦」、「班」、「賜」、「致」、「示」、「讓」、「分」等，也有不用「於」而用「以」的，如動詞「與」。「與」通常只有「與＋正賓＋副賓」及「以＋正賓-與＋副賓」兩式，但「以＋正賓」亦可以出現在句子最後。

這三類之外還有表租借的「假」、「借」、「貸」、「貣」，以及表買賣的「買」、「賣」、「鬻」等。前者搭配「於」介詞組時表租借的來源：

(17)

a. 晉人以垂棘之璧與屈產之乘**假**道**於**虞以伐虢《孟子・萬章上》

b. 魏文侯**借**道**於**趙而攻中山《韓非子・說林上》

後者的「於」介詞組通常表交易轉手的終點：

(18) 於是乎刖而**鬻**之**於**齊《莊子・徐无鬼》

2.3.2 從語義角色看句法與語意（語用）的劃分

語義研究對語法學非常重要，特別是古代漢語語法。古代漢語對語義結構的依賴程度比現代漢語更深，因此上古漢語的句法關係可以非常簡單，但語義關係非常複雜，表達能力絕對不弱於任何一種語言。語義研究應以動詞（包括質詞）的語義為中心。深入研究動詞的語義和用法，才能了解

它跟附屬成分配合的情況，特別是述補的複雜關係。

　　春秋時期很多不及物動詞和質詞都可以表達複雜的關係，因此動詞和質詞與介詞組之間的語義關係就非常多樣化。這是《左傳》語言的一個最大特色。從語法學的觀點看，這些複雜關係有的可以視為語法關係（語義角色），即屬於動詞詞義的問題，上一節已有所揭示；有的則應視為語意的問題，而不屬於句法學範圍。雖然這界線也不是截然清楚的，但也只有如此區分句法學才有可能建立起來。茲舉一例。今人解釋古代語言的句意，經常是用翻譯的方式，即把古漢語翻譯成現代漢語，通過現代漢語來理解古漢語。翻譯是語意探討，不是做句法分析。從語法學的觀點看，這樣的對譯有三個問題值得提出來討論：

A. 可能找不到單一的對應結構

　　⒆ 初，鄭武公**娶于申**，曰武姜。《左傳‧隱公元年》

「娶于申」可有多種翻譯：在申國娶了一個妻子；到申國娶了一個妻子（回來）；娶了一個申國的妻子。最後的也是最好的翻譯，但這都不是和原句的結構相對應的。如何決定介詞「于」的意義？參考《左傳‧隱公三年》「衛莊公娶于齊東宮得臣之妹」的說法，「于」介詞組的語義角色應是對象，這裡指所娶的對象。參看第六章。

B. 全體義影響局部義

　　⒇ 及滑，鄭商人弦高將**市於周**，遇之。《左傳‧僖公三十三年》

「市於周」，在周國做買賣，介詞組「於周」指買賣的活動地點（處所）。「將市於周」，到周國去做買賣，「於周」可指去做買賣的地點（終點，止事）。但從句法學的立場看，動補的關係是固定的，因此這裡的「於周」只能表達一種語義角色。我們取處所這個局部義。

C. 動詞語義的對應問題

　　翻譯不能幫我們決定介詞組的語義角色；動詞的詞義也不能完全決定介詞組的語義角色而無所疑滯，因為詞義也含有翻譯因素。試看下例：

⑵ 及寡人之身，東敗於齊，長子死焉；西喪地於秦七百里；南辱於
楚。《孟子・梁惠王上》

「敗」是打敗還是打輸？是被齊國打敗還是輸給齊國？同樣，「辱」是被辱
還是受辱？這都影響介詞組語義角色的認定。翻譯讓我們看到這種一對多
的對應關係，加深了我們對句意的認識，對問題的釐清絕對有幫助。不過，
翻譯並不能幫我們解決語法的問題，它不能幫我們決定動補的語義關係。

　　動詞的語義不能完全解決動補結構的語義關係。語義角色的認定還需
有理論上的整體考量。我們在上一章（第七章 3.2 節）指出，無論從上古
漢語語法體系或者從漢語發展史的角度看，介詞「於」都不能解釋為被動
句引介施事者的介詞，「勞心者治人」和「勞力者治於人」的分別是對待方
向的改變，而不是主動被動句型之分。在這裡，「於」介詞組的語義角色是
處所或起事（所自，所由）而不是施事。這個結論是基於先秦時期漢語尚
未發展出一個被動機制這個語法因素的考慮，已見上一章所述。❶

3.《左傳》「於」介詞組的基本義類

3.1 表所在

　　介詞「於」引進動作行為發生或進行的處所，或動作行為經由的處所
或途徑（後者《左傳》只用「於」不用「于」）：

⑵

　　a. 子公怒，染指於鼎，嘗之而出。《左傳・宣公四年》

　　b. 位於七人之下，而求掩其上。《左傳・成公十六年》

　　c. 夫鼠，晝伏夜動，不穴於寢廟，畏人故也。《左傳・襄公二十
　　　　三年》

❶　沒有被動標記則表示謂語的內層沒有一個可以分派施事角色的中心成分。

d. 三月丙申，楚子伏甲而**饗蔡侯於申**，醉而執之。《左傳・昭公十一年》

e. 溴梁之明年，子蟜老矣，公孫夏從寡君以朝于君，**見於嘗酌**（嘗祭和酌祭的場合），與執燔焉。《左傳・襄公二十二年》

f. **樂盈過於周**，周西鄙掠之。《左傳・襄公二十一年》

g. 陳轅濤塗謂鄭申侯曰，**師出於陳鄭之間**，國必甚病。《左傳・僖公四年》

3.2 表所止或終點（止事，goal）

(23)

a. 齊侯送姜氏**于讙**，非禮也。《左傳・桓公三年》

b. 以君之靈，纍臣得歸骨**於晉**，寡君之以為戮，死且不朽。《左傳・成公三年》

c. 投其首**於寧風之棘上**。《左傳・昭公五年》

d. 王聞群公子之死也，自投**于車下**，曰：「人之愛其子也，亦如余乎？」《左傳・昭公十三年》

表 V3 結構中的間接賓語（副賓）：

(24)

a. 命趙衰為卿，**讓於欒枝、先軫**。《左傳・僖公二十七年》

b. 舉八元，**使布教于四方**：父義、母慈、兄友、弟共、子孝；內平外成。《左傳・文公十八年》

c. 及鄋，子駟使賊夜弒僖公，而**以瘧疾赴于諸侯**。（赴，訃告）《左傳・襄公七年》

d. 吳將亡矣，棄天而背本，不與，**必棄疾於我**。《左傳・哀公七年》

楊注：棄疾猶今言加害。

「至於」：

(25)

   a. 自十月不雨**至于**五月，不曰旱，不為災也。《左傳・僖公
      三年》

   b. **至于**幽王，天不弔周，王昏不若，用愆厥位。《左傳・昭公二
      十六年》

「至於」表地步或程度：

(26)

   a. 微武子之賜，**不至於今**（不會到今天的地步）。《左傳・昭公
      十三年》

   b. 物亦如之，**至于煩**（到了繁瑣的程度），乃舍也已，無以生
      疾。《左傳・昭公元年》

3.3 表所從（起事，source）

(27) 初，甘昭公有寵**於惠后**，惠后將立之，未及而卒。《左傳・僖公
    二十四年》

這裡的「寵」是「有」（或「無」）的賓語，是動詞受動的名詞化。「有寵」
構成一個動賓結構的固定形式。「有寵」無分派格位的能力，其論元必須用
「於」介詞組的形式引進。介詞「於」的使用是應格位的要求。

(28)

   a. 公懼，**隊于車**。《左傳・莊公八年》
      從車上摔下。

   b. 三年，春，二月辛卯，邾子在門臺，臨廷。閽以缾水沃廷，
      邾子望見之，怒。閽曰：「夷射姑旋焉（夷射姑在這裡小
      便）。」命執之。弗得，滋怒，**自投于床**（從床上摔下，「于」

表所從，與前「自投于車下」表止點不同），**廢于鑪炭**（觸及鑪炭而灼傷，「于」表所由），爛，遂卒。《左傳·定公三年》

c. 郤克**傷於矢**，流血及屨，未絕鼓音，曰：「余病矣！」《左傳·成公二年》

d. 其君之舉也，內姓**選於親**，外姓**選於舊**。《左傳·宣公十二年》

e. 俾我一人無徽**怨于百姓**《左傳·昭公三十二年》

3.4 表所及（對象）

3.4.1 與不及物動詞連用

(29)

a. 天禍許國，鬼神實**不逞于許君**，而假手于我寡人。《左傳·隱公十一年》

b. 初，衛宣公**烝於夷姜**，生急子，屬諸右公子。《左傳·桓公十六年》

c. 五世其昌，**並于正卿**。《左傳·莊公二十二年》

d. 若亡鄭而**有益於君**，敢以煩執事。《左傳·僖公三十年》

e. 余雖**欲於鞏伯**，其敢廢舊典以忝叔父？《左傳·成公二年》

f. 君有二臣如此，**何憂於戰**？《左傳·成公十六年》

g. **無損於賓**，而民不害，何故不為？《左傳·昭公十二年》

h. 孤不佞，不能**媚於父兄**，以為君憂，拜命之辱。《左傳·昭公二十二年》

　　媚：討好。

比較：

(30) 秦伯素服郊次，**鄉師而哭**。《左傳·僖公三十三年》

「鄉師而哭」，對著軍隊而哭，是並列結構。

3.4.2 與質詞連用

(31)

　　a. 用能**協于上下**，以承天休。《左傳・宣公三年》

　　b. 子有軍事，獸人無乃**不給於鮮**？《左傳・宣公十二年》

　　c. 武不可重，用**不恢于夏家**。《左傳・襄公四年》

　　d. 君子之言，信而有徵，故**怨遠於其身**。《左傳・昭公八年》

表差比。質詞帶有程度的語義徵性，故能產生差比的用法：

(32)

　　a. 復曰：「**師少於我**，門士倍我。」《左傳・僖公十五年》

　　b. 吾聞之：**蟲莫知於龍**，以其不生得也，謂之知，信乎？《左傳・昭公二十九年》

　　c. 君**富於季氏**，而**大於魯國**，茲陽虎所欲傾覆也。《左傳・定公九年》

3.4.3 及物動詞的特殊用法

　　對象為人物時，有些及物動詞有直接和間接（用介詞「於」）兩種表達方式，而意義有區別。最常見的是敬語的用法。例如「問」有詢問和請教二義。用於後一義（敬語用法）時用「於」介詞組表達對象。參看第十章3.3節。

　　動詞「誅」的用法很特別。「誅」的本義是「責求」，如「誅屨於徒人費」《左傳・莊公八年》，❻而又有「問罪」之義。但在《左傳》中，「誅」用於審判，已有處死之實。這是一個及物動詞，受事賓語可以直接跟在動詞後面，如「視民如子，見不仁者誅之，如鷹鸇之逐鳥雀也」《左傳・襄公二十五年》。但是《左傳》還有「誅於」的用法，把受事賓語（對象）用

---

❻　此句介詞組「於徒人」（徒人當為寺人之訛，即侍人。參見楊注）可有表間接賓語及表對象兩種語意解釋，但以後者（表對象）較佳。

「於」介詞組引進。尋其文義，應是不論罪（不經過正常審判過程）而處刑的意思。

(33) 君盍**誅於**祝固史嚚以辭賓？《左傳・昭公二十年》

《國語》也有這樣的例子：

(34) 臣**誅於**陽干，不忘其死。〈晉語七〉

陽干是晉悼公的弟弟。魏絳因陽干亂了軍中行列，把他的僕人斬了。因上書向悼公告罪。

「戕於」的用法也類似：

(35) 戲陽速告人曰：大子則禍余。大子無道，使余殺其母，余不許，將**戕於**余。《左傳・定公十四年》

比較：

(36)

　　a. 秋，邾人**戕鄫子**于鄫。凡自虐其君曰弒，自外曰戕。《左傳・宣公十八年》
　　b. 巢隕諸樊，閽**戕戴吳**。《左傳・襄公三十一年》

可見及物是通用義，不及物是特殊義。

3.5 表所關

補語表有關方面，應是處所義的引申用法，多見於質詞結構，用例較少：

(37)

　　a. 君務靖亂，**無勤於行**。《左傳・僖公九年》
　　b. 故作壇以昭其功，宣告後人，**無怠於德**。《左傳・襄公二十八年》

c. 於是景公繁於刑，有鬻踊者，故對曰：「踊貴，屨賤。」《左傳・昭公三年》

d. 乃不良于言，予罔聞于行。《古文尚書・說命中》

《尚書正義》：汝若不善于所言，則我無聞于所行之事。

4. 謂語前的「於」介詞組

如上一節例子所示，就語序而言，「於」詞組幾乎都是作為補語出現在主要動詞之後。但有兩種情形可讓「於」介詞組出現在句子的前端。

第一種情形是，作為一個框架語（第四章），具有 frame setting 的語用功能時，句首就是「於」介詞組的適當位置。例如表時間點或表說話者對待關係的時候。表對待關係大抵有幾種：表示觀點或角度、表示對比關係、表示多中選一的情況。各舉一例：

(38)

a. 不義而富且貴，**於我**如浮雲。《論語・述而》

b. **於文**，皿蟲為蠱。《左傳・昭公元年》

c. **於周室**我為長。《左傳・哀公十三年》

第二種情形是本章開頭提到的介詞組前移的現象（例 (1)）。謂語的前端也是一個信息焦點位置，稱為 focus phrase (FP)。介詞組補語可以提升到這個位置上成為一句的信息焦點。出現在動詞前的「於」介詞組為了凸顯語意焦點還可以把賓語前置：

(39)

a. 入而能民，**土於何有**？《左傳・僖公元年》

b. 恃此三者，而不脩政德，**亡於不暇**，又何能濟？《左傳・昭公四年》

c. 蔡大夫曰：王貪而無信，**唯蔡於感**（憾）。今幣重而言甘，誘

　　我也。不如無往。《左傳‧昭公十一年》

　d. 諺所謂 **「室於怒市於色」** 者，楚之謂矣。《左傳‧昭公十
　　九年》

　　這句諺語的意思是：在家裡生氣就到外頭去發作。「怒」和
　　「色」是句中述語。《戰國策‧韓策二》：語曰：怒於室者色
　　於市。沒有倒裝。

　　「焉」是「於」和一個指示成分的合音（第一章）。賓語前置時，音節
弱化的「於」也可以形成合音「焉」。這是另一種賓語前置方式。下例「晉
鄭焉依」就是依於晉鄭的意思，「必大焉先」就是必先於大的意思：

⑷0

　a. 我周之東遷，**晉鄭焉依**。《左傳‧隱公六年》

　b. 鄭書有之曰：安定國家，**必大焉先**。《左傳‧襄公三十年》

　　總之，先秦時期雖有介詞組出現在主要動詞之前的情況，但整體上並未對
謂語結構發生影響。引起謂語結構重大調整的是「於」介詞組地位的衰落，
亦即「於」介詞組的表達功能被其他方式所取代。這個過程開始是漸進的，
到漢代則加速進行。

5.「於」介詞組的衰落

5.1「自」（「從」）、「在」和「於」的關係

　　「於」詞組可表動作或事件的起點或終點，但先秦漢語表達起點或終
點還有其他方式，最常見的就是用「自」表起點（「從」在先秦較不流行）。
跟早期的「于」一樣，「自」也是一個具有動、介雙重身分的詞。動詞
「自」表起點的用法最早見於卜辭，恐怕跟「于」一樣，這也是並列連動
用法（參看 1.2 節例 (2)）。《左傳》尚有「自」作「跟從」的動詞用法。❼

在漢語史上，「自」因為沒有在連動式中發展成為一個連動成分而漢以後為「從」所取代，也沒有真正獨立成為一個表起點的動詞（戰國兩漢有「自於」的用法，但為數極少），故自始至終處於一個尷尬的地位。

　　(41a) 以「自」表「出」的起點，(41b) 以「在」表「出」的終點。這種用不同語詞分別語義角色不僅使得動詞「出」不必侷限於只跟表起點的詞組同用，也導致先秦以後介詞功能由空泛走向明確，而在「於」逐漸被「自」、「在」取代的過程中體現出來。

(41)

　　　a. **出自幽谷**，遷于喬木。《詩經・小雅・伐木》

　　　b. 及惠后之難，**王出在鄭**。《國語・周語上》

　　具有介詞性質的「自」原傾向放在動詞後，如《春秋經》「公至自唐」（桓公二年）、「公至自伐鄭」（桓公十六年）；到了戰國中晚期後「自」開始流行放在動詞前，成為偏正結構（不對等連動）的次動詞，如戰國諸子書中所見。

　　「在」的詞性也是個需要解決的問題。「在」詞組在現代漢語中可以放在動詞的前面及後面，前者表行為之所在及持續狀態，後者表示終點。這些用法好像先秦都已經有了，其實不然。先秦「在」出現在主要動詞前的例子有：

(42)

　　　a. 子**在齊**聞〈韶〉《論語・述而》

　　　b. **在陳**絕糧，從者病，莫能興。《論語・衛靈公》

　　　c. 舜**在牀**琴《孟子・萬章上》

不過這些結構應視為兩個分離的並列分句（「子在齊，聞韶」，「在陳，絕糧」，「舜在牀，琴」），「在」仍宜視為主要動詞而非不對等連動成分，參看

---

⑰　《左傳・昭公五年》：「群臣懼死，不敢自也。」杜注：「自，從也。」

第一章 3.1.2.1 節。至於在主要動詞後的例子仍可視為並列結構，描寫參與者因著主要動詞（「竄」、「出」、「亡」、「棄」、「流」等少數幾個出亡義的動詞）所對應的動作而移至「在」所引介的處所，如 (41b) 及下例：

(43)

    a. **出在**小國《左傳‧文公六年》

    b. **竄在**荊蠻《左傳‧昭公二十六年》

又《左傳‧宣公十二年》「皆重獲在木下」亦當斷句為「皆重獲，在木下」。

    先秦時代的「在」可確認為介詞「於」的替換字的僅見於誥命及辭令語中，是一種特殊文體的用法，不是一般用詞：

(44)

    a. 敷聞**在**下《尚書‧文侯之命》

       偽孔傳：而布聞在下民。

    b. 以敝邑介**在**東表，密邇仇讎《左傳‧襄公三年》

    c. 夫賞，國之典也，藏**在**盟府，不可廢也。《左傳‧襄公十一年》

       比較：勳在王室，藏於盟府。《左傳‧僖公五年》

    d. 今譬於草木，寡君**在**君，君之臭味也。《左傳‧襄公八年》

       此謂魯君與晉君形神不離：晉君如花實，寡君（我們的國君，指魯君）如花實的香氣。

    動詞「在」在後世用於連動式中，又發展出動後介詞的用法（如現代漢語「躺在床上」）。我們現代人以今律古，就很容易誤認上古漢語的「在」也有相同的用法。其實這兩種用法都是歷經漢魏五百年才發展出來的。漢以後動後的「在」是經過與「著」、「到」、「至」等補語的長期競爭而最終確定了它的介詞地位；動前的「在」的連動用法則是一直到東晉才發展成熟。參看下文 5.2.2、5.2.3 二節。從這個歷史角度來看，我們就不能簡單的認為先秦時期上古漢語已經為「在」的中古用法鋪好了道路。在上古時期，

「在」始終是一個居於重要地位的完全動詞。以《左傳》一部書做統計，它出現了 467 次。其他如「至」亦不過 398 次，「及」的動詞用法有 377 次。漢以後的「在」仍然是個活躍的動詞，但是它表處所的靜態意義比較不適合做連動的表述。這應當是拖延了它的轉變的一個主要因素。無論如何，它在取代「於」介詞組的過程中所扮演的角色是具有關鍵性的。只有把它納入連動式中，這個取代過程才算完成。

5.2 介詞「於」在兩漢以後的演變

兩漢文獻中「於」的用法表面上看來與先秦大致相似，例如表示行為所在的「於」介詞組絕大多數在動詞後，表示起點、終點也還常用「於」詞組來引介，可以說「於」的功能沒有什麼改變。但是深入觀察後，就會發現「於」介詞組其實正處於一個消解過程中。它的重要性不斷的減低。兩漢以後，介詞「於」的省略已成為常態，並隨著時間而增多。同時，「於」介詞組的功能亦由其他語詞分擔而集中在謂語前端表達出來。一個總的趨勢是語義角色因不再依賴介詞「於」來表達而最終導致「於」的消失。這個時期漢語的特色就是不斷試驗以各種連動式代替介詞組結構。以下分別探討這個發展趨勢的經過。

5.2.1 引介起點的「於」及其替換式

先秦用「於」表起點，到漢代開始出現「從」的替換式。這使得表起點的詞組出現在謂語的前端，因為「從」從來未有補語的用法。[18]《史記》「從」的連動用法就有七例，如：

---

[18] 卜辭的「從」應是動詞，已有並列連動用法，作為連動的起始成分（第一動詞）。出現在其他地方，則「從 NP」是獨立句，應與前面的句子斷開，如：

……之日，王往于田，從東。允獲豸三。十月。《合》10904

上例引自魏培泉前引文，頁 740。魏文作「王往于田從東」連讀。如此則必須假定卜辭有 V + PP + PP 雙介詞組補語，破壞了漢語動詞組基本結構原則。不宜從。

⑷⑸ 飢而從野人乞食《史記‧晉世家》

《左傳‧僖公二十三年》作「乞食於野人」。《漢書》雖然也用「於」（如此例《漢書‧律曆志》仍作「乞食於墅人」），但用「從」引介起點的例子比《史記》多得多，且搭配的動詞也較多，如「受」、「學」、「問」、「求」、「請」、「借」、「貰」、「買」、「得」、「奪」、「徵」、「貣」等，其中「受」最常見，有二十餘例，「問」也有十餘例，如：

⑷⑹

　　a. 溫舒從祖父受曆數、天文《漢書‧路溫舒傳》

　　b. 又從夏侯勝問《論語》、禮服《漢書‧蕭望之傳》

「從」本義「跟隨」，是一個完全動詞。下面是並列結構的例子：

⑷⑺

　　a. 從而問之，冀芮之子也。《國語‧晉語五》

　　b. 桓公從而問之曰《韓非子‧十過》

而「從 V」也可以視為省去「而」的並列結構：

⑷⑻

　　a. 宣帝時徵齊人能正讀者，張敞從受之。《漢書‧藝文志》

　　b. 上說之，從問《尚書》一篇。《漢書‧公孫弘卜式兒寬傳》

史書之外，還有許多材料使用此句式，比方民間語料、碑文、字書、古書註解等，茲各示一例：

⑷⑼

　　a. 從廄徒周昌取酒一石《居延漢簡》4124

　　b. 府君□賓燕，欲從學道。《仙人唐公房碑》

　　c. 貣，從人求物也。《說文‧貝部》

　　d. 定公從季孫假馬。《公羊傳‧定公八年》何休《注》

最常見的應為佛經。從東漢譯經開始，「從」字式在佛經中被普遍使用，「於」字式比例極低。東漢六朝佛經的「從」字式難以盡數，動詞複合形式較史書更為豐富。

(50)

    a. 比丘唯然**從**佛受教（東漢安世高譯《是法非法經》頁 837 下）

    b. **從**受問聞深般若波羅蜜（東漢支婁迦讖譯《道行般若經》頁 441 上）

    c. 又**從**請求（西晉竺法護譯《生經》頁 76 中）

    d. 比丘尼於半月當**從**眾僧中求索教授人（姚秦佛陀耶舍共竺佛念譯《四分律》頁 649 上）

有時「從」在賓語後加「所」或「邊」形成處所詞組，其引介起點的功能相同：

(51)

    a. 釋提桓因**從佛所**聞般若波羅蜜（支婁迦讖譯《道行般若經》頁 433 下）

    b. 趙阿頭六**從張恭子邊**舉……（《吐魯番出土文書》第二冊頁 339）

    除了「從」字式外，還有其他方式可把起點移到動詞前面。如以「就」、「詣」、「隨」等動詞取代「從」的位置來引介起點：

(52)

    a. 廣德乃遣使**就**超請馬《後漢書・班超傳》

    b. 琴**從**綠珠借，酒**就**文君取。庾信〈對酒〉

    c. **詣**師學習韓詩《後漢書・儒林列傳》

    d. 少**隨**師學經（同上）

    綜上所述，漢代以後 V3 的起點普遍前移。若加上從漢代以後表起點的「從」、「自」詞組放在動詞前已成為通例這一事實來看，整個語言的演

變趨勢顯然是動詞後引介起點的句式逐漸沒落。這個趨勢不但使得表起點的「於」詞組失去了作用，❶同時也影響到「於」介詞組其他表意功能的削弱，最後導致這個介詞組從口語中消失。

5.2.2 引介終點的「於」及其替換式

　　兩漢以下，表起點的介詞組雖然移前，但動詞後的「於」仍保留引介所在及終點的用途。儘管如此，「於」卻失去了在引介終點上原本的地位。對含終點的不及物動詞而言，先秦時在其後的「於」已非必要，兩漢後不以「於」引介終點的趨勢更加強烈。以常用的「至」來說，《史記》、《漢書》少有靠「於」引介終點的，甚至引用材料時會將之省去。❷「至於」一詞所能引介的轉為較抽象的事物，如時間的下限或事件的結果。又如先秦少見而秦漢以後開始流行的「到」，更反映當時的習慣，《史記》中未見「到」接「於」詞組者，《漢書》中僅四例，其中三例表時間下限。❸此外，「V在」式也是漢以後始流行。先秦「在」的介詞性用例極少，且僅見於辭令及誥章之中，不是一般用語。參看前文5.1節。漢以後用「V在」取代「V於」，也促使介詞「於」的式微。

　　接著談 V3。先秦表給予的 V3 使用「於」引介終點本來就少，兩漢以

---

❶　表起點的 V3「問」在兩漢時，有時用「從」將副賓移至動詞前，有時用「以」來引介正賓。前者因表起點的副賓提前，故不再需要「於」引介；後者則動詞後只剩下副賓一個名詞性成分，像先秦那樣需要「於」來區分正、副賓兩個名詞性成分的情形不存在，有「於」與否便不重要了。《史記》、《漢書》雖然還有少數例子仍保留「於」字，大多皆已省去。另外，梁《高僧傳》有三處「達自」後接地名，從文意上看，這三個地方皆是終點而非起點，如「及龜茲陷沒，乃避地為。頃之聞什在長安大弘經藏，……以偽秦弘始八年達自關中，什以師禮敬待。」《卑摩羅叉傳》本當引介起點的「自」失去作用，可知起點放在動詞前成為普遍規律，則動詞後的「於」詞組自然不再發揮功用。

❷　如《左傳・僖公四年》：「賜我先君履，東至于海，西至于河，南至于穆陵，北至于無棣。」在《史記・齊太公世家》中四個「于」字全都省去了。

❸　漢代以後，由於動詞有強烈複音節化的趨勢，「於」衰微後為了填補音節的損失，在「至」、「到」、「詣」、「歸」這類動詞前加上表趨向的「來」、「往」便成為流行的用法，佛經中尤為常見。

後另有新句式作為替換：一是用「以」或其他動詞將正賓加在 V3 之前，二是結合 V3 和「與（予）」於一句之中 (2.3.1)。V3 和「與」的結合方式是 V3 在前、「與」在後，結合後不影響 V3 的原意，其結構也不再需要「於」的幫忙。V3 和「與」結合後產生的形態，正賓若非放在副賓之後，就是被提到動詞之前，其形式和 V3「與」自身與雙賓結合的句式相同。❷但因為此處先後有 V3、「與」兩個動詞，所以提前的正賓可能出現在 V3 之前，或是「與」之前、V3 之後。下面是這三種結構的例子：

(53)

　　a. *毋投與狗骨*《禮記‧曲禮上》

　　b. *盡散其財以分與知友鄉黨*《史記‧越王句踐世家》

　　c. *分其國與趙、韓、魏*《史記‧秦本紀》

例 (53a) 正賓跟著副賓一起放在動詞後，例 (53b) 正賓在 V3 之前，這兩例都使得 V3 和「與」靠在一起，可稱為合併式。例 (53c) 正賓在「與」前，V3 和「與」分開，故暫稱分離式。對「於」的消解而言，合併式的賓語提前，便無須用到「於」，其效果和 V3 單用「以」提賓相同，又滿足了不使用「以」詞組的某些動詞的需求，所以作用是最大的。分離式初期較常用在 V2 上，❷合併式則例子少，且其動詞似乎本來就不太靠「於」引介，❷所以在這方面都沒有扮演重要的角色。表面上看來是以「與」替換「於」，實際上卻是連動式取代了舊有的「於」字式。

　　表傳達的 V3 到漢代一樣是用連動式如「以」字結構引介正賓，來排

---

❷　前面提到，先秦時表給予的「與」自己就不靠「於」引介終點，其與雙賓結合的方式即為「與＋副賓＋正賓」或藉「以」將正賓提前的「以＋正賓＋與＋副賓」兩種。

❷　如《史記》共 14 例，動詞有「割」（6 次）、「分」（4 次）、「出」（3 次）、「持」（2 次）、「取」（2 次）、「散」、「傳」、「盜」等，只有「傳」是 V3，「分」也可表「分開」以為 V3，不能無疑，其餘皆為 V2。

❷　如例中的「投」，其終點為有生名詞時，本就不接「於」，而是配「以」引介正賓，如《詩經‧衛風‧木瓜》：「投我以木瓜」。

除「於」的使用。如「告」在先秦就有少用「於」而轉用「以」的傾向，到了漢代更為明顯。《史記》中「告＋正賓＋於＋副賓」的 24 例中，有 18 例是「告急」；《漢書》僅餘 3 例，2 例也是「告急」，另一例襲自《史記》，顯見逐漸無法活用，失去創生新句能力。「問」則是本來就用「以」引介正賓，漢代更常如此，再配合用「從」提副賓（敬語用法），「於」根本派不上用場。

　　含處所終點的 V3 在先秦是經常用「於」引介終點，而不大用「以」提前賓語。漢代則用「以」提賓或用其他動詞（如「取」）提賓的例子漸多，如下《史記》數例。有時雖然也保留「於」，如例 (54b)，但顯然「於」已非必要，如例 (54a, c)「以」字式。(54c) 同篇又有「復投一弟子河中」，是典型「於」字式而省略「於」字的：「動詞＋賓語（＋於）＋處所終點」。

⑸⑷

　　　a. 高漸離乃以鉛置筑中〈刺客列傳〉

　　　b. 公旦自揃其爪以沉於河〈蒙恬列傳〉

　　　c. 復以弟子一人投河中〈滑稽列傳〉

⑸⑸

　　　a. 多**取**野獸蜚鳥置其中〈殷本紀〉

　　　b. 必**取**吾眼置吳東門〈越王句踐世家〉

　　　c. 項羽**取**陵母置軍中〈陳丞相世家〉

　　直接省略「於」的「於」字式例子在漢代也越來越多，《史記》的動詞「置」，不省「於」的有 9 次，省「於」的則有 47 次，這可能是各種取代「於」的句法演變順勢壓抑了「於」的使用。不過，相較於「於」的直接省略，連動式才是發展的主流。因此這類連動式在漢代以後還產生了替換「於」字式的新句式，即是用「著」字，其語法地位相當於前面連動式的「與」字。「著」（「箸」）原本就是含終點的，有 V3 和 V2 兩種用法，東漢以後大量出現，用法已變得跟「與」一樣。㉕其連動式（或兼語式，此二

式在這時期頗難分）的第一動詞可容納的動詞不少，其中有不少是含終點的 V3，如「內」、「懸」、「瀉」、「埋」、「投」、「擲」、「棄」、「移」、「徙」、「敷」、「安」等，其例有：

(56)

    a. 大王徙我**著**檀特山（康僧會譯《六度集經》頁 8 中）

    b. 終不復內汝**著**數中也（支謙譯《佛說義足經》頁 176 中）

    c. 諸比丘欲安淨物**著**上（佛陀耶舍共竺佛念譯 《四分律》 頁 875 上）

    d. 埋卵**著**市中大樹下 （後秦鳩摩羅什譯 《眾經撰雜譬喻》 頁 538 下）

    e. 譬如寫水**著**地《世說新語‧文學》

    f. 擲殘**著**地（慧覺譯《賢愚經》頁 362 中）

    g. 懸羊蹄**著**戶上（《齊民要術‧養羊》引《術》篇文）

這些動詞原都是用「於」來引介終點的，因此在這個新句式中「著」取代「於」成為一個新的終點記號。帶「著」的連動式也有「動詞＋著＋終點」的形式，❷與 (56) 形成對照。

(57)

    a. 王逮群臣徙**著**山中（康僧會譯《六度集經》頁 9 中）

    b. 擲**著**手中（蕭齊求那毘地譯《百喻經》頁 556 下）

「著」對「於」的消解影響之大，不是「與」所能比的。因為「V 與」

---

❷ 「著」的句式原本和其他 V3 相同，也是將賓語及終點詞組都放在動詞後，如《呂氏春秋‧知化》：「夫差乃取其身流之江，抉其目，著之東門。」東漢後則經常用「以」或連動方式將賓語提到「著」前，如《釋名‧釋飲食》：「言以胡麻著上也。」《三國志‧魏書‧方伎傳》：「平原太守劉邠取印囊及山雞毛著器中，使筮。」

❷ 帶「著」字的連動式也還可以用「以」、「持」、「取」等來引介賓語，如：《三國志‧魏書‧董昭傳》：「即敕救將徐晃以檄書射著圍裏及羽屯中。」竺法護譯《生經》頁 103 上：「汝取是蜜，投著大水無量之流。」北涼曇無讖譯《悲華經》頁 228 下：「即時大臣即持我身送著城外。」

只對部分以「於」引介終點的 V3 起了取代「於」的作用，而先秦含處所終點的 V1 原都是用「於」來引介的，現在包含了 V2 都能使用「V 著」來表達了，範圍大大擴張。就東漢六朝一般的情況而言，要引出終點時，通常是不及物動詞配合 「在」、「到」、「至」、「詣」 等，及物動詞則搭配「著」，也可搭配「在」。❷ 「著」、「至」、「到」、「在」普遍取代了過去「於」引介終點的地位，這不僅是詞彙的替換，更應該是結構的替代。❷

5.2.3 引介行為所在的「於」及其演變

先秦至西漢經典中引介行為所在的句式，其詞序為「V + 於 L」或「於 L + V」，意思並無不同，❷ 然而仍以前者為主流。漢代以下，從史書上來看，《史記》、《漢書》「於 L + V」例子都很少，《後漢書》例子雖多，放在動詞後的也不少。東漢到三國的經注所反映的現象大抵與史書相類，這些可能是文人積習所致。佛經中則截然相反，自東漢以下，「於 L + V」就很普遍，「V + 於 L」的分量反倒微不足道。如：

(58)

    a. **不於水中溺死**，不為兵刃所中死。（支婁迦讖譯 《道行般若經》頁 433 下）

    b. 遠來歸窮，**於樹下息**。（康僧會譯《六度集經》頁 5 中）

    c. 各各坐諸樹，**於中成正覺**。（後秦佛陀耶舍共竺佛念譯《長阿含經》頁 2 中）

可見最遲到東漢，「於 L + V」實際上已經非常流行。然而「於」是一個介詞，不是一個連動成分，因此「於 L + V」的結構是不規範的，不符合兩

---

❷ 這種分別可能是因為「在」、「著」比較著重在事物移轉到終點後的持續狀態，而「至」、「到」著重在過程完成的那一刻。

❷ 六朝甚至到以後，也還有「至」、「到」、「在」、「著」後附加「於」的，但那時的「於」與其說是介詞，不如說是用來調和音節的墊音詞，下文將有說明。

❷ 如《左傳・僖公二十三年》：「將行，謀於桑下。」《史記・晉世家》作「趙襄、咎犯乃於桑下謀行。」

漢語言朝向連動式發展的趨勢。「於 L + V」的產生當是跟「在」遲遲未能發展成一個連動成分有關。在「V + 於 L」趨於衰落而「在 L + V」又未形成之前，漢語對於處所的表達是有一段頗長的空檔期的，「於 L + V」就被用來填補這個空位。等到「在」的連動用法成熟以後，這個不規範的結構也就遭到淘汰了。

「在 L + V」這個句式商代卜辭就有，是並列結構（參看 1.2 節）。但因為「於」介詞組補語的興起，「于」、「在」這種並列連動式並沒有保存到上古中期（春秋戰國）。上古中期的「在 L」出現在句首，是加接結構，不是連動式。一直到漢代，也只偶爾見到以「在 L + V」替代「V + 於 L」的例子，如：

(59) 鶴在中鳴焉，而野聞其聲。（《詩經·鶴鳴》「鶴鳴九皋，聲聞于野」鄭箋）

佛經中「在 L + V」雖常見，普遍還是和「於 L + V」錯雜使用。但是至少到東晉時，文獻中已積累大量的「在 L + V」句，其成熟度是毋庸置疑的。從此連動式「在 L + V」就取代了「於 L + V」這個不規範結構而成為表動作行為所在的句法手段。

5.2.4 「於」介詞組的其他演變

先秦受動句式利用「於」介詞組引介受動的來源，但是到了漢代被「為 NP 所 V」被動式所壓倒而沒落。「為 NP 所 V」讓受動來源成為真正的施事者，藉以替換角色渾沌的「於」介詞組。兩漢著作中用例數量可觀，略舉二則：

(60)

　　a. 役乎大國者，為大國所徵發。（《詩經·陟岵》序傳）

　　b. 孟子曰：「人有耳目之官不思，故為物所蔽。」（《孟子·告子》「耳目之官不思而蔽於物」趙歧注）

至於差比句，先秦流行用「於 NP」來引介比較的基準方，這種用法一直到兩漢六朝都還很盛行。只有何休的《公羊解詁》顯得不同，出現了現代漢語常用形式相同的「比」字句。如：

(61)

    a. **比夫人微**，故不得並及公也。……諸侯不月，**比於王者輕**。（《公羊傳·隱公元年》「仲子微也」何注）

    b. 取邑以自廣大，**比於貪利差為重**，故先治之也。（《公羊傳·隱公四年》「疾始取邑也」何注）

    c. 禘比祫為大，嘗**比四時祭為大**，故據之。❸ （《公羊傳·僖公三十一年》「禘嘗不卜郊，何以卜」何注）

    d. 去氏**比於去羌差輕**（《公羊傳·宣公元年》「夫人與公一體也」何注）

    e. 弒父**比髡原恥尤重**（《公羊傳·襄公三十年》「賊未討，何以書葬，君子辭也」何注）

由例 (61a) 可知，「比」和「比於」可以替換，可證其為動詞性的。有時在形容詞前再加一「為」字 (61b, c)。這種句式無疑已取代過去的「於」字差比句。只是似乎受限於方言，不宜推演太過。此外，從唐、宋起，又流行一種以「如」、「似」直接取代「於」的差比句。這些對於「於」詞組的消解，都起了相當作用。

動詞後「於」介詞組的衰微有兩種方式：一種是由不同的新句式來替換「於」字式，另一種則是「於」的直接省略。第二種方式前面略有所及，而從前後相承的語料來看，後起也往往省略先前的「於」字。《史記》就有省言《左傳》「于」字的用例，如：

(62)

---

❸ 此例「比」字句二見，但前者為差比，後者為極比，因為「嘗」屬於四時祭之一。

　　a. 辛巳，朝武宮。《史記‧晉世家》

　　　《左傳‧成公十八年》作「朝于武宮」。

　　b. 乃投璧河中《史記‧晉世家》

　　　《左傳‧僖公二十四年》作「投其璧于河」。

　　c. 故出其君以說晉。《史記‧晉世家》

　　　《左傳‧僖公二十八年》作「故出其君以說于晉」。

《漢書》也有減省《史記》的「於」字的，如：

　⑹

　　a. 名顯當世《漢書‧韓王信傳》

　　　《史記‧韓信盧綰列傳》作「名富顯於當世」。

　　b. 及籍殺宋義河上《漢書‧黥布傳》

　　　《史記‧黥布列傳》作「及項籍殺宋義於河上」。

這些例子說明了動詞後的「於」變得越來越可有可無，也反映了「於」詞組在由別種句式替換過程中難以自持的處境。

5.3 墊音詞「於」的興起

　　綜上所述，動詞後「於」詞組被各種新句式替換的情況是：表示行為所在及起點的詞組置於動詞前，表示終點的詞組仍然放在動詞後，但被「至」、「到」、「在」、「著」、「與」擠消，受動句則由「為 NP 所 V」取代，差比句在局部方言中被「比」字句替代，表範圍的詞組則原本就可以移前（成為框架語）。到這個地步，動詞後的「於」幾乎已經全面失去其過去的功用了。由於「於」的退位，動詞後的名詞組在形式上普遍等同賓語。在這種情況下，六朝的佛經流行一種奇異的用法：只要動詞或介詞後有名詞組，則動詞或介詞和名詞組中間可以插入「於」字。這種用例三國以前還不太多，西晉以後就相當流行了。一些行文以四音節為律的佛經，經常以此來調和音節。例如：

(64)

    a. 我能以**塵污於虛空**　（支婁迦讖譯　《佛說阿闍世王經》　頁 400中）

    b. 各自親手**供養於佛**（康僧會譯《六度集經》頁 43 上）

    c. **轉於法輪**（支謙譯《私呵昧經》頁 813 下）

    d. 俱**食於人肉**（竺法護譯《生經》頁 89 中）

    e. 如彼愚人，**擔負於机**。（求那毘地譯《百喻經》頁 555 中）

    f. 爾時迦毘羅城，有諸釋種五百大臣，皆悉**是於**菩薩眷屬。（隋闍那崛多譯《佛本行集經》頁 692 上）

    g. 奉事水火，**及於**日月，上至梵天。（竺法護譯《佛說普曜經》頁 510 下）

    h. 卻後七日，**為於**法故，當剜其身，以燃千燈。（慧覺譯《賢愚經》頁 349 下）

    i. 是時彼樹以**於**菩薩威德力故，枝自然曲。（闍那崛多譯《佛本行集經》頁 686 中）

最後四例「於」前的「是」是繫詞，「及」、「為」、「以」具有介詞性質，然而都可以接「於」，正如動詞後可以接「於」一般。這種怪異的用法和「於」原有的語法功能喪失密切相關。由於動詞後用「於」與否已經不起區別作用，「於」的介詞性完全失去，只剩下修辭作用，所以最終變成墊音詞，被拿來填補音節，與連詞「而」在漢以後的下場相類似（第五章）。

6. 上古漢語謂語結構的發展

最後探討這些變化的本質。關於「於」介詞組演變的原因，學者曾提出若干觀點，大多集中在詞序的探討，如是否因為漢語詞序類型由「主—動—賓」(SVO) 轉向「主—賓—動」(SOV)。但漢語詞序是否趨向 SOV，向來就有諸多爭議，而就「於」詞組的變化而論，用趨向 SOV 語序的假設來說明更是背離事實。約當「於」詞組由各種句式取代而衰亡的同時，動

詞跟賓語間的詞序關係也變得一致了，一般的名詞組甚至是疑問代詞、否定句的代詞賓語都一律居於動詞後。就動賓關係看，漢語是純粹中心語在前的主—動—賓類型。大家只看到本在動詞後的介詞組藉著各種方式被替換在謂語前端，但是出現在謂語前端的新結構仍是中心語在前，語序類型其實並沒有改變。

學者之所以主張「於」介詞組的衰落和語序改變有關是出於一個錯誤的認識。他們誤認這個上古漢語結構的大調整是一個介詞組位置的轉移，那就是說，語意普泛的「於」雖被幾個各具特殊功用的語詞所取代，但移到動詞前的結構仍然是一個介詞組。因為介詞組在謂語中的位置變動了，所以就被認為是謂語語序的改變。但是「介詞組位置變動」這個說法是有問題的。我們知道，介詞的產生是有一個過程的。漢語表現得很清楚：所有介詞都是由動詞演變出來的。先有動詞組結構，然後才演變出介詞組結構。中古以後「把」字的演變就是這樣，都需要有一段發展過程。❸同樣的，取代介詞「於」的幾個語詞如「從」、「在」等也不應一開始就是介詞，它們起初都還是動詞。「於」介詞的功能被這些動詞所取代正是印證兩漢以後連動式蓬勃發展大趨勢的一些個別現象。

上古漢語純粹的介詞只有「於」一個，介詞組只有補語一個位置，謂語前端的「於」介詞組都是加接結構，不是它的本來位置，前文已經討論過。加接在謂語前的「於」介詞組是有標式，出現在動詞後的「於」介詞組是無標式。自上古至中古，漢語的語序固定而穩定，保持著主—動—賓類型，沒有改變過。真正發生變化的是謂語中的連動關係。漢語謂語結構曾經歷過一次類型變化，即從對等的連動（並列結構）改變為不對等的連動（主從或偏正）。先秦漢語兩個動詞的相連基本上表達並列關係，可以用連詞「而」標註。兩漢以後動詞的相連則是按照「使」、「令」這種兼語句

❸　不過，從當代句法理論的觀點看，「把」、「被」等是否算是介詞，還不確定。生成語法學者傾向以輕動詞處理之。漢語史上的介詞是個非常複雜的問題。上古漢語除了「於」可確定是個標準介詞之外，其他皆遊走於動詞、輕動詞與介詞之間，應如何一一加以正確分析，尚待努力。

式或「以」字句式去發展，造成兩個動詞之間的不對等關係，一在上位，一在下位。經過此類型的變化，中古以後，原是並列的 V＋V 形式如「擊破」就必須重新分析為主從（動補）結構，而兼語式和「以」字式就取代了並列式成為連動的基本結構。

西漢以後，這種類型的連動句得到充分發展。早期兼語式的上位動詞只容納「使」、「令」、「俾」等少數幾個使役動詞，這情形到《史記》已有改變，如「漢果數挑楚軍戰」之類，擴充了兼語式的表達能力。有了這個發展，跟隨義的「從」就很容易進入這個結構中。同時，原來表受益義的上位動詞「為」有了新的用法，在《史記》中用來表交際對象：

⒂ 如姬**為**公子泣，公子使客斬其仇頭，敬進如姬。《史記・魏公子列傳》

「為公子泣」就是對著公子哭的意思。這也是利用本有的句子結構而擴大其功能，使得更多語義角色都能用連動句表達，而不須假借「於」介詞組。先秦時期漢語對於交際對象的表達頗不一致。如下例所示，「於」介詞組或動詞「向（鄉）」皆能表交際對象：❷

⒃ 入揖**於**子貢，相向而哭《孟子・滕文公上》

又有所謂「對動」，亦多以交際對象作賓語，如下二例。「泣之」是對著他（宋景公對著向魋）流淚的意思，「哭之」是對他大哭的意思：

⒄
　　a. 公閉門而**泣之**，目盡腫。《左傳・定公十年》
　　b. 驪姬見申生而**哭之**《國語・晉語二》

兩漢以後對象角色漸漸集中用連動表達，最後發展成「對」或「對著」的白話用法。❸

❷　《左傳》用「鄉」，「向」為後起用字：

　　秦伯素服郊次，鄉師而哭。《左傳・僖公三十三年》

　　不對等連動擴充的結果終至於把處所結構也納入它的句式中。表處所的「在」成為連動成分的時間最晚，這恐怕是因為處所的連動意義最弱，最不適合用連動式表達的緣故。

　　連動表達兩個動詞之間的關係，包含著時間或邏輯先後等認知關係，連動的上位動詞不能引介動作的止點，正是因為這樣的安排有違連動所蘊含的認知關係。中古漢語必須另闢蹊徑，為動作止點安置一個合適的結構以取代「於」介詞組。這個過程頗為複雜，已於 5.2.2 節述其梗概。

　　語言的肖像性 (iconicity) 是指語言和它表述的對象之間存在某種結構的平行關係，漢語語法學或稱為臨摹性或臨摹原則。學者常以漢語為例，說明句法對語句成分的安排可以完全合乎自然順序。比方說陳述一個搬運動作，漢語只能說從某處搬到某處，不能說到某處搬從某處，或搬到某處從某處等等。漢語的「起點－動作－止點」的硬性規定反映著客觀的順序，表現它的肖像模擬性質。其實漢語的這種性質是兩漢以後才凸顯出來的，而這又是連動句式所造成的結果。上古漢語無論表起點或止點，介詞組一律置於動詞之後，如 (12)《莊子・秋水》與 (41a)《詩經・小雅・伐木》之例，並未顧及自然順序。介詞的語法化程度深，句法自主性強，因此與認知的關連亦小；動詞則用來陳述事實，直接關連到外物，故連動句式包含著認知關係，亦即反映客觀順序。句法的發展使這種客觀順序的表達定型化，成為句法的固定形式，因此形式與內容之間就有了平行的結構關係，這就是這個語言的肖像性。

　　兩漢以後漢語經歷了一次結構大調整，一方面是並列連詞「而」的功能衰退導致謂語的並列關係從句法裡消失，另一方面是不對等關係的連動句式取代了大部分「於」介詞組的功能而成為謂語的主體結構。從中古到現代，漢語的謂語結構都是朝著偏正或主從的不對等模式去發展的。然而這樣的發展其實一點也沒有背離漢語的語句結構原則。接下來第九、十兩章就讓我們回到原點，以先秦上古漢語為本位，一探這個共同的句法基礎。

㉝　嚴格的說，這裡所謂連動應屬於增價結構。參看第十章的討論。在增價結構這個句法概念未引進之前，暫稱為連動或介動。

論元結構(1)：受動與致事

　　本章以及下一章都是介紹上古漢語句子的論元結構。論元結構是當代句法學的一個核心理論題目，有關這方面的研究和討論非常多，結論也非常分歧。本書以初學實用為主，而且限於篇幅，不能大講理論，但是也不可能完全避開理論。這兩章即以理論為主。句法學不是一朝一夕建立起來的；它是經過長時間的發展。每一次發展都有理論的創新。人類語言知識的增長都要通過理論創新。重視理論並非不重視事實。作為經驗科學，語言學理論沒有不重視事實的。理論讓我們理解事實，也幫我們發現更多語言事實。語言研究其實沒有理論中立的立場；所謂描述語言學也是建立在一套理論假設上。不過，較之前代，當代語言學的確是更重視抽象理論的。這是因為語言學家認為語言研究的終極目標應是探討人類知性的結構問題。不過，為了適合本書的讀者，對於當代句法理論，本書僅能摘取其意而省略許多技術性的討論，並且也不主一家之說。而且在很多問題上還沒有令人滿意的一致結論。在現階段我們對人類語言結構的知識還是很不全面的。

　　論元 (argument) 這個名稱在前幾章中已經用到過。我們把帶施事語義角色的名詞組稱為施事論元，把帶受事角色的名詞組稱為受事論元，又把主動句的主語稱為外部論元，主動句的賓語稱為內部論元。這已經告訴了大家，論元具有語義角色的性質，而且占著一定的結構位置。

　　不是所有結構位置上的名詞組都是論元。句子的外圍成分，比如第四章主題句中討論的主題語和框架語都不是論元。框架語是加接結構 (adjunct)。無論出現在句子的哪個位置上，加接結構都不是論元。回數和期間副語 (frequency/duration phrases, FDP)，不管出現在句子哪個地方，都不是論元，而是加接結構。論元占著一定的結構位置，稱為論元位置 (argument position)。

　　句子的主語和賓語都是論元位置。但是句子的主語和賓語，特別是賓語，可以由子句充當，因此在論元位置上的子句也可視為論元，稱為子句論元 (clausal argument)。不過，論元仍應以名詞組為代表：只有名詞組才能占所有論元位置，表達各種語義角色。

　　為了讀者理解的方便，我們可以把一個語句簡單的看成是由一些組合元件建構成功的，就好像小朋友搭積木一樣，從元件開始一塊塊往上搭，搭成一件東西就成句。語言的組合元件中有一些是最基本的，分成兩類：一類是動詞或動詞性（包含介詞）的元件，一類是名詞或名詞性的元件。名詞和動詞的配合構成一個語句的基礎。這個語句基礎就叫做論元結構。

1. 最小論元結構

　　最小論元結構的提出，是為了要解釋受動句這個現象。我們認為這個理論假設不但漢藏語系語言需要，其他沒有被動式的語言如標準作格語言也同樣需要。因此這個結構特徵具有語言類型學上的意義。

　　所謂最小論元結構的意思是所有論元結構都只需要有一個論元就可以得到滿足，就可以作為完整單句的基礎。一個完整單句最簡單的形式就是由一個名詞跟一個動詞組成的主謂結構，如：「顏淵死」《論語・先進》；「子貢反」《孟子・滕文公上》；「孔子懼」《孟子・滕文公下》。這樣的不及物主動句表達了一個最小論元結構的內容。

　　同樣的，受動句也表達了最小論元結構的內容。它是由一個中心成分和一個附屬成分（論元）所構成，表面形式跟主動句一樣。受動句沒有施事論元，也無須假定隱含著一個施事論元，因為根據最小論元結構假設的規定，論元結構只需有一個論元就可得到滿足。也就是說，受事論元也可以滿足最小論元結構要求。

　　這個最小論元結構要求的假設，是認為 VP（例如動賓）可滿足結構的完整性。但是要使賓語移出成為受動主語，必須首先解除賓語的賓格格位。這是因為如果一個賓語與動詞做了格位比對，它就得到賓格。滿足了

格位要求，它便不能有移位的動作。這個解除賓格格位的問題過去稱為「格位吸收 (case absorption)」，被動句結構就有這種「格位吸收」的機制。根據 Chomsky 的極簡方案，語句衍繹是分階段或進程 (phase) 進行的，每一個進程都具有 xP 結構形式。被動句的動詞組也是一個 vP 的 phase，中心語小 v 具有查核（比對）賓語格位的作用。經過查核比對，賓語的格位被去掉，就必須進行移位。❶我們假定受動句的動詞組也具有查核格位的小 v。在上古漢語的早期，這個小 v 是個零形式，所以看不到。後來受動句有見字式。這個經驗受動的「見」就是受動小 v 的一種語詞化表現（第七章）。

　　下例六個句子都是由最小論元結構展開的單句最簡形式，其中三個是主動句，三個是受動句：

　　(1) 狡兔死，良狗亨（烹，被烹）；高鳥盡，良弓藏（被收起來）；敵國破（被攻破），謀臣亡。《史記‧淮陰侯列傳》

「烹（亨）」是一個標準及物行為動詞。「藏」有內動和外動用法，這裡是外動用法，意思是收起來。「破」也是及物，本義是劈開、剖開，不是打碎（「破石」是把大石劈開，不是把大石打碎）。這個詞春秋時代少見，戰國晚期以後才流行，特別是用在軍事行動上，並發展出「殘破」等不及物狀態義。因此「烹」、「藏」和「破」都可以帶兩個論元，一個施事，一個受事。但是一句中只需有一個論元就可以構成一個完整的句子。

　　值得注意的是，及物句的兩個論元當中，只能選擇受事論元來滿足句子所需要的論元。如果只選擇施事論元而略掉受事論元，就會造成一些不合法句（*（……）表示括弧部分不能省略）：

　　(2)
　　　a. 齊王遂亨（烹）*（酈生）。《史記‧酈生陸賈列傳》

---

❶　Chomsky (1995) *The Minimalist Program* 提出中心語小 v 有查核格位功能。參看本書第二章。

b. 秦時焚書，伏生壁**藏** *（之）。《史記・儒林列傳》

c. 秦**破** *（趙之長平軍四十餘萬）。《史記・春申君列傳》

雙賓語結構（V3 結構）也只須出現間接賓語（副賓），就滿足了最小論元結構的要求。這樣的句子非常少見，但其合法度則是毋庸置疑的。

(3) **賜與類**

a. 賓曰：「子有旨酒嘉肴，某既**賜**矣，又重以樂，敢辭。」《禮記・投壺》

「又重以樂」也可以說成「又重之以樂」。「重 (chóng)」是動詞，添加的意思。《左傳・成公十二年》：「既之以大禮，重之以備樂。」

b. 周公曰：「吾何以見**賜**也？」《韓詩外傳》

(4) **奪取類**

彼以（已）**奪**矣。《荀子・王制》❷

雙賓語結構的兩個賓語當中，只有間接賓語可以單獨使用，這是因為間接賓語結構位置較高（第十章），而且屬性是人，具有當主語的優先性。賜與類的直接賓語通常是無定名詞組，也不適合當主語。❸

遷徙類動詞可帶直接賓語和間接賓語，其間接賓語是「於」介詞組，表止事。直接賓語也可單獨使用，滿足最小論元結構要求，經提升成為受動形式的主語：

❷ 〈王制〉篇這一句話有人疑心是衍文。但這話跟前面「王奪之人，霸奪之與」一段相應，應非衍文，而是放錯了地方。疑此句應當接在該段「是（以）大者之所以反削也」一句之後。「彼」即指「大者」。大者反削，所以是被奪。「是以」的「以」字衍，從俞樾說。

❸ 就大多數情形而言，雙賓語結構的直接賓語為無定指。如果賜與物有定指，則通常用「以」字式表達：

鄭伯之享王也，王以后之鞶鑑（有定指）予之；虢公請器，王予之爵（無定指）。鄭伯由是始惡於王。《左傳・莊公二十一年》

(5)

    a. 蔡叔度（度是蔡叔的名字）既**遷**（被遷徙）而死。《史記·管
       蔡世家》

    b. 屈原既**放**，三年不得復見。《楚辭·卜居》 ❹

由此看來，相對於動詞而言，主語和賓語有一種不對稱關係：賓語總能滿足最小論元結構的要求；主語則不能如此。句法學有內部論元和外部論元之分，與此不對稱關係相應。

2. 外部論元與內部論元

2.1 外部論元

受事論元總是能滿足最小論元結構的要求而施事論元則不能，這表示受事論元跟動詞的關係應當比施事論元跟動詞的關係密切或更直接。Marantz (1984) 指出，施事和受事的不對稱關係其實是語言的普遍性質。❺比方說，習慣用語 (idioms) 常常是以動賓結合方式產生出來的，漢語有很多這樣的例子，如開玩笑、吹牛、搗蛋、吃豆腐、炒魷魚、幹活等，但是主謂結構通常產生不出這種特殊意義的習慣用法。有些動賓結構的意義完全靠賓語決定，如打球、打字、打工、打牌、打地鋪、打赤膊、打秋風（抽豐）等，但是沒有動詞的詞義是需要靠一個施事主語的詞義補充的。語言還有一個有趣的現象：一些表達生活上勞務的事如理髮、修車、買菜 (shopping)、加油、搬家等都可以完全不提及施事者的參與，例句如：我一個月理一次髮；冰箱是空的，要買菜了；車子昨天才加了油。這都說明主

---

❹ 「遷」有不及物、及物（使動）用法，但也發展出施動用法，故能表達受動（第七章）。「放」也有不及物用法，但跟「放逐」一義無關：

    原泉混混，不舍晝夜。盈科而後進，**放**乎四海。《孟子·離婁下》

❺ Marantz, A. (1984), *On the Nature of Grammatical Relations*.

語、賓語跟動詞的關係大不相同。❻這個差別應當在句法結構上表示出來。

句法學一向有內部論元 (internal argument) 與外部論元 (external argument) 之分，賓語屬內部論元，主語屬外部論元，但是對於外部、內部的界定則存有分歧。Chomsky 早期生成語法即將主語置於動詞組 VP 之外，這個主張在最近十幾年中得到強有力的支持，引申出很多重要的句法理論涵義。這裡簡單介紹其中一個理論。這個理論稱為 Distributed Morphology，中文或可譯為「分布性構詞學」或「分布構詞學」(構詞學或稱為形態學)。這個理論最早由 Morris Halle 和 Alec Marantz 在上世紀 90 年代提出。它試圖把語詞結構和句法統一起來，讓語詞的語義關係 (lexical semantics) 和結構性質直接表現在句子結構上。❼從漢語的觀點看，分布構詞學這個理論很有啟發性。這個生成語法的理論主張語法體系的詞彙檔裡面根本沒有派生詞法 (derivational morphology) 的機制，因此漢語語法中所謂動詞活用基本上屬於句法機制。這個理論另一點重要的結論是所謂外部論元都不是主要動詞真正的論元。外部論元不受主要動詞支配，每一個外部論元都有它自己的支配成分（中心語），形成一個詞組投射結構 (phrasal projection)。主要動詞支配它的受事賓語，受事賓語跟主要動詞構成動詞組 VP。受事賓語是它真正的論元，是一個內部論元。施事主語是一個外部論元，支配它的成分是一個小 v，形成 vP。這種小 v 或稱為輕動詞。小 v 把施事主語跟 VP（語義上代表一個事件 event）連起來，使得 VP 增加了一個施事者論元。所有外部論元都是用這種句法手段加到 VP 結構上的。

(6)

　　a. 莒人伐杞《左傳‧隱公四年》

---

❻ 英語的 *have* 結構 (*I had my hair cut yesterday.*) 也能說明此點，參看 Ritter, E. and Rosen, S. T. (1993), "Deriving Causation," *Natural Language and Linguistic Theory*, 11, pp. 519–555.

❼ 這裡只能簡單介紹此理論。欲知其詳，可讀 Halle, M. and Marantz, Alec (1993), "Distributed Morphology and the Pieces of Inflection" 以及 Marantz 一系列論文。

b.

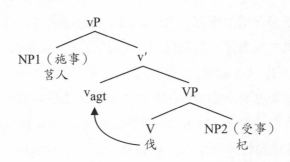

外部論元還包括致事論元，還有由「增價裝置(applicatives)」產生的非主語論元。致事情況頗複雜，留待下面第5、6節討論。歷事論元外部、內部兩屬，性質很特別，詳下文第3、4兩節。增價裝置有為動、供動、與動、對動等結構，在第十章討論。

　　施事論元不是主要動詞所直接支配的論元，受事論元則是主要動詞所直接支配的論元，施事、受事的不對稱關係可以從句法結構（內部論元與外部論元的分別）得到解釋。

2.2 內部論元

　　內部論元指動詞組VP裡面的論元。除了受事或當事賓語以及介詞組補語之外，內部論元還包括別的論元。第七章把主動句的主語論元分為四種：施事、致事之外，還有歷事和當事。施事、致事都可確定是外部論元，那麼歷事和當事呢？這兩種論元都是可以充當內部論元的。句法學上有一個動詞類別，叫做「非賓格動詞(unaccusative verb)」。非賓格動詞能帶一個內部論元，但這個內部論元不是受事賓語，因為這類動詞都是不及物動詞。不及物動詞當然不能帶受事賓語。由於這類動詞帶的是受事賓語以外的論元，它就被稱為非賓格動詞。不及物動詞能帶的論元只有施事、當事和歷事。施事是外部論元，因此非賓格動詞帶的內部論元就是歷事和當事兩種。

　　關於非賓格動詞，當今漢語語法學者也常常談到它，因此在這裡稍加說明。非賓格動詞其實是一個非常含混的類別，原因是我們對非賓格動詞

還沒有統一的測試標準。有些學者舉出一些句法性質，認為是非賓格動詞
的特性，但都不是普遍的準則。例如動詞所表達的動作是否設有界限（是
否 bounded），就被認為是一個測試標準。起始動詞 (inchoative verb) 如「出
現」、「發生」、「走（表離開）」都有起點設限的含義，而「來」、「死」、
「沉」、「停止」等都有終點設限的含義，就被認為是非賓格動詞。感知動
詞如「生氣」、「嚇（了一跳）」屬瞬成類動詞 (achievement verb)，狀態動詞
如「融化」屬達成類動詞 (accomplishment verb)，也都被歸入非賓格動詞，
因為「瞬成」和「達成」兩個語義範疇都有完成義。不過，非賓格動詞如
「轉」和「滾」卻是例外，這兩種動作都不含界限觀念，但是這兩個動詞
卻是不折不扣的非賓格動詞。「轉」有致動用法，這是測試非賓格動詞的另
一個標準；「滾」的論元可以出現在動詞後（如「滾鐵環」、「滾雪球」），這
也被認為是一種非賓格動詞的性質。有些動詞滿足了標準 A 而不滿足標準
B 或 C，有些動詞滿足標準 B、C 而不滿足標準 A，諸如此類。此外，還
有學者所提出的測定標準只見於某些語言而不見於其他語言（如英語 have
和 be 的分別）。因此非賓格動詞是一個很模糊的語法概念，很難準確加以
界定，很難劃定它所指涉的範圍。不過在句法上，它卻有一個非常重要的
特徵，就是它的論元是一個內部論元。根據非賓格動詞，句法學必須假定
不及物動詞也能出現內部論元。這個結論跟我們的致事句法密切相關，這
是我們向本書讀者介紹非賓格動詞的主要原因。本書讀者只要記得非賓格
動詞是指一類帶內在論元的不及物動詞，那就夠了。有關非賓格動詞的其
他問題，皆可繞過不談。下面用到這個名稱的地方，也都是指具有這一性
質的動詞而言。

　　第七章介紹過作格動詞 (ergative verb)。所謂作格動詞，是指一類兼具
內動（不及物）和致動（及物）用法的動詞，例如「至（致）」。「致」是
「至」的致事形式，意思是使至。作格動詞的致動用法就是在內動形式上
增添一個表致事的外部論元。

　　(7)

　　　　a. 文子致（召集）眾（而問焉）《左傳‧哀公二十六年》

b.

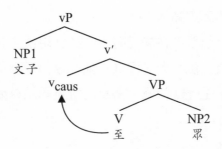

上圖 VP 結構中的 NP2 是動詞 V（至）所支配的論元。「至」是一個動態的狀態動詞（「至」移到 v_{caus} 位置，則併合成為「致」），NP2「眾」是當事角色。相對於致事論元 NP1「文子」，NP2「眾」是內部論元。

　　感知動詞帶歷事論元，它具有相同的致動結構：❽

(8)

　　a. 鬻拳曰，吾懼君以兵，罪莫大焉。《左傳‧莊公十九年》

　　b.

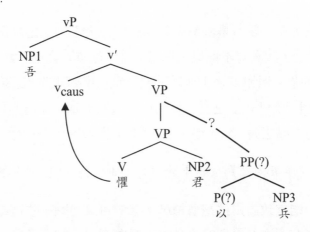

　　第七章討論作格動詞「至（致）」、「懼」的時候，沒有特別使用非賓格動詞這名稱。但是從 (7)、(8) 兩個結構來看，動詞「至」和「懼」都帶有

❽　動詞後「以」字結構究竟應當如何處理，還是一大問題。本書對「以」字式句法結構，尚無統一的解決方案，姑置不論。

內在論元，又有致動用法，故有非賓格動詞的特徵。事實上，這兩個動詞通常也被歸入非賓格動詞類。

不及物動詞只有能帶內在論元時才有致動用法。我們拿行為動詞來做一比較。行為動詞笑、泣、奔、田（打獵）等都是不及物動詞。這些動詞的主語是施事論元，是外部論元。不及物行為動詞有如下的論元結構：

(9)

　　a. 陳蔡**奔**。《左傳‧僖公二十八年》

　　b.

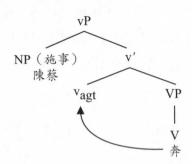

在句法表現上，不及物行為動詞跟作格動詞最大不同之處是前者沒有致動用法。換句話說，致動句不能以一個帶外部（施事）論元的輕動詞組 vP 作為它的結構基礎。例如「奔」和「走」都指用到腿部的身體活動，但是「奔」是行為動詞，「走」是動態狀態動詞（第七章）。「走」有作格用法，有趕走的意思，讀去聲 zòu，如下例，「奔」卻沒有使奔的致事意思。

(10) 公子率五國之兵破秦軍於河外，**走**蒙驁。《史記‧魏公子列傳》

根據能不能有致動用法這個標準，我們可以檢驗一些邊緣性的動詞類屬。例如「飛」。「飛」是個行為動詞嗎？在今日，當人類可以操控飛行，也許飛翔可視為一種有意志的自主行為。但是在古代，飛的概念恐怕不是這樣。即使《莊子》裡面的大鵬怒而飛，也是非自主、無意識的活動。大鵬的飛是一個自然現象，它與大自然世界打成一片。「飛」在現代漢語是不是行為動詞，還不易論定（恐怕是行為、狀態兩屬），但古代漢語的「飛」

卻肯定不是。在古代漢語，「飛」應是個動態的狀態動詞，帶的是當事主語。因此「飛」有致動用法：

(11) 公輸子削竹木以為鵲，成而**飛**之，三日不下。《墨子‧魯問》

到今天致動詞「飛」在方言中還使用。粵語有「飛紙鷂」的說法。飛紙鷂就是放風箏。❾

　　行為動詞沒有致動用法，這是語言的普遍性質。不及物行為動詞沒有作格的致動用法，因此句法學上或稱之為「非作格動詞 (unergative verb)」。非作格動詞跟非實格動詞相對而言，前者不能產生致動，後者則是致動的一個結構基礎（但非唯一結構基礎，詳 6.2 節）。為了避免使用過多專門術語，造成讀者的不便，本書不用「非作格動詞」這名稱，仍舊稱之為不及物行為動詞。

3. 歷事論元的結構位置

　　上一節把非實格動詞的歷事和當事論元置於動詞組 VP 之內，視之為內部論元。這樣的做法自然就產生一個問題，那就是：一般歷事句和當事句的主語是不是也從 VP 內部產生？要回答這個問題，首先回頭再思考一下施、受的不對稱關係。我們把施受不對稱關係解釋為外部論元與內部論元的不同，認為這個不對稱關係反映在句法結構上。如果這個設想不錯，那麼不但施受關係是如此，所有主動句和受動句都應具有這個結構上的差異性。換句話說，從句法結構上看，受動句之所以成為受動句，主動句之所以成為主動句，就是因為受動句主語都是從 VP 的內部產生的，而主動句主語都是在 VP 的外部產生的。因此，歷事句和當事句的主語必須視為外部論元而非內部論元，因為歷事句和當事句都是主動句，沒有受動語意。

　　所有外部論元都是通過一個小 v 跟 VP 連起來的 (1.2.1)。歷事句的小

---

❾ 英語的 *fly* 也有相同的致動用法，而英語的行為動詞都不能產生致動用法。Pylkkänen (2008) 認為英語的致動詞都是從詞根建立的。參看下文。

v，v_{exp} (exp: experiencer)，連接一個表達被經驗的事件 VP，當事句的小 v，v_{state}，連接一個表達狀態的事件 VP。下面是最簡單的歷事句和當事句形式，二者的論元結構跟施事句 (6) 是相同的：

(12)
　　　a. [$_{vP}$ NP（孔子）[$_{v'}$ v_{exp} [$_{VP}$ V（懼）]]]
　　　b. [$_{vP}$ NP（五穀）[$_{v'}$ v_{state} [$_{VP}$ V（熟）]]]

　　照這樣看來，歷事句、當事句的論元結構跟非賓格動詞的論元結構是不同的；前者由一個外部論元構成，後者則是由內部論元構成。

　　第七章把感知動詞分為三類，知覺類（「見」）和認識類（「知」）都是及物動詞，感覺類動詞（「懼」）當中也有及物用法。❿及物感知動詞的兩個基本論元，賓語屬內部，主語屬外部，這是很清楚的。

(13)
　　　a. 曹畏宋，邾畏魯《左傳・昭公四年》
　　　b. [$_{vP}$ NP（曹／邾）[$_{v'}$ v_{exp} [$_{VP}$ V（畏）NP（宋／魯）]]]

主要動詞 V 必須移到小 v (v_{exp}) 這個空的位置，移動後仍然是主－動－賓語序。

　　由此可見，歷事論元兼有外部和內部兩個位置；那就是說，它可以成為 VP 外面的語句成分，也可以成為 VP 裡面的語句成分。當事論元也是如此。施事論元只有外部位置，只能出現在 VP 之外或之上。

4. 蒙受句

　　除了作為感知動詞的主語外，歷事論元還有其他用法。蒙受句的主語也是一種歷事論元。所謂蒙受句，是指在句法上表現一個事件發生在某人

---

❿　狀態動詞也有及物，其結構亦應相同。不過狀態動詞的及物用法為數極少，也沒有代表性，下面就不特別提到它。

身上的語意關係的句子。第七章舉出「王冕七歲上死了父親」這個白話蒙受句例子。上古漢語也有蒙受句，所表達的蒙受關係似乎都是負面的；那就是說，蒙受句謂語所描述的事件對主語當事人來說是不幸或不愉快的。

　　上古漢語蒙受句並不多，因為受動句、見字句都可表達蒙受語意。「吾再逐於魯」（《莊子・山木》）是一個受動句，但有蒙受語意：被逐一事對當事人來說自然是負面的。但這不是一個蒙受句，它沒有蒙受句的句法結構。

　　蒙受句用一個小 v（v_{aff}; aff: affectee）把蒙受主語跟一個表達事件的 VP 連接起來。v_{aff} 跟 v_{exp} 同屬感知輕動詞，但 v_{aff} 語義有標（marked），v_{exp} 語義無標（unmarked）。

　　⑭　$[_{vP}$ NP $[_{v'}$ v_{aff} VP $]]$

　　蒙受句可分為兩類，一類以一個內動（不及物）VP 為結構基礎，稱為 A 類；一類以一個外動（及物）VP 為結構基礎，稱為 B 類。白話例子「王冕七歲上死了父親」屬於 A 類蒙受句：

⑮

　　a. 王冕七歲上**死**了父親。

　　b. $[_{vP}$ NP（王冕）$[_{v'}$ v_{aff} $[_{VP}$ V（死）NP（父親）$]]]$

當主要動詞 V 移到輕動詞 v_{aff} 這個空的位置時，表面結構仍然是 NP V NP 語序。

　　上古漢語損失類動詞如「亡」、「失」及損害類動詞如「傷」等均具有 A 類的蒙受結構。以「亡」為例：

⑯

　　a. 臧與穀，二人相與牧羊，而俱**亡**其羊。《莊子・駢拇》

　　b. $[_{vP}$ NP（臧與穀）$[_{v'}$ v_{aff} $[_{VP}$ V（亡）NP（其羊）$]]]$

又《孟子・梁惠王下》「比其反也，則凍餒其妻子」，「凍餒其妻子」也屬 A 類蒙受句。

　　B 類蒙受句結構比較複雜，它的結構基礎是一個外動 VP。首先看下面例子：

(17) 吾再逐於魯，*伐樹於宋，削迹於衛*，窮於商、周，圍於陳、蔡之間。《莊子‧山木》

此句段有五個並列分句，都帶有蒙受語意，不過剛才已經指出，「再逐於魯」只是一個受動句。蒙受是語意，不是句法上的表現：它的語句結構並不含有一個帶輕動詞小 v_{aff} 的論元裝置。同樣的，「圍於陳、蔡之間」也是一個受動句。至於「窮於商、周」，則是一個主動的當事主語句。然而，「(吾) 伐樹於宋，削迹於衛」兩句卻必須視為蒙受句。這是屬於 B 類的蒙受結構。這兩句話的意思是：在宋國，我（指孔子）的樹也被砍掉（宋人不讓他在樹下講學）；在衛國，我連車跡都不讓留下來。

　　以「(吾) 伐樹於宋」為例，B 類蒙受句具有如下的論元結構。介詞組「於宋」是一個加接到 VP 上的結構，屬外圍性質，暫置不論。

(18)

　　a. $[_{vP}$ NP1 $[_{v'}$ v_{aff} $[_{VP1}$ $[_{VP2}$ V（伐）NP3（樹）] NP2（吾）]]]
　　b.

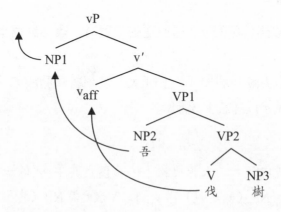

這一類蒙受句最特別之處是輕動詞小 v_{aff} 所支配的論元位置 NP1 是個空位。蒙受主語的原來位置不在 NP1 那裡，而是在動詞組 VP 的內部 NP2 的

位置，因此這個主語「吾」必須通過名詞組的移位運作從 NP2 提升到空位
NP1 那裡。

　　再看 VP 的內部結構。 這個 VP 就是漢語句法學上所說的 「外賓語
(outer object) 結構」。❶ 「伐樹」是個述賓結構，NP3「樹」是被主要動詞
「伐」支配的論元，是個受事論元。「伐樹」構成一個事件，而 NP2 則是
在這個伐樹事件之外。在一個事件之外的論元角色有施事、致事和歷事三
個可能，但是在蒙受結構的情況下，前二者的可能性都被排除了，因為蒙
受結構是一個以 v_{aff} 為中心成分的輕動詞結構， v_{aff} 只能支配一個歷事論
元，這就使得外賓語只有歷事論元一種可能。依照這樣的解釋，那麼 B 類
「吾」跟「伐樹」之間和 A 類「臧與穀」跟「亡其羊」之間的語義關係是
相同的；那就是說，都是蒙受關係。

　　必須指出，VP 裡的外賓語「吾」是處在一個不穩固的位置 NP2 上，
它本身並沒有一個足以支配它的中心成分，像是 V 或小 v（主要動詞「伐」
支配它的賓語「樹」，不能支配它）。但它必須處於一個被支配的位置上才
能滿足語義角色分派的形式要求。❷NP1 就是這樣的一個位置。這是一個
空位，因此「吾」可以移到那裡去，接受小 v_{aff} 的支配，完成了這一階段
（phase，階段或進程，第二章句法略說）的結構完整性，進而移出 vP，
成為這個蒙受句的主語。在 NP1 位置上的蒙受主語形式上儼然是一個外部

❶　黃正德〈漢語動詞題元結構與其句法表現〉，《語言科學》（北京：科學出版社），
　　4: 3–21，2007 年。黃先生是這樣解釋外賓語的：例如「張三把橘子剝了皮」一
　　句中，「我們認為『皮』和『橘子』都是句子的賓語。更明確地說：『皮』是動詞
　　『剝』的賓語，而『橘子』是『剝皮』整個動詞短語的賓語。『皮』是內賓語
　　(inner object)，而『橘子』則是外賓語。」（頁 9）
❷　一個論元必須滿足兩個條件：它必須經分派得到一個語義角色；它必須接受一個
　　中心詞支配，從那裡得到格位。這兩者結合起來，就成為過去生成句法理論所謂
　　的「顯現條件」the visibility condition：論元的語義角色必須在一個支配結構中才
　　顯現。在 VP 結構內，外賓語的語義角色可以由 [v′ V NP] 分派，但這個語義角
　　色不能在 NP2 的位置上顯現，因為 NP2 不是一個被支配的位置；它不是一個標
　　誌的格位位置 (case-marked position)。因此對外賓語「吾」來說，這個位置不是
　　穩固的，它必須移入一個被支配的位置，那就是 v_{aff} 詞組 ($v_{aff}P$) 的定語位置，使
　　得它的語義角色顯現出來。參看第二章及第八章。

論元，實際上它是從 VP 內部移出來的。因為主語本是內部論元，B 類蒙受句都有受動意味，例如「伐樹於宋」可以翻譯成「在宋國被砍了樹」。但是 A 類的「亡其羊」卻不能翻譯成「*被走失了羊」。A 類蒙受句的主語本來就是外部主語，但 B 類蒙受句的主語則是從 VP 內部移出來的，因此有這個語氣差別。

B 類蒙受句在先秦典籍很少見，要到戰國晚期才使用較多。西漢以後，有一個常見的用例，就是「免」。「免」用於免除官職，如下例，是蒙受用法：⑬

(19) 張蒼**免**相《史記・張丞相列傳》

「免」也可以帶單論元賓語，指免官的對象，如：

(20) 秦王十年十月，**免**相國呂不韋。《史記・呂不韋列傳》

若「免」的賓語前移，則造成受動句：

(21) 相國呂不韋**免**。《史記・六國年表》

免官這個施動用法是戰國晚期才興起的。在這以前，「免」是免於災難的意思 ((22))，是不及物狀態動詞。又有致動用法：使免於災難 ((23))（又發展出赦免及其他免除的引申義）。

(22)

a. 君姑脩政而親兄弟之國，庶**免**於難。《左傳・桓公六年》
b. 趙宣子，古之良大夫也，為法受惡，惜也。越竟乃**免**。《左傳・宣公二年》

(23) 既而與為公介，倒戟以禦公徒，而**免**之（使宣子（趙盾）免於被殺）。《左傳・宣公二年》

⑬ 「免相」和「撤職」應有相同結構。如果現代漢語「撤職」帶外賓語的話，那麼「免相」也是個帶外賓語的述賓結構。

5. 致動結構

5.1 致動的句法性質

致動結構的句法性質很特殊。中外都有學者認為致事是連接兩個事件A和B的一種因果關係；即使致事句的主語是人，他也是事件A中的主角。❹本書贊同並採取這個主張。如果致事是雙事件關係，那麼施事者跟致事者就有人與事的不同，施事句和致事句是有本質上的差異的。上古漢語使役動詞「使」可以用來關連兩個事件A、B，相當於現代漢語「使（得）」或「從而使得」。A、B兩個事件各自獨立成句：

(24)

　　a. 孤不天，不能事君 (A)，使君懷怒以及敝邑 (B)，孤之罪也。敢不唯命是聽。《左傳・宣公十二年》

　　b. 今王發政施仁 (A)，使天下仕者皆欲立於王之朝，耕者皆欲耕於王之野，商賈皆欲藏於王之市，行旅皆欲出於王之塗，天下之 [欲]❺疾其君者皆欲赴愬於王 (B)。其若是，孰能禦之？《孟子・梁惠王上》

　　c. 他日，王謂時子曰：「我欲中國而授孟子室，養弟子以萬鍾 (A)，使諸大夫國人皆有所矜式 (B)。子盍為我言之？」《孟子・公孫丑下》

❹　有關論著非常多，主要參考 Levin, Beth and Malka Rappaport Hovav (1995), *Unaccusativity*. MIT Press; Pylkkänen, Liina (2008), *Introducing Arguments*. MIT Press。漢語方面，李臨定《現代漢語句型》（商務印書館，1986）對此有非常精確的觀察，指出動詞「使」造句的特點是：「它一般要求前邊是表事件的詞語」（頁 142）。並參看袁毓林〈漢語句子的文意不足和結構省略〉（《語言學習》3: 1–5，2002），陳昌來《現代漢語語義平面問題研究》（學林出版社，2003），第七章第一節，頁 94–95。

❺　「欲」涉承上文而衍，當刪。

d. 小國寡民 (A)：使有什伯之器而不用 (B)；使民重死而不遠徙
(B)。（雖有舟輿，無所乘之；雖有甲兵，無所陳之。）使民
復結繩而用之 (B)。《老子》

比較：

(25)

a. 秋蟬也加入了昆蟲的大合奏 (A)，使秋意更加明顯了 (B)。

b. 面對激烈的市場競爭，企業通過規模化以降低成本、分散風
險 (A)，（*這） 從而使得行業整合和跨行業的擴張成為必
然(B)。

這樣的例子很明顯的支持這個對致事結構雙事件分析的理論。第六章「句
段結構」指出，漢語的句子可以擴張或延伸成為比句子大的語法單位，叫
做句段結構。句段結構是介乎句子和篇章之間的語法組織。像這樣的致事
關係的語句表達，就是一種句段層次上的組織。這種致事關係是通過 A 和
B 兩個獨立句子表達出來的，A 和 B 沒有句法關係。結構上，帶使役動詞
的 B 句是一種真正的無主語句，它沒有致事論元，只隱含著一個致事語義
角色。這個致事角色沒有句法上的位置，但可以藉由一個獨立的 A 句表達
出來。❶

　　如果使役動詞結構中可以不出現致事論元，那麼致動詞結構中應當也
可以不出現致事論元。 根據學者研究，日語的所謂蒙受致事句 (adversity
causatives) 就是一種不出現致事論元的致動詞結構。 ❶但是這樣的結構漢

〰〰〰〰〰〰〰〰〰〰〰〰〰〰〰〰〰〰〰〰〰〰〰〰

❶ 關於使役動詞不帶主語的現象，張麗麗 (2006) 提供了一個歷時的觀察：「在各線
的歷史發展中，過渡中的（使役）例句幾乎都不帶主語，而且也很難根據上下文
補上特定主語；反倒是新用法 （按：指新式白話） 成熟後，才又出現主語。」
（頁 348）例句 (25a) 轉引自張文。

❶ 日語蒙受致事句如：

太郎が長男を死なせた。（太郎死了大兒子。）

參看 Pylkkänen（前引書）第 3 章 3.2.2 對這個結構的分析。Pylkkänen 首先提出

語沒有。

　　第七章談到致動詞時，說它是一種動詞併合 (verb incorporation)。比方說，致動詞「致」是動詞「至」跟輕動詞小 v_{caus}(caus: causer) 併合而產生的形式：v_{caus} + 至 = 致。至與 v_{caus} 併合而產生了新形式，可見這個表致事的小 v 是有語音性質的，跟其他的小 v 如表施事的 v_{agt} 或表感知的 v_{exp} 不一樣。漢藏語學者認為原始漢語這個小 v 是一個詞頭 (prefix) *s-，此形式可上推至原始漢藏語。作格動詞有聲母清濁交替的語音性質，恐怕與此詞頭有關。又有學者推測原始漢語還產生了一個表致事的詞尾 (suffix) *-s，後來成為去聲聲調的一個來源，因此作格動詞的及物（致事）和不及物用法有時會表現出聲調上的差異。這就是訓詁學上所謂「四聲別義」。漢代註釋家又有長言、短言之分，恐怕也是指聲調而言。然而「四聲別義」恐怕並不限於「作格」現象，清濁交替的構詞學意義如何，也引起過學者很多討論。因為這些問題還沒有確定結論，這裡就不多說。**❶⑧**

　　我們說致動詞是輕動詞小 v_{caus} 跟一個動詞 V 併合的結果，這說法其實不周延。輕動詞併合可以在不同層次的語句結構中進行。致動詞的產生還有別種情況。當 v_{caus} 選擇一個 VP 為它的補語 (v_{caus}+VP) 的時候，這就產生了跟動詞 V 併合的結果（動詞 V 是動詞組 VP 的中心語）。但是 v_{caus}（下面簡單寫成 v_c）　跟施事輕動詞小 v 不一樣，致事輕動詞 v_c 是一個詞素 (morpheme)，它可以直接跟一個詞根（寫成根號$\sqrt{}$X）構成一個詞。例如我們可以把「妻」這個語詞成分看成一個詞根：$\sqrt{}$妻。詞根還不具備詞性，必須用另一個詞素如 n、v 等加以定品，它的詞性才被決定。所以名詞的

致事結構無致事論元的主張，因涉及很多理論和技術面的問題，不能在這裡討論。不過這個主張應能從漢語得到強力支持。按照 Pylkkänen 的分類，漢語有無主語致事句，應屬於所謂 non-Voice-bundling 類型。（英語致事句不能沒有致事主語，屬 Voice-bundling 類型。）

⑱　周法高 (1962)《中國古代語法：構詞編》和周祖謨 (1966)〈四聲別義釋例〉《問學集》收集了很多有關資料。最近則有楊作玲 (2009)〈上古漢語非賓格動詞研究〉（南開大學博士論文），特別以非賓格動詞的音韻特徵為研究重點，也可以參考。

「妻」其實具有這樣的結構：[$_N$ n+√ 妻]。n、v 稱為「定品詞素 (category-defining morpheme)」。❶ 當作動詞用時，「妻」的結構就是這樣：[$_V$ v+√ 妻]。動詞「妻」是以女子嫁人的意思，讀去聲：「孔子以其兄之子妻之。」《論語・公冶長》❷ 「妻」還有另一個動詞用法，意思是娶一個女子為妻。這是個致事用法（使一個女子成為妻子），但不讀去聲，讀如字，如《孟子・萬章上》裡面的話：

(26) 好色，人之所欲，**妻**帝之二女，而不足以解憂。

這個致事用法如何產生？它的結構基礎不能是動詞「妻」，因為嫁女義的「妻」是個行為動詞，不是非實格動詞，不能產生致動用法。唯一的可能就是致事小 v_c 直接跟詞根結合，亦即假定表致事的輕動詞小 v_c 也具有「定品詞素」的性質，可以直接與詞根併合，跟它構成一個詞。因此致動詞「妻」就有這樣的結構：[$_V$ v_c+√ 妻]。

《左傳・隱公三年》「將立州吁，乃定之矣；若猶未也，階之為禍。」中的「階」也是致動用法，意思是使登階而上或使登階而入。「若猶未也，階之為禍」一句是說，如果現在還不做決定，那就是讓他（指州吁）登階而入製造禍亂（第三章）。古書還有「階亂」（《左傳・成公十年》）或「階禍」（《國語・周語中》）的說法，就是讓禍亂登階進門亦即引進禍亂的意思。又如下例：

(27) 王不忍小忿而棄鄭，又登叔隗以階狄。《國語・周語中》
　　陛下不能忍住小忿，拋棄了鄭國，現在還要讓叔隗登進門來（娶

---

❶ 參看 Marantz, A. (1997), No escape from syntax: Don't try morphological analysis in the privacy of your own lexicon。漢語語法學向有「依句定品，離句無品」之說，與此近似，而實不相同。

❷ 宋玉珂〈古漢語的名詞動用〉（《古今漢語發微》，頁 170–175）一文認為「妻」的這個動詞用法是屬於為動用法，因此「以其女妻伯比」《左傳・宣公四年》就是「拿女兒為伯比做妻子」的意思。這樣的翻譯似乎不是很通順。「以女妻人」是拿女兒給別人做妻子的意思，這是一種很特殊的給予關係，視為「為動」或視為「供動」皆義有未安。有關為動和供動的討論，詳第十章。

叔隗為后），好把狄人也一同引上來。

這裡的「登」和「階」意思是接近的，都是致動用法。但「登」原本是及物動詞，「階」則是所謂「名詞動用」。「階」的動詞用法意思是「登階」，但那是不及物行為動詞。因此無論「登」也好「階」也好都不能經句法併合產生致動用法。「登」、「階」的致動用法是從詞根產生的，其結構是：$[_v$ $v_c+\sqrt{}$ 登 $]$、$[_v$ $v_c+\sqrt{}$ 階 $]$。

又如「鬥」的情形恐怕也是如此。「鬥雞」（《墨子・小取》）、「故不如先鬥秦趙」（《史記・項羽本紀》）都是致動用法。就詞性而言，「鬥」也是名、動兩屬，「鬥」的致動用法也應當是從詞根產生的。

表致事的輕動詞詞素小 v_c 既可以帶一個 VP 作為補語，也可帶一個詞根 $\sqrt{}$ 作為補語，因此致動詞可能是小 v_c 跟 V 併合的結果，也可能是小 v_c 跟詞根 $\sqrt{}$ 併合的結果。關於後者，下面 5.4 節還會舉例談到。我們現在繼續探討輕動詞組 $[_{vP}\ v_c\ VP]$ 結構的其他性質。

5.2 致動詞的併合限制

上一節說到行為動詞不能產生致動用法，這個併合限制問題還需要稍加解釋。致事是語言的普遍現象；語言普遍都有致動詞。但根據學者的跨語言研究，致事結構在不同語言中其實存在一些句法差異 (Pylkkänen 2008, ch.3)。這裡無法介紹這個理論的複雜內容，只能討論一下致動詞的併合機制，也就是 v_c 能選擇什麼樣的補語結構的問題。

Pylkkänen 的研究顯示，不同的語言對致動小 v_c 能接受什麼樣尺寸的結構作為它的補語是有不同規定的。v_c 的補語可分為小、中、大三種規格。詞根補語是小規格；VP 補語是中規格。大規格補語結構則是一個帶外在論元的動詞組，可以寫成 $\theta_{ext}P$。

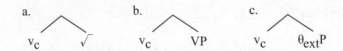

根據 Pylkkänen，英語只有 a 種結構；英語的致動詞都是從詞根產生的。漢語不同。前面說過，漢語也有從詞根產生的致動詞，但恐怕屬於非能產的少數。事實上我們一直都在假定作格動詞的致動用法是屬於結構層次較複雜的 b 種結構。漢語有 a 種結構，也很容易證明有 b 種結構。上古漢語有一種致動用法是從受動結構產生的，如「殺御叔，弒靈侯，戮夏南」意思是使御叔被殺，使靈侯被弒，使夏南被戮。所謂受動結構，就是一個沒有外在論元的及物動詞組。在這個受動基礎上再作致動併合，就產生「殺」、「弒」和「戮」的致動用法（詳 5.3 節）。因此受動基礎的致動用法就是小 v_c 帶一個沒有外部論元補語結構，也就是 b 種結構。❷

但是漢語的致動併合是有限制的。首先，漢語致動小 v_c 不能選擇一個帶外在論元如 vP 的結構當補語。也就是說，漢語沒有 c 種致動詞。❷這是第一個限制。漢語有少量的對義動詞 (converse verbs) 如「受／授」、「學／教」、「買／賣」似乎是這個限制的例外。不過像這種對義的同源詞日語也有，而日語也是沒有 c 種致動結構的。Pylkkänen 認為日語對義的致動用法是從詞根產生的。

依照這個併合限制，施事結構是不能產生致動用法的，因為施事論元是外部論元。但是外部論元並非只有施事論元，第十章要談的增價裝置如為動、供動所提供的論元也是外部論元，因此凡是有增價裝置的結構也應當是沒有致事用法的。事實正是如此。

施事和增價結構之外，還有一種稱為小型句 (small clause) 的結構，θ_{ext}P(SC)，也是帶外在論元的。這三種θ_{ext}P 都不能與輕動詞小 v_c 併合而產生致動詞。

不過除了致動併合外，致事還有另一種表達方式，就是使用使役動詞

---

❷ 根據第七章討論，受動結構具有 vP 形式。但它只有內部論元，仍屬中規格 b 類。

❷ 非洲的班圖 (Bantu) 語系動詞併合機制發達，可以有 c 種大規格併合。

的「使」字句，如 (29)。

⑵ 今有璞玉於此，雖萬鎰，必**使**玉人彫琢之。《孟子・梁惠王下》

相對於綜合 (synthetic) 型致事結構 （英語稱為 lexical causative construction），用動詞「使」的致事式是一種分析型 (analytic) 致事結構（英語稱為 periphrastic causative construction），這種結構也就是過去漢語語法學所稱的「遞繫式」（王力）或「兼語式」。這個分析型致事結構的標準型是以「使」為主要動詞，而以一個小型句作為「使」的補語：

(30)

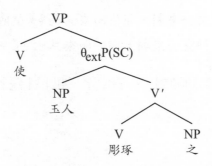

行為動詞並非不能出現在致事結構中。帶施事論元的行為動詞可以出現在分析型致事結構的小型句中，但不能與小 v_c 直接併合，因此不能出現在綜合型的致事結構中，經由併合成為致動詞。這是一個句法結構的限制，不是語意的問題。詳細說明見第 6 節。

其次，致事小 v 只能選擇帶單論元的 VP 為補語，這是致動詞另一個併合限制。第七章指出，及物感知動詞只能用「使」字式（即分析型致事結構）表致事，沒有相對應的致動詞。朝見義一類動詞如「見」、「覲」和「朝」都有不及物用法，也只有用於不及物單論元時才有致事用法。「見」的致事用例已見第七章，㉓下面是「朝」和「來朝」的致事例子。「朝秦

⸻⸻⸻⸻⸻⸻⸻⸻⸻⸻⸻⸻⸻⸻⸻⸻⸻⸻⸻⸻

㉓　「見」的致動結構是「使 x 見（於 y）」，「於 y」表見的對象。故除朝見義外，還引申為介紹、舉薦（介紹、推薦 x 給 y）：

楚」是使秦楚來朝的意思；「來朝其子」是使其子來朝的意思，「來朝」是複合動詞。

(31)

    a. 欲辟土地，**朝**秦楚，莅中國而撫四夷也。《孟子‧梁惠王上》

    b. 杞伯姬**來朝**其子。《春秋經‧僖公五年》

      比較：曹伯使其世子射姑**來朝**。《春秋經‧桓公九年》

「來見」、「來朝」不及物用例甚多，如：

(32)

    a. 秋，曹文公**來朝**，即位而**來見**也。《左傳‧文公十一年》

    b. 八月，邾宣公**來朝**，即位而**來見**也。《左傳‧成公十八年》

    「覲」是「見」的同源詞，典籍中多「朝」、「覲」連用成詞。「覲」也有不及物用法，如：

(33)

    a. 宣子私**覲**於子產《左傳‧昭公十六年》

    b. 諸侯**覲**於天子《儀禮‧覲禮》

《尚書》「覲」字出現三次，都是致動用法。下面是〈堯典〉篇兩處用例，「覲」是使（諸侯）朝覲的意思：

(34)

    a. 輯五瑞。既月乃日，**覲**四岳群牧，班瑞于群后。

    b. 歲二月，東巡守，至于岱宗，柴。望秩于山川，肆**覲**東后（東部的諸侯）。

---

    a. 初，齊豹見宗魯于公孟，為驂乘焉。《左傳‧昭公二十年》

    b. 公輸般服焉，請見之王。《戰國策‧宋策》

「請見之王」是「請見之於王」的省略。

另一處見於〈立政〉篇：

 ⑶ 以**觀**文王之耿光，以揚武王之大烈《尚書·立政》

此處「觀」作彰顯解，應是用它的本義：使見。「觀」的原始義大概就是「見」，後來狹義化成為下對上「朝見」的專用詞，〈堯典〉的用例屬於後來的用法。**❷❹**

  感覺動詞「畏」和「懼」的基本句法差異是及物性：「畏」是及物，「懼」則是及物、不及物兩用。「懼」有致動用法，如「懼君以兵」，是常見的。而「畏」則戰國中期以前尚無致動用法：

 ⑶ 民不**畏**死，奈何以死**懼**之。《老子》

到戰國晚期，「畏」才確定有不及物用法：

 ⑶ 天下不知之，則傀然獨立天地之間而不**畏**：是上勇也。《荀子·性惡》

且有「畏懼」的複合：

 ⑶ 秦人歡喜，趙人**畏懼**。《戰國策·中山策》

而就在這同時「畏」也產生了「威嚇」的致動義：

 ⑶ 今民儇詷智慧，欲自用，不聽上。上必且勸之以賞，然後可進，又且**畏**之以罰，然後不敢退。《韓非子·忠孝》

  及物結構不能產生致動（綜合型致事）用法，這個結論有重要的理論涵義。有的學者把給予類動詞的雙賓語句分析為一種致事結構，認為「張三給李四一本書」的句法基礎是「張三（用某種方式）使李四有（擁有）一本書」。同樣的，「租」、「借」、「賣」等移讓義動詞也被視為具有相同的

☯☯☯☯☯☯☯☯☯☯☯☯☯☯☯☯☯☯

❷❹　《尚書》的〈虞夏書〉當是戰國時人述古之作，其寫成時代不能早於春秋。詳屈萬里《尚書集釋》。

致事句法結構，語意上都表達事物的所有權或使用權的移轉。㉕因此，根據這個主張，這些動詞都是種種 [v_c+有] 的致動形式。表領屬的「有」是個及物動詞，有一個外在論元，這跟我們提出的致動併合不能有外在論元、且不能帶賓語的限制相違背，這個分析恐怕是有問題的。漢語沒有 c 種大規格的致動併合，及物結構沒有相對應的致動形式，這個併合限制在上古漢語表現得非常清楚。㉖動詞併合在上古漢語使用得很多，越早期越發達，中古以後，這種綜合性質的句法手段就棄置不用，失去了能產性。這表示上古漢語的動詞結構具有較多綜合性格，而後來漢語則朝向更顯著分析性格方面發展，終於以「使」字式完全取代了致動詞。上古漢語所辦不到的動詞併合，現代漢語一定也辦不到。歷史語法是一面鏡子，可以為現代漢語句法分析提供一個透視角度。

5.3 受動基礎的致動句

　　當一個行為動詞只帶內部論元（即受事賓語）時，它就是一個單論元的 VP 結構。這樣的單論元 VP 就是受動句的基礎，可以產生受動形式 vP（第七章）。這個受動結構 vP 既不違反第一個併合限制，也不違反第二個併合限制，因此它可以成為致事小 v_c 的補語，與之併合而產生致動用法。㉗

㉕　參考前引黃正德〈漢語動詞題元結構與其句法表現〉一文及所徵引相關論文。

㉖　先秦典籍有一處似乎是違反了施事與及物這個雙重併合限制：

　　　　a. 負之釜（斧）鉞，以徇於諸侯《左傳・昭公四年》

　　「負之」是使他背上的意思。但是這個用法也有可能是仿照「佩之金玦」《左傳・閔公二年》而成的。「佩之」是供動，給他佩上，不是使動。
　　自《左傳》此例後，「負」的致動用法更因《史記》而為人熟知：

　　　　b. 均之二策，寧許以負秦曲。《史記・廉頗藺相如列傳》

　　「負秦曲」是讓秦國背負理虧責任的意思。因為《史記》的關係，此用法遂為後世所遵用。然下面《史記》之例，「天下負之以不義之名」，則仍是規則用法：

　　　　c. 夫楚兵雖彊，天下負之以不義之名，以其背盟約而殺義帝也。《史記・黥布列傳》

㉗　此節例句多轉引自宋玉珂〈古漢語使動的一種特殊用法〉，《古今漢語發微》，頁

⑷⁰ （辭曰：某固願）聞名於將命者。《禮記・少儀》

疏：辭，客之辭也。……客云願以己名使通聞於將命之人也。

（將命者）聞名 ＝受動 ⇒ 名聞（於將命者） ＝致動 ⇒ 聞名
（於將命者）

下面再舉兩個實例。

⑷¹

　　a. 巫臣曰：是不祥人也。是天子蠻，**殺御叔**，**弒靈侯**，**戮夏南**，
　　　出孔儀，喪陳國。何不祥如是！《左傳・成公二年》

　　b. 其為人也小有才，未聞君子之大道也，則足以**殺其軀**而已也。
　　　《孟子・盡心下》

(41a)「殺」、「弒」、「戮」都是標準行為動詞，御叔、靈侯和夏南分別是它們
的受事賓語。「殺御叔」，「弒靈侯」，「戮夏南」具有述賓形式，其實都是致
動結構：$[_{vP} v_c [_{vP} V（殺、弒、戮）NP（御叔、靈侯、夏南）]]$，表受事的致
動義：使御叔被殺，使靈侯被弒，使夏南被戮。(41b)「殺其軀」情形相同。

　　感知動詞「疑」有受動用法（「見疑」），第七章也舉過一個例子，重複
如 (42a)：

⑷²

　　a. 逐於魯，**疑於齊**，走而之趙《韓非子・外儲說左下》

　　b. 夫孝子**疑於屢至**，市虎成於三夫，若不詳察真偽，忠臣將復
　　　有杜郵之戮矣。《後漢書・虞傅蓋臧列傳》

在這個受動的基礎上，「疑」也有致事用法。《戰國策》有這樣的例子：

⑷³ 韓強與周地，將以**疑周於秦**，寡人不敢弗受。《戰國策・東周策》

────────────────

167–169。又謝質彬〈古漢語反實為主的句法及外動詞的被動用法〉（《古漢語研
究》1996.2: 32–35）一文亦蒐集很多相關實例，可參看。

「疑周於秦」就是使周為秦所疑的意思。❷❽類似的致動用法,《戰國策》還有幾個:

(44)

　　a. 是王內自罷而伐與國,廣鄰敵以自臨,而**信儀**於秦王也。《戰
　　　　國策・齊策》

　　b. 杜赫欲**重景翠**於周,謂周君曰……《戰國策・東周策》

　　c. 蘇子曰:善。請**重公**於齊。《戰國策・秦策二》

「信儀」就是使儀(張儀)被相信,「重景翠」、「重公」就是使景翠、使公受到重視。❷❾

　　「觀兵」是軍事術語,義為展現兵力,也是一個受動基礎的致事結構(使兵力被觀閱):

(45)

〰〰〰〰〰〰〰〰〰〰〰〰〰〰〰〰〰〰〰〰〰〰〰〰〰

❷❽　這句話的背景是這樣的:

　　　秦假道於周以伐韓,周恐假之而惡於韓,不假而惡於秦。史厭謂周君曰:
　　　「君何不令人謂韓公叔曰:『秦敢絕塞而伐韓者,信東周也。公何不與周
　　　地,發重使使之楚,秦必疑,不信周,是韓不伐也。』又謂秦王曰:『韓
　　　強與周地,將以疑周於秦,寡人不敢弗受。』秦必無辭而令周弗受,是得
　　　地於韓而聽於秦也。」《戰國策・東周策》

　　秦國要假道周國攻打韓國,周君怕得罪兩國,借也不是,不借也不是,左右為
　　難。於是有大臣獻計,君王何不施兩面手法,先派人告知韓方,要韓出地來收買
　　周,然後再告訴秦國說,韓國堅持要給我地,其用意是讓秦國懷疑周對秦的忠
　　誠。「將以疑周於秦」是致事用法(使周被秦所疑),意思是很確定的。

❷❾　「信」有「確實」之義,謂言語之確實可信,此為不及物狀態動詞用法,因此可
　　以產生致動用法。這個致動用法就不算是受動基礎一類,而是一般的致動式。此
　　用法見於《左傳》:

　　　吾若善逆彼以懷來者,吾又執之,以信齊沮,吾不既過已乎!《左傳・宣
　　　公十七年》

　　「信齊沮」是使齊國(當初)一派反對意見得到證實意思(沈譯:以證實了齊人
　　的勸阻是對的)。(此例句「若」字難解,「若」有「善」義,楊注從楊樹達說認
　　為是「最好」的意思。但他處未見有此用法。)

　　a. 楚子伐陸渾之戎，遂至于雒，**觀兵**于周疆。《左傳・宣公三年》

　　b. 九年，武王上祭于畢，東**觀兵**，至于盟津。《史記・周本紀》

5.4 致動基礎的受動句

　　致事結構是一個 vP。致事結構可以沒有致事論元。當一個致事結構不加致事論元時，vP 裡面的論元就要移出 vP，成為一句的主語。這樣的句子就是一個受動句。

　　第七章舉出動詞「傷」和「害」的例子 ((34))，認為「傷農事」之與「農事傷」，「害女紅」之與「女紅害」，應當是致動和受動的關係，而不是施動和受動的關係。

⑷6 雕文刻鏤，**傷農事**者也；錦繡纂組，**害女紅**者也。**農事傷**則飢之本也，**女紅害**則寒之原也。《漢書・景帝紀》

　　致事結構也可以是一個 VP 結構，以一個致動詞作為 VP 的中心語。這樣的致動詞自然不會經由輕動詞小 v_c 與 V 併合而產生；它必定是一個從詞根產生的致動詞。這樣的 VP 結構如果不搭配致事論元，也一樣可以產生受動句。「恥」就是這樣的一個例子。

　　「恥」是羞恥的意思，基本上是一個狀態名詞 $[_N \text{ n}+\sqrt{\text{恥}}]$，如知恥、無恥。當作動詞使用，「恥」有意動用法，是以為羞恥的意思，如：

⑷7

　　a. 子曰：「士志於道，而**恥**惡衣惡食者，未足與議也。」《論語・里仁》

　　b. 子曰：「敏而好學，不**恥**下問，是以謂之文也。」《論語・公冶長》

　　關於意動，見第十章第 4 節。意動是及物用法。不及物狀態動詞「恥」（覺得羞恥）到很晚才出現；西漢以前還找不到這樣的用例。❸⓿

但是先秦典籍中,「恥」有致動用法,義為羞辱:

(48)

    a. 夏,四月,己巳,晉人使陽處父盟公以**恥**之。《左傳·文公二年》

    b. 敝邑大懼不競,而**恥**大姬（使姬姓受辱）。《左傳·襄公二十五年》

    c. **恥**匹夫不可以無備,況**恥**國乎?是以聖王務行禮,不求**恥**人。《左傳·昭公五年》

「恥」這個致動用法顯然不能從意動的及物結構產生;它也不是從狀態動詞產生（因為那時候還沒有這樣的用法）。它必須與詞根√恥併合而產生:[$_v$ v_c+√恥]。這樣產生的「恥」就是一個動詞 V,可以作為動詞組 VP 的中心語（述語）。VP 不能投射主語位置,因此 (48) 例句的「(NP) 恥 NP」還是一個輕動詞 vP 結構,但中心語「恥」是從詞根產生的致動詞。❸

    前面說過致事結構可以不出現致事論元。沒有致事論元的致事結構可以成為受動句的基礎。司馬遷〈報任安書〉有這樣幾句話:

(49) 李陵既生降,隤其家聲,而**僕又茸以蠶室**,重為天下觀笑。悲夫!悲夫!

過去大家不明白這裡的「茸」是個什麼字。現在經古文字學家考訂,才知

---

❸⓪ 「恥」的狀態動詞用法是晚起的,不是原始的,《後漢書》始有「恥於」的用例,如:

    翊世自以其功不顯,恥於受位,自劾歸。《後漢書·杜欒劉李劉謝列傳》

❸① 同樣,「辱」也有致事用法,意思是「使受辱」,如:

    秦伯素服郊次,鄉師而哭曰:孤違蹇叔以辱二三子,孤之罪也。《左傳·僖公三十三年》

這個致事用法也是由詞根併合產生的。又:「見侮不辱」的「不辱」是不以為辱的意思,是意動用法,與此不同。意動見第十章。

道這就是「恥」字。**㉜**於是「僕又茸（恥）以蠶室」這句話就可以讀通了。這是一個受動句，翻譯成白話，意思是：我又被加以宮刑羞辱。這個受動句以一個致事結構 VP（恥僕）為基礎，其致事賓語「僕」移出 VP，成為一句的主語。

6. 使成式

「使成式」或「使」字句是指用使役動詞構成的分析型致事結構。分析型致事結構比綜合型結構出現的時代較晚，商代卜辭所見都是綜合型的致動詞。不過，根據最新的出土發現，使成式可能起於殷周之際。周原甲骨的「由」字恐怕就是一個有致事用法（表祈使）的動詞。參看第三章註**⓯**。下面《尚書》各例「俾」或「伻」皆表致事：**㉝**

⑸

  a. 太保命仲桓、南宮毛，俾爰（引）齊侯呂伋，以二干戈、虎賁百人逆子釗於南門之外。〈顧命〉
  b. 王伻殷乃承敍萬年，其永觀朕子懷德。〈洛誥〉
  c. 帝欽罰之，乃伻我有夏式商受命，奄甸萬姓。〈立政〉

「使」字在卜辭都是派遣的意思（卜辭字作「事」）。派遣是一種口頭宣示的語言行為 (speech act)，因此「使（事）」也發展出命令義，後來才用於「使成式」表致事。這用法在《詩經》時代已完全確定。不過《詩經》多用「俾」而較少用「使」，可見在當時「使」還是新興用法。後世則反之。《左傳》「俾」已非一般用詞，只有擬古用法，用於典重文告中。下面討論「使成式」，就以「使」為代表。

㉜　裘錫圭〈考古發現的秦漢文字資料對於校讀古籍的重要性〉，《古代文史研究新探》，頁 34。
㉝　《爾雅・釋詁》：俾，拼，抨，使也。拼、抨，《尚書》字作「伻」。「俾」、「伻」陰陽對轉，應是同一個詞。

6.1 「使」的動詞性質

對「使」字句而言，首先需要解決的問題是：「使」究竟是個主要動詞還是個輕動詞？主要動詞是個大 V，輕動詞是個小 v。

輕動詞組是一個功能性結構，句法理論把施事和致事結構視為輕動詞結構。古代漢語的致動用法是一種併合手段，即假定致動結構有一個輕動詞小 v，是一個詞素。而「使」或可視為此輕動詞的語詞形式，但因為它是自由形式 (free form)，故無併合發生。這樣把「使」當作輕動詞看待，是一種分析。另一種分析則是把使役動詞視為「使」字句的主要動詞，不是輕動詞。這是我們在這裡所採用的分析，前文 (5.2) 已作了簡單介紹。根據這個分析，動詞「使」（或其他表致事的使役動詞）可以帶一個小型句 θ_{ext} P (SC) 作補語。以「老使我怨」（《詩經・氓》）為例，此句兩種分析的結構差異如下圖：

(51)

　　a. 輕動詞分析

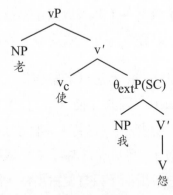

　　b. 主要動詞分析（結構略予簡化）

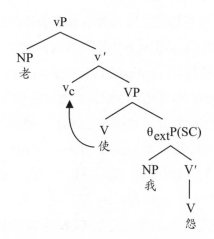

兩相比較，顯然 (b) 的主要動詞分析跟漢語的體系一致。「怨」是一個行為動詞，其主語是外部（施事）論元。(a) 的輕動詞分析違反了漢語致事小 v_c 不能選擇 θ_{ext} P 為補語的句法限制，因此這個結構不合法。❸

　　漢語語法學把「使」字句這樣的句子結構稱為遞繫式或兼語式。所謂兼語，就是指這個結構中有一個名詞組具有賓語和主語雙重語法關係。例如「老使我怨」的「我」，它是動詞「使」的賓語（即所謂致事賓語）同時也是「我怨」一句的主語。「我怨」是一個小型句。跟第 4 節蒙受結構的外賓語一樣，小型句的主語缺少中心語的支撐。它可以從合成性的 [v′V (NP)] 那裡得到一個施事或其他語義角色，但它不能從小型句的內部結構得到格位。因此它必須從小型句結構外的上位動詞找尋結構支撐，由上位動詞給予它賓格的結構格位，以滿足語義角色顯現條件的句法形式規定。

　　「使」字句的致事賓語可以前移，這也證明「使」不可能是輕動詞：

(52)

　　a. 危者**使**平，易者**使**傾。《易・繫辭下》

　　b. 山者不**使**居川，不**使**渚者居中原。《禮記・禮運》

(52) 二句都是主動句，不是受動句。致事賓語前移有對比作用。❸❺

兼語式結構的小型句主語由上位動詞指派賓格格位，句法理論把這種機制稱為「例外格位標註 (exceptional case marking, ECM)」，把這種動詞稱為 ECM 動詞。漢語使役動詞無論命令義或致事義都有 ECM 動詞的性質。英語的 ECM 動詞可分兩類：一類帶不定時小句補語（infinitive *to* 是個不定時標記）補語，如 *allow* 或 *expect*（例如 *allow*（或 *expect*）*him to come*），絕大多數 ECM 動詞屬這一類。另一小類如 *make* 則以一個小型句 small clause 為補語（例如 *make him cry* 不能說成 *make him to cry）。❸❻漢語沒有帶不定時標記這樣的結構，它的 ECM 動詞只能帶小型句補語。小型句是結構簡單、不含時制概念的非獨立句式。上古漢語兼語式非常稀少，ECM 動詞主要是「俾（俾）」、「使（事）」、「令」三個，都先後發展為致事動詞（但「使」、「令」還保留原來派遣或命令的用法）。其他如常引用的「助苗長」句例（《孟子・公孫丑上》）恐怕還不是真正的 ECM 兼語結構。❸❼上古漢語結構以並列為主，漢以後發展為不對稱的偏正結構，也擴大了兼語式的使用。

6.2「使」的補語結構

❸❺ 致事的「使」是 [v_c V] 結構，所以帶致事主語，而表使令的「使」則是 [v_{agt} V] 結構，所以帶施事主語。上古早期的致事輕動詞 v_c 應有語音形式，古音學者根據漢藏語比較構擬為詞頭 *s-，為學界所接受。又使令義的「使」除兼語式之外應當還有別於兼語式的結構，因為使令義的「使」還有命令用法。命令用法的「使」、「令」似是雙賓語動詞，間接賓語在前，直接賓語在後，其直接賓語則是一個命令句式。如「勿敢」只能在命令句中使用，卻能出現在使令的句子中。「晉侯**使**郤至**勿敢爭**。」《左傳・成公十一年》，「令軍**勿敢犯**。」《韓非子・十過》，「周公藏其策金縢匱中，**誡守者勿敢言**。」《史記・魯周公世家》，「平帝疾，莽作策，請命於泰時，戴璧秉圭，願以身代。藏策金縢，置于前殿，**敕諸公勿敢言**。」《漢書・王莽傳》，現代漢語的使役動詞也是帶命令句賓語。

❸❻ 又英語的小型句補語分動詞性述語（如 *make* [$_{sc}$ *him cry*]）和質詞性述語（如 *make* [$_{sc}$ *it available*]）兩類，句法環境頗複雜，各家的分析亦不一致，此不具論。

❸❼ 邵永海 (2003) 認為「長」在這裡是個致動詞，因此「助苗長」意謂助苗使長，是聯合（並列）的連動結構，不是兼語結構。邵永海〈《韓非子》中的使令類遞繫結構〉，《語言學論叢》第 27 輯，頁 265。

　　前面說「使」字式的補語是一個小型句。這說法必須加以補充。現代漢語致事動詞「使」有兼語和非兼語兩種用法。兼語就是帶小型句做補語的用法。非兼語用法的「使」也作「使得」，它不指派實格格位，因此它的補語可以是一個獨立的完全句，其主語格位得自結構內部。古代漢語的「使」恐怕也是一樣，所以《馬氏文通》說「使」、「令」有連詞的用法。連詞連接兩個句子。《文通》說：

> 　　使字後有承讀（按即補語句），以記所使為之事，常語也。然使、令諸字，用以名事勢之使然者，則當視為連字（連詞）而非動字也。至禁令無然者，則用「無得」、「無令」、「無使」、「使無」諸字，皆當作連字觀。使字後凡有承讀，其起詞如為代字，用「之」字者其常，「彼」、「其」兩字亦間用焉。❸❽

馬建忠說「使」當視為連詞，不是動詞，說法固然不妥。他大概考慮到「使」在偏正結構中有假設的用法，因此詞性並不固定。不過，他的確看到「使」字可以用來連接兩個句子，形成一個雙事件結構。前文 (2.1) 已指出，這也是很多現代學者對致事結構提出的看法。馬建忠所謂連字的「使」其實主要是指我們的非兼語用法（即非 ECM）的「使」，它的補語表達一個實然或非實然（願然）的事勢或後效，而非一種行為或動作（所使為之事）。

6.2.1 「使之」與「使其」

　　馬建忠也注意到「之」和「其」都可以做使字補語句的「起詞」（主語）。「之」、「其」的分別是一個重要的句法線索，由此可以看到上古漢語的「使」的確有兼語、非兼語雙重用法。我們先看一些例句：

⒀ 使之

　　a. 取瑟而歌，**使之**聞之。《論語·陽貨》

---

❸❽　《馬氏文通校注》卷五：動字相承，頁 274。

b. **使**之主祭而百神享之，是天受之；**使**之主事而事治，百姓安之，是民受之也。《孟子・萬章上》

c. 凡國之政事，國子存游卒，**使**之修德學道，春合諸學，秋合諸射，以考其藝而進退之。《禮記・燕義》

d. 干、越、夷、貉之子，生而同聲，長而異俗，教**使**之然也。《荀子・勸學》

e. 故水旱不能**使**之飢，寒暑不能**使**之疾，祆怪不能**使**之凶。本荒而用侈，則天不能**使**之富；養略而動罕，則天不能**使**之全；倍道而妄行，則天不能**使**之吉。《荀子・天論》

f. 不紹葉公之明，而**使**之悅近而來遠，是舍吾勢之所能禁而使與不行惠以爭民，非能持勢者也。《韓非子・難三》

⑸⑷ **使其**

a. 夫吹萬不同，而**使其**自已也，咸其自取，怒者其誰邪？《莊子・齊物論》

意謂吹萬不同，然皆自取其自已。

b. 且人所急無如其身，不能自**使其**無死，安能使王長生哉？《韓非子・外儲說左上》

c. 君與鬪，廷辱之，**使其**毀不用。《史記・袁盎鼂錯列傳》

⑸⑸ **令之**

a. 文王資費仲而游於紂之旁，**令之**諫紂而亂其心。《韓非子・內儲說下》

b. 桓公曰：「何以**令之**有妻？」《韓非子・外儲說右下》

c. 彊**令之**笑不樂；彊**令之**哭不悲；彊**令之**為道也，可以成小，而不可以成大。《呂氏春秋・功名》

d. 故拘之牖里之庫百日，欲**令之**死。《史記・魯仲連鄒陽列傳》

⑸⑹ **令其**

a. 漢使兵距之鞏，**令其**不得西。《史記・項羽本紀》

b. 不**令其**憂妻子也《後漢書・馮岑賈列傳》

c. 如天故生萬物，當**令其**相親愛，不當令之相賊害也。《論衡・物勢》

「使其（包括令其）」是晚起的用法，戰國時期尚處於萌芽狀態，至六朝文獻中始成主流用法。❸❾「使之」春秋時期也很少用，《左傳》僅有二、三例，且尚難完全確定是不是致事用法。仔細考察，「使之（包括令之，下同）句」和「使其句」在先秦時代是有句法分別的。

必須指出，以上觀察是以先秦——主要是戰國時期——語料為根據。兩漢以後，語言發生變化，「之」、「其」作為起詞的句法分別亦模糊難辨，故不能引為證據。參看註❸、周法高《中國古代語法：稱代編》第三章：「其」在賓位，頁 108。

從上面所舉例句看，起詞「之」之後可以帶行為動詞謂語（(53b, c, f);(55a, c)），但是起詞「其」之後則不能。能帶行為動詞謂語表示可以表達「所使為之事」，不能帶行為動詞謂語則不能表達「所使為之事」，只能表達「事勢」或後效。「使之句」二者皆可表達，「使其句」只能表達後者。

從現代句法理論去理解，上古漢語「之」和「其」的用法有格位之分，是不能相混同的。「其」是領格（又稱屬格或所有格）形式，「使字句」如「使其自已也」的補語「其自已」是一個非獨立子句（第三章）。非獨立子句的主語有自己的格位（領格），它不需要從上位動詞取得格位。因此「使其句」的致事動詞「使」不是 ECM 動詞，並不指派賓格，就如同「見其生，不忍見其死」的「見」一樣，它的補語不是一個小型句 (small clause)，而是一個非獨立小句。換句話說，「使之句」是兼語式；「使其句」不是兼語式。「使之句」可以帶行為動詞謂語，「使其句」不能帶行為動詞謂語，這說明非兼語結構只能表事勢或後效，不能表所使為之事。從上面「使之」的例句看，兼語結構的補語可以是感知動詞或狀態動詞，而感知及狀態動

❸❾　邵永海 (2003)，頁 287。先秦文獻似尚找不到可靠的致事「令其」句。

詞當然不是表達作為，而是表達事勢或後效。然則兼語結構既可表使為，亦可表事勢、後效。

從句法的角度看，上古漢語「之」、「其」的分別應是嚴格的，不能相混。然而古書中似乎又有相混的現象。不過疑似例子應可以解決。例如在上古中期，「奪之牛」（《左傳‧宣公十一年》）和「奪其妻」（《左傳‧哀公十一年》）應當是不同的結構：前者是雙賓語結構，後者是述賓結構（「其妻」是名詞組賓語）。《左傳》有三處「枕之股而哭之」（僖公二十八年、襄公二十七年、襄公三十年）。又襄公二十五年「枕尸股而哭」，杜預解曰：「以公尸枕己股」。杜解是正確的。「枕之股而哭之」所描寫的景象應該是哀者坐在地上，把死者的頭抱起來放在大腿（股）間，撫摩著他而哭。因此這裡的「之」也不是「其」的意思。「枕股」猶「枕轡而寢」（《左傳‧襄公二十五年》）的「枕轡」，是一個述賓形式，其致事用法（「使尸枕股」）則是不規則 (irregular) 的結構，與「生心」（「無生民心」）一類都是特殊用例。❹

「其」本是一個合音字，它是一個非獨立形式的代詞詞素跟表領格的「之」的合音。這個代詞詞素恐怕也是合音詞「厥」的頭一個成分，但是「厥」的另一成分卻不是「之」：「之」是後起的用法（第三章註❸）。由於「其」含有「之」，因此古籍中「其」、「之」的關係就非常複雜。這裡不能一一舉例檢討。❹《荀子》〈王制〉和〈王霸〉兩篇有三五個「之所以」的用法，被訓詁學家引為「之，其也」的證據。其實「之所以」就是「pro 之所以」。這個「之」是「pro 之」的語音形式，因此「之」還不能與「其」相等同。我們都知道，上古漢語主語位置上並沒有一個顯性的第三身稱代詞，只有隱性的空代詞 pro。上古漢語「其所以」是常見的，例如《孟子‧

---

❹ 又有「為之所」一類句式，屬論元增價（為動）結構（「為之為所」），也不是「之」「其」相混之證，見第十章。

❹ 參考何樂士〈先秦〔動‧之‧名〕雙賓式中的「之」是否等于「其」?〉。何樂士認為「之」不等於「其」，並做了詳細的舉證。她的結論是對的，雖然有很多地方我們的分析跟她不一樣。何文收入氏著《左傳虛詞研究（修訂本）》，頁 1–23。

盡心上》「其所以異於深山之野人者幾希」，《荀子・解蔽》「其所以貫理焉
雖億萬已，不足浹萬物之變，與愚者若一」。「pro 之」極少見；古代漢語
在這位置上以用「其」字為常。

　　「pro 之」的用法應不是古代漢語的正規 (regular) 結構，荀子也只偶
一為之。周法高先生《中國古代語法：稱代編》還找到一些「之」、「其」
相混的用例，但都是戰國晚期至西漢的資料。然而在荀子之前就沒有這個
用法嗎？恐怕也不能這樣說。《左傳》有兩個疑似「之」作「其」用的例
子，從句法理論的角度看，也能解釋為「pro 之」結構。❷

(57)

　　　　a. 秋，楚成得臣帥師伐陳，討其貳於宋也。遂取焦夷，城頓而
　　　　　　還。子文以為之功，使為令尹。《左傳・僖公二十三年》

　　　　b. 子產對曰，昔我先君桓公與商人皆出自周，庸次比耦，以艾
　　　　　　殺此地，斬之蓬蒿藜藋而共處之。世有盟誓，以相信也。《左
　　　　　　傳・昭公十六年》

「以為之功」應是「以為其功」之義；「斬之蓬蒿藜藋而共處之」的前一
「之」字應指「此地」，句謂斬此地之蓬蒿藜藋（皆食用野生草木）以食而
共同生活於此。在這些地方，如果把「之」視為「pro 之」就沒有理論上
的困難。否則的話，表格位分別的「之」、「其」竟然也能混同為一，漢語
句法的規律性就要大打折扣了。❸

〰〰〰〰〰〰〰〰〰〰〰〰〰〰〰〰〰〰〰〰〰〰〰〰〰〰〰

❷　就所見及，(57) 二例之外，《左傳》尚有一處有疑義：

　　郤至從鄭伯，其右茀翰胡曰：諜輅之。余從之乘，而俘以下。《左傳・成
　　公十六年》

「從之乘」楊伯峻解為「從其乘」。不過「乘」是可以作動詞用的，義為上車。
《左傳・成公十六年》「乘而左右皆下矣」。襄公二十四年：「使御廣車而行，已
皆乘乘車，將及楚師，而後從之乘，皆踞轉而鼓琴。」此處「從之乘」楊注「從
射犬所駕之廣車登之」，則解為動詞。又宣公十二年：「王見右廣，將從之乘。」
「乘」亦為動詞。此處若亦以「乘」為動詞，則沒有「之」「其」相混的問題。

❸　秦漢以後句法變化大，如下〈檀弓〉的「聞之死」是一個兼語結構，「之」是

6.2.2 完全句補語

　　根據「之」、「其」的分別，古漢語的「使」也跟現代漢語一樣，有兼語 (ECM) 與非兼語兩種結構。現代漢語「使得」的用法證明非兼語結構的存在；上古漢語的「使其」用法也證明了非兼語結構的存在。西方語言中有複雜形態格位 (morphological case) 的，其致事動詞後的名詞格位可以非常複雜（如北歐芬蘭語）。漢語沒有（或極少）形態格位，因此格位體系必然簡化。上古漢語「使」後的起詞「之」可確定為實格 (accusative case)，而「使」後的起詞「其」則是領格。然而上古漢語「使」的非兼語結構只能是非獨立的 「其」 字句嗎 ？ 有沒有別種可能 ？ 現代漢語非兼語 「使（得）」後面只能帶一個完全句，沒有「其」這種非獨立小句的結構。例如「令其不得西」在現代漢語只能說成「使（得）他不能西進」。「他不能西進」是個完全句，可獨立使用。現代漢語沒有「*使（得）他的不能西進」的說法。現代漢語「使得」的補語是一個獨立完全句，兩相對照，那麼上古漢語非 ECM 的「使」是不是也可以帶一個獨立完全句？

　　兼語結構裡的小型句 θ_{ext} P 是一種最簡單的句子結構。比 NP V (NP) 複雜一點的句子形式就不能視為小型句。比方說，小型句不能帶否定副詞，❹❹ 也不能加能願動詞（如「能」、「肯」）或情態詞（如「必」）等。在古代漢語，這些結構都應視為完全句，不是小型句。然而這樣的結構都可以用在「使」字句中：

「他」的意思，也不是「其」的意思。

> 有臣柳莊也者，非寡人之臣，社稷之臣也。聞之死，請往。《禮記・檀弓下》

先秦時代感知動詞一般沒有兼語用法：《孟子・梁惠王上》「見其生不忍見其死」不能說成「*見之生不忍見之死」。

❹❹　《左傳・定公二年》有「為我使之無忌」之語，意思是「幫我（吳王自指）好讓他們（指楚國）對我沒有疑忌」。「無」是句中主要動詞，不是一個否定副詞，「之無忌」是個小型句。

(58) 彼狡童兮，不與我言兮。維子之故，**使我不能餐**兮。彼狡童兮，
不與我食兮。維子之故，**使我不能息**兮。《詩經・鄭風・狡童》

「我不能餐」是一個表後效的子句，它只能視為完全句。下面是《左傳》
的一些例子：

(59)

    a. 周任有言曰：為國家者，見惡如農夫之務去草焉，芟夷蘊崇
之，絕其本根，勿**使**能殖，則善者信矣。《左傳・隱公六年》

    b. 上天降災，**使**我兩君匪以玉帛相見，而以興戎。《左傳・僖公
十五》

    c. 惠徼周公之福，**使**寡君得事晉君。《左傳・成公十九年》

    d. 寡人淹恤在外，二三子皆**使**寡人朝夕聞衛國之言。《左傳・襄
公二十九年》

    e. 鄭莊公城櫟而寘子元焉，**使**昭公不立。《左傳・昭公十一年》

    f. 陳人**使**婦人飲之酒。《左傳・莊公十二年》 ❹⓹

上古漢語「使」字句可分兼語式與非兼語式。非兼語式則包含兩種句
子結構，一是非獨立句，就是「其」字句，另一是獨立的完全句。完全句
的主語的格位是主格 (nominative case)，❹⓺因此「使」字句補語的起詞有三
種格位：賓格（小型句）、領格（其字句），還有主格（完全句）。

6.2.3 空代詞 pro 作起詞

---

❹⓹　「飲之酒」（請他喝酒）是一個論元增價（供動）結構，詳第十章。

❹⓺　主格通常是無標的，沒有任何形式標記。上古漢語的主語有顯性（有語音形式）
和隱性（沒有語音形式）之分。隱性主語就是空代詞 pro，自然顯不出格位；顯
性主語無論一般名詞或代詞也都沒有格位形式。過去或有以為「吾」、「我」是
主、賓格的區別，缺乏句法事實根據。《莊子・齊物論》「今者吾喪我」的「我」
是自我的意思。代詞「吾」、「我」都可以充當主語，也可以充當賓語。「吾」是
無標式；「我」是「吾」的有標式，有強調我方的對比作用。代詞中，只有領格
的「其」和賓格的「之」有格位形式。

　　「使之句」在春秋時期甚少用。「使其句」出現更晚，戰國之世還是萌芽期，一直到中古時期才興行。上古漢語「使字句」補語的起詞以用隱性空代詞 pro 為常。

　　　(60)　子墨子曰：「世之君子，使之為一犬一彘之宰，不能則辭之；**使為一國之相，不能而為之。豈不悖哉！**」《墨子·貴義》

(60)「使之為一犬一彘之宰」是一個兼語式，補語「之為一犬一彘之宰」是一個小型句。「使為一國之相」就是「使 pro 為一國之相」。「pro 為一國之相」也是一個小型句，主語是空代詞 pro。

　　下面的主題鏈句子並沒有經過移位。「使」字補語的起詞都是空代詞 pro，與主題「水」照應。

　　　(61)　今乎水，搏而躍之，可**使 pro 過顙**；激而行之，可**使 pro 在山**。《孟子·告子上》

空代詞 pro 自然也可當非兼語式完全句的主語使用：

　　　(62)　我**使掌與汝乘**。《孟子·滕文公下》

「掌與汝乘」就是「pro 掌與汝乘」（「掌」是專的意思），是一個複雜謂語句。pro（他）指嬖奚，「汝」（你）指王良，他和你相對而言。

　　上古漢語沒有「他」這樣一個第三身稱代詞，跟現代漢語「他」相當的就是這個隱性代詞 pro。這個空代詞只能作主語用，因此上古漢語沒有標出主語的句子就特別多。但是沒有標出主語的句子不能都算是無主語句，其實絕大多數都不是無主語句。上古漢語是有無主語句的：致事結構可以沒有致事主語；「有」字句也可以沒有主語。這些是特殊句式。帶隱性主語的句子不是無主語句。

　　空代詞 pro 相當於「他」，但用法比「他」為廣。❹現代漢語「他」是定指 (definite)，以其先行詞的指稱為指稱。pro 除了定指之外，還有特指

---

❹　空代詞 pro 可指物，如在主題句中承指一件事。見第四章主題句。

(specific) 用法，可以根據文義用來指某個特定（不明說）的人，而不必有一個先行詞做照應。❹ 例如：

(63) 晉侯**使**以殺大子申生之故**來告**。《左傳・僖公五年》

「使 pro……來告」 就是派人來告的意思。pro 所代表的人並非泛指任何人，而是特定的一個使者。《左傳》、《國語》言派遣使者，都沒有「使使 (V+NP)」的說法，戰國晚期《戰國策》和《韓非子》才開始使用「使使」 或 「使使者」。 空代詞 pro 的主語用法到戰國中期以後也顯著的減少了。

　　根據上古漢語的句法規律，「使」 字句的補語是可以由一個 VP 構成的。這樣的「使」字句是沒有起詞的，補語是 V+NP 形式。本章 5.2 節談致動詞的併合時，指出漢語的致事輕動詞 v_c 可以跟小規格詞根√併合 （a 種致事結構），也可以跟中規格 VP 併合 （b 種致事結構），但不能跟大規格 θ_{ext} P 併合 （c 種致事結構）。但是漢語並非沒有 c 種致事結構，這一節談的「使成式」就是 c 種致事結構。致動小 v_c 雖然不能選擇一個帶外部論元 θ_{ext} P 的結構當補語，動詞「使」就可以。因此使成式可以說是用來補救致動詞表達上之不足。基本上使成式是以一個帶外部論元結構為補語的句式，那就是說，是 c 種致事結構（但不發生動詞併合）。

　　但是「使」 字句能不能也選擇一個 VP 當補語呢？換句話說，上古漢語可不可能產生沒有動詞併合的 b 種致事結構呢？句法規律不排除這個可能性。事實上，有一些「使」 字句是應當這樣看的。如果一個「使」 字句的補語沒有起詞，就只能作這樣的結構分析。上古漢語語料裡面確實找得到這樣的句子，雖然數量非常少：

─────────────────────────────

❹　現代漢語特指義常用無定名詞表達，如：這項鏈是一個朋友送給我的生日禮物。在語意結構中，此無定名詞取寬範圍 (wide scope) 解釋，即「某一個朋友」之意。又 「我的女兒想嫁一個植物學家」是一個多義句。「一個植物學家」可解釋為特指（女兒已有婚姻對象）或無定指（還沒有對象）。在語意結構中，特指取寬範圍解釋，無定指取窄範圍 (narrow scope) 解釋。

(64)

    a. 陷君於敗，敗而不死，又**使失刑**，非人臣也。《左傳・僖公十
       五年》

    b. 方六七十，如五六十，求也為之，比及三年，可**使足民**。《論
       語・先進》

(64a) 的「失刑」、(64b) 的「足民」都是非賓格 VP 結構。非賓格動詞的內
在論元在補語位置，V+NP 就是基本語序。❹(64) 例句的動詞「使」後面
是沒有起詞 pro 的。

---

❹   「失」、「亡」等都是非賓格動詞，但通常不作致動詞用，不是作格動詞。動詞
    「足」則有致動用法。「失刑」雖可帶蒙受主語，但比照「足民」的用法，在這
    裡應是一個 VP 結構。

第十章

論元結構(2)：增價與雙賓語結構

上一章討論致事結構。上古漢語表致事的句法可分為綜合型與分析型兩種。綜合型以一個輕動詞小 v_c 表致事，通過併合手段小 v_c 與其補語的動詞併合而產生致動詞。分析型則以一個使役動詞大 V 表致事義。大 V 是結構中的主要動詞，不做動詞併合。

上古漢語早期（以商代卜辭為代表）只有動詞併合的綜合型致事句，後來，大概在殷周之際，才發展出不做動詞併合的分析型致事句。這在漢語發展史上有著指標意義。所謂綜合、分析，是語言類型學的名稱。在世界語言分類上，漢語通常是被歸入分析語類型的。然而我們一再指出，語言在時間流中不是定型化的實體，而是變動不居的；所謂類型也只是對語言的大致分類，不像做糕餅的模子，同一個模子出來的都是同一形狀。漢語屬分析型語言，古代漢語則含有若干綜合性質。大抵上，上古漢語早期綜合的句法手段相當發達，如上一章的致動以及本章要討論的增價結構都由輕動詞與動詞併合產生，都屬於綜合型的構詞法，中期以後增價結構逐漸廢除動詞併合，改用實詞化輕動詞，分析型性格也因此越來越顯著。這個趨勢一直延續到今。中古時期漢語基本上已不用動詞併合，現代漢語中能視為常規的動詞併合恐怕只有雙賓語的例子，其他都是零星現象。❶

增價裝置是指在施事句中利用動詞併合手段添加一個論元的句法措施。上古漢語的「為動」動詞就是利用增價裝置產生的動詞。除了「為動」，上古漢語的增價裝置還有與動、供動、對動，都是利用輕動詞小 v 做

❶ 例如現代漢語「V 給」是動詞 V 與增價輕動詞「-給」併合的結果。參看 Paul and Whitman(2010), Applicative structure and Mandarin ditransitives Duguine, M., S. Huidobro and N. Madariaga (eds.), *Argument Structure and Syntactic Relations from a Cross-Linguistic Perspective*. Amsterdam-Philadelphia: John Benjamins, pp. 261–282。該文提出「提升增價 (raising applicatives)」這個觀念，下文討論古漢語意動和雙賓語結構時都會用到。

動詞併合。正如致動詞有相應的使成式，增價結構也有相應的不做動詞併合的分析型結構，都屬較晚的發展。

漢語的意動和雙賓語結構都是語法學者經常討論的題目。本章把這兩種結構放在增價裝置的理論框架中試圖解決其句法問題。

1. 論元的增價裝置

「增價」是英語 applied 或 applicative 的中譯，也有翻譯為「施用」的，但我們認為對讀者來說，增價的意思比較明白。漢語語法學流行過所謂配價理論，也用這個「價」字。配價是指動詞可以支配的論元數。生成語法增價觀念跟配價大不一樣。根據生成語法，只有 VP 內部的論元才算是動詞 V 的核心論元 (core argument)，其他論元，包括施事主語及致事主語，都須用結構的增添方式引進來。增價裝置是其中一種引進方式。增價這個語言學術語是研究非洲語言的學者所創。非洲語，特別是班圖 (Bantu) 族群的語言，是利用增價裝置的典範語言，在類型學上屬於黏著語 (agglutinating language)。下面一個具體的例子引自 Hyman 和 Duranti 一篇研究報告。❷這是坦桑尼亞西北部一個叫 Haya (Kihaya) 的班圖語。整個句子是由一個詞構成的，可見這個語言的詞 (word) 的內聚黏合能力之強大，它可以把句子所有論元——寄生 (clitic) 形式的代名詞——按照一定的排列順序一一置入動詞（句子中的 *siig*，塗抹）的結構中：

⑴ n-ka-ga-ba-kú-siig-il-a❸

　　我-past-它-他們-你-塗抹-appl（為）-FV

　　我替你給他們塗抹了它（指油）。

❷　Hyman, Larry M. and Alessandro Duranti. "On the object relation in Bantu." *Syntax and Semantics*, vol. 15 (1982): 217–239.

❸　*ka*：過去時式，表昨天以前；*-a* 是一個補足音節的墊音元音 (final vowel, FV)，無義。

這個結構中有一個後綴成分 *-il*（～*-el*），它就是一個增價裝置記號 appl，在這裡表受益 (beneficiary) 關係，下文稱為「為 (wèi) 動」。appl 的詞性是小 v，因為它的出現，使得其中一個代名詞 *-kú*（你）受到它的支配，產生了為動的意思：替你。比較 (1) 和 (2)。(2) 沒有 appl 記號，因此不產生為動義，它比 (1) 少了為動論元：

(2)　*a-ka-siig'*　　*ómwáán'*　　*ámajûta*
　　　他-past-塗抹　　小孩　　　　　油
　　　他給孩子塗抹了油。

　　Haya 語是主－述－賓語序語言。受 appl 支配的增價論元，跟其他獨立賓語論元一樣，一律出現在動詞（述語）之後，不能出現在動詞之前：

(3)　a.　*a-ka-cumb-il'*　　　　*ómwáán'*　*ébitooke*
　　　　　他-past-煮-appl（為）　小孩　　　香蕉
　　　b.　**ómwáán'*　*a-ka-cumb-il'*　　　　*ébitooke*
　　　　　小孩　　　　他-past-煮-appl（為）　香蕉
　　　　　他替小孩煮香蕉。

但是增價論元跟一般賓語論元其實有外內之別。在語意解釋上，增價論元不是跟動詞組內哪一個成分發生關係，而是跟整個動詞組所描述的事件發生語意的連結。例如上句「小孩」並不參與煮香蕉這件事，他在這事上並無任何角色，小孩跟煮香蕉發生關係是因為煮香蕉這件事有一個意圖或目的：替小孩煮。意圖或目的是外在於事件的心理因素，可以完全跟事件本身分開，因此「替小孩」跟「煮香蕉」雖然在句子裡都併在一起，仍應當劃分清楚。增價記號 appl 標示一種與 VP 事件相連的外在關係。

　　Hyman and Duranti 的文中指出，即使論元數目不變，增價記號 appl 出現與否，會引起截然不同的語句解釋：

(4)　a. *n-ka-bón-a*　*kat'*　*ómú-nju*

　　　I-past-see　Kato　inside-house

　　　I saw Kato in the house (Kato was in the house).

　　　我看見 Kato 在屋裡。

　　b. *n-ka-bón-el-a*　*kat'*　*ómú-nju*

　　　I-past-see-appl　Kato　inside-house

　　　I saw Kato in the house (I was in the house).

　　　我在屋裡看見 Kato。

(4a) 句沒有增價記號，(4b) 句有增價記號，兩句的處所詞組「在屋裡」跟 VP 的關係不一樣。(a) 句「在屋裡」內在於 VP，因此跟賓語有語意關連（Kato 在屋裡）。(b) 句的「在屋裡」則是外在於 VP（最小 VP），因此跟主語發生關連（我在屋裡）。兩句意思完全不同。增價記號 appl 引進一個外部論元到結構中。

2. 上古漢語的增價裝置：為動

先秦時代漢語句子的外部論元都是 vP 結構，以一個小 v 把一個語義角色聯繫到事件 VP 上。施事和致事是這樣的結構，增價裝置也是這樣的結構。不過相對於施事和致事，增價論元是次要外部論元。次要外部論元不能成為句子的主語；換句話說，增價論元不能移動，因此不能成為句子主語。增價論元之上還須有施事主語，才成為完整句子。

2.1 為動的增價裝置

上古漢語表受益關係時，常將受益論元後置，形如述賓。《春秋經・文公二年》「丁丑，作僖公主」《公羊傳》解釋：「作僖公主者何？為僖公作主也（為僖公立牌位）。」《詩經・小雅・伐木》：「蹲蹲舞我。」鄭箋：「為我興舞蹲蹲然。」先秦典籍述賓式為動句非常多見，略舉數例：

(5)

    a. 天惟時**求民主**。《尚書・多方》

       上天因此為民求主。

    b. **立民長伯**。《尚書・立政》

       為人民立長伯。

    c. （之子于狩，言韔其弓；）之子于釣，**言綸之繩**。《詩經・小雅・采綠》

       夫君要去垂釣了，我為他整理好釣具。

    d. 夫人將**啟之**。《左傳・隱公元年》

       夫人正要替他（指公叔段）打開（城門）。

    e. 邴夏**御齊侯**。《左傳・成公二年》

       邴夏為齊侯駕車。

    f. 秦嬴**請三帥**。《左傳・僖公三十三年》

       秦嬴為三位將領請命。

    g. 斯民親其上，**死其長**矣。《孟子・梁惠王下》

       這樣人民就會愛他們的長上，而為他們犧牲了。

       比較：政脩則民親其上，樂其君，而輕**為之死**。《荀子・議兵》

    h. 父曰：「**履我**！」良業為取履，因長跪**履之**。《史記・留侯世家》

       老父說：「替我穿上！」張良業已替他拿了鞋子，於是就跪下來替他穿上。❹

    i. 馬病肥死，使群臣**喪之**《史記・滑稽列傳》

       馬患了肥胖症病死，就讓臣子為牠發喪。

    過去或有把這種後置論元稱為關係賓語的。從當代語句法理論的觀點，

❹ 「履」本踐履之義，上古晚期以後成為足履之通語。作動詞使用，義為穿鞋：

    君子不履絲屨《禮記・少儀》

我們可以把這種論元後置視為動詞併合的結果。以 (5e) 為例：

(6)

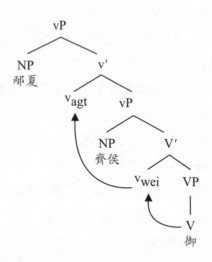

「齊侯」是這一句的為動論元，通過支配它的輕動詞 v_{wei} 的引介，它跟表事件的基礎結構 VP（「御」）關連起來，表達「X 事是為 Y 而做」的意思。輕動詞 v_{wei} 是零形式（但有語音性質），v_{wei} 的位置是空的，主要動詞「御」必須做併合動作，移進 v_{wei} 的空位，然後到 v_{agt}，於是得到「御齊侯」這樣的述賓式。

這種為動關係，語法學上一般稱為受益（beneficiary 或 benefactive）關係，但是能出現在這種關係中的不只是人（受益者），還可以是事。因此除了表受益關係外，為動結構還可用來表目的或原因：

(7)

　　a. 舜明於庶物，察於人倫，由仁義行，非**行仁義**也。《孟子・離婁》

　　　舜明白事物的道理，洞察人之常情，順著仁義而行，而不是為了仁義（的外在目的）而行。

　　b. 貪夫**徇財**，烈士**徇名**《史記・伯夷列傳》

　　　貪夫為財而死，烈士為名而死。

　　c. 如姬父為人所殺，如姬**資**之三年。《史記‧魏公子列傳》
　　　如姬的父親被人殺害，如姬為此懸賞了三年。

　　d. 堯與許由天下，許由**逃**之；湯與務光天下，務光**怒**之。《莊子‧外物》
　　　堯要把天下讓給許由，許由因此而逃跑；湯要把天下讓給務光，務光對此發怒。❺

　　e. 今楚王恐不**起**疾。《史記‧春申君列傳》
　　　現在楚王的病恐怕好不了。

　　f. 馬**病**肥死，使群臣喪之《史記‧滑稽列傳》
　　　馬患了肥胖症病死，就讓臣子為牠發喪。

成語「逃命」最早見於《左傳‧僖公十五年》。「逃命」就是為了（保住）性命而逃跑，也是為動用法。為動所述之事有目的和原因兩種解釋並不奇怪。同一動機，事成之前可解釋為目的，事成之後則可解釋為原因。客觀事態如例 (7e, f) 則只有原因一種解釋（因病而起不來了，因肥胖而生病）。

　　上古漢語常見 「為 NP1 NP2」 這樣的雙賓語形式的結構，其實都是「v_{wei} NP1 （NP1 常作「之」） + 為 NP2」的為動併合結構，「v_{wei} NP1」是為動結構，「為 (wéi) NP2」是表行為的述賓結構。主要動詞「為」是一個意義泛化的動作動詞，能夠跟多種語義性質的名詞結合，表達各種作為的意思，如 「為政」、「為道」、「為盟」、「為市 （做買賣）」、「為酒 （設酒席）」、「為壽 （上壽）」 等等。下面例句的 「為」 都是「v_{wei} + 為」 的併合形式。

(8)

　　a. 不如早**為**之所《左傳‧隱公元年》
　　　不如早點為他安置一個地方。

　　b. 齊侯將**為**臧紀田。《左傳‧襄公二十三年》

---

❺ 「怒之」不是為動，說明見下。

杜注：與之田邑。

c. 叔孫為孟鐘。《左傳・昭公四年》

　　叔孫為孟製作了一個鐘。

d. 衛侯來獻其乘馬，曰啟服。塹而死（楊注：墮於塹（坑）而死），公將為之櫝。《左傳・昭公二十九年》

　　杜注：為作棺也。

e. 今之君子，豈徒順之，又從為之辭。《孟子・公孫丑下》

f. 為之斗斛以量之，則並與斗斛而竊之；為之權衡以稱之，則並與權衡而竊之；為之符璽以信之，則並與符璽而竊之；為之仁義以矯之，則並與仁義而竊之。《莊子・胠篋》

g. 蚡（田蚡）謂夫（灌夫）曰：「程（不識）、李（廣）俱東西宮衛尉，今眾辱程將軍，仲孺獨不為李將軍地乎？」《漢書・竇田灌韓傳》

　　下面的例句也都是增價為動結構，「v$_{wei}$ 之」表原因（因此）。「之」是為動論元，不作「其」訓。主要動詞「為」則是「成為」或「充當」的意思：

(9)

a. 微子去之，箕子為之奴，比干諫而死。《論語・微子》

　　微子因之（因為紂的無道）而去；箕子因之而去當奴隸；比干因諫諍而死。

b. 天油然作雲，沛然下雨，則苗浡然興之矣。《孟子・梁惠王上》

　　興之，意謂因之而興。「之」是為動論元。

c. 覆杯水於坳堂之上，則芥為之舟《莊子・逍遙遊》

　　如果把一杯水倒在小窪坑裡，這樣一片芥葉就（可以）成為船隻。

「為之」表「因此」的例子，春秋時期還不多，戰國中期以後則很常見。
參看下文 (15) 各句。

　　增價結構限用於行為動詞。感知動詞不能產生為動用法。過去或有學
者認為「怒」等動詞可以帶原因賓語，也是為動用法，恐不確。為動結構
不能以子句為賓語，而感知動詞的「原因賓語」皆是子句，如下例。

　　⑽ 魏王怒公子之盜其兵符，矯殺晉鄙。《史記・魏公子列傳》

實則「怒」、「悲」、「憂」、「悔」、「怨」、「哀」（「憐」字晚出，至西漢始多
見）都有及物用法，其句子賓語表對象。所謂「原因賓語」，其實都是表感
知的對象。

　　⑾

　　　　a. 楚軍討鄭，**怒其貳而哀其卑**《左傳・宣公十二年》
　　　　b. 余獨悲**韓子為說難而不能自脫**耳。《史記・老子韓非列傳》
　　　　c. 今子有五石之瓠，何不慮以為**大樽而浮乎江湖**，而憂**其瓠落
　　　　　　無所容**？則夫子猶有蓬之心也夫！《莊子・逍遙遊》
　　　　d. 予惡乎知夫死者**不悔其始之蘄生**乎！《莊子・齊物論》
　　　　e. 沛公怨**雍齒與豐子弟叛之**《史記・高祖本紀》

「怒」還有「怒於」的不及物用法，「怨」也有「怨乎」的不及物用法，其
介詞組補語也都表感知對象：**❻**

　　⑿

　　　　a. 趙旃求卿未得，且怒於**失楚之致師者**《左傳・宣公十二年》
　　　　b. 君子不施其親，不使大臣怨乎不以（不以，不被用，受動結
　　　　　　構）。《論語・微子》

2.2 分析型為動

增價裝置是一種輕動詞結構 vP。跟致事的情況一樣，為動也有不能做動詞併合的，這就是分析型為動，具有「為 NP-VP」形式。

(13)

a. 使玉人為之攻之《左傳・襄公十五年》

b. 司城氏貸而不書，為大夫之無者貸。宋無飢人。《左傳・襄公二十九年》

c. 為人謀，而不忠乎？《論語・學而》

d. 今有受人之牛羊而為之牧之者，則必為之求牧與芻矣。《孟子・公孫丑下》

e. 庖丁為文惠君解牛。《莊子・養生主》

f. 張良曰：誰為大王為此計者？《史記・高祖本紀》

為動的賓語可以是空代詞 pro：

(14)

a. 衛甯武子來聘，公與之宴，為賦〈湛露〉及〈彤弓〉，不辭，又不荅賦。《左傳・文公四年》

b. 公父文伯之母欲室文伯，饗其宗老，而為賦〈綠衣〉之三章。《國語・魯語下》

c. 陳軫告楚之魏，張儀惡之於魏王曰：軫猶善楚，為求地甚力。《戰國策・楚策三》

d. 叔孫為丙鑄鐘，鐘成，丙不敢擊，使豎牛請之叔孫，豎牛不為請《韓非子・內儲說上》

e. 郢人有鬻其母，為請於買者曰：「此母老矣。幸善食之而勿苦。」《淮南子・說山訓》

f. 良業為取履，因長跪履之。《史記・留侯世家》

g. 商瞿年長無子，其母為取（娶）室。《史記・仲尼弟子列傳》

為動可以表原因，下面是「為之」表「因此」的例子。

(15)

  a. 夫司寇行戮，君**為**之不舉《左傳・莊公二十年》

  b. 提刀而立，**為**之四顧，**為**之躊躇滿志《莊子・養生主》

  c. 司寇行刑，君**為**之不舉樂；聞死刑之報，君**為**流涕。《韓非子・五蠹》

  第二個「為」後省「之」字。

  d. 漢卒十餘萬人皆入睢水，睢水**為**之不流。《史記・項羽本紀》

上古漢語「為 (wèi)」可作為主要動詞使用 (16)。作為主要動詞，它不在為動結構中，它的賓語就可以移出 (17a、b)：

(16)　子曰：「古之學者**為**己，今之學者**為**人。」《論語・憲問》

(17)

  a. 文武成康之建母弟，以蕃屏周，亦其廢隊是**為**。豈如弁髦，而因以敝之？《左傳・昭公九年》

  b. 非**夫人之為**慟而誰**為**？《論語・先進》

不過，分析型為動結構中的「為」已有相當程度的虛化了。「為之」產生「因此」的承接用途，就是虛化的跡象。為動的「為」跟致事的「使」不一樣，後者是兼語式中的主要動詞，前者則是為動結構中的輕動詞。我們假設為動小 v 有兩個形式：一是零形式 v_{wei}，一是「為」。

2.3 卜辭的為動

上古漢語綜合型句法性格在商代語言十分顯著。商代卜辭只有動詞併合的綜合型致事式，如 「出麋」 (15) 是把麋鹿趕出來的意思，「寧風」 (34139) 是使風止息的意思，「若王」（3216 正）是使王平安順遂的意思。以後才發展出不做動詞併合的「使」字式分析型致事句。分析型為動也是後起的，卜辭似亦只有綜合型為動。為動小 v 都是零形式 v_{wei}，它必須與動詞併合。

卜辭祭祀類動詞有為動用法，如「禦王」(22620) 即是為王舉行禦祭的意思，「禦疾身」（13668 正）就是為了身體病痛的事舉行禦祭。過去甲骨文學者把這種結構視為帶生人賓語或原因賓語的句式，現在學者則同意這就是語法學上稱為「為動」的結構。❼ 卜辭祭祀名稱作動詞用，義為「舉行某祭」。祭祀有為人舉行，亦有因事而舉行，在句子中，相關的人或事的名詞或短語會直接出現在祭祀動詞後，形同述賓，這樣的結構就是為動結構。❽ 最常見的為動祭祀動詞是「禦（御）」。禦祭是一種禳除災禍的祭祀。下面舉「禦」、「求」、「告」等幾個祭祀用語的為動用法為例。「求」、「告」也都是祭祀名。❾

⒅ 「禦」例：

　　a. 甲申卜：禦雀，父乙，一羌一牢？《合》413

　　　　雀，人名。禦雀，為雀舉行禦祭；父乙，祭祀對象（祖先），省介詞「于」；一羌一牢，祭牲。

　　b. 貞：禦子央于贏甲？《合》3007

　　　　禦子央，為子央舉行禦祭。卜辭另有記載子央墜車事（10405正），可見子央為生人名。

　　c. 丁巳卜，出貞：禦王于上甲？十二月。《合》22620

　　　　禦王，為王舉行禦祭。卜辭「王」皆指時王。

　　d. 甲戌卜，殻貞：勿⊠禦婦好趾于父乙？《合》2627

　　　　禦婦好趾，為婦好的趾疾舉行禦祭。比較：貞：疾趾，于妣庚禦？(13689)

　　e. 貞：禦疾趾于父乙，膌？《合》13688 正

---

❼ 參看喻遂生〈甲骨文動詞和介詞的為動用法〉、〈甲骨文動詞介詞的為動用法和祭祀對象的認定〉，收入氏著《甲金語言文字論集》，頁 85-109。

❽ 喻遂生認為卜辭不但有動詞的為動用法，還有介詞的為動用法。喻氏所謂介動用法，所舉例不明，難下結論。甲骨文資料似乎還找不到相當於「為」字式那樣的分析型為動結構。

❾ 卜辭此「求」字學者或讀為「求」或讀為「祓」。如讀為「祓」，這也是一種祓除不祥的祭祀。

(19) **「求」例：**

a. 甲子卜，爭貞：求年于夒，燎六牛？《合》10067

「求年」，為年收成的事舉行求祭。卜辭有「受年」、「受禾」的說法，意謂得到好收成。

b. 壬子卜：求禾，示壬，牢？《合》33333

示壬是商代一個先公，祭祀對象，省介詞「于」。

c. 求雨于上甲，宰？《合》672

d. 丁丑，貞：其求生于高妣丙、大乙？《屯》1089

「其求生于高妣丙、大乙」為了分娩的事，是不是要向高妣丙、大乙舉行求祭？

(20) **「告」例：**

a. 貞：告疾于祖丁？《合》13853

比較：貞：疾齒，告于丁？《英》1122

b. 辛巳卜：其告水入于上甲，祝于大乙，一牛，王受佑？《合》33347

「告水入」，為淹水的事舉行告祭。

為動用法應不限於祭祀動詞，宜亦見於一般動詞，但甲骨學論著似皆未提及。值得注意的是下面二例：❿

(21)

a. 甲子卜，爭貞：乍（作）王宗《合》13542

b. 甲午貞：其令多尹乍（作）王寢（寢）?《合》32980

卜辭有「作倕」(27796)、「作歺（禍患）」(31981)、「作耤（農耕）」(8)、「作三師（軍隊）」(33006) 等等。于省吾訓「作」為「為」。「作」是一個相當於後來「為」的意義泛化的動作動詞，春秋時代還可以見到，如《春

❿ 此為羅慧君所指出。承蒙她告知並提供相關卜辭「為動」資料。

秋經・文公二年》「作僖公主」。如此則 (21) 的「作王宗」、「作王寢」皆可視為以「作宗」「作寢」為基礎的為動結構。參看 2.1 節。

3. 供動、與動、對動

上一節以「為動」為例解析增價裝置的語意結構，認為增價論元是外在於動詞組所描述的事件，它是跟整個動詞組所描述的事件發生語意連結，而其本身不是事件的主動或被動的參與者。這是句法學以增價論元為外部論元的語意根據。必須指出，這種外在連結關係只是增價結構語意解釋的「標準型」。「為動」是標準型增價結構。以標準型看增價結構，我們很容易理解為什麼增價結構是外部論元裝置。不過，這個裝置還能發揮其他的句法功能。基本上，我們可以說增價裝置是增添論元的一種句法手段。漢語不但利用它來增添為動論元，而且還利用它來表達與事件發生關係的被動參與者，甚至還利用它提供一個空位，以解決雙賓語的格位問題。語言的形式和語義關係不是固定的，一個結構離開它的標準型用法，產生多種延伸功能，是語言常見的現象。增價裝置也是如此。本章以下各節分別討論上古漢語增價裝置標準型以外的各種用法。

上古漢語增價裝置的動詞併合，除了為動以外，還可以分出供動、與動和對動等。供動、與動只限於極少用例。對動有對應的動補（V 於 NP）形式，前者為一般義，後者為敬語義。下面三小節分別討論。

3.1 供動

「供動」指供人所需或所欲之物。《左傳・宣公二年》「飲趙盾酒」這樣的結構，過去學者多認為是致事式。但是「飲趙盾酒」的意思是請趙盾喝酒，不是使他喝酒，視為致事，義有未安。而且《左傳》還有襄公二十三年「使飲己酒」及莊公十二年「陳人使婦人飲之酒」的話，更排除了「飲」是致動詞的可能。宋玉珂先生提出「供動」這個名稱，才把這個結構的類別確定下來。他說：

在古漢語的動詞和賓語之間有一種供動關係，即動詞對賓語供給一些什麼。如動詞「食」的自動用法訓吃，但供動用法是供給吃的，或給東西吃。如《荀子・禮論》「母能食之」，就是母親能給他吃的。這裡的「食」讀 [sì]，它的異體字是「飤」，也作「飼」。《一切經音義》卷二引《說文》說「飤，從人仰食也。」又解釋這句話說，「謂以食供設與人也。」《蒼頡解詁》也解釋說，「以食與人曰飤，經通用食。」說供設與人，不正是說「食」對賓語是「供給吃的」意思嗎？由於是供給吃的意思，因此食亦訓養。《孟子・萬章上》「百里奚自鬻于秦養牲者五羊之皮，食牛以要秦繆公。」趙岐注「為人養牛，以是要秦繆公。」《淮南子・說山》「幸善食之而勿苦」，高誘注「食，養也。」《說文》「養，供養也。」《漢書・兒寬傳》顏師古注「都養，主給亨（即烹字）炊者也。」依此，養與食同是供給意。所以古漢語裡「食養」並用，如《荀子・富國》「可以相食養者，不可勝數也。」意思就是可以供養人吃的，不可勝數。❶

　　在一個供動結構中，供動論元是被供給的對象，雖然這個對象也是事件（如「飲酒」）的參與者，但只能說它是一個被動的參與者。這個論元介於施事者（提供飲酒的人）和 VP「飲酒」之間，放在增價裝置這個架構中正是合適。我們認為供動也是一種與小 v 併合的增價裝置，我們把這個小 v 寫成 v$_{yu}$。

⑵

　　a. 季氏**飲大夫**酒《左傳・襄公二十三年》
　　　季氏請（招待）大夫喝酒。

---

❶　宋玉珂〈古漢語的供動〉，《古今漢語發微》，頁 156。

b.

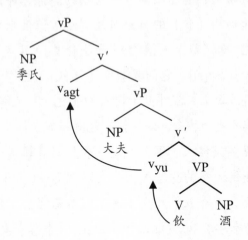

(23)

a. 趙簡子逆，而**飲之酒**於綿上。《左傳・定公六年》

b.

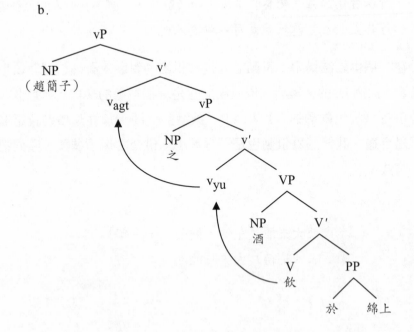

與供動小 v$_{yu}$ 語義相對應的動詞是「與」。「飲之酒」跟「與之飲酒」意思可以相同。比較：

⑷

　　a. 邾莊公與夷射姑飲酒《左傳・定公二年》

　　　邾莊公請（招待）夷射姑喝酒。

　　b. 衛甯武子來聘，公與之宴《左傳・文公四年》

　　c. 蘧伯玉使人於孔子。孔子與之坐而問焉，曰：「夫子何為？」

　　　《論語・憲問》

　　　「與之坐」，招待他坐下。

　　這個供動「與」也應視為一個輕動詞小 v。換句話說，供動增價裝置的輕動詞也有兩個形式：v_{yu} 和「與」。增價裝置 vP 只能加在一個不帶外在論元的動詞組 VP 上面：

⑸

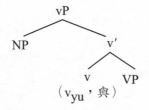

　　不過，「與」還有「給」或「分給」的意思，與供動「與」的請義微異，二者結構也不同。下二例「與之食之」是分給他吃的意思。這裡的「食」不是供動，而是一般及物用法。

⒇

　　a. 吏人之與叔孫居於箕者，請其吠狗，弗與。及將歸，殺而與之食之。《左傳・昭公二十三年》

　　b. 他日，其母殺是鵝也，與之食之。《孟子・滕文公下》

下例 ⑵ 的「弗與」則是「弗與食」的省略，意思是不分給他吃：

⑵ 及食大夫黿，召子公而弗與也。《左傳・宣公四年》

這個「分與」義的「與」是一個完全動詞，不是輕動詞。跟使役動詞「使」一樣，它的賓語可以移出：

⑵⑻ 華元殺羊食士，其御羊斟不與《左傳‧宣公二年》

「其御羊斟不與」就是「不與其御羊斟食」的移位變換。動詞「與」的賓語「其御羊斟」移出，動詞「食」因上文而省。❷「分與」義的「與」性質跟使役動詞「使」一樣，是一個 ECM 動詞（第九章），而不是像供動的「與」一樣是個輕動詞。使役動詞結構就是傳統語法所謂的兼語式，它的結構中有一個名詞組既是上位動詞的賓語也是它本身小型句的主語。跟使役的情況一樣，這種「與」字結構不是增價結構，它以一個帶外在論元的小型句作為補語（第九章）：

⑵⑼

```
                    VP
                  /    \
                 V      θ_ext P(SC)
                 與      /    \
                       NP     V'
                    其御羊斟   |
                              V
                              食
```

比較供動增價結構 (25)。二者結構不同。

供動跟為動不同，供動的能產力很低，「飲（酒）」是最常見的動詞併合例子。絕大多數供動義動詞是由詞根產生的，特別是一些過去語法書上所說的「名動相因」的例子，如「解衣衣我，推食食我」的「衣 yì」（讀音與「衣」異）和「食 sì」（讀音與「食」異），它的結構是 $[_V v_{yu}+\sqrt{}$ 衣 $]$ 和 $[_V v_{yu}+\sqrt{}$ 食 $]$。供動義範圍甚廣，生活上不限於飲食衣著，亦包括住行之供應，如「舍之於上舍」《史記‧春申君列傳》，「乘我以車」《呂氏春秋‧不侵》（乘 chéng；比較：車乘 cheshèng），等。此外，加官晉爵、賜福降禍等的給予義亦屬之。例

---

❷ 傳統解釋以「與」為不及物，讀去聲。此處作及物「分與」解，聊備一說，供讀者參考。

證參看宋玉珂前引文。供動詞主要由詞根產生，而為動則一般只在詞組層次上做併合，v_{wei} 與詞根不做併合。❸為動是上古漢語增價裝置的典型。

3.2 與動

　　上古漢語輕動詞小 v_{yu} 應分為兩個，一是供動 v_{yu}，一是與動 v_{yu}。所謂與動，是指下面一類動詞組結構：

　　⑶⁰　齊侯盟諸侯于葵丘。《左傳・僖公九年》

「盟諸侯」就是與諸侯盟（結盟）的意思，參與盟者可稱為與事論元。「盟」本身是不及物動詞（由詞根產生的動詞用法），必須有一個中心語引進與事論元。為了區分供動和與動，我們把供動 v_{yu} 改寫為 v_{yu1}，與動 v_{yu} 寫為 v_{yu2}。例 (30) 有如下結構：

⑶¹

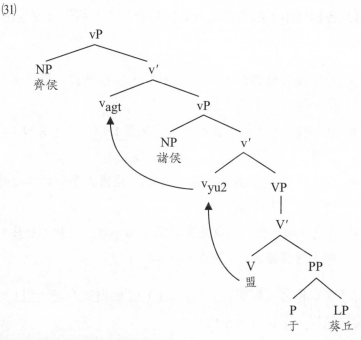

─────────────────────────

❸　即使有，可完全確定的也是極少，如「發喪、居喪」的「喪」或可視為「名動相因」的為動義動詞。又如《後漢書・方術列傳》「陀脈之」謂華佗為之切脈，也是為動用法。這都是可以從詞根意義決定的為動用法。至於「名余曰正則」〈離騷〉究竟是「為我起名叫做正則」還是「把我起名叫做正則」，則是一個翻譯問題。

　　綜合型與動用法也是能產力甚低的一種動詞併合，《左傳》中僅見於「盟」，但《左傳》記盟約之事甚多，「盟」的用例亦甚多，因而這個用法可完全確定。與「飲酒」的情況一樣，動詞「盟」也有不做動詞併合的分析型用法，這種與動結構用「與」或「及」引進與事論元。《左傳》多用「及」，兼用「與」，後世則用「與」：

(32)

　　　　a. 祭仲與宋人盟。《左傳・桓公十一年》

　　　　b. 甯武子與衛人盟于宛濮《左傳・僖公二十八年》

(33)

　　　　a. 屈完及諸侯盟。《左傳・僖公四年》

　　　　b. 公及戎盟于唐，脩舊好也。《左傳・桓公二年》

下面《左傳》各例句中，綜合形式（動詞併合）與分析形式交互出現：

(34)

　　　　a. 晉欒枝入**盟鄭伯**，五月，丙午，晉侯**及鄭伯盟**于衡雍。《左傳・僖公二十八年》

　　　　b. 夏，四月，己巳，晉人使陽處父**盟公**以恥之，書曰：「**及晉處父盟**」，以厭之也。《左傳・文公二年》

　　　　c. 乙巳，鄭伯**及其大夫盟**于大宮，**盟國人**于師之梁之外。《左傳・襄公三十年》

　　　　d. 丁巳，晦，公入，**與北宮喜盟**于彭水之上。秋，七月，戊午，朔，遂**盟國人**。《左傳・昭公二十年》

《史記》有「與秦桓公夾河而盟」〈秦本紀〉、「始與高帝唼血盟」〈呂太后本紀〉等複雜結構，不見於《左傳》。

　　綜合型的與動只見於「盟」，分析型的與動則是極為常見表交際的句式。下面是《論語》一些「與」的例子：

(35)

　　a. 子曰：「賜也，始可**與言**《詩》已矣！告諸往而知來者。」
　　　〈學而〉

　　b. 子曰：「吾**與回言**終日，不違如愚。退而省其私，亦足以發。
　　　回也不愚。」〈為政〉

　　c. 子曰：「士志於道，而恥惡衣惡食者，未足**與議**也。」〈里仁〉

　　d. 子曰：「晏平仲善**與人交**，久而敬之。」〈公冶長〉

　　e. 子路曰：「願車馬衣輕裘，❶**與朋友共**，敝之而無憾。」〈公
　　　冶長〉

　　f. 子**與人歌**而善，必使反之，而後和之。〈述而〉

　　g. 子曰：「衣敝縕袍，**與衣狐貉者立**，而不恥者，其由也與？」
　　　〈子罕〉

　　h. 夫子憮然曰：「鳥獸不可**與同群**，吾非斯人之徒與而誰與？天
　　　下有道，丘不與易也。」〈微子〉

　　上古漢語表交際的「與」已有相當程度的虛化。它能出現在名詞組中，作為連詞，如「吾與女（汝）弗如也」《論語‧公冶長》。「與動」的「與」（還有「及」）應是增價結構輕動詞小 v，不是完全動詞大 V。

　　上古漢語還有「結 NP 好」、「脩 NP 好」、「絕 NP 好」等固定形式，形似增價結構，其實不是。此類固定形式皆是動賓結構，不能視為與動結構。

(36)

　　a. 二十五年，春，陳女叔來聘，始**結陳好**也。《左傳‧莊公二十
　　　五年》

　　b. 晉為鄭服故，且欲**脩吳好**，將合諸侯。使士匄告于齊曰……
　　　《左傳‧襄公三年》

　　c. 東道之不通，則是康公**絕我好**也。《左傳‧成公十三年》

---

❶　「衣」字或「輕」字衍。一般認為是衍「輕」字，然似以衍「衣」字較佳。

「結陳好」就是「結陳之好」，「脩吳好」就是「脩吳之好」，「絕我好」就是「絕我之好」。《左傳》有「結二國之好」《左傳・文公十二年》、「脩桓公之好」《左傳・僖公十九年》、「外絕其好」《左傳・成公十六年》等句例可證。上古漢語並無「*與陳結好」或「*與吳脩好」這樣的結構。

3.3 對動

所謂對動，是指下面的述賓用法，第八章已提過：

(37)

    a. 君三**泣**臣矣。《左傳・襄公二十二年》

    b. 公閉門而**泣**之，目盡腫。《左傳・定公十年》

    c. 驪姬見申生而**哭**之《國語・晉語二》

「泣臣」是對臣流淚的意思，「泣之」是對著他（宋景公對著向魋）流淚，「哭之」是對著他大哭的意思。這個表達哭泣的交際對象不能用介詞「於」引進（*君三泣於臣矣），因為「於」介詞組是敬語用法。

對動也是增價結構，它的輕動詞以 v_{dui} 表之。v_{dui} 相當於後世的「對」，但先秦時期還不能用「對」引介對象。

(38)

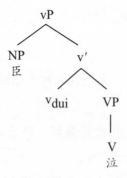

到了漢代，則有用「為」、「謂」充當引介對象的輕動詞：

(39)

　　a. 如姬**為公子泣**。公子使客斬其仇頭，敬進如姬。《史記・魏公子列傳》

　　b. 錯聞之，即夜請間，具**為上言之**。《史記・袁盎鼂錯列傳》

　　c. 既見蓋公，蓋公**為言**治道貴清靜而民自定，推此類具言之。《史記・曹相國世家》

　　d. 晉於是欲得叔詹為僇。鄭文公恐，不敢謂叔詹言。《史記・鄭世家》

　　先秦時期漢語對於交際對象的表達頗不一致。前面說動詞「泣」「哭」等不能用「於」介詞組表對象，但是「揖」就可以：

(40) 入**揖於子貢**，相向而哭。《孟子・滕文公上》

「揖」也有對動用法：

(41) 景伯**揖子贛**而進之《左傳・哀公十五年》

比較二句，對動的「揖」僅表動作，「揖於」則是敬語的用法。這也說明了為什麼「哭」「泣」等字不能用「於」介詞組。「於」介詞組表達交際對象都有敬語的含義。

　　先秦交際對象也可以用動詞「向（鄉）」表達：

(42)　a. 秦伯素服郊次，**鄉師**（對著軍隊）而哭。《左傳・僖公三十三年》

　　　b.（入揖於子貢，）**相向**而哭。《孟子・滕文公上》

「鄉師而哭」、「相向而哭」都是並列連動結構。《左傳》用「鄉」；「向」為後起用字。

　　《孟子・梁惠王》篇有「有利於吾國」和「利吾國」兩種不同說法。「利吾國」就是「有利於吾國」的意思：這是「利」的對動用法（但「有

利於吾國」則屬一般結構,「於吾國」並非特別指交際對象)。一般而言,
對象的表達可以利用「於」介詞組(第八章)。但交際對象用「於」介詞組
表達,則是敬語用法,不是一般用法,因而產生對動的增價裝置,以「對
動」表一般對待義。對動用法主要用於交際對象。

(43)

 a. 王欲敖(傲)叔向以其所不知,而不能,亦厚其禮。《左傳・
  昭公五年》

 b. 貴不傲賤也,富不驕貧也《墨子・天志上》

 c. (齊人)驕其妻妾。《孟子・離婁下》

 d. 親親而仁民,仁民而愛物。《孟子・盡心》
  「仁民」,對人民有仁愛之心。

 e. 不知將軍寬之至此也。《史記・廉頗藺相如列傳》
  「寬」是對人寬宏大量之意。

 f. 公子為人仁而下士,士無賢不肖皆謙而禮交之,不敢以其富
  貴驕士。《史記・魏公子列傳》
  「下」指對人態度謙卑。

  告問類動詞「問」、「告」都有用「於」介詞組和不用「於」介詞組兩
種結構,後者恐怕也是對動的增價結構:❻

(44)

 a. 季康子問政於孔子。《論語・顏淵》

 b. 上問上林尉諸禽獸簿。《史記・張釋之馮唐列傳》

---

❻ 「告」多用「以」表當事 (theme) 賓語。如「陳子以時子之言告孟子」《孟子・公
孫丑下》、「子路,人告之以有過則喜」《孟子・公孫丑上》。這是另一類結構,不
在這裡討論。「告急」、「告難」等是帶「於」介詞組的常語。又言語動詞「語」
有交談和告訴二義。作「告訴」用時,也可以帶兩個名詞組賓語,也是雙賓語結
構,如「公語之故」《左傳・隱公元年》。

(45)

　　　　a. 告紂之罪于天《史記‧魯周公世家》

　　　　b. 且告之悔。《左傳‧隱公元年》

(a) 是敬語形式，(b) 是一般形式。(b) 具有雙賓語結構形式，由此而推測雙賓語的形成也是跟增價裝置有關的。這個問題在第 5 節討論。

4. 意動結構

　　意動是指如下例「誰敢不雄」的「雄」的用法。

　　(46) 君以為雄，誰敢不雄？《左傳‧襄公二十一年》

「不雄」就是「不以為雄」。「以為雄」是分析性結構；意動的「雄」是綜合性結構。

　　意動的大量出現是上古中期以後的事。陳夢家最早指出，卜辭的「王吉茲卜」的「吉」和「余弗其子帚姪子」中「弗其子」的「子」都是動詞用法（《殷墟卜辭綜述》第三章第五節）。這應是意動的濫觴。然東周以前，尚未見意動用法有任何發展。何以西周文獻皆不見有此用例，尚不得其解。典籍中，意動最早見於《詩經》：

　　(47) 三歲貫汝，莫我肯德。《詩經‧魏風‧碩鼠》

「德我」就是以我為有恩德（於你），亦即今語「感激」的意思，是意動用法。

　　漢語意動用法是廣受注意的語法現象 。 民初陳承澤 《國文法草創》(1922) 討論語詞的活用，首創「意動」這個名稱。從生成語法中心語移位的觀點看，意動無疑也是一種中心語移位的併合現象。但這究竟是什麼樣的結構，需要仔細探究一下。

　　首先，意動跟一般增價結構不同的一個地方是它的中心語移位牽涉

到兩個空位，一個是「以」的位置，一個是「為」的位置。意動是一種很特殊的句法現象，不但現代漢語沒有，在世界語言中也罕見。意動的基礎是一個判斷句結構，這個判斷句結構必須是一個由零繫詞 (null copula) 所構成的 VP 結構。零繫詞占著「為」這個位置，因此這是個可以移入的空位。上古漢語判斷句沒有顯性繫詞，這是大家都知道的（第四章）。「為」是所謂「準繫詞」；它的位置就是判斷句繫詞的位置。意動能夠成立的前提是這個語言必須有一個零繫詞，同時還須有一個帶零形式小 v 的增價結構。

中古以後漢語複雜謂語的結構從綜合型走向分析型途徑，像這種經兩次移位的中心語併合機制，戰國晚期以後就不再能產。繫詞「是」的開始使用固然是一個因素，但這恐怕不是一個決定因素 ，因為即使有了顯性繫詞「是」以後，漢語的判斷句還必須假設有一個隱性的零繫詞。這個隱性零繫詞經常出現在質詞述語的判斷句中，例如「這個觀點正確」這句話。

意動還有另一個問題。前文說過，語句的增價裝置是為了添加論元而設的。以此功能標準看為動、供動、對動，甚至與動，大致都合。意動卻不同。意動是以一個判斷結構 VP 為基礎的，意動詞的關係賓語（如「奇其言」的「其言」）就是判斷結構的主語（「其言奇」），因此意動結構並沒有增添任何論元。這跟我們對增價裝置的認識不合。如果意動是一種增價裝置，則增價裝置的功能必不止添加論元一項。

增價結構外在於動詞組 VP，意動詞的論元卻是判斷結構 VP 的一個成分，是內在於動詞組 VP。一個在 VP 之外，一個在 VP 之內，這兩個位置如何連起來？這有兩種做法。一種是假定增價位置上的名詞組是先行詞，判斷結構的論元是一個空代詞 pro，與其先行詞有複指關係。但在本書所採用的句法體系中這個做法是被排除的。本書假定空代詞 pro 跟顯性代詞一樣，只能出現在格位位置，因此它可以當句子的主語，卻不能當 VP 的主語，除非它能從上位動詞那裡得到格位，如 ECM 結構（第九章）。另一種做法是移位。那就是假定意動詞的這個論元從判斷結構的定語位置移到

增價結構的定語位置上。上文引的 Paul 和 Whitman（簡稱 P&W）的論文提出過這個移位的主張，很值得參考。

　　P&W 的論文討論現代漢語「V 給」結構。根據我們對這個結構的了解，可以這樣簡單說明。現代漢語用「給」表受益關係，但「V 給」都不表受益關係，例如表受益的「給你撐傘」不能說成「*撐給你傘」。「V 給」的賓語都表物所止處 (goal)，本書稱為止事角色。但是「給醫院打一個電話」跟「打給醫院一個電話」可以是同義的。❶這表示動詞前的「給」也有表止事角色一用法，並非僅有「為動」受益義。我們可以做以下的假設：表止事的動詞前「給」有兩個形式，一個是附著形式「-給」，一個是自由形式「給」。❷能夠跟附著形式「-給」併合的動詞不多，但使用自由形式「給」的限制更多，因為會造成與受益同形異義的歧義解釋問題。傳遞類的動詞可以用自由形式的「給」表止事，這是最能確定的：「我給你發了一個 email，你收到沒有？」；「我也給他寄了一份禮物，不知他收到沒有？」其實只要文義清楚，他類動詞也都可以用這個止事角色的「給」：「我給每個孩子都送了一份禮物。」還有朱德熙先生舉過的例子：「你給客人揀點菜」；「我給小李留個座位」；「我給你推薦一個人」等。❸

　　對於這個表止事的輕動詞「給」，P&W 提出的理論很值得重視。這篇論文認為增價裝置有兩種，一種如「為動」，是增添論元的。另一種他們稱為提升增價 (raising applicatives)。這種結構只增加一個定語位置，在這位置上不指派語義角色。表止事的增價裝置屬於提升增價，它會吸引一個在下位的論元上來。它的補語是一個雙賓語 VP 結構，在其定語位置上的論元是止事論元。止事論元從 VP 結構中移出，提升到增價結構的定語位置上。

---

❶　更多人會說「打一個電話給醫院」，但表止事義的「給」字補語下文會談到，不在這裡討論。

❷　其實現代漢語表止事義的輕動詞「給」還有零形式一種，見於「送他一本書」雙賓語句中。這裡的動詞「送」也是經過中心語移位的。參看下文第 5 節的說明。

❸　朱德熙 (1979)〈與動詞「給」相關的句法問題〉，《朱德熙文集（第二卷）》，頁 231–247。

(48)

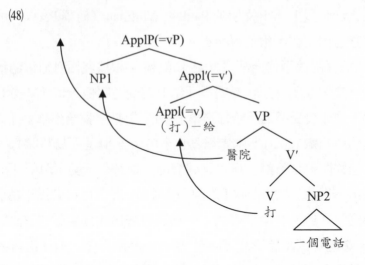

VP[醫院 [打電話]] 是一個雙賓語結構，它的間接賓語 IO（副賓）「醫院」在定語位置上，直接賓語 DO（正賓）「（一個）電話」在補語位置上。這個雙賓語結構 VP 是增價結構 ApplP 的補語。 ApplP 的定語是一個空位置 NP1，ApplP 的中心語是一個附著形式「-給」（P&W 論文沒有討論自由形式「給」）。如上圖所示，因格位的要求，補語 VP 定語位置上的止事論元（副賓，即間接賓語 IO）「醫院」必須移位到 ApplP 的定語空位置上。增價提升的「提升」是專指論元移位這個句法現象。另一方面，動詞「打給」的形式是中心語移位所造成的。補語 VP 的中心語 V 移到增價結構中心語 Appl (v_{appl}) 的位置，「打」與「-給」併合而成「打給」。在句子衍繹的過程中，併合的結果「打給」還要往上移，移到分派句子主語語義角色的小 v_{agt} 位置（第九章），因此造成「打給醫院（一個電話）」這樣的述賓語序。如果「給」是自由形式，下位的中心語就不能移上來，但這個增價輕動詞本身還是要往上移，因此是「給醫院打（一個電話）」的語序。

雙賓語及提升增價的性質，將於下一節繼續討論。現在先回頭看意動。

以「奇其言」為例，放在 P&W 提供的架構中，意動具有如下圖的句法結構（VP 部分有所省略）：

(49)

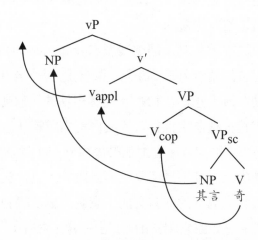

vP 是一個增價結構，它的中心語 v 是一個提升增價輕動詞，帶補語 VP。
VP 是一個判斷結構，V_{cop} 是結構的中心語繫詞，以一個小型句 (small
clause)「其言奇」為補語。在這個增價結構中，小型句的主語「其言」必
須移到增價輕動詞的定語位置上，以滿足句法的格位要求。論元「其言」
從小型句那裡得到當事 (theme) 角色，但在補語 VP 中沒有格位，故必須移
出 VP，到增價結構的定語位置，這是個格位位置。詳下一節。同時，v_{appl}
和 V_{cop}（零繫詞）都是空位，小型句的中心語「奇」也必須一步步移上去，
接收兩個空號中心語的語法徵性。最後，在 v_{appl} 位置上的「奇」還要上
移，得到「奇其言」的語序。❶⑨

　　意動牽涉到動詞移位（即併合）。這是意動結構必須完成的一步手續。
但是除了動詞併合的綜合型手段之外，意動的表達還可以通過分析型手段，
「以（其言）為奇」就是這樣的結構。就跟第九章使成式一樣，這裡我們
也要問：表意動的「以」究竟是個主要動詞還是個輕動詞？主要動詞是個
大 V，輕動詞是個小 v。這個問題很難回答。「使成式」是個兼語結構，
「使」是這個結構的主要動詞，應無疑問。意動的「以」就沒有直接證據

⑲　並請參看梅廣 (2003)〈迎接一個考證學和語言學結合的漢語語法史研究新局面〉。
　　該文對意動（和致動）結構的分析略有不同，應以本書所論為準。

可判定。這個問題只好暫時擱下。不過無論意動「以」的詞性為何,對意動的整體論述應當是沒有影響的。

意動屬認識類動詞,故其主語應屬歷事 (experiencer) 角色。但是意動詞有時卻可以有對待的語意,如《孟子・梁惠王上》「老吾老以及人之老,幼吾幼以及人之幼」的「老」和「幼」。這種用法的「意動詞」就不是表達一種想法,而是表達一種自主性行為。我們認為所謂「意動」結構是可以帶兩種主語的。歷事主語之外,它還能帶施事 (agent) 主語。當它帶施事主語的時候,它表達的意思就不是認為,而是對待。為什麼這個結構能帶兩種主語?這應當與輕動詞 v 的語義有關。意動結構的輕動詞雖然無形,但不是沒有語法徵性。正如跟它相當的「以」一樣,它有「作為」和「認為」二義,因此可以帶兩類主語。

跟意動的結構和語義相關的「以為」,最早見於《詩經》,多是「以⋯⋯作為」的意思,是處置或對待用法,帶施事主語。但有兩處(東周以後作品)有「視為」、「視同」的認識義用法:〈大雅・板〉「我言維服,勿以為笑。」「勿以為笑」,不要把它當作笑話;〈大雅・蕩〉「斂怨以為德。」《集傳》:「多為可怨之事,而反自以為德(有恩德)矣。」「視為」義的「以為」仍帶施事主語。但當「以為」用來表「意見」義的時候,它就帶歷事主語了。意動結構的「以」主要表「意見」義,但不是不能有「作為」義,因此也有對待的用法。

5. 雙賓語結構

雙賓語結構是句法學上一個討論不休的題目,到目前為止學界還沒有一個公認為比較全面的解決之道。這個問題牽涉到格位理論高度技術性的問題,照說是不屬於本書性質的題目。不過,複雜的問題有時也有簡單的一面,雙賓語基本上是一個格位的問題。格位這個句法觀念本書已多次述及,讀者從本書對格位的論述中,應能了解雙賓語問題所在。本節嘗試用比較淺顯的文字解釋雙賓語的格位問題,並以上古漢語為例,認為 P&W

所提出的提升增價機制如加以適度延伸，應能提供一個可行的解決方案。

　　雙賓語結構是指動詞帶兩個賓語的結構，用傳統語法學術語來說，這兩個賓語一個叫做直接賓語 (direct object, DO)，一個叫做間接賓語 (indirect object, IO)。第八章用正賓、副賓分別稱之。「給他一本書」是一個雙賓語結構，「給」是一個給予類 V3 動詞，在這裡正賓是「一本書」，副賓是「他」。雙賓語結構的語序是 V-IO-DO。還有一種帶兩個賓語的 V3 結構，也是很常見的，卻不叫做雙賓語結構，例如「送一本書給他」。這種結構其實把賓語的「直接」跟「間接」表現得更清楚：直接賓語（正賓）緊跟在動詞後面，間接賓語（副賓）則用介詞「給」引進。這種結構我們姑且稱為「動賓補」結構，不把它算作雙賓語結構。

　　有的學者嘗試把動賓補結構當作雙賓語結構的基礎，認為雙賓語的 V-IO-DO 語序是介詞組補語移位的併合結果：[送一本書][給他]→[送 [-給他] 一本書]。但這個作法不理想，P&W 論文對此有詳細討論，讀者可以參考，這裡就不多說。正是因為這個移位的假設有問題，P&W 才另闢蹊徑，用增價裝置來解決「送給」這個動詞併合的問題。本書從上古漢語的事實看，也認為雙賓跟動賓補是兩不相涉的不同結構，並無「變換」關係。

　　從上古漢語看這個問題，首先必須指出，上古漢語給予類動詞根本沒有動賓補結構：「趙亦終不予秦璧」《史記‧廉頗藺相如列傳》不能說成「*趙亦終不予璧於秦」。既不能有動賓補結構，為何要假定給予類動詞原來都是動賓補結構？此其一。其次，獲取義的 V3 動詞有兩類，一類如「取」（「取貨於鄭」《左傳‧襄公二十六年》）、「受」（「受命於天」《莊子‧德充符》）的受取類，只有動賓補結構；一類如「奪」（「奪之食」《孟子‧告子上》、「無奪農時」《荀子‧王霸》）的奪取類，只有雙賓語結構，沒有動賓補結構。奪取類雙賓語出現甚晚，《左傳》以前未見有用例。如果「奪」這個雙賓語結構是動介併合的結果，則我們必須假定上古漢語有一個位置相當於「於」的零介詞 (null preposition) 表來源（所自，source）。當這個零介詞與主要動詞「奪」併合，便造成雙賓語結構。然而上古漢語介詞「於」

即能表來源（參看第八章），「受取」類動詞的「於」介詞組即是表來源。設若動賓補結構是基本，何以「奪取」類的「奪」不能乾脆帶「於」介詞組補語，而必須用一個零介詞以併合方式出現來表來源？上古漢語恐怕很難找到動介併合的理由。動賓補與雙賓兩種結構應非同出一源。

另外還有學者提出下位增價的假設，以解決雙賓語的問題。所謂「下位增價」，是英語的 low applicative 一詞的翻譯。下位增價相對於上位增價 high applicative 而言。上位增價指動詞組 VP 之上的增價裝置。這就是本章上文所討論的增價裝置。但是有的學者認為動詞組 VP 之內還有一個增價裝置，於是就把這樣的結構叫做下位增價。下位增價也是要假定零介詞的存在的，但不做動介併合的動作。這個理論最先由 David Pesetsky 提出，而為 Liina Pylkkänen 等學者所採用。

Pesetsky 在其 *Zero Syntax* (1995) 一書對 V3 動詞組的結構提出一個非常簡單的處理辦法：所有 V3 動詞都以一個下位增價結構做補語。這個增價結構是一個介詞組。❷以現代漢語「送」為例。「送」後面跟著的是一個PP。

(50)

    a. 送 [$_{PP}$ 書 (DO) [$_{P'}$ 給小張 (IO)]]

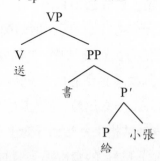

    b. 送 [$_{PP}$ 小張 (IO) [$_{P}$G 書 (DO)]]

❷ David Pesetsky (1995), *Zero syntax: Experiencers and Cascades*, Cambridge, MA: MIT Press. Pesetsky 並沒有使用 low applicative（下位增價）這個名稱。該名稱是 Pylkkänen 所用。

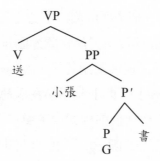

「送」的兩種補語都是一個雙論元的 PP，二者的中心語有別，因此也影響到兩個論元的位置。(a) 的 PP 中心語是介詞「給」，其補語是副賓（間接賓語），其定語是正賓（直接賓語）；(b) 的 PP 中心語 G 是空介詞，其論元位置恰好相反，其補語是正賓（直接賓語），其定語是副賓（間接賓語）。空介詞 G 的投射結構就是雙賓語結構。

雙賓語結構也見於「奪取」類動詞：

(51) 偷 [$_{PP}$ 小張 (IO) [$_P$G 書 (DO)]]

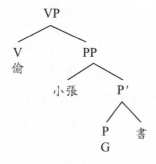

根據 Pesetsky 和 Pylkkänen 的解釋，凡是雙賓語結構，其副賓與正賓之間都有領屬的語義關係。零介詞 G 表事物的轉手。G 若是與給予類動詞連結，則以副賓為事物轉手對象；若是與奪取類動詞連結，則表達相反的轉手方向。

下位增價是為了解釋雙賓語結構而設的。如果雙賓語問題不用下位增價就可以得到解決，那麼這個裝置連同零介詞假設就毫無存在必要，而增

價結構也就沒有上下之分，都在動詞組 VP 之上。這就是本書的做法。

　　Pesetsky 和 Pylkkänen 都沒有討論告問類動詞組結構，如英語 *tell you a secret, ask him a question*；現代漢語的「告訴你一個祕密」，「問他一個問題」；上古漢語的「告之悔」，「問上林尉諸禽獸簿事」。這一類動詞組也有兩個賓語，但不能放在下位增價的模式中。㉑

　　3.3 節指出，上古漢語告問類動詞「告」、「問」有用介詞組和不用介詞組兩種結構：

(52)

　　　　a. 季康子問政於孔子。《論語・顏淵》

　　　　b. 上問上林尉諸禽獸簿。《史記・張釋之馮唐列傳》(=(44))

(53)

　　　　a. 告紂之罪于天《史記・魯周公世家》

　　　　b. 且告之悔。《左傳・隱公元年》(=(45))

這兩種不同的形式跟用法有關：一是敬語，一是一般用法。但無論如何，既能用介詞組補語表告問的對象，那就表示告問對象是內部論元而不是外部論元。㉒那就是說，不用介詞組的告問結構是一種雙賓語結構，兩個賓語都是內部論元。但是這種雙賓語結構副賓與正賓之間並沒有所謂「領屬」關係，而「問」或「告」也沒有事物轉手的意思，因此不能套用下位增價的模式。

　　前面說告問雙賓語結構是可以用對動增價來分析的。現在我們假設表對動的增價輕動詞 v_{dui} 也有兩種，一種能分派語義角色，一種不分派語義

㉑　上古漢語表答應的「許」也有雙賓語結構：

　　　　a. 許君焦、瑕，朝濟而夕設版焉。《左傳・僖公三十年》
　　　　b. 晉侯許之七百乘。《左傳・成公二年》

　　「許」跟告問一類同屬語言動詞，也沒有事物轉手的含義。

㉒　英語「告」和「問」的對象都可以成為被動句主語，這也是告問對象是內部論元（副賓）的證據。

角色。後者就是提升增價的觀念。告問類動詞帶兩個論元，副賓在定語位置，正賓在補語位置。副賓的定語位置不是一個格位位置，因此副賓必須移到增價結構的定語位置上，這就跟「送給」的情形完全一樣。這樣，意動和告問的特殊句法性質都可以利用 P&W 的提升增價假設獲得滿意的解釋。

　　回頭看給予和奪取兩類雙賓語。如果我們把提升增價再加以適度延伸，就可能同時也解決了給予和奪取的雙賓語結構問題，而不需要做更多的假設。以上面的「送」、「偷」例子來說，這兩個動詞組結構都是一樣的，副賓在定語位置，正賓在補語位置，只是副賓分派到的語義角色不同。兩個動詞的正賓都分派到當事角色，但副賓從給予類「送」那裡分派到止事 (goal) 角色，而從奪取類「偷」那裡得到起事 (source) 角色。定語位置上的副賓也沒有一個能支配它的中心語，因此它必須移位到提升增價結構的定語位置上，其道理跟上述幾種情形完全相同。就雙賓結構而言，「送」與「送給」意思是完全一樣的，其構詞法也相同，只是與「送」併合的增價輕動詞是零形式，因此沒有併合的形跡。

　　雙賓語結構的基本問題是格位。生成語法規定名詞組必須與中心語做格位比對，而且是一對一的關係。雙賓語結構有兩個論元，但只有一個中心語。一個中心語只能比對一個名詞組論元的格位，另一個論元如果得不到格位比對，就通不過格位查核這一關 (case filter)。下位增價理論在 VP 結構中增加了一個中心語零介詞，就是為了解決這個雙賓語格位問題。但是我們認為這是不需要的，因為提升增價已經提供了一個句法機制，不但解決了意動問題，也解決了雙賓語問題。

　　下位增價理論是專為給予、奪取兩種雙賓語結構訂製的，我們認為無此必要，可以撤銷。此外，黃正德 (2007) 也為現代漢語的雙賓語提出一個解釋。❷❸他的主張跟我們不同。他認為雙賓語動詞比較特殊，跟他類動詞都不一樣。雙賓語動詞能夠指派受格（賓格）和「與格 (dative case)」兩個

❷❸　參看黃正德論文〈漢語動詞的題元結構與其句法表現〉，頁 3–21。

格位：前者是結構格位，指派給正賓，後者是一種 「固有格位 (inherent case)」，指派給副賓 （固有格位見本書第二、八兩章）。以前例 「送小張書」來看，正賓「書」得到賓格格位，這不成問題。但黃正德認為副賓「小張」也可以在原地得到固有格位，因此並無不能通過格位查核一關的問題。然而，固有格位的名詞組是不能移動的，因為既然它本身已經有格位，這就失掉移位的動因。可是上古漢語受動句中，副賓當主語的例子比比皆是。其他語言如英語也都可以讓副賓自由移出 VP 當被動句主語。現代漢語的副賓不能當被動句主語應當另有原因，與移位無關，因為現代漢語被動句根本不發生移位問題（第七章）。固有格位這一假設恐怕是不能成立的。

　　依照我們的作法，上古漢語副賓移位而成為受動句主語是順理成章的事。副賓處於 VP 的定語位置，本來就得不到格位。要得到格位，有兩個辦法。一個就是前面所說的利用增價提升結構。另一個法子就是不用增價提升，這時副賓就必須提升到句子主語位置，以取得主格格位，滿足了句法格位查核的要求。

第十一章

上古漢語的功能範疇

　　句子有兩個組成部件 (components)，即語詞部件 (lexical component) 和功能部件 (functional component)。語詞部件展開出來的句法結構就是論元結構。論元結構表現語詞之間的句法和語義關係。前面第九、十兩章已經介紹過上古漢語的論元結構，本章介紹句子另一個組成部件：功能部件。句子的功能部件也可視為一種二分樹型結構，其構成方式與論元結構完全相同。功能結構也是由中心語投射出來的詞組 (phrase) 結構。不同的中心語代表不同類屬的語法功能，通稱為功能範疇 (functional category)。在生成語法的架構裡，功能部件大分為兩個詞組層次：IP 和 CP。

(1)

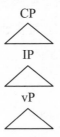

vP 就是句子論元結構，也即是句子的語詞部件。光有論元結構還不能成為句子。IP 才是一個句子。IP 就是屈折詞組 Inflection Phrase 的縮寫，第二章已介紹過。西方語言屈折形態的代表是時制 (tense system)，時制的結構以 TP 表示；有了時的句法成分，論元結構才能成為句子，主謂 (subject-predicate) 對立的命題形式才能成立。西方語言以 TP 的性質劃分不同類型的結構：finite、infinitive、participle 等。漢語也是有時制的，只不過它恐怕不是構成句子所必須有的固定要件，因此漢語也不根據 TP 作句子的劃分。第二章已經指出，漢語是沒有不定時 (infinitive) 的句式的。同樣，它

也沒有 participle 動詞形態。那麼除了時的範疇之外,還有哪些功能範疇必須假定是構成漢語句子 (IP) 的要件?本章將就這個問題略作剖析。

1. IP 與 CP

句子 IP 之上還有一個層級,一般稱為 CP。普通句法學上的 CP,我們在第二章也介紹過了。生成語法在發展初期,學者探討句子結構就發現 IP 結構不足以涵蓋句子的全部。 例如包孕句 *John said that Mary had left her husband* 中,內嵌的 *that Mary had left her husband* 是一個補語句,這個補語句包含一個 IP *Mary had left her husband* 和 *that*。 *That* 是引介補語句 IP 用的,不在 IP 裡面,因此稱為補語引詞 (complementizer, C)。C 所投射出來的結構就叫 CP。以後大家就把句子 IP 以上的層級結構通稱為 CP。

語言都有 CP 結構。CP 具有非常豐富的語法性質。舉例說,第四章討論的主題句就是一個 CP。主題句是一種分成兩截的單句。它的述題語是一個句子 S (=IP),述題語之前或之上是主題語,主題語和述題語合成一個主題句 TopP。TopP 就是一個 CP 結構。

⑵

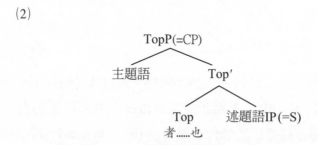

當代句法學對語句的 CP 結構做了很多很深入的研究。 傳統語法所謂語氣詞其實都是表達 CP 的語意內容。語意學上的情態 (modality) 也是 CP 層次的概念 (但是與時、體相關連的實然 / 非實然區分恐怕是屬於 IP 層次的概念,詳下文)。第一章談到漢語具有說話者取向的特徵。凡是表達說話者的認知和態度 (attitude, boulomaic modality)、或者是指向說話者位置的句

法標記，即該章提到過的示證、情態、座落等範疇的句法標記，都是 CP 結構裡的成分。CP 表達各種語言與外在世界之間的關係，因此 CP 的內容是非常豐富的，在語法系統中占著非常重要的地位。有的學者主張 IP 還不是完全的句子；獨立句子都是 CP 結構。不過，限於本書的性質，對於這個開發中的新領域的研究概況，這裡就不能多作介紹。

　　IP 這個句法領域也還需要繼續開發，特別是從一個跨語言的比較角度觀察。根據我們的研究，現代漢語的 IP 有情態 (modality phrase, ModP)、時制 (tense phrase, TP) 和動貌 (aspect phrase, AspP) 三個詞組層次，共同構成對事件的時和體相的表達，但是上古漢語的 IP 恐怕並沒有動貌詞組，其動貌表達（本書稱為體相）主要是根據語詞的事件類型 (event types)。此即所謂語詞結構的動貌，有 lexical aspect 及 inner aspect 不同的稱謂。IP 層次的句法結構就是句子 (sentence, S)。論元結構必須提升到 IP 層次始成為句子。

　　西方自亞里士多德邏輯學開始，即把語言的句子視同邏輯命題，把句子規定為由主 (subject)、謂 (predicate) 兩個部件所構成。主、謂部件稱為命題的兩項 (terms)。以後西方的語法學傳統都是遵照此模式，認為語言的句子皆是主謂結構。必須有主語和謂語，句子才有表述 (predication) 能力，才能成為獨立的完全句。生成語法理論雖然大大加深了我們對句子的認識，但是並沒有改變這個對句子的基本看法。生成語法理論有一個基本規定：句子必須有主語。這個規定稱為延伸投射原則 (the extended projection principle, EPP)。依照早期的生成語法理論的說法，論元結構是根據句法中的投射原則 projection principle 建構的。投射原則沒有給句子的主語留下位置，因此必須加以延伸。這就成為 EPP。論元結構雖然五官俱全，要使論元結構成為句子，必須滿足 EPP 的規定；也就是說，必須把它展開為主謂結構，使其中一個論元成為句子主語。這個主謂結構屬於 IP 層次。IP 具有 [+EPP] 徵性。

　　如果上述對西方語法學傳統的詮釋大致不誤，EPP 就是古希臘哲學語句論的現代版，那麼生成語法 IP 的基本功能就是表述 (predication)。從跨

語言的觀點看，也許把 IP 稱為 predication phrase (PredP) 更合適，因為像漢語這樣類型的語言，大多數句子都是沒有屈折標誌的，時制不是它的特色。比方說，「足球是圓的」這種所謂 tautology 的分析命題，又如表達真理的命題，如「神愛世人」，對一個說漢語的人來說，肯定是沒有時或動貌或情態等概念的。依照這樣的看法，這個漢語判斷句的功能範疇似乎就是個空殼子。然而這是個具有表述能力的主謂結構，是一個完全句子，是一個 IP（或者叫做 PredP）。IP 結構在句法學上有很深、技術層次很高的理論問題，到如今還沒有意見比較一致的答案。這些問題就不在這裡討論了。

2. 語言敘事與時的表達

2.1 語言的時制類型：強時語言與弱時語言

西方語言的時 (tense) 是 IP 結構的核心成分。古典語法學把所有動詞的詞形變化都統稱為時。其實古典希臘語和拉丁語動詞的屈折形態有的屬時制範疇，有的屬動貌（或體，aspect）的範疇，有的則是時、體兩個範疇的結合。因此古典語法學所謂時態 (tenses) 也不完全是屬於 IP 的時的語法範疇。不過如果拿跟西方語言類型差異比較大的語言如漢語來做比較，則西方語言三時制的句法體系就顯得很突出。漢語動詞沒有分別過去式、現在式和未來式的時態標記，句法層次上並沒有所謂「三時制」。當然這並非表示漢語不能作過去、現在、未來的時態區分。不過漢語表達時的方式跟西方語言有很大的差異，可以視為類型上 (typological) 的不同。下面以西方語言為強時制，漢語（還有許多與漢語同類型的語言）為弱時制，對於這兩種不同類型的語言的結構性質試做簡略的比較。

表面看來，漢語顯然具有許多跟西方語言不同的特徵。過去語言類型學對時的機制作類型分別時，提出過時態語言 (tensed languages) 與無時態語言 (tenseless languages) 兩大區分，後者就是以漢語為代表。漢語語法沒有時 (tense)，只有動貌 (aspect)，這是西方學者一致的看法。當代學者如

Bernard Comrie、Carlota Smith、Wolfgang Klein 皆如是觀之。中國學者也沒有例外。在漢語（主要指現代漢語）中他們都只看到動貌，卻不知道動貌體系之中，實有時的機制在。

依照我們的分析，漢語的 IP 結構也是有時制範疇的，不過這個範疇只含有一個時間定點概念，所以我們不用「時態 (tenses)」這個詞來指它。「時態」是一個複數概念。漢語只有一個時間定點的標記，而不像「三時制」那樣用不同的標記做出時態的劃分。而且不同於西方語言，漢語的時制範疇並非句子中的固定成分。一般說來，它只出現在動態的句子當中。判斷句如「畢加索是二十世紀最偉大的畫家」無法表現時態，漢語沒有英語 *Picasso **was** twentieth century's greatest painter* 與 *Picasso **is** twentieth century's greatest painter* 之過去時態和現在時態的區分。印歐語發展出一個以時制為中心的句法體系，可稱為強時語言。相對於印歐語系西方語言，漢語就是一種弱時語言。語言用來敘事，時段的表達是必要的。弱時語言句法沒有「三時制」，時的表達沒有那麼直接，往往需要用到語用環境來決定。不過時段的劃分對弱時語言來說也不單純是一個篇章或語用的問題。弱時語言也需要用到句法手段構築事件的陳述，而它的構築方式其實比強時語言更是多元而有趣。在討論上古漢語如何利用各種句法手段構築事件的時間架構時，我們首先對語言的時的觀念以及弱時語言的特質稍加說明。

2.2 時制 (Tense) 與動貌 (Aspect) 的基本分析

語言必須能指向語言外的現實世界，方能陳述事實。它必須具有文外指稱的成分與外在世界關連起來。西方語言學把這種指物（物包括語言外的實體及虛體）作用的語言成分通稱為 deixis。指示詞是這樣的成分，時間副詞、處所詞也是這樣的成分。對於事件的敘述，語法中需要有動貌和時的概念。動貌表現事件的基本結構，可稱為體相。❶動貌分別事件的體

---

❶ 「動貌」或稱「體」。兩個名稱都有其方便之處，本書兩者都用。「動貌」是通稱，相當於英語的 aspect；「體」則是各種動貌的類別，如完成體、非完成體。另外還有 「體相」，則指事件的動貌類型，如有界限 (bounded)、無界限

相，但不給予體相以時間定位。給予時間定位的是句法中的時制，不是動貌。❷所以時制是一種具有 deictic 指示性質的語法機制，而動貌不具有指示性質。下面談到有一類動貌叫做「合成動貌 (composite aspect)」，是含有時的成分的。動貌如果不含時的成分，它本身是無法對事件給予時間定位的。

西方語言的「三時制」把時間之軸分為過去、現在及未來三時段；動貌分完成、非完成（或持續）等體。若加以分解，則時、體均可認為表現時間元素之間的各種關係。Hans Reichenbach 區分三個時間元素，即說話時間 S (speech time)、事件時間 E (event time) 和參照時間 R (reference time)。❸其中參照時間是一個概念性的時間參考點，說話時間和事件時間這兩個時間元素則包含了實在時間，即事件發生的當時的時間點或段（說話也是一種事件）。我們參考了 Reichenbach 的理論，並做了若干修改，將時制和動貌加以分解，認為時制是 R 和 S 之間的關係，動貌則是 E 和 R 之間的關係。時制、動貌可以圖示如下：

(3)

時制 (R/S)		
過去 past	現在 present	未來 future
R_S	R,S	S_R

(unbounded) 等。

❷ 參看 Comrie, Bernard (1976), *Aspect: An Introduction to the Study of Verbal Aspect and Related Problems.* New York: Cambridge University Press。但是西方傳統語法稱為 perfect 和 imperfect 的體則是含有時的成分的，亦即是說，它含有一個下文所說的說話時間定點。這一類的動貌我們稱為合成體 (composite aspect)。

❸ 關於「說話時間」、「事件時間」、「參照時間」以及時制的分解，參考 Reichenbach, Hans (1947), *Elements of Symbolic Logic.* Berkeley, California: UC Press。這個理論的進一步發展可以參考 Hornstein, Robert (1990)。我在 Mei (1999, 2004) The expression of time in Tibeto-Burman 一文中也提出了一些補充意見。

動貌 (E/R)		
完成 perfective	非完成 imperfective	起始 inchoative
E_R	E,R	R_E

　　時制表達說話時間和參照時間之間的關係；動貌表達事件時間和參照時間之間的關係。時制方面，參照時間在說話時間之前就是過去時態；參照時間在說話時間之後就是未來時態；參照時間與說話時間疊合就是現在時態。動貌方面，參照時間在事件時間之後是完成體（參照時間代表事件的結束點）；參照時間與事件時間疊合是非完成或持續進行體；參照時間在事件時間之前表示開端，表起始體。在這個系統下，時制以說話時間為劃分的基礎；動貌則以事件這個時間體（要注意：這裡的「體」並非指動貌，只是一般用法）為劃分基礎。時制和動貌由此都得到明確的界定。

　　強時語言表現說話時間跟參照時間的關係 (R/S)，建立所謂「三時制」。弱時語言沒有「三時制」，因此句法上不能表現參照時間和說話時間的關係。那麼弱時語言「時」的特徵是什麼？過去學者認為漢語是屬於沒有時制的語言 (tenseless language)。如果漢語真的沒有時制，那它的句法就只能表達動貌各種體相了。遠古時期的漢語有沒有時制，我們還不很清楚，不過上古中期以後，漢語就有了一個簡單的時的裝置，歷經三千多年，都沒有改變。前面說過，時制具有 deictic 指示性質，它有一個指向說話時間的文外指示成分，就是 S。西方強時語言的「三時制」表達這個指示成分 S 跟一個參照點 R 的相對位置。弱時語言沒有「三時制」，這表示這種語言在句法上無法表達 S 和 R 的關係。那麼它可以有一個什麼樣子的時制呢？只表示說話時間的絕對定點，不表示相對關係，這也是時的概念。換句話說，一個語言即使沒有多個時態標記，只要含有一個指向說話時間的文外指示成分 S，這也構成該語言的時制。這是最簡單的時制。我們認為弱時語言的時制就具有這樣的性格。上古漢語的「矣」、現代漢語的句尾詞「了」都是漢語的時的標記。

　　弱時語言的時制結構內容非常簡單，只含有指向一個時間定點的 S，因此它不像強時語言可以擔當功能範疇內部整合的重任。弱時語言的時制恐怕也不是一個常設的句子功能成分，而是需要用到它時才用它。這就產生一個漢語句子結構的基本問題：使用時制的決定因素是什麼？換句話說，什麼情況的句子可以有時制？什麼情況的句子不能有時制？下一節就談一談這個問題。

2.3 事件論元 (event argument) 與時的表達

　　首先我們介紹一個時的概念，叫做「話題時間 (topic time, TT)」。話題時間是指說話者為說話內容所規定的時間範圍。參看 Wolfgang Klein (1994) *Time in Language*。❹Klein 書中對話題時間做的界定原文是：the time to which the assertion made by an utterance is confined (p.160)。Assertion 一詞指說話者的論斷。判斷句是一種說話者的論斷。例如「這本書是用俄文寫的」是說話者對這本書的論斷。Klein 認為話題時間也包括說話者的論斷行為的時間，因此論斷的時間也必須在句子的時態中顯示出來。英語 *when I looked at it closely, the book **was** in Russian* 一句中，正句的繫詞就是用了過去式 *was* 以表 *the book is in Russian* 的論斷時間，亦即指整個複句的話題時間。漢語的話題時間是個語意和語用的問題，不一定要在句子層次上顯示出來。因此在「我仔細一看，這是一本俄文寫的書」這個句子中，判斷句「這是一本俄文寫的書」的論斷時間是語意層次的，不必（也不能）顯示在判斷句中。敘事句都含有事件論元；判斷句沒有事件論元。弱時語言的句子必須含有事件論元才能有時的表達，句子結構中也才能出現時制。這是我們對上一節最後提出的問題的回答。

　　時間副語如「今天」、「去年冬天」、「五點鐘的時候」都表達話題時間。這是說話者給他的敘事一個時間定位（這個時間長短可以不同，甚至可以短至一個時間點）。時間偏句如「當我走進去的時候」也是表達話題時間。

❹　Klein, W. (1994), *Time in Language*. London; New York: Routledge.

讀者也許會問：這些不都是事件時間嗎？為什麼事件時間之外還需要話題時間這個概念？話題時間不就等於事件時間嗎？這必須對 Reichenbach 的「事件時間」的涵義稍加解釋。

　　西方語言學傳統把動貌也當作「時」。Reichenbach 顯然也受到這個影響，因此他把事件也看成是時。不錯，事件存在於時間中；時間是事件的唯一向度 (dimension)，因此前文我們就用了「時間體」這個字眼。事件在時間中的展延，有起始、有延續、有終結。句法的動貌範疇就是以這三種事件的體相為基礎而建立的系統。因此動貌其實不涉及事件的實際發生時間。動貌的結構成分「事件時間」E 不是一個 deixis 概念。在語法上事件實際發生時間要通過「話題時間」這個概念表達出來。

　　「話題時間」基本上是一個語意和語用概念。語言可以用很多不同的方式表達「話題時間」。從語用環境去決定「話題時間」是漢語常用的一種方式。例如「他在房間休息」一句話的「話題時間」可以是現在也可以是過去。發生的時間需要從上下文決定。漢語當然也可以在句子裡明白的做出話題時間的表示。話題時間可以用時間副語表示，例如「他是 5 點 10 分到的」的「5 點 10 分」和「我今天早上寫了三封信」的「今天早上」，都是話題時間。偏正複句的時間偏句也是表話題時間，如「當我走進去的時候，他正在房間休息」的「當我走進去的時候」。時間偏句表達一個事件並以它作為整個複句的話題時間。❺

　　值得注意的是，這些漢語句子的結構裡面並沒有時制的成分。「5 點 10 分到」是一個 vP（第九章），時間副語「5 點 10 分」加接在 vP 結構之上。「今天早上寫了三封信」是一個帶完成體動貌的謂語，「今天早上」加接在動貌結構 AspP 之上。「正在房間休息」也是一個動貌結構（非完成體），上面有一個加接副詞「正」，表示與話題時間（時間偏句）的時點一致。

　　漢語的時間副語可以出現的地方不只一處。時間副語可以加接到句子前面，也可以加接到謂語前面。加接到句子前面的時間副語可以重讀，也

❺　時間副語可以表達篇章的話題時間，如用於敘述故事的「從前」、*once upon a time* 等。此等時間副語還是一樣與所屬句子的事件論元關連。

可以不重讀。句子前面的副語如果不重讀，而是按照自然語調來讀，「今天早上我寫了三封信」跟「我今天早上寫了三封信」意思完全相同。時間副語沒有一個固定位置，這表示時間副語不是固定在句子哪個詞組結構（比方說 TP 或 AspP）上面。時間副語不需要用一個功能結構來安置它；它可以加接到句子任何一個層次的詞組上。

對於這個現象，我們的解釋是時間副語並不是功能部件裡的成分。擴大來說，所有表達話題時間的句子成分都不是功能部件裡的成分。話題時間最多只跟句子的事件論元發生直接關係。❻由於這是一種語意的自由聯繫 (free association)，表達話題時間的句子成分可以是不同位置上的時間副語。在複句中，表達話題時間的時間偏句跟正句的事件論元也是一種自由聯繫關係。

由此看來，話題時間是另一種語法的時間概念。話題時間是針對語句內容而設的時間框框，是外在於語句內容的。話題時間指說話者所規定的時間，因此具有語用的性格，理論上沒有必要通過句法的機制——時制——表達出來。弱時語言對話題時間種種的表達方式正反映話題時間的特質。

從弱時語言的觀點看，語言的時的問題是比較簡單清楚的。弱時語言的時制只跟事件論元相關。只有含有事件論元的句子才有時制。敘事句是含有事件論元的代表類，判斷句則是不含事件論元的。因此漢語的判斷句都沒有時制這個範疇。強時語言的時的表達就沒有這樣單純。強時語言時的表達是強制性的，判斷句也需要做時的分別。例如「達文西是個天才」這句話翻成英語一定要用過去式：*Leonardo Da Vinci was (*is) a genius*。這種時的表達跟事件論元沒有關係，完全是因為我們知道達文西是古人，已不在人世。語法學特別為西方語言這個現象起了一個名稱，叫 lifetime effect。Lifetime effect 就是指這個時的硬性規定。漢語根本沒有 lifetime

---

❻　根據 Larson (1988) 的分析，英語表時間點的副語 (punctual temporal adverbials) 處於動詞組 VP 的內部。Giorgi, Alessandra and Pianesi, Fabio (1997, ch. 3, sec. 3.2.5) 則曾試證明義大利語居於動詞後的時間副語具有論元地位。凡此皆說明時間副語是可以直接與動詞組內的事件論元相關連的。

effect 這個觀念。

從這個角度看來，我們也許就不能認定強時語言比弱時語言表現更多語言的普遍性質 (language universals)。前面說過，IP 還是一個有待繼續開發的句法領域。這不是說語法學家在這方面的投入不夠。事實恰好相反，IP 一直是生成語法研究的一個聚焦點。然而似乎學者始終無法在 EPP、時制和主語結構格位三個問題中取得協調。❼ 我們對 IP 的理論分析還存在好些糾結難解的問題。也許我們應當更關注世界不同類型語言對於時的表達，以尋求理論的統一。這領域自然還有很大的開發空間。而像漢語這樣的弱時語言應可以提供很多啟示。

2.4 動貌與情態

句法功能部件中有關時的表達，除時制外，還有動貌和情態。現在就談談這兩個功能範疇的結構。漢語的動貌跟表述語的事件類型關係甚深，我們就從這裡談起。

2.4.1 動貌與事件類型 (event types)

在我們的系統中，動貌表達參照時間 R 和事件時間 E 的關連，見下圖右方。

(4)

時制 (R/S)			動貌 (E/R)		
過去	現在	未來	起始	非完成	完成
past	present	future	inchoative	imperfective	perfective
R_S	R,S	S_R	R_E	E,R	E_R

---

❼　主語結構格位問題是指句子主語如何得到主格 (nominative case) 的問題。對這個問題，我們尚無解答。

前面已解釋過，E 表事件發生的時間軸，R 表一個抽象的時間參考點。我們用時間參考點的不同位置來標示動貌不同的體。時間參考點在事件時間軸的前面（首端），即 R_E，標示起始；時間參考點在事件時間軸的中間，即 R,E，標示持續進行；時間參考點在事件時間軸的末端，即 E_R，標示完成。這三種體是動貌的基本體，或稱為基本動貌。以基本動貌的結構而言，無論 E 或 R 都不標示實際時間，因此都不代表話題時間。「我今天早上寫了三封信」中，「今天早上」是話題時間，「寫三封信」這個事件發生在話題時間的時段之內，故話題時間僅與事件（事件論元）相關連，而不是與完成體的「了」相關連。動貌是從各個「側面」看事件的內部結構。完成體「寫了三封信」集中在事件的終結，顯示事件設有終止界限，但沒有指出時間點。「今天早上」不是指信寫完那一刻，而是指寫信這件事發生的時間。

時間副語可以表時段也可以表時點。「今天早上」表時段；「今天早上十點半」表時點。把表時點的時間副語加在完成體上常常造成不好的句子，例如「??我今天早上十點半寫了三封信。」但是如果用「寫完」就沒有問題：「我今天早上十點半寫完了三封信。」這是因為「寫完」這個語詞含有終結義，可以允許時點的表達。❽凡此皆說明時間副語是跟事件論元相關連的，不是跟 IP 上的動貌相關連的。

「寫三封信」這種帶量化賓語的動賓結構在事件類型的分類中屬「達成 (accomplishment)」類。達成類的謂語表達一個含有末端界限觀念的事件。「寫三封信」的「三封信」就是「寫信」事件的量的限度。因此達成類謂語多用完成體動貌：寫了三封信；比較：*正在寫三封信。「寫完」也是達成類。但「寫完」帶有動貌概念，有終結義。「寫三封信」本身沒有終結義。

事件類型表達語詞的體相，又有語詞動貌 (lexical aspect)、處境動貌 (situation aspect) 及內部動貌 (inner aspect) 等名稱。❾照目前語法學上大致

❽　「寫完」的「完」是表完成的 lexical aspect。參看下註。

❾　Situation aspect（處境動貌）一名稱見 Smith (1991)。Inner aspect（內部動貌）參

的分法，事件類型除達成類外，還有「狀態 (state)」、「活動 (activity)」和「瞬成 (achievement)」等，已見第七章。事件的「狀態」本書稱為「動態的狀態」。動態的狀態（如「高興」）含有事件論元；靜態的狀態（如「聰明」）不含事件論元。語意學有 stage-level predicates 和 individual-level predicates 的區分，就狀態動詞而言，大致相當於動態、靜態兩類的分別。❿

　　表活動類型是行為動詞（如「玩」、「吃」、「寫」、「睡」等）和感知動詞（如「看（電視）」、「聽（音樂）」、「想念（一個人）」等）。表活動的謂語都可以用非完成體表達持續進行。非完成體所表達的事件都可以看成不含開始及終止的界限。就其可以不設界限這一點性質來看，活動——行為和感知——和狀態兩種事件類型是同類的。狀態所表達的事件是一種情況，也是當作沒有開始及終止界限的。不過狀態類型的謂語不能帶非完成體動貌，只有活動類型才能用非完成體動貌。達成類型的事件都是設有界限的，

<hr />

看 Lisa Travis. *Inner Aspect: the Articulation of VP* (Springer, 2010)。Travis 認為語詞的體相也應當在句法層次上處理。所謂內部動貌，就是論元結構 (VP) 裡面的動貌體系。她假設 VP 的內部有兩個功能投射 (functional projection)，一是 AspP，一是 E(vent)P。該書引用了很多南島語（菲律賓的 Tagalog）語言現象，也引用漢語現象如把字句，以為證據。

今按：Travis 以把字句作為 inner aspect 存在之證，其論證頗複雜。不過動貌有外內之分，在漢語可以找到更清楚的例子。試比較「我請過他吃飯」和「我請他吃過飯」。二句的意思是不同的。「我請過他吃飯」並不表示「吃飯」這件事發生過，因此可以說「我請過他吃飯，可是他沒有來。」「請他吃過飯」則不然；這句話一定表示他吃過我的飯。如果前面的「過」是動貌標記，那麼後面的「過」也應當是一個動貌標記。那麼這兩個「過」就應當有外、內之分了。內部動貌是一個非常值得探討的問題。上古漢語沒有外部動貌，可能要假設它有內部動貌。內部動貌表現在事件類型中。不過這個問題不是本書所能處理的。

❿　參看 Angelika Kratzer (1995), "Stage-level and Individual-level Predicates," In Gregory N. Carlson and Francis J. Pelletier (eds.), *The Generic Book*. University of Chicago Press. 125–175. Carlson 最早提出 stage-level predicates 與 individual-level predicates 的區分，見 Carlson, G. N. (1977), *Reference to Kinds in English*, PhD Dissertation, University of Massachusetts, Amherst. 上古漢語同一質詞形式，如「美」，可作 individual-level 或 stage-level 表述之用。「美而豔」《左傳‧桓公元年》屬前者，「長而美（長大了變得很美）」《左傳‧襄公二十六年》屬後者。二者語義結構有別：前者沒有事件論元，後者則含有事件論元。本書的靜態狀態和動態狀態，也是據此而分。

自然也不能用非完成體表達。

　　達成與瞬成類型的事件都是設有界限的。不過達成類的事件有一個發展過程，瞬成類則指那種沒有一個發展過程的驟發動作、經驗、事件或現象，如「摔倒」、「打破」、「看見」、「破產」、「出現」之類。這個類型的謂語也只能有完成體，不能有非完成體；也就是說，沒有「*正在摔倒」、「*正在打破」、「*正在看見」、「*正在破產」、「*正在出現」這樣的說法。活動和瞬成的事件類型正好相反：活動是可以延續的，而且可以拉長來看；瞬成不能延續，也不能拉長來看。

　　基本動貌分完成 (perfective) 體、非完成 (imperfective) 體之外，還有起始 (inchoative) 體。起始體表達事件發生的首端界限。「起來」加在行為動詞和狀態動詞後都能表起始，如「突然放聲大哭起來」。但並非所有行為和狀態動詞都能加表起始的「起來」。動詞能不能加「起來」表起始有詞義的限制。「了」表完成或表起始，也是跟動詞的詞義有關。

　　現代漢語完成體用「了」表示。其實動貌後綴「了」只跟事件的界限 (boundedness) 作語意關連，並非專用於完成體。界限可以是首端界限 (start-bounded) 或末端界限 (end-bounded)。兩種界限都可以用「了」表示。表感知活動的動詞加動貌後綴「了」通常表起始而不是完成，例如「他信了佛教」這句話表示他開始有了宗教信仰。狀態動詞加動貌後綴「了」則表完成，例如「他今天早上來了」。必須分別的是現代漢語有兩個「了」，這裡說的是動詞後綴「了」。另外還有表時間定點的句尾「了」。「他來了」這句話至少有三個意思。「他也來了（，不過只坐了一會兒。）」說的是過去的事，相當於英語的 he came。這個「了」是動貌後綴，是完成體，屬基本動貌。另一個就是句尾詞「了」。句尾詞「了」表時間定點，通常指說話時間，「他來了」又有 he has come 的意思。這個「了」是動貌後綴跟句尾詞的合體，含有兩個句法成分，是語法學上的「現在完成」，是有時的觀念的。❶「現在完成」是一種合成動貌，不屬於基本動貌。句子「他來了」還有相當於英語現在進行 he is coming 的意思。這個「了」也是句尾詞

---

❶　如果動詞後帶賓語，那麼兩個「了」就可以分開了：我打了預防針了。

「了」，不是動詞後綴「了」。它是單純的句尾詞，不是動貌後綴「了」跟句尾「了」的合體。現代漢語表狀態的改變 (change of state) 也用句尾詞「了」來表達，都含有時間定點。例如「天亮了」、「停電了」。語法學也把狀態改變的時制機制（加句尾「了」）稱為起始 inchoative，因此像「天亮了」、「停電了」也被認為表起始。但這不是我們這裡所說的起始體基本動貌。詳 2.5 節。

2.4.2 情態

語言普遍都有情態的標誌。情態在本書中是指實然與非實然 (realis vs. irrealis) 二分範疇。英語語法的 moods 是情態概念：indicative 屬實然情態，interrogative、imperative 和 subjunctive 屬非實然情態。語法學和語意學上的 modality 也是情態。Modal logic 處理非實然情態範疇裡的問題，如「必然」與「可能」。西方語言的 moods 通常以不同的句式來分別，而各種 modalities 則通過助動詞 (modal auxiliaries)、形容詞 (modal adjectives)、副詞 (modal adverbs) 等多種方式表現出來。不過，這些表達方式的不同都是語句的表面現象。我們以「情態（廣義的 modality）」一詞統括之。大致說來，語言的情態問題是放在語句的 CP 層次處理的。但是情態也跟時發生關係，因此 IP 也必須註記實然／非實然二分範疇。弱時語言用非實然情態表達未來，這是 IP 裡的成分，不是在 CP 結構中的。跟時制、動貌一樣，IP 裡的情態對立只能出現在事件句中。

漢語動貌的基本對立（完成體／非完成體）只存在於實然情態範疇中。「*將寫了三封信」、「*將正在寫信」都是不能說的（但西方語言有相當於這兩種意思的說法）。情態與動貌有如下的結構關係：

(5)

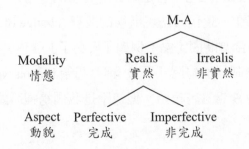

語言的情態標示各有各的方式。臺灣南島語（如鄒語）用不同的助動詞表實然和非實然。藏緬語如雲南西北怒江流域的怒蘇語和阿儂怒語用句末助詞 a 來標示實然狀態，而羌語則是用長元音後綴 -a: 來標示非實然狀態。嘉戎語所有條件句都加前綴 a-，表非實然。❷漢語的非實然模式也是有標的，是通過情態詞來表示，古漢語有「其」、「將」，現代漢語有「將」、「會」、「要」，都表非實然情態。非實然情態也可以有一個時間定位標記，此即 2.5 以及 3.1.3 節所說的即行體。因此漢語的時制範疇也在情態範疇之下。三者在 IP 結構中的位置為 ModP-TP-AspP。

2.5 時制與動貌：合成動貌

一般而言，合成動貌是在基本動貌的基礎上加入時的因素。西方語言的完成體有 perfective（完成）與 perfect（合成完成）的區分；非完成體有 imperfective（非完成）與 imperfect（過去非完成）的區分。在 Reichenbach 的系統裡，simple past 和 imperfect 二者分別不開，都寫成 E,R_S。在我們的系統裡，simple past（過去）是 R_S；imperfect（過去非完成）是 E,R_S，也就是過去 R_S+ 非完成 E,R。

---

❷　羌語和嘉戎語都屬於藏緬語系，通行區域為中國四川省西部。

(6)

（基本）動貌 (E/R)		
完成 perfective	非完成 imperfective	起始 inchoative
E_R	E,R	R_E

合成動貌 (E/R/S)			
合成完成 perfect	非完成 imperfect	現行 progressive	即行 prospective
E_R,S	E,R_S	E,R,S	R,S_E

　　現代漢語基本動貌的完成和起始的表達跟語意關係密切，動詞後綴「了」只是一個突出事件界限側面（首端或末端）的記號，不能誤解為表完成體的標記。不過這是一個動貌標記，則無疑問。語法體系不是固定不變的。現代漢語還有「起來」表起始，「下去」表繼續，都有動貌標記用法。這些動貌標記都是中古以後才逐漸發展出來的，到現在「起來」和「下去」還沒有發展成熟，還沒有完全成為動貌標記。上古漢語的基本動貌皆由動貌動詞（如「畢」、「已」等）或事件類型本身決定。

　　至於合成動貌，西方語言特別是拉丁語系的語言（法語、義大利語、西班牙語等）都用屈折形式分別過去 (past) 與過去非完成 (imperfect)。現代英語已經沒有固定形式的過去非完成了。漢語則從未有過這個合成動貌，因為漢語根本沒有過去時態 R_S。

　　完成與合成完成之分其實很簡單，就是後者有時間定指，前者沒有。比較：

(7)

　　　　a. 他中了獎。

　　　　b. 他中（了）獎了。

(a) 句是完成體，屬基本動貌；(b) 句則是合成完成體。(b) 句用句尾「了」

表時間定點，把發生的事情（中獎）關連到說話時間。(a) 句只表達一件已發生的事，並沒有標示發生的時間，必須加時間副語，句子表達的時間才明確。

(8) 他去年中了獎，今年又中了獎。

即行體是合成完成體的鏡像反映 (mirror image)。即行體也是用「了」做時間的關連，它把一件將發生的事關連到說話時間。比較：

(9)

    a. 他要出國。

    b. 他要出國了。

(a) 句是所謂「將行體」，表達一個意願或一件要發生的事，但沒有一個時間表。(b) 句則不然，這句話一定表示這是一個近期要實現的計畫，是「即行體」。即行和合成完成都有一種所謂現時的關連 (current relevance)。這是時間定點「了」帶出來的意思。

情態動詞「要」是一個非實然標記。漢語沒有未來時態 (future tense)，只用非實然情態表達未來。弱時語言時的表達是多元的。其實「要」、「將」、「會」等都是情態標記，既非時的標記，也不是動貌標記，因此把即行體或將行體叫做「體」都不是正確的說法。不過這兩個名稱流行已久，在沒有更好的稱法之前，還是不能不用它。

現行體表一個連續的狀況或變化。我們說過「他來了」這個句子有三個意思，其中一個意思是相當於英語的 *he is coming*（其實英語這句話也有歧義）。這就是現行體。現行體有目擊或臨場的語意，如「看！全場都鴉雀無聲了」。這個「了」是句尾詞「了」。能不能用「了」表達現行，跟我們對事物的認知 (cognition) 或感官知覺 (perception) 大有關係。漢語的「他死了」似乎沒有現行義，但是英語則可以說 *he is dying*。英語的 *die* 是一種可察覺的持續變化過程，漢語的「死」就不是。「死」、「病」都是瞬成類動詞。在日常生活中，變胖、變瘦等狀態的變化是不能即時測量的，因此「他

胖了」、「他瘦了」只有狀態改變的完成義，沒有現行義。但是在看魔術表演時，似乎還是可以指著臺上的丑角說「他胖了胖了」或「他瘦了瘦了」這樣的話。由此可見時、體的表達牽涉到多個因素。

　　合成體句子都有時的定點標誌。這個時間定點通常指說話時間，即 Reichenbach 體系中的 S，但並非皆是如此。說話時間是這個時間標誌的設定值 (default value)。然而必須在這裡強調，本文說的 「時間定點」 和 Reichenbach 的 S 點有所不同。時間定點不是絕對的，它可以用來指語境的話題時間。我們還記得，Reichenbach 體系中還有一個參考點，叫做參照時間 (reference time, R)。參照時間是相對時間，不是指哪一個絕對時間。落實到語句解釋上，參照時間所指的時間就是話題時間，即 R=TT。在合成動貌中，R 和 S 的關係是 R,S。❸ 這就是說，參照時間跟時間定點是一致的，亦即 S 以 R 的話題時間為時間定點。例如：

　　　　⑽ 他去年就中了獎了。

這句話的句尾詞「了」不是指說話時間（Reichenbach 的 S），而是指話題時間 (topic time, TT)「去年」。句子意思是中獎這件事去年已經發生。句尾「了」把事件的完成時間指向「去年」，不是指向說話時間的「現在」。❹

3. 上古漢語的「矣」

　　上古漢語在描述事件時，用語尾助詞 「矣」 作為標示說話時間點 (speech time, S) 或其他時間定點，現代漢語則用 「了」。兩者作用是相同的，都是漢語句法體系中時制詞組 (TP) 的中心語 (head) T。馬建忠《文通》是我國最早的語法學專著，「矣」和「了」在語法表現上的相似性也是馬建

❸　過去非完成的情形可以不論，因為漢語沒有這個合成體。

❹　因此我們應當以另一字母，比方說 C，來代替 S。跟強時語言的三時制系統相比，弱時語言表達的是說話時間 (C=S) 或者是一個獨立的時間參考坐標 (C=R=TT)，可以說只能提供部分時制觀念。

忠首先指出來的。**⑮**

3.1 「矣」與合成動貌

古漢語語法學一直把「矣」視為一個動貌助詞，**⑯**因此這裡必須強調：「矣」是一個與時間相關而與基本動貌無關的成分。「矣」之所以看起來跟動貌相關是因為它可以用來與基本動貌結合，成為「合成動貌」(composite aspect)。這樣的動貌合成體在上古漢語有三種類型，兩種實然情況，一種非實然情況。漢語沒有西方語言的合成非完成體 (imperfect) E,R_S，因為漢語沒有過去式時態 R_S。

3.1.1 合成完成體

在完成體的基礎上加時間定點「矣」，表達一個時間定點前發生或經驗的事，這是合成完成體。這個時間定點可以是說話時間，如 (11a)；也可以根據上下文意，指一件過去的事，並以此事的發生作為時間定點，如 (11b) 的「得晉國」。

(11)

　　a. 趙使魏加見春申君曰：「君有將乎？」曰：「有矣。僕欲將臨武君。」《戰國策‧楚策四》

　　　　趙國派魏加去見春申君。魏加問道：「您有統帥三軍之大將嗎？」春申君回答說：「我已經有了（人選）了。我打算任命臨武君為我的大將。」

　　b. 晉侯在外十九年矣，而果得晉國。險阻艱難，備嘗之矣；民

---

⑮ 「矣」在《詩經》有非時態（也非動貌）的用法。這種作為語氣助詞的「矣」可以直接出現在 NP 主語之後。下面是〈小雅‧斯干〉的例子。

　　　　兄及弟矣　　兄弟手足啊
　　　　式相好矣　　願彼此友愛啊
　　　　無相猶矣　　而不互相詐欺啊

⑯ 現代漢語的句尾「了」也同樣被學者視為動貌標記。中文著作例不勝舉，西文著作，可參看 Smith, Carlota (2001, 2006) 和 Smith and Erbaugh (2005)。

之情偽，盡知之矣。《左傳・僖公二十八年》

晉侯在外逃亡了十九年了，最後得到了晉國。各種艱難險阻，他都嚐盡了；民情真偽，他也全都了然了。

這種「矣」字句可以用通常稱為「動貌副詞」的「已」或者「既」加強其時間性：

(12)

    a. 秦晉圍鄭，鄭既知亡矣。《左傳・僖公三十年》

       秦國和晉國圍攻趙國，鄭國已經知道自己就要滅亡了。

    b. 吾君已老矣，已昏矣。《穀梁傳・僖公十年》

       我們的國君已經老了，已經昏庸了。

    c. 事未成，則爵祿已尊矣。《韓非子・內儲說下》

       事情還沒成功，他已經名利雙收了。

「矣」和「嘗」一起用時，則是標註經驗完成體 (experiential perfect)。

(13) 雖然，吾嘗聞之矣。《孟子・滕文公上》

    雖然如此，我是曾經聽說過的。

現代漢語用「過」表經驗完成。經驗完成的「過」也含有時間定點，只是這個時間定點是暗指而不是明說。「過」表示有一個時間定點，事情是在這個時間定點之前發生的，但說話者並不把時間定點加以固定，沒有在語句的上下文中標明事情是在哪一天或哪個時刻發生。上古漢語還沒有發展出「過」的用法，經驗完成體還是用「矣」標示時間定點，這個時間定點就不是指說話時間。當「嘗」不出現時，形式上這就跟一般的合成完成體無別。

(14) 有子問於曾子曰：「問喪於夫子乎？」曰：「聞之矣：喪欲速貧，死欲速朽。」《禮記・檀弓上》

    有子請教曾子：「你（曾經）問過夫子如何看待喪失官位的問題

嗎？」曾子回答：「聽他說過的：丟了官的人就要盡快貧窮（意思是要做到安貧樂道），死了的話就要盡快腐朽。」

這裡「問喪」和「聞之矣」是「嘗問喪」和「嘗聞之矣」的意思。

3.1.2 現行體

我們在 2.4.1 及 2.5 節中說，現代漢語「他來了」這個句子有相當於英語現在進行式 *he is coming* 的意思。這個標示「現在發生」的動貌我們稱為「現行」。現行體也是含有時間定點的合成動貌，這個「了」是句尾詞「了」，不是動詞後綴「了」。語法學上有所謂表狀況改變 (change of state) 的動詞，例如動詞「倒」，現代漢語都可以加「了」，如「樹倒了」。如果「樹倒了」這句話是指過去的一件事，這個意思是用動詞後綴「了」表現的；如果是指當下目擊的事（可以重複說「樹倒了倒了」），這個「了」就是標說話時間的句尾詞「了」，表現行體。如果這句話的意思是「樹已經倒了」，那麼這個「了」就是兩個「了」的合體，是上一節所說的合成完成體。上古漢語沒有相當於動詞後綴「了」的標記，只有時間定點標記「矣」。

上古漢語現行體用「矣」表示。

(15) 秦王老**矣**。《史記·呂不韋列傳》

秦王老了；the King of Qin is getting old.

抽離的看，「秦王老矣」有兩個解釋：秦王已經老了；秦王年紀漸老了。前者是（合成）完成體 (E,R_S)，後者是現行體 (E,R,S)。二者在上古漢語常常不作形式上的區分，需要從詞義及句義加以分辨。有時兩種解釋於文義皆通，如下例：

(16) 日月**出矣**，而爝火不息，其於光也，不亦難乎？時雨降**矣**，而猶浸灌，其於澤也，不亦勞乎？《莊子·逍遙遊》

日月都出來了（或：都已經出來了），而燭火卻還不熄滅，想和

日月爭光不是太難了嗎？時雨都下來了（或：都已經下來了），
還忙著挑水灌溉，不是白做工了嗎？

下面《左傳·成公十六年》一段敘事文字的「矣」都是現行體用法：

⑴⑺ 楚子登巢車以望晉軍。子重使大宰伯州犂侍于王後。
　　王曰：「騁而左右，何也？」
　　曰：「召軍吏也。」
　　「皆聚於中軍**矣**。」
　　曰：「合謀也。」
　　「張幕**矣**。」
　　曰：「虔卜於先君也。」
　　「撤幕**矣**。」
　　曰：「將發命也。」
　　「甚囂，且塵上**矣**。」
　　曰：「將塞井夷灶而為行也。」
　　「皆乘**矣**，左右執兵而下**矣**。」
　　曰：「聽誓也。」
　　「戰乎？」
　　曰：「未可知也。」
　　「乘而左右皆下**矣**。」
　　曰：「戰禱也。」
　　楚王登上巢車遠望晉軍。子重讓大宰伯州犂侍立在楚王身後。
　　「為什麼戰車向左右馳騁？」楚王問
　　「這是在召集軍吏啊。」伯州犂回答
　　「現在他們都聚集在中軍了。」楚王說
　　「這是在策劃謀略。」伯州犂答
　　「他們在張設帳幕了。」楚王說
　　「這是向先君卜求庇護啊。」伯州犂答

「他們在拆帳幕了。」楚王說

「是要發布命令啊。」伯州犁答

「喧鬧得非常厲害，塵土都飛揚起來了。」楚王說

「是要填平井灶擺開陣列。」伯州犁答

「他們都乘上戰車了。現在那些左右軍的將帥和車右都拿著兵器下車了。」

「這是在聽訓話。」伯州犁答

「他們要作戰了嗎？」楚王問

「還不知道呢。」伯州犁說

「都上車了，左右又都下來了。」楚王說

「這是戰前的祈禱啊。」伯州犁答

在這段對話裡面，「矣」、「也」交錯為用，一為敘事，一為說明。楚王不清楚敵軍每一個動作代表的意思，他只能把敵營動靜一個一個的講述給伯州犁聽，在講述每個場景的時候，他用的是帶「矣」的現行體句子。而伯州犁則是解釋每一個敵軍動作給楚王聽，因此他用的是帶句尾詞「也」的說明句。藉由形式標記的交錯，記錄此事的史官生動的呈現兩種表達方式的對比效果。

　　「矣」和「也」在使用上有高度的互斥性：句子用「矣」就不用「也」，用「也」就不用「矣」。❼「也」多用於非敘事情況，這使得上古漢語表判斷或說明的語句有鮮明的形式特徵。然而必須指出，基本上「也」

---

❼　《論語・為政》「攻乎異端，斯害也已。」（「斯」承指上句），「也已」不能說成「*也矣」。

《論語》和《孟子》都有「也已矣」這樣的說法，如《論語・泰伯》「泰伯，其可謂至德也已矣。」不過句尾「已」在先秦還是一個動詞（述語），因此「其可謂至德也」和「已矣」是兩個分開的句子。「已矣」是「就是這樣了」的意思。它的結構是「pro 已矣」。pro 承指前面「其可謂至德也」這句話。參看 Harbsmeier（何莫邪）(1989). "The Classical Chinese modal particle Yi 已," in Proceedings of the Second International Conference on Sinology (December 29–31, 1986. Academia Sinica, Taipei). Section on Linguistics and Paleography, pp. 471–504.

是一個語氣詞，是句子的功能結構 CP 的一個成分，似乎並沒有任何理由不能用於事件句中。肯定義的事件句一般不用「也」煞尾，這是事實，但帶「未」的否定句還是可以用「也」煞尾的，如上例中「未可知也」。

3.1.3 即行體

　　現行體表達說話當下正在發生的狀況或狀況變化。即行體則表達將要發生的情況，所以帶非實然情態詞「將」。但即行體跟單純表未來不同。「吾將仕」或「我要做官」是非實然情態，表將來；即行體「吾將仕矣」（《論語‧陽貨》）或「我要做官了」雖然也是非實然情態，但它的表述重點卻在表示這個情況是即將發生的。前者只表示意向 (intention)，後者則表示這個意向即將實現。即行體不是只表示未來，而是表示立即的未來 (the immediate future)。它含有一個時間定點表說話時間，使一個未來情況與之產生現時的關連 (current relevance)。

　　即行體也可以用「且」表非實然情態。「且」、「將」是同源詞。❶❽

　　⒅ 楚國君臣且苦兵矣。《史記‧伍子胥列傳》
　　　　楚國的君臣現在就要苦於戰爭了。

有時不用「將」或「且」，也能表即行語氣：

　　⒆

　　　　a. 死**矣**，盆成括！《孟子‧盡心》
　　　　　　死定了，盆成括！

　　　　b. 吾並斬若屬**矣**。《史記‧魏其武安侯列傳》

---

❶❽　「且」是魚部字，古有送氣、不送氣兩讀；「將」是陽部字，亦有送氣、不送氣兩讀。它們之間是陰陽對轉關係（同部位濁塞音韻尾與鼻音韻尾互相轉換）。陰陽對轉是古漢語語詞常見的一種對應關係。「且」、「將」可互訓，參看裴學海《古書虛字集釋》，頁 656。大西克也根據簡帛出土文獻斷定二者是方言的差異。參看大西克也 (2002)〈從方言的角度看時間副詞「將」、「且」在戰國秦漢出土資料中的分布〉，《紀念王力先生百年誕辰學術論文集》，頁 152–158，商務印書館。

我就要把你們的頭通通砍掉。

3.2 「矣」的其他用法

作為一個表時間定點的句尾詞，「矣」可用在一個命令句中表達溫和的命令或祈使語氣。在複句中，它表達兩個或多個事件的時間關係，猶如時間坐標。

3.2.1 命令句

「矣」出現在命令句或祈使句中，例如：

(20)

  a. 先生休**矣**！《戰國策・齊策》
   先生你休息吧！

  b. 客退**矣**！《史記・廉頗藺相如列傳》
   你們（指食客）退下吧！

「矣」可以出現在命令或祈使句中，意味著它不能被視為一個動貌標記。帶「矣」的命令句表示一種較溫和的催促與要求，如同英語的 *Buy now!* 的 now，Buy it now! 比 *Buy it!* 語氣委婉許多。古漢語的命令句常常使用「矣」，不過現代漢語的「了」卻不大能這樣使用。現代漢語用的是「吧（罷）」。因此，「先生休矣」若是用現代漢語來說，應該要說「先生您休息吧！」，而不會說「＊先生您休息了」。不過，「吧（罷）」基本上是一個表示建議語氣的句末助詞，而不是命令語氣。雖然如此，我們依然可以找到「了」在現代漢語表示溫和命令語氣的用法，例如：「大家來吃飯了！」這個句子。這是說話者用溫和的口吻催促大家上桌吃飯，跟古漢語的「矣」的用法如出一轍。

3.2.2 「矣」在複句中時的表達

在敘事的複句中，「矣」用來標示兩個或兩個以上事件的時間交接點。

下面兩個例句是一種「則」字並列複句，「則」有轉折義，似屬副詞而不是連詞，表主語更換 (switch reference)。參看第六章 2.2 節註❸。這種「則」字句用於敘事，表兩個事件的相連，其時間交接點用「矣」標示。現代漢語沒有這種主語更換的並列句，只能用偏正複句表達。

(21)

　　a. 鄭穆公使視客館，則束載厲兵秣馬**矣**。《左傳·僖公三十三年》

　　　　當鄭穆公派人去探看三人下榻的館舍的時候，(他們) 已經裝束完畢、磨利兵器、餵飽馬匹了。

　　b. 公使陽處父追之，及諸河，則在舟中**矣**。《左傳·僖公三十三年》

　　　　晉襄公派陽處父追趕他們 (三個被釋放的秦將)，當他 (陽處父) 追到河邊的時候，(三人) 已經在船上了。

　　當「矣」出現在敘述一連串事件的敘事句當中第一個子句的時候，它提供了後面所有事件的時間參考點：

(22) **參考點為過去**

　　a. 且君嘗為晉君賜**矣**，許君焦、瑕，朝濟而夕設版焉。《左傳·僖公三十年》

　　　　而且您曾經賜惠給晉君了，他答應給您焦、瑕兩地，早晨渡河回國，晚上卻在兩個地方設起防禦工事。

　　b. 晉侯以魏絳為能以刑佐民**矣**，反役，與之禮食，使佐新軍。《左傳·襄公三年》

　　　　晉侯認為魏絳能以刑罰治民了，從盟會回來，就在太廟設宴款待他，指派他為新軍副帥。

　　c. 既已存亡死生**矣**，而不矜其能，羞伐其德：蓋亦有足多者焉。《史記·游俠列傳》

經歷了生死存亡關頭，他們卻不誇耀自己的本事，也不好意思讚美自己：這該有很多值得稱道的地方吧。

⑵⑶ **參考點為當下**

　　a. 既不受**矣**，而復緩師，秦將生心。《左傳·文公七年》
　　　已經不接受（秦國送公子雍回來）了，又拖拖拉拉的出兵，
　　　秦國一定會起別的念頭。

　　b. 民知爭端**矣**，將棄禮而徵於書，錐刀之末，將盡爭之。《左傳·昭公六年》
　　　現在百姓知道爭奪的依據了，就會拋下禮儀而徵引你的刑書，
　　　連錐尖那樣一點小事也會爭個不休的。

這裡的「矣」點出一個時間定點，為後面一連串子句所描述的事件提供了一個時間參考點。至於這個時間參考點所指涉的真實時間則是由這個句子所描述的事件本身來決定的。在 (22) 例句中，其所指涉的時間都是過去的，因為所有被描述的事件都在過去就發生了；而 (23) 二句所指涉的時間卻是「現在」（說話時間）。以 (23a) 為例，「（而復）緩師」是說話當下的行動決定，「秦將生心」則是在說話當下被認為有可能發生的事件。所有這些描述事件的句子裡面都沒有出現任何「絕對時間」的標記。在句法層面上，這些句子只有相對時間概念，並且依靠的都是提供時間定點的句末助詞「矣」。

3.2.3 表事理的「矣」

　　跟現代漢語句尾「了」一樣，上古「矣」字句不只說明事件的時間，也表示概念層面 (conceptual level) 的事理關係。這是時間定點用法的延伸。如下面例句 (24)。當表達的是概念上的關係時，「矣」很明顯並沒有任何時間意涵。

⑵⑷ 如有不嗜殺人者，則天下之民皆引領而望之**矣**。《孟子·梁惠

王上》

如果有個不草菅人命的君主，那麼天下之人都會伸長脖子期待著
他了。

如同敘事句中「矣」提供時間交接點以連結兩個事件句一樣，在條件句中，
它提供概念上的連結 (conceptual link) 以聯繫兩個命題 (proposition)，即前
提 (protasis) 與結論 (apodosis)。當條件句是真值時，「矣」字句的結論自然
是肯定的。因此有的語法學家認為「矣」有強調必然性的意味。

第三章說過，條件句根本不需要帶任何假設標記：

⑸ 危事不可以為安，死事不可以為生，則無為貴智**矣**。《國語·
吳語》

如果根本辦不到（讓局勢）轉危為安，起死回生，那麼就沒有必
要看重才智了。

下面 《戰國策》 的句子乍看之下非常奇怪，因為句中出現了兩個
「矣」，前一個是和時間相關的，後一個則否：

⒂ 今智伯帥二國之軍伐趙，趙將亡矣，則二君為之次**矣**。《戰國策·
趙策》

現在智伯率領你們兩國的軍隊去攻打趙國，趙國就要滅亡了，而
你們也要步上趙國後塵了。

事實上，這並不是一個單一的複句，而是兩個複句的組合，後面那個句子
有所省略：

⒄ 今智伯帥二國之軍伐趙，趙將亡**矣**；（如趙亡，） 則二君為之
次**矣**。

前面的句子是對軍情解說的並列複句，後面的句子則是一個省略了條件部
分的條件複句。表時間的 「矣」 和表事理的 「矣」 是涇渭分明的。

4. 上古漢語 IP 有沒有動貌 (Aspect Phrase, AspP) 結構？

現代漢語有動詞後綴「了」，可表完成動貌。現代漢語必須假定 IP 有動貌結構。可是上古漢語呢？上古漢語的 IP 可以確定有時制詞組 TP，但它是不是還有動貌詞組 AspP？

先看下面兩個《左傳》的例子：

(28)

        a. 初，鄭武公娶于申，曰武姜。《左傳·隱公元年》

        b. 齊侯與蔡姬乘舟于囿，盪公。《左傳·僖公三年》

若是翻譯成現代漢語，(28a) 是一個完成式的句子，(28b) 則是非完成式：❶

(29)

        a. 當初，鄭武公娶了申國的妻子，叫做武姜。

        b. 齊侯和蔡姬一同在御花園裡遊船，（蔡姬）把船晃動起來作弄他。

比較原文和譯文，可知上古漢語並沒有一個跟現代漢語動詞後綴「了」相當的形式標記，因此 (28) 句的動貌是依靠主要動詞的語義性質以及語境來決定的。換句話說，要對這些句子的動貌進行研判，需要從語詞的語義出發。這使我們感到好奇，不禁要問：上古漢語句法的 IP 層到底有沒有動貌的投射結構？

如上所示，上古漢語並沒有成套的動貌表達方式。這個動貌體系沒有完成 (perfective) 與非完成 (imperfective) 的形式對比。要分辨兩者，靠的是語義。這樣看來，上古漢語可能只有所謂語詞層次的動貌 (lexical aspect) 概念，而沒有 IP 層次的動貌 (grammatical aspect) 概念。語詞層次的動貌區分

---

❶ 在現代漢語中，動詞前的處所詞組會將句子標記為非完成式，以 (29b) 句為例，即是現在進行式（進行式是非完成動貌的一種表現）。

是以事件類型為基礎。事件類型表現事物的體相。例如「殺」是「殺死」的意思，含有終結界限，因此放在實然情態的語境裡一定是表完成。知覺動詞「視」與「見」、「聽」與「聞」的語義之分也就是動貌非完成與完成之分。前面說過，上古漢語的動貌只能以合成體 (composite) 的方式呈現，也就是說必須結合了時才能分別其體，如完成和現行。現在我們對此可以做進一步的解釋。上古漢語所謂合成動貌，其實也是語詞的事件類型和一個定點時間（句法上以「矣」表示）的合成，在句法的功能部門裡並不需要假定有一個動貌詞組 (AspP) 的存在。所謂動貌副詞如「既」和「已」都是掛搭在時制詞組 (Tense Phrase, TP) 上的成分，並不需要有一個動貌詞組安置它們。❷⓿

時制 TP 有一個中心語 T，這個中心語的語音形式就是句尾詞「矣」。「矣」只在肯定句裡出現，在否定句中，它就成為「未」。否定句是不能出現「矣」的。「未」是一個否定詞素 Neg 跟 T 的結合形式。句法學對於否定詞有投射和加接兩種理論。現在看來，兩種情況都是可能的。在上古漢語，這個分別是有重音和沒有重音之分。由中心語投射出來的否定詞組是一個重讀結構。這個中心語 Neg 是一個附著形式 (bound form)，它必須與另一個中心語 T 或 V 結合。這跟否定繫詞「非」的情形相同，見第四章。否定中心語 Neg 與 T 結合就成為「未」。否定完成體「未」並不含有動貌成分，它是否定中心語與時制中心語直接結合的結果。

這種句法上的結合是一種中心語移位 (head-to-head movement)。前面說過，動貌副詞「既」、「已」（還有「嘗」）應是加接在 TP 上的成分。這是說，如果句子有 TP，則動貌副詞加接在 TP 上 (30a)；要是沒有 TP（這是可能的。動貌副詞只跟事件論元相關連，前文已解釋過），則加接在 VP (vP) 上 (30b)。

---

❷⓿ 雖然「既」和「已」的使用在時代上是重疊的，相對於「已」而言，「既」是較早的形式，就像情態詞「其」和「將」一樣（詳下文）。儘管它們原先都是動詞，到《左傳》時代還可以用為動詞，「已」和「既」在上古中期應都有副詞用法。關於這個題目還有很多有趣的問題可討論，參考 Christoph Harbsmeier (1989)。

(30)

    a. 秦晉圍鄭，鄭既知亡**矣**。《左傳・僖公三十年》

    b. 聞晉師**既濟**，王欲還。《左傳・宣公十二年》

否定詞組 NegP 與 TP 的關係是這樣的：

(31)

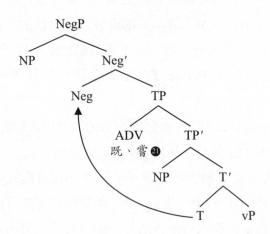

(32)

    a. 宋公及楚人戰于泓。宋人既成列，**楚人未既濟**。《左傳・僖公
　　　　二十二年》

    b. 子服惠伯曰：行！**先君未嘗適楚**，故周公祖以道之。襄公適
　　　　楚矣，而祖以道（襄公替你祖道），君不行，何之？《左傳・
　　　　昭公七年》

「未既」、「未嘗」的底層結構應該是 Neg-既（或「嘗」）-T。其表層順序
顯示時制中心語 T 上移，越過動貌副詞「既」、「嘗」和否定詞「不」結合
起來，成為「未」。因此「既」、「嘗」出現在「未」之後。

    關於否定詞的重讀與不重讀，必須在這裡順便一談。先秦時代否定詞
都是重讀的，因此引起弱性賓語「之」、「吾」的前移，如「不吾知」、「未

---

❷❶ 此處只能用「既」，動貌副詞「已」不能出現在否定環境裡。

之學」。❷這些前移的成分都是弱音節，弱音節造成重讀環境，凸顯重音效果。漢以後弱性實語開始不前移，並有「不此之為」（《史記・越王句踐世家》）的說法，前移的「此」居重音位置，表示否定詞「不」已不帶重音。不帶重音的否定詞就可能不是中心語，而是一個加接成分，因此也不發生中心語移位的句法運作。漢語句法自上古晚期以後走的是分析性途徑，中心語移位這種綜合性手段的減用也反映了這一句法發展走向。

5. 上古漢語的情態範疇

　　語言的情態範疇建立在實然 (realis) 與非實然 (irrealis) 的對立上。古漢語的實然句是無標的；非實然句則靠情態詞來做標記，最常見的是「將」，另外一個較少出現但功能相同的是「且」。「且」「將」是同源詞，說見上文。

(33) **實然情態**

　　孟子見梁惠王。《孟子・梁惠王上》

(34) **非實然情態，表未來**

　　a. 孟子**將**朝王。《孟子・公孫丑下》

　　b. 病愈，我**且**往見。《孟子・滕文公上》

---

❷　否定句中實語前移都是中心語 V 上的加接：

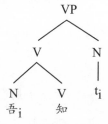

加接的結果 [ᵥ [ᵥ N V]] 仍可做中心語移位運作，與否定 Neg 結合，構成一個韻律單位（「不吾知」）。

　　否定句實語前移，只限於弱性實語。代詞「我」常重讀，重讀實語「我」是不前移的，如《詩經・王風・黍離》「不知我者，謂我何求？」

(33) 句的主要動詞「見」是一個瞬成動詞 (achievement verb)，因此可以獲得過去時態 (past tense) 的語意。(34a, b) 句則透過「將」、「且」來表現未來 (futurity) 的非實然情態。古漢語的情態標記還有「其」。「其」的出現較早，西周以前只用「其」表情態。作為非實然的情態標記，「其」在上古前期扮演非常重要的角色，使用於表達各種非實然情態。這個詞《左傳》、《論語》還用，但是戰國中期的《孟子》以後被「將」取代，就幾乎不用了。❷❸

下面以「將」的用法為代表，逐一檢驗上古漢語各種非實然情態。單純表未來的用例已見上文，下面就不再重複。

5.1 「將」表意欲

這是古漢語「將」的一個相當普遍的用法。在這個位置上，「將」可視為句中主要動詞。

(35)

  a. 古之為關也，*將*以禦暴；今之為關也，*將*以為暴。《孟子·盡心下》

    古時候建築關隘是為了要抵抗暴力；如今人們建築關隘是為了要行使暴力。

  b. 故儒者，*將*使人兩得之者也；墨者，*將*使人兩失之者也。《史記·禮書》

    儒家要人兩者皆得；墨家要人兩者盡失。

「將」有「欲」意思，有異文可證：

(36)

  a. 野人舉塊以與之。公子怒，*將*鞭之。《國語·晉語四》

    《左傳·僖公二十三年》作「欲鞭之」。「將」、「欲」同義。

---

❷❸ 在更晚期的文獻（如《禮記》）中可以找到極少數依舊使用「其」作為情態詞的例子。這些句子恐怕都是仿古，並非實際語言如此。

　　b. 身**將**隱，焉用文之？《左傳‧僖公二十四年》
　　　　《史記‧晉世家》作「身欲隱，安用文之？」
　　c. 靖郭君**將**城薛。《韓非子‧說林》
　　　　劉向《新序》「將」作「欲」。

「將」也常常跟「欲」以複合形式「將欲」出現在古漢語的文獻當中。下面《老子》這段有名的話共有四個「將欲」：

　　(37) **將欲**歙之，必固張之；**將欲**弱之，必固強之；**將欲**廢之，必固興之；**將欲**奪之，必固與之：是謂微明。《老子》三十六章

　　下面《史記》的例子用「且欲」，也是「將欲」或「欲」的意思：

　　(38) 君**且欲**霸王，非管夷吾不可。《史記‧齊太公世家》

5.2「將」表達必然

　　「將」表非實然，在一定的語義環境中也有「必然」的意思。
　　首先，我們實際看到文獻中「將」和「必」交互使用，二字語義相同：

　　(39) 輕君位者國**必**敗，疏貴戚者謀**將**泄。《管子‧侈靡》

其次，就像「將欲」，雙音節複合形式的「必將」和「將必」也經常出現在古漢語的文獻中：

　　(40)
　　　　a. 譬若欲眾其國之善射御之士者，**必將**富之貴之，敬之譽之，然後國之善射御之士將可得而眾也。《墨子‧尚賢》
　　　　b. 農夫怠乎耕稼樹藝，婦人怠乎紡織績紝，則我以為天下**將必**不足矣。《墨子‧非命》

「必將」和「將必」同時出現在《墨子》一書中。

5.3 假設句

訓詁學家總是把出現在假設偏句中的「將」解釋為「如」，好像這是一個條件句的標記。「將」並不是偏正結構的連詞，假設偏句表達非實然情況，因此出現一個非實然標記「將」一點都不意外。在下面的例子中，「將」還是一個情態動詞，只是它意欲性質不那麼強了（特別是第二例）：

(41)

    a. 將立州吁，乃定之矣；若猶未也，階之為禍。《左傳・隱公三年》

    b. 天下將安其性命之情，之八者存可也，亡可也；天下將不安其性命之情，之八者乃始臠卷愴囊而亂天下也。《莊子・在宥》

5.4 「將」作為句首情態標記

這個用法的「將」意思相當於現代漢語的「會」（參看《詞詮》頁196）。這是「將」作為非實然標記另一個常見的用法。細心的讀者會注意到 (42a) 這個句子中「將」和「其」互文。而「將」可以出現在主語之前的句首位置也意味著它不能再被視作句中主要動詞，應屬 CP 的成分。

(42)

    a. 其非唯我賀，將天下實賀。《左傳・昭公八年》
       不僅我會祝賀，全天下都會。

    b. 譬如禽獸然：一個負矢，將百群皆奔。《國語・魯語》
       就如野獸一樣：一個中箭，其他全部都會逃掉了。

    c. 夫滕壤地褊小，將為君子焉，將為小人焉。《孟子・滕文公上》㉔

㉔ 趙岐把這裡的「為」解釋成「有」是正確的。這是母音 *a* 和央元音 ə 的交替造成的變化。我曾經討論過這個古漢語的音韻現象，參考梅廣〈訓詁資料所顯示的幾

　　滕國的領地狹小，(但仍然) 會有君子，會有小人的。

5.5「將」作為估量詞

　　楊樹達《詞詮》引了一個《孟子》的句子，可以看出「將」有估量的用法。估量表不確定，顯然可屬於非實然情態。

(43) 今滕，絕長補短，**將**五十里也。《孟子・滕文公下》
　　現在滕國國土，長短加起來，大概可以有五十里。

5.6 選擇問句的「將」

　　疑問句是非實然情態。選擇問句用「將」作問句起詞相當常見，這裡引兩個句子為例：

(44)

a. 子能順杞柳之性而以為桮棬乎？**將**戕賊杞柳而後以為也？《孟子・告子上》

b. 夫子貪生失理，而為此乎？**將**子有亡國之事，斧鉞之誅，而為此乎？**將**子有不善之行，遺父母妻子之醜，而為此乎？**將**子有凍餒之患，而為此乎？**將**子之春秋，故及此乎？《莊子・至樂》

5.7「將」表祈使

　　弱時語言常見把祈使句 (命令句)、疑問句和否定句歸類在非實然情態下。帶非實然標記的命令句是一種較溫和的命令形式，或稱為祈使，這種形式傳達較為含蓄的願望。下面是「其」字的例子：

(45)

a. 王其疾敬德！《尚書・召誥》

　　b. 帝**其**念哉！《尚書‧皋陶》

　　c. 嗣王**其**監于茲！《尚書‧無逸》

　　d. 無封靡于爾邦、維王**其**崇之。

　　　念茲戎功、繼序**其**皇之。

　　　無競維人、四方**其**訓之。

　　　不顯維德、百辟**其**刑之。《詩經‧周頌‧烈文》

　　e. 時邁**其**邦、昊天**其**子之。《詩經‧周頌‧時邁》

　　f. 吾子**其**無廢先君之功！《左傳‧隱公三年》

「其」和「將」一樣有意欲義，表示意向 (intention)：

⑷⒍ 茲予**其**明農哉。《尚書‧洛誥》

　　從現在開始我們都要黽勉從事了。

用在命令或祈使句中，「其」仍是表說話者的意欲，只是主語人稱不同。

　　上古漢語「其」的這個祈使用法常見。既然「將」與「其」在功能上有許多平行的表現，我們自然會預測應能找到古漢語祈使句用「將」作為標記的例子。就目前所知，這樣的用例數量不多。有趣的是，用例皆來自《詩經‧國風》，共有如下幾處：❷⒌

⑷⒎

　　a. **將**伯助予！〈正月〉

　　　伯啊，請幫助我啊！

　　b. **將**子無怒！（秋以為期。）〈氓〉

　　　你就別再生氣了！（我們就把日期訂在秋天吧。）

　　c. **將**仲子兮，無踰我里，無折我樹杞！〈將仲子〉

　　　親愛的小子，求你不要攀進我家的庭院，不要折我家的柳枝！

〰〰〰〰〰〰〰〰〰〰〰〰〰〰〰〰〰〰〰〰〰

❷⒌　「其」、「將」有時代先後之分。作為一個新的非實然標記，「將」跟「其」應有文體風格上的差異。帶「將」的祈使句很可能帶有地方風格，因此只見於〈國風〉。

　　d. **將**叔無狃！（戒其傷女。）〈大叔于田〉

　　　叔啊，不要反覆做這種危險的動作啊！（這會傷到你的。）

同時，〈丘中有麻〉一詩出現「將其」的連用，也表說話者意欲：

⑷ 彼留子嗟，**將其**來施施！

　　彼留子國，**將其**來食！

　　親愛的子嗟，開心地來找我吧！

　　親愛的子國，來跟我一起吃飯吧！

傳統訓詁學把「將」（讀送氣 qiang）解釋為「願也」（《毛傳》），而不知這根本是情態詞「將」的一個用法。這是一個句法層面的問題而不該是詞彙層面的問題，屬於語法學而不屬於訓詁學。一旦我們對上古漢語的功能範疇有所了解，像這樣的問題都是可以迎刃而解的。

6. 結語

　　一個清楚區分「過去、現在、未來」的時制系統對於事件的描述是重要的，然而並非所有語言都在句子裡面把時態清楚標示出來。對於那些不這麼做的語言，也就是我所謂的「弱時語言」，時態是語意和認知的觀念，對這些語言來說時間的表達要依靠語意解釋。亦即不從句法角度，而從語意角度去決定時態。

　　上古漢語是一種本章所謂的弱時語言，句法系統沒有完整的時態，只有一個最低限度的時間指示成分。它也沒有動貌標記，而是用語詞（表述語）表達體的觀念。然而，詞彙加上一個時間定點的標示卻能分出種種不同的「合成動貌」，充分表達了一個語言的基本體貌類型。另一方面，漢語在實然和非實然的情態區別上是明確清楚的，它用情態詞去標示各種不同的非實然情態，包括時制語言的未來式 (future tense)。

　　語言要成為描述事件的有效工具，最低限度的句法需求是什麼？對一

個沒有時態結構的弱時語言，情態區別看起來是最基本而不可或缺的，但是動貌跟時態也是同樣不可或缺的嗎？關於動貌，漢語史已經表現得很清楚。上古漢語是沒有 IP 層次的動貌的，只有語詞層次的動貌；沒有「外部動貌」，只有「內部動貌」。大家都知道動詞後綴「了」的動貌標誌是到中古以後才產生的，但是漢語史專家對漢語的時和體普遍都欠缺清晰的概念，現代漢語出現了兩個「了」便是一個難解的問題。這兩個「了」有不同的來源，方言史有清楚的脈絡可尋，但是二者的功能又有什麼分別？其實馬建忠早在一百年前已經指出，古漢語的「矣」就是現在漢語的「了」。我們只要了解古漢語的「矣」，就可以了解現代漢語的句尾詞「了」。放在當代語法學的架構裡，上古漢語「矣」的句法性質並不難了解，當代語言學對合成動貌已有充分的認識。在本章中，我們提出「矣」是一個表時間定點的時制成分，這便是順著學者對合成動貌的分析而得到的結論。過去所謂無時制語言並非都無時制，上古漢語句法上還是有時的範疇，只是這個時的範疇是最低限度的時制體系 (a minimal tense system)。這個結論引出一個理論問題，就是時制的參數化 (parametrization)。語言的時制並非都是一個模子出來的，雖然它根據的是普遍的結構原則。這個問題是句法學的一個中心問題，所涉及的句法範圍很廣，自然問題非常複雜。本章提出強時語言與弱時語言類型之分，只是一個初步的建議。這個句法問題需要大家一同來探索。

　　我們還不清楚語言是不是可以完全不需要時制這個句法範疇。值得注意的是，上古漢語的時間點標記「矣」是後來才發展出來的，在西周以前還不存在。商代卜辭中找不到它存在的痕跡，或是任何跟它功能相似的助詞。所以，也許真有語言不需要在句法上標誌時態。

　　一個頗有力的證據是，卜辭否定詞「不」可以用來否定有關事實的陳述。換句話說，它可以直接否定實然情態中的動詞。最早觀察到這個現象並提出來的是陳夢家先生。㉖陳夢家引的例子是「王不步」。「王不步」意

㉖　《殷墟卜辭綜述》頁 128。

思是「王未步」，是指未發生的事。第 4 節指出，古漢語的「未」（甲骨文時期還沒有出現）是由否定 Neg 結合時制的中心語 T 而成的。因此否定詞「未」的不出現，表示這個語言的 IP 可能還沒有一個時制結構。上古漢語的時制雖然極簡單，恐怕也不是原始漢語就有的。它在甲骨文時代似乎是不存在的。不過，這只是一個粗淺的認識，不是結論。這個問題，跟本書提出來的所有其他問題一樣，所得或多或少，但基本上都是拋磚引玉的性質，是建議性的，其論點是否站得住，還需要大家來共同研究討論。

引用書目

古籍文獻

〔西漢〕劉安,《淮南子》,北京:中華書局,2009 年。

〔西漢〕劉向,《列女傳》,北京:北京圖書館出版社,2007 年。

〔西漢〕劉向,《說苑》,北京:商務印書館,2006 年。

〔西漢〕劉向,《新序》,臺北:臺灣商務印書館,1975 年。

〔西漢〕韓嬰,《韓詩外傳》,臺北:臺灣商務印書館,1979 年。

〔東漢〕王逸,《楚辭章句》,臺北:臺灣商務印書館,1983 年。

〔東漢〕何休,《公羊解詁》,見《續修四庫全書‧經部春秋類》,續修四庫
　　全書編纂委員會編,上海:上海古籍出版社,1995 年。

〔東漢〕荀悅、〔晉〕袁宏,《兩漢紀》,北京:中華書局,2002 年。

〔魏〕王肅,《孔子家語》,北京:商務印書館,2006 年。

〔魏〕王弼注,樓宇烈校釋,《老子道德經注》,北京:中華書局,2011 年。

〔梁〕昭明太子,〔唐〕李善注,《文選》,臺北:藝文印書館,1965 年。

〔宋〕朱熹,《四書集注》,臺北:藝文印書館,1996 年。

〔清〕王先謙,《漢書補注》,北京:中華書局,1983 年。

〔清〕王先謙,《後漢書集解》,北京:中華書局,1984 年。

〔清〕王先謙,《荀子集解》,北京:中華書局,1988 年。

〔清〕王念孫,《讀書雜誌》,臺北:臺灣商務印書館,1978 年。

〔清〕阮元校刻,《十三經注疏》:清嘉慶刊本,北京:中華書局,2009 年。

〔清〕孫詒讓,《墨子閒詁》,北京:中華書局,2001 年。

〔清〕錢熙祚,《尹文子校勘記》,上海:中華書局,1936 年。

江灝、錢宗武,《今古文尚書全譯》,貴州:貴州人民出版社,1990 年。

沈玉成,《左傳譯文》,北京:中華書局,1981 年。

屈萬里,《尚書集釋》,臺北:聯經出版事業公司,1983 年。

屈萬里,《詩經釋義》,臺北:中國文化大學出版部,1988 年。

周秉鈞，《白話尚書》，長沙：岳麓書社，1994 年。

郭慶藩，《莊子集釋》，北京：中華書局，2013 年。

郭沫若、聞一多、許維遹，《管子集校》，北京：科學出版社，1956 年。

陳奇猷，《韓非子集釋》，北京：中華書局，1958 年。

陳柱，《公孫龍子集解》，上海：上海書店，1991 年。

楊伯峻，《春秋左傳注》，北京：中華書局，1990 年。

楊伯峻，《論語譯注》，北京：中華書局，2006 年。

楊伯峻，《孟子譯注》，北京：中華書局，1960 年。

瀧川龜太郎，《史記會注考證》，臺北：大安出版社，2009 年。

字書、辭書、資料彙編

〔唐〕陸德明，《經典釋文》，北京：中華書局，1983 年。

〔清〕王引之，《經義述聞》，北京：中華書局，1998 年。

〔清〕王引之，《經傳釋詞》，北京：中華書局，1956 年。

〔清〕王念孫，《廣雅疏證》，上海：上海古籍，1995 年。

〔清〕段玉裁，《說文解字注》，臺北：藝文印書館，2007 年。

〔清〕袁仁林著，解惠全校注，《虛字說》，北京：中華書局，1989 年。

〔清〕郝懿行，《爾雅義疏》，上海：中華書局，1920 年。

徐中舒，《甲骨文字典》，成都：四川辭書出版社，1988 年。

馬承源，《商周青銅器銘文選》，北京：文物出版社，1988 年。

崔永東，《兩周金文虛詞集釋》，北京：中華書局，1994 年。

裴學海，《古書虛字集釋》，北京：中華書局，2004 年。

漢語語法專書

〔清〕馬建忠、章錫琛校注，《馬氏文通校注》，北京：中華書局，1988 年。

王力，《中國語法理論》，北京：中華書局，1957 年。

王力，《中國現代語法》，北京：商務印書館，1985 年。

呂叔湘，《中國文法要略》，上海：上海書店，1990 年。

呂叔湘，《文言虛字》，北京：中國青年出版社，1954 年。

李佐豐，《上古漢語語法研究》，北京：北京廣播學院出版社，2003 年。

周法高，《中國古代語法》：《稱代編》、《造句編》、《構詞編》，臺北：中央研究院歷史語言研究所，1959–1962 年。

馬漢麟，《古漢語語法提要》，西安：陝西人民出版社，1980 年。

陳承澤，《國文法草創》，上海：商務印書館，1922 年。

黃正德、李豔惠、李亞非著，張和友譯，《漢語句法學》，北京：世界圖書出版公司，2013 年。

馮勝利，《漢語韻律語法研究》，北京：北京大學出版社，2005 年。

楊伯峻、何樂士，《古漢語語法及其發展（修訂本）》，北京：語文出版社，2001 年。

楊樹達，《高等國文法》，上海：上海書店，1990 年。

楊樹達，《詞詮》，上海：上海古籍出版社，1986 年。

趙元任著，丁邦新譯，《中國話的文法 (A grammar of spoken Chinese)》，香港：中文大學出版社，2002 年。

蒲立本 (Edwin G. Pulleyblank) 著，孫景濤譯，《古漢語語法綱要》，北京：語文出版社，2006 年。

劉景農，《漢語文言語法》，北京：中華書局，1957 年。

黎錦熙，《新著國語文法》，上海：商務印書館，1947 年。

近當代語法研究

大西克也，〈從方言的角度看時間副詞「將」、「且」在戰國秦漢出土資料中的分布〉，《紀念王力先生百年誕辰學術論文集》，頁 152–158，北京：商務印書館，2002 年。

大西克也，〈《史記》中的「為」和「以為」及其相關句型〉，《勵耘學刊》總

第一輯，頁 70–100，北京：學苑出版社，2005 年。

大西克也，〈從語法的角度論楚簡中的「囟」字〉，中山大學古文字研究所編《康樂集：曾憲通教授七十壽慶論文集》，頁 310–318，廣州：中山大學出版社，2006 年。

大西克也，〈試論上古漢語詞彙使役句的語義特點〉，朱歧祥、周世箴主編《語言文字與教學的多元對話》，頁 383–399，臺中：東海大學中文系，2009 年。

大西克也，〈上古漢語「使」字使役句的語法化過程〉，中國社會科學院語言研究所語言學一室編《何樂士紀念文集》，頁 11–28，北京：語文出版社，2009 年。

大西克也，〈從「領有」到「存在」──上古漢語「有」字句的發展過程〉，《歷史語言學研究》第 4 輯，頁 112–128，北京：商務印書館，2011年。

王力，〈中國文法中的繫詞〉，《龍蟲並雕齋文集》，北京：中華書局，1980年。

申小龍，《中國句型文化》，長春：東北師範大學出版社，1988 年。

朱歧祥，《殷墟卜辭句法論稿──對貞卜辭句型變異研究》，臺北：學生書局，1990 年。

朱德熙，〈與動詞「給」相關的句法問題〉，《朱德熙文集（第二卷）》，北京：商務印書館，頁 231–247，1999 年。

李方桂，〈上古音研究〉，《清華學報》9.1，頁 1–61，1971 年。

李臨定，《現代漢語句型》，北京：商務印書館，1986 年。

何大安主編，《古今通塞：漢語的歷史與發展》，第三屆國際漢學會議論文集，臺北：中央研究院歷史語言研究所，2003 年。

何樂士，〈《左傳》的「貳於（于）X」句式〉，《左傳虛詞研究（修訂本）》，頁 123–129，北京：商務印書館，2004 年。

何樂士，〈先秦〔動・之・名〕雙賓式中的「之」是否等於「其」？〉，《左傳虛詞研究（修訂本）》，頁 1–23，2004 年。

宋玉珂，〈古漢語使動的一種特殊用法〉，《古今漢語發微》，頁 167–169，北京：首都師範大學出版社，2009 年。

宋玉珂，〈古漢語的名詞動用〉，《古今漢語發微》，頁 170–175，2009 年。

宋玉珂，〈古漢語的供動〉，《古今漢語發微》，頁 156–161，2009 年。

沈培，《殷墟甲骨卜辭語序研究》，臺北：文津出版社，1992 年。

沈培，〈周原甲骨文裡的「囟」和楚墓竹簡裡的「囟」或「思」〉，中國文字學會、河北大學漢字研究中心編《漢字研究》第 1 輯，北京：學苑出版社，2005 年。

沈家煊，《不對稱和標記論》，南昌：江西教育出版社，1999 年。

沈開木，《句段分析（超句體的探索）》，北京：語文出版社，1987 年。

邵永海，〈《韓非子》中的使令類遞繫結構〉，《語言學論叢》第 27 輯，頁 260–312，2003 年。

季旭昇主編，《上海博物館藏戰國楚竹書（三）讀本》，臺北：萬卷樓，2005 年。

屈承熹著，潘文國等譯，《漢語篇章語法》，北京：北京語言大學出版社，2006 年。

周祖謨，〈四聲別義釋例〉，《問學集》，北京：中華書局，1966 年。

范繼淹，〈漢語句段結構〉，《中國語文》第 1 期，頁 52–61，1985 年。

俞樾等，《古書疑義舉例五種》，北京：中華書局，1956 年。

徐烈炯、劉丹青主編，《話題的結構與功能》，上海：上海教育出版社，1998 年。

徐烈炯、劉丹青主編，《話題與焦點新論》，上海：上海教育出版社，2003 年。

徐德庵，〈「所」字詞組〉，《古代漢語論文集》，頁 177–185，成都：巴蜀書社，1991 年。

徐德庵，〈漢語文言文中的綴補複句〉，《古代漢語論文集》，頁 194–203，1991 年。

徐德庵，〈上古漢語中的繫詞問題〉，《西南師範大學學報（人文社會科學

版)》，四川：西南師範大學，1981 年。

唐鈺明、周錫韓，〈論上古漢語被動式的起源〉，《中國語文》第 4 期，頁 281–284，1985 年。

唐鈺明，〈漢魏六朝被動式略論〉，《中國語文》第 3 期，頁 216–223，1987 年。

唐鈺明，〈上古判斷句辨析〉，《著名中年語言學家自選集：唐鈺明卷》，頁 235，安徽：安徽教育出版社，2002 年。

夏含夷 (Edward L. Shaughnessy)，〈試論周原卜辭囟字——兼論周代貞卜之性質〉，《古史異觀》，頁 93–98，上海：上海古籍出版社，2005 年。

高嶋謙一、蔣紹愚合編，《意義與形式——古代漢語語法論文集》，Muenchen: Lincom Europa，2004 年。

袁毓林，〈話題化及相關的語法過程〉，《中國語文》第 4 期，頁 241–254，1996 年。

袁毓林，〈漢語句子的文意不足和結構省略〉，《語言學習》第 3 期，頁 1–5，2002 年。

梅廣，〈格位理論與漢語語法〉，《毛子水先生九五壽慶論文集》，頁 627–646，臺北：幼獅文化公司，1987 年。

梅廣，〈訓詁資料所顯示的幾個音韻現象〉，《清華學報》24.1，頁 1–43，1994 年。

梅廣，〈釋「修辭立其誠」：原始儒家的天道觀與語言觀——兼論宋儒的章句學〉，《臺大文史哲學報》55，頁 213–238，2001 年。

梅廣，〈語言科學與經典詮釋〉，葉國良編《文獻及語言知識與經典詮釋的關係》，臺北：喜馬拉雅基金會，2003 年。

梅廣，〈迎接一個考證學和語言學結合的漢語語法史研究新局面〉，何大安主編《古今通塞：漢語的歷史與發展》，頁 23–47，臺北：中央研究院歷史語言研究所，2003 年。

梅廣，〈詩三百篇「言」字新議〉，丁邦新、余靄芹編《漢語史研究：紀念李方桂先生百年誕辰論文集》，頁 235–266，臺北：中央研究院語言學研

究所，2005 年。

梅廣，〈從楚文化的特色試論老莊的自然哲學〉，《臺大文史哲學報》67，頁 1-38，2007 年。

梅廣，〈《大學》古本新訂〉，國立臺灣大學中國文學系編印《孔德成先生學術與薪傳研討會論文集》，頁 117-154，2009 年。

陳昌來，《現代漢語語義平面問題研究》，上海：學林出版社，2003 年。

陳夢家，《殷墟卜辭綜述》，北京：科學出版社，1956 年。

郭錫良，〈古漢語虛詞研究評議〉，何大安主編《古今通塞：漢語的歷史與發展》，中央研究院第三屆漢學會議論文集（語言組），頁 49-74，2003 年。

郭錫良，〈介詞「于」的起源和發展〉，《漢語史論集》，頁 217-232，北京：商務印書館，2005 年。

張玉金，〈再論甲骨文中的動詞「于」〉，《殷都學刊》3，頁 79-84，2012 年。

張世祿、申小龍，〈上古而字功能研究〉，河南大學古代漢語研究室編《古漢語研究》，頁 14-29，1987 年。

張宇衛，〈由卜辭「于」的時間指向探討其相關問題〉，《學行堂語言文字論叢第二輯》，頁 52-73，四川：四川大學出版社，2012 年。

張麗麗，〈使役動詞的多重虛化——從句法、語義和語用三層面觀之〉，《臺大中文學報》25，頁 333-374，2006 年。

張麗麗，〈從限定到轉折〉，《臺大中文學報》36，頁 247-298，2012 年。

黃天樹，〈《殷墟花園莊東地甲骨》中所見虛詞的搭配和對舉〉，《清華大學學報（哲社版）》第 2 期，頁 89-95，2006 年。

黃正德，〈漢語動詞的題元結構與其句法表現〉，《語言科學》第 6 卷第 4 期，頁 3-21，2007 年。

喻遂生，〈甲骨文動詞和介詞的為動用法〉、〈甲骨文動詞介詞的為動用法和祭祀對象的認定〉，《甲金語言文字論集》，頁 85-109，成都：巴蜀書社，2002 年。

馮勝利，《漢語韻律語法研究》，北京：北京大學出版社，2005 年。

程湘清主編，《先秦漢語研究》，濟南：山東教育出版社，1982 年。

董珊，〈試論周公廟龜甲卜辭及其相關問題〉，北京大學中國考古學研究中心、北京大學震旦古代文明研究中心編《古代文明》第 5 卷，北京：文物出版社，2006 年。

楊作玲，〈上古漢語非賓格動詞研究〉，天津：南開大學博士論文，2009 年。

楊秀芳，〈從漢語史觀點看「解」的音義和語法性質〉，《語言暨語言學》2.2，頁 261–297，2001 年。

楊榮祥，〈「而」在上古漢語語法系統中的重要地位〉，《漢語史學報》第 10 輯，頁 110–119，2010 年。

楊樹達，《馬氏文通刊誤；古書句讀釋例；古書疑義舉例續補》，上海：上海古籍出版社，2007 年。

楊樹達，《漢文文言修辭學》，北京：中華書局，1980 年。

裘錫圭，〈談談古文字資料對古漢語研究的重要性〉，《中國語文》第 6 期，頁 437–442，1979 年。

裘錫圭，〈卜辭「異」字和詩、書裡的「式」字〉，《中國語言學報》，第 1 期，北京：商務印書館，1983 年。

裘錫圭，〈考古發現的秦漢文字資料對於校讀古籍的重要性〉，《古代文史研究新探》，頁 1–43，南京：江蘇古籍出版社，1992 年。

趙大明，《左傳介詞研究》，北京：首都師範大學出版社，2007 年。

蒲立本 (Edwin G. Pulleyblank) 著，何樂士譯，〈古漢語體態的各方面〉，《古漢語研究》第 2 期，1995 年。

蒲立本 (Edwin G. Pulleyblank) 著，孫景濤譯，《古漢語語法綱要》，北京：語文出版社，2006 年。

蔣紹愚，〈內動、外動和使動〉，《漢語詞滙語法史論文集》，頁 188–200，香港：商務印書館，2001 年。

劉承慧，〈試論漢語複合化的起源及早期發展〉，《清華學報》32.2，頁 469–493，2002 年。

劉承慧，〈先秦漢語的受事主語句和被動句〉，《語言暨語言學》7.4，頁 825–861，2006 年。

劉承慧，〈先秦書面語的小句合成體——與現代書面語的比較研究〉，《清華中文學報》第 4 期，頁 143–186，2010 年。

謝質彬，〈古代漢語中的共用成分〉，《中國語文》第 5 期，頁 354–358，1985 年。

謝質彬，〈古漢語反賓為主的句法及外動詞的被動用法〉，《古漢語研究》第 2 期，頁 32–35，1996 年。

魏培泉，〈古漢語介詞「於」的演變略史〉，《中央研究院歷史語言研究所集刊》第 62 本第 4 分，頁 717–786，1993 年。

魏培泉，〈古漢語被動式的發展與演變機制〉，《中國境內語言暨語言學》2，頁 293–319，1994 年。

龔煌城，《漢藏語研究論文集（舊版）》，頁 169–170，臺北：中研院語言所籌備處，2002 年。

西文

Aldridge, Edith (2010), "Clause-internal *wh*-movement in Archaic Chinese," *Journal of East Asian Linguistics* 19, 1–36.

Carlson, Gregory N. (1977), *Reference to Kinds in English*, PhD Dissertation, University of Massachusetts, Amherst.

Chafe, Wallace G. (1972), "Givenness, contrastiveness, definiteness, subjects, topics, and point of view," Charles N. Li (ed.), *Subject and Topic*, 27–55, New York: Academic Press.

Chang, Henry. Y. （張永利）(2004), "The guest playing host: Adverbial modifiers as matrix verbs in Kavalan," Hans-Marin Gaertner, Paul Law and Joachum Sabel (eds.), *Clause Structure and Adjuncts in Austronesian Languages*, 43–82, Berlin: Mouton de Gruyter.

Chao, Yuen-ren　（趙元任）　(1968), *A Grammar of Spoken Chinese*, Berkeley, Calif.: University of California Press.

Cheung, Yam-Leung (1998), *A Study of Right Dislocation in Cantonese*, Hong Kong: The Chinese University of Hong Kong.

Chomsky, Noam (1957), *Syntactic Structures*, The Hague: Mouton.

Chomsky, Noam (1965), *Aspects of the Theory of Syntax*, Massachusetts Institute of Technology. Research Laboratory of Electronics. Special technical report; no.11, Cambridge, MA: MIT Press.

Chomsky, Noam (1970), "Remarks on nominalization," Jacobs, Roderick and Rosenbaum, Peter (eds.), *Readings in English Transformational Grammar*, 184–221. Waltham, MA: Blaisdell.

Chomsky, Noam (1981), *Lectures on Government and Binding: The Pisa Lectures*, (Studies in generative grammar 9.), Dordrecht: Foris.

Chomsky, Noam (1986), *Barriers*, Cambridge, MA: MIT Press.

Chomsky, Noam (1995), *The Minimalist Program*, (Current studies in linguistics 28.), Cambridge, MA: MIT Press.

Chomsky, Noam (2000), "Minimalist inquiries: the framework," Roger Martin, David Michaels and Juan Uriagereka (eds.), *Step by Step: Essays on Minimalist Syntax in Honor of Howard Lasnik*, 89–155, Cambridge, Mass: MIT Press.

Chomsky, Noam (2001), "Derivation by phase," M. Kenstowicz (ed.), *Ken Hale: A Life in Language*, 1–52. Cambridge, MA: MIT Press.

Comrie, Bernard (1976), *Aspect: An Introduction to the Study of Verbal Aspect and Related Problems*, New York: Cambridge University Press.

Comrie, Bernard (2008), "Subordination, coordination: form, semantics, pragmatics," Edward J. Vajda (ed.), *Subordination and Coordination Strategies in North Asian Languages*, 1–16, Amsterdam: John Benjamins.

Cosme, Christelle (2008), "A corpus-based perspective on clause linking patterns in English, French and Dutch", Cathrine Fabricius-Hansen and Wiebke Ramm (eds.) 'Subordination' versus 'Coordination' in Sentence and Text — A Cross-linguistic Perspective, 89–114, Amsterdam: John Benjamins.

Davidson, Donald (1967), "The logical form of action sentences," Nicholas Rescher (ed.), The Logic of Decision and Action, University of Pittsburgh Press.

Feng, Shengli（馮勝利）(1995), "The Passive Construction in Chinese," Studies in Chinese Linguistics 1, 1–28.

Feng, Shengli （馮勝利）(2005), "Light Verb Movement in Modern and Classical Chinese," Linguistic Sciences 4(1), 3–16.

Giorgi, Alessandra and Pianesi, Fabio (1997), Tense and Aspect: From Semantics to Morphosyntax, Oxford University Press.

Halle, Morris and Marantz, Alec. (1993), "Distributed Morphology and the Pieces of Inflection," Hale, Kenneth and Keyser, S. Jay, (eds.), The View From Building 20, 111–176, Cambridge, MA: MIT Press.

Harbsmeier, Christoph （何莫邪）(1981), Aspects of Classical Chinese Syntax, London: Curzon Press.

Harbsmeier, Christoph（何莫邪）(1989), "The Classical Chinese modal particle Yi 已," Proceedings of the Second International Conference on Sinology, Section on Linguistics and Paleography, 471–504.

Harris, Martin B. "Concessive clauses in English and Romance," J. Haiman and S. Thompson (eds.), Clause Combining in Grammar and Discourse, 71–99, Amsterdam: John Benjamins.

Huang, C.-T. James （黃正德）(1999), "Chinese Passives in Comparative Perspective,"《清華學報》29, 423–509.

Huang, C.-T. James （黃 正 德）(2009), "Lexical decomposition, silent categories, and the localizer phrase,"《語言學論叢》v. 39, 86–122.

Hyman, Larry M. and Duranti, Alessandro (1982), "On the object relation in Bantu," *Syntax and Semantics*, v. 15, 217–239.

Jacobs, Joachim (2001), "The dimensions of topic-comment," *Linguistics* 39, 641–681.

Kennedy, George (1940), "A study of the particle yen," *Journal of the American Oriental Society* 60.1:1–22; 60.2:193–207.

Klein, Wolfgang (1994), *Time in Language*, London; New York: Routledge.

Kratzer, Angelika (1995), "Stage-level and Individual-level Predicates," Carlson, Gregory N. and Francis J. Pelletier (eds.), *The Generic Book,* University of Chicago.

Kratzer, Angelika (1996), "Severing the external argument from its verb," Johan Rooryck and Laurie Zaring (eds.), *Phrase Structure and the Lexicon,* 109–137, Dordrecht: Kluwer.

Larson, Richard (1988), "On the double object construction," *Linguistic Inquiry* 19, 335–391.

Levin, Beth and Malka Rappaport Hovav (1995), *Unaccusativity*, Cambridge, MA: MIT Press.

Li, Wendan （李文丹） (2005), *Topic Chains in Chinese: A Discourse Analysis and Applications in Language Teaching*, 99–104, LINCOM.

Marantz, Alec (1984), *On the Nature of Grammatical Relations,* Cambridge, MA: MIT Press.

Marantz, Alec (1997), "No escape from syntax: Don't try morphological analysis in the privacy of your own lexicon." Alexis Dimitriadis (ed.), *Proceedings of the 1998 Penn Linguistics Colloqium.*

Mei, Kuang（梅廣）(1999) [2004], "The expression of time in Tibeto-Burman," unpublished paper.

Mithun, Marianne (1988), "The grammaticalization of coordination," J. Haiman and S. Thompson (eds.), *Clause Combining in Grammar and Discourse,*

331–359, Amsterdam: John Benjamins.

Paul, Waltraud and Whitman, John (2010), "Applicative structure and Mandarin ditransitives," Duguine, M., S. Huidobro and N. Madariaga (eds.), *Argument Structure and Syntactic Relations from a Cross-Linguistic Perspective*, 261–282, Amsterdam: John Benjamins.

Pesetsky, David (1995), *Zero syntax: Experiencers and Cascades*, Cambridge, MA: MIT Press.

Pulleyblank, Edwin G. （蒲立本） (1959), "Fei 非, Wei 唯 and certain related words," S. Egerod and E. Glahn (eds.), *Studia Serica Bernhard Karlgren Dedicata*, 178–189, Copenhagen: Munksgaard.

Pulleyblank, Edwin G. （蒲立本） (1994), "Aspects of aspect in Classical Chinese," R. Gassmann and L. He (eds.), *Papers of the First International Congress on Pre-Qin Chinese Grammar*, 313–363, Changsha: Yuelu Press.

Pylkkänen, Liina (2008), *Introducing arguments*, Cambridge, MA: MIT Press.

Reichenbach, Hans (1947), *Elements of Symbolic Logic*, Berkeley, California: UC Press.

Reinhart, Tanya (1981), "Pragmatics and linguistics: an analysis of sentence topics," *Philosophica* 27, 53–94.

Ritter, Elizabeth and Rosen, Sara Thomas (1993), "Deriving Causation," Den Dikken, Marcel, August (ed.), *Natural Language & Linguistic Theory*, v. 11, Issue 3, 519–555.

Ritter, Elizabeth and Rosen, Sara Thomas (1997), "The Function of Have," *Lingua* 101, 295–321.

Smith, Carlota S. (2001), "Temporal information in sentences of Mandarin," Xu Liejiong and Shao Jingmin (eds). *New Views in Chinese Syntactic Research -International Symposium on Chinese Grammar for the New Millenium*, Hangzhou: Zhejiang Jiaoyu Chuban she.

Smith, Carlota S. (2003), *Modes of Discourse: the Local Structure of Texts*,

Cambridge Studies in Linguistics 103, Cambridge University Press.

Smith, Carlota S. and Erbaugh, S. M. (2005), "Temporal interpretation in Mandarin Chinese," *Linguistics*, 43:4, 713–756.

Travis, Lisa (2010), *Inner Aspect: the Articulation of VP*, Springer Press.

Tsao, Feng-Fu （曹逢甫） (1979), *A Functional Study of Topic in Chinese: The First Step towards Discourse Analysis*, Taipei: Student Book.

Wells, Rulon S. (1947), "Immediate constituents," *Language* 23, 81–117.

網路資源

Chinese Text Project
http://ctext.org
中央研究院學術資源
http://www.sinica.edu.tw/misc/service/research–resource.html
北京大學中國語言學研究中心語料庫
http://ccl.pku.edu.cn/corpus.asp

名詞索引

十畫

十三畫

十六畫

M

S

人名索引

聲韻學　林燾、耿振生 / 著

在國學的範疇裡，「聲韻學」一向最為學子所頭痛，雖然從古至今，諸多學者、專家投身其中，引經據典，論證詳確，然或失之艱深，或失之細瑣，或失之偏狹；有鑑於此，本書特別以大學文科學生和其他初學者為對象，不僅對「聲韻學」的基本知識加以較全面的介紹，更同時吸收新近的研究成就，使漢語音系從先秦到現代標準音系的演變脈絡清楚分明，各大方言及歷代古音的構擬過程簡明易懂，堪稱「聲韻學」的最佳入門教材。